Verena Petrasch

~ SOPHIE IM ~ NARRENREICH

»Die höchste Form des Glücks ist ein Leben mit einem gewissen Grad an Verrücktheit.«

Erasmus von Rotterdam

Für Marie-Sophie

Verena Petrasch

SOPHIE IM NARRENREICH

Roman

BELTZ
& Gelberg

INHALT

Kapitel 1

ZWEI NARREN

Sophie, räum endlich dein Zimmer auf! Hier sieht es ja aus, als hätte eine Bombe eingeschlagen!«

»Ja, später!«, rief Sophie. Sie saß zwischen Buntstiften und Papieren auf dem Wohnzimmerboden und schaute nicht von dem Bild auf, das sie malte. Ein unheimlicher Kerl war darauf zu sehen, abgemagert, mit großen, hervortretenden Augen und dünnen, verfilzten Haaren.

»Nein, nicht später. Jetzt!«, drang die lästige Stimme ihrer Mutter an ihr Ohr. »Du hast morgen Geburtstag und erwartest Gäste. Da muss dein Zimmer aufgeräumt sein.«

Sophie verdrehte ihre Augen. Sie hatte Wichtigeres zu tun, als ihren Geburtstag vorzubereiten. Dafür blieb später noch mehr als genug Zeit.

»Na geh schon«, sagte Georg, ihr drei Jahre älterer Bruder, der auf dem Sofa neben ihr saß und las. »Du kennst sie doch. Sie wird keine Ruhe geben, bis du aufgeräumt hast.« Er legte sein Buch zur Seite und richtete sich auf: »Was machst du da überhaupt?«

»Ich male ein Traumbild«, sagte Sophie. »Der Kerl da«, sie tippte auf das Bild, »ist mir heute Nacht im Traum begegnet. Er stand auf einer finsteren Lichtung. Das Gras war verwelkt, die Bäume um die Lichtung alt, knorrig und halb vertrocknet. Überall klebte zäher, schwarzer Schleim.«

Georg schüttelte den Kopf: »Schwarzer Schleim. Also, was du immer so zusammenträumst ...« Und er vertiefte sich wieder in sein Buch.

Sophie seufzte. Georg war immer so vernünftig. Er las Bücher über Chemie und Biologie und Technik, für Träume und Dinge, die man nicht erklären konnte, interessierte er sich nicht.

»Sophie, wo bleibst du denn?« Ihre Mutter stand im Türrahmen, die Hände verärgert in die Hüften gestemmt.

»Ach Mama, bitte!«, sagte Sophie. »Ich brauche nicht mehr lange. Ich will nur noch diese Zeichnung fertig machen.«

»Zeichnen tut man nicht im Wohnzimmer auf dem Boden, sondern im eigenen Zimmer am Schreibtisch. Wie oft habe ich dir das schon gesagt?«

»Da habe ich aber zu wenig Platz.«

»Genau! Weil dein Schreibtisch ein Müllberg ist. Wenn du also nicht augenblicklich dein Zimmer aufräumst, gibt es morgen kein Geburtstagsfest.«

Entgeistert starrte Sophie ihre Mutter an: »*Kein* Geburtstagsfest, nur weil ich noch eine halbe Stunde zeichnen möchte?«

»So ist es!«, sagte ihre Mutter streng. »Ich kenne das nämlich schon: Aus einer halben Stunde wird eine Stunde und aus einer Stunde werden zwei, und plötzlich ist der Tag vorbei und das Chaos in deinem Zimmer ist noch immer da. Nichts da. Du räumst auf. Jetzt sofort!«

Sophie spürte die Wut, die in ihre Zehen kroch. »Das ist unfair!«, rief sie und schleuderte einen Buntstift auf den Teppich.

»Sophie, du wirst morgen zwölf Jahre alt und benimmst dich wie ein kleines Kind!«

Sophie verschränkte trotzig ihre Arme vor der Brust: »Wenn du willst, dass ich mich wie eine Erwachsene benehme, dann überlass gefälligst mir, wann ich aufräume.«

»Ich lasse mich auf keine Diskussion ein«, sagte ihre Mutter. »Ohne Ordnung kein Fest. Geh und räum dein Zimmer auf!«

»Du bist unfair!«, schrie Sophie. Schnaubend schlug sie mit der Hand auf die Buntstifte am Boden und rannte aus dem Zimmer. Sie kochte vor Wut.

»Reiß dich gefälligst zusammen!«, rief ihr ihre Mutter nach.

»Blöde Kuh«, murmelte Sophie zornig, als sie außer Hörweite war. »Soll doch ihr Lieblingsbild von der Wand fallen!«

Sie war noch nicht in ihrem Zimmer angekommen, da schlug etwas hölzern gegen den Boden. Glas brach, Scherben klirrten. Sophie erstarrte. Der leise Aufschrei ihrer Mutter kroch wie Gift in ihre Knochen. Auf Zehenspitzen schlich sie auf die Galerie und spähte ins Wohnzimmer hinunter. Ihr Herz blieb stehen, als sie ihre Mutter sah: Sie kniete zwischen den Scherben eines Bildes und hielt sich die blutende Hand. War das …? Hatte etwa *sie* …? Nein, bestimmt nicht. Das war ein Zufall, nichts als ein Zufall! Geknickt schlich Sophie in ihr Zimmer und machte sich daran, Ordnung zu schaffen.

In dieser Nacht konnte Sophie nicht einschlafen. Der Ärger über ihre Mutter, aber auch das schlechte Gewissen hielten sie wach.

Kurz vor Mitternacht wurde sie des ständigen Hin-und-her-Wälzens leid. Sie stieg aus dem Bett, setzte sich an den Schreibtisch und starrte stumpf aus dem Fenster. Es hatte eben aufgehört zu regnen, die Scheibe war noch nass. Was für ein ungewöhnlich milder Winter. Kein einziges Mal hatte es bisher geschneit. Nur Regen. Immerzu Regen.

Die Wolken rissen auf und der Mond kam zum Vorschein. Sein Licht fiel auf eine Wasserlache im Garten. Sie war groß und oval, und eine schwere Wolke spiegelte sich dunkel darin. Sophie dachte an den Streit mit ihrer Mutter. Das Leben konnte manchmal schrecklich ungerecht sein! Früher, ja früher wäre alles viel leichter gewesen. Da wäre sie einfach in diese Pfütze gesprungen, und der wild spritzende Schlamm hätte ihren Ärger weggeschwemmt und mit ihm das schlechte Gewissen. Ja, Regenpfützenschlammspringspritzereien hatten Sophie immer sehr gutgetan.

Ein dunkler Vogel setzte sich an den Rand der Pfütze. Ach, wie gern wollte Sophie dieser Vogel sein, der, wann immer er Lust hatte, in Wasserlachen baden durfte. Sophie wollte auch hineinspringen in das schlammige Nass! Doch sie sah ihn vor sich, diesen schrecklich erwachsenen Blick ihrer Mutter, und sie hörte sie sagen, Sophie sei »zu alt« für solch einen »Unfug«. Vielleicht hatte sie ja recht. Der Vogel flog davon.

Wer bestimmte eigentlich, ab wann man »zu alt« für etwas war? Wenn Sophie ihrer Mutter und ihrem Bruder Glauben schenkte, war sie für viele Dinge zu alt, die sie gern tat: Georg lachte sie immer aus, wenn er sie mit einem Kinderbuch in der Hand ertappte. Er plusterte seine Brust dann wie ein Pfau auf und sagte: »Ach Sophie, für diesen Kinderkram bist du mittlerweile aber wirklich zu alt!«

In der Stadtbücherei schämte sie sich, wenn sie ein Kinderhörspiel ausleihen wollte. Manchmal siegte die Scham und Sophie ging mit leeren Händen nach Hause. An anderen Tagen aber waren ihr die spöttischen Blicke der Bibliothekarin egal und sie nahm gerade extra noch ein zweites Hörspiel mit.

Die Turmuhr schlug Mitternacht. Sophie seufzte. Nun war sie also zwölf Jahre alt. Ließ sich das Erwachsenwerden denn nicht aufhalten? Würde sie in drei Jahren auch so vernünftig sein wie Georg? Sophie schüttelte sich und schaltete das Licht ein. Lieber über etwas anderes nachdenken! Sie nahm ein leeres Blatt Papier und begann darauf zu zeichnen. Sie zeichnete den Garten, den Regen, die Wasserlache im Gras. Sie starrte ein bisschen aus dem Fenster und zeichnete dann sich selbst, wie sie mit großen, gelben Gummistiefeln in die Pfütze sprang. Sie betrachtete das Blatt, sie zeichnete noch mehr spritzenden Schlamm. Doch noch immer fehlte etwas. Vielleicht ein paar Sonnenstrahlen? Sonnenstrahlen machten gute Laune. Wenn aber Sonne und Regen aufeinandertrafen, musste auch noch ein Regenbogen mit aufs Bild. Sophie mochte Regenbogen. Früher hatte sie sich oft vorgestellt, sie seien lebendig und man könne auf ihnen reiten. Ganz oben hatte sie auf ihnen gesessen und sich über Städte, Felder und Wälder tragen lassen. Am Ende dieser Gedankenausritte war sie immer jauchzend über die bunten Streifen hinuntergerutscht. Ja, mit einem lebendigen Regenbogen befreundet zu sein, das war damals ihr großer Traum gewesen! Heute wusste Sophie natürlich, dass so etwas nicht möglich war.

Da plötzlich, ein Kichern! Sophie horchte auf: »Hallo? Ist da jemand?« Nichts. Sophie schüttelte den Kopf und blickte sich suchend im Zimmer um. Alles lag perfekt aufgeräumt an seinem Platz: die Decke und das Kissen auf dem Bett, die Schultasche neben dem Schreibtisch, die Stifte und das Papier in der Schublade, die Bücher im Regal.

Doch da, schon wieder! Sophie sprang auf. Das Geräusch kam aus dem Kleiderschrank! Sie riss die Tür auf und erschrak: Da war ein Haarbüschel, irgendwie blau, und zu diesen Haaren gehörte ein Kopf mit großen Augen und breitem Mund, und Arme und Beine, die zu lang waren für den Rest.

»Hä? Was soll das?«, fragte der Kerl und blickte verärgert auf. »Wer hat das Licht angemacht? So kann man doch nicht arbeiten! Tür zu!«

Sophie, ganz verdattert, murmelte eine Entschuldigung und schloss wie automatisch die Tür. Und dann stand sie eine Weile da, starrte auf die Tür und war sich nicht sicher, ob sie sich diesen blauhaarigen Kerl in ihrem Schrank nur eingebildet hatte. Unschlüssig tappte sie von einem Bein auf das andere und wusste nicht so recht, was tun, da kam von innen ein: »Häää?«, und die Tür öffnete sich wie von selbst einen Spaltbreit. Zwei große Augen spähten vorsichtig heraus, Sophie zuckte zusammen, die Tür fiel wieder zu. »Nein, nein, nein!«, hörte sie die Stimme im Schrank. »Das kann nicht sein.« Noch einmal ging die Tür auf, und der Kopf lugte heraus und machte: »Buh!« Sophie sprang zurück. »Oh nein!«, rief der unbekannte Schrankbewohner. »Sie kann mich sehen! Wie ist das möglich?« Er versteckte sich hastig hinter einem langen Kleid und rief: »Geh weg!«

Ungläubig starrte Sophie auf den grellen Haarschopf hinter dem Kleid. Nur langsam erwachte sie aus ihrer Erstarrung. »Wie bitte?«, fragte sie.

»Geh weg!«, rief der Blauhaarige und vergrub sich noch tiefer hinter dem Kleid. »Du kannst mich nicht sehen! Du *darfst* mich nicht sehen! Verschwinde!« Ein Arm kam zum

Vorschein und dürre Finger griffen nach der Schranktür. Die Tür fiel ins Schloss.

Sophie wusste nicht, wie ihr geschah. Dieser Kerl, der in ihrem Schrank nichts zu suchen hatte, konnte sie doch nicht einfach aus ihrem eigenen Zimmer schicken! Entschlossen ging sie zum Schrank. Sie rüttelte an der Tür. Die Tür ging nicht auf. »Aufmachen!«, befahl sie. »Mach sofort auf!«

Im Schrank raschelte es. »Mist!« Gedämpftes Hämmern. »Was soll das?« Stampfen. »Lasst mich gefälligst zurück!«

Sophie schlug mehrmals gegen die Tür.

»Es ist niemand zu Haus! Kein Einziger!«, sagte die Stimme im Schrank.

Mit aller Kraft riss Sophie an der Tür. Nun endlich sprang sie auf. Doch der Haarschopf war weg. Eilig durchwühlte Sophie ihre Kleider. Nichts. Doch da! Ein Knarren, ein Fuß, er baumelte vom Schrank. Wie, das war Sophie ein Rätsel, aber der blauhaarige Kerl hatte sich auf den Schrank hinaufgeflüchtet. Dort saß er nun und trommelte trotzig mit der Faust gegen das Holz, während Sophie seinen Knöchel fest umklammerte: »Hab ich dich!«

»Du kannst mich ja noch immer sehen!«, schimpfte er.

»Wie soll ich dich auch übersehen mit diesen blauen Haaren?«, fragte Sophie.

»Petrol«, grummelte es vom Schrank herab.

»Wie bitte?«

»Petrol«, wiederholte der Kerl und warf Sophie einen giftigen Blick zu, »Meine Haare sind petrolfarben, nicht blau. Ich verbitte mir blau! Ich hasse blau! Pfui! Igitt!«

»Von mir aus«, sagte Sophie gleichgültig, »Wer bist du? Und was machst du in meinem Schrank?«

»Ich sage nichts«, sagte der Unbekannte und hielt sich die Hand vor den Mund.

»Oh doch!«, zischte Sophie.

Trotzig wand sich der Kerl aus ihrem Griff, verschränkte die Arme vor der Brust und schüttelte den Kopf. Eine zerschlissene Latzhose bedeckte seinen hageren Körper. Darunter trug er ein Hemd mit unterschiedlich langen Ärmeln. Die Füße steckten in löchrigen Socken und die Socken in abgewetzten Sandalen. Nervös wippte die rechte Sandale auf und ab.

Sophie holte tief Luft und versuchte freundlich zu sein: »Bitte.«

»Nein«, sagte der Kerl.

»Doch«, sagte Sophie und merkte, dass Freundlichsein manchmal ganz schön schwierig sein konnte.

»Nein!« – »Doch!« – »Nein!!« – »DOCH!« – »NEIIIN!!!«

»Gut, dann verschwinde!«, befahl Sophie. Sie wollte nun nicht mehr freundlich sein. »Du hast hier nichts zu suchen.« Sie setzte sich auf ihre Bettkante und blitzte den Unbekannten mit bösen Blicken an. Er drehte sich von ihr weg. Sophie aber schoss weiter ihre Blitze. Rücken oder Gesicht, das war egal, ihre Blicke verfehlten nie das Ziel.

Es dauerte nicht lange, da drehte der Kerl sich zur Seite. »Grumpf!«

Blitzblicke. Einer, zwei, drei.

Er drehte sich auf die andere Seite. »Grummelgrumpf!«

Sophie ließ nicht locker. Sie konnte sehr ausdauernd sein, wenn es darauf ankam. Jetzt gerade kam es darauf an.

»Hör auf, mich anzustarren«, zischte der Petrolhaarige schließlich. »Ich würde ja gehen, wenn ich könnte.« Er hob hilflos die Schultern, drehte sich zu ihr um und ließ die Beine vom Schrank baumeln: »Sag mal, wie alt bist du?«

Sophie schüttelte den Kopf: »Geht dich nichts an.« Dieser Kerl sollte gar nicht erst versuchen, von ihren Fragen abzulenken.

Unruhig rutschte er hin und her: »Bitte sag es mir. Bitte, bitte, bitte! Ich muss es wissen.«

»Nur wenn …«, begann Sophie.

»Ja, sobald du …«, drängte der Kerl.

Sophie rollte mit den Augen: »Zwölf.« Sie schaute auf die Uhr. »Seit einer halben Stunde.«

»Seit einer halben Stunde?« Der Petrolhaarige richtete sich kerzengerade auf. »Wirklich? Ich meine, ganz echt und genau und exakt seit einer halben Stunde?«

»Hängt davon ab, wie genau meine Uhr ist«, sagte Sophie genervt. Sie wollte nicht über ihren Geburtstag reden, sie wollte wissen, was dieser Kerl hier zu suchen hatte.

»Ach herrje, sie hat heute Geburtstag!« Sein Blick verfinsterte sich. »Das erklärt einiges.« Und während der Kerl vom Schrank kletterte, murmelte er verärgert: »Warum nur immer *mir* solche Dinge passieren müssen! So ein Mist! Mist! Mist!« Beim ersten »Mist« kam er am Boden an, beim zweiten gab er dem Schrank einen Tritt und beim dritten fiel er rücklings neben Sophie aufs Bett und verschränkte die Arme hinter dem Kopf. »Also gut«, sagte er. »Mein Name ist Theobald. Ich bin ein Narr.«

Sophie zog verwundert die rechte Augenbraue hoch: »Ein *was* bist du?«

»Ein Narr«, sagte Theobald. »Genau genommen ein Gedankennarr.«

Sophie überlegte: »Ein Narr … Ist das so etwas wie ein *Faschingsnarr*?«

»*FASCHINGSNARR?*«, rief Theobald mit weit aufgerissenen Augen, schüttelte sich angewidert und sprang auf, »Uah! Mit diesen billigen Kopien will ich nichts zu tun haben. Nein, nein, nein, auf keinen Fall!« Er baute sich groß vor Sophie auf und stemmte die Hände in die Hüften: »Das sieht man doch auf den ersten Blick, dass ich ein Original bin.«

Sophie schüttelte ratlos den Kopf: »Ich kenne nur Faschingsnarren, ein anderer ist mir noch nie begegnet.«

»Natürlich nicht!«, kicherte Theobald. »Weil ihr Menschen uns nicht sehen könnt. – Nicht *mehr*.«

»Aber ich sehe dich doch«, sagte Sophie verdattert.

Theobald blickte an sich herab und dann zu Sophie auf, zuckte mit den Achseln und sagte: »Offensichtlich.«

Offensichtlich? War das alles, was er dazu zu sagen hatte? Einfach nur *Offensichtlich?* Sophie wollte nachhaken, doch sie kam nicht dazu, denn plötzlich richtete sich Theobald kerzengerade auf und fing an, irgendetwas mit ruckartigen Augen- und Kopfbewegungen in der Luft zu verfolgen. Schließlich zischte er: »Psssst!«, erstarrte für einen Augenblick und griff dann blitzschnell wie nach einer Fliege in die Luft: »Ha!« Er öffnete die Hand und machte ein enttäuschtes Gesicht: »Mist! Verfehlt.«

»Was hast du verfehlt?«, fragte Sophie, sie hatte nichts in der Luft gesehen.

»Ach nichts«, sagte Theobald und winkte ab. Er ließ sich zurück aufs Bett fallen und rekelte sich wohlig. »Gemütlich hast du's hier.«

Sophie starrte den wunderlichen Kerl aus engen Augenschlitzen an: »Also sag schon, was machst du in meinem Zimmer?«

Theobald aber hörte ihre Frage nicht. Er hatte schon wieder etwas entdeckt, das Sophie nicht sah, und sprang vom Bett. Sophie schüttelte genervt den Kopf. Theobald ging in die Hocke und starrte wie gebannt in die Luft. Seine Pupillen zuckten nach oben, nach unten und mehrmals im Kreis, von rechts kerzengerade nach links und von links spiralförmig zurück nach rechts, Sophie wurde allein vom Zusehen schwindlig. Theobald sprang in die Höhe, keuchte: »Mist!«, und sprang wieder und wieder. Schließlich aber hielt er inne, stellte sich auf die Zehenspitzen und griff mit konzentriertem Blick in die Leere, als wollte er einen reifen Apfel vom Baum pflücken. »Ha! Erwischt!«, rief er glücklich.

»Da war doch nichts«, sagte Sophie.

»Oh, wenn du wüsstest!«, sagte Theobald. Er zog einen kleinen Beutel aus seiner Latzhose und verstaute das ergatterte Nichts (das möglicherweise doch etwas war) darin. »Da drin«, sagte er und schwenkte den Beutel vor Sophies Nase hin und her, »befindet sich eine wunderbare Sammlung von Gedankenfragmenten. – Schau!« Er zeigte auf den Beutel. »Da steht dein Name drauf.«

Tatsächlich war da Sophies Name mit braunroten Buchstaben in den Stoff gestickt. »Du jagst also nach Gedanken … äh … *fragmenten*?«, fragte sie ohne zu verstehen.

»Richtig!«, sagte Theobald. »Ich greife Gedankenstücke aus der Luft. Die gibt es dort, wo Menschen sind, wie Sand am Meer. Größere und kleinere, viertel, halbe und ganze, genaue und ungenaue, geniale und weniger geniale, brauchbare und weniger brauchbare. Unter uns: Viele sind komplett unbrauchbar. Du weißt ja gar nicht, wie viel Blödsinn auf dieser Welt gedacht wird! – *Deine* Gedankenfragmente aber mag ich. Sie sind erfrischend anders. Sie springen in Pfützen und reiten auf Regenbogen, sie sprechen mit Bäumen und tanzen auf Wolken, sie klettern auf Dächer und malen langweilige Gesichter bunt.« Sophie errötete. Dieser Theobald konnte ihre Gedanken sehen! Das war ihr gar nicht recht.

»Ich verrate sie schon keinem«, sagte der Narr mit einem Augenzwinkern, »allerhöchstens einem Narrdertat. Das lässt sich bei guten Gedanken nicht verhindern. Aber die können ja bekanntlich schweigen wie Stummnarrenfidelchen.«

Sophie starrte Theobald verwirrt an. Sie verstand kein Wort von dem, was er sagte. Doch der Narr kümmerte sich nicht darum, kniete vor ihr auf den Boden, machte: »Hmmm …«, und berührte ihre Wange. »Zwölf Jahre, sagtest du?« Und noch bevor Sophie antworten konnte, sprang er auf und lief zum Schrank. »Ich muss mich jetzt dringend verabschieden. Es gilt wichtige Nachforschungen anzustellen!«

»Theobald?« – Stille.

Selten waren Sophie Tage so lange vorgekommen wie die, die nun kamen. Sogar ihr Geburtstag, der sonst immer viel zu schnell verging, wollte und wollte kein Ende nehmen. Alles erschien ihr trist: die Gespräche, das Essen, die Geschenke, die Musik. Nicht einmal für die Schnitzeljagd, die ihre Mutter und Georg für sie vorbereitet hatte, konnte sie sich begeistern. Sophie ahnte nichts von den verhängnisvollen Auswirkungen ihrer Begegnung mit Theobald, sonst hätte sie bestimmt nicht so sehnsüchtig auf seine Rückkehr gehofft. Wieder und wieder durchwühlte sie ihren Kleiderschrank und suchte nach seinem petrolblauen Haarschopf. Wieder und wieder stritt sie mit ihrer Mutter, weil das Durcheinander in ihrem Zimmer so rasch wieder wuchs. Sophie aber interessierte sich in diesen Tagen weder für Ordnung noch für Unordnung und schon gar nicht für den Ärger ihrer Mutter. Was sie einzig und allein interessierte, war die Frage: *Wo ist Theobald?* Doch die Tage vergingen, und der Narr ließ sich nicht mehr blicken, und Sophie war sich bald ganz sicher: Sie hatte ihn sich nur eingebildet.

Dann kam ein ungewöhnlich warmer Februartag, an dem Sophie auf dem Balkon vor ihrem Zimmer saß und las. Irgendetwas musste sie ja tun, um sich abzulenken. Lesen lenkte immer ab. Wenn Sophie in ein Buch vertieft war, vergaß sie alles um sich herum. So sah sie weder die Finger, die das Balkongeländer umklammerten, noch den nackten Fuß auf der Brüstung. Erst, als das Holz knarrte und ein buntes Knäuel ächzend auf den Balkon polterte, wurde Sophie auf den Eindringling aufmerksam. Stöhnend richtete er sich auf und rieb sich den Rücken: »Das hat man davon, wenn man einen möglichst unauffälligen Auftritt an den Tag legen will.« Er klopfte sich mit spitzen Lippen den Schmutz von den Armen. Sie waren über und über mit bunten Federn bedeckt. Auch der Rest des etwas untersetzten Körpers war in Federn gehüllt, nur nicht die kräftigen Hände, die Füße und das Gesicht. Sophie starrte ihn verblüfft an: ein Vogel in Menschengestalt, hier auf ihrem Balkon? Oder war es ein Mensch in Vogelgestalt? Der Vogelmann schüttelte sich, tat einen tapsigen Schritt und stieß dabei gegen Sophies Knie. Erschrocken warf er die Hände in die Luft: »Huch! Du hier?«

»Ähm … ja«, stammelte Sophie. Sie konnte ihre Augen nicht von ihm lassen.

»Ich dachte, du seist mit deinem Kleiderschrank beschäftigt … Hmmm … Dann bin ich ja ganz umsonst geklettert. Na ja, sei's drum.« Der Federmann trippelte ein paar Schritte zurück, lehnte sich elegant gegen das Balkongeländer und musterte Sophie: »Hmmm …« Er legte den Kopf zur Seite und zupfte an seiner Unterlippe. »Tja …« Er neigte den Kopf zur anderen Seite und kraulte sich das Bauchgefieder. »Vielleicht …« Mit einem Satz sprang er auf Sophie zu. »Man würde es nicht für möglich halten!« Ihre Nasenspitzen berührten sich fast. »Aber doch!« Er jubelte verzückt und tänzelte mit wackelnden Hinterfedern um Sophie herum. Dann griff er mit der einen Hand nach ihrem Kinn und mit der anderen nach ihrer Nase, wobei er den kleinen Finger der oberen Hand weit von sich streckte, und öffnete ihr den Mund. »Ha, du hattest kürzlich Geburtstag!«, rief er und klimperte mit den Wimpern. »Den wievielten denn?« Er hielt Sophie noch immer fest.

»En ölften«, versuchte sie zu antworten.

»Den elften?« Der Federmann klang enttäuscht.

»Gnein.« Sophie schüttelte den Kopf. »En quchölften.«

»Den zwölften?«, fragte er und klang schon etwas fröhlicher.

»Chja«, bestätigte Sophie und untermauerte es mit einem Nicken.

Der Federmann ließ überglücklich von ihr ab, und ein Schwall Wörter quoll aus ihm heraus: »Kann es tatsächlich sein …? Ist es wahrhaftig …? Hat Theobald etwa recht mit …?«

Theobald? Sophie richtete sich auf.

»Ist es denn wirklich schon …? Das wäre ja …! Nein! Keine voreiligen Schlüsse ziehen, sonst könnte noch …« Er brach ab. Er schüttelte sich. Er trat einen Schritt zurück: »Ach, wie ausgesprochen unhöflich von mir! Ich habe mich noch gar nicht vorgestellt: Mein Name ist Kasimir. Kasimir, Narrdertat. Hochentzückt!« Er verbeugte sich so anmutig, dass Sophie kichern musste, und ihr Herz schlug schnell vor Freude und Aufregung: Ein Narr!

»Theobald lässt ausrichten, dass er im Augenblick sehr beschäftigt sei«, sagte Kasimir. »Genau genommen ist er nicht nur *sehr,* sondern äußerst und *unglaublich* und *waaahnsinnig* beschäftigt.« Mit jeder Bewegung wippten Kasimirs Federn geschmeidig auf und ab wie frisch gewaschenes, seidiges Haar. Und sie wippten ständig, denn er konnte nicht still stehen. »Und außerdem ist das, was wir vorhaben, nicht sein Aufgabengebiet.«

Sophie schaute den Narren verwundert an: »Was haben wir denn vor?«

Kasimir setzte sich zu ihr, legte seinen Federarm um ihre Schultern und schaute sie herausfordernd an: »Mir kam zu Ohren, du willst mit einem Regenbogen befreundet sein. Ist das wahr, Schätzchen?«

»Ähm, ja«, stammelte Sophie. »Darüber habe ich kürzlich nachgedacht. Aber woher …?«

»Ha!«, rief Kasimir und lachte laut. »Dieser Theobald ist schon ein Fuchs! Immer die richtigen Gedanken zur richtigen Zeit. Er ist und bleibt ein Meister seines Fachs!«

Sophie starrte den Narren verdattert an. Sie verstand kein Wort. Der aber erklärte nichts und funkelte sie nur mit unternehmungslustigen Augen an: »Na dann sollten wir schleunigst damit anfangen. Die Zeit eilt, an den Regenbogen sind bestimmt nicht nur wir interessiert.« Sein Blick verdunkelte sich für einen Augenblick, doch dann sprang er auf. »Süße, ich hole dich heute um Mitternacht ab. Zieh warme Kleider an, es könnte kalt werden.« Beim Weggehen wippten wieder seine Hinterfedern.

Der Rest des Tages verstrich sehr langsam. Sophie war froh, als sie endlich allein, in ihre wärmsten Kleider gehüllt, die Decke bis über die Nasenspitze gezogen, in ihrem Bett lag und auf Kasimir wartete. Ihr Blick wanderte aus dem Fenster: Der Vollmond warf ein silbernes Licht in ihr Zimmer und ließ sie schläfrig werden. Sophie glitt in eine Wolkenwelt zwischen Traum und Wirklichkeit …

Wer war das, der die Wolken öffnete und Licht in die Nachtwelt dringen ließ? Welche warme Hand griff durch die Wolken und störte ihren Schlaf?

»Sophie, du musst aufwachen!« Es war Kasimir, der auf ihrer Bettkante saß. »Es ist höchste Zeit aufzubrechen.«

Die Wolken setzten Sophie am Boden ab. Sie rieb sich schlaftrunken die Augen und setzte sich auf.

»Gute Mitternacht, mein Herz! Ich sehe, du bist vorbereitet«, sagte Kasimir mit einem zufriedenen Blick auf Sophies Kleider. »Komm, wir fliegen ein Stück!« Er nahm Sophie an der Hand und tänzelte mit wippenden Federn zum Balkon.

Fliegen? Die Müdigkeit verschwand. »Ich? Fliegen?« Sophie schüttelte den Kopf. »Menschen können nicht fliegen, weißt du das denn nicht?«

»Na dann lernst du es eben«, sagte Kasimir und machte auf

Zehenspitzen eine Arabesque. Sophie musste schmunzeln. Er sah aus wie eine zu groß geratene Balletttänzerin, nur viel unbeholfener und plumper. »Es ist nur eine Frage des Willens, der Vorstellungskraft und des närrischen Talents«, sagte er. »Ich bin mir sicher, dir fehlt es an nichts davon. Komm, Herzchen, ich bringe es dir bei.«

Zuerst kamen die Aufwärmübungen: Arm- und Schulterkreisen, Kopfneigen, Kniebeugen, Liegestütze. Sophie fühlte sich wie im Turnunterricht. Was hatte das mit Fliegen zu tun? Hoffentlich wusste Kasimir, was er tat. Wussten Narren überhaupt, was sie taten? Dann kam das Drehen. So schnell wie möglich, erst links herum, dann rechts herum, Sophie wurde schwindlig. Nun wusste sie selbst nicht mehr, was sie tat. So musste es wohl sein.

»Dauert das immer so lange, bis man losfliegen kann?«, fragte sie während einer kurzen Pause.

Kasimir winkte mit einer weichen Handbewegung ab: »Aber nein, Schätzchen, wenn du erst einmal genug Routine hast, brauchst du dich nicht mehr aufzuwärmen. In der Anfangsphase ist es aber wichtig. – Für den Fall eines Absturzes.«

Sophie stutzte: »Besteht denn die Möglichkeit, dass ich abstürze?«

Kasimir holte tief Luft und verlagerte verlegen sein Gewicht von einem Bein auf das andere: »Nun ja … hin und wieder kommt das bei Anfängern schon vor. – Wenn ich's mir recht überlege, sogar ziemlich oft.« Er schaute auf und ergänzte rasch: »Ach, Süße, hör nicht auf das dumme Gerede eines alten Narren! Du hast Talent. Du wirst nicht abstürzen.« Übertrieben sorgfältig strich er sich das Bauchgefieder glatt und tat so, als bemerke er Sophies besorgten Blick nicht. Dann riss er sich eine hellblau schimmernde Feder aus und zeigte sie Sophie: »Stell dir vor, das bist du.« Mit einer weichen Bewegung ließ er die Feder in Sophies Hand gleiten. Im nächsten Augenblick fuhr eine Windbrise über ihre Hand und hob die Feder in die Luft. Mit unendlicher Leichtigkeit stieg sie empor, hoch und höher, sanft wie ein Gedicht, drehte sich einmal um sich selbst und entschwand dann in der Dunkelheit der Nacht. Sophie schaute ihr wie verzaubert nach und verstand, was Kasimir ihr damit sagen wollte.

»Schließ die Augen«, sagte Kasimir und fuchtelte wie ein Hypnotiseur vor ihrem Gesicht herum.

Sophie schloss die Augen und stellte sich vor, sie sei eine Feder.

»Spürst du die Leichtigkeit?«, flüsterte Kasimir mit einem geheimnisvollen Raunen in der Stimme. »Spürst du, wie dein Körper an Gewicht verliert? Spürst du ihn noch, den Boden unter deinen Füßen?«

Nein, Sophie spürte ihn nicht mehr. Sie spürte den Auftrieb des Windes. Sie schwebte hoch und höher. Sie war ein Vogel, eine hellblau schimmernde Feder.

»Öffne die Augen, mein Vögelchen.«

Nur widerwillig tat Sophie, was Kasimir von ihr verlangte. Das Gefühl war zu schön! Doch als das Nachtlicht auf ihre Augen traf, verstand Sophie: Es war mehr als ein Gefühl. Der Balkon war weit weg, Gras und Bäume lagen tief unter ihr. Sie flog wirklich! Sophie erschrak. Und mit dem Schreck kam die Schwere in ihren Körper zurück. Der Boden zog sie wie ein Magnet nach unten. Sophie wurde heiß und kalt. Sie fiel wie ein Stein. »Kasimir!«, schrie sie. »Hilf mir!« Der Boden kam näher. »Neiiin!« Sie presste die Augen zusammen und verzog schmerzverzerrt das Gesicht. Sie wollte noch nicht sterben!

Doch der Aufprall tat nicht weh, er war fast so weich, als fiele Sophie in ein Federbett. Ihr Herz raste vor Angst, vor Verwirrung, vor verwunderter Erleichterung. Sie öffnete vorsichtig erst ein Auge und dann das zweite, und dann sah sie Kasimirs kreidebleiches, mit Schweißperlen überzogenes Gesicht. Wie ein Baby lag sie in seinen weichen Federarmen. Sophie schielte an ihnen vorbei; Der Erdboden war wenige Meter unter ihnen, sie schwebten in der Luft!

Behutsam setzte Kasimir Sophie auf der Wiese ab. Sophies Knie waren weich wie Pudding, sie musste sich setzen. Und so saßen sie eine ganze Weile im nassen Gras, und keiner sagte ein Wort. Schließlich aber wischte sich Kasimir den Schweiß von der Stirn und räusperte sich: »Puh, das war knapp.«

Sophie sagte nichts und senkte den Blick.

»Mach dir nichts draus«, sagte Kasimir und tätschelte müde ihren Rücken.

Sophie atmete ein paarmal tief durch, dann erst brachte sie ein: »Ich habe wohl doch kein Talent« über ihre Lippen.

»Nein, nein«, sagte Kasimir. »Du hast ganz außerordentliches Talent! Noch nie ist jemand beim ersten Versuch so hoch geflogen. Bewundernswert! Genau genommen praktisch unmöglich. Vielleicht hat Theobald ja wirklich recht, dass du …« Er brach ab und hielt sich erschrocken die Hand vor den Mund.

»Dass ich *was*?« Sophie richtete sich mühevoll auf.

Kasimir winkte mit einer weichen Bewegung ab: »Ach, nichts.«

Sophie spürte, dass »nichts« nicht »nichts« war, doch noch

bevor sie nachhaken konnte, sprang Kasimir auf und sagte: »Wir müssen uns beeilen, Schätzchen, die Nacht wartet nicht. Komm, steh auf! Wir versuchen es noch einmal!«

Sophie seufzte, der Schreck saß ihr noch in den Gliedern. Aber wie sagte Oma Lotte immer? »Wenn dein Herz etwas wirklich will, musst du dafür kämpfen, koste es, was es wolle.« Sophie horchte tief in sich hinein: Ihr Herz wollte fliegen! Also musste sie mutig sein und sich noch einmal in die hellblau schimmernde Feder verwandeln. Und nach einem ersten Zögern trug der Lufthauch sie wieder hoch in den Himmel. Sie spürte, wie ihrem Herz Flügel wuchsen, es war plötzlich leicht wie noch nie. Der Sturz war vergessen. Vorsichtig öffnete Sophie die Augen und schielte nach unten. Sie sah mondbeleuchtete Baumwipfel, nachtleere Straßen und schlafschützende Hausdächer. Sophie konnte es kaum glauben: Sie flog! Selig sog sie die frische Nachtluft ein und die letzten Reste ihrer Körperschwere aus, als Kasimir nach ihrer Hand griff und sie durch die nächtliche Stille davonzog.

Kapitel 2

DAS NARRENREICH

Bald lag die Stadt hinter ihnen und sie überflogen Felder, Wälder und Seen. Sophie konnte ihr Glück kaum fassen. Von Zeit zu Zeit kreuzte ein zwitschernder Nachtvogel ihren Weg. Dann sagte Kasimir: »Zirp zidi zwitsch!« (»Guten Abend, werte Dame!«) oder »Zirp zidi zwatsch!« (»Guten Abend, werter Herr!«), und der Vogel erwiderte: »Zirp zirimi zidi zwitsch, zwatsch!« (»Einen wunderschönen Abend, werte Dame, werter Herr!«), »Zwo zwirimi, trillili trallala, zwetsch zwak tra?« (»Welch herrlich laue Frühfrühlingsnacht, finden Sie nicht?«). Worauf Kasimir erwiderte: »Zirpti tri, zirpti tri.« (»In der Tat, in der Tat.«)

»Du kannst mit Vögeln sprechen?«, fragte Sophie verwundert.

»Ja natürlich«, sagte Kasimir, als wäre es die selbstverständlichste Sache der Welt. Er überlegte kurz und meinte: »Vielleicht solltest du auch Vogelisch lernen, meine Liebe. Oder zumindest Papagens. Sprachen kann man nie genug sprechen. Wer weiß? Vielleicht verirrst du dich eines Tages auf einer Insel, und der Einzige, der dir helfen kann, ist ein einsamer, alter Kakadu. Was machst du dann, wenn du seine Sprache nicht beherrschst?«

Sophie schüttelte den Kopf und lachte. Sie hielt es für recht unwahrscheinlich, sich eines Tages irgendwohin zu verirren, wo es weit und breit nur einen einzigen Kakadu gab.

Ein Wald tat sich unter ihnen auf. Die Baumwipfel schimmerten geheimnisvoll im Licht des Mondes.

»Der Morgentauwald«, wisperte Kasimir.

»Morgentauwald«, wiederholte Sophie. Der Name sagte ihr nichts. »Wo sind wir?«

»Im Narrenreich«, antwortete der Narr.

Sophie schaute ihn fragend an.

»Die Heimat der Narren«, erklärte er. »Hier wohnen wir.«

Sophie staunte: »Wann haben wir denn die Grenze überflogen?«

»Irgendwann zwischen dort und jetzt. Das kann man nie so genau sagen. Manchmal sind die Grenzen fließend, manchmal nicht. Heute wohl schon.« Kasimir setzte zur Landung an. Eine Primaballerina hätte nicht eleganter landen können. Sophies Landung war weit weniger elegant. Das machte aber nichts, sie war stolz wie ein Pfau: Sie hatte eben ihren ersten Flug absolviert!

Sanfte Nebelschwaden umspielten Moos und Wurzelwerk, dazwischen wuchsen Pilze, Kräuter und Beeren. Auf ihnen glitzerte der Tau. Die knorrigen Bäume streckten ihre Äste in die Höhe. Die Blätter raschelten im Wind. Ein verheißungsvoller Duft von Abenteuer lag in der Luft.

»Oh wie schön!«, wisperte Sophie und stellte verwundert fest: »Hier blüht und wächst ja alles, als wäre gerade Sommer.«

»Schätzchen«, sagte Kasimir, »Hier blüht und wächst *immer* alles, als wäre gerade Sommer!« Und er vertiefte sich in sein Federkleid. »Sogar im tiefsten Winter blüht und wächst hier alles, als wäre gerade Sommer.« Er schob hier ein paar Federn zur Seite und dort welche.

»Aber woran erkennt man denn dann, dass Winter ist?«, fragte Sophie.

»Na, gar nicht«, sagte Kasimir und wühlte tiefer in seinem Gefieder. »Wo ist sie denn nur ...?«

»Also gibt es hier keinen Winter?«

»Oh doch, selbstverständlich gibt es hier Winter, was für eine Frage! – Ah, hier ist sie!« Freudestrahlend zog Kasimir ein zerknittertes Blatt Papier hervor. *»ZUTATEN FÜR DAS REGENBOGENZÄHMUNGSRITUAL«*, stand da geschrieben.

Sophie schluckte und fühlte sich plötzlich ein bisschen unwohl: »Regenbogen muss man *zähmen*?«

»Na, was dachtest du denn?« Kasimir schaute sie mit großen Augen an. »Glaubtest du etwa, Regenbogen seien kleine, zutrauliche Haustiere? Nein, Schätzchen, Regenbogen sind wilde und trickreiche Biester. Die Regenbogenzähmung ist eine Wissenschaft für sich. Lies vor, was brauchen wir?«

Sophie hatte Mühe, die krakelige Handschrift auf dem Zettel zu entziffern: *»Ein Beutelchen ungetrübter Mondenschimmer«*, stand da, *»drei Löffel Kicherpflanzenstaub, eine Handvoll mit närrischem Nachttau bedecktes Moos, sieben Tropfen Narrenelfenlachen, zwei große Blätter Silberfarn, fünf Tropfen Harz von der wunderlichen allwissenden Eiche, drei närrische Nebelschwaden, eine Prise Wichtelessenz.«* Sophie hatte von all diesen Dingen noch nie gehört. Kasimir aber rieb sich zufrieden die

Hände: »Das trifft sich gut! Das Moos hier ist mit feinstem närrischem Nachttau bedeckt.« Er zog einen kleinen Beutel aus seinem Federkleid. »Sammle du das Moos, ich kümmere mich in der Zwischenzeit um den ungetrübten Mondenschimmer. Der Baum dort dürfte hoch genug sein.« Er zeigte auf eine mächtige Buche und erklärte: »Ungetrübt ist der Mondenschimmer nämlich nur über der Baumwipfelgrenze des Waldes.«

»Ist das denn der höchste Baum im Wald?«, fragte Sophie.

»Aber nein«, sagte Kasimir, »es gibt noch viel höhere.«

»Dann kannst du von seinem Wipfel aber nicht über die Baumwipfelgrenze greifen«, versuchte Sophie ihn auf seinen Denkfehler aufmerksam zu machen.

»Eben.« Kasimir nickte zufrieden und verschwand flink wie ein Eichhörnchen im Geäst.

Kopfschüttelnd sammelte Sophie ein bisschen Moos und fragte sich, was närrischen von normalem Nachttau unterscheide. Die Perlen des Taus auf dem Moos sahen nicht anders aus als herkömmliche Tautropfen. Doch dann schaute Sophie genauer hin und plötzlich spiegelten sich winzig kleine Gesichter in ihrem Glanz. War das denn möglich? Nein, vermutlich war es nur eine Lichtbrechung. Seltsam war es aber schon, dass *jeder* Tropfen so aussah, als habe er ein Gesicht. Sophies Nasenspitze berührte schon fast das Moos. Zu dumm, dass sie keine Lupe bei sich hatte!

Ein Tautropfen platzte, sein Wasser spritzte in Sophies Augen und augenblicklich machte sich ein kribbelndes Gefühl der Fröhlichkeit in ihren Zehen bemerkbar. Sophie schmunzelte. Das Gefühl wanderte in ihre Brust. Sophie kicherte. Es kitzelte ihre Mundwinkel. Sie lachte. Lauter, immer lauter.

Bald schüttelte die Fröhlichkeit ihren ganzen Körper und Sophie krümmte sich am Boden.

»Süße, du hast doch nicht etwa zu tief in den Tau geschaut?« Es war Kasimir, der sie auf den Boden drückte. »Halt still!«

Lachen. Immerzu dieses Lachen. Sophie konnte nicht still halten, wenn sie lachte. Ihr Körper bebte. Warum hörte es nicht mehr auf? Sophie bekam Angst.

»Ach Kindchen, kann man dich denn keine fünf Minuten allein lassen?« Etwas Weiches berührte ihre Augen.

»Ich muss den Tau aus deinen Augen wischen, sonst lachst du morgen noch.« Ein sanfter Druck auf ihren Augen. Sophie gluckste noch dreimal. Dann war das Lachen verschwunden.

Sophie atmete erleichtert auf. »Was war denn das?«, fragte sie. Ihr Bauch tat weh.

»Närrischer Nachttau«, sagte Kasimir und hob mahnend den Zeigefinger: »Man sollte ihm nie zu nah kommen. Sein Spucken kann fatale Auswirkungen haben. Es gibt Geschichten von Narren, die vor Lachen beinahe verhungert wären, nachdem sie zu tief in den Tau geschaut hatten. Wenn da keiner kommt, der sich auskennt, bist du verloren! Mädchen, Mädchen, mach so etwas nie wieder! – Oje, uns läuft die Zeit davon! Wir brauchen närrische Nebelschwaden.« Kasimir setzte sich neben eine Nebelschwade und führte sie mit einer geschickten Handbewegung in ein kleines Gläschen, das er zwischen seinen Federn hervorgeholt hatte. »Jetzt du!«, forderte er Sophie auf und gab ihr ebenfalls ein Glas.

Sophie griff nach einer besonders schönen Nebelschwade, doch sie glitt ihr durch die Finger. Auch beim zweiten Versuch hatte sie keinen Erfolg.

»Es ist eine Frage der Vorstellungskraft«, sagte Kasimir.

»Deine Hand ist keine Hand, die greift, sie ist ein Lufthauch, der sanft leitet. Zwinge die Schwade nicht in eine Richtung. Mit Zwang erreicht man bei närrischen Nebelschwaden nichts. Sie sind sehr freiheitsliebend. Tu so, als wolltest du nichts, als ihre Bewegung auf deiner Hand spüren.« Er leitete eine zweite Schwade scheinbar ohne große Mühe in ein Glas.

Sophie verstand. Behutsam näherte sich ihre Hand dem Nebel. Die Schwade zögerte. Sophie schloss die Augen. »Bitte berühre mich«, dachte sie. »Ich möchte wissen, wie du dich anfühlst.«

Sie fühlte sich luftig, warm und feucht an, die Schwade in ihrer gewölbten Hand, wie ein Sprühregen in einer Tropennacht. Und als es vorbei war, als die Schwade im Glas ihre Kreise zog, bedauerte Sophie die Kürze dieses Moments.

Kasimir führte Sophie tiefer in den Wald.

»Warum machen wir das eigentlich?«, fragte Sophie.

Kasimir blieb stehen: »Was?«

»Na, Regenbogen zähmen.«

Kasimir stellte sich auf die Zehenspitzen und drehte sich um seine eigene Achse. »Na, das war doch deine eigene Idee«, sagte er und stolperte fast. »Theobald hat sie in deinem Zimmer gefunden. Sie war ziemlich groß, fast schon ausgewachsen. – Außerdem kann man nie wissen … So ein Regenbogen kann von großem Nutzen sein in Zeiten wie diesen. Von seeehr großem Nutzen. Man muss sie für sich gewinnen, bevor es ein anderer tut.«

»Was für ein anderer?«, fragte Sophie mit einem mulmigen Gefühl im Bauch. »Was für Zeiten?«

Kasimir legte seinen Arm um Sophies Schultern und sagte

ausweichend: »Seltsame Zeiten, meine Liebe, seltsame Zeiten. – Oh, schau dort!« Er zeigte auf einen silbernen Farnstrauch am Wegrand: »Silberfarn. Wärest du so lieb und würdest bitte zwei Blätter davon pflücken? Aber sei vorsichtig, Silberfarn ist kitzlig.«

Kitzlige Pflanzen, spuckender Tau, freiheitsliebender Nebel, Sophie schüttelte den Kopf und griff behutsam nach dem Farn. Die Blätter zuckten, die Pflanze wand sich unter ihrem Griff. Erschrocken zog Sophie die Hand zurück. Der Strauch schüttelte sich angewidert und rollte ein Blatt nach dem anderen ein, bis er nur noch ein Haufen kleiner Blattrollen war.

Kasimir schüttelte verärgert den Kopf: »Süße, du solltest ihn doch nicht kitzeln!«

»Aber ich …«, begann Sophie, doch Kasimir ließ keine Entschuldigung zu: »Nichts *›aber‹*, dieser beleidigte Rollenhaufen lässt sich nicht bestreiten. Sieh zu, dass du einen neuen Strauch findest! Und dann pack fest und entschlossen zu!«

Zum Glück ist Silberfarn keine Seltenheit im Narrenreich, und bald bot sich für Sophie die Gelegenheit, es noch einmal zu versuchen. Diesmal griff sie fast grob zu, und so gelang es ihr, die Blätter auszureißen. Sie wollte schon triumphieren, da bemerkte sie eine Gruppe kleiner, halbdurchsichtiger Wesen hinter dem Farnstrauch. Sie schwebten knapp über dem Boden, ihre perlmuttfarbenen Kleider klingelten bei jeder Bewegung, als wären unzählige Glöckchen in den Stoff gewebt, und sie tuschelten aufgeregt. Sophie hatte sie wohl bei irgendetwas gestört. »Oh, Entschuldigung«, murmelte sie. Kasimirs Gesicht aber hellte begeistert auf, als er die Wesen sah, und er verneigte sich vor ihnen: »Guten Abend, werte Damen. Es ist mir eine große Ehre, Sie hier anzutreffen.«

Die Angesprochenen warfen einander verstohlene Blicke zu. Verlegen kicherten sie hinter ihren kleinen Händen und lösten sich eine nach der anderen mit zartem Klingelton in Luft auf.

»Ach, sind sie nicht atemberaubend schön, diese Seifenblasenglöckchen?«, fragte Kasimir verzückt. »Wie selten sie doch sind und wie schüchtern!«

Sophie war weniger verzückt als besorgt über ihr plötzliches Verschwinden: »Wo sind sie hin?«

Kasimir hob die Schultern. »Kann man nicht sagen. Ist reiner Zufall. In dem Moment, in dem sie irgendwohin verschwinden, tauchen sie woanders wieder auf.«

»Heißt das, sie wissen nie, wo sie als Nächstes sein werden?«

»Exakt!«

Sophies Augen weiteten sich: »Das ist ja furchtbar!«

»Ganz und gar nicht!«, sagte Kasimir. »Seifenblasenglöckchen lieben Überraschungen mehr als alles andere.«

In ebendiesem Moment stolperte ein rothaariger, pummeliger Wicht über Sophies Fuß. »He!«, rief sie, doch der Wicht war viel zu sehr damit beschäftigt, einem fliegenden Etwas hinterherzuhetzen, das ständig seine Form, Farbe und Größe veränderte: Erst war es eine kleine hellblaue Mücke, dann eine mittelgroße grün-rote Libelle. Die Libelle verwandelte sich in eine fette gelb-blaue Hummel, und schließlich verschwand das Etwas als kakifarbener knarrender Klotz in der Dunkelheit und mit ihm der Wicht. Sophie schaute ihnen verblüfft nach, und Kasimir schüttelte ungläubig den Kopf: »Dass heutzutage tatsächlich noch einer auf die billigen Tricks von wandelbaren Granat-Kokonsten hereinfällt … Merkwürdig, sehr merkwürdig.«

»Was ist das? Ein … wandelbares *Granat* … ähm … *Kokonst*?«, fragte Sophie.

»Nichts«, antwortete Kasimir und winkte ab.

»Was meinst du mit *Nichts*? Ich habe es doch fliegen sehen.«

»Es ist immer das, was du willst«, erklärte der Narr. »Ich bevorzuge *Nichts*. Als Nichts bereiten sie einem für gewöhnlich am wenigsten Schwierigkeiten.«

Am Rand einer kleinen Lichtung blieb Kasimir stehen und legte mahnend den Zeigefinger auf die Lippen. Da stand ein knorriger, alter Baum, der behäbig-knarrende Geräusche von sich gab. »Das ist die wunderliche allwissende Eiche«, flüsterte Kasimir. »Wir brauchen ihr Harz.«

Noch nie hatte Sophie einen so prächtigen Baum gesehen. Es war, als umgebe ihn eine ganz besondere Aura. Hölzerne Knorpel zeichneten ein schlafendes Gesicht in den Stamm: zwei Lippenwölbungen, eine Nase, zwei geschlossene Rindenaugen. Das Geäst bewegte sich im ruhigen Takt des Knarrens hin und her. »Schläft sie?«, fragte Sophie verwundert.

»Herzchen, wann soll sie denn sonst schlafen, wenn nicht in der Nacht?«

Über das Schlafverhalten von Bäumen hatte sich Sophie noch nie Gedanken gemacht. »Und nun?«, fragte sie.

»Tja …« Kasimir kratzte sich nachdenklich am Kopf. »Wir müssen sie wohl aufwecken. Aber ganz vorsichtig! Die wunderliche allwissende Eiche versteht nämlich keinen Spaß, wenn man ihre heilige Nachtruhe stört. Ganz und gar keinen Spaß. Sie ist da sehr, wie soll ich es sagen, sehr *eigen*. Es haben schon einige bereut, dass sie die Eiche geweckt haben. Ich erspare dir die Details.«

Sophie überlegte angestrengt. Sie wollte nichts bereuen. Ihr Blick fiel auf einen Strauch, der statt Zweigen bunte Federn trug. »Meinst du, damit …«, sie streckte sich nach einem roten Federblatt, »… können wir sie wach kitzeln?«.

Kasimirs Augen weiteten sich. Wie ein Gummiball sprang er in die Höhe und klatschte mehrmals schnell hintereinander in die Hände. »Schätzchen, das ist eine großartige Idee! Die hätte glatt von mir sein können. Äußerst närrisch. Kompliment!« Und dann riss auch er ein Federbaumblatt ab. Es war violett und größer als er selbst.

Kasimir schulterte sein Blatt wie einen Speer, Sophie machte es ihm nach.

Auf Zehenspitzen näherten sie sich dem schlafenden Baum und strichen mit den Federspitzen unter seiner Holznase hin und her. Die Nase rümpfte sich, ein mächtiger Ast holte aus und schlug nach Sophies Blatt. Sophie hielt den Stängel fest und wurde mit der Feder in die Luft geschleudert. Kasimir lachte, als sie im weichen Moos landete: »Schätzchen, du solltest die Feder schon loslassen, wenn der Baum nach ihr schlägt.«

Sophie rappelte sich auf und schulterte stolz ihr Blatt.

Es dauerte nicht lange, bis die Eiche wieder ihre Nase rümpfte. Ein Ast holte zum Schlag aus. Diesmal ließ Sophie aber von ihrer Feder ab und duckte sich. Der Ast erwischte Kasimirs Feder und schleuderte sie mitsamt dem Narren von sich weg. »Aber Kasimir«, lachte Sophie. »Du musst die Feder schon loslassen, wenn der Baum nach ihr schlägt.«

Kasimir stand auf und rieb sich sein fedriges Hinterteil: »Ja, ja, lach nur über den dummen alten Kasimir.«

Dann hoben sie gleichzeitig die Spitzen ihrer Federblätter an, und jeder nahm sich ein Nasenloch vor. – Ein Rümpfen, ein Schütteln, ein Knarren, der Ast holte aus. Sophie warf Kasimir einen raschen Blick zu. Der Narr fing ihn auf und warf seinen zurück. Sie senkten die Blätter, der Ast verfehlte sein Ziel, sie kitzelten weiter, und »Ha-ha-tschi!«. Die Eiche rieb sich mit einem blättrigen Ast die Augen und gab knarrende Schmatzgeräusche von sich. Ächzend wiegte sie sich hin und her und murmelte hölzern: »Immer diese lästig tief fliegenden Nachtnarrenvögel! Haben keinen Respekt vor der schlafenden Natur. Wenn nur …« Da bemerkte sie die Besucher. »Ah, Gäste! Zu so später Stunde?«

»Sehr wohl, werte wunderliche allwissende Eiche«, sagte Kasimir und verbeugte sich tief. »Verzeihen Sie die unnärrische Uhrzeit, aber manche Dinge müssen eben zu Unzeiten verrichtet werden. Der Weg hierher war weit.« Er stupste Sophie in die Rippen und bedeutete ihr, auch etwas zu sagen.

»Ähm, ja«, sagte Sophie schnell und starrte den sprechenden Baum ehrfurchtsvoll an. »Ein weiter Weg … zu Unzeiten.«

»Aha«, knarrte der Baum. »Woher kommt ihr denn?«

»Also ich komme aus …«, begann Sophie, doch Kasimir riss das Wort an sich: »Vom anderen Ende des Morgentauwaldes, werte Allwissende.«

Die Eiche raschelte mit den Blättern und setzte sich eine hölzerne Brille auf. Sie blinzelte verschlafen und stellte erfreut fest: »Ah, zwei Narren vom anderen Ende des Morgentauwaldes, wie hübsch, wie hübsch.« Mit einem spitzen Astfinger strich sie Kasimir über den Federbauch: »Ein Narrdertat, wenn mich nicht alles täuscht.« Dann griff der Ast nach Sophies Kinn. »Und deine Begleiterin ist wohl ein Frischlingsnarr?« Die Eiche schaute Sophie kritisch über den Brillenrand hinweg an. »Sieht noch gar nicht wirklich närrisch aus.«

»Aber nein … Ich glaube, Sie verstehen da …«, stammelte Sophie, doch die Eiche bedeutete ihr, still zu sein, und berührte ihre Stirn. Sie schloss die Augen und atmete tief ein: »Ich spüre … Ich spüre …« Mit einem Ruck ließ sie von Sophie ab und schaute ungläubig zu Kasimir. Der aber zuckte nur mit den Achseln und schwieg. Der hölzerne Blick der Eiche schweifte nachdenklich in die Ferne. Sie knarrte mit dem Geäst, raschelte mit den Blättern und murmelte: »Mir träumte, es würde dunkel werden. Seeehr dunkel. Hungersnot, Leid und Schrecken. Tod!« Und dann plötzlich, mit weit aufgerissenen Augen, rief sie: »Doch ich sehe ein Licht!«

»Werte Wunderliche«, unterbrach sie Kasimir, »ein besonderes Anliegen schickt uns zu Euch.«

Der Baum schüttelte sich: »Ach so, ihr seid also nicht für einen kleinen Plausch gekommen? Wie schade, sehr schade. Ich bekomme so selten Besuch. Und noch viel seltener *solchen* Besuch!« Sie schaute zu Sophie. »Es gäbe so viel zu besprechen. Ich sehe sie nämlich, die Dunkelheit. Ich spüre die Kälte.«

»Werte Allwissende«, beeilte sich Kasimir zu sagen. »Wir müssen noch vor dem Morgengrauen einen Regenbogen zähmen.«

»Ah, Regenbogen, wie hübsch!« Die Blätter der wunderlichen allwissenden Eiche raschelten erfreut. »Gelb, rot, grün, blau, violett …«

»Genau«, sagte Kasimir rasch, »dafür brauchen wir …«

»Sie sind in Gefahr! Ich spüre es. Schnell! Eilt!« Eine Wolke schob sich vor den Mond. Das Geäst der Eiche verfinsterte sich.

»Niemand ist in Gefahr«, beschwichtigte sie der Narr. »Bitte, werte Eiche, kommt zur Vernunft.«

»Vernunft ist fehl am Platze, wenn sich Grauen und Kälte und Verderben ausbreiten. Nur die Narretei kann siegen, nur die Narretei!« Der Baum stimmte einen kampfeslustig knarrenden Sprechgesang an: »Ta taa-da ta, ta ta-da, ta ta-da!«

»Werte Eiche!«

»Tam, ta da-tam! Ta-dam. Tideldidum.«

»Bitte schön, liebe Allwissende ...« Kasimir warf Sophie einen verzweifelten Blick zu.

Sophies Augen wanderten unruhig zwischen Kasimir und der wunderlichen allwissenden Eiche hin und her. Sie verstand nicht, was gerade geschah und wovon die Eiche sprach, aber sie verstand, dass sie etwas unternehmen musste. »Entschuldigung ...«, stammelte sie. »Könnten Sie vielleicht ...«

»Tideldei, ta-daaa!«

»Frau Eiche ...«

»Tam tudu-deiii!«

Sophie seufzte und griff nach ihrem Federblatt. Es war gar nicht leicht, die Eiche zu kitzeln, sie zitterte mit jeder Rindenritze. Dennoch hielt ihr Sophie hartnäckig die Feder unter die Nase, und irgendwann zuckte und nieste sie und Kasimir ergriff seine Chance. »Werte Allwissende«, sagte er mit Nachdruck. »Wir brauchen bitte Ihr Harz!«

»Harz?«

»Ja, das Harz für die Regenbogenzähmung.«

»Ach, *dieses* Harz!«, rief der Baum. »Regenbogenzähmung! Wie hübsch! Wie mutig! Wie unendlich klug und weise und vorausschauend ...«

»Fünf Tropfen Harz«, unterbrach sie Kasimir ungeduldig.

»Als ob ich nicht selbst wüsste, wie viel Harz man für eine Regenbogenzähmung braucht! So alt bin ich nun auch wieder nicht.« Die knorrige Stimme klang gekränkt. »Habt ihr denn ein Behältnis dabei?«

»Selbstverständlich«, sagte Kasimir und beeilte sich, den Astfingern ein bauchiges Glasgefäß zu reichen.

»Dunkelgrün. Wie hübsch!«, stellte die Eiche fest und brach ein Stückchen Rinde von ihrem Stamm. Zähe, bernsteinfarbene Tropfen quollen in das Glas. »Wohl wahr, wohl wahr. Traurige Zeiten sind angebrochen ...«, murmelte sie und gab das Behältnis zurück. »Hier, für die Regenbogen ... Regenbogen, ach wie hübsch! Lasst sie schön grüßen, die Regenbogen. Sagt ihnen, sie sollen sich doch wieder einmal blicken lassen. Ich bekomme so selten Besuch.«

»Kasimir?«, fragte Sophie, als der Narr sie mit eilig trippelnden Schritten und nervös wippendem Hintergefieder in den Wald hineinzog. »Dunkelheit, Gefahr. Was hat das zu bedeuten?«

»Gar nichts, meine Süße«, sagte Kasimir. »Sie redet manchmal wirres Zeug. So ist sie, die wunderliche allwissende Eiche. Komm, wir dürfen keine Zeit mehr verlieren.«

Sie kamen zu einem windschiefen Häuschen, die Wände teils aus Holz und teils aus Lehm. Sophie stand wie verzaubert davor. Wer hier wohl wohnte? Ein geschwungener Baum wuchs durch die vordere Mauer. Die Vorhänge der Fenster waren zugezogen, dahinter flackerte Kerzenlicht. In den verwitterten Blumenkästen wuchs wilder Farn, ein steinerner Kamin ragte aus dem Baumrindendach. An der Tür war ein Türklopfer aus Eisen, er hatte die Form einer Hand, über ihm ein kleines Fensterchen. Auf dem Türschild stand:

Die Wichtelkrämer

RÜTLI

Närrische Substanzen, Krimskrams und Zubehör für den Allgemein- und Spezialbedarf

ÖFFNUNGSZEITEN

Vollmond: 20 bis 5 Uhr
Neumond: 22 bis 1 Uhr
Zu- und abnehmender Mond:
nach persönlicher Terminabsprache
Mittsommernacht: geschlossen
Bitte zwölfmal klopfen!

»Was machen wir hier?«, fragte Sophie.

»Hier wohnt Urs, ein alter Freund von mir«, sagte Kasimir. Er hob den Finger. »Urs Rütli. Er ist der einzige Normalnarr, der Regenbogen zähmen kann.«

»Aha«, sagte Sophie beeindruckt, und Kasimir klopfte rhythmisch an die Tür.

»Warum klopfst du nur siebenmal?« Sophie hatte mitgezählt. »Hier steht, man soll zwölfmal klopfen.« Sie zeigte auf das Türschild.

Kasimir schaute Sophie verwundert an: »Na eben genau deswegen.«

Sophie verstand nicht, was er damit meinte, doch die kleinen, trippelnden Schritte im Haus lenkten sie von ihrer Frage ab. »Urs, geh mir aus dem Weg, wir haben Kundschaft!«, drang eine hohe Stimme durch die Mauer.

»Ich gehe dir dann aus dem Weg, wenn ich es für richtig halte«, sagte eine tiefere Stimme.

Kasimir klopfte erneut. Einmal. Zweimal.

»Hörst du?« Die hohe Stimme überschlug sich fast. »Die Kundschaft wird ungeduldig. Geh endlich zur Seite!«

»Nein! Immer muss alles nach dir gehen. Jetzt will *ich* einmal bestimmen, wann die Tür geöffnet wird.«

Kasimir rollte mit den Augen: »Es ist jedes Mal dasselbe mit den beiden!«, und klopfte noch zweimal gegen die Tür.

Sophie hörte ein Poltern. »Aua! Bist du verrückt?« Es war die tiefere der beiden Stimmen.

»Ich hatte keine Wahl«, sagte die höhere. »Entschuldige mich, ich muss arbeiten.« Das runzelige Gesicht einer alten Wichtelfrau erschien im Türfensterchen: »Sie wünschen?« Kasimir beugte sich zum Fenster hinunter, lächelte mit allen Zähnen und winkte mit vier Fingern. Die Pupillen der Frau weiteten sich, das Fensterchen fiel zu.

»Wer ist es denn, Regula?«, fragte die dumpfe Stimme im Hintergrund.

»Keiner. War bestimmt nur der Wind. Der Wind, der Wind, das höllische Kind.«

Sophie schaute Kasimir fragend an. Der Narr hob die Schultern: »Sie kann mich nicht besonders leiden. Ich weiß nicht warum.« Sein übertrieben unschuldiger Blick verriet aber, dass er ganz genau wusste, was die Wichtelkrämerin gegen ihn hatte. Er klopfte noch einmal gegen die Tür.

»Hörst du? Es hat schon wieder geklopft«, rief der Wichtelmann. »Das ist bestimmt nicht der Wind. Der Wind saust und braust und pfeift und weht, aber *so* klopft kein Wind. Zumal es exakt zwölfmal geklopft hat. Oder glaubst du etwa, der Wind kann unser Türschild lesen? Geh mir aus dem Weg!«

Wieder polterte es, und die Frau schrie: »Wehe, du öffnest die Tür!«

»Dass ich nicht lache!«, rief der Mann. Seine Schritte kamen näher.

»Ich verbiete dir, diese Tür zu öffnen!«, rief die Wichtelkrämerin.

Trippeln. Knarren. »Geh weg!« – »Nein!« – »Auf die Seite!« – »Niemals!« – »Aua! – »Ah!«

Kasimir seufzte: »Wir haben keine Zeit für dieses Gezanke! Halt dir die Ohren zu, Sophie!« Mit einer elfenhaften Bewegung ließ er ein türkisfarbenes Pulver aus einem schmalen Gläschen in seine Hand rieseln und schleuderte es gegen die Wichtelhaustür. Es knallte, der Boden bebte, türkisfarbene Rauchschwaden stiegen auf. Als sich der Nebel lichtete, war die Tür weg, fein säuberlich ausgeschnitten, und Kasimir wischte sich mit gespitzten Lippen die Staubreste von den Schultern.

Sophie musste mehrmals blinzeln, so ungewöhnlich war die Position der wie zu Stein erstarrten Wichtelkrämer hinter dem Türstock: Der Mann hielt das linke Bein der Frau mit seiner rechten Hand und ihren rechten Arm mit seiner linken. Ihre noch freie Hand zog an seinem schütteren Haarschopf, eines ihrer Beine war gegen seinen Bauch gestemmt. Erst nach einer Weile und wie in Zeitlupe ließen sie voneinander ab.

Kasimir, mein Freund!«, rief der Mann und lachte.

»Urs, mein Lieber!«, rief Kasimir und riss die Unterarme hoch.

Dann trippelten sie aufeinander zu. Sophie fiel auf, dass der Wichtel humpelte. Sie deuteten fünf Küsse an den Wangen an, ohne einander zu berühren. Sophie kicherte, das sah sehr lustig aus. Normalerweise begrüßten sich so nur stark geschminkte Frauen in engen Kleidern mit hohen Schuhen. Und dann auch noch fünfmal!

»Was für eine freudige Überraschung!«, sagte der Krämer, »Wie lange ist es her, seit wir uns das letzte Mal gesehen haben? Hunderteinundzwanzig Jahre?«

»Hundertzweiundzwanzig«, sagte Kasimir.

»Und wer ist deine bezaubernde Begleitung?«, fragte der Krämer.

»Das ist Sophie.« Kasimir legte seine Hand auf Sophies Schulter. »Sie ist ein *Menschenkind.*« Das Wort »Menschenkind« betonte er bedeutungsvoll.

»Aaaah!« Der Wichtelkrämer nickte. »Ich versteeehe!« Er sprach mit lang gezogenen Kaugummiworten. »Verstehe ich richtig?«

»Ja, mein Guter, du verstehst richtig«, sagte Kasimir.

»*Richtig richtig,* oder nur *richtig?*«

»Ich glaube sogar *richtig, richtig, richtig.*«

»Oh«, machte der Wichtelkrämer und wischte sich ein paar Schweißperlen von der Stirn. »Hallo.« Er reichte Sophie die feuchte Hand. »Ich bin der Urs Rütli. Kommt herein, kommt herein! Was für eine Freude! Erzähl, Kasimir, was hast du im letzten Jahrhundert getrieben? Man hört ja einiges ...« Er legte den Arm um die Schultern seines Freundes und wollte ihn ins Haus führen, da versperrte ihnen die Wichtelfrau den Weg. »Nein, dieser Kerl kommt mir nicht ins Haus! Auf gar keinen Fall!« Mit ausgestrecktem Finger zeigte sie auf Kasimir.

»Aber Regula!«, sagte Urs beschwichtigend, doch Regula ließ sich nicht beruhigen: »Kein *aber*! Ich akzeptiere diese … diese *Person* nicht in meinem Haus! Ständig verführt er dich zu irgendwelchen Schandtaten, die *ich* dann wieder ausbaden muss. Das habe ich oft genug mitgemacht. Jetzt ist Schluss damit! Sieh nur, was er mit unserer Tür angestellt hat!« Sie wandte sich Sophie zu: »Einmal haben sich die beiden eingebildet, sie müssten ein neues Schwebepulver erfinden. In ihrer Begeisterung haben sie allerdings die Schwerkraft vergessen. – Was geschah? – Unser Krämerladen und alle Häuser in der Umgebung schwebten plötzlich schwerelos durch die Luft. Was für ein Durcheinander! All unsere Tinkturen, Essenzen und Kräuter wirbelten kreuz und quer durchs Haus. Es dauerte Tage, bis ich endlich die Inhaltsstoffe für ein Gegenmittel fand. Unsere Nachbarn sprachen wochenlang nicht mehr mit uns. Ich musste Unmengen Vergessenskekse backen und Erinnerungsverlustlikör verteilen, bis alles wieder beim Alten war!«

Kasimir und Urs gluckten vor Freude: »Jaha, das war lustig!«

»Pah! Ein anderes Mal …«, setzte die Wichtelkrämerin zu einer weiteren Geschichte an, doch Urs unterbrach sie: »Nun ist es aber genug, Regula. Siehst du nicht, dass er ein Menschenkind dabeihat?«

»Menschenkind hin oder her! Dein Narrdertat-Freund hat den Bogen eindeutig überspannt. Er soll bleiben, wo die närrischen Kakaobohnen wachsen!«

Kasimir tänzelte auf die Wichtelkrämerin zu und streckte seine Hand nach ihr aus, doch Regula wich ihm aus: »Fass mich nicht an, du Schurke, du!«

»Regula«, sagte Kasimir und faltete bittend die Hände, »Diesmal bin ich nicht da, um mich mit deinem Mann zu vergnügen. Sophie und ich wollen auf der Kleewiese einen Regenbogen zähmen. Urs kann uns als Einziger dabei helfen.«

Schrecken zeichnete sich auf dem Gesicht der Wichtelkrämerin ab: »Regenbogen zähmen? Zusammen mit Urs? – Nein, niemals! Das werde ich nicht zulassen.« Sie stemmte ihren pummeligen Körper gegen Kasimir und schob mit aller Kraft. »Verschwinde! – Regenbogen zähmen! Was für ein irrsinniges Unterfangen! Du weißt ganz genau, dass Urs seit Jahrhunderten keine Regenbogen mehr zähmt, er ist zu alt dafür. Es ist viel zu gefährlich!« Sie schaute ihren Mann flehend an: »Urs, du hast einen dreimalhohen Wichteleid geschworen, dass du nie mehr Regenbogen zähmen wirst!«

Die Mundwinkel des Wichtelkrämers kräuselten sich: »Ja, den habe ich geschworen. Aber ich hatte meine Finger dabei hinter dem Rücken überkreuzt.«

»Neiiin!«, schrie Regula. »Wie konntest du mich nur so hintergehen? Ich habe dir vertraut! – Ein wandelbares Granat-Kokonst wirst du tun! Und wenn ich dich einsperren muss, einen Regenbogen wirst du mir nicht mehr zähmen, so wahr ich Regula heiße!«

»Regula, bitte beruhige dich«, sagte Urs. »Er hat *das* Menschenkind dabei, verstehst du denn gar nichts?«

»Das Menschenkind ist mir egal. Du wirst dich dieser Gefahr nicht aussetzen! Habe ich mich klar ausgedrückt?«

»Nein, nichts ist klar«, ging Kasimir dazwischen. »Wir haben eine Verantwortung.« Er schaute die Wichtelkrämerin ernst an: »Bitte, Teuerste, auf ein Wort!«, und zog sie zu einer Tür am anderen Ende des Krämerladens. »Regula«, hörte Sophie ihn noch sagen, bevor sich die Tür hinter ihnen schloss, »Dir sind doch bestimmt die Veränderungen im Narrenreich aufgefallen …«

Auf einer Theke in der Mitte des Krämerladens brodelten und dampften verschiedenste Flüssigkeiten in Glasgefäßen. Bauchige und lang gezogene Gefäße, runde, eckige und spiralförmige. Von den Dachbalken hingen Bündel getrockneter Kräuter. Sie rochen stark. An den Wänden standen Regale. In ihnen stapelten sich Einweckgläser. Die Gläser waren gefüllt mit Flüssigkeiten, Pulvern, Wurzeln, getrockneten Blumen, Blättern und Kräutern. Sophie schaute Urs fragend an, der nickte aufmunternd, und so wanderte sie von Regal zu Regal und las hie und da eine Beschriftung: »Hyazinthenstaub«, »Lorbeeressenz«, »Pegasushaar«, »Sternschnuppenschweif«, »kaltes Wolfsgähnen«, »Perlregen«. Vor dem Glas mit der Aufschrift »Vorsicht, Lebensgefahr!« blieb sie stehen.

»Das ist ein Sirenenschrei«, erklärte der Wichtelkrämer, »Sehr giftig. Wer ihn zu Ohren bekommt, dem gnade der höchstnärrische alleroberste Obernarr! Dringt erst durch Mark und Bein, und dann erstarrt man in höchst unheldenhafter Schreckenspose. – War nicht leicht, den Schrei einzufangen. Gar nicht leicht.« Er schüttelte den Kopf.

»Oh, das glaube ich!« Sophie war beeindruckt.

Urs plusterte seine Brust stolz auf und wollte schon die ganze Geschichte erzählen, da kamen Regula und Kasimir zurück. Regula war wie ausgewechselt: »Liebster Urs, würdest du mir bitte drei Löffel Kicherpflanzenstaub, sieben Tropfen Narrenelfenlachen und eine große Prise Wichtelessenz reichen, damit ich den Regenbogenzucker zubereiten kann?«

Sophie stupste Kasimir von der Seite an und flüsterte: »Was hast du mit ihr gemacht?«

Der Narr lächelte geheimnisvoll: »Ach, sie brauchte nur eine kleine Nachhilfestunde in närrischer Musikkunde. Offenbar leidet sie unter entsetzlichen Bildungslücken. Grüne, schleimige Lücken mit fettigen Haaren an den Rändern. Igitt! Habe selten grässlichere Exemplare gesehen.« Er reichte Regula die Zutaten, die sie im Morgentauwald gesammelt hatten.

Regula rieb das mit närrischem Nachttau bedeckte Moos in ein bauchiges Gefäß und streute Kicherpflanzenstaub darüber. Das Moos leuchtete hell auf und verfärbte sich rot. Dann gab sie ein blaues Pulver mit der Aufschrift »Wichtelessenz« dazu. Das Moos knisterte und rauchte, und bald hatte es sich in eine dampfende Flüssigkeit verwandelt. Der ungetrübte Mondenschimmer machte aus der Tinktur einen silbern schimmernden Brei, und das Harz der wunderlichen allwissenden Eiche legte sich wie eine goldgelbe Kruste darüber. »So, nun noch sieben zwei Drittel Minuten abkühlen lassen«, sagte die Wichtelkrämerin und schob das Glas zur Seite, »dann ist der Regenbogenzucker fertig.« Sie öffnete eine kleine Schublade, in der viele bunte Steine lagen, und wühlte ein bisschen darin herum. Schließlich zog sie einen blutroten Stein heraus und hielt ihn gegen das Licht. Es brach sich tief und vielfarbig in ihm. Das Funkeln zog Sophies Blick wie magnetisch an. Regula band den Stein an ein zartes Lederband und legte es ihr um den Hals. »Das ist ein Regubinstein«, sagte sie. »Der einzige seiner Art. Er beschützt den, der ihn trägt. Du wirst ihn brauchen. In Zeiten wie diesen.« Mütterlich tätschelte sie Sophies Schulter. »Pass gut auf dich auf, Menschenkind, hörst du? Pass gut auf dich auf.«

Kapitel 3

DIE REGENBOGENZÄHMUNG

Sophie war nachdenklich auf dem Weg zur Kleewiese. Die vielen rätselhaften Andeutungen, die düsteren Prophezeiungen der wunderlichen allwissenden Eiche, die Besorgnis der Wichtelkrämerin, was hatte das alles zu bedeuten? Als Kasimir sie aber am Ärmel zupfte und sagte: »Schau, wir sind da!«, vergaß sie schlagartig alle Ungewissheiten, so schön war das Bild, das sich vor ihr auftat: Bäume mit farbenfrohen Blüten umrandeten eine weitläufige Lichtung. Der Boden war taubedeckt und mit Klee übersät. Grillen zirpten, Frösche quakten, ganz hinten, am Ende der Lichtung, lag ein Teich. Ein ungewöhnlicher Glockenklang tänzelte durch die Nacht. Kasimir horchte verzückt auf: »Sie singen! Wie bezaubernd!«, und tänzelte ein paar Schritte mit.

»Das sind die Regenbogen«, wisperte Urs.

Es waren Tausende und Abertausende kleine Glöckchen. Sie formten sich zu einem Klangteppich, der Sophie zugleich beruhigte und freudig erregte. Er war harmonisch und doch wieder nicht, einnehmend und dennoch zart, so etwas hatte Sophie noch nie gehört. Sie schielte zu Kasimir. Seine Augen waren geschlossen, sein Federhintern wiegte sich sanft im Takt. So schloss auch Sophie die Augen, und die Klänge umhüllten sie. Bald war sie nicht mehr Sophie, sondern ein Teil des Waldes, ein Teil der Nacht, eine weiche Blase aus Wonne und Glück. Genau so sollte es immer bleiben.

Als Sophie sich vom Glockenklang löste, legte Urs gerade eine bronzefarbene Flöte ins Gras. »Was machst du da?«, fragte sie.

»Ich bereite die Regenbogenzähmung vor«, sagte der Krämer. »Diese Flöte imitiert Narrenelfenlachen. Damit locke ich die Regenbogen an und besänftige sie. Ein Geschenk von meinem Ururgroßvater Narr Willibald dem Ersten. Er fand sie einst im Gebirge der Zeitlosigkeit.«

Sophie beugte sich zu dem Instrument hinunter, da fiel ihr auf, dass der Klee, auf dem es lag, vierblättrig war. Mit suchenden Fingern fuhr sie durch die Pflanzen: keine einzige mit nur drei Blättern! Wie war das möglich? »So selten und rein«, murmelte sie und pflückte ein paar Blätter, »vierblättrig und fein. Dieses Fundstück gehört nun dir. Die Blätter bringen dir Glück. Alle vier.«

»Woher kennst du diesen Spruch?« Kasimir war lautlos näher gekommen.

Sophie schaute auf: »Von meiner Großmutter. Sie sagt das immer, wenn sie mir vierblättrigen Klee schenkt.«

»Aha«, sagte Kasimir, und eine seiner Augenbrauen wanderte kritisch nach oben. »Deine Großmutter schenkt dir also vierblättrigen Klee?«

»Ja, sie findet oft vierblättrigen Klee«, sagte Sophie.

Kasimir kraulte nachdenklich sein Bauchgefieder. »Soso, das ist ja hochinteressant.«

»Wo sind denn nun eigentlich die Regenbogen?«, fragte Sophie. »Hast du nicht gesagt, sie seien hier auf der Wiese?«

»Aber ja, Schätzchen, natürlich sind sie das!«, antwortete Kasimir. Offenbar verstand er die Frage nicht.

Sophie deutete mit dem Kopf auf die leere Lichtung: »Wo denn? Ich höre sie singen, aber ich sehe sie nicht.«

Da lachte Kasimir: »Ach so, du kannst ja keine Regenbogenspuren lesen!« Er legte seinen Arm um Sophies Schultern: »Ist dir schon einmal aufgefallen, dass man Regenbogen nur dann sieht, wenn es regnet und gleichzeitig die Sonne scheint?«

»Ja klar«, sagte Sophie, »Das weiß ich.«

»Es muss aber nicht unbedingt die Sonne scheinen, damit sie sichtbar werden. Bei hellem Mondlicht geht das auch.«

Sophie staunte: »Ach so? Das wusste ich nicht. Ich habe noch nie einen Regenbogen bei Nacht gesehen.«

»In der Menschenwelt sieht man sie nur selten bei Nacht«, erklärte Kasimir, »Das Mondlicht ist im Vergleich zum Sonnenlicht nämlich sehr schwach. Mondregenbogen scheinen in der Menschenwelt blass, fast weiß. Im Narrenreich leuchtet der Mond aber anders. Hier entfalten sie auch bei Nacht ihre volle Farbenpracht. Vorausgesetzt es regnet.«

»Jetzt gerade regnet es aber nicht«, sagte Sophie.

»Korrekt«, sagte Kasimir. »Deshalb sind sie unsichtbar. Wenn du aber genau hinschaust, erkennst du ihre Spuren.« Er deutete rechts neben den Teich: »Dort am Wasser trinkt gerade einer. Das Wasser kräuselt sich und kleine farbig glänzende Tröpfchen spritzen in die Luft. Siehst du sie?« Sophie sah sie. »Siehst du die Verfärbung, dort, wo der Regenbogen das Wasser berührt? – Regenbogenfarben.« Sophie nickte. »Auch der Tau auf dem Klee neben der Wasserstelle schillert bunt. Diese Verfärbungen zeigen den Anfang und das Ende des Regenbogens. Sie werden sichtbar, weil dort Wasser und

Mondlicht aufeinandertreffen. Und schau, Liebes, wenn der Bogen Wasser trinkt, gleitet ein leichter Farbschimmer von der Trinkstelle zur Standstelle.« Mit einem weichen Schwung zeichnete Kasimir eine Regenbogenform in der Luft nach. Sophie konzentrierte sich auf die beschriebenen Stellen. Bald sah sie den Schimmer, von dem Kasimir sprach.

»Mit den Spuren allein kommen wir aber nicht weit, wenn wir einen Regenbogen zähmen wollen«, mischte sich Urs in das Gespräch ein, »Wir müssen sie sichtbar machen. Mit Regen.«

»Darin ist Urs Spezialist«, sagte Kasimir und tätschelte anerkennend seine Wange. »Genau genommen ist er der einzige Normalnarr, der die Regenheraufbeschwörung beherrscht.« Er hob den Finger. »Ich wage zu behaupten, er ist ein Genie!«

Der Wichtelkrämer errötete und winkte ab: »Ach, übertreib nicht!«

»*Normalnarren* ...«, wiederholte Sophie. »Gibt es denn auch Narren, die nicht *normal* sind?« Und während sie das aussprach, fragte sie sich, was denn »normal« bei einem Narren bedeutete.

»Nun ja ...«, begann Kasimir, doch Urs unterbrach ihn: »Wenn ihr nichts dagegen habt, würde ich euch bitten, dieses Gespräch ein andermal fortzusetzen. Wir sollten nun mit dem Zähmungsritual beginnen.« Und er übergoss den Klee um sich herum mit einer dampfenden Flüssigkeit. Es war eine Mischung aus Lichtkraut, Glockensalbei, Moorwinddisteln und Regenbogenzucker. »Das lockt die Regenbogen an«, erklärte er. Dann stellte er sich mit hängenden Armen und gesenktem Kopf hin und atmete tief ein und aus. Wie von Marionettenfäden gezogen richtete sich sein Kopf auf, und die

Arme schwebten in die Höhe. Im rechten Winkel zum Körper kamen sie zum Stillstand. Die Handinnenflächen zum Himmel gedreht, die Augen geschlossen, ein Atemzug, zwei Atemzüge, da riss Urs plötzlich die Augen auf und gab seltsame Geräusche von sich. Es war ein Schnalzen, ein Klopfen und Tropfen, ein Glucksen, ein Schlucken und Spucken, ein Hämmern, ein Sägen und Singen, ein Kreischen, ein Brummen und Summen. Urs wiegte seinen Körper vor und zurück, dann nach rechts und nach links, Gliedmaßen, Rumpf und Rücken steif wie ein Brett. Eine Drehung im Kreis, dann stand er still, und plötzlich begann ein wilder Tanz. Urs trampelte und stampfte und drehte sich mal so, mal andersherum. Dabei warf er die Arme in alle Richtungen, und seine Finger waren jeder wie ein Körper für sich. Zwischendurch blieb er ruckartig stehen und machte mit weit geöffneten Augen einen Mund wie ein Fisch, ging dann in die Hocke, quakte und hüpfte herum wie ein Frosch.

»Was macht er da?«, fragte Sophie und starrte Urs an, als käme er vom Mond.

»Er beschwört den Regen herauf«, sagte Kasimir und zeigte in den Himmel. Sophie staunte: Da zogen tatsächlich große, schwere Regenwolken auf! Zwischen ihnen stand strahlend hell der Mond. Schon fielen die ersten Tropfen. Es war ein angenehm warmer Regen. Und mit ihm wurden die Regenbogen sichtbar, fünf an der Zahl. Geisterhafte Himmelswesen, die sich anmutig über die Kleewiese bewegten, ihre Farben noch leuchtender als bei Tag.

Urs beobachtete die Bogen eine Weile und deutete dann auf einen in der Nähe des Teichs, der verstohlen zu ihnen herüberschaute: »Der da drüben hat eine gutmütige Ausstrahlung, den nehmen wir.« Er blies in die bronzefarbene Flöte, ein helles Lachen drang durch die Nacht. Der Regenbogen hielt inne, lauschte, trank einen Schluck Wasser. Die Flöte lachte erneut. Der Regenbogen schaute auf, zögerte und setzte sich in Bewegung.

Sophie stand da wie gebannt. »Gleich wird der Regenbogen erkennen, dass wir keine Narrenelfen sind«, wisperte Kasimir in ihr Ohr. »Das wird ihn misstrauisch stimmen. Von da an muss jede Bewegung sitzen. Diese Regenbogen können nämlich hinterhältige, brutale Mistviecher sein, wenn man sie am falschen Ende erwischt.«

»Richtig«, sagte Urs und zeigte auf sein Bein.

Sophie zog die Augenbrauen hoch. *Deshalb* humpelte er also! Und sie verspürte ein mulmiges Gefühl in ihrem Bauch. Der Regenbogen war mittlerweile ganz nah.

»Wenn der Bogen die Täuschung bemerkt, können drei Dinge geschehen: Erstens, er fühlt sich unterlegen, hat Angst und läuft davon. Zweitens, er fühlt sich überlegen und greift an. Drittens, er ist neugierig und gibt uns eine Chance.«

»Was tun wir, wenn er angreift?«, fragte Sophie beunruhigt.

»Dann flüchten wir«, sagte Urs, »und zwar so schnell uns unsere Beine tragen. Regenbogenbisse können tödlich sein.«

Sophie schluckte: »Wie erkenne ich, dass er angreifen will?«

»Das ist von Bogen zu Bogen verschieden: Es kann ein leichtes Zittern sein, manche dampfen, andere versprühen Wassertropfen oder bäumen sich auf. Es braucht viel Regenbogenkenntnis und Erfahrung, dass man die Zeichen richtig deuten kann.«

Sophie war nicht zufrieden mit dieser Antwort, und Urs sah es ihr an: »Du rennst einfach, wenn ich es dir sage.« Er verstummte. Der Regenbogen war soeben stehen geblieben, etwa drei Armlängen von ihnen entfernt. Sophie hielt den Atem an. War ihnen der Bogen freundlich gesinnt oder würde er angreifen? Sie war bereit zu rennen. Beim allerkleinsten Anzeichen eines Angriffs würde sie rennen. War das ein Zittern, das durch seine Streifen ging? Wohl kaum. Weder Urs noch Kasimir machten Anstalten, wegzulaufen. Aber dort, das war doch ein Wassertropfen, den er versprühte. Nein, doch nur der Regen. Die Anspannung ließ Sophies Herz schneller schlagen, doch nichts geschah, und schließlich gab Urs ein Zeichen der Entwarnung und ging mit einem Stück Regenbogenzucker in der Hand auf den Regenbogen zu. Einen Schritt. Der Bogen rührte sich nicht. Noch einen Schritt. Sophie spürte ein Pochen auf ihrer Brust. Es war nicht ihr Herz. Sie schielte nach unten. Der Regubinstein leuchtete. Sie griff nach ihm. Er war warm und hatte seine Form verändert. Zwei Ohren waren ihm gewachsen. Große, gespitzte Ohren. Was hatte das zu bedeuten?

»Schüttelt sich der Bogen oder scharrt er mit einem Farbstreifen, bedeutet das *Rückzug*«, flüsterte Kasimir.

Sophie richtete ihre Aufmerksamkeit wieder auf das Geschehen: Urs machte noch einen Schritt. Dabei ließ er den Regenbogen nicht aus den Augen. Kein Schütteln, kein Scharren, nichts.

»Sehr gut«, murmelte Kasimir zufrieden.

Urs ging in die Hocke und legte das Zuckerstück vor dem Bogen auf den Klee. Alles geschah wie in Zeitlupe. Sophie rührte sich nicht. Der Regubinstein auf ihrer Brust pochte schneller.

»Erst wenn der Regenbogen den Zucker annimmt, darf man ihn berühren«, erklärte Kasimir fast tonlos.

Sophie vergaß vor Aufregung beinahe zu atmen. Auch die Blätter an den Bäumen raschelten nicht. Nur der Regen fiel weiter vom Himmel herab.

Dann endlich beugte sich der Regenbogen zum Zucker hinunter und im selben Moment durchbrach ein Kreischen wie eine rostige Kreissäge die Stille. Sophie zuckte zusammen. Der Regenbogen fuhr herum. Auf der gegenüberliegenden Seite der Kleewiese löste sich ein dunkles Wesen aus dem Schatten der Bäume. Es blitzte und donnerte, die Regentropfen wurden zu Eisnadeln.

Ein Schwarznarr!«, rief Kasimir und warf aufgeregt die Hände in die Höhe.

»Pssst!«, mahnte Urs. Hastig zog er seine Begleiter hinter einen Busch.

Die Kreatur glitt lautlos über die Wiese. Noch nie hatte Sophie ein solches Wesen gesehen: Sein blasser, ausgemergelter Körper war bis über den Kopf in ein fast durchsichtiges Gewand gehüllt. Der Stoff flatterte luftig und leicht wie Tücher aus schwarzem Nebel. Die Nebeltücher dampften und stanken, als kämen sie aus einem Hexenkessel. Nach unten hin zerfloss das Gewand zu einem dickflüssigen, schwarzen Schleim, der an allem kleben blieb, was er berührte. Sophie schauderte, der Regubinstein glühte auf ihrer Brust.

Die Regenbogen auf der Wiese bäumten sich auf und stoben davon. Nur der beinah befreundete stürzte sich furchtlos auf die dunkle Gestalt.

»Nein!«, schrie Urs und sprang hinter dem Gebüsch hervor. »Tu das nicht!«

Doch da trafen der Regenbogen und die Kreatur schon am

Rand des Teiches aufeinander. Sie hielten inne, sie lauerten, sie umkreisten sich.

Dann wieder dieser Schrei, wie eine Kreissäge durchschnitt er die Luft, und sie stürzten aufeinander los. Es ging so schnell, Sophie konnte kaum erkennen, was geschah. Doch dann lösten sich die beiden voneinander, und Sophie sah, wie sich der Regenbogen voller Angst und Verzweiflung in einem Netz aus schwarzem Schleim wand.

»Du Monster!«, schrie Urs. Sein Kopf war hochrot. Mit erhobenen Fäusten rannte er auf den Schwarznarren zu.

»Nicht!«, rief Kasimir und griff nach Urs. Er erwischte seinen Ärmel. Urs riss sich los. Kasimir fluchte und befahl Sophie: »Du bleibst hier, Schätzchen!« Dann stürmte er mit Angriffsgebrüll und trippelnden Schritten und wild wippenden Hinterfedern Urs hinterher.

Sophie aber konnte nicht tatenlos zusehen, wie sich die Kreatur auf ihre Freunde stürzte und sie mit ihren Schleimfäden aneinanderfesselte. Rasch blickte sah sie sich um. Dort, die Flöte, die das Narrenelfenlachen imitierte! Wenn man damit wilde Regenbogen besänftigen konnte, funktionierte das bei unheimlichen Nebelkreaturen vielleicht auch. Rasch griff sie danach und rannte auf die Kleewiese.

»Nicht, Süße!«, schrie Kasimir. Doch Sophie wollte ihn nicht hören. Sie wollte auch den Regubinstein nicht spüren, der sie mit einem heftigen Pulsieren warnte. Sie war wild entschlossen, ihren Freunden zu helfen. Der Schwarznarr sah sie kommen und ließ von Urs und Kasimir ab. Sophie schaffte es nicht mehr zu den beiden. Die Kreatur fing sie auf halbem Weg ab. Vor Schreck ließ Sophie die Flöte fallen, denn nun sah sie das Gesicht hinter dem Nebeltuchschatten: Bleich wie

Schnee und hohlwangig, mit einer Haut, so rissig wie trockenes Leder, und zwischen all den spröden Furchen trug es keine Zeit in sich. Mit kalten, leblosen Augen starrte es Sophie an. Sophie wollte schreien, doch ihre Kehle war mit einem Mal wie zugeschnürt. Der Schwarznarr neigte den Kopf zur Seite. Sein Blick bohrte sich tief in Sophie hinein. Sie verstand nicht, was mit ihr geschah. Woher kam plötzlich diese lähmende Kälte? Eine schleimige Schattenschwade wuchs aus einer Nebeltuchfalte und berührte ihr Gesicht. Sophie wich erschrocken zurück. Der Schleim war klebrig-feucht und kalt wie Eis. Eine tiefe Traurigkeit überkam sie, und die Traurigkeit verwandelte sich in Angst. Panische Angst. »Lass los!«, keuchte Sophie. Doch das bleiche Gesicht des Schwarznarren verzog keine Miene, als es sich zur anderen Seite neigte und noch mehr Dunkelheit in sie eindringen ließ. Sophie atmete schwer. Die Schwärze drückte gegen ihren Körper. Sie drückte gleichzeitig von außen und von innen. Bald war der Druck so stark, dass Sophie ihn kaum noch ertrug.

Der Schwarznarr ließ so plötzlich von Sophie ab, dass ihr schwindelte. Er zog eine dunkel schimmernde Kugel aus seinem Gewand, etwa zwei Daumen breit. Ein schwerer, süßer Geruch ging von ihr aus. Wie hypnotisiert starrte Sophie auf die Kugel. Sie wusste, diese Kugel konnte sie von ihrem Schmerz befreien. – Was war es, das sie zögern ließ? – Eine Ahnung? Ein Gefühl? Der brennend heiße Regubinstein auf ihrer Brust? Sophie wusste es nicht, sie konnte nicht mehr klar denken, ihr Körper bestand nur noch aus Dunkelheit und Schmerz. Vor ihr aber leuchtete die Kugel und verströmte einen verheißungsvollen, schweren Duft. Allein ihn einzuatmen linderte Sophies Schmerz. Voller Hoffnung griff sie nach der Kugel, doch der Schwarznarr zog sie weg und glitt mit einem gespenstischen Zischen um Sophie herum. »Gib sie mir«, keuchte Sophie. Bleischwer stolperte sie hinter ihm her. Der Schwarznarr aber lachte nur teuflisch und erhob sich in die Luft. Sophie sprang nach der Kugel. Einmal, zweimal, dreimal. Um eine Handbreite ließ sie der Schwarznarr die Kugel immer wieder verfehlen. Schließlich fiel Sophie erschöpft auf die Knie: »Bitte, gib sie mir!« Sie flehte, sie weinte, sie spürte nicht einmal mehr das Vibrieren des Regubinsteins auf ihrer Brust, und der Schwarznarr gab nach.

»Nein, tu das nicht!«, schrie jemand in der Ferne, als Sophie die Kugel an sich nahm. »Das ist Gift!« Doch Sophie wollte nicht hören. Es war kein Gift, es war ihre Rettung! Schwer wie Blei glitt die Kugel in ihren Mund. Ihre betörende Süße entfaltete sich rasch auf Sophies Gaumen. Doch da, ein brennender Schmerz auf ihrer Brust! Sophie zuckte zusammen. Sie keuchte und hustete und spuckte die Kugel aus. Die Kugel zerplatzte im Gesicht der Kreatur. Schwarze Schleimfäden krochen über die Nebeltücher und über das furchige Elfenbeinweiß. Dann plötzlich, ein orangefarbenes Licht. Der Schwarznarr, davon geblendet, hielt sich die Arme vors Gesicht. Verwundert schaute Sophie auf ihre Brust. Noch immer glühend heiß hing der Regubinstein an seinem Band und leuchtete hell wie die Sonne. Erst als Sophie seine spitzen Zähne bemerkte, wurde ihr klar: Der Stein hatte sie gebissen!

Sophie fuhr sich über das schleimverschmierte Gesicht. Der Nebel in ihrem Kopf lichtete sich, und sie schrie. Sie wusste nicht, warum sie schrie. Sie schrie, weil etwas in ihr schreien musste. Und mit dem Schrei wurde ihr leichter ums Herz.

Der Schwarznarr wich erschrocken zurück, als ihre Leichtigkeit in ihn eindrang. Sophie hielt für einen Augenblick inne und staunte über ihre Kraft. Doch bald schon verwandelte sich das Staunen in Freude, unbändige Freude, und Sophie schrie noch einmal, diesmal noch lauter, all die Freude aus sich heraus. Der Schwarznarr jaulte auf und hielt sich abwechselnd Augen und Ohren zu. Sophie verstand zwar nicht, was gerade geschah, doch sie schrie weiter, immer lauter, mit immer mehr Freude und Glück. Da warf der Schwarznarr flehend die Arme in die Höhe und stob davon. Der Regubinstein erlosch und erkaltete.

Erschöpft ließ sich Sophie auf die Wiese fallen und schaute sich ungläubig um. Die Verwüstung, die der Schwarznarr hinterlassen hatte, war entsetzlich: Der Klee, die Blüten, die Blätter, alles war verdorrt und mit schleimigen Fäden überzogen. Der Teich, eine Grube aus zähflüssigem Schlamm, schwarzer Morast. Etwas bewegte sich neben dem Teich. Gefangen in den schleimigen Aussonderungen des Schwarznarren zuckte und wand sich der Regenbogen. Er kam nicht vom Fleck. Unschlüssig schaute Sophie zu Kasimir und Urs. Sie waren noch immer aneinander gefesselt. Auch sie brauchten Hilfe. Aber der Regenbogen schrie wie ein sterbendes Tier, und Sophie spürte, er brauchte sie dringender als Kasimir und Urs. Urs hatte schon Sirenenschreie eingefangen, er würde auch ohne sie zurechtkommen. Suchend blickte Sophie sich um. Sie fand die Narrenelfenflöte und den Regenbogenzucker und rannte damit zum Teich. Urs' Worte »Bleib hier!«, »besessen«, »ansteckend« und »bissig« flogen ihr hinterher, doch Sophie hörte sie nicht. Ihre ganze Aufmerksamkeit galt dem

Regenbogen. Sie musste ihn von seinem Schmerz befreien. Als sie dann aber dem riesigen Bogen gegenüberstand, bekam Sophie es doch ein bisschen mit der Angst zu tun. Ihre Stimme zitterte, als sie wisperte: »Schhhh, ganz ruhig!« Und sie setzte die Flöte an, ohne zu wissen, wie man sie spielte.

Das Narrenelfenlachen kam wie von selbst, Sophie konnte es kaum glauben, und von Ton zu Ton wurde der Regenbogen ruhiger. Sophie spielte weiter, immer weiter, erst als der Bogen ganz zur Ruhe kam, setzte sie die Flöte ab. Schwach sah er aus, sein Kleid war noch immer mit Schleim bedeckt. Vorsichtig streckte Sophie ihm den Zucker entgegen.

»Nein Sophie, tu das nicht! Du hast noch nie einen Regenbogen gezähmt!« Urs' Stimme überschlug sich in der Ferne, und endlich gelang es ihm, Kasimir und sich zu befreien. Er wollte schon loslaufen, hin zu Sophie, da hielt ihn Kasimir mit einem bedeutungsvollen Blick zurück.

Ganz langsam ging Sophie in die Knie und legte den Zucker auf den Boden. Sie schaute den Regenbogen angespannt an und wartete auf seine Reaktion. Nach einer Weile beugte er sich tatsächlich zum Zucker hinunter, schnupperte vorsichtig, leckte verstohlen und ließ ihn dann schnell in sein Maul verschwinden. Sophie wartete noch ein bisschen, schließlich aber fasste sie Mut und streckte ihre Hand nach dem Bogen aus. Ihr Herz schlug bis zum Hals. Doch dann die Erleichterung: Der Regenbogen kam näher und berührte sie sanft. Er war nass und kalt und zittrig. Und als sich unter Sophies Hand plötzlich der Schleim zurückzog und die Farben wieder zum Vorschein kamen, war es wie ein Aufatmen, das durch den Regenbogen ging. Von irgendwo drang ein beeindrucktes »Oh!« und »Ah!« an Sophies Ohr. Es kam von Kasimir und

Urs. Keiner bemerkte die vermummte Gestalt, die im Schatten zweier Bäume am anderen Ende der Lichtung stand.

Ein Lichtschimmer durchbrach die schläfrige Dunkelheit. Sophie fuhr hoch.

»Guten Morgen, mein Liebling. Hast du schlecht geträumt?« Eine warme Hand auf Sophies Kopf. »Hm«, brummte Sophie und blickte sich verwirrt um: ihr Zimmer, ihr Bett, ihre Mutter auf der Bettkante, sie lächelte: »Mach dich bitte fertig. Oma Lotte ist da. Es gibt gleich Frühstück.«

War denn heute schon wieder Sonntag, Frühstückstag mit Oma Lotte? Sophie verstand nicht: Was machte sie in ihrem Zimmer? Eben war sie doch noch auf der Kleewiese gewesen, bei Urs und Kasimir und dem Regenbogen.

»Kasimir, bist du da?«, fragte Sophie leise, als sie die Schritte ihrer Mutter in sicherer Entfernung hörte. – Keine Antwort. Enttäuscht schüttelte Sophie den Kopf. Hatte sie das alles nur geträumt? Gedankenverloren zog sie die bereits am Vortag getragenen Socken an. Die Kleewiese, die Wichtelkrämer, der Morgentauwald, was für ein Traum! Sie griff nach ihrer Jeans und bemerkte gar nicht, dass die Hose viel zu ordentlich zusammengefaltet dalag, weil ihr in ebendiesem Moment die grässliche Nebelschleimkreatur in den Sinn kam. Sophie schüttelte sich angewidert. Es war vielleicht ganz gut, dass sie nur geträumt hatte! Sie schlüpfte in die Hose, etwas Grünes segelte heraus: Vierblättriger Klee! Sophies Puls beschleunigte sich. Sie hatte also doch nicht nur geträumt. Sie war wirklich im Narrenreich gewesen! Glücklich griff sie nach dem Klee und entdeckte am Boden neben dem Bett eine kleine braune

Schachtel. Voller Erwartung öffnete Sophie sie: Auf einem blaugrün schimmernden Samtpolster lag die Regubinkette. Der Stein war wieder ein herkömmlicher Stein. Ohne Ohren, ohne Gesicht, blutrot, und man verlor sich in seiner Tiefe. Neben ihm lag eine verschmierte Notiz: *»Sophie, trage den Regubinstein Tag und Nacht, auch im Menschenreich! Es droht große Gefahr. Aber sorge dich nicht, der Stein wird dich beschützen. K.«*

Sophie liebte die Sonntage mit Oma Lotte. Normalerweise waren sie nur zu dritt: Mutter, Georg und Sophie. Einen Vater hatten die Kinder keinen. – Nun ja, ganz so einfach war das natürlich nicht! Selbstverständlich hatten sie einen Vater, genau genommen sogar zwei, Georg einen anderen als Sophie: Georgs Vater lebte in Paris. Er war noch vor Georgs Geburt dorthin gezogen. Zweimal im Jahr, zu Weihnachten und an Georgs Geburtstag, rief er an. Georg mochte diese Gespräche nicht. Er wusste nie, was reden. Georg vermisste seinen Vater auch gar nicht. Zumindest behauptete er das. Er nannte ihn seinen »Erzeuger«. Sophie war sich aber nicht so sicher, ob Georg manchmal nicht vielleicht doch gerne einen richtigen Vater gehabt hätte. Ihr ging es zumindest so, denn ihr Vater rief nie an. Er hatte sie auch noch nie besucht. Sie wusste nichts über ihn, nicht einmal seinen Namen, nur, dass er vor ihrer Geburt etwa ein Jahr lang mit Georg und ihrer Mutter zusammen gelebt hatte. Georg erinnerte sich aber nicht daran, er war damals noch zu klein gewesen. Einmal hatte Sophie sich dazu durchgerungen, ihre Mutter nach ihrem Vater zu fragen. Er lebe irgendwo ganz weit weg, hatte sie geantwortet, und Sophie könne von Glück sprechen, dass sie ohne ihn aufgewachsen sei. Und dann hatte sie ihn als »Nichtsnutz« bezeichnet, und Sophie war traurig gewesen. Sie verstand nicht, warum ihre Mutter so schlecht über ihren Vater sprach und warum sie nicht mehr über ihn wissen durfte. Ihre Eltern mussten sich doch irgendwann einmal geliebt haben, sonst wären sie kein Paar gewesen. Doch als Sophie ihre Mutter darauf ansprach, floss ein Meer aus Traurigkeit durch ihre Augen. »Ach weißt du«, sagte sie, »ich war damals jung und dumm und habe mich von deinem Vater blenden lassen. Er war nicht der, den ich anfangs in ihm sah. Irgendwann wirst du das verstehen können, dann werde ich dir alles erzählen. Aber nicht jetzt. Jetzt ist es noch zu früh.« Sophie mochte diese Antwort nicht. Es war nicht das erste Mal, dass ihre Mutter sagte, es sei *noch zu früh* für etwas. Jedes Mal, wenn ihre Mutter so redete, fühlte sie sich wie ein dummes kleines Kind, und das machte sie wütend. Wenn ihre Mutter wüsste, wie viel sie schon verstand! In solchen Situationen sehnte sich Sophie noch viel mehr nach einem Vater, denn der würde sie vielleicht verstehen. Immerhin war an den Sonntagen Oma Lotte da. Oma Lotte verstand Sophie immer. Sophie kümmerte es nicht, dass Oma Lotte eigentlich gar nicht ihre richtige Großmutter war. Sie war lediglich eine alte Dame, die kurz vor Sophies Geburt ins Nachbarhaus eingezogen war. Aber sie hatte sich von Anfang an rührend um die Kinder gekümmert und das war das Entscheidende. Sophie fand es sogar ganz praktisch, wenn keine richtigen Großeltern da waren, dann konnte man sich nämlich die aussuchen, die einem am liebsten waren.

»Guten Morgen, Liebes«, sagte Oma Lotte, als Sophie das Esszimmer betrat, »Hast du gut geschlafen?«

»Zu kurz«, antwortete Sophie.

»Zu kurz?« Ihre Mutter schaute verblüfft auf. »Du hast bis zehn geschlafen!«

»Ich habe zu kurz geschlafen, weil ich die ganze Nacht im Morgentauwald war«, sagte Sophie nicht ohne Stolz, »im Narrenreich!« Erwartungsvoll schaute sie in die Runde.

Ihre Mutter verschluckte sich und hustete: »*Wo* warst du?«

Sophie klopfte ihr den Rücken und erzählte von Kasimir, vom Morgentauwald und von der wunderlichen allwissenden Eiche. Sie erzählte von den Wichtelkrämern, der Kleewiese und den Regenbogen. Den Schwarznarren verschwieg sie. Oma Lotte hätte sie vielleicht von ihm erzählt, aber ihre Mutter machte sich immer viel zu schnell Sorgen. Sie wollte sie nicht unnötig beunruhigen.

Im Raum herrschte daraufhin Totenstille. Man hätte eine Nadel zu Boden fallen hören können. Der Mund ihrer Mutter hatte sich zu einem schmalen Strich zusammengezogen und ihr Blick war ernst. Sophie fühlte sich unwohl. »Mama, was ist mit dir? Warum sagst du nichts?« Eine unangenehme Spannung lag in der Luft.

Georg war es, der die Situation mit einem schallenden Lachen entschärfte: »Ich wusste ja, dass du eine blühende Fantasie hast, Schwesterchen, aber mit diesem Traum übertriffst du dich selbst!«

»Nein, es war kein Traum!«, verteidigte sich Sophie. »Ich kann es beweisen.«

»Ach so? – Wie denn?«

Sophie legte die Kleeblätter auf den Tisch: »Hier, die habe ich auf der Kleewiese gepflückt.«

Georg nahm eines der Blätter: »Was ist daran besonders? Das ist ganz normaler Klee.«

»Nein«, widersprach ihm Sophie, »Schau doch genau hin: Er hat vier Blätter.«

»Sophie, du spinnst! Der hat drei Blätter!« – »Nein, ich spinne nicht!« – »Doch, tust du!« – »Nein! Ich kann doch zählen.« – »Ich auch!«

»Hört sofort auf zu streiten!«, schritt Oma Lotte ein. »Wenn Sophie glaubt, es sind vier Blätter, dann lass sie es glauben, Georg.« Ihr Ton war ungewöhnlich scharf. Die Geschwister verstummten.

Danach war alles anders. Georg versuchte, die Frühstücksstimmung zu retten, indem er seiner Mutter von dem Planetenmodell erzählte, das er gerade in der Schule baute, doch sie hörte ihm nicht zu. Sie war auf einer fernen Gedankenreise, und in den Falten, die sich über ihre Stirn zogen, spiegelte sich eine Traurigkeit, die weder Sophie noch Georg an ihr kannten. Auf Sophies wiederholtes Nachfragen reagierte sie nicht, und Sophie verstand: Das Thema *Narrenreich* war abgeschlossen. Sie fühlte sich schuldig, obwohl sie nicht wusste, warum. Wie froh war sie, als sie Oma Lottes warme Hand auf ihrer Schulter spürte: »Begleitest du mich in den Garten, mein Kind?«

Oma Lotte war eine groß gewachsene Dame mit breiten Schultern, kantigen Gesichtszügen und weißen Haaren, die Sophie nicht anders kannte als hochgesteckt. Ohne ihren fliederfarbenen Hut, ihre Krokodilledertasche und ihren Spazierstock ging sie nie aus dem Haus. Sie trug altmodische Kleider, die nach Lavendel rochen. Heute war es ein moosgrünes Spitzenkleid, dessen ausladender Rock mit jedem Schritt sanft hin und her wippte.

Sie gingen zu der hölzernen Bank unter dem Apfelbaum.

Oma Lotte setzte sich und blinzelte in die Sonne: »Was für ein herrlicher Frühfrühlingstag, findest du nicht?«

»Hmmm«, brummte Sophie und malte mit dem Fuß stumpf Linien ins Gras. Nach diesem Frühstück war sie nicht empfänglich für die Schönheit von Frühfrühlingstagen. Warum hatte ihre Mutter so seltsam auf ihre Erzählung vom Narrenreich reagiert?

Oma Lotte verstand sofort, dass Sophie ein wenig aufgeheitert werden musste, also fragte sie: »Soll ich dir die Geschichte erzählen, wie ich deine Mutter zum ersten Mal traf?« Und tatsächlich hellte Sophies Gesicht schlagartig auf. Sie konnte diese Geschichte nicht oft genug hören.

Oma Lotte lächelte und begann zu erzählen: »Deine Mutter war schon mit dir schwanger, als ich ins Haus nebenan zog. Es war der erste Sonntag nach meinem Einzug, ich wollte gerade einen Begrüßungskuchen für deine Mutter backen, da musste ich feststellen, dass mir meine Eier abhandengekommen waren. Ich suchte das ganze Haus nach ihnen ab. Sie waren nirgendwo zu finden. Ich war ratlos. Wo sollte ich an einem Sonntagnachmittag neue Eier herbekommen? Mit dem Kuchen bis Montag warten war ausgeschlossen! Begrüßungskuchen müssen an Sonntagen gebacken werden, sonst gehen sie nicht auf. Mir blieb also nichts anderes übrig, als deine Mutter selbst darum zu bitten, mir auszuhelfen. Ich läutete an ihrer Tür, sagte: ›Einen erquicklichen guten Tag! Ich bin Ihre neue Nachbarin‹, und reichte ihr die Hand. ›Gerade wollte ich einen Begrüßungskuchen für Sie backen, da musste ich feststellen, dass mir meine Eier abhandengekommen sind.‹ Deine Mutter schaute mich verwundert an und wiederholte: ›Eier abhandengekommen?‹ – Als ob ihr so etwas noch nie passiert wäre!« Oma Lotte schüttelte den Kopf. »Also erklärte ich ihr: ›Gestern Abend waren sie noch da, und eben, als ich sie aus dem Kühlschrank holen wollte … Weg! Einfach weg …‹«

»… als hätten sie gewusst, dass es ihnen heute an den Kragen geht«, nahm ihr Sophie das Wort aus dem Mund.

»Genau«, sagte Oma Lotte, »Deine Mutter war irgendwie verwirrt und schüttelte weiter meine Hand. ›Können Sie mir aushelfen?‹, fragte ich sie. ›Sie bekommen die Eier selbstverständlich zurück, sobald meine eigenen wieder da sind. Weit können sie nicht gekommen sein.‹ Deine Mutter stammelte: ›Ähm, selbstverständlich kann ich Ihnen Eier geben. Mein Name ist übrigens Helena.‹ – *Helena!* Den Namen mochte ich. Also sagte ich: ›Das ist aber entzückend, Helena! Ich heiße Charlotte Eulalia.‹ Und weil mir deine Mutter gleich auf Anhieb sympathisch war, bot ich ihr an, mich Lotte zu nennen. So nennen mich nämlich meine Freunde. Da erst ließ deine Mutter meine Hand los. – ›Wie viele Eier brauchst du denn?‹, fragte sie und: ›Darf ich dir eine Tasse Tee anbieten?‹ – ›Fünf Stück‹, sagte ich und: ›Hast du auch ein Tässchen heiße Schokolade?‹ – Wenn man *du* zueinander sagt, sollte man nämlich gemeinsam heiße Schokolade trinken, weißt du?«

Sophie nickte: »Und dann hast du in Richtung Küche gedeutet und gefragt: ›Darf ich?‹ Und ohne auf die Antwort zu warten, bist du in die Küche gegangen, als wärest du schon oft zu Besuch gewesen.«

»Na, nach so einem langen Händedruck …«, sagte Oma Lotte und fuhr fort: »Ich setzte also die Milch auf, deine Mutter kam herein und fragte, ob ich mich zurechtfände. Und ich sagte: ›Jaja, ich finde mich wunderbar zurecht. Ich habe das Gefühl, alle Küchen sind gleich aufgebaut: die Töpfe in der

Schublade schräg unter dem Herd, der Kakao im Schränkchen über der Spüle und die Milch im Kühlschrank. Ich frage mich ja, warum es keiner mal umgekehrt macht ...‹«

»... Den Kakao ins Schränkchen über der Spüle, die Töpfe in den Kühlschrank und die Milch in die Schublade schräg unter dem Herd«, beendete Sophie den Satz und kicherte. Das war ihre Lieblingsstelle. »Und Mama hat verdattert geantwortet: ›Na, weil die Milch dann schlecht würde.‹«

Oma Lotte nickte: »Ja genau, das hat sie gesagt. Aber ich sage dir eines, mein Kind: Das stimmt nicht! Milch wird dann schlecht, wenn man ihr zu wenig Aufmerksamkeit schenkt, Kühlschrank hin oder her. Ich rührte also die Kakaomasse ein und fragte deine Mutter, im wievielten Monat sie schwanger sei.«

»Sie war im achten Monat schwanger«, sagte Sophie.

»Richtig«, sagte Oma Lotte. »Du warst also schon fast auf der Welt. Und dann fragte ich deine Mutter nach deinem Vater.«

»Und?«, fragte Sophie und richtete sich auf. Diesen Teil der Geschichte kannte sie noch nicht. »Was hat sie gesagt?«

»Sie hat sich an den Küchentisch gesetzt und geseufzt und nur ein einziges Wort gesagt.«

»Welches?«, fragte Sophie.

»*Weg*«, sagte Oma Lotte.

»Mehr nicht?«, fragte Sophie. Sie konnte ihre Enttäuschung nicht verbergen.

Oma Lotte schüttelte den Kopf: »Nein, mehr nicht.«

Sophie schwieg betrübt. Warum durfte sie nicht auch einen Vater haben? Väter waren abenteuerlustig und mutig. Mit ihnen konnte man etwas erleben. Ein Vater hätte ihre Erzählung vom Narrenreich bestimmt sehr aufregend gefunden. Und noch viel wichtiger: Er hätte ihr geglaubt.

Oma Lotte drückte Sophie ein bisschen an sich und sagte, als hätte sie ihre Gedanken gelesen: »Ich glaube dir auch, mein Herz.«

Sophie schaute verwundert zu ihr auf.

»Ich war selbst schon dort«, sagte Oma Lotte.

»Wo?«, fragte Sophie, obwohl sie genau wusste, wovon Oma Lotte sprach.

»Na, im Narrenreich!«, sagte Oma Lotte, »Ich war früher oft dort. Vor langer, langer Zeit. Es ist ein wundervoller Ort. Ich wäre sehr gern dort geblieben.«

»Aber wie …? Warum …?«, stammelte Sophie.

»Oh, das ist eine lange Geschichte«, sagte Oma Lotte und winkte ab.

»Aber …«, begann Sophie erneut.

»Georg kann es nicht sehen, das vierte Blatt am Klee«, sagte Oma Lotte. »Vierblättriger Klee ist eine närrische Pflanze, er tarnt sich für das menschliche Auge mit nur drei Blättern. – Ist dir noch nie aufgefallen, dass ich den vierblättrigen Klee immer nur dir schenke?«

Sophie dachte nach. Sie konnte sich nicht daran erinnern, dass Georg jemals vierblättrigen Klee von Oma Lotte geschenkt bekommen hatte.

»Nur du siehst das vierte Blatt.« Oma Lotte pausierte und beobachtete eine Blaumeise beim Bauen ihres Nests.

»Warum?«, rang sich Sophie zu der Frage durch, die ihre Hände vor Aufregung feucht werden ließ.

Oma Lotte kam ganz nah und flüsterte: »Weil du die Narretei in dir trägst, mein liebes Kind.« Es war ein leises, weiches

Flüstern, doch in Sophies Ohr hallte es wider und wurde laut und lauter. Ihre Augen weiteten sich: »Was heißt das?«

Liebevoll kniff Oma Lotte sie in die Wange und stand auf: »Das wirst du bald herausfinden.«

Sophie blieb sitzen und wiederholte für sich: *»Weil du die Narretei in dir trägst.«* Das klang bedeutungsvoll. »Oma Lotte!« Sie sprang auf und lief der alten Dame hinterher.

»Bald, mein Kind. Übe dich in Geduld.« Und als sie schon fast wieder beim Haus angekommen waren, sagte sie: »Sprich nicht mit deiner Mutter über Närrisches. Sie will nichts damit zu tun haben. Und sie will auch nicht, dass du etwas damit zu tun hast. Halte sie also bitte, unser aller Seelenfrieden zuliebe, aus dieser Sache heraus.«

Sophies Augen weiteten sich: »Mama kennt das Narrenreich auch?« Dann musste ihre Traurigkeit am Frühstückstisch also irgendetwas damit zu tun gehabt haben!

Oma Lotte überlegte, bevor sie antwortete: »Nein, nicht mehr.«

In einem herbstlichen Wald im Narrenreich saßen unterdessen mehrere Gestalten auf Baumstümpfen im Kreis.

»Kiéron weiß, dass sie hier war«, sagte ein grau gekleideter Mann. Barfüßig, die Haare unfrisiert, struppige Bartstoppeln im Gesicht. »Und er weiß, dass sie sieht.«

Eine Frau, groß gewachsen und schlaksig, richtete sich auf und zupfte ihren beige-rot-grün karierten Mantel zurecht: »Woher weißt du das?«

»Er hat einen Gesandten nach ihr geschickt.«

Eine halbdurchsichtige Frau, sie schwebte knapp über ihrem Baumstumpf, fuhr hoch: »Doch nicht etwa einen Schwarznarren?

Das würde ja bedeuten, dass …« Sie brach ab und hielt sich erschrocken die Hand vor den Mund.

»Es ist wohl so weit«, sagte die Großgewachsene.

Ein Wichtelartiger hob die Hand: »Wenn ich anmerken darf: Die Länder verändern sich. Die Dunkelheit schreitet rasch voran.« Unförmige Blumen sprossen aus seinem zerzausten Haar.

»Jaja«, nickte der Barfüßige. »Es tauchen immer mehr Schwarznarren auf. Angeblich sogar in der Menschenwelt.«

»Ach herrje!«, rief die schwebende Frau und wurde noch ein bisschen durchsichtiger.

»Die Zahl der Narren verringert sich zusehends. Sie verschwinden spurlos. Es ist, als lösten sie sich in Luft auf«, murmelte ein Mann mit kugelrundem Bauch. Aus der Hosentasche seines Anzugs zog er eine goldene Taschenuhr. »Die Zeit ist reif.«

Die anderen machten besorgte Mienen.

»Ja«, sagte ein alter Mann mit langem, wattigem Bart. Seine Kleider und Haare waren weiß wie Schnee. »Wir müssen handeln.«

»Moment!«, bremste ihn die Großgewachsene. »Seid ihr denn ganz sicher, dass sie es ist?«

»Ja, sie ist es«, sagte eine schwarz gekleidete Gestalt, deren Gesicht unter dem Schatten einer Kapuze verborgen blieb. »Wir müssen unverzüglich zur Tat schreiten. Beruft eine Narrenratssitzung ein und holt sie dazu.«

Kapitel 4

DER HÖCHSTNÄRRISCHE ALLEROBERSTE NARRENRAT

Sophie konnte an nichts anderes mehr denken als an die Narren. Beim Aufwachen dachte sie an sie und beim Zubettgehen, vor der Schule und nach der Schule, in den Pausen und während des Unterrichts. Die Lehrer rügten sie für ihre Unaufmerksamkeit, ihre Mitschüler lachten sie aus. Sophie kümmerte sich nicht darum. Sie wusste etwas, was sonst keiner wusste. Sie hatte eine Welt gesehen, die sonst keiner kannte. Sie war die Hüterin eines großen Geheimnisses, und ein Regenbogen war ihr Freund! Paula, ihre beste Freundin, aber bemerkte Sophies veränderten Blick, und sie wusste, etwas Wichtiges war geschehen. Sie fragte Sophie danach, doch noch wollte Sophie nicht darüber sprechen. Zu viele Fragen waren noch ungeklärt, zu viel verstand Sophie selbst noch nicht. Inständig hoffte sie auf Kasimirs baldige Rückkehr. Er würde bestimmt Antworten bringen. Und dann würde sie Paula alles erzählen können. Paula war nämlich nicht besonders glücklich über Sophies Geheimniskrämerei.

Wochenlang schlich Sophie vor ihrem Kleiderschrank hin und her, wartete und wartete und dachte nach und wartete und hielt es kaum mehr aus und wartete und platzte fast vor Ungeduld. Wochenlang geschah rein gar nichts. Doch dann, an einem Apriltag, an dem das Wetter ganz besonders eigenwillig war, hörte sie es, das heiß ersehnte Geräusch im Schrank, das Rumpeln und Rascheln und Murmeln, und Sophie stolperte beinahe über ihre eigenen Füße, als sie auf den Schrank zustürmte: »Kasimir, endlich!«

Doch es war nicht Kasimir. Es war Theobald. Kopfüber hing er von der Kleiderstange und kaute an einem Grashalm.

»Ah, Theobald, du bist es! Wie schön, dich zu sehen«, sagte Sophie.

Der Gedankennarr grinste frech: »Schöner, als Kasimir zu sehen?«

Sophie überlegte: »Äh, nein, genau gleich schön.«

»Na gut, diese Antwort lasse ich gerade noch gelten.« Theobald schwang sich von der Stange und zog umständlich eine Pergamentrolle aus seiner Latzhose. Noch viel umständlicher rollte er sie aus. Sie war lang, sehr lang. Dann endlich räusperte er sich: »Hiermit überbringe ich eine Nachricht vom höchstnärrischen allerobersten Narrenrat.« Er setzte sich eine schwarz-grün karierte Brille auf und las feierlich vor: »*An Sophie Schneider, Tochter von Helena Schneider, zwölf Jahre alt, wohnhaft Menschenwelt, Hinterschränkische Zubringerwege, Ausgang 62a.*«

»Ähm«, machte Sophie. Das war nicht ihre Adresse. Doch Theobald ließ sich nicht unterbrechen: »*Aufgrund jüngster Ereignisse sehen wir uns veranlasst, die achthundertsiebzehnte höchstnärrische allerobersten Narrenratssitzung einzuberufen und bitten um deine Anwesenheit. Die Sitzung findet heute um Mitternacht auf der Empore der Weisheit im Immerherbstwald statt. Stellvertretend für den Vorsitzenden: Gudrun Skribere, närrisches*

Sekretariat.« Theobald hüstelte bedeutungsvoll und rollte das Schriftstück wieder zusammen.

Sophie wunderte sich, wozu so wenige Worte so viel Papier benötigten: »Mehr steht da nicht?«

Theobald unterbrach seine Rolltätigkeit, schaute Sophie streng über den Rand seiner Brillengläser an: »Nein, meine Liebe, mehr steht da nicht«, und rollte weiter. Er rollte und rollte, und erst als er nach einer viel zu langen Weile damit fertig war und er das Pergament verstaut, die Brille abgenommen und sich nochmals ausgiebig geräuspert hatte, sagte er: »Zu *keiner* der achthundertsechzehn vorhergehenden höchstnärrischen allerobersten Narrenratssitzungen wurde ein Menschenkind eingeladen. Ich hoffe, das verdeutlicht die Dringlichkeit der Situation und du lehnst die Einladung nicht ab.«

Sophie schaute ihn verwundert an: »Und warum laden sie gerade *jetzt mich* ein?«

»Das hat mit den jüngsten Ereignissen im Morgentauwald zu tun«, sagte Theobald, »Ich bin nicht dazu befugt, dir weitere Auskünfte darüber zu erteilen.«

»Aha«, sagte Sophie ein bisschen unzufrieden. »Und wie finde ich diesen *Immerherbstwald*?«

Theobald saß mittlerweile in der Hocke, seine Augen verfolgten ein Gedankenfragment: »Der liegt im Morgentauwald.« Er sprang in die Luft. »Durch den Schrank durch … Uff! … in die hinterschränkischen Zubringerwege …«

»Hinterschränkische*was*bitte?«, unterbrach ihn Sophie

»Zubringerwege«, sagte Theobald und sprang erneut. »Jetzt aber! … Erste Kreuzung links … Puh! … dritte Abzweigung rechts … Mist! … eine scharfe Rechtslinkskurve und dann immer der Beschilderung folgen …. Pass nur auf, du Gedanke, du! … Ist nicht zu verfehlen …. Jaaa! Erwischt! Was für ein Prachtstück!«

Sophie interessierte sich nicht für Theobalds Gedankenerrungenschaft. Sie hatte Sorge, den Weg nicht zu finden: »Will mich denn keiner von euch abholen und hinbringen?«

Theobald schüttelte den Kopf: »Keine Zeit. Alle schwer beschäftigt. Jeder Einzelne. Die Zeiten sind verrückt. Du findest den Weg schon. Rechne mit einer halben Stunde Fußmarsch. Und nimm das hier!«, er reichte Sophie ein zerknittertes, moosgrünes Seidentuch. »Damit wirst du auf keinerlei Hindernisse stoßen«, gab ihr einen eleganten Handkuss und marschierte rückwärts durch die Schrankwand.

Als der Abend hereinbrach, saß Sophie auf ihrem Bett und beschwor den Kleiderschrank: »Öffne dich! Löse deine Wände auf! Lass mich durch!« Doch der Schrank hörte nicht. Sein Holz blieb hart. Sophie schüttelte verzweifelt den Kopf. Wie um Himmels willen sollte sie durch diese verflixte Wand gelangen? Den ganzen Nachmittag hatte sie es schon versucht. Sie war mit Anlauf dagegen gesprungen, das war schmerzhaft gewesen. Sie war rückwärts in den Schrank gegangen, dabei war sie über ein Paar Schuhe gestolpert. Sie hatte es mit offenen und mit geschlossenen Augen probiert, auf einem Bein hüpfend und Rad schlagend, doch das Holz stand unbeweglich und versperrte ihr den Weg. Sie hatte alle Kleider aus dem Schrank geräumt, ihn von oben bis unten nach Rissen, losen Brettern, geheimen Hebeln, versteckten Schaltern und Druckstellen abgetastet. Nichts!

Missmutig löschte Sophie das Licht im Zimmer und stellte sich auf den Kopf. Lange betrachtete sie den Schrank verkehrt herum, doch auch der Wechsel der Perspektive nützte nichts.

Schwer denkend schlich Sophie im Raum hin und her. Auf Zehenspitzen natürlich, es war ja schon Schlafenszeit. Die Minuten flogen, die Stunden zogen an ihr vorbei. 23:16 Uhr. Der Weg in die hinterschränkischen Zubringerdingsdas war noch immer nicht frei. Sophies Herzschlag beschleunigte sich. Sie würde die Sitzung verpassen! Es war aber nicht nur die Sorge, die ihr Herz schneller schlagen ließ, es war auch der Ärger. Theobald hatte sie im Stich gelassen, er war einfach verschwunden! Er hätte sich doch denken können, dass sie nicht wusste, wie man durch Kleiderschränke in närrische Dingsdawege gelangte. Er wusste doch, dass sie ein Menschenkind und keine Närrin war! Und dann auch noch diese ständige Geheimnistuerei, die vielen Fragen! Fragen ohne Antworten. Glaubten diese Narren wirklich, Sophie würde ihre Zeit darauf verschwenden, Wege durch Wände zu suchen, wenn sie ihr nicht eine einzige Frage beantworteten? – Pah, sollten sie doch bleiben, wo der Pfeffer wächst! Wütend riss sich Sophie die Regubinkette vom Hals und schleuderte sie gegen den Schrank. Die Kette prallte aber nicht mit dem erwarteten Klirren von der Wand ab, sie glitt lautlos durch das Holz. Sophie sprang blitzschnell auf und berührte die Stelle, an der die Kette verschwunden war. »Mist!«, fauchte sie. Die Kette war ganz bestimmt da durchgeglitten. Sie hatte es genau gesehen. Es *musste* also einen Weg auf die andere Seite geben!

Noch sechs Minuten bis halb zwölf. Sophie rief sich zur Vernunft: Ganz ruhig bleiben, einen kühlen Kopf bewahren, nachdenken … Es *musste* einen Weg auf die andere Seite geben! Wenn Theobald durch die Wand kam und der Regubinstein auch, dann … Sie blickte sich suchend im Raum um. Die närrischen Kleeblätter! Sophie nahm eines und drückte es gegen den Schrank. Als gäbe es keinen Widerstand, glitt das Blatt durch das Holz und mit ihm Sophies Finger, der Nagel war schon nicht mehr zu sehen. Noch ein Stück, schon steckte der ganze Finger in der Wand. Doch dann rutschte das Blatt von der Fingerkuppe und Sophies Hand wurde zurück ins Zimmer geschoben. Der Klee blieb hinter der Wand auf der anderen Seite des Schranks. Sophies Schultern sackten entmutigt nach unten. Es konnte also nur Närrisches auf die andere Seite, ihr als Mensch war der Zutritt verwehrt! Wie hatte Theobald das vergessen können? Vermutlich war es gar nicht so leicht, seine eigenen Gedanken zu ordnen, wenn man ständig fremden hinterherjagte. Andererseits, wie konnte jemand, der tagein, tagaus mit Gedanken zu tun hatte, seine eigenen verlieren? Vielleicht gab es also doch einen Weg. Ihr Finger war ja schon auf der anderen Seite gewesen. Sophies Blick fiel auf das zusammengeknüllte Seidentuch, das Theobald ihr gegeben hatte. »Damit wirst du auf keinerlei Hindernisse stoßen«, hatte er gesagt. Sophie sprang auf: Theobald hatte ihr ja *doch* verraten, wie sie auf die andere Schrankseite kam!

Das aufgefaltete Tuch war so groß, dass Sophie ihren ganzen Köper damit verhüllen konnte, und in dieser närrischen Haut schlüpfte sie durch die Schrankwand, als wäre sie Luft.

Es war ein lang gezogener Raum, in dem Sophie sich wiederfand, wie ein Tunnel, nur viel höher und breiter. An seinem Ende zeichnete sich eine Kreuzung ab, von der aus weitere Tunnelröhrenhallen abzweigten. Närrische Wesen, wohin Sophie auch schaute: menschengroße und zwergenkleine

Wesen, tier- und pflanzenartige, schnelle und langsame, fliegende, schwebende, gehende und stehende. Wesen mit spitzen Ohren und knubbeligen Nasen, Wesen in wallenden Gewändern und Wesen in Schlangenhautkleidern. An den Steinwänden wuchsen allerlei Pflanzen: Lianen, Büsche, Bäume, Sträucher, Kletterpflanzen. Sophie stand der Mund vor Staunen offen. Mehrmals rieb sie sich die Augen. Nein, sie träumte nicht.

Vor ihren Füßen lag der Regubinstein. Sophie wusste nicht, warum, aber sie murmelte eine Entschuldigung, als sie ihn aufhob. Beinah glitt er ihr ein zweites Mal durch die Finger, weil sie genau in diesem Moment von einem Gestrüpp angerempelt wurde. »Auf die Seite, auf die Seite, ich hab's eilig, der Gedanke ruft!«, raschelte es. Sophie wich erschrocken zurück. Das Gestrüpp schaute zu ihr auf und erstarrte: »Oh, ein Menschenkind! – *Das* Menschenkind? – Ja, ist es denn schon an der Zeit?« Es verbeugte sich demütig. »Ich ... ich bitte vielmals um Vergebung ... für meine ach-so-unfreundliche Anrede. Es ... es ... es war nicht meine Absicht, nein überhaupt nicht.«

Sophie schüttelte den Kopf: »Nein, nein, *ich* muss mich entschuldigen, ich stand im Weg.«

Verblüfft starrte das Gestrüpp Sophie an: »Zu viel der Güte, zu viel der Güte!« Etwas beschämt strich es sich ein paar Blätter zurecht. »Ähm, wenn ich mich vorstellen darf, mein Name ist Fontanius, Sprudelnarr von Beruf, mit Verlaub, Sprudelnarr.« Und aus den äußersten Astenden spritzten sprühfeine Wassertröpfchen.

»Sprudelnarr?«, wiederholte Sohie verwundert. »Was ist denn ein Sprudelnarr?«

»Ich bringe Menschen zum Sprudeln. Zum Erzählen«, sagte

Fontanius stolz. Ideen, Geschichten, Erlebnisse, Gedanken. Ja, Gedanken. Damit sich auch andere Menschen daran erfreuen können, mit freudiger Freude!«

»Du schenkst den Menschen also Ideen?«, fragte Sophie.

»Nein, nein!«, rief der Narr und versprühte wieder ein paar Tröpfchen, »Die Ideen werden von den Gedankennarren eingepflanzt. Ja, so ist das. Und auch nur dann, also exakt dann, wenn ihre Ansätze bereits im Menschen drin sind, ganz tief drin. *Ich* kümmere mich darum, dass die Ideen aus den Menschen heraussprudeln. Sprudeln, wie eine Quelle, verstehst du? Nicht nur brodeln oder blubbern oder köcheln, nein, sprudeln! Wäre doch zu schade, also wirklich schrecklich schade, wenn all die guten Ideen und Gedanken nie ans Tageslicht kämen, um andere mit freudiger Freude zu erfreuen! Wozu werden Gedanken denn mit Stock und Bündel und Wanderschuhen geboren?« Das Gestrüpp raschelte aufgeregt.

»Du sprudelst aber auch ganz schön«, stellte Sophie lachend fest.

Das Grün des Wesens verfärbte sich rot: »Vielen Dank, ich nehme meine Arbeit auch sehr ernst, wirklich ernst.«

Beim Wort »ernst« fiel Sophie wieder ein, warum sie hier war. Ein hastiger Blick auf die Uhr: Noch zwanzig Minuten bis zur Sitzung des Narrenrats. Sophie stöhnte. Sie würde zu spät kommen! Wie war das noch mal gewesen? Erste Kreuzung rechts? Nein, zweite links! Oder war es die erste links und die dritte rechts? Nein, Doppelrechtskurve nach links! Oder doch rechts? Sophies Schultern sackten entmutigt nach unten. Hilfe suchend schaute sie den sprudelnden Fontanius an: »Kannst du mir den Weg zur Empore der Weisheit zeigen? Ich muss um Mitternacht dort sein.«

»Aber natürlich. Selbstverständlich«, sagte der Narr, und seine Äste wuchsen ein bisschen vor Stolz. »Ich kenne eine Abkürzung. Komm! Komm mit.« Er strubbelte davon und zog einen feinen Sprühwassertröpfchennebel hinter sich her.

Fontanius war schnell, Sophie kam ihm nur mit Mühe nach. Rechts, links, geradeaus, links, links, geradeaus, rechts, geradeaus, starke Linkskurve, rechts, weiter geradeaus und dann plötzlich Sonnenstrahlen. »Schau, Menschenkind, schau!« Fontanius zeigte auf das Licht am Ende des Ganges. »Da vorne ist der Immerherbstwald.« Er griff mit seiner Blätterhand nach Sophies Arm und zog sie zum Ausgang.

Es war tatsächlich ein Herbstwald! Genau genommen der prächtigste, den Sophie je gesehen hatte. Und das mitten im Frühling. An den Ästen der knorrigen Bäume hingen bunte Blätter, sie leuchteten hell, sogar jetzt in der Nacht, und auch der Waldboden war bunt bedeckt. Bei jedem Schritt raschelte es verheißungsvoll. Das fast taghelle Mondlicht fiel steil durch das Blätterdach und ließ das farbige Kleid der Bäume beinah durchsichtig werden. Ein besonders rotes Kastanienblatt segelte zu Boden. Sophie hob es auf und drehte es um. Auf der Rückseite war es gelb. Verblüfft drehte Sophie das Blatt wieder zurück. Nun war es grün. Beim nächsten Umdrehen leuchtete es orange. Wieder und wieder wendete Sophie das Blatt, so lange, bis Fontanius sagte: »Ich muss los«, und dabei ungeduldig an seinem Blätterbauch zupfte. »Ja, das muss ich. Einer Geschichte nach. Sie muss unbedingt niedergeschrieben werden, ja das muss sein. Geh einfach weiter geradeaus, dann kommst du zur Empore der Weisheit. Immer geradeaus.«

Sophie fand ihn recht schnell, den baumbewachsenen Hügel mit dem Wurzelweg, der zu einem großen Steinplateau hinaufführte. Das musste die Empore der Weisheit sein. Sophie folgte dem von Herbstblättern bedeckten Weg. Das Mondlicht warf helle Lichtflecken durch die Baumkronen. Ein sanfter Nachtwind strich über den Hügel und ließ die Blätter knistern und tanzen. Zum Plateau hin lichteten sich die Bäume. Der Mond leuchtete dort besonders hell. Sophie erschrak: Es sah so leer aus auf dem Plateau! Sie konnte keine Narren sehen. Ein Blick auf die Uhr: Viertel nach zwölf! Sie war zu spät! Die Narren hatten bestimmt nicht mehr länger warten wollen und waren gegangen. Doch dann machte der Weg eine leichte Biegung, und hinter zwei Bäumen tauchten sie auf: sechs Narren. Sie saßen auf Baumstümpfen im Kreis, zwei Stümpfe standen leer. Die Narren redeten und gestikulierten, sie bemerkten Sophie nicht. Sophie lächelte erleichtert: Das mussten sie sein, die Mitglieder des höchstnärrischen allerobersten Narrenrats.

Der erste Narr, er war grau gekleidet, saß ruhig auf seinem Sitz. Die Haare grau meliert und unfrisiert, struppige Bartstoppeln im Gesicht. Seine Augen beobachteten scharf. Immer wieder wanderte seine Hand nachdenklich zum Kinn. Dann neigte er den Kopf abwechselnd nach rechts und nach links und murmelte etwas. Nur wenige Worte und so leise, dass Sophie sie nicht verstand. Doch die anderen verstanden und nickten. Besonders heftig nickte die zweite, die halb durchsichtige Närrin mit der rundlichen Figur und dem altmodisch bestickten Kleid. In ihren Augen lag die Zärtlichkeit der Welt. Sie seufzte über die Worte des grauen Narren und trällerte dann gedankenverloren mit einer Stimme wie frisches, klares Quellwasser ein Lied. Ihr Körper erhob sich in die Luft, hoch und höher, und mit ihm die bunten Vögelchen und Schmetterlinge, die ihn umkreisten. Es war der dritte, der alte Narr mit der langen weißen Robe und den vielen Falten im Gesicht, der sie am Fuß zurück auf ihren Platz zog. Sein wattiger Bart, seine Brille, seine würdevolle Haltung und seine tiefe Stimme faszinierten Sophie. Besonders aber gefielen ihr seine tiefgründigen, fast schwarzen Augen. Doch plötzlich zog sich ein glasiger Schleier vor sein Gesicht und Sophie las nur noch Verwirrung darin. Der vierte, der kleine, wichtelartige Narr mit den lebhaft funkelnden Augen, kannte diese Verwirrung wohl schon, denn er sprang blitzschnell auf und gestikulierte so lange mit den Händen vor dem Gesicht des Alten, bis sein Blick wieder klar wurde. Dann setzte er sich und widmete sich eifrig dem Gespräch. Dabei rutschte er ruhelos auf seinem Baumstumpf hin und her. Immer wieder sprang er auf, und wenn er das tat, entwuchsen seinem zerzausten Haar Blätter und Blumen. Von Zeit zu Zeit griff er in die Luft und hielt danach wie aus dem Nichts einen Gegenstand in der Hand: einen Löffel, einen Schokoladentrüffel, eine Füllfeder, ein Buch. Zuletzt war es eine alte Pergamentrolle, die er der fünften, der groß gewachsenen, schlanken Närrin reichte. Aus ihr wurde Sophie nicht schlau: Ihre Haare waren weder lang noch kurz, sie waren weder frisiert noch unfrisiert, das Gesicht war weder hell noch dunkel. Sie war nicht schön und auch nicht hässlich, nicht alt, nicht jung, und trug einen beige-rot-grün karierten Mantel, extravagant und gewöhnlich zugleich. Sie sprach nicht viel und auch nicht wenig, fiel auf und blieb doch fast unbemerkt. Sophie konnte nicht sagen, ob sie ihr sympathisch war oder nicht. Gleich auf Anhieb sympathisch war ihr aber der sechste Narr, der mit dem kugelrunden Bauch. Er trug einen schwarzen, zerknitterten Anzug. Aus seiner Hosentasche blitzte die goldene Kette einer Taschenuhr. Der Kopf dieses Narren mit den gutmütigen Knopfaugen und der Halbglatze war mondrund. Die Undurchschaubare flüsterte ihm etwas ins Ohr. Er nahm daraufhin seine Taschenuhr, klappte sie auf, murmelte etwas, stellte sie auf den Kopf, drehte an einem Rädchen, sein Blick verfinsterte sich, er öffnete die Rückseite, nickte, wechselte zurück zur Vorderseite, klappte die Uhr wieder zu und ließ sie in seine Hose zurück gleiten. Dann deutete er auf den siebten und achten Baumstumpfe. Die waren leer.

Sophie nahm all ihren Mut zusammen, räusperte sich und trat aus dem Schatten der Bäume. Sechs Münder verstummten, sechs Köpfe wandten sich ihr zu, zwölf Augen starrten sie an, keiner sagte ein Wort. Sophies Mut wurde ganz klein. Unschlüssig schaute sie vom einen zum anderen: Sollte sie sich vorstellen oder wussten die Narren, wer sie war? Eigentlich mussten sie es wissen, schließlich hatten sie sie eingeladen. Wer lud schon jemanden ein, den er nicht kannte? Andererseits: Es waren Narren, vermutlich sogar ziemlich närrische Narren, sie gehörten ja zum höchstnärrischen allerobersten Narrenrat, und wie *die* so dachten, das wusste Sophie nicht.

Sophies Überlegungen erübrigten sich, als die halb durchsichtige Närrin den weiß gekleideten Alten in die Rippen stieß.

»Wie? Was? Wo?«, stammelte der, und die Närrin deutete mit einer liebreizenden Kopfbewegung auf Sophie. Der Alte verstand: »Ah, oh! Ja also, das ist ja …« Er erhob sich und neigte langsam und würdevoll den Kopf. »Herzlich willkommen, Fräulein Sophie.«

Die halb durchsichtige Närrin lächelte und schwebte zu ihr. Sanft legte sie ihre Hand unter Sophies Kinn: »Lass dich anschauen, mein Kind. Ach wie groß und schön du doch geworden bist!« Verzückt stieg sie in die Luft.

Sophie staunte: »Sie kennen mich?«

Die Närrin lachte hell auf und drehte eine Luftpirouette: »Natürlich, mein Kind, wir *alle* kennen dich!«

Das Räuspern des weiß gekleideten Narren unterbrach sie. Die Großgewachsene stand auf und zog die Entschwebende auf den Boden zurück.

»Ach so, ja, ich bitte um Verzeihung«, murmelte diese und errötete. Auf Zehenspitzen trippelte sie zu ihrem Baumstumpf zurück.

Schon sprang der wichtelartige Narr auf. Sein Haar erblühte, als Sophie ihn anschaute. Er zupfte eine orange schimmernde Blume aus seinem Haar und reichte sie ihr: »Angenehmst, Fridolin. Wie wäre es mit einem Tässchen närrische Schokolade, zur Feier des Tages?«

Schokolade? Sophie starrte den Narren verblüfft an: Wer wollte denn Schokolade trinken, wenn er stattdessen Antworten haben konnte? Doch die halb durchsichtige Närrin wirbelte so glücklich durch die Luft »Jaaa! Närrische Schokolade! Lasst uns alle ein Tässchen närrische Schokolade trinken, zur Feier des Tages, zur Feier des Tages!«, und sie klatschte so fröhlich in die Hände, dass Sophie ihr die Freude nicht verderben wollte.

Der Mann mit dem kugelrunden Bauch griff mit der einen Hand nach der entschwebenden Närrin, zückte mit der anderen seine Taschenuhr und nickte: »Ja, die Zeit ist gut für ein Tässchen närrische Schokolade. Setz dich doch«, sagte er zu Sophie und deutete auf einen der beiden leeren Baumstümpfe.

Sophie setzte sich, und der Fuß der halb durchsichtigen Närrin wand sich elegant aus der Hand, die ihn hielt. Sie klatschte zweimal in die Hände. In der Mitte des Plateaus erschien ein weißer, geschwungener Eisentisch mit einer Porzellankanne und sieben Tassen. Die Untersetzer waren mit Silberlöffeln, Veilchen und Karamellkonfekt belegt. Aus der Kanne strömte ein herrlich schokoladiger Duft.

Fridolin schenkte ein. Die Schokolade floss dunkel, dick und dampfend in die Tassen. Sophie lief das Wasser im Mund zusammen, und ihre Augen schlossen sich wie von selbst vor Genuss, als die dickflüssige Schokoladenmasse ihre Kehle hinabrann.

Nach einer Weile des stillen, zufriedenen Schlürfens warf Fridolin dem Weißhaarigen einen auffordernden Blick zu und räusperte sich.

»Wie?«, fragte der und sagte sonst nichts. Über seinen Augen lag ein gedankenverlorener Schleier.

Sophie wartete geduldig. Fridolin aber setzte seufzend seine Tasse ab, sprang auf und winkte wieder wild vor dem Gesicht des Alten. »Kein Grund zur Besorgnis«, keuchte er. »Das hat er manchmal.«

Der Blick des Weißhaarigen wurde klar: »Wie? Was? Wo war ich?«

»Vorstellung Narrenrat«, flüsterte Fridolin.

»Ach so, ach ja«, murmelte der Alte. »Das also«, er zeigte mit einer weit ausladenden Geste in die Runde, »ist der höchstnärrische alleroberste Narrenrat. Er besteht aus einem Vertreter für jede Narrengattung. Für jede Art von Glück gibt es eine Narrengattung: Narren der inneren Freude, Begabungsnarren, Entscheidungsnarren, Liebesnarren, Weisheitsnarren und Zeitnarren. Und von denen gibt es jeweils wieder Unterkategorien. Lufthauch- und Winternarren sind zum Beispiel Narren der inneren Freude. Sie betreiben Lufthauch- und Winternarreteien.«

»Narrewasbitte?«, unterbrach ihn Sophie.

»Narreteien«, sagte die halb durchsichtige Närrin mit klarer Quellwasserstimme. »Du musst wissen, wir Narren machen euch Menschen glücklich. Mit Narretei.«

»Die Kitzelnarretei, zum Beispiel ...«, ergriff nun der Narr mit dem kugelrunden Bauch das Wort.

»Oh jajajajajaaaa!«, rief der zappelige Fridolin dazwischen. »Ich darf anfangen, ich darf anfangen!« Zwei leuchtende Lampionblumen schossen aus seinem Haar.

Da räusperte sich die groß gewachsene, schlanke Närrin auffällig unauffällig: »Ich glaube, wir sollten die Vorstellung des Narrenrats Habakuk überlassen«, und sie gab dem weißhaarigen Narren einen sanften Schubs.

Der alte, bärtige Narr namens Habakuk schaute verwirrt in die Runde: »Wie bitte? Was?« Alle Augen waren auf ihn gerichtet, Sophies ganz besonders.

»Du solltest uns vorstellen«, sagte Fridolin und zappelte auf seinem Sitz wie ein ungeduldiges Kind.

»Vorstellen?«, wiederholte der Alte.

»Ja«, sagte Fridolin mit einem heftigen Nicken, »und zwar mich zuerst!«

»Ach so?«

»Jaja!«

»Na gut.« Habakuk deutete auf den zappelnden Narren. »Das ist Fridolin. Er vertritt die Narren der inneren Freude.«

»Genau!« Fridolin sprang auf. »Die innere Freude ist ein wunderbares Glücksgefühl!«

»Hm hm«, machte der Alte. »Würdest du dich bitte wieder setzen?«

»Wenn's denn sein muss«, murmelte Fridolin und sank geknickt auf seinen Sitz zurück. Eine blaue Blüte verwelkte in seinem Haar. »Spielverderber, du.«

Habakuk ließ sich davon aber nicht beirren und wandte sich an Sophie: »Hat es dich schon einmal in der Nase gekitzelt, einfach so, und du musstest lächeln?«

»Ja«, antwortete Sophie. »Man sagt, das passiert, wenn jemand an einen denkt.«

»Sagt man«, sagte Habakuk und hob den Finger. »Aber eigentlich ist es ein Kitzelnarr, der auf deiner Schulter sitzt und dich mit einem Grashalm in der Nase kitzelt.«

Sophie lachte ungläubig: »Ja klar! Und wenn ich mich darüber freue, dass der Regen im Sommer so gut riecht, dann ist dafür auch ein Narr zuständig, nicht wahr?«

»Genau!«, sagte Habakuk sichtlich beeindruckt. »Du verstehst, worum es geht. Dafür ist dann ein Sommerregennarr zuständig« Sophie kniff kopfschüttelnd die Augen zusammen. »Winternarren sind übrigens auch Narren der inneren Freude. Diese Tage, an denen du vor die Haustür gehst und riechst, es wird bald schneien, kennst du die?«

Sophie nickte: »Der Geruch des ersten Schnees. Ich liebe ihn!«

»Es riecht nach Schnee?«, fragte Habakuk und schnupperte

ein bisschen orientierungslos in der Luft. »Hier im Immerherbstwald?«

»Aber nein!«, sagte Sophie.

»Dann ist es gut«, sagte Habakuk erleichtert. »Wo war ich? – Ach ja, bei den Winternarren: Für das Glücksgefühl, das du beim Riechen des ersten Schnees empfindest, ist ein Narr der inneren Freude zuständig, ein Winternarr. Es gibt aber noch viele andere Narren der inneren Freude, beispielsweise Weihnachtsnarren, Landschaftsnarren, Lufthauchnarren oder Sprudelnarren.« Habakuks Blick richtete sich auf die halb durchsichtige Närrin. »Das ist Isodora«, sagte er mit einem Kopfnicken in ihre Richtung. »Sie ist eine Liebesnärrin. Liebesnarren sind für alles zuständig, was mit menschlicher Nähe zu tun hat: Verliebtheit, Liebe, Familienglück und Freundschaft, gemeinsame Unternehmungen, Spiele, schöne Gespräche, kurz: Für all das Schöne und Verbindende, das sich Menschen gegenseitig schenken.« Habakuk verstummte und sein Blick wurde trüb.

Sophie fürchtete um seine Aufmerksamkeit und beeilte sich zu fragen: »Und die anderen Narrenratsmitglieder, welche Narrengattungen vertreten sie?«

»Welche Narrengattungen die anderen Narrenratsmitglieder vertreten, willst du wissen?«, wiederholte Habakuk gedankenverloren.

Sophie nickte geduldig.

Der Alte zeigte auf die groß gewachsene Närrin, aus der Sophie nicht so recht schlau wurde: »Das ist Luitpolda. Sie vertritt die Begabungsnarren.«

Luitpolda nickte Sophie herzlich und gleichzeitig distanziert zu.

»Es geht darum, Begabungen zu erkennen, die den Menschen Freude bereiten. Die Begabungsnarren locken sie aus den Menschen heraus und fördern sie, dann führen sie irgendwann zu Glücksmomenten«, erklärte Habakuk. »Musiknarren, Schreibnarren, Bewegungsnarren, Forschernarren, das sind alles Begabungsnarren.«

Luitpolda legte ihre Hand auf Sophies Schulter: »Du liebst es doch, zu zeichnen und Klavier zu spielen, nicht wahr?«

Sophie nickte und verstand. Ja, Zeichnen und Klavierspielen machten sie glücklich.

Dann kam der ruhige, grau gekleidete, barfüßige Narr an die Reihe, der so viel beobachtete und nachdachte: »Nepomuk, Entscheidungsnarr ... Die Entscheidungsnarretei ...« Habakuks Stimme wurde leiser.

»Entscheidungsnarretei«, wiederholte Sophie rasch, damit Habakuk nicht wieder den Faden verlor, doch Nepomuk fiel ihr mit leiser Stimme ins Wort: »Pssst, er sammelt sich.«

Die Narren schwiegen und starrten den Alten an. Sophie schwieg und starrte mit und hatte Sorge, Habakuk würde sich nun stundenlang sammeln.

Erst nach einer gefühlten Ewigkeit hustete die große, undurchschaubare Närrin namens Luitpolda auffällig unauffällig. Einmal. Zweimal. Dreimal.

Habakuk schüttelte sich: »Wie? Was? Wo?«

»Nepomuk«, sagte Luitpolda.

»Was ist mit ihm?«, fragte Habakuk und schaute den grau gekleideten Narren besorgt an. »Nepomuk, ist dir schlecht? Du siehst ein bisschen blass aus. Hast du zu viel närrische Schokolade getrunken? Ihr solltet das Zeug wirklich nicht immer so gierig verschlingen!«

Nepomuk schüttelte den Kopf: »Nein, es geht mir blendend. Du wolltest mich vorstellen.«

»Ach so?«

»Ja.«

»Na gut, wenn du meinst.« Und er schaute zu Sophie: »Nepomuk ist ein Entscheidungsnarr. Das mit der Entscheidungsnarretei ist so eine Sache: Manchmal, wenn Menschen vor schwierigen Entscheidungen stehen, wägen sie lange Für und Wider ab und werden von schlimmen Zweifeln heimgesucht. Schwierige Entscheidungen fühlen sich oft wie zentnerschwere Lasten an. Sie drücken auf die Seele und schnüren die Luft zum Atmen ab. Ist eine Entscheidung dann aber endlich gefällt, stellt sich für gewöhnlich Erleichterung ein. Dann fühlt man sich glücklich. Lichtnarren, Narrendertat, Richtungsnarren, Mutnarren, Narrendesinnerenortes, das alles sind Entscheidungsnarren. Sie helfen beim Fällen von Entscheidungen.«

Der graue Nepomuk zwinkerte Sophie verschwörerisch zu, stupste Habakuk, der gerade dabei war, sich wieder in seinen Gedanken zu verlieren, in die Seite und deutete mit dem Kopf auf den Mann mit dem kugelrunden Bauch und dem zerknitterten Anzug, in dem die geheimnisvolle Uhr steckte. Habakuk verstand: »Ach ja, genau! Und dann gibt es natürlich auch noch die Zeitnarren. Oskar vertritt sie. Zeitnarren gibt es in vielen verschiedenen Ausformungen. Zum Beispiel Narren des magischen Augenblicks: Es gibt Augenblicke, in denen die Zeit stillzustehen scheint, so, als wäre man in die Ewigkeit eingetreten. Magische Augenblicke zu erzeugen ist sehr schwierig. Deshalb sind sie nicht alltäglich. Aber wir versuchen, jedem Menschen zumindest ein paar magische Augenblicke im

Leben zu schenken. Ein bisschen einfacher ist die Beschleunigungsnarretei: Sie lässt die Zeit wie im Flug vergehen. Du kennst das bestimmt: Du tust etwas, das dir Spaß macht, du schaust auf die Uhr und wunderst dich, wie schnell doch die Zeit vergangen ist.«

»Ja, das kenne ich«, sagte Sophie. »Aber ich finde es nicht gut, dass die Zeit in solchen Situationen so schnell vergeht.«

Habakuk staunte: »Nicht gut?«

»Nein, nicht gut.«

»Du bist undankbar.«

Sophie verstand nicht, warum Habakuk das sagte: »Warum bin ich undankbar?« Doch Habakuk schwieg.

Sophie schaute ratlos in die Runde, und Oskar kam ihr zur Hilfe: »Ich erkläre dir das mit der Beschleunigungsnarretei: Zeit, die schnell vergeht, ist wertvoll. Wovon man weniger hat, schätzt man mehr. Deshalb macht es glücklich.«

»Hm«, machte Sophie. Sie wusste nicht, ob sie mit dieser Erklärung einverstanden war.

»Andersherum funktioniert das natürlich auch«, sagte Habakuk, der nun plötzlich wieder ganz anwesend war. »Wenn dir langweilig ist, vergeht die Zeit zu langsam. Das nennt man *Verlangsamungsnarretei*.«

Sophie richtete sich auf: »Was hat *das* nun wieder mit Glücksmomenten zu tun?« Sie konnte die viel zu langen Stunden genauso wenig leiden wie die zu kurzen.

»Na hör mal!«, rief der Alte entrüstet. »Warum, meinst du, kommt dir alles so langsam vor?«

»Keine Ahnung.«

»Ganz einfach: Weil du auf ein bestimmtes Ereignis wartest. Nehmen wir zum Beispiel Weihnachten: Den ganzen

Weihnachtstag über wartest du ungeduldig auf die Bescherung, richtig?«

»Richtig«, sagte Sophie.

»Und wie geht es dir, wenn sie dann da ist?«

»Dann freue ich mich.«

»Ha, genau! Da haben wir's: Du bist glücklich! – Behauptest du noch immer, die Verlangsamungsnarretei habe nichts mit Glücksmomenten zu tun?«

»Ähm, nein«, stammelte Sophie.

Habakuk nickte zufrieden und verstummte.

»Und du?«, fragte Sophie. »Zu welcher Gattung Narren gehörst du?«

»Habe ich mich denn noch nicht vorgestellt?«, fragte Habakuk verwirrt.

»Nein«, sagte Sophie.

»Warum nicht?«, fragte der Alte.

Sophie verdrehte die Augen: »Woher soll ich das wissen?«

Habakuk seufzte: »Na gut. Ich vertrete die Gattung der Weisheitsnarren. Dazu gehören zum Beispiel Gedankennarren und Büchernarren. Die Freude an Büchern kennst du bestimmt.«

Sophie nickte. Ja, die Freude an Büchern kannte sie sehr gut. »Du sagtest eben *Gedankennarr*. Ist nicht Theobald ein Gedankennarr?«

»Richtig«, sagte Habakuk. »Theobald ist ein Gedankennarr. Er ist dafür zuständig, den Menschen besondere Gedanken einzupflanzen.«

Sophie schaute Habakuk mit großen Augen an: »Gedanken *einpflanzen*?«

»Ja«, sagte der Narr. »Gut gewachsene Gedanken machen

glücklich. Und im Idealfall wachsen sie zu Ideen, mit denen ein Narrdertat etwas anfangen kann.«

»So einer wie Kasimir?«, fragte Sophie eifrig.

»Genau«, sagte Habakuk. »Ein Entscheidungsnarr, der euch hilft, Ideen in die Tat umzusetzen.«

Sophie schaute Habakuk kopfschüttelnd an: »Aber ich kann doch selbst denken und meine Ideen in die Tat umsetzen!«

»Selbstverständlich kannst du das, aber mit unserer Hilfe macht es dich glücklich.«

Sophie zog fragend eine Augenbraue hoch, doch Habakuk wechselte das Thema: »Auch Wissensdurstnarren sind Weisheitsnarren. Und Generationennarren. Jaja, die Generationennarren. Das sind sehr wichtige Narren! Generationennarren kümmern sich darum, dass Weisheiten von einem Menschen zum anderen weitergegeben werden. Alte Menschen tragen oft sehr viel Weisheit in sich. Sie haben schon lange gelebt und viel erfahren, sie wissen viel. Dinge, die man in der Schule nicht lernt. Manche von ihnen haben zum Beispiel den Krieg erlebt. Sie wissen, wie glücklich es machen kann, wenn Frieden herrscht und man genug zu essen hat.« Habakuk nickte zufrieden. Für ihn war die Vorstellung abgeschlossen. Für Sophie aber noch nicht. Neben ihr stand nämlich noch ein Baumstumpf leer: »Und wer sitzt dort? Fehlt denn noch jemand?«

»Ja. Einer fehlt«, sagte Habakuk. »Baltasar, der Zaubernarr. Unser höchstnärrisches allerobserstes Narrenoberhaupt. Er lässt sich entschuldigen, ist derzeit schrecklich beschäftigt. Er hätte dich sehr gerne persönlich im Narrenreich begrüßt, aber das ging leider nicht.« Und sein Blick schweifte in eine unerreichbare Ferne.

Kapitel 5

DAS ALTE NARRENLIED

Oskar, der Zeitnarr mit dem dicken Bauch, warf einen Blick auf seine Uhr und zappelte unruhig hin und her.

»Was ist?«, fragte Fridolin und zappelte mit.

»Es ist an der Zeit«, sagte Oskar.

»An *der* Zeit?«, fragte Fridolin.

Oskar nickte.

»Dann müssen wir etwas unternehmen«, beschloss Fridolin. Er rief nach Habakuk, doch der reagierte nicht. Verärgert riss sich Fridolin ein farnartiges Gestrüpp aus dem Haar und fuhr damit in Habakuks Nasenlöcher. Der Weisheitsnarr nieste und kam zu sich: »Wie? Was? Wo?«

»Es ist an der Zeit«, flüsterte Oskar.

»An *der* Zeit?«, fragte Habakuk nun auch.

»Genau.«

Und weil Habakuk sonst nichts sagte, hüstelte Isodora: »Es ist *jetzt* an der Zeit.«

»Das weiß ich doch«, sagte Habakuk wie selbstverständlich.

»Nun ja, bei dir …«, begann die Liebesnärrin, doch Fridolin steckte ihr rasch eine purpurfarbene Blume in den Mund und zischte: »Falscher Augenblick für Diskussionen.«

Unterdessen zog Habakuk ein Buch hinter seinem Baumstumpf hervor und reichte es Sophie. Groß war es und dick, der Ledereinband abgegriffen und speckig. Beinahe ließ Sophie es fallen, so schwer war es.

»Das ist das Buch der Narren«, erklärte Habakuk feierlich, »Unser Lehrbuch. Es weiß alles, was man über die Narretei wissen muss. Wir geben es normalerweise nicht aus der Hand. Aber in deinem Fall wollen wir eine Ausnahme machen. Wenn du Glück hast, beschreibt es dir ein paar Narreteien.«

»Wieso Glück?«, fragte Sophie verwundert. In Büchern stand doch immer dasselbe drin.

Habakuk zögerte und wiegte den Kopf hin und her: »Nun ja, das hängt davon ab, ob das Buch mit dir arbeiten will. Das Buch der Narren ist nämlich ein bisschen ... sagen wir ... also ...« Habakuks Stimme wurde leiser und verschwand in einem gedankenverlorenen Nichts.

»Eigenwillig«, beendete Fridolin an seiner Stelle den Satz. »Es ist ein bisschen eigenwillig.«

Sophie verstand noch immer nicht. Ihr fiel nichts Eigenwilliges an dem Buch auf. Es war außergewöhnlich groß und schwer, sah alt und wertvoll aus, aber was hieß das schon?

Die Narren schwiegen betreten.

Zögerlich schlug Sophie das Buch auf, doch es blieb nicht offen. Sophie hatte gerade genug Zeit, ihre Finger aus den Seiten zu ziehen, schon klappte der Einband wie von selbst wieder zu. »He, was soll das?«, fragte sie und Fridolin hob entschuldigend die Schultern.

Sophie öffnete das Buch ein zweites Mal. Auch diesmal fiel es zu, bevor ihr Blick die Seiten erhaschen konnte.

Nervös wippte Fridolin mit dem Bein auf und ab: »Ja, das meinte ich mit *eigenwillig*. Es lässt sich nicht von jedem öffnen und lesen. Menschen mag es nicht. Es hat schlechte Erfahrungen mit ihnen gemacht. Hab Geduld mit ihm. Es muss erst Vertrauen zu dir fassen.« Er wandte sich an das Buch und sagte scharf: »Du weißt schon, mit wem du es hier zu tun hast?«

Das Buch schüttelte sich unbeeindruckt.

»Das ist Sophie. Verstehst Du? Sophiiiiiie.«

Desinteressiert rollte sich das Buch über den Rücken und zeigte Sophie seine lederne Schulter.

»Streichle seinen Rücken«, riet ihr Isodora. »Das mag es gern.«

Nur widerwillig strich Sophie über den Rücken des unsympathischen Buchs. Das Buch schüttelte sich angewidert und stieß ihre Hand weg.

»Du musst es *meinen*«, sagte Isodora.

»Aber wie soll ich es denn meinen, wenn das Buch so unfreundlich zu mir ist?«, fragte Sophie.

»Versuch es«, sagte Isodora.

Sophie seufzte. Sie schloss die Augen und stellte sich vor, das Buch wäre der Hundewelpe von Frau Kowalski aus der Nachbarschaft. Sie sah seine großen treuen Augen vor sich, sie spürte sein flauschiges Fell.

Erst sträubte sich das Buch noch, doch dann wurde es ruhiger und ließ die Berührung schließlich duldend über sich ergehen. Dass es sich *doch* ganz angenehm anfühlte, von Sophie gestreichelt zu werden, wollte es selbstverständlich nicht zugegeben, deshalb zuckte es aus Prinzip von Zeit zu Zeit mit dem Einband. Doch die Abstände zwischen dem Zucken wurden größer, und bald vergaß das Buch, dass es sich nicht öffnen lassen wollte. Sophie freute sich, als es langsam seine Seiten aufschlug, und sich rekelte. Die Blätter aber blieben blütenweiß, und Sophies Freude verwandelte sich in Enttäuschung.

»Man kann nicht alles auf einmal erwarten«, sagte Isodora, »Das Buch hat sich geöffnet, das ist ein großer Schritt. Lass ihm Zeit.« Sie dankte dem Buch und schloss es.

»Hüte es gut«, sagte der graue Nepomuk. »Das Buch ist sehr wertvoll. Trage es immer bei dir.«

Sophie schaute den Narren mit großen Augen an. Wie sollte sie denn ein so großes, schweres Buch ständig bei sich tragen?

Nepomuk lächelte: »Drehe das Buch auf die Rückseite, streiche dreimal von rechts nach links über den Einband und freue dich dabei verkehrt. Schon wird das Buch so klein, dass es in deine Hosentasche passt. Wenn du es wieder vergrößern willst, drehe es auf die Vorderseite, streiche dreimal von links nach rechts und freue dich dabei richtig herum.«

Sophie schüttelte verständnislos den Kopf: »Wie freut man sich denn verkehrt?«

»Das ist ganz einfach«, sagte Nepomuk. »Du beginnst mit der Freude, und dann denkst du darüber nach, warum du dich freust.«

»Aha«, sagte Sophie. Sie war sich nicht sicher, ob sie nun wirklich wusste, was zu tun war. »Und wie freue ich mich richtig herum?«

Nepomuk schaute sie verblüfft an: »Na, wie immer: Du denkst an eine schöne Sache und dann kommt Freude in dir auf.«

»Hmmm …«, machte Sophie. Behutsam drehte sie das Buch um und strich dreimal von rechts nach links über den Einband. Dabei versuchte sie, Freude zu empfinden. – Tatsächlich kam ein bisschen Freude in ihr auf. Sie überlegte, woher die Freude kam, und es fiel ihr ein: Sie freute sich, weil das Buch sich ihr geöffnet hatte. – Schon wurde das Buch ganz klein und Sophie kicherte vergnügt.

Übertreib es lieber nicht«, warnte der dicke Oskar, als Sophie das Buch der Narren zum fünften Mal mit sichtlicher Begeisterung vergrößerte, und zupfte dabei Habakuk am Ärmel. »Zeit für einen Ortswechsel«, sagte er zu ihm und ließ die geheimnisvolle Uhr vor seinen Augen pendeln.

»Ortswechsel?«, fragte Habakuk verwirrt.

Oskar brachte die Uhr vor Habakuks Augen zum Stillstand.

Habakuk schaute auf das Zifferblatt, und es fiel ihm wieder ein: »Ach so, der Ortswechsel, ja genau!« Er stand auf, nahm Sophie an den Händen und forderte sie auf, die Augen zu schließen.

Erst war da noch Habakuks Atmen und das Wispern der anderen, doch bald verlor sich beides im Klang des Waldes: Das Wehen des Windes in den Baumkronen, das Zwitschern der Vögel, das Rascheln der Blätter. Und der Wind verwandelte sich in eine feuchte Brise, das Zwitschern in Möwengeschrei und das Rascheln in das Rauschen von Wellen. Auf Habakuks Aufforderung öffnete Sophie die Augen. Sie stand auf einer weißen Klippe aus Kalkgestein. Unter ihr schimmerte Wasser im Mondlicht. Es erstreckte sich bis fast zum Horizont. Ganz hinten erhob sich ein mächtiger Felsen, der aussah, als hätte er Flügel. Am Himmel standen unzählige Sterne, manche so nah, dass Sophie glaubte, nach ihnen greifen zu können. Farbige Lichtgebilde flimmerten in der Ferne. Sternschnuppen, eine heller als die andere, fielen ins Meer. Beim Eintauchen tanzten Feuerfunken, Wasserperlen und Lichtschimmer einen Reigen. Sophie fühlte sich wie in einem Traum. Doch sie spürte den Wind und hörte die Wellen, und Habakuk stand neben ihr, sein Blick war ungewohnt klar, Sophie träumte nicht. »Wo sind wir?«, fragte sie.

»Na, hier«, sagte der Narr.

»Wo ist *hier?*«

»Na, genau dort, wo du stehst.«

Sophie rollte mit den Augen und deutete auf das Wasser: »Und was ist das da, vor dem *hier?*«

»Das ist der Norden des Narrenreichs, das Meer der tausend Glücksmomente. Und dahinter ...« Habakuk verstummte, sein Gesicht verfinsterte sich. Er nahm Sophie an der Hand und führte sie einen schmalen Weg die Klippen entlang hinunter zum Meer. Am Ufer lag ein altes, hölzernes Ruderboot. Die verwitterten Buchstaben auf dem Rumpf ließen sich nur schwer entziffern: *Freudeschönergötterfunken.*

Habakuk schob das Boot ins Wasser. Sophie bestieg es. Es schwankte wild hin und her, bäumte sich auf und sprang in die Luft. Beinahe fiel Sophie über Bord. Habakuk lachte und tätschelte das Heck des Bootes: »Jaja, Freudeschönergötterfunken, die Freude ist groß, dass du wieder einmal ausfahren darfst, nicht wahr?«

Das Boot wackelte aufgeregt.

»Ganz deiner Meinung«, sagte Habakuk. »Ein sehr hoher Gast. Welches andere Boot wäre in der Lage, eine derart wertvolle Fracht unversehrt ins Meer hinaus zu manövrieren?«

Das Boot bäumte sich auf und Habakuk ruderte hinaus aufs offene Meer.

Sophie kam nicht dazu, sich darüber zu wundern, dass Habakuk mit einem Boot sprach. Sie war viel zu beschäftigt, sich im Boot zu halten. Freudeschönergötterfunken hatte nämlich eine sehr schwungvolle Art, auf Habakuks Ruderschläge zu reagieren, und die Kurven nahm es bevorzugt in steiler Seitenlage. Wie froh war Sophie, als Habakuk das Boot endlich zum Stillstand brachte und die Ruder einholte. Gespannt schaute sie den Weisheitsnarren an, doch der legte nur seinen Zeigefinger an den Mund und flüsterte: »Wir warten.«

»Worauf?«, fragte Sophie.

Habakuk schwieg.

Sophie schaute nach rechts und schaute nach links, wartete auf etwas, wusste aber nicht, worauf. Gedankenverloren plätscherte sie mit der Hand im Wasser, als ganz nah neben ihr eine besonders große Sternschnuppe vom Himmel fiel. Das Feuerfunken-Wasserperlen-Lichtschimmerspiel beim Aufkommen war so schön, es raubte Sophie fast den Atem. Nur wenige Sekunden dauerte es, doch es kam ihr vor wie eine Ewigkeit. Ein schwaches Leuchten blieb zurück, es trieb knapp unter der Wasseroberfläche. Habakuk fischte das Licht heraus und legte es Sophie in die Hand.

Es war eine milchweiß leuchtende Kugel, etwa zwei Daumen breit. Sie war wunderschön, und doch überkam Sophie ein unangenehmes Gefühl: Diese Kugel war genauso groß wie die, die ihr der Schwarznarr auf der Kleewiese gegeben hatte. Aber sie leuchtete hell und duftete frisch, war leicht wie eine Feder und fühlte sich glatt und glitschig an. In ihrem Inneren flimmerte es freudig.

»Kitzle ihn«, forderte Habakuk Sophie auf und gab ihr mit einem freundlichen Lächeln zu verstehen, dass sie sich nicht zu fürchten brauche.

»Kitzeln?«, wiederholte Sophie erstaunt.

»Ja natürlich, was denn sonst?«

Kitzeln, was denn sonst? Sophie verdrehte die Augen und strich zaghaft über die Oberfläche der Kugel, die weich wie Pudding war. Die Kugel zuckte unter Sophies Berührung, sie begann zu vibrieren, und schließlich platzte sie. Goldgelbe Funken fuhren in den Himmel, ein helles Frauenlachen durchbrach die nächtliche Stille. Es war leicht und selig, Sophie wurde ganz warm ums Herz. Die Funken erloschen, das Lachen verstummte. Sophie war wie verzaubert. Noch immer klang das schöne Lachen in ihr nach. »Was war das?«, fragte sie.

»Was?«, fragte Habakuk.

»Na die Kugel, die ich gekitzelt habe. Sie hat den Himmel zum Lachen gebracht ... oder so.«

»Ach so, *das*«, murmelte Habakuk und schwieg.

Sophies rechte Augenbraue wanderte fragend nach oben.

»Also für mich klang es eindeutig wie der Glücksmoment einer menschlichen Frau«, sagte Habakuk. »Für dich etwa nicht?«

Sophie schaute zum Himmel und staunte. »Dann sind das«, sie zeigte auf die vielen herabfallenden Lichter, »also keine Sternschnuppen, sondern Glücksmomente?«

»Ein und dasselbe«, sagte Habakuk nur.

Sophie verstand nicht: »Was bedeutet das?«

»Na, Sternschnuppen *sind* Glücksmomente«, sagte Habakuk, als wäre es die normalste Sache der Welt.

»Ich dachte, sie *bringen* Glück«, sagte Sophie.

»Eben.« Habakuk nickte zufrieden.

»Eben was?«

»Eben genau. Sie bringen Glück, weil sie Glück *sind*.«

»Aber warum gibt es ausgerechnet hier so viele Sternschnuppen und in meiner Welt so wenige?«

»Eigentlich sollten *gar alle* Glücksmomente hierherkommen«, sagte Habakuk. »Manche haben aber zu wenig Schwung und dann landen sie in der Menschenwelt.«

Sophie verstand immer weniger: »Wie meinst du das?«

»Na, das liegt doch auf der Hand«, sagte Habakuk. »Wenn ein Mensch einen Glücksmoment erlebt, schießt der Moment aus seinem Körper heraus und landet hier im Meer der tausend Glücksmomente. Vorausgesetzt, er hat genug Schwung.«

Sophie ärgerte sich über die Selbstverständlichkeit, mit der Habakuk das sagte. Als wäre sie dumm, wenn sie es nicht wüsste. Aber woher sollte sie es denn wissen? Also sagte sie frech: »Nichts liegt auf der Hand«, und zeigte Habakuk ihre leeren Handinnenflächen. »Und außerdem«, fügte sie schnell hinzu, »in der Schule habe ich ganz andere Dinge über Sternschnuppen gelernt. Sternschnuppen sind keine Glücksmomente!« Schon fühlte sie sich ein bisschen weniger dumm.

Habakuks Augen blitzten auf: »Natürlich hast du etwas anderes gelernt! Ihr Menschen dürft ja nicht wissen, dass es das Narrenreich gibt. Wüsstet ihr die Wahrheit über die Glücksmomente, dann wüsstet ihr auch über uns Bescheid. – Wir müssen uns tarnen. Deshalb haben wir Dinge wie zum Beispiel die Physik erfunden. Die Physik soll euch verschiedenste närrische Erscheinungen logisch erklären. Die Logik ist ein perfekter Tarnmantel für die Narretei! Menschen lieben logische Erklärungen. Sobald etwas für sie logisch ist, hören sie auf zu fragen. Manchmal amüsiert mich ihre Leichtgläubigkeit: Sie hinterfragen alles, nur die Logik, die hinterfragen sie nicht.« Er hielt inne und überlegte: »Ist aber auch besser so. Zumindest für uns. War gar nicht leicht, aus diesen ganzen närrischen Erscheinungen unverdächtige Päckchen zu schnüren. Die begabtesten und klügsten Narren arbeiteten über Jahrtausende hinweg daran.« Er lächelte selbstzufrieden und vergaß sich bald in seinem Lächeln.

Sophie starrte Habakuk ungläubig an. Sie verstand nur die Hälfte von dem, was er erzählte, aber wenn das, was sie verstand, wahr war, dann wäre ja alles, was sie in der Schule lernte, nur eine Erfindung der Narren, nur eine Tarnung. Das war doch nicht möglich! – Und wenn es wirklich eine Tarnung war, warum sah sie alles und warum erzählte ihr Habakuk davon?

»Warum sind wir eigentlich hier, Habakuk?«, fragte Sophie.

Habakuk lächelte noch immer abwesend.

Sophie berührte behutsam seinen Arm: »Habakuk?«

»Wie bitte? Was?«

»Warum hast du mich zum Meer der tausend Glücksmomente gebracht?«

»Habe ich das?« Ein Glücksmoment zischte an seinem Gesicht vorbei, und das Gesicht hellte auf: »Ach so! Ach ja: wegen der Glücksmomente!« Er zog eine kleine, runde, goldene Schatulle aus seiner Robe. Sie war aufwendig verziert und sah wertvoll aus. »Öffne sie!«, sagte er.

Sophie nahm das Kästchen. Ein frischer und gleichzeitig süßer Duft drang an ihre Nase, und ihr Herz schlug plötzlich schneller, als sie begriff: So riechen nur große Geheimnisse! Behutsam, fast ehrfürchtig, öffnete sie die Schatulle und staunte, als sie ein Miniaturkarussell darin sah, das sich aus einem kleinen Plateau erhob: Sechs pferdeartige Narrentiere an bunt geringelten Stäben, auf denen winzige närrische Gestalten saßen, umkreisten, begleitet von etwas schräger Glockenspielmusik, eine Mädchenfigur, die sich um ihre eigene Achse drehte. Die Narrentiere wippten auf und ab, und plötzlich öffneten die Reiter ihre Münder und begannen zu singen. Mehrstimmig, scheppernd und mit ziemlich falschen Tönen:

Tideldideiii Tideldidummm Tideldidooo Tideldidaaaa

Wenn der alte Streit
zum zweiten Mal entbrennt,
wird zwölf ein mutig Maid,
man sie als einzig kennt.
Trägt große Narretei in sich, die jedes Herz erquickt.
Mit einmal kann sie sehen, was lang kein Mensch erblickt.

Tideldideiii Tideldidummm Tideldidooo Tideldidaaaa

Die Maid, der unsre Acht gebührt,
sie setzt dem Streit ein End,
wenn sie wieder zusammenführt,
was durch Gewalt getrennt.
Ist sie doch die Maid aus Verbindung nie gesehn.
Sucht und findet, lehret sie, seht zu, was wird geschehn.

Tideldideiii Tideldidummm Tideldidooo Tideldidaaaa

Wie in Zeitlupe ließ Sophie die Schatulle sinken und schaute zu Habakuk auf.

»Diese alte Spieluhr hat auch schon bessere Zeiten gesehen«, sagte der Narr entschuldigend.

Doch Sophie hatte Habakuk nicht wegen der schrägen Töne angeschaut. »Was war das?«, fragte sie. Ihr Mund war ganz trocken. »Sag, Habakuk, was war das?«

»Das, liebe Sophie, ist ein altes Narrenlied«, sagte Habakuk. »Jeder Narr kennt es.«

»Und warum hast du es mir vorgespielt?«, fragte Sophie mit einer Ahnung in der Stimme.

»Nun ja …«, sagte Habakuk und spielte nachdenklich mit seinem Bart. »Du bist ein mutiges und einzigartiges Mädchen, bist vor Kurzem zwölf Jahre alt geworden und kannst uns seitdem sehen. Kein Mensch sonst kann uns sehen. Und«, er hob den Finger, »du trägst die Narretei in dir.«

Sophie wurde gleichzeitig heiß und kalt. Tausende Gedanken überschlugen sich in ihrem Kopf. Das Durcheinander machte sie ganz schwindelig. Sie musste sich an irgendetwas festhalten und entschied sich für eine Frage. Fragen konnten gute Anker sein. »Warum trage ich die Narretei in mir?«

Das war eine gute Frage. Und weil sie so gut war, musste Habakuk sehr lange darüber nachdenken. Und weil er so lange darüber nachdachte, verzweigten sich seine Gedanken derart in sich selbst, dass er sich in ihnen verlor. »Hmmm«, brummte er und: »Aaaah«, und kratzte sich am Kopf und sagte: »Tja.«

So ging es eine ganze Weile, und Sophie platzte fast vor Ungeduld: »Nun?«

»Was *nun*?«, fragte Habakuk.

Sophie seufzte und wiederholte ihre Frage: »Warum trage ich die Narretei in mir?«

»Hmmm«, machte Habakuk wieder. »Das ist so eine Sache. Wo soll ich nur beginnen?«

»Vielleicht am Anfang?«, drängte Sophie und rutschte nervös auf der Ruderbank hin und her.

»Der Anfang?«, wiederholte Habakuk. »Ja, warum eigentlich nicht?« Er kratzte sich am Kopf. »Also, du musst dir das so vorstellen: Jedes Menschenkind ist von Geburt an ein bisschen närrisch. Kinder tun Dinge, die die Erwachsenen nicht mehr tun: zum Beispiel Kirschkernweitspucken, Wolkenbilderraten, Purzelbäumeschlagen oder Schneemännerbauen. Wird das Kind erwachsen, verschmilzt dieses Närrische als kleiner Teil mit seinem Körper. Wir nennen diesen närrischen Teil im erwachsenen Menschen das *innere Kind*. Vielleicht hast du schon einmal davon gehört?«

Sophie schüttelte den Kopf.

»Das innere Kind ist dafür zuständig, dass der Mensch Glück empfinden kann«, erklärte Habakuk. »Nun kommt es aber von Zeit zu Zeit vor, dass das Närrische in einem Kind so stark ausgeprägt ist, dass es ganz auf den Menschen übergeht. Dann entsteht ein Narr.« Habakuk hüstelte bedeutungsvoll. »Ein Narr entsteht also, wenn ein Kind nicht nur ein *bisschen Närrisches* in sich trägt, sondern die *ganze Narretei*.« Er schaute Sophie vielsagend über den Rand seiner Brillengläser hinweg an, dann schweifte sein Blick in die Ferne. Am Horizont leuchtete ein heller Schimmer.

Sophie richtete sich aufgeregt auf: »Du meinst also … ich bin eine Närrin?«

»Na, immerhin trägst du unverkennbar die Narretei in dir«,

sagte Habakuk. Er rutschte ein Stück näher zu Sophie. »Hör zu: Es gibt Schwierigkeiten mit den Glücksmomenten. Du musst wissen, wir Narren ernähren uns von den freigesetzten menschlichen Glücksmomenten. Der Mensch braucht das Glück nach seiner Freisetzung nämlich nicht mehr. Für uns ist es aber lebensnotwendig. Die freigesetzten Glücksmomente landen normalerweise hier im Meer der tausend Glücksmomente. Jeden Morgen fahren die Fischereinarren mit ihren Booten hinaus und holen die Momente aus dem Wasser. Die Verteilernarren kümmern sich um die gerechte Zuteilung. Somit ist allen geholfen: Die Menschen sind glücklich und die Narren sind satt.« Habakuk lächelte zufrieden und verstummte.

»Und wo liegt nun das Problem?«, fragte Sophie.

Der Narr schaute sie verwundert an: »Problem? Du hast ein Problem?« Besorgt legte er seine Hand auf Sophies Stirn: »Wie kann ich dir helfen, mein Kind?«

»Nein!«, rief Sophie ungeduldig. »*Ich* habe kein Problem. *Ihr* habt ein Problem. Ich soll *euch* helfen!«

Da fiel ein besonders heller Glücksmoment vom Himmel, und Habakuk fiel wieder ein, was er hatte sagen wollen: »Ach so! Ja genau! Vor einiger Zeit stellten wir fest, dass immer weniger Glücksmomente im Meer landen. Erst dachten wir, es liege an einer atmosphärischen Störung, so etwas kann vorkommen, aber es ist noch viel schlimmer: Die inneren Kinder verschwinden aus den Körpern der Menschen. Spurlos.«

Sophies Augen weiteten sich: »Aber was ist dann mit dem Glück? Du sagtest doch, die inneren Kinder seien dafür zuständig, dass die Menschen Glück empfinden können!«

»Genau«, sagte Habakuk. »Menschen ohne innere Kinder

sind nicht mehr empfänglich für Glück. Da können wir Narren noch so viel Narretei betreiben. Und ohne menschliches Glück verhungern wir.« Sophie schluckte. »Es verschwinden aber nicht nur innere Kinder«, fuhr Habakuk fort. »Es verschwinden auch Narren. Und seit Neuestem tauchen immer mehr Schwarznarren auf. Grauenhafte Kreaturen!« Sophie erinnerte sich und schauderte. »Ich fürchte, das Verschwinden der inneren Kinder und der Narren ist erst der Anfang«, sagte Habakuk. »Wir steuern auf eine Katastrophe zu.« Sophie hielt den Atem an. »Das Mädchen, das im alten Narrenlied besungen wird«, Habakuk deutete auf die Schatulle, »wir glauben, das bist du.« Sophie wurde ganz heiß. »Du trägst nämlich nicht nur *irgendeine* Narretei in dir, mein Kind. Die Narretei in dir ist bemerkenswert groß.« Er schaute Sophie durchdringend an. »Wir glauben, du bist diejenige, die uns retten kann.« Er machte eine lange Pause. Viel zu lang für Sophies Geschmack, denn sie konnte nun beim besten Willen nicht mehr ruhig sitzen. Schließlich aber fragte Habakuk: »Wirst du es tun, Sophie? Wirst du uns retten?«

Sophie starrte den Narren ungläubig an und sagte kein Wort. Wenn sie ihn richtig verstanden hatte, hingen von ihr vielleicht das Glück der Menschen und das Überleben der Narren ab. – *Sie?* Das Menschenmädchen Sophie, das eben erst zwölf Jahre alt geworden war? Hier musste es sich um einen Irrtum handeln. Doch Habakuk sprach unbeirrt weiter: »Damit du uns helfen kannst, müssen wir dich zur Närrin ausbilden.« Er nickte nachdrücklich: »Ja, zur Närrin müssen wir dich ausbilden«, und hob den Finger. »Eine Narrenausbildung ist aber nicht ungefährlich, besonders dann nicht, wenn sie schnell gehen muss. Man kann dabei verrückt werden. Unheilbar verrückt. Und der Versuch, den Streit zu beenden, kann dich …«, er stockte und fuhr nur zögerlich fort, »… dein Leben kosten.«

Sophie sprang auf: »Ihr wollt mich zur Närrin ausbilden?« Freudeschönergötterfunken wackelte so heftig, dass sie fast über die Bordkante fiel. Rasch setzte sie sich wieder, und ihre Vernunft verstrickte sich in eine heftige Diskussion mit ihrer Abenteuerlust: Die Vernunft war sich ganz sicher, dass Habakuk sich irrte. Sie war bestimmt nicht dieses Mädchen, von dem das alte Narrenlied sang. Die Abenteuerlust aber bestand darauf, dass es wahr war. Warum sonst konnte sie die Narren plötzlich sehen? Die Vernunft erinnerte sich an die Schmerzen auf der Kleewiese, die Abenteuerlust wollte eine Närrin sein. Die Vernunft wollte nicht verrückt werden, der Abenteuerlust war das egal. Es galt, die Narren und die Menschen zu retten. Und während die beiden noch wild miteinander diskutierten, verstand Sophie plötzlich, dass sie ihre Entscheidung schon längst gefällt hatte, lange bevor sich die Frage überhaupt gestellt hatte; auf der Kleewiese, als sie die widrige Schleimkreatur zum Teufel gejagt hatte. »Ja«, hörte sie sich sagen, und ihr Herz klopfte schnell: »Ich will es versuchen. Bildet mich zur Närrin aus!«

In der Menschenwelt wartete unterdessen ein Mann an einer Haltestelle auf den Bus. Spätnachts, allein. Ein plötzlicher Windstoß ließ ihn vor Kälte schaudern. Er zog den Mantel enger und wandte sich um. Sein Herz spürte, jemand war da, doch seine Augen sahen nichts. Kopfschüttelnd schaute er hinauf zur Haltestellenuhr: Noch vier Minuten, dann kam der Bus.

Es raschelte. Der Mann fuhr herum. Eine Kröte sprang durchs

Licht der Straßenlaterne und verschwand im Dunkel eines Gebüschs. »Sag bloß, du leidest unter Verfolgungswahn, Ludwig«, sagte der Mann zu sich selbst und zog den Mantel noch ein bisschen enger.

Eine weitere Böe traf ihn mit tausend kleinen Nadelstichen. Feuchte Kälte im Gesicht. Feucht wie Schleim und kalt wie Eis. Er zuckte und tastete nach seinem Gesicht. – Nichts. – Doch plötzlich, ein Schmerz wie eine zerbrechende Glaskugel in seinem Gaumen, und sein Magen krampfte sich zusammen, dass er kaum noch aufrecht sitzen konnte. Eine pechschwarze Schwere umhüllte sein Herz, entzog ihm alle Leichtigkeit. Sein Hals wurde eng, als werde er mit bloßen Händen gewürgt. Er keuchte, er hustete, er atmete schwer. Schlimme Ängste überkamen ihn: längst überwunden und vergessen geglaubte Ängste. Sie erwachten zu neuem Leben, drangen wie Eisnadeln in seine Adern und ließen sein Blut gefrieren. Ängste aus jüngster Zeit. Sie fesselten ihn mit klebrigen Schnüren und betäubten ihn mit Modergeruch. Noch unbekannte Ängste. Sie krochen mit Frostbeinen über seinen Körper und saugten seine Kraft. Er zitterte, er rang nach Luft. Der stechende Kopfschmerz schlug wie ein Hammer auf ihn ein. »Aufhören!«, schrie er. »Ich will, dass es aufhört!«

Und es hörte auf. Alles hörte auf. Der Schmerz, die Angst, die Verzweiflung. Übrig blieb nichts. Weder Kälte noch Wärme, weder Traurigkeit noch Glück, weder Leichtigkeit noch Schwere. Alles war leer.

Der Bus kam und fuhr wieder. Der Mann saß noch immer da, auf der Bank, an der Haltestelle, und wartete, wartete auf nichts.

Vogelgezwitscher. Immer lauter werdendes Vogelgezwitscher. Sophie schreckte hoch. Sie war zu Hause in ihrem Zimmer. Das Zwitschern kam von ihrem Wecker. Sophie seufzte. War sie denn schon wieder vorbei, die Zeit im Narrenreich? Wie gern wäre sie noch ein bisschen länger dort geblieben. Es war gerade so aufregend gewesen! Was hatte Habakuk zuletzt gesagt? Die Menschen und die Narren waren in großer Gefahr, und sie, Sophie, war vielleicht diejenige, die sie retten konnte, denn sie trug große Narretei in sich. Zur Närrin wollten sie sie ausbilden! Das war verrückt, völlig verrückt. Selig sank Sophie in ihr Kopfkissen zurück. Es war wunderbar verrückt!

Ein Klopfen an der Tür riss sie aus ihren Gedanken: »Sophie-Schatz, bist du wach?«

Sophie verdrehte die Augen. Donnerstag, Schule. Wen interessierte die Schule? Dort lernte man doch nur erfundenes Zeug. Lustlos stand sie auf und schlüpfte in ihre Hose. Vorsichtiges Tasten an der Seitentasche. Ja, das Buch der Narren war noch da. Nur schwer widerstand sie der Versuchung, es zu vergrößern.

Das Buch blieb zwar klein, aber die Erinnerung an das Gespräch mit Habakuk wurde immer größer und wollte mit jemandem geteilt werden. Wer dieser »jemand« war, stand für Sophie außer Frage: Paula! Es war nun an der Zeit. Gleich würde sie Paula in der Schule treffen. Mit ihr konnte Sophie über alles reden. Auch während des Unterrichts. Paula saß nämlich neben ihr. Wenn sie sich beeilte, konnte sie Paula sogar noch vor Beginn der ersten Stunde abfangen.

So schnell hatte Sophie ihre Haferflocken noch nie verschlungen wie an diesem Morgen. Binnen kürzester Zeit schob sie die leere Schüssel zur Seite und sagte: »Fertig!«

Ihre Mutter starrte sie mit großen Augen an: »Das grenzt ja schon fast an Heißhunger! Möchtest du noch eine Portion?«

Sophie schüttelte den Kopf: »Nein danke. Ich muss heute ganz pünktlich zur Schule.«

Georg schaute erstaunt auf: »Was ist denn mit *dir* los? Normalerweise hast du es nicht so eilig, in die Schule zu gehen.«

»Heute aber schon«, antwortete Sophie schnippisch.

Georg grinste: »Wartet in der Schule etwa ein Verehrer auf dich?«

Sophie rollte mit den Augen: »Nein, natürlich nicht!«

»Sophie hat einen Freu-eund! Sophie hat einen Freu-eund!«, sang Georg.

»Gar nicht wahr! Ich habe Tafeldienst«, log Sophie.

»Sophie hat einen Freu-eund! Sophie hat einen Freu-eund!«

»Hör auf!«, schrie Sophie und sprang auf.

Georg sprang auch auf: »Sophie ist verlie-iebt!«

Sophie schnaubte und wollte gerade auf ihren Bruder losstürzen, da schritt ihre Mutter ein: »Hört sofort auf! Wenn Sophie sagt, sie hat Tafeldienst, dann hat sie Tafeldienst. Georg, setz dich wieder hin und iss dein Frühstück fertig!«

Atemlos kam Sophie in der Schule an. Paula war noch nicht da. Das war ungewöhnlich. Paula war normalerweise überpünktlich. Warum verspätete sie sich gerade heute? Sophie wartete mit Ungeduld. Erst wippte sie nur nervös mit dem Fuß, dann schlich sie unruhig hin und her, und als das auch nicht mehr half, weil Sophie vor lauter Geheimnis fast zerplatzte, fing sie an, wie ein Gummiball auf und ab zu springen. Was war das nur mit diesen Geheimnissen? Waren sie nicht dazu da, im Stillen zu bleiben, ganz bei sich? Warum also dieses unerträgliche Drängen? Wo war Paula? Die Schulglocke läutete.

Es war während der Biologiestunde, und Sophie fragte sich gerade, ob Sporenpflanzen auch närrischen Ursprungs waren, da tauchte Paulas blond-braun zerzauster Haarschopf in der Klassentür auf. »Entschuldigung«, sagte sie, »meine Mutter hat mich heute Morgen nicht geweckt. Sie ist über Nacht krank geworden und hat den Wecker nicht gehört.«

»Paula! Endlich!«, rief Sophie.

Die Biologielehrerin lachte: »Eine ganze Nacht nicht gesehen und schon so viel Sehnsucht? Das muss wahre Freundschaft sein!«

Paula setzte sich neben Sophie. »Gibt's was Neues?« Sie kannte ihre Freundin schon viel zu lange, als dass ihr das aufgeregte Blitzen in ihren Augen nicht aufgefallen wäre.

»Ich muss dir unbedingt etwas erzählen«, flüsterte Sophie, »Ich platze fast.«

Doch die Biologielehrerin wusste das zu verhindern: »Sophie-Paula-Paula-Sophie, eure Privatgespräche werden wohl bis nach dem Unterricht warten müssen!«

Paula verdrehte die Augen. Die beiden Freundinnen waren sich in diesem Moment einig, dass es nichts Langweiligeres gab als Sporenpflanzen. Auf einen Schmierzettel kritzelte Sophie vier Worte: *»Baumhaus. Nach dem Mittagessen.«*

Die Linde mit dem Baumhaus stand in Oma Lottes Garten. Das Baumhaus war Sophies und Paulas privates Reich.

Über eine Strickleiter gelangte man hinauf. Das Haus bot Platz für zwei bis drei Personen, der Boden war mit gemütlichen Kissen ausgelegt. Durch ein Fenster sah man den Garten und Oma Lottes Haus. Neben dem Fenster war ein Flaschenzug angebracht. An ihm befestigte Oma Lotte manchmal einen Korb mit Verpflegung, wenn die Mädchen hungrig oder durstig waren.

Paulas braune Augen flackerten neugierig, als sie Sophie im Baumhaus gegenübersaß: »Erzähl schon, was ist passiert?«

Und Sophie erzählte. Sie erzählte alles, die ganze Geschichte, von Anfang an. Von Theobald und Kasimir, vom Fliegen und von der wunderlichen allwissenden Eiche, von den Wichtelkrämern, dem Schwarznarren und den Regenbogen, vom höchstnärrischen allerobersten Narrenrat und vom Meer der tausend Glücksmomente. Paula hörte zu und unterbrach sie nicht. Nur ihre Augen wurden von Minute zu Minute größer, wacher, ungläubiger.

»Ach, Paula«, schloss Sophie ihren Bericht, »Ich weiß, manches klingt schon sehr verrückt: Habakuk behauptet zum Beispiel, dass die Narren Dinge wie die Physik oder die Biologie nur erfunden haben. Als Tarnung, damit wir das Närrische in unserer Welt nicht erkennen. Er sagt, sogar die *Pubertät* sei eine närrische Erfindung. In Wirklichkeit ist das aber die Zeit, in der das Närrische mit dem Menschen verschmilzt. Angeblich tragen wir nämlich alle etwas Närrisches in uns. Dieses Närrische ist dafür zuständig, dass wir Glück empfinden können. Kannst du das glauben, Paula?« Sophie griff aufgeregt nach der Hand ihrer Freundin: »Und weißt du, Habakuk sagt, ich trage die *Narretei* in mir. Das heißt, dass ganz viel

Närrisches in mir ist. Er behauptet sogar, dass ich eine ganz besondere Form der Narretei in mir trage. Große Narretei! Warum das so ist, und was das genau bedeutet, habe ich nicht verstanden. Jedenfalls wollen sie mich zur Närrin ausbilden. Was sagst du dazu, Paula?« Sophie kicherte: »Stell dir vor, Paula, als Närrin könnte ich Herrn Wieselmeyer während des Unterrichts so sehr zum Lachen bringen, dass er selbst alle seine wichtigen Formeln vergessen würde. Das wäre doch ein Spaß! – Paula, wie findest du das?«

Paula saß mit offenem Mund da und sagte kein Wort.

Sophie stutzte: »Paula? Warum sagst du nichts?«

Paula schloss langsam den Mund und die Augen. Sie zog die Augenbrauen zusammen und runzelte die Stirn. Nachdenklich und verwirrt sagte sie: »Äääähm«, und holte tief Luft, »Sophie, bist du sicher, dass das *wirklich* passiert ist?«

Sophie starrte Paula fassungslos an. Sie hatte ihrer allerbesten Freundin ihr allergeheimstes Geheimnis anvertraut, und sie glaubte ihr nicht?

»Na ja«, fügte Paula rasch hinzu. »Kann es nicht vielleicht sein, dass du nur geträumt hast? Nach jedem Besuch im Narrenreich bist du doch wieder in deinem Bett aufgewacht.«

»Das stimmt«, sagte Sophie, »Aber es war kein Traum, ganz bestimmt nicht!« Sie griff nach dem Stein an ihrem Hals: »Schau, die Regubinkette!«

»Ich sehe da nichts«, sagte Paula.

Sophie warf ihr das Buch der Narren vor die Füße: »Und da, das Buch der Narren!«

Paula schüttelte den Kopf.

Beleidigt verschränkte Sophie ihre Arme vor der Brust: »Du *willst* mir also nicht glauben?«

»Doch, natürlich will ich dir glauben, aber …«

»Du bist doch nur neidisch!«, schrie Sophie. Sie war plötzlich schrecklich wütend. Sie und Paula hielten doch immer zusammen wie Pech und Schwefel, und nun glaubte Paula ihr nicht? »Du bist neidisch, weil *ich* die Narren sehen kann und *du* nicht. Du bist neidisch, weil *ich* die Narretei in mir trage und *du* nicht. Du bist neidisch, weil *ich* vielleicht bald eine Närrin bin und *du* nicht.« Sie nahm das Buch der Narren und kletterte wutschnaubend vom Baum.

»Sophie, komm zurück!«, rief Paula vom Baumhausfenster herunter. »Lauf nicht weg!« Sie rief es genau in dem Moment, als Oma Lotte aus dem Haus kam. In den Händen hielt sie ein Tablett. Achtlos rannte Sophie an ihr vorbei. Oma Lotte zögerte, entschied sich dann aber für die Linde. »Paula-Liebes«, trällerte sie, »ich habe Kakao und Erdbeertörtchen, darf ich hochkommen?«

Stumpf starrte Paula ihrer Freundin nach und nickte.

Flink wie ein Eichhörnchen kletterte Oma Lotte die Strickleiter hinauf, eine Hand am Seil, auf der anderen balancierte das Tablett. Sie verschüttete dabei keinen einzigen Tropfen Kakao. Wie selbstverständlich nahm Paula die Verpflegung entgegen. Schon lange wunderte sie sich nicht mehr über Oma Lotte. Sie machte ständig Dinge, die Großmütter normalerweise nicht taten.

Dann saßen sie einander gegenüber und Oma Lotte reichte Paula Kakao und Kuchen.

»Danke«, murmelte Paula mit belegter Stimme. Mehr konnte sie nicht sagen. Ein großer Klumpen steckte in ihrem Hals. Er tat so weh, dass ihr fast die Tränen kamen. Sie mochte es überhaupt nicht, wenn Sophie und sie sich stritten. Sie hatte

Sophie doch nicht beleidigen wollen! Lustlos nippte sie an ihrem Kakao.

»Sei nicht traurig«, sagte Oma Lotte. »Das wird schon wieder.« Paula schluckte und nickte. »Was Sophie gerade erlebt, klingt bestimmt verrückt für dich, aber glaub mir, Paula, die Situation ist ernst. Du musst versuchen, ihr zu glauben. Sophie braucht dich.«

Woher wusste Oma Lotte, was mit Sophie los war? Sophie hatte doch gesagt, sie habe noch niemandem davon erzählt, was letzte Nacht geschehen war. Hatte Oma Lotte sie etwa belauscht? Doch noch bevor Paula nachhaken konnte, legte ihr Oma Lotte etwas Kleines, Rundes in die Hand. »Ich gebe dir das nur, weil ich weiß, wie wichtig deine Unterstützung für Sophie ist. Das ist eine absolute Ausnahme, über die du mit niemandem sprechen darfst. Nicht einmal Sophie darf davon erfahren.«

Das milchweiß leuchtende Etwas fühlte sich glibberig wie Pudding zwischen Paulas Fingern an.

»Kitzle ihn«, sagte Oma Lotte.

»Ihn?« Paula starrte die alte Dame verwundert an. Doch Oma Lotte erklärte nichts und nickte nur halb bestätigend, halb auffordernd. Also kitzelte Paula »*ihn*«.

Erst zuckte die Kugel, dann begann sie zu vibrieren. Als sie platzte, stoben orangefarbene Feuerwerksfunken aus ihr heraus, und das ausgelassene Lachen zweier Mädchen erfüllte das Baumhaus. Paula wurde ganz warm ums Herz, sie kannte diese Stimmen nur zu gut. »Was … was war das?«, stammelte sie, nachdem das Lachen verstummt war.

Oma Lotte zwinkerte ihr verschwörerisch zu: »Ein Glücksmoment. Von dir und Sophie. Aber Pssst!« Sie legte ihren Zeigefinger an Paulas Mund: »Zu keinem ein Wort. Ich zähle auf dich, Paula.« Dann stand sie auf und kletterte vom Baum.

Sophie lag auf dem Bett in Oma Lottes Gästezimmer und zählte mit düsterer Miene die Blutspuren zerquetschter Mücken auf der Zimmerdecke, als Paula hereinstürmte und verkündete: »Ich will dir glauben!«

Sophie richtete sich auf und rieb sich die Nase: »Wirklich?«

Paula setzte sich neben ihre Freundin aufs Bett: »Ja. Und es tut mir leid, dass ich es nicht von Anfang an getan habe. Aber für jemanden, der nicht dabei war, klingt das eben ein bisschen verrückt, weißt du?«

Sophie schniefte und lächelte: »Ja, ich weiß. Und *mir* tut es leid, dass ich gesagt habe, du seist neidisch. Das habe ich nicht so gemeint.«

»Schon gut«, sagte Paula und umarmte Sophie.

Bis zur Abenddämmerung redeten die Freundinnen über das Narrenreich. Paula wollte alles ganz genau wissen. Es gab nur ein klitzekleines, orangefarbenes Geheimnis, das unausgesprochen blieb …

Kapitel 6

EINE BESONDERE VERBINDUNG

Die Narren kamen nicht. Sophie wartete in den kommenden Wochen vergeblich auf sie.

»Hab Geduld«, sagte Paula, als sie merkte, dass Sophies Laune von Tag zu Tag schlechter wurde. »Sie kommen bestimmt bald.« Doch Sophie schüttelte nur griesgrämig Paulas Hand von ihrer Schulter und ging davon.

Auch ihrer Mutter entging nicht, dass Sophie in letzter Zeit oft mürrisch am Frühstückstisch saß und lustlos in ihren Haferflocken stocherte. Einmal kam es sogar zu einem Streit. Das war wenige Wochen vor den Sommerferien:

»Mama?«, fragte Sophie an jenem Morgen. »Warum darf ich nicht wissen, wer mein Vater ist?« Seit Habakuk ihr erzählt hatte, dass sie die Narretei in sich trug, fragte sie sich ständig, wie es denn dazu gekommen war. Das Narrenlied hatte von einer ganz besonderen Verbindung gesungen, aus der das Mädchen hervorgehe, eine *Verbindung nie gesehn*. Was war das für eine Verbindung?

»Ach Sophie«, sagte ihre Mutter. »Darüber haben wir doch schon gesprochen. Er lebt ganz weit weg, und das ist gut so. Alles andere ist unwichtig.«

Sophie entging der traurige Ton in der Stimme ihrer Mutter

nicht, aber heute blieb sie davon unberührt. »Für mich ist es *nicht* unwichtig«, sagte sie trotzig, »Er ist mein Vater. Ich will endlich wissen, wer er ist.«

»Sophie«, sagte ihre Mutter und schaute sie verwundert an. »Ich werde dir *dann* von deinem Vater erzählen, wenn ich es für richtig halte.«

»Das ist nicht fair«, sagte Sophie. »Ohne ihn wäre ich nicht auf dieser Welt. Ich will wissen, wer er ist. Nicht *irgendwann,* sondern *jetzt*!«

»Es ist noch zu früh, Sophie«, sagte ihre Mutter müde.

»Nichts ist zu früh«, sagte Sophie. »Ich bin zwölf Jahre alt. Ich bin schon fast erwachsen.«

»Das einzuschätzen, musst du mir überlassen, Liebes.« Helena griff beschwichtigend nach ihrer Hand. Sophie aber zog die Hand weg und sprang auf: »Über nichts kann man mit dir reden! Nicht über das Narrenreich, nicht über meinen Vater. Das ist gemein!« Und während sie aus dem Zimmer lief, rief sie wütend: »Ich habe ein Recht darauf, zu wissen, wer mein Vater ist!«

Ihre Mutter sprang ebenfalls auf: »Sophie, bitte bleib hier! Lauf nicht im Zorn davon!«

Doch Sophie hatte schon ihre Schultasche genommen und war wutschnaubend aus dem Haus gerannt. Die Tür krachte laut ins Schloss.

Mit einem hilflosen Kopfschütteln ließ sich ihre Mutter zurück auf den Stuhl fallen und vergrub ihr Gesicht in den Händen.

Nach der Schule besuchte Sophie Oma Lotte. Sie wollte nicht nach Hause. Ihre Mutter sollte sich ruhig ein bisschen Sorgen machen! Doch Oma Lotte sah Sophie an, dass sie Streit mit ihrer Mutter gehabt hatte, und gab Helena heimlich Bescheid. Dann kochte sie Lasagne für Sophie, denn an Tagen, an denen man Streit hatte, musste man Lasagne essen, damit die Laune wieder besser wurde. Richtig besser wurde Sophies Laune aber erst, als sie nach dem Essen gemeinsam auf der Terrasse saßen und Kakao tranken. Sophie erzählte Oma Lotte von ihren jüngsten Erlebnissen im Narrenreich, insbesondere vom alten Narrenlied und von den vielen Fragen, die seitdem in ihrem Kopf herumschwirrten. »Ich frage mich, warum ich die Narretei in mir trage«, sagte sie, »und was an der Narretei in mir so besonders ist? Was ist das für eine Verbindung, von der das Narrenlied gesungen hat? Wenn ich wirklich dieses Mädchen bin, muss das doch irgendetwas mit meinem Vater zu tun haben! Warum erzählt mir Mama nichts von ihm? Warum macht sie so ein großes Geheimnis daraus?«

Oma Lotte schüttelte den Kopf. »Ach, mein Kind! Ich habe dir doch gesagt, du sollst mit deiner Mutter nicht mehr über Närrisches sprechen.«

»Das habe ich doch gar nicht!«, sagte Sophie bestimmt. »Ich habe sie doch nur nach meinem Vater gefragt.«

»Eben«, sagte Oma Lotte und lächelte vielsagend.

Da stutzte Sophie: »Willst du damit etwa sagen, dass mein Vater ...« Mehr brachte sie nicht über ihre Lippen.

Oma Lotte nickte: »Ja, Sophie-Kind, dein Vater ist ein Narr!«

»Aber ... aber ...«, stammelte Sophie und ihr Herz schlug mit einem Mal ganz anders. Leicht und schnell und hoffnungsvoll. »Dann trägt man also die Narretei in sich, wenn man einen Narren zum Vater oder zur Mutter hat?«

Oma Lotte schüttelte den Kopf: »Man weiß nicht genau, warum das eine Kind die Narretei in sich trägt und zum Narren wird und das andere zum Mensch. Das ist wahrscheinlich Zufall. – Eine Verbindung zwischen Narr und Mensch, aus der ein Kind hervorgegangen ist, gibt es in der gesamten Narrengeschichte nur ein einziges Mal.« Sie schaute Sophie bedeutungsvoll an.

Und plötzlich drehte sich alles um Sophie herum, und sie verstand, warum sie eine ganz besondere Form der Narretei in sich trug. »Wer?«, fragte sie mit trockenem Mund und schluckte. »Wer ist mein Vater?«

»*Das* musst du selbst herausfinden«, sagte Oma Lotte und ging zurück ins Haus.

In dieser Nacht träumte Sophie von den Schwarznarren. Sie waren überall: zu Hause, in der Schule, bei Oma Lotte, bei Paula. Sie glitten als lautlose Gefahr umher, hüllten alles in ihren schwarzen Schleim. Sophie wollte helfen, doch sie konnte nicht, die Narren hatten vergessen, sie auszubilden. Sophie nahm das Buch der Narren und bat es um Hilfe. Es öffnete sich nicht. »Aber die Zeit ist doch reif!«, rief sie. »Die Zeit ist reif!« Eine schwarze Kreatur kam auf sie zu und hüllte sie in seine nasskalten Nebeltücher. Sophie spürte einen stechenden Schmerz in ihrem Kopf, und ein Gefühl von Macht und Stärke erfüllte sie wie ein Rausch.

Sophie schreckte hoch. Verstört blickte sie sich in ihrem Zimmer um. Sie war allein. Es dauerte eine ganze Weile, bis sie sich wieder beruhigte. Schließlich aber sank sie nachdenklich in ihr Kissen zurück: Wo blieben die Narren nur? Sie mussten sie doch ausbilden! Mit diesen Gedanken fiel sie wieder in den Schlaf. Es war ein unruhiger, angsterfüllter Schlaf.

Plötzlich waren da Stimmen. Es waren keine unbekannten Stimmen, Sophie konnte sie aber nicht zuordnen. Vier oder fünf Personen waren es. Sie sprachen gedämpft, Sophie verstand nicht, was sie sagten. Was für eine seltsame Nacht! Erst Schwarznarren, dann Stimmen. Doch mit den Stimmen war irgendetwas anders. Sie waren so nah, so echt. Vielleicht waren es … Nein, keine falschen Hoffnungen machen! Es war ein Traum, nichts als ein Traum, die Stimmen würden verschwinden, wenn sie die Augen öffnete. Also hielt Sophie sie geschlossen und die Stimmen sprachen weiter.

Irgendwann hielt Sophie die gespannt-hoffnungsvolle Dunkelheit vor ihren Augen aber nicht mehr aus und sie öffnete vorsichtig ein Auge. Nur einen klitzekleinen Spalt. Nicht einmal der Schlaf sollte mitbekommen, dass sie schummelte. – Da waren sie! Da war Nepomuk, der Entscheidungsnarr. Er saß im Schneidersitz auf Sophies Kleiderschrank und kaute an einem Grashalm. Da war Isodora, die halb durchsichtige Liebesnärrin. Sie stand inmitten eines Kleiderhaufens und probierte gerade Sophies Sonnenhut an. Da war Fridolin, der Narr der inneren Freude. Er saß auf dem Boden, zupfte wild wuchernde Blumen aus seinem Haar und pflanzte sie in den Teppich ein. Da war Habakuk, der Weisheitsnarr. Er stand am Fenster und hing höchstwahrscheinlich wirren Gedanken nach. Oskar, der Zeitnarr, am Schreibtisch, baute mit einem kleinen Schraubenzieher Sophies Wecker auseinander und inspizierte sein Innenleben. Und Luitpolda, die undurchschaubare Begabungsnärrin, saß mit Block und Bleistift an Sophies

Bettende und zeichnete. Jeder war vertieft in sein Tun und murmelte dabei eifrig vor sich hin. Es war ein »Jeder-für-sich-und-mit-sich-selbst-Murmeln«, kein »Miteinander-Murmeln«. Sophie schmunzelte. Sie wollte sich nicht länger schlafend stellen, die Freude war zu groß: »Endlich! Da seid ihr ja!«

Luitpolda schaute von ihrem Zeichenblock auf und stellte nüchtern und zugleich hocherfreut fest: »Sie ist wach.« – Das war gar nicht nötig, denn alle hatten Sophie gehört.

Isodora schwebte zu ihr hin und säuselte: »Hallo Sophie. Wir waren doch hoffentlich nicht zu laut?«

»Aber nein! Ich habe auf euch gewartet«, sagte Sophie. »Ich dachte schon, ihr kommt nicht mehr!«

Habakuk drehte sich um. Sein Blick war glasklar: »Wo denkst du hin? Wir brauchen dich! Die Situation spitzt sich zu. Bist du bereit?«

Sophie nickte: »Schon längst!«

Fridolin hielt feierlich eine prächtige, rote Mohnblume in die Höhe und rief: »Auf deine Narrenausbildung!«

Die anderen hielten hoch, was gerade greifbar war; Nepomuk den Grashalm, Isodora den Hut, Oskar den Schraubenzieher, Luitpolda den Bleistift und Habakuk einen wirren Gedanken, und sie stimmten mit ein: »Auf Sophies Narrenausbildung!«

Nepomuk sprang vom Schrank und reichte Sophie ihre Kleider und das närrische Seidentuch: »So lasst uns aufbrechen!«

Luitpolda schnippte mit den Fingern und die Unordnung am Boden verschwand. Zu Oskars Leidwesen war auch der mühsam auseinandergebaute Wecker wieder ganz. »Och«, murrte er, »es wurde gerade interessant.«

»Ein anderes Mal«, sagte Luitpolda freundlich und unfreundlich zugleich. »Wir müssen uns beeilen. Es gibt viel zu tun.«

»Pfff! Spielverderberin!« Oskar stand auf und stolzierte hocherhobenen Hauptes und mit weit herausgestrecktem Bauch in den Kleiderschrank. Sophie lachte und folgte ihm.

Das Licht in den hinterschränkischen Zubringerwegen war dämmrig. Nur wenige Narren huschten mit gesenkten Köpfen durch die Gänge. Die Wände warfen das Echo ihrer Schritte zurück. Sophie schaute sich verwundert um. Zuletzt hatte es hier ganz anders ausgesehen.

Nepomuk überholte Sophie. »Nicht stehen bleiben!«, raunte er, »du musst bei uns bleiben!« Sophie wollte ihm folgen, doch plötzlich war da dieser Narr. Blass und abgemagert stand er da, dünne, verfilzte Haare, und starrte Sophie mit großen, hervortretenden Augen an. Verwundert blieb Sophie stehen: Diesen Kerl kannte sie doch! – Woher nur? Es fiel ihr nicht ein. Der Narr öffnete seinen Mund, doch noch bevor er etwas sagen konnte, zog Luitpolda Sophie an ihm vorbei. »Keine Zeit!«, zischte sie. »Wir müssen uns beeilen.« Die restlichen Mitglieder des Narrenrats waren schon weit vorn. Nur widerwillig ließ Sophie sich mitziehen. Was hatte der Narr ihr sagen wollen? Sein Blick war so ängstlich gewesen, fast warnend. Im Gehen wandte sie sich noch einmal nach ihm um. Er war nicht mehr da.

In den Gängen wurde es dunkler. Sophie fröstelte. Das Frösteln verwandelte sich in ein Frieren und Sophies Schritte wurden schwer. Bald kämpfte sie auf Beinen so kalt wie Eis gegen einen unsichtbaren Strom. Ihr Abstand zu den Narren wurde immer größer. Sophie konnte nicht nach ihnen rufen, ihre Lippen waren wie zugefroren.

Dann plötzlich die Wärme des Regubinsteins auf ihrer Brust. Sophie spürte sein Pochen, das Verändern seiner Form. Sie wollte nach ihm greifen, doch ihre Arme waren zu schwer und ihre Finger zu klamm. Mit großer Mühe kämpfte sie sich weiter gegen den Kältestrom. Jeder Schritt kostete sie Überwindung, aber es musste sein, sie musste den Narren nach. Der Stein schlug schneller.

Da hörte Sophie auf einmal eine Stimme: »Sophie, komm zu uns!« Leise. Flüsternd. »Wir warten auf dich!« Verängstigt blickte Sophie sich um. Sie wusste nicht, woher die Stimme kam. Es war, als käme sie aus ihrem Kopf. »Sophie, komm zu uns! Es wird dir an nichts fehlen.« Die Stimme durchdrang ihren Körper wie stechendes, kaltes Gift. Eine schwere Trägheit überkam sie und mit der Trägheit vergrößerte sich ihr Abstand zum Narrenrat. Je größer der Abstand wurde, desto größer wurde ihre Angst, und die Angst ließ die Stimme lauter werden: »Komm zu uns Sophie, wir warten auf dich!«

Der Gang teilte sich. Die Narren waren nach rechts abgebogen, so viel hatte Sophie von Weitem noch gesehen.

»Sophie!« Die Stimme kam von links.

Sophie blieb stehen. Etwas zog sie nach links. Ein Teil von ihr wollte der Stimme folgen. Dieser Teil waren nicht die Angst und nicht die Vernunft. Die Angst sagte, Sophie dürfe nicht nach links abbiegen, zur Stimme hin, die Vernunft wusste, Sophie müsse nach rechts abbiegen, den Narren nach.

»Sophie! Komm zu uns! Komm nach Hause!«

Zögerlich wandte sich Sophie nach links. Dort wartete man

auf sie. Etwas roch verlockend und verheißungsvoll, dort, links. Und dann wurde es plötzlich bitterkalt. Die Angst und die Vernunft froren ein, und eine willenlose Schläfrigkeit überkam Sophie. Wie in Trance wiederholte sie die Worte: »Nach Hause!«, und tat einen Schritt nach links. »Ich gehe nach Hause.« Die wild warnenden Schläge des Regubinsteins spürte sie nicht mehr.

Jemand packte Sophie und zog sie durch einen schmalen Felsspalt in eine Höhle. Ein Blitz, Sophie war wieder völlig klar im Kopf. Sie wollte schreien, doch der Fremde hielt ihr den Mund zu. Sophie wurde ganz heiß. Was hatte sie sich nur dabei gedacht, nach links zu gehen? Blindwütig schlug sie um sich. Sie trat und kratzte, sie musste weg von hier! Doch je stärker sie sich wehrte, desto fester wurde der Griff. Sophie schielte auf die Hand vor ihrem Mund. Sie steckte in einem schwarzen Handschuh. »Loslassen!«, keuchte sie dumpf durch die Lederhaut.

»Pssst!«, raunte eine Männerstimme. »Halt still!«

Sophie schüttelte sich. Nein, so leicht würde sie nicht aufgeben! Sie strampelte und zappelte, sie biss, so fest sie konnte, zu, doch der Fremde ließ nicht von ihr ab. »Verflixt Sophie, halt endlich still! Sie suchen dich.«

»Komm zu uns, Sophie, komm zu uns!« Da war sie wieder, diese Stimme in ihrem Kopf, und Sophie erstarrte: Das war nicht die Stimme des Mannes, der sie hielt.

»Sie kommen näher«, flüsterte der. »Schau, dahinten sind sie.« Er zog Sophie zu dem Spalt im Felsen: Mehrere Schwarznarren glitten lautlos durch den Gang.

»Komm zu uns Sophie, komm nach Hause!«

Da verstand Sophie: Die Stimme in ihrem Kopf kam von ihnen. Wer aber war der Mann, der sie nun vom Felsspalt wegzog und raunte: »Kein Laut!«?

Sophie wagte nicht, sich zu wehren, als sein Griff fester und die Stimme in ihrem Kopf lauter wurde: »Sophie, sei vernünftig, du gehörst zu uns und du weißt es. Gemeinsam können wir alles erreichen, hörst du? Alles!«

Erdrückende Stille. Ein Augenblick wie die Ewigkeit. Sophies Herz schlug schnell.

Und dann war die Stimme plötzlich ganz nah und nicht mehr nur in Sophies Kopf sondern auch vor dem Felsen: »Komm her, Sophie! Wir wissen, dass du hier irgendwo bist. Du brauchst dich nicht zu verstecken. Früher oder später finden wir dich doch. Es ist dein Schicksal, du gehörst zu uns!« Die Worte waren wie kalte, stechende Nadeln in Sophies Ohren.

Der Fremde zog Sophie noch näher an sich heran, seine Hand drückte noch fester gegen ihren Mund. Er tat ihr weh, aber Sophie rührte sich nicht. Sie war starr vor Angst.

»Sophie, es gibt kein Entrinnen. Es *muss* so sein.« – »Sophie!« – »Sophie.« – »Sophie …« Die Stimme verebbte.

Erst, als es ganz still war, lockerte der Fremde seinen Griff. »Bleib hier«, flüsterte er. »Ich sehe nach, ob sie wirklich fort sind. Möglicherweise ist das eine Falle.« Ohne einen Laut huschte er zum Felsspalt.

Sophie schielte auf ihre Brust. Der Regubinstein leuchtete nicht mehr und hatte wieder seine ursprüngliche Form. Vorsichtig befühlte sie ihn. Er war kalt. Da wusste Sophie, die Gefahr war vorüber, der Mann bei ihr war also ein Freund. Erleichtert lehnte sie sich an die Felswand und schloss für einen

Moment die Augen. Die Kälte saß ihr noch in den Gliedern, ihre Beine waren schwach.

Sophie konnte nicht viel von ihrem Retter erkennen, als er zurückkam und Entwarnung gab. Ein schwarzer Umhang umhüllte seinen Körper, die Kapuze warf einen tiefen Schatten auf sein Gesicht.

Doch dann kniete er nieder und nahm die Kapuze ab. Das Gesicht eines Mannes mittleren Alters kam zum Vorschein. Er hatte dunkles, etwas längeres Haar, und die rauen, tiefen Gesichtszüge eines Mannes, der schon vieles durchlebt hatte. Eine seltsame Traurigkeit umgab ihn. Mit seinen sanften, graugrünen Augen schaute er Sophie stumm an. Je länger er das tat, desto ruhiger wurde Sophie und die Kälte verschwand. Er stellte sich nicht vor, umfasste nur Sophies Oberarme, als wollte er etwas sagen, doch dann flog plötzlich ein trauriger Schatten über sein Gesicht. Er seufzte, zog die Kapuze wieder über und führte Sophie wortlos aus dem Versteck.

Sie fanden die Mitglieder des höchstnärrischen allerobersten Narrenrats auf einer großen Lichtung hinter den hinterschränkischen Zubringerwegen. Sie standen im halbhohen Gras und redeten aufgeregt aufeinander ein.

Es war eine ganz gewöhnliche Lichtung mit Blumen und Bäumen und Sträuchern. Nur der Himmel war anders. Er wirkte unecht, fast wie eine Kuppel aus zerknittertem Papier.

Als die Narren Sophie und den Fremden erblickten, zeichnete sich große Erleichterung auf ihren Gesichtern ab. »Sophie, da bist du ja!«, rief Isodora und begann vor Freude zu schweben.

Der Fremde griff nach Sophies Hand und führte sie zu den

Narren. »Hier habt ihr eure Ausreißerin wieder«, sagte er und zog Habakuk von der Gruppe weg. »Auf ein Wort!«, hörte Sophie ihn sagen. Die restlichen Mitglieder des Narrenrats schauten ihnen beschämt nach.

Bald waren sie außer Hörweite, aber Sophie konnte sehen, wie sich Habakuks Miene mehr und mehr verfinsterte, während der Fremde auf ihn einredete. Schließlich nickten beide ernst und einvernehmlich, und der Fremde wandte sich zum Gehen. Er verschwand aber nicht gleich in den hinterschränkischen Zubringerwegen, er drehte sich erst noch einmal nach Sophie um. Ihre Blicke trafen sich und ein melancholisches Lächeln umspielte seine Lippen.

Wer war dieser Mann?«, fragte Sophie.

Zwei schwiegen betreten, drei starrten gespielt unschuldig in die Luft, einer zupfte sorgfältig Unkraut aus seinen Haaren, keiner beantwortete Sophies Frage. Allen war das Geschehene unangenehm. Schließlich aber stieß Nepomuk Habakuk in die Hüfte, und Habakuk räusperte sich: »Tja, also, nun gut. Nachdem das nun geklärt wäre ...« Doch dann verstummte er wieder.

»Was ist mit den hinterschränkischen Zubringerwegen passiert?«, versuchte sich Sophie an einer anderen Frage.

»Es ist fuuurchtbar«, sang Isodora mit schauderhaft hoher Stimme. »Grauenhafte Dinge geschehen im Narrenreich. Wir können nichts dagegen tun.« Sie schwebte hoch und immer höher und sang schließlich von ganz weit oben: »Nur du.«

»Deshalb müssen wir dringend mit deiner Ausbildung beginnen«, sagte Habakuk. Er machte eine ausladende Geste, und der Himmel öffnete sich: »Willkommen im Labor!«

Sophie staunte: Menschen tauchten auf und Tiere. Hasen mit grünen Ohren, Frösche mit blauen Bäuchen, Eichhörnchen mit fliederfarbenem Fell. Es bildeten sich Wege, Flüsse, Hecken und Büsche, es erhoben sich Felsen und Hügel, es wuchsen Bäume, an ihnen hingen die seltsamsten Dinge: schönschnörkelige Scherenschnittmännchen, kopfgroße Origamitiere, halb fertiggestrickte Socken. Am Himmel, der nun unendlich weit schien, zogen Wolken auf und mehrere Sonnen. Der Westen erstrahlte in gleißendem Licht, im Osten fiel schwerer Regen. In der Mitte der Lichtung erschien ein Teich. Plötzlich waren da buntscheckige Blumenteppiche und aquamarinblaue Pfützen, und überall lagen Farbtöpfe und Pinsel und beschmierte Leitern und seltsam geformte Dinge aus Holz und Metall.

»Oh!«, machte Sophie. Ihr Mund stand sperrangelweit offen. So ein Labor hatte sie noch nie gesehen. Labore waren doch geschlossene Räume mit großen Tischen und brodelnden Gefäßen, und vor den Tischen standen mit wichtigen Mienen Menschen in weißen Kitteln.

»Das Labor steht uns für Narrenübungen und Experimente zur Verfügung«, erklärte Nepomuk, denn Habakuk war wieder in eine Verwirrung versunken. »Wir können hier alle Bedingungen schaffen, die wir für unsere Narrenübungen brauchen: Landschaften, Hilfsmittel, Umstände, Wesen, Dinge, …« Er schloss die Augen und nickte. Plötzlich tauchte wie aus dem Nichts ein Baum auf und unter dem Baum eine Bank. Auf der Bank saß ein Mädchen, in der Hand hielt es ein Buch. Sophie rieb sich die Augen: Das war ja Paula! Was machte sie denn hier im Narrenreich?

Fridolin sprang auf: »Juchuuu! Ich darf anfangen! Ich darf

anfangen!« Drei blassblaue Blüten mit senfgelben Punkten schossen aus seinem Haar. »Die Narretei der inneren Freude ist eine wunderbare Anfangsnarretei!« Er zeigte auf Paula unter dem Baum und sagte mit Lehrergesicht: »Das ist ein Menschenmädchen.«

»Das sehe ich«, sagte Sophie. »Das ist meine Freundin Paula.«

Fridolin hob den Finger: »Nun ja, genau genommen ist sie eine *Illusion* deiner Freundin Paula. *Echte* Menschen haben wir keine im Narrenreich.« Er musterte Sophie und versuchte, die eben aus seinem Haupthaar hervorgeschossenen Waldhyazinthen zu bändigen. »Na gut, mit einer Ausnahme.« Die Waldhyazinthen ließen sich nicht unter Kontrolle bringen. Fridolin seufzte: »Wie auch immer. Illusionen sind jedenfalls ganz brauchbare Übungsobjekte.« Verärgert riss er die widerspenstigen Blumen aus und drückte sie Sophie in die Hand. »Wir beginnen mit der *Lufthauchnarretei*.«

Die Lufthauchnarretei diente zur Erzeugung innerer Zufriedenheit. »Die innere Zufriedenheit ist eine stille, aber sehr wichtige Form der Freude«, erklärte Fridolin mit einem eifrigen Nicken. »Manche Menschen sagen sogar, sie mögen diese kleinen, stillen Glücksmomente am allerliebsten. – Sitzt du manchmal an einem sonnigen Tag im Gras unter einem Baum und spürst einen warmen Windhauch in deinem Gesicht?«

»Ja, schon«, sagte Sophie.

Fridolin strahlte: »Und? Wie fühlt sich das an?«

»Angenehm.«

»Wie angenehm?«

»Sehr angenehm.«

»Glücksmoment-angenehm?«

»Ja, Glücksmoment-angenehm.«

»Dafür ist ein Narr der inneren Freude verantwortlich«, sagte Fridolin stolz.

»Nein«, widersprach ihm Sophie. »Dafür ist der Wind verantwortlich.«

»Falsch!«, rief Fridolin und ließ sich auf den Boden fallen, »Es ist ein Lufthauchnarr, der kopfüber vom Ast über dir herabbaumelt und in dein Gesicht pustet.«

Sophie schüttelte den Kopf: »Und wenn ich nicht unter einem Baum sitze?«

»Na dann kniet er eben vor dir oder läuft hin und her. Ist doch ganz egal.« Fridolin sprang auf, kletterte auf den Baum, unter dem Paulas Illusion saß, und setzte sich auf den dicken Ast über ihr. Mit den Worten »Pass gut auf!« ließ er sich rückwärts nach unten fallen. Sophie zuckte zusammen, doch Fridolin hatte seine Knie angewinkelt und hing nun kopfüber vom Ast. Es regnete Blumen aus seinem Haar.

Sophie lachte: »Muss ich das dann auch so machen? Das mit den Blumen bekomme ich bestimmt nicht so kunstvoll hin.«

»Blumen?« Fridolin schaute sich verwirrt um.

»Du verlierst Blüten«, sagte Sophie.

»Ach so?«, murmelte der Narr. »Wie unangenehm!« Sein Haarschopf errötete. »Nun«, er schüttelte sich, »da kann man nichts machen. Die Blumen sind jedenfalls zu vernachlässigen. Das Kopfüberhängen im Grunde auch, aber es hat sich im Laufe der Jahrhunderte als eine der besten Positionen für die Lufthauchnarretei herausgestellt. Das liegt am Spaß, den wir am Kopfüberbaumeln haben, verstehst du? Je mehr Spaß wir haben, desto bessere Narreteien vollführen wir. An deiner Stelle würde ich mir die Narreteien also auch gleich möglichst närrisch angewöhnen. Bei den unnärrischen Varianten stößt man doch irgendwann an Grenzen. – Und nun, sieh her.« Fridolin schloss die Augen. Sein Gesicht war ernst und konzentriert, nur um die Mundwinkel kräuselte sich ein schelmisches Lächeln. Er wirkte zufrieden, als er die Augen nach einer Weile wieder öffnete, Sophie zuzwinkerte und anfing, am Ast zu schaukeln. Hin und her und her und hin, und bei jedem »Her«, manchmal auch beim »Hin«, pustete er sanft in Paulas Gesicht. Die strubbeligen Haarsträhnen an ihrer Stirn wehten leicht wie die Fäden einer Spinne im Wind. Schon bald ließ Paula ihr Buch sinken und lehnte sich lächelnd zurück. Sie schloss die Augen, ihr Kopf fiel in den Nacken, die Sonne und der Lufthauch kitzelten ihre Nase und Stirn. Paulas Lächeln wurde noch ein bisschen breiter und sie erschauerte vor Glück. Eine kleine, milchweiß leuchtende Kugel schoss in die Luft. Fridolin rieb sich die Hände und nahm noch einen letzten Schwung. Diesmal aber pustete er nicht, sondern löste die Beine vom Ast und landete mit einem Salto auf dem Boden. Wie ein Artist verbeugte er sich vor Sophie. Die applaudierte amüsiert: »Das war ein Glücksmoment, nicht wahr?«

»Na ja, kein wirklicher Glücksmoment«, sagte Fridolin, »Sie ist ja auch kein wirklicher Mensch. Es war die Illusion eines Glücksmoments.« Er klopfte Sophie auf die Schulter: »Jetzt bist du an der Reihe.«

Sophies Herz machte einen aufgeregten Sprung: »Was muss ich tun?«

»Eines der wichtigsten Werkzeuge der Narretei ist die Vorstellungskraft: Je bunter und lebendiger du die Dinge vor deinem inneren Auge siehst, je tiefer du in sie eindringst, desto leichter gelangst du an dein närrisches Ziel. Willst du einen Glücksmoment erzeugen, musst du ihn dir also vorstellen: Du musst ganz deutlich vor dir sehen, wie der Moment des Glücks aussehen wird. Dabei ist es völlig egal, ob er schlussendlich genau so sein wird, wichtig ist nur, dass er glaubwürdig ist. Er muss möglich sein, wünschenswert. Du musst die Neugierde des inneren Kindes wecken. Denn du weißt ja, das innere Kind ist der Teil im Menschen, der das Glück empfängt. Begeistere das innere Kind und der Glücksmoment ist dir so gut wie sicher.«

»Ich soll mir also Paulas Glück vorstellen, wenn sie den Lufthauch spürt?«, fragte Sophie.

»Richtig«, sagte Fridolin und streifte sich eine lästig herabhängende Ranunkel aus dem Gesicht. »Irgendwann wirst du ein ganz starkes Gefühl der freudigen Erwartung spüren. Das ist das Zeichen, dass du mit der eigentlichen Narretei beginnen kannst: Du schaukelst vor der Illusion hin und her und pustest ihr von Zeit zu Zeit ins Gesicht. Nur ganz leicht. Lufthauchleicht. Dann kommt auch der Glücksmoment.«

Sophie war wild entschlossen, es gut zu machen: Sie kletterte auf den Ast über Paulas Illusion, etwas unbeholfen ließ sie sich nach unten fallen. Sie schloss die Augen und erinnerte sich an den Glücksmoment, den Fridolin Paula eben geschenkt hatte. Sie sah ihn ganz genau vor sich: das Lächeln, das Zurücklehnen, den Kopf, der in den Nacken fiel. Aber freudige Erwartung kam keine in ihr auf. Sie schüttelte sich und probierte es noch einmal. Doch sosehr sie sich auch bemühte, so genau sie das Bild auch vor sich sah, die freudige Erwartung blieb aus.

Enttäuscht hangelte sie sich auf den Ast zurück und fragte Fridolin: »Warum funktioniert es nicht?«

»Weil der Glücksmoment, den du dir eben vorgestellt hast, nur die Nacherzählung eines bereits erlebten Glücksmoments ist.« Eine tiefviolette Tulpe verwelkte in Fridolins Haar. »Sag, Sophie, hast du jemals exakt den gleichen Glücksmoment zweimal erlebt?«

Sophie dachte nach. Nein, das hatte sie nicht. Manchmal, bei ganz besonders schönen Glücksmomenten, hatte sie sich das zwar gewünscht, aber passiert war es nie.

»Siehst du?« Fridolin fühlte sich durch ihr Schweigen bestätigt. »Innere Kinder lassen sich nicht mit Wiederholungen von Glücksmomenten abspeisen. Wenn du ihr Interesse wecken willst, musst du dir schon etwas Neues einfallen lassen. Also: Wie könnte der Glücksmoment *noch* aussehen?« Die welke Tulpe wurde sonnengelb und richtete sich wieder auf.

Sophie verstand. Sie ließ sich wieder nach unten fallen und stellte sich einen neuen Glücksmoment vor: Da war ein leiser Wind. Er fuhr durch den Wipfel des Baumes und ließ die Blätter rascheln. Er sank tiefer, und streichelte über den Arm der Illusion. Paula legte das Buch zur Seite und blinzelte in die Sonne. Von der Wärme der Strahlen und dem Kühl des Windes bekam sie eine Gänsehaut. Sie kroch den Arm entlang zum Hals hinauf, und als sie im Nacken ankam, durchfuhr Paula ein wohliger Schauder. Da durchzuckte es Sophie plötzlich wie ein Blitz: Die freudige Erwartung war da!

Zwei zufriedene Margeriten schossen hinter Fridolins Ohr hervor: »Wunderbar!«

Sophie nahm Schwung und schaukelte und blies Paulas Illusion sanft ins Gesicht. Einmal, zweimal, dreimal. Bald breitete Paula ihre Arme über der Rücklehne der Bank aus, blickte zum Baum hoch und beobachtete das fröhliche Zittern seiner Blätter im Wind. Sophie pustete noch einmal. Da sog Paula tief Luft ein, langte nach einem Blatt und riss es ab. Gedankenverloren drehte sie es zwischen ihren Fingern, bis sich plötzlich zwei kleine, verschmitzte Grübchen über ihren Mundwinkeln bildeten und eine milchweiß leuchtende Kugel flog in die Luft.

Sophie schaute der Kugel ungläubig nach. Hatte *sie* diesen Glücksmoment gerade erzeugt? Doch dann sah sie, wie Fridolin strahlte und sich sein Haarschopf in eine bunte Blumenwiese verwandelte, und sie wusste: Der Glücksmoment war ihr höchsteigenes Verdienst. Überglücklich hangelte sie sich vom Ast.

»Das war sehr gut«, hörte sie Habakuk sagen. Er hatte ihr wohl zugesehen. »Ich denke, für heute hast du genug gelernt.«

»Was? Jetzt schon?«, Sophie schaute ihn enttäuscht an. Sie hatte doch eben erst angefangen, sich gerade mal aufgewärmt. Nun sollte schon wieder Schluss sein? Viel zu lange hatte sie auf diesen Tag gewartet, sie wollte nun endlich eine Närrin sein!

Doch Habakuk schüttelte den Kopf: »Mit der Narretei darf man es am Anfang nicht übertreiben. Zu leicht macht sie einen verrückt.«

»Aber ich dachte, wir haben es eilig«, versuchte Sophie ihn umzustimmen.

»Eilig?«, fragte Habakuk verwirrt. »Warum?«

»Wegen der Gefahr«, sagte Sophie.

»Welche Gefahr? – Ach so, *diese* Gefahr!« Habakuk lächelte müde. »Wie schnell gewöhnt man sich doch an Zustände. Auch an die ganz schlimmen … Tja, so ist es, das närrische Leben … Wohl wahr, wohl wahr …«

»Darf ich also noch eine Narretei lernen?«, fragte Sophie hoffnungsvoll.

»Nein«, sagte Habakuk. »Was haben wir von einer möglichen Retterin, wenn sie ihren Verstand verliert? Wie soll uns eine verrückte Retterin helfen?«

»Ihr seid doch auch alle verrückt!«, sagte Sophie und biss sich im selben Moment beschämt auf die Lippen. Manchmal rutschten ihr Sätze aus dem Mund, ohne dass sie es wollte. Das waren meist dumme Sätze mit unangenehmen Auswirkungen. Dieser Satz warf einen finsteren Schatten auf Habakuks Gesicht: »Los, Sophie! Du musst jetzt zurück in die Menschenwelt!«

Vor dem Fenster dämmerte es schon, als Sophie in ihr Zimmer kam. Müde schlug sie die Bettdecke zurück und erschrak: Da lag bereits eine tief schlummernde Sophie! Vorsichtig streckte Sophie ihren Zeigefinger nach ihr aus, und mit der Berührung ertönte ein Plopp-Geräusch wie beim Öffnen einer Weinflasche und das Zwillingsmädchen verschwand. Verwirrt stand Sophie vor dem nun leeren Bett: Was hatte das zu bedeuten? War diese andere Sophie etwa auch eine Illusion gewesen? Hatten die Narren sie in ihr Bett gelegt?

Von da an holten die Narren Sophie, sooft es ihre Zeit erlaubte, zu sich ins Narrenreich und brachten ihr verschiedenste Narreteien bei. Bald wusste Sophie, wie man Wissensdurst erzeugte und wie man Menschen dazu brachte, verrückte Dinge zu tun. Sie wusste, wie man Talente aus ihnen herauskitzelte und wie man sie damit glücklich machte. Sie wusste, wie man schöne Gespräche entstehen ließ und noch vieles mehr. Ja, Sophie war eine begabte Schülerin, die Narren waren sehr zufrieden mit ihr. Doch je mehr Sophie lernte, desto unzufriedener wurde sie. Noch immer wusste sie nicht, wer ihr Vater war. Keiner der Narren wollte es ihr verraten. – Warum machten alle so ein Geheimnis daraus? Wenn sie eine Närrin werden und das Narrenreich und die Menschen retten sollte, dann hatte sie doch wohl ein Recht darauf, endlich zu erfahren, wer ihr Vater war.

Eines Nachmittags saßen Sophie und Paula bei Oma Lotte und tranken Kakao und aßen Kuchen. »Oma Lotte«, schmatzte Sophie mit halb vollem Mund. »Wie kann es eigentlich sein, dass mein Vater ein Narr ist? Narren sind doch unsichtbar.«

»Nun ja, die Narren waren nicht immer unsichtbar«, sagte Oma Lotte. »Lange Zeit lebten sie sichtbar, als Menschen getarnt, auf dieser Welt. Die Menschen gaben ihnen unterschiedlichste Namen: Schamanen, Seher, Musen, Hofnarren und Ähnliches. So konnten sie ihrem Glückshandwerk nachgehen und keinem fiel es auf. Doch im Mittelalter fanden die falschen Leute die Wahrheit über die Narren heraus und wollten sich ihre Fähigkeiten zunutze machen. Sie verfolgten sie, nahmen sie gefangen und nötigten sie zu Glücksdiensten. Wer nicht gehorchte, wurde gefoltert. Eine düstere Zeit, sehr düster! Glücklicherweise kam damals der mächtige Zaubernarr Baltasar und befreite die Narren aus ihrer Gefangenschaft. Er machte sie unsichtbar, um sie zu schützen. Seitdem hat kein Mensch mehr einen Narren gesehen. Oder sagen wir: *fast* keiner!«

»Wer?«, fragte Sophie.

»Na du«, sagte Oma Lotte. »Und deine Mutter.«

Sophie sprang aufgeregt auf: »Mama sieht die Narren? Aber warum hat sie mir nie davon erzählt?«

»Jetzt sieht sie sie nicht mehr«, sagte Oma Lotte. »Es ist schon lange her.« Sie legte beschwichtigend ihre Hand auf Sophies Schulter: »Vermutlich ist deine Mutter noch nicht bereit, dir davon zu erzählen. Komm, setz dich wieder.«

Sophie verschränkte stur ihre Arme vor der Brust: »Nein, ich setze mich nicht! Ich will wissen, was es mit Mama und dem Narrenreich auf sich hat.«

»Ach Sophie«, seufzte Oma Lotte. »Es steht mir nicht zu, dir das zu erzählen. Das muss sie schon selbst tun.«

»Aber sie tut es nicht! – Und außerdem hast du gesagt, ich soll nicht mit ihr über das Narrenreich reden!«, rief Sophie mit hochrotem Kopf. »Wie soll ich so jemals herausfinden, wer mein Vater ist?«

Paula spürte, dass es Zeit für einen Themenwechsel war, also fragte sie rasch: »Oma Lotte, du hast vorhin gesagt, ein Zaubernarr … Wie hieß er noch mal? – Baltasar! … habe die Narren im Mittelalter gerettet und unsichtbar gemacht. Was ist eigentlich ein Zaubernarr? Sophie hat mir von sechs Narrengattungen erzählt. Die Zaubernarretei war nicht dabei.«

Sophie schaute Paula blank an und vergaß schlagartig die Vaterfrage: »Das stimmt, die Zaubernarretei war nicht dabei!« Und sie erinnerte sich daran, dass Habakuk diesen Zaubernarren, Baltasar, auch schon erwähnt hatte. Er hatte gesagt, er sei ihr *höchstoberstes allernärrisches Narrenoberhaupt* – oder so ähnlich. »Oma Lotte, was ist ein Zaubernarr?«

Oma Lotte lächelte ein seltsam zufriedenes Lächeln: »Ein Zaubernarr ist ein ganz besonders mächtiger Narr. Er beherrscht sämtliche Narreteien aus allen Gattungen und noch ein bisschen mehr.«

»Aber ich dachte, alle Narren würden alle Narreteien beherrschen, und sie würden sich nur irgendwann für eine Gattung entscheiden?«, fragte Sophie erstaunt.

»Wie kommst du denn darauf?«, fragte Oma Lotte.

»Na, weil man bei der Narrenausbildung doch alle Narreteien lernt«, sagte Sophie.

»Oh nein«, sagte Oma Lotte und schüttelte den Kopf, »Normalerweise nicht. Jedem Frischlingsnarren ist seine Narretei vorbestimmt. Er lernt nur die Narreteien jener Gattung, die er in sich trägt.«

Paula schaute Sophie verwundert an: »Aber du hast doch schon Narreteien aus verschiedenen Gattungen gelernt!«

»Eben!«, rief Sophie aufgeregt.

»Aber, das würde dann ja bedeuten, dass du …«, begann Paula.

»… dass ich … die *Zaubernarretei* in mir trage«, beendete Sophie den Satz und musste dreimal schlucken, weil ihr Mund plötzlich so trocken war. Zögerlich schaute sie zu Oma Lotte auf: »Warum, Oma Lotte? Warum trage ich die Zaubernarretei in mir?«

Oma Lotte lächelte sanft: »Dein Vater hat sie dir vererbt.«

Diesmal war es Paula, die aufsprang. Sie packte Sophie an den Schultern und schüttelte sie: »Hast du das gehört, Sophie, hast du das gehört?«

Sophie saß starr da wie eine Statue und ihr Herz schlug so schnell wie noch nie: Ihr Vater war vielleicht alles andere als ein Nichtsnutz! Eine Gänsehaut lief ihr über den Rücken. Langsam, kribbelnd und prickelnd verwandelte sie sich in unbändige Freude: Ihr Vater war weder ein Nichtsnutz noch war er ein ganz gewöhnlicher Narr, er war womöglich einer der mächtigsten Narren überhaupt; ein *Zaubernarr*! Und sie, Sophie, sollte eine Zaubernärrin werden!

Bei ihrem nächsten Besuch im Narrenreich war Sophie sehr unkonzentriert. Sie sollte sich an einer Gedankennarretei versuchen. Das war aber eine ziemlich mühsame Angelegenheit, besonders jetzt, da Sophie viel lieber über ihren Vater und über die Zaubernarretei sprechen wollte. Doch Habakuk gab ihr keine Gelegenheit dazu. Stattdessen musste sie sich die langweiligen Gedankenfragmente einer Menschenillusion anschauen. Genau genommen waren es die Gedankenfragmente der Illusion ihrer Mutter, denn die diente Sophie an diesem Tag als Übungsobjekt.

»In Gedankenfragmenten stecken oft Ansätze von guten Ideen«, erklärte Habakuk. Sophie musste sich einen Ansatz aussuchen und sich die Idee, die in ihm saß, ganz genau vorstellen. Wenn sie dann ihre Hand zu einer Faust schloss und sich ganz fest darauf konzentrierte, würde ein Gedankensamen entstehen. Den musste sie auf den Kopf der Illusion ihrer Mutter legen und warten, bis er eingesickert war. Wenn Sophie alles richtig machte, würde der Samen in Helenas Kopf sprießen und erblühen und zu einem prächtigen Gedanken heranreifen, der sich in die Tat umsetzen ließ. – »Ein guter, in die Tat umsetzbarer Gedanke führt nämlich für gewöhnlich zu einem besonders starken Glücksmoment«, erklärte Habakuk mit hocherhobenem Finger. – Bis es jedoch so weit war, durfte Sophie nicht aufhören, sich die Idee in den buntesten Farben und Formen auszumalen. Wenn irgendetwas schiefging, wenn sich die Gedankenpflanze nicht in ihrer vollen Kraft entfaltete, würde sie nur das kurze Aufblitzen einer Idee bleiben, einer Idee, die genauso schnell verschwunden und vergessen sein würde, wie sie gekommen war. Ganz ohne Glücksmoment.

Sophie scheiterte bereits an der Erzeugung des Gedankensamens: Sosehr sie sich auch bemühte, nicht einmal der Ansatz eines Samens erschien in ihrer Hand. Es war das erste Mal, dass ihr eine Narretei nicht gelingen wollte. Unzufrieden stupste sie Habakuk an.

»Hm?«, machte dieser. »Was ist?«

»Es geht nicht«, sagte Sophie.

»Was geht nicht?«, fragte Habakuk.

»Ich kann keinen Gedankensamen erzeugen.«

»Ach was! Natürlich kannst du das! Du bist einfach nur unkonzentriert.«

Da konnte Sophie ihr neues Wissen nicht mehr bei sich behalten und es platzte aus ihr heraus. »Sag, Habakuk, bringt ihr mir so viele verschiedene Narreteien bei, weil ich die Zaubernarretei in mir trage? Ist mein Vater wirklich ein Zaubernarr?«

»Hm?«, machte Habakuk abwesend.

Sophie bemühte sich, ruhig und geduldig zu klingen, als sie ihre Frage wiederholte: »Ist mein Vater wirklich ein Zaubernarr?«

»Aber ja, natürlich ist dein Vater ein Zaubernarr«, sagte Habakuk und schaute Sophie verwundert an. »Du bist doch das Mädchen aus dem Narrenlied! – Zumindest gehen wir davon aus.«

»Aber warum habt ihr mir nie davon erzählt?«, fragte Sophie fast ein bisschen verärgert.

»Haben wir nicht?«, fragte Habakuk.

Sophie schüttelte den Kopf.

»Na, dann haben wir es wohl vergessen«, sagte Habakuk. »Aber nun mach weiter. Wenn du eine gute Zaubernärrin werden willst, musst du üben, üben, üben! Die Gedankennarretei ist eine Narretei, die viel Übung, Ausdauer und Zeit braucht. Es gab schon Gedankensamen, die jahrelang reifen mussten, bis sie da waren.«

Sophie stöhnte. Hoffentlich würde die Geburt ihres Samens weniger lange dauern. Der Tag war anstrengend gewesen, und sie war müde. Doch die Bestätigung, dass ihr Vater höchstwahrscheinlich ein Zaubernarr war und sie eine Zaubernärrin werden sollte, gab ihr neue Kraft. Sie ging also in sich und öffnete ihre innere Kiste der Fantasie. Sie wühlte ganz tief in ihren Träumen, Ideen und Vorstellungen, zog alles heraus, was ihr brauchbar erschien, und arrangierte es zu einem ansehnlichen Gesamtbild. Sie schmückte und dekorierte es liebevoll und ausdauernd, und mit einem Mal spürte Sophie etwas Hartes in ihrer Hand.

Das triumphierende Lächeln kam wie von selbst: Jahre? Aber doch nicht Sophie, die mögliche Retterin der Narren und der Menschen, Tochter eines Zaubernarren! Stolz zeigte sie Habakuk das kleine, violett schimmernde Gedankensamen-Prachtstück. Doch der betrachtete es kaum und bedeutete Sophie nur, mit der Narretei fortzufahren.

Enttäuscht über Habakuks mangelnde Begeisterung ließ Sophie den Samen auf die Haare der Illusion ihrer Mutter fallen und konzentrierte sich auf die Idee, die in ihm steckte.

Lange tat sie das, starrte wie gebannt auf den Kopf, doch der Samen sickerte nicht ein. Sie wartete noch ein Weilchen, konzentrierte sich noch ein bisschen mehr und zupfte Habakuk schließlich am Ärmel.

»Wie? Was? Sophie! Was kann ich für dich tun?«

»Der Samen will nicht einsickern«, sagte sie.

»Welcher Samen?«, fragte Habakuk.

»Der Gedankensamen, den ich meiner Mutter einpflanzen soll«, sagte Sophie.

»Er *wird* einsickern«, sagte Habakuk. »Du bist auf einem guten Weg.«

Sophie seufzte. Die Vorräte in ihrer inneren Kiste der Fantasie waren erschöpft. Doch was blieb ihr anderes übrig, als es weiter zu versuchen? Sie schloss also die Augen und malte den Gedanken. Bis ins letzte Detail malte sie ihn. Alles bekam eine Farbe, eine Form, eine Struktur, auch die Dinge, die ihr unwichtig erschienen. Sophie malte so lange, bis der Gedanke greifbar und vollendet vor ihr stand. Erst dann öffnete sie die Augen und spähte vorsichtig auf den Kopf ihrer Mutter: Der Samen war nicht mehr da!

»Er ist eingesickert«, murmelte Habakuk und starrte durch Helenas Kopf hindurch. »Jetzt nur nicht nachlassen.«

»Wie lange muss ich das denn *noch* machen?«, fragte Sophie.

Habakuk überlegte. »Nun ja, so lange, bis der Gedanke sprießt, musst du das machen. Wenn er sprießt, so lange, bis er blüht. Wenn er blüht, so lange, bis er sich in seiner vollen Kraft entfaltet. Und wenn er sich dann in seiner vollen Kraft entfaltet hat, bis zum Glücksmoment.«

Sophie tappte ungeduldig von einem Bein auf das andere:

»Und wann weiß ich, dass der Gedanke sprießt und blüht und sich in seiner vollen Pracht entfaltet?«

»Dann, wenn es so weit ist«, antwortete Habakuk. »Du wirst es spüren.«

›Spüren! Was denn sonst?‹, dachte Sophie bitter.

»Vertraue mir«, sagte Habakuk. Er zog ein belegtes Brot aus seiner Robe, lehnte sich an einen Baumstamm und biss genüsslich hinein.

Sophie starrte auf das Brot: Schinken, Käse, Tomate, Gurke, Ei. Das Wasser lief ihr im Mund zusammen. Habakuk hatte vielleicht Nerven! Aß einfach ein herrliches Brot, während sie sich abrackerte und ihr Magen vor Hunger knurrte. Warum tat er das? Narren ernähren sich doch von Glücksmomenten, nicht von Brot!

»Aus purer Freude an diesem irdischen Schmaus«, schmatzte Habakuk. Sophies Gedanken ließen sich wohl an ihrer Nasenspitze ablesen. Sie rollte mit den Augen und wandte sich wieder der Illusion ihrer Mutter zu. Doch es fiel ihr schwer, sich auf den Gedankensamen zu konzentrieren. Habakuks Schmatzen war so laut. Immer wieder schlich sich ein Stückchen Käse oder eine Tomate in ihre Vorstellung und zerstörte das ganze Bild. Dann ärgerte Sophie sich noch mehr über Habakuk und ihr Magen knurrte noch lauter. Der Duft von Schinken war überall. Ach, wie gerne hätte sie jetzt doch ein Stückchen Schinken! – Konnte Habakuk nicht woanders essen? Im Schlucken hörte Sophie seinen Genuss. Doch sie wusste: Je genauer sie hinhörte, je mehr sie sich ärgerte, desto länger würde es dauern, bis der Gedanke zum Blühen kam. Je länger das dauerte, desto größer würde ihr Hunger werden. Und je größer ihr Hunger war, desto genauer würde sie hinhören. Das war ein Teufelskreis. Sophie musste ihn durchtrennen, bevor sie zu tief in ihn hineingeriet. Und sie durchtrennte ihn. Mit einer großen Gedankenschere. Denn so musste man es tun als mögliche Tochter eines waschechten Zaubernarren.

Und dann waren da nur noch Sophie und ihre Vorstellungswelt. Und die Welt wurde größer, sie wuchs aus Sophie heraus, und plötzlich stand sie mittendrin, als klitzekleiner Teil davon, und staunte: Die Farben, die Formen, die Dinge, sie waren nicht mehr nur die Bilder ihrer Ideen, nein, Sophie konnte sie riechen und berühren und spüren. Sie wandelte mit allen Sinnen durch ihre innere Welt und konnte es kaum glauben, denn nun schuf sich alles wie von selbst: Hinter jedem Baum verbarg sich ein neues Licht, jeder im Wind schwankende Grashalm war eine Welt für sich, war ein Wunder. Und das Wunder durchflutete Sophies staunenden Körper, und ein Gefühl überkam sie, das sie so nie gekannt hatte: Ihr Herz wollte vor Freude zerspringen. Doch es war nicht Sophies Herz, das schließlich zersprang, es waren die Farben und Formen und Dinge, die übergingen und Sophie umhüllten. Plötzlich war da nichts mehr als Leichtigkeit, nichts als ein Schwimmen im Glück. Und Helenas Illusion sprang mit hell erleuchtetem Gesicht auf und lief davon. Ganz hinten am Waldrand, kurz bevor sie zwischen den Bäumen verschwand, stieg eine milchweiß leuchtende Kugel in den Himmel: ein Glücksmoment.

Ganz außer Atem drehte Sophie sich zu Habakuk um: »War das gut?« Habakuk hatte sein Brot sinken lassen, stand stumm da und starrte mit offenem Mund dem längst entschwundenen Glücksmoment hinterher. Wie in Zeitlupe drehte er sich zu Sophie um: »Hmm?«

Sophie wiederholte ihre Frage: »War das gut?«

Habakuk nickte. Ganz langsam. Und noch viel langsamer murmelte er: »Ich habe noch nie eine derart wirksame erste Gedankennarretei miterlebt.«

Sophies Herz überschlug sich vor Glück. Einmal, zweimal, dreimal, bis ihr schwindlig wurde, und dann fiel sie in eine tiefschwarze Leere.

Nur langsam legte sich der Schwindel und die Farben kamen vor Sophies Augen zurück. Es waren aber andere Farben, als die, die Sophie zuletzt gesehen hatte; dunklere, gedämpfte Farben, Farben ohne Tageslicht. Verwirrt blickte Sophie sich um. Sie stand in einem kalten, düsteren Raum. Die Wände, der Boden, alles war aus Stein. Sophie fröstelte. Wie war sie hierhergekommen? Wo waren die Narren? Sie war ganz allein, aber da war diese Stimme, die von irgendwo, ganz weit weg, nach ihr rief: »Hilf uns Sophie!« Die Stimme war hoch und dünn und verängstigt, in ihr lag eine Zerbrechlichkeit, die nur von einem Kind stammen konnte. Nach allen Seiten hatte der Raum Ausgänge ins Dunkel. Sophie nahm den rechten, denn von dort kam die Stimme. Doch es war nur ein weiterer leerer Raum, den sie betrat, gleich wie der erste. Ein kalter, düsterer Raum mit steinernen Wänden und vier Ausgängen.

»Sophie, hilf uns!«

Sophie ging geradeaus. Noch ein leerer Raum, wieder vier Ausgänge.

»Rette uns!«

Die Stimme war überall. Und überall waren Räume. Räume mit Ausgängen.

»Sophie!«

Etwas knisterte unter Sophies Kopf. Sie spürte feine Halme in ihrem Nacken und der Geruch von Gras kitzelte ihre Nase.

»Das war zu viel für sie«, sagte jemand.

»Sie ist schneeweiß im Gesicht«, sagte ein anderer.

»Schweißgebadet«, sagte ein dritter.

»Wir müssen es langsamer angehen, sonst wird sie uns schneller wahnsinnig, als uns lieb ist.«

Wahnsinnig? Sophie riss die Augen auf. Sechs Narrenköpfe über ihr.

»Sie ist wieder wach«, stellte Fridolin fest.

»Dem höchstnärrischen allerobersten Obernarr sei Dank!« Isodora griff nach Sophies Hand. »Wie geht es dir, mein Kind? Deine Hand ist ganz kalt!«

Sophie war verwirrt: Eben war sie doch noch in einem dunklen Labyrinth einer Stimme hinterhergeirrt, nun lag sie bei den Narren im Gras. »Wo bin ich?«, fragte sie. »Warum bin ich nicht mehr im Labyrinth? Ich muss zurück! Ich muss das Kind finden!«

»Welches Kind?«, fragte Nepomuk.

»Du bist im Labor«, sagte Fridolin.

»Was für ein Labyrinth?«, fragte Luitpolda.

»Na, das Labyrinth, in dem ich eben noch war«, sagte Sophie. Sie fühlte sich schwach.

Luitpolda half ihr, sich aufzurichten, Isodora reichte ihr eine Tasse: »Trink das!«

Närrische Schokolade! Sophie trank dankbar. Die Kraft strömte in ihren Körper zurück und sie berichtete von ihrem Erlebnis im Labyrinth. Die Narren lauschten mit besorgten Mienen.

»Oje!«, rief Isodora und schwebte unruhig in die Luft, »So weit ist es also schon?«

Nepomuk zog die Liebesnärrin auf den Boden zurück und winkte ab: »Nein, das heißt gar nichts! Sophie hat bestimmt nur fantasiert.«

»Ja, sicher sogar«, sagte Fridolin und ein hoffnungsvolles Veilchen erblühte in seinen Haaren.

Sophie schaute die Narren ungläubig an. Es war alles sehr echt gewesen, dort im Labyrinth.

»Die Gedankennarretei, die du vorhin vollbracht hast, war fantastisch«, sagte Habakuk. Sein Blick war erstaunlich klar. »Doch wie es scheint, war sie zu anstrengend für dich. Du fielst bewusstlos zu Boden und hast fantasiert. Es tut mir leid, Sophie, ich hätte dir nicht jetzt schon so eine schwierige Übung zumuten dürfen. Aber deine außerordentliche Begabung ... Es war zu verlockend.«

Sophie verstand nicht: »Aber ich habe es doch geschafft! Du hast gesagt, meine Narretei sei fantastisch. Sie kann also nicht zu schwer gewesen sein.«

Isodora legte ihre Hand auf Sophies Schulter: »Dein Körper, mein Kind, ist das Leben eines Menschen gewöhnt, nicht das eines Narren. Wir müssen ihn langsam an die Narretei gewöhnen, sonst lässt er dich verrückt werden.«

»Wir beschließen den Narrenunterricht für heute und setzen die nächsten zwei Tage aus«, entschied Habakuk. »Zeitdruck hin oder her. Du hast in den letzten Wochen große Fortschritte gemacht, Sophie, dein Körper braucht nun eine Pause. Keine Narreteien bis zu unserem nächsten Treffen, kein Lesen im Buch der Narren, kein Üben, hast du verstanden?«

Sophie schüttelte den Kopf: »Aber ich habe nicht fantasiert, ganz bestimmt nicht! Es war alles echt. Bitte, ich muss dem Kind helfen.« Sie flehte fast, doch Habakuk blieb streng und schob sie mit den Worten »Nein, nicht jetzt!« zu den hinterschränkischen Zubringerwegen.

Kapitel 7

DER AUFBRUCH

Georgs Gebrüll riss Sophie aus dem Schlaf: »Aufstehen, du Schlafmütze!« Er war mit lautem Poltern ins Zimmer gestürmt, hatte Vorhänge und Fenster aufgerissen und stand nun breitbeinig vor Sophies Bett.

Müde blinzelte Sophie ihren Bruder an: »Nein, ich will nicht aufstehen.« Es gab keinen Grund, aufzustehen. Sophie durfte heute nicht ins Narrenreich. Ein schrecklich langweiliger Tag stand ihr bevor.

Georg stemmte die Hände in die Hüften: »Es ist elf Uhr, du hast das Frühstück verschlafen! Mama macht sich Sorgen, dass du krank bist.«

Sophie rieb sich den Schlaf aus den Augen: »Nein, nein, ich bin nicht krank. Ich muss heute nur nicht zur Ausbildung …« Sie erschrak und biss sich auf die Lippen. Das hatte sie nicht sagen wollen!

Doch es war zu spät, Georgs Neugierde war geweckt: »Ausbildung? Was für eine Ausbildung?«

»Habe ich *Ausbildung* gesagt?«, fragte Sophie wie ertappt.

»Laut und deutlich«, sagte Georg.

»Ähm …«, stammelte Sophie. »Ich meinte *Aufgaben*. Hausaufgaben! Ich habe heute keine Hausaufgaben.«

Georgs Augen verengten sich zu misstrauischen Schlitzen: »Es sind Ferien, Sophie!«

»Ja eben«, sagte Sophie schnell.

Georg schüttelte den Kopf und setzte sich auf die Bettkante. »Weißt du, wenn du nicht meine verrückte kleine Schwester wärest, würde ich mir jetzt ernsthafte Sorgen um dich machen. Ich würde dich zum Arzt schicken. Aber gegen *deine* Verrücktheit …«, er lächelte spitzbübisch, »… gibt es nur ein einziges Mittel …« Und er stürzte sich auf Sophie und kitzelte sie, bis sie vor lauter Lachen nach Luft rang.

Nach dem Mittagessen langweilte sich Sophie entsetzlich. Sie wollte ins Narrenreich. Sie wollte Narreteien lernen. Sie wollte üben. Sie war ganz bestimmt stark genug dafür. Doch Habakuk hatte es ihr verboten. Also besuchte sie Paula und erzählte ihr von ihren neuesten Fortschritten in Sachen Narretei.

Paula war mächtig stolz auf Sophie, als sie von ihrer meisterlich vollbrachten Gedankennarretei erfuhr. »Könntest du mir jetzt auch einen Gedankensamen einpflanzen?«, fragte sie aufgeregt.

»Ich glaube schon«, sagte Sophie und ihr Blick trübte sich. »Aber ich darf heute und morgen nicht üben. Habakuk hat es mir verboten.«

»Warum denn?«, fragte Paula.

Sophie verdrehte die Augen: »Habakuk sagt, ich werde sonst vielleicht verrückt. Mein Körper muss sich *langsam* an die Narretei gewöhnen.«

»Wie schade«, sagte Paula, und dann schwiegen sie eine Weile und dachten nach.

»Warum, glaubst du, will deine Mutter nicht mit dir über

das Narrenreich sprechen?«, fragte Paula schließlich. »Warum hat sie dir nie erzählt, wer dein Vater ist?«

Sophie hob die Schultern: »Ich weiß es nicht. Wenn ich das Wort *Narrenreich* nur in den Mund nehme, verändert sich ihr Blick. Irgendetwas stimmt nicht zwischen meiner Mutter, meinem Vater und dem Narrenreich.«, Sie überlegte. »Als gäbe es da ein dunkles Geheimnis.« Und dann schaute sie Paula ernst an und sagte mit einem entschlossenen Nicken: »Aber ich will es herausfinden. Ja, das will ich.«

Kurz darauf saß Sophie bei Oma Lotte, und sie aßen Kuchen und tranken heiße Schokolade. Doch wie Sophie es auch anstellte, sie bekam kein Wort über ihre Mutter und das Narrenreich aus Oma Lotte heraus.

Später ging Oma Lotte in den Garten. Sophie beobachtete vom Wohnzimmerfenster aus, wie sie sich auf die Bank unter der Linde setzte und ein Buch aufschlug. Über ihrem Kopf erstreckte sich ein prächtiger Ast. Dick und stark war er. Er konnte bestimmt viel Gewicht tragen …

»Na, was gibt es denn, mein Kind?«, fragte Oma Lotte, als Sophie zu ihr kam.

Etwas unschlüssig wanderte Sophies Blick von Oma Lotte zum Ast hinauf und wieder zurück. Sie wusste, es war falsch, Habakuk hatte es ihr verboten, doch wie sollte man einer solchen Verlockung widerstehen? Dieser Ast war wie geschaffen für eine Lufthauchnarretei. Wie aber machte man in sichtbarem Zustand unbemerkt eine Lufthauchnarretei?

Oma Lotte lächelte: »Möchtest du auf den Baum klettern?«

Sophies Gesicht hellte auf. Was für eine hervorragende

Idee! Jemand, der auf einen Baum kletterte (weil er das eben gern tat), konnte sich auch von einem Ast herunterhängen lassen (aus reiner Freude am Kopfüberhängen) und baumeln (so ganz zufällig) und dabei ein bisschen vor sich hin pusten (einfach so, wegen der guten Laune, ohne dass gleich Verdacht geschöpft würde, dass Narretei im Spiel war). »Ja«, sagte Sophie. »Ich möchte gerne auf den Baum klettern.« Und sie verschwand flink wie ein Eichhörnchen im Geäst.

Zuerst kletterte sie in die Baumkrone. Sie musste ja so tun, als würde sie ganz normal im Baum klettern. *Ganz normal klettern,* das bedeutete für Sophie, erst einmal den höchsten Punkt des Baumes zu erklimmen. Und danach war es auch *ganz normal,* sich von einem Ast herunterhängen zu lassen. Diesmal war es eben zufälligerweise der Ast über Oma Lottes Kopf.

Oma Lotte schaute nur kurz auf, lachte und las weiter, als Sophie über ihrem Kopf zu schaukeln begann. Sophie freute sich. Das klappte ja besser als gedacht! Und weil sie sich so sehr freute, fiel ihr die Vorstellung von Oma Lottes Lufthauch-Freude auch ganz leicht. Viel schneller als bei ihrem ersten Versuch erschienen die Bilder in Sophies Kopf, viel schneller tauchte sie in ihre Vorstellungswelt ein. Schon spürte sie die freudige Erwartung. Mit großen Sprüngen kam sie auf Sophie zu. Doch noch bevor es so weit war, durchzuckte Sophie ein stechender Schmerz, und sie fragte sich plötzlich, wozu die Menschen eigentlich Glücksmomente brauchten? Eine glühende Hitze stieg in ihr auf. Die Narren waren es doch, die die Glücksmomente brauchten, nicht die Menschen! Mit der Hitze kam der Durst. Sophies Kehle war mit einem Mal wie ausgebrannt. Etwas musste den Durst stillen, Sophie bekam kaum noch Luft, so heiß und trocken war alles in ihr. Ihr wurde schwindlig und ihr Bewusstsein schwand. Aber nur für einen Augenblick, denn ein plötzliches Wissen durchzuckte sie, und danach sah sie alles gestochen scharf, sah das *Etwas,* das den Durst stillen konnte, und sie wusste, was zu tun war. Es war ganz leicht! – Wie von selbst bewegte sich Sophies Hand auf Oma Lottes Brust zu …

Das Buch fiel zu Boden, Oma Lotte sprang auf. Sie packte Sophie und riss ihr etwas aus der Hand. »Sophie, was machst du da? Bist du denn von allen guten Geistern verlassen?«

»Wie? Was? Au, du tust mir weh!« Sophie wusste nicht, wie ihr geschah.

Oma Lotte lockerte den Griff. »Komm sofort vom Baum herunter!«, befahl sie.

Verstört gehorchte Sophie. Hatte sie etwas angestellt? Ihr Kopf tat weh. Stumm setzte sie sich auf die Bank. Oma Lotte kniete vor ihr nieder und hielt ihr eine kleine, matt-grau schimmernde Kugel hin. »Was wolltest du damit tun?« Ihr Blick durchbohrte Sophie.

Sophie starrte auf die Kugel. Und als ihr deren süßer, schwerer Geruch in die Nase drang, wurden unangenehme Erinnerungen an die Kleewiese wach. »Was ist das?«, fragte sie ängstlich.

»Das ist jetzt nicht wichtig«, antwortete Oma Lotte. »Wichtig ist, was du damit tun wolltest.«

Sophie war verwirrt: »Ich?«

»Ja, du hattest es in deiner Hand.«

»Ich?«, fragte Sophie noch einmal.

»Denk nach, Sophie, denk nach.«

Und Sophie dachte nach. Dieses unheimliche, übel riechende Ding sollte *sie* in ihrer Hand gehabt haben? Wozu? Und überhaupt: Woher hatte sie es genommen? Eben war sie noch am Ast gehangen und hatte sich an einer Lufthauchnarretei versucht, und dann? Was war zwischen dem Baumbaumeln und Oma Lottes Griff passiert? Sophie erinnerte sich nicht daran, aber sie spürte, dass sie ehrlich sein musste. »Ich wollte eine Lufthauchnarretei an dir ausprobieren«, gab sie also zu. Schuldbewusst senkte sie ihren Blick und war bereit für die Zwischenfragenlawine, die nun kommen würde, doch Oma Lotte nickte nur und blieb ganz ruhig: »Was geschah dann? Erzähl mir alles, woran du dich erinnerst!«

Sophie überlegte: »Ich habe mich vom Ast herunterhängen lassen .... Ich habe mir deinen Glücksmoment vorgestellt .... Ich ...« Sie brach ab.

»Weiter«, drängte Oma Lotte.

Hilflos schüttelte Sophie den Kopf: »Ich weiß es nicht mehr, wirklich! Ich habe mich wohl in der Vorstellung verloren.«

Oma Lotte legte ihre Hand auf Sophies Stirn: »Konzentriere dich!«

Sophie schloss die Augen. Oma Lottes Hand lag warm und ruhig auf ihrer Stirn. »Da war ein Stechen in meiner Brust«, erinnerte sie sich. »Mir wurde schrecklich heiß, meine Kehle brannte, ich bekam Durst.«

»Weiter«, sagte Oma Lotte.

Sophie zögerte: »Das Brennen wurde immer schlimmer, der Durst hörte nicht auf. Ich hielt es kaum aus ... Ich ... ich ...« Sie öffnete die Augen und schüttelte den Kopf: »Ich weiß nichts mehr.«

»Du hast deine Hand nach mir ausgestreckt. In deiner

Hand lag diese Kugel«, half ihr Oma Lotte. »Was wolltest du damit tun? Denk nach, Sophie.«

Sophie überlegte angestrengt: Der brennende Schmerz war da gewesen. Und der Durst. Es war ein Durst gewesen wie eine schmerzhafte Sehnsucht. Eine Sehnsucht nach … Glück! … nach Glücksmomenten! Nein, nach noch mehr! Sophie erstarrte: »Ich wollte dein inneres Kind!«

»Ach du meine Güte!«, rief Oma Lotte.

Verstört schaute Sophie auf: »Ich wollte dein inneres Kind, damit der Durst aufhört.«

Oma Lotte war bleich im Gesicht. Als hätte sie sich an ihr verbrannt, ließ sie die Kugel auf den Boden fallen und zertrat sie hektisch. Dann zog sie ein Stück Papier hervor und kritzelte kryptische Zeichen darauf. »Geh mit dieser Nachricht sofort zum höchstnärrischen allerobersten Narrenrat«, sagte sie. »Es ist dringend!«

Sophie starrte Oma Lotte mit großen Augen an: Woher wusste sie vom höchstnärrischen allerobersten Narrenrat?

»Hast du verstanden, Sophie?«, fragte Oma Lotte eindringlich. »Beeile dich! Jede Sekunde zählt.«

Es war düster im Labor. Am Himmel standen dunkle Wolken. Die Narren waren nicht da. Ihre Dinge lagen herum, wild verstreut. Sie selbst waren aber nirgendwo zu sehen. Die Wege, Flüsse, Büsche und Bäume, die Blumenwiesen und Pfützen waren da, aber das schlammige Wasser stand still, und die fast farblosen Pflanzen ließen wie vertrocknet ihre Blätter hängen. In den grau blubbernden Pfützen spiegelte sich kein Licht. Ein großer Findling lag in zwei Hälften zerbrochen, an ihm klebte schwarzer Schleim. Sophie schaute sich fassungslos um. Was war geschehen? Wo waren die Narren? »Habakuk!«, rief sie mit einer unangenehmen Ahnung.

Stille.

»Isodora, bist du da?«

Nichts. Das Pfeifen des Windes in den Wipfeln der Bäume.

Sophie wurde unruhig: »Luitpolda, Oskar, wo seid ihr? Kommt schon, es ist dringend!« Sie lief zum Rand der Lichtung. »Fridolin, Nepomuk, bitte!«

Ratlos setzte sie sich auf einen Stein und murmelte: »Ihr könnt mich doch nicht im Stich lassen.«

»Hihi! Keiner mehr da. Alle weg! Sie haben sie geholt.«

Sophie sprang auf. Neben dem Stein saß hinter einem Busch ein abgemagerter Kerl mit großen hervortretenden Augen. Seine Haare waren dünn und verfilzt. Sophie kam es vor, als hätte sie ihn schon einmal gesehen. – Wo nur?

Er rieb sich seine knöchrigen Hände und kicherte: »Nur *mich* haben sie nicht mitgenommen.«

Sophie mochte sein Lachen nicht, es war ihr unheimlich. »Wer bist du?«, fragte sie misstrauisch.

Er sprang auf, verbeugte sich und zog den Hut, den er nicht hatte: »Gestatten, Rolander. Entscheidungsnarr.«

Sophie musterte ihn von oben bis unten. *Das* sollte ein Entscheidungsnarr sein? Und plötzlich fiel ihr ein, woher sie ihn kannte: Er war ihr in der Nacht vor ihrem Geburtstag im Traum begegnet! Auf einer schleimverschmierten Lichtung hatte sie ihn stehen sehen.

Verblüfft starrte Sophie ihn an: Traumbilder waren doch nicht echt! – Und war er nicht auch in den hinterschränkischen Zubringerwegen gewesen und hatte sie komisch angeschaut? Was wollte er von ihr? »Wo sind sie, die Mitglieder des höchstnärrischen allerobersten Narrenrats?«, fragte sie. »Wohin wurden sie gebracht?«

Rolander sprang auf: »Na dorthin, wo alle sind; zur Falkenburg.«

Sophie schaute den Narren verwundert an: »Was ist das für eine Burg?« Keiner der Narren hatte ihr von einer *Falkenburg* erzählt.

Rolander hüpfte um sie herum und quietschte: »Ja, ja. Die Falkenburg. Die Falkenburg am Adlerfelsen beim Bussardstein.« Er blieb stehen. »Verstehst du? – Falke, Adler, Bussard«, und lachte, dass ihm die Tränen kamen.

Sophie verstand, konnte einer steinernen Raubvogel-Ansammlung allerdings gerade nichts Lustiges abgewinnen. »Was ist das für eine Burg?«, fragte sie noch einmal.

Rolander wurde ernst. »Sitz der anderen Seite«, sagte er.

»*Andere Seite?*«, wiederholte Sophie und zog fragend eine Augenbraue hoch.

Rolander seufzte und ließ sich auf den Rücken fallen: »Also dafür, dass du vielleicht das Mädchen bist, das uns retten soll, weißt du wirklich wenig über all das hier Bescheid.« Er nahm einen Grashalm, kaute darauf herum und blinzelte in die Sonne, die nicht zu sehen war.

Da wurde Sophie ärgerlich: »Wie soll ich auch Bescheid wissen, wenn mir keiner etwas erzählt?«

Rolander pflückte eine halb verwelkte Blume und biss ihr ein Blütenblatt ab. »Na, sie wollen es eben langsam angehen«, sagte er, »wollen dich nicht erschrecken, damit du keine kalten Füße bekommst.« Er schmatzte. »Sie locken dich mit Narretei, machen dir das närrische Leben schmackhaft, und erst, wenn du nicht mehr ohne es sein willst, rücken sie mit der

Wahrheit heraus.« Mit einem Ruck drehte sich Rolander auf den Bauch und spuckte das angekaute Blütenblatt aus. »Das ist ihr Plan.« Er stützte sein Kinn in die Hände und runzelte nachdenklich die Stirn: »Aber in Anbetracht der momentanen Situation fällt mir zu dieser Vorgehensweise nur ein einziges Wort ein: *Blödsinn!* Kompletter Blödsinn! Sie hätten wissen müssen, wie sehr die Zeit eilt. Zumindest Oskar mit seiner ach-so-tollen Zeituhr hätte es wissen müssen.« Rolander setzte sich in den Schneidersitz. Sein Kopf war hochrot. »Und an wem bleibt's nun wieder hängen? – Aber natürlich! Am alten Rolander.« Er sprang auf, packte Sophie an den Schultern und schüttelte sie: »Weißt du, was sie tun?«

Sophie bekam es mit der Angst zu tun. Wie versteinert stand sie da und sagte nichts.

»Ich verrate es dir! Habe es mit eigenen Augen gesehen: Sie lösen die inneren Kinder aus den Körpern der Menschen heraus. Sie sperren sie ein, flößen ihnen ihr dunkles Gift ein, damit sie willenlos werden, und verschlingen sie.«

Sophie schluckte: »Warum machen sie das?«

Rolanders Augen weiteten sich: »Damit sie von den Menschen unabhängig werden. Wer das Glück eines ganzen inneren Kindes in sich trägt, braucht die Glücksmomente der Menschen nicht mehr, der ist für immer frei!« Er ließ von Sophie ab und schnitt eine entsetzliche Grimasse: »Doch der Preis dafür ist hoch: Weil sie gestohlene innere Kinder in sich tragen, verwandeln sie sich in grauenhafte Kreaturen, die keine Freude mehr kennen. Alles, was mit ihnen in Berührung kommt, verwelkt, vertrocknet, geht ein.« Er brach einen Zweig von einem verdorrten Baum ab. »Schau! Das ist ihr Werk. Und nun ...« Rolander kicherte wie ein Schuljunge, der etwas ausheckte. »Pass gut auf!« Er drückte den Zweig mit Daumen und Zeigefinger zusammen, das Holz zerbrach, schwarzer Schleim quoll hervor und spritzte Sophie ins Gesicht. Sie wich erschrocken zurück. Es war ein nasskalter Schlag, der sie traf. Rasch wischte sie sich den Schleim von der Wange. »Warum tust du das?«

Rolander lächelte irgendwie zufrieden und trocknete sich die Hände an seiner Hose ab: »Dasselbe geschieht mit den Menschen.« Auf Zehenspitzen schlich er an Sophie vorbei und flüsterte ihr von hinten ins Ohr: »Damit sich die inneren Kinder aus ihren Körpern herauslösen lassen, müssen sie den Menschen die Dunkelheit ins Herz einpflanzen. Das Dunkel breitet sich aus, zerfrisst schleichend ihr Inneres, bis nichts mehr übrig ist. Nichts als eine glücksleere, trostlose Hülle.«

»Wer sind *sie*?«, fragte Sophie mit schwacher Stimme.

»Diejenigen, die unabhängig sein wollen, die nicht mehr im Dienst der Menschen stehen wollen«, sagte Rolander, »die dunkle Seite, die andere Seite, Schwarznarren, nenne sie, wie du willst.«

»Schwarznarren«, wiederholte Sophie. Dann waren diese grauenhaften Kreaturen also Narren, die den Menschen ihre inneren Kinder entwendeten und sie verschlangen! Sophie schluckte: »Müssen die Menschen ... *sterben* ... ohne ihr inneres Kind?«

Rolanders Lippen berührten fast Sophies Ohr, als er mit Gruselstimme flüsterte: »Wenn die Dunkelheit in ihnen sitzt, wenn sie sich ausbreitet, wenn sie ihr Innerstes zerfrisst, wenn sie dann völlig glücksleer sind ...« Er zog den Kopf wie eine Schildkröte zurück. Die Stille war unerträglich. Sophie zuckte zusammen, noch bevor Rolander die Arme über den Kopf warf und schrie: »Was weiß ich?« Doch dann sprang er mit einem Satz vor Sophie: »Eines aber weiß ich ganz genau!« Sein Finger schoss in die Höhe. »Es gibt *eine* Sache, die die Dunkelheit aufhalten kann.«

»Welche?«, fragte Sophie.

»Das Glück!«, rief Rolander mit weit aufgerissenen Augen. »Aber wie kommt der Mensch an das Glück, ohne sein inneres Kind?« Er drückte den Zeigefinger gegen Sophies Brust: »Na, sag's mir!«

Sophie wich zurück: »Ähm … gar nicht?«

»Määäp!«, schrie Rolander und schlug auf einen grün blinkenden Knopf, der nicht da war. »Die Kandidatin hat hundert Punkte!« Er sprang in die Luft, schlug einen Salto rückwärts und landete in der Hocke: »Willst du wissen, wie die Krankheit verläuft?« Er sprang auf, kam wieder ganz nah und starrte Sophie mit einem Flackern in den Augen an: »Na, willst du's wissen?«

Sophie schüttelte den Kopf. Sie hatte genug gehört. Doch das interessierte Rolander nicht: »Die Dunkelheit saugt alles aus ihnen heraus: erst die Leichtigkeit und dann das Glück, am Ende die gesamte Lebenskraft. Sie verwelken wie Blätter im Herbst. Sie ist ein gemeingefährliches Gift, die Dunkelheit.« Rolander sprang auf. In seinen Augen loderte ein fiebriger Wahnsinn. »Unerträgliche Krämpfe, wenn sie den Magen erreicht, Atemnot und Erstickungsgefühle, wenn sie an die Lungen geht. Die Augen werden blind für die Schönheit der Welt. Sie erdrückt das Herz und füllt es mit einer Angst, die kaum auszuhalten ist. Der Durst nach Glück wird immer größer, er lässt sich nicht stillen. Langsam, qualvoll löst sich der Mensch von innen heraus auf und vertrocknet an seiner eigenen Leere. Machtlos sieht er sich selbst dabei zu. Und dann …« Rolander brach ab, und sein Blick veränderte sich. »Ach, was weiß schon ein dummer halb verhungerter Narr wie ich?« Seine Stimme war nun traurig, ja fast milde.

»Warum?«, flüsterte Sophie. »Warum tun die Schwarznarren den Menschen so weh? Warum wollen sie unbedingt unabhängig sein? Warum können sie nicht einfach weiter von den Glücksmomenten der Menschen leben?«

Rolanders Augen verfolgten eine Libelle, die nicht da war, und mit einem schauderhaft selbstverständlichen Tonfall sagte er: »Rache.« Er nahm zwei verdorrte Äste und rieb sie aneinander. Dann hielt er inne, machte ein ernstes Gesicht und zog die Äste langsam und konzentriert auseinander. Dabei bildete sich in ihrem Zwischenraum eine schimmernde Membran. Sie erinnerte Sophie an eine flach gedrückte Seifenblase. Auf der Membran erschien das Bild einer Scheune. Noch bevor Sophie verstehen konnte, was mit ihr geschah, wurde sie in das Bild hineingezogen und stand plötzlich in der Scheune. Fahles Mondlicht fiel durch eine Luke auf fünf in Wams gekleidete Männer. Mit Schwertern und Mistgabeln stocherten sie im Heu. Einer stieß gegen einen weichen Widerstand. Unter dem Heuhaufen schrie jemand jämmerlich auf. Sophie erschrak, doch keiner bemerkte sie, und sie verstand, dass sie nur Zuschauerin in dieser schaurigen Szene war. Es war eine Szene aus einer längst vergangenen Zeit.

»Abschaum!«, schrie der Mann mit der Mistgabel und stieß erneut zu.

Ein ausgemergelter Kerl mit rotem Haar kroch zitternd aus dem Heu. Er sah aus wie ein Narr. Den ständigen Stichen ausweichend gelang ihm die Flucht zur Leiter an der Scheunenwand, die Sprossen hinauf zum Heuboden und von dort zum Fenster im Dach.

»Er flieht übers Dach!«, schrie einer der Männer. »Schnell, fangt ihn ab!«

Drei rannten vors Haus, zwei dem Narren hinterher, Sophie schloss sich den beiden an. Doch als sie am Heuboden ankamen, war er nicht mehr da und das Fenster stand offen.

»Wo ist er?«, fragte der eine.

»Weit kann er nicht gekommen sein«, sagte der andere und rief aus dem Fenster: »Ist er auf dem Dach?«

»Nein!«, rief einer von draußen, »Er muss noch drinnen sein.«

»Seltsam«, murmelte der in der Scheune und blickte sich argwöhnisch um.

Der Narr war wie vom Erdboden verschwunden. Sophie hielt die Luft an, während die Männer wie lauernde Tiere herumschlichen: »Komm nur her Bürschchen, komm nur her!« Sie wollte schon aufatmen, als der eine sagte: »Ich fürchte, er ist uns entwischt. Kommt, lasst uns weiterziehen!«, da sah sie die roten Tropfen, die von der Decke herab ins Stroh fielen, und ihr Puls beschleunigte sich. Sie konnte nichts tun als hoffen, dass die Männer sie nicht bemerkten. Doch es war schon zu spät. Sie hoben die Köpfe und sahen den dicken Querbalken, der das Scheunendach im Gipfel stützte. Von dort tropfte das Blut.

»Achtung!«, schrie Sophie, doch keiner hörte sie. Es war zwecklos: Der Narr saß in der Falle. Die Männer hoben ihre Schwerter und stießen zu.

Ein Schrei.

»Komm sofort herunter!«

Ein weiterer Stich. Sophie konnte nicht hinschauen.

»Erbarmen!«, schrie der Rothaarige. »Ich ergebe mich! Lasst von mir ab!« Hastig kletterte er vom Balken.

Die Männer steckten zufrieden ihre Klingen in die Scheiden zurück. Einer packte den Narren grob am Kragen, der andere legte ihm Fußketten an und versetzte ihm einen Tritt. Der Narr stolperte und fiel. Noch ein Tritt. Er überschlug sich, fiel vom Heuboden und ächzte erbärmlich, als er im Stroh aufkam.

»Das hast du davon, wenn du Spielchen mit uns treibst!«, schrie ihm der eine nach. Der andere war schon unten und gab ihm einen weiteren Tritt ins Kreuz: »Steh auf! Du bist nun Leibeigener des Fürsten Lebemann zu Ribermont.«

Sophie folgte ihnen bis zum Scheunentor. Sie fühlte sich elend. Am Tor hing eine Verlautbarung:

Fürst Lebemann zu Ribermont setzt für jeden lebendig ausgelieferten Narren ein Kopfgeld von 60 Dukaten aus.

Hinweise, die zur Ergreifung eines Narren führen, werden mit 12 Dukaten entlohnt.

Es unterzeichnet: Gunter Ohnekind, amtlicher Hofschreiber des Fürstentums zu Ribermont.

Dann war Sophie plötzlich wieder bei Rolander im Labor. Sie schauten einander an und Sophie nickte. Sie hatte verstanden. »Rache für das, was im Mittelalter geschehen ist«, sagte sie bitter. Ihre Beine waren schwach. »*Das* haben sie mit euch gemacht?«, fragte sie mit belegter Stimme.

Rolander nickte eifrig: »Das war erst der Anfang.« Er sah sehr zufrieden aus. Sophie verstand nicht, warum. Sie schluckte: »Und was passiert mit euch, wenn die Schwarznarren den Menschen ihr Glück wegnehmen?«

Rolander drehte sich von Sophie weg. »Es gibt immer weniger Glücksmomente für uns. Wir hungern entsetzlich.« Seine Stimme bebte. »Wenn wir uns der dunklen Seite anschließen, hört der Hunger auf. Für jeden gibt es ein inneres Kind. Viele haben schon die Seite gewechselt.« Rolander drehte sich zu Sophie um. In seinen Augen standen Tränen. »Sieh mich an!« Er breitete die dürren Arme aus. Durch den Stoff seines abgetragenen Pullovers zeichneten sich die Rippen ab. Seine Beine waren dünn wie Zahnstocher mit Knieknorpeln und das Schlüsselbein stach stark unter dem Halsansatz hervor. »Das wird aus uns vor lauter Hunger: Schwächlinge am Rande des Wahnsinns. Wir können uns eben nicht von Schokoladenosterhasen ernähren. Wir brauchen Glück! Was sollen wir tun, wenn es keine Glücksmomente mehr gibt?« Er griff sich an die Kehle, verzerrte das Gesicht und machte hässliche Erstickungsgeräusche. Dann pflückte er eine Margerite, die nicht da war, und lehnte sich mit einem seltsam gelassenen Lächeln gegen den Stamm eines Baumes. Und während er der Blume einzeln die Blätter abzupfte, murmelte er: »Sterben … oder Schwarznarr werden … Sterben … oder Schwarznarr werden … Sterben … Schwarznarr …«

Sophie sank in die Knie. Sie dachte an das bunte Treiben in den hinterschränkischen Zubringerwegen, sie erinnerte sich an die schönen Bilder im Morgentauwald. Was war nur geschehen? »Wir müssen dorthin«, sagte sie schließlich und sprang auf. »Sofort!«

»Wohin?«, fragte Rolander. Das Lächeln verschwand aus seinem Gesicht.

»Zur Falkenburg«, sagte Sophie.

»Ohne mich!«, schrie Rolander. Seine Augen waren so stark geweitet, sie kullerten fast aus ihren Höhlen heraus. Mit einem Satz sprang er hinter einen Busch und zog sich das Gestrüpp vors Gesicht.

»Natürlich kommst du mit«, sagte Sophie und riss die Zweige auseinander. »Du musst mir den Weg zeigen. Ich kenne ihn nicht.«

Rolander zog die Äste wieder zusammen und murmelte: »Ich bin doch nicht lebensmüde.«

Noch einmal öffnete Sophie das Geäst und zischte: »So wie du aussiehst, wirst du so oder so bald verhungern. Du hast also nichts zu verlieren.«

Wie sehr staunte Sophie erst über die Härte ihrer eigenen Worte und dann über Rolanders angsterfüllten Gesichtsausdruck. Und als eine Krokodilsträne seiner eingefallenen Wange entlang nach unten kullerte, überkam sie ein entsetzlich schlechtes Gewissen. Das war nicht nett gewesen! – Doch zu einer Entschuldigung kam es nicht, Rolander sprang nämlich aus seinem Gebüsch, schniefte, wischte sich über die Nase und stampfte entschlossen mit dem Fuß: »Du hast recht! Ich werde so oder so sterben, warum also nicht als tapferer Kriegernarr?« Er nahm eine würdevolle Haltung ein und hob den Kopf: »Wir beide, du und ich, Sophie und Rolander, wir werden die Welten retten! Der kleine unbedeutende Narr und das noch nicht närrische Narrenkind, was für ein Gespann! Wir werden in die närrische Geschichte eingehen!« So marschierte er in den Wald.

»Halt!«, rief Sophie ihm nach. »Nicht so schnell.« Sie deutete in Richtung hinterschränkische Zubringerwege. »Ich muss erst noch mal nach Hause.« Ihr war eben Oma Lottes Nachricht für den Narrenrat eingefallen. Sie musste ihr berichten, was geschehen war.

»Ins Menschenreich?«, rief Rolander entgeistert. Wie ein Blitz rauschte er an Sophie vorbei und stellte sich ihr in den Weg: »Lass das bleiben, Sophie! Nach alldem, was heute hier passiert ist, solltest du nicht mehr da rein. Die hinterschränkischen Zubringerwege sind bestimmt nicht mehr sicher.«

Sophie zögerte einen Augenblick, doch dann schüttelte sie entschlossen den Kopf und schob Rolander zur Seite: »Nein, ich *muss* noch einmal zurück!«

»Du unterschätzt die Situation, Sophie!«, rief Rolander aufgebracht und zog sie am Ärmel zurück.

»Ach was!«, sagte Sophie, mehr um sich selbst Mut zu machen, nahm den protestierenden Rolander (»Nein, das ist viel zu gefährlich! Bleib sofort stehen! Da drin lauert Gefahr!«) an der Hand und zog ihn zum Eingang des Tunnelsystems. Alleine wollte sie nämlich nicht dorthin. Sie spürte selbst, dass dort Gefahr lauerte. Es lauerte vermutlich überall im Narrenreich Gefahr. – Aber sie konnte doch nicht tatenlos zusehen, wie die Narren und die Menschen zugrunde gingen! – Wenn nichts mehr sicher war, konnte man genau zwei Dinge tun: sich fürchten oder mutig sein. Sophie entschied sich für den Mut.

Da bebte plötzlich der Boden unter ihren Füßen und es donnerte. Sophie und Rolander zuckten zusammen. Und als sie beim Eingang der hinterschränkischen Zubringerwege ankamen, trauten sie ihren Augen nicht: Zugemauert war er, mit Moos bewachsen, als wäre er nie dagewesen. »Seltsam«, murmelte Sophie und tastete die Wand ab. »Komm Rolander, hilf mir!« Sie suchte nach einem losen Stein. Doch Rolander drehte sich um und ging kopfschüttelnd zur Lichtung zurück: »Nein, nein! Ich bin doch nicht verrückt! Mir reicht's!«

Rolander saß auf dem Ast eines Kastanienbaums und zupfte an einem welken Blatt, als Sophie nach einer Weile entmutigt zu ihm kam. »Siehst du?«, sagte er kühl. »Kein Zugang zur Menschenwelt. Wir sitzen fest. Keine Schokoladenosterhasen mehr für den alten Rolander, keine Oma Lotte für die liebe Sophie. Wir sind ganz allei-hein.« Den letzten Satz sang er. Dann kletterte er in die Baumkrone.

»Aber warum?«, fragte Sophie.

»Ich schätze mal, weil sie klug sind«, lachte es vom Baum herab. »Nun können sie ungestört den Menschen ihre inneren Kinder stehlen. Bald wird die Menschheit jämmerlich zugrunde gehen.« Blätterrascheln. »Und die Narren auch. Denn ohne Zugang ins Menschenreich keine neuen Glücksmomente, ohne neue Glücksmomente keine Nahrung für die Narren und ohne Nahrung noch mehr Anschlüsse an die dunkle Seite. Ein perfekt ausgeklügelter Racheplan.« Rolander war von seinem Hochsitz heruntergeklettert und hing nun pfeifend am untersten Ast des Baumes.

Sophie verstand nicht, was es da zu pfeifen gab. Die Lage war ernst. »Dann lass uns keine Zeit mehr verlieren«, sagte sie, »Wir müssen zur Falkenburg.«

Rolander sank über den Handstand vom Baum herab und

ließ sich auf die Knie fallen: »Sei doch vernünftig, Sophie: Wir beide, ein halb verhungerter Entscheidungsnarr und ein völlig unerfahrenes Menschenmädchen, allein, gegen unzählige Schwarznarren, wie soll das gehen? Du verstehst noch viel zu wenig von der Narretei.«

»Dann musst *du* mir den Rest eben beibringen«, sagte Sophie, weil ihr nichts Besseres einfiel.

Rolander schüttelte entschieden den Kopf: »Der Weg zur Falkenburg ist viiiiiiel zu weit: Wir müssen ganz hinauf in den Norden.« Mit einem dünnen Stock kratzte er eine Landkarte in den verdorrten Boden: »Erst kommt das Moor der unendlichen Leichtigkeit, dann die Wüste des verborgenen Lebens und die Schlucht der möglichen Unmöglichkeit.« Er zeichnete weiter. »Die Hochebene der Fragen, der Fluss der verlorenen Ängste und das Gebirge der Zeitlosigkeit. Dann sind wir erst am Meer der tausend Glücksmomente. Die Falkenburg befindet sich auf der anderen Seite des Meeres.« Rolander ließ den Stock sinken und schaute zu Sophie auf: »Das dauert viel zu lang. Wir werden niemals rechtzeitig dort ankommen. Sofern wir dieses irrsinnige Unterfangen überhaupt überleben.« Rolander griff sich an den Kopf: »Eine Reise durchs Narrenreich, in Zeiten wie diesen!« Aufgebracht ging er hin und her. »Wie verrückt muss man sein, um auf so eine Idee zu kommen?« Er blieb stehen: »Irrsinn ist das!«, und ging weiter, »Wahnsinn!«, und murmelte kaum noch verständlich: »So verrückt kann nicht einmal ein Narr sein.«

»Was ist mit Fliegen?«, fragte Sophie hoffnungsvoll.

Rolander blieb abrupt stehen: »Zu unsicher.«

»Gibt es hier im Narrenreich denn nicht noch andere Fortbewegungsmittel?«, fragte Sophie. »Busse, Züge, Flugzeuge?«

Rolander lachte hysterisch: »Machst du Witze?«

»Oder irgendwelche Abkürzungen?«

Eine Ungeduldsfalte bildete sich auf Rolanders Stirn: »Zu unsicher!«

»Aber ich war doch schon am Meer der tausend Glücksmomente«, sagte Sophie. »Mit Habakuk. Er nahm meine Hände und schon waren wir dort.«

Rolander beugte sich zu Sophie vor, sodass seine Stirn die ihre berührte, und schrie, so laut er konnte: »ALLE MÖGLICHKEITEN ZU UNSICHER!!!«

Sophie rieb sich die Ohren: »Ist ja schon gut! Man darf doch wohl noch fragen.« Und als sie sich sagen hörte: »Dann gehen wir eben zu Fuß. Los, zeig mir den Weg!«, wunderte sie sich über ihren eigenen Mut.

Kapitel 8

DER MORGENTAUWALD

Der Wald war wie ausgestorben. Kein Narr, kein Tier, keine blühenden Pflanzen. Sophie hörte nichts als Schritte, ihre und Rolanders Schritte, und das, was die Schritte mit dem Waldboden machten: das Rascheln beim Zertreten der verdorrten Blätter, das Knacken der dürren Äste, die am Boden lagen, das Knirschen kleiner Steinchen. Sophie fröstelte. »Sag mal …«, begann sie, doch noch bevor sie den Satz beenden konnte, packte Rolander sie am Arm und zog sie hinter einen Busch.

»Bist du wahnsinnig?«, raunte er und starrte Sophie mit kugelrunden Augen an. »Schreist einfach so durch die Gegend. Es wimmelt hier im Morgentauwald nur so von Schwarznarren!«

Sophie staunte: »Wir sind im Morgentauwald?« Ungläubig blickte sie sich um. Es sah so … *anders* aus.

Als die Abenddämmerung hereinbrach, wurde Sophie hungrig. Wie spät es wohl war? Sophie versuchte, das Knurren ihres Magens zu überhören, doch das war gar nicht so einfach, denn das Knurren weckte eine wichtige Frage in ihr: Wovon sollte sie sich ernähren? Die Bäume, die Sträucher, die Pflanzen, alles war verdorrt. ›Ich weiß, dass du Hunger hast‹, sagte Sophie in Gedanken zu ihrem Magen, ›aber es gibt hier nichts zu essen. Also reiß dich bitte zusammen. Wir haben Wichtigeres zu tun, als Hunger zu haben, wir müssen das Narrenreich und die Menschheit retten.‹ Aber Sophies Magen interessierte sich nicht für das Wohl des Narrenreichs, er interessierte sich auch nicht für das der Menschheit, er interessierte sich ausschließlich für sich selbst, also knurrte er weiter. Und zwar so laut, dass Rolander es hörte und stehen blieb. Er drehte sich zu Sophie um, rollte verächtlich mit den Augen und holte tief Luft. Sophie machte sich auf das Schlimmste gefasst. Doch Rolander zögerte und ein ungewohnt sanfter Ausdruck veränderte sein Gesicht. Er seufzte und setzte sich auf einen Stein. »Ich habe auch Hunger«, flüsterte er. »Lass uns ein Nachtlager aufschlagen. Dann besorgen wir etwas zu essen für dich.«

Sophie wäre Rolander am liebsten um den Hals gefallen, so glücklich war sie über die Nachricht, dass sie nicht verhungern musste, doch Rolander bahnte sich schon einen Weg querfeldein durch abgestorbenes Gestrüpp und Geäst.

Sie kamen zu einer Lichtung, die von kahlen Baumresten umrandet war. Rolander stellte sich in ihre Mitte und murmelte etwas, das Sophie nicht verstand. Dann schloss er die Augen und schmunzelte so lange, bis plötzlich die verkümmerten Baumreste und Astgebilde zu prächtigen Bäumen mit langen Ästen und saftig grünen Blättern wuchsen, die sich über der Lichtung zu einem dichten Dach zusammenschlossen. Gleichzeitig überzog sich der Boden mit üppigem Moos.

Als Rolander die Augen wieder öffnete, schaute er zufrieden drein: »Immerhin klappt *das* noch.«

»Was ist das?«, fragte Sophie.

»Ein Schutzzelt«, sagte Rolander. »Da sollen sie uns erst einmal finden!« Augenzwinkernd ließ er sich ins Moos fallen und verschränkte die Arme im Nacken. Sophie zeichnete mit den Augen Rolanders Konturen nach und betrachtete sein Gesicht. Zum ersten Mal, seit sie ihm begegnet war, verspürte sie so etwas wie Sympathie für ihn. Und als er dann plötzlich aufsprang und rief: »Du musst dich stärken, Sophie!«, da mochte sie ihn für einen Augenblick sogar richtig gern. »Womit?«, fragte sie. Auch hier, abseits des Weges, wuchs nichts Essbares.

»Hmmm ...«, machte Rolander und zupfte an dem Bart, den er nicht hatte. »Das ist eine schwierige Frage.« Er kratzte sich am Kopf. Sophies Schultern sackten entmutigt nach unten. Doch dann schoss Rolanders Finger nach oben: »Projektionssteuerung!«, und seine Augen leuchteten. »Ja, das ist es! Du machst eine Projektionssteuerung.«

»Projektionssteuerung?« Sophie richtete sich auf. »Was ist das?«

»In der Menschenwelt befindet sich doch gerade eine Projektion von dir, nicht wahr?«

Sophie überlegte: »Du meinst die Sophie, die neulich in meinem Bett lag, als ich aus dem Narrenreich zurückkam?«

»Genau die.«

»Ich dachte, das sei eine Illusion.«

»Oh nein!«, sagte Rolander. »*Illusionen* sind nur Abbilder ohne eigenen Willen, die sich hervorragend zum Erlernen von Narreteien eignen. *Projektionen* hingegen sind so etwas wie Klone, die ganz unabhängig handeln. Die Sophie in deinem Zimmer ist eine Projektion und keine Illusion.«

Sophie hob die Schultern: »Das mag sein, aber sie ist nicht mehr dort. Sie hat sich aufgelöst, als ich sie berühren wollte.«

Rolanders Miene verfinsterte sich. Er machte einen Purzelbaum rückwärts und stöhnte dabei so laut und aufgebracht, dass Sophie zusammenzuckte. Dann richtete er sich mit rotem Kopf auf: »Natürlich hat sie sich aufgelöst! Es braucht ja auch keine zwei Sophies in einer Menschenwelt. Eigentlich hättest du sie gar nicht sehen sollen. Da muss ein Fehler passiert sein.« Sein Gesicht entspannte sich, und er hob belehrend den Finger: »Zuuufälligerweise weiß ich, dass deine Projektion immer dann in der Menschenwelt auftaucht, wenn du das Narrenreich betrittst, und verschwindet, wenn du zurückkommst.« Er stellte sich auf den Kopf. »Das hat Habakuk so eingerichtet. Ich habe ihn belauscht, als er mit Fridolin darüber sprach.«

»Und was macht diese Projektion in der Menschenwelt?«, fragte Sophie.

Rolander schaute sie irritiert an: »Na das, was du auch tun würdest. Sie ist sozusagen dein Stellvertreter.« Er überlegte: »Na ja, die meisten Projektionen sind ein bisschen antriebsloser als ihre Originale. Man könnte fast sagen *langweilig*.« Er gähnte laut.

»Und du meinst, das mit der Projektion funktioniert noch immer?«, fragte Sophie.

Rolander hievte sich in den Handstand. »Warum denn nicht?«

»Na, weil der Zugang zur Menschenwelt abgeschnitten wurde.«

»Das eine hat mit dem anderen nichts zu tun«, sagte Rolander. »Der *physische* Zugang ist abgeschnitten, nicht der *virtu-*

elle.« Er stellte sich wieder auf den Kopf und schloss die Augen: »Ohmmmmmm …«

Sophie schaute ihn verwundert an: »Was machst du da?«

Rolander öffnete ein Auge: »Ich narritiere. Sieht man das nicht?«

»Ähm, du meinst wohl, du *meditierst*?«, verbesserte ihn Sophie.

»Na, sag ich doch!« Rolander klang genervt. Mit einem demonstrativen »Ohmmmmmm!« schloss er das Auge wieder.

Sophie verstand nicht, warum er das tat: »Wozu?«

Rolander öffnete das andere Auge: »Ich narritiere, um meinen Hunger zu verzögern«, und schloss es mit einem Seufzer.

Als hätte er nur auf sein Stichwort gewartet, meldete sich nun auch Sophies Magen wieder mit einem lauten Knurren. Ruckartig riss Rolander beide Augen auf und rollte sich vom Kopfstand ab: »Kann man hier denn nicht einmal fünf Minuten narritieren?«

Sophie schaute ihn entschuldigend an und griff sich an den Bauch.

»Ach, ich Dummkopf!«, rief Rolander und sprang auf. »Ich wollte dir doch verraten, wie du an Essen kommst. – Warum sagst du nichts?«

»Ummmm«, machte Sophie.

»Also, pass auf: Du kannst von hier aus mit deiner Projektion in Kontakt treten. Das ist halbwegs sicher, denn dein Körper bleibt hier und nur dein Geist ist bei der Projektion. Und mit deinem Geist kannst du sie steuern. Zum Beispiel zum Kühlschrank. – Das Tolle daran ist: Alles, was die Projektion zu sich nimmt, während dein Geist sie steuert, landet direkt«, Rolander pikste Sophie in den Bauch, »da drin.« Er kicherte.

»Das geht aber nur während der Steuerung. Wenn du mit der Projektion also in einer aktiven geistigen Verbindung stehst.«

»Schade«, sagte Sophie. Es wäre sehr praktisch gewesen, wenn sie immer dann, wenn die Projektion in der Menschenwelt aß, auch automatisch satt würde.

Rolander setzte sich ins Moos und zog eine kleine Schachtel aus seinem zerrissenen Gewand. Eine milchweiß leuchtende Kugel lag darin, etwa zwei Daumen breit. Rolander betrachtete sie unschlüssig, griff nach ihr, zögerte, schob sie sich in den Mund, kaute langsam und bedächtig, hielt die Augen geschlossen, aß, als sei es die beste Speise der Welt. Er schluckte, die Mundwinkel wanderten genussvoll nach oben, sein Gesicht entspannte sich.

»Mahlzeit«, sagte Sophie vorwurfsvoll. Sie fand es unverschämt, dass Rolander sich so offensichtlich an seinem Glücksmoment gütlich tat, während sie fast verhungerte.

Erstaunt öffnete Rolander die Augen: »Du bist noch da? Wolltest du nicht deine Projektion steuern?«

»Wie denn bitte?«, fragte Sophie genervt.

Rolander pflückte einen dünnen Grashalm und putzte damit seine Zahnzwischenräume. »Ich bin nicht dein Lehrmeister, Sophie.« Er warf den Grashalm weg, legte sich auf den Rücken und schüttelte den Kopf: »Nein, nein, das bin ich nicht! Es reicht schon, dass ich mich mit dir durch das Narrenreich quälen muss. Narreteien bringe ich dir bestimmt keine bei! Frag das Buch der Narren.« Er gähnte, drehte sich auf den Bauch und wippte gelangweilt mit den Beinen auf und ab.

»Na gut«, sagte Sophie und verschränkte die Arme vor der Brust. »Ich brauche dich gar nicht.«

Mit einem beleidigten »Pfff!« drehte sie sich um und marschierte ans andere Ende der Lichtung. Sie setzte sich ins Moos und vergrößerte das Buch der Narren. Es öffnete sich, doch die Seiten waren leer. »Na komm schon«, sagte Sophie. »Lass *du* mich wenigstens nicht im Stich!«

Die Blätter blieben weiß.

»Bitte«, drängte Sophie. »Ich habe Hunger.« Sie blätterte ein paar Seiten weiter.

Nichts. Kein einziger Buchstabe.

»Was soll das?«, schimpfte Sophie. »Habt ihr euch denn heute *alle* gegen mich verschworen?«

Rolander, am anderen Ende des Schutzzelts, kicherte.

»Halt den Mund, Rolander!«, fauchte Sophie.

Doch der Narr lachte nur lauter und stellte sich auf den Kopf: »Es mag keine Menschen.«

»Ich *bin* aber ein Mensch«, sagte Sophie gekränkt. »Was kann ich denn dafür?«

Schweigen. Stille.

»*Nichts* kann ich dafür«, murmelte Sophie und durchbohrte die leeren Seiten des Buches mit ihrem Blick. »Hörst du? *Nichts* kann ich dafür, dass ich ein Mensch bin! Es ist nun mal so, und wir müssen gefälligst miteinander zurechtkommen.« Sie stampfte mit dem Fuß.

Das Buch rührte sich nicht.

»Hörst du, du blödes Buch?«

Das Buch klappte sich zusammen.

»Mit Beschimpfungen erreichst du beim Buch der Narren gar nichts«, kicherte Rolander, stemmte sich in den Handstand und ließ sich rückwärts in die Brücke fallen.

Sophie zerrte am Einband des Buches, doch die Seiten klebten fest aneinander. »Stell dich nicht so an!«, keuchte sie.

»Du musst mir Narreteien beibringen, damit ich eine Närrin werde!«

Das Buch erhob sich vom Boden und wiegte sich in der Luft.

»Was heißt das?«, fragte Sophie.

Das Buch wiegte sich weiter. Hin und her und her und hin. Seelenruhig.

»Herrgott, Rolander, was macht es da?«

Rolander richtete sich auf. Ein kurzer Blick auf das Buch genügte, und er wusste: »Es glaubt dir nicht.«

»*Was* glaubt es mir nicht?«, fauchte Sophie genervt.

»Dass du eine werden willst«, sagte Rolander.

»Eine *was*?«

Rolander zupfte ungeduldig an einem Moospolster: »Na, was wohl?«

Sophie verdrehte die Augen und hob die Schultern: »Sag's mir!«

»Eine Närrin, zum Donnerwetter, eine Närrin! Es glaubt dir nicht, dass du eine Närrin sein willst.«

Da überkam Sophie eine schreckliche Wut. Sie packte das schwebende Buch und schrie: »Warum, meinst du, sitze ich hier in diesem verdammten Wald und schlage mich mit einem verrückten Narren und dir herum? Etwa zum Spaß?«

Das Buch zuckte in Sophies Händen, es wollte sich aus ihrem Griff befreien, doch sie ließ es nicht los. »Wenn du dich nicht bald öffnest, werden alle zugrunde gehen: die Menschen, die Narren und du auch!«, schrie Sophie und schleuderte das Buch auf den Boden.

Das Buch überschlug sich, fiel gegen einen Stein, mehrere Seiten knickten um. Hastig rappelte es sich auf, strich die Seiten glatt und kroch weit, weit weg von Sophie.

Rolander starrte Sophie ungläubig an: »Du hast ihm wehgetan! Du hast dem Buch der Narren wehgetan! Wie konntest du das nur tun?« Er schüttelte den Kopf. »Das ist das Buch der Narren! Niemand darf ihm wehtun.« Er setzte sich neben das Buch und redete versöhnlich auf es ein: »Sie hat das bestimmt nicht so gemeint. Ganz bestimmt nicht. Sie ist kein böser Mensch.« Sanft streichelte er über seinen Einband. Das Buch raschelte aufgebracht.

»Nein, das ist nicht wahr!«, sagte Rolander. »Nicht *alle* Menschen sind böse. Sophie hat ein gutes Herz, sie ist nur ein bisschen überfordert.« Wieder raschelte es.

»Na, na, nun beruhige dich! Sie wird sich bei dir entschuldigen.« Rolander warf Sophie einen verächtlichen Blick zu.

Sophie senkte beschämt den Kopf. Sie wusste nicht, was eben in sie gefahren war. »Es tut mir leid«, sagte sie geknickt. »Ich wollte doch nur lernen, wie man eine Projektionssteuerung macht. Ich bin so schrecklich hungrig.« Sie seufzte schwer. »Bis vor Kurzem war ich noch ein ganz normaler Mensch. Und auf einmal sagt man mir, dass ich die Tochter eines Narren bin und dass ich die Menschen und die Narren retten muss. Man führt mich ins Narrenreich, man bringt mir Narreteien bei, und plötzlich komme ich nicht mehr in die Menschenwelt zurück, stecke fest, weiß nicht, ob ich meine Familie jemals wiedersehen werde. Und niemand hilft mir.« Sophie schluckte und kämpfte gegen eine Träne. Schwer stand sie auf, setzte sich neben das Buch und strich müde über seinen Einband: »Ich wollte dir nicht wehtun, liebes Buch.«

Das Buch wand sich ein bisschen unbeholfen unter ihrer Hand, doch dann gab es sich einen Ruck und öffnete sich. Papierfiguren wuchsen aus den Seiten heraus. Es waren Narren.

Und die Narren betrieben Narretei. Hinter ihnen erhob sich die Silhouette eines Mädchens; Sophie. Ein Fragezeichen löste sich aus ihrer Brust. Dem Zeichen wuchsen Flügel, es flatterte zur richtigen Sophie und setzte sich auf ihren Kopf.

Sophie verstand nicht, was das zu bedeuten hatte. Sie schaute zu Rolander hinüber. Der saß mit einem Gänseblümchen am Boden und zupfte die Blütenblätter aus. »Sie ist eine Närrin«, sagte er und ließ ein Blättchen fallen. »Sie ist keine Närrin«, er riss das nächste Blättchen ab und ließ es fallen. »Sie ist eine Närrin«, noch ein Blatt segelte zu Boden. »Sie ist keine Närrin.« Dann hielt er inne und gab Sophie die halb entblätterte Blume. Er neigte den Kopf zur Seite und fragte: »Ist sie eine Närrin?«

Das Buch der Narren schlug eine Seite um. *»Projektionssteuerung«* stand da in kupfernen Lettern.

Es klang gar nicht kompliziert: Sophie musste lediglich die Augen schließen und sich den Ort vorstellen, an dem sich ihre Projektion gerade befand. Dann konnte sie sich mit ihr verbinden und sie steuern. Als Sophie es jedoch versuchte, stellte sie fest, dass es *doch* nicht ganz so einfach war: Wie konnte sie wissen, wo sich ihre Projektion in ebendiesem Moment herumtrieb? Sie konnte überall sein! Ihr blieb wohl nichts anderes übrig, als sie zu suchen. Und so stellte sie sich einen Ort nach dem anderen vor: ihr Zimmer, den Garten, Oma Lottes Haus, das Wohnzimmer, die Küche, das Baumhaus, doch nirgendwo fand sie ihre Projektion. Sophie überlegte: Was, wenn ihrer Projektion etwas zugestoßen war? Was, wenn Rolander sich irrte und sie doch nicht mehr in der Menschenwelt war? Würde sie dann verhungern müssen? Nein, daran wollte sie nicht denken! Der Projektion ging es bestimmt gut, Sophie machte nur etwas falsch. Aber was? Noch einmal las sie den Abschnitt über die Projektionssteuerung Wort für Wort durch: *»Um eine Projektion zu steuern, muss man mit ihr in Kontakt treten. Dazu schließt man die Augen und versetzt sich gedanklich an den Ort, an dem sie sich gerade aufhält. Man stellt sich dort in die Projektion vor und schon lässt sie sich steuern.«*

»Man stellt sich dort *in* die Projektion vor?«, wiederholte Sophie verwundert. »Ich glaube, da hast du dich verschrieben, liebes Buch.«

Das Buch aber schüttelte sich und klappte sich schwungvoll zu, als wollte es sagen: »Ich verschreibe mich *nie*!«

»Aber das kann man doch so nicht sagen«, entgegnete Sophie vorsichtig.

Das Buch wandte sich beleidigt von ihr ab.

Sophie starrte ratlos auf den ledernen Bucheinband.

»Manchmal muss man Närrisches sehr wörtlich nehmen«, hörte sie Rolander geheimnisvoll murmeln.

»Wörtlich nehmen«, sagte Sophie und wiederholte noch einmal den zuletzt gelesenen Satz: *»Man stellt sich dort in die Projektion vor … In* die Projektion … Hmmm …«

Und plötzlich verstand Sophie: Sie musste *in* ihre Projektion hineinschlüpfen, es reichte nicht aus, sie sich nur vorzustellen. Sie musste mit *ihren* Augen sehen, mit *ihren* Händen greifen, mit *ihren* Füßen gehen. Mit einem Mal war Sophie ganz aufgeregt: Sie fing langsam an, das närrische Denken zu verstehen!

Was würde Sophie also tun, wenn sie die Projektion wäre und Hunger hätte? Angenommen, die Projektion wäre noch in

Sophies Zimmer und würde gerade aus dem Fenster schauen, dann würde sie sich umdrehen, die Zimmertüre öffnen und in den Flur gehen. Sie würde an Georgs Zimmer vorbeikommen, der höchstwahrscheinlich bäuchlings auf dem Bett liegen und ein Sachbuch lesen würde. Seine Fußsohlen würden wie üblich über die Bettkante ragen, und Sophies Projektion würde es sich nicht verkneifen können, sie zu kitzeln. Georg würde mit den Beinen strampeln und genervt sagen: »Lass das, Sophie!«, und er würde dabei nicht von seinem Buch aufschauen. Sophies Projektion würde kichern und die Treppe hinunter in die Küche gehen. Durch das Küchenfenster würde sie sehen, dass ihre Mutter mit Gartenarbeit beschäftigt war (und das würde Sophie beruhigen, denn es bedeutete, ihrer Mutter ging es gut). Sophies Projektion würde frisches Brot aus der Brotschublade holen, Butter, Wurst, Käse und Essiggurken aus dem Kühlschrank, sie würde sich ein Glas Milch einschenken, das Radio einschalten, sich an den Esstisch setzen und alles genüsslich verspeisen. Das Brot würde so gut schmecken wie schon lange nicht mehr.

»Hast du langsam genug gegessen?« Rolander rüttelte an Sophies Arm. »Du solltest heute noch ein paar Narreteien lernen, sonst wird das nichts mit der Retterei.«

Sophies Gedanken fanden nur langsam in den Morgentauwald zurück. »Habe ich denn schon projektiongesteuert?«, fragte sie verwirrt.

»Du siehst auf jeden Fall satt aus«, sagte Rolander. »Und dein Magen hat schon eine ganze Weile nicht mehr geknurrt.« Er schlug das Buch der Narren auf: »Mal sehen … Was soll Sophie denn heute lernen?«

Und während er im Buch blätterte, spürte Sophie in sich hinein: Der Hunger war tatsächlich verschwunden! »Dann lag Georg also wirklich auf seinem Bett und las?«, fragte sie voller Hoffnung.

»Offensichtlich!«, sagte Rolander. Er blickte vom Buch auf. »Wenn es das ist, was du gesehen hast?«

Sophie nickte und strahlte: »Und meine Mutter war wirklich im Garten?«

»Offensichtlich!«, sagte Rolander. Seine Stimme klang ein bisschen genervt.

Sophie störte sich nicht daran. Sie war so glücklich über diese Nachricht. »Dann geht es ihnen also gut!«

»Offensichtlich!«, knurrte Rolander und blätterte absichtlich laut ein paar Seiten im Buch weiter.

»Das ist ja wunderbar!«, rief Sophie. »Dann kann ich von nun an also jederzeit nach meiner Familie sehen, wenn ich mir Sorgen mache!« Sie erwartete ein weiteres »Offensichtlich!« von Rolander, ein schrecklich genervtes »Offensichtlich!«, begleitet von einem lauten Zuklappen des Buches und einem verächtlichen Blick. Doch nichts davon geschah. Rolander senkte nur das Buch und sagte seelenruhig: »Nein, Sophie, du solltest so wenig wie möglich projektionsteuern.« Dann blickte er sich misstrauisch um und flüsterte: »Während der Steuerung kann dich die dunkle Seite nämlich viel leichter ausfindig machen. Das liegt daran, dass du dich zwischen zwei Welten bewegst. Deine Aufmerksamkeit ist auf zwei Ebenen verteilt, du bist also nicht ganz bei dir.« Und er sprang so plötzlich auf, dass Sophie erschrak. »Ich rate dir also: Steuere deine Projektion maximal einmal am Tag. Idealerweise am Morgen, die dunkle Seite ist nämlich eher nachtaktiv. Und iss, so viel du kannst, damit du möglichst lange satt bleibst.« Er überlegte und kaute an einem trockenen Stück Rinde. »Und wenn es sich vermeiden lässt, wenn wir auf dem Weg etwas zu essen für dich finden, dann lass die Projektionssteuerung am besten ganz bleiben.« Sein Blick glitt gedankenverloren in die Ferne. Dabei tätschelte er Sophies Kopf, als wäre sie ein Hund.

Den Rest des Abends verbrachte Sophie damit, neue Narreteien zu üben. Rolander und das Buch der Narren suchten sie gemeinsam für sie aus. Erst, als das Buch müde wurde und anfing, Buchstaben zu vertauschen, Wörter zu verwechseln und ganze Sätze zu verlieren, hörte Sophie auf zu lernen.

Ihr Kopf war schwer, als sie sich schlafen legte. Sie träumte einen wirren Traum: Da war ein Schwarznarr. Er trug ein Kind in einem dünnen, weißen Kleidchen auf dem Arm. Er flog mit ihm durch das verwüstete Narrenreich. Sophie folgte ihnen. Sie kamen zu einer mächtigen Burg. Die Tore standen offen. Sie huschten hindurch, hinab in einen Keller, hinein in ein dunkles Gewölbe aus Stein. Sophie erkannte es sofort wieder. Sie war nach ihrer ersten Gedankennarretei dort gewesen! Schreie: »Sophie! Hilf uns!« Sophie beeilte sich. Sie durfte den Schwarznarren nicht aus den Augen verlieren. Sie wusste, er wollte das Kind auf seinem Arm dorthin bringen, wo auch das Kind war, das nach ihr rief. Der Schwarznarr war schnell, Sophie kam ihm kaum hinterher. Je schneller sie lief, desto langsamer kam sie voran. Es war, als kämpfe sie gegen einen unsichtbaren Strom. Und dann war der Schwarznarr plötzlich verschwunden. Zurück blieben Sophie, und die Stimme, die unaufhörlich nach ihr rief.

Schweißgebadet fuhr Sophie aus dem Schlaf. Es war noch tiefschwarze Nacht. Rolander lag etwas abseits und schnarchte. Schräg hinter ihm, außerhalb des Schutzzelts, flackerte ein kleines, helles Licht. Sophie beobachtete eine Weile, wie es sich in der Luft ruhig und geduldig auf und ab bewegte, so als warte es auf etwas. – Worauf? Sophies Neugierde war geweckt. Und sie war groß. Zu groß. Also schlich sie sich aus dem Zelt.

Das Licht war ein blasses, zierliches Wesen, wie ein leuchtendes Mädchen in einem hellblauen Kleid, kaum größer als eine junge Katze. Sophie streckte ihre Hand nach ihm aus, doch da breitete es seine zwei Flügelchen aus und flog davon.

»Warte!«, rief Sophie, doch das Flügelmädchen war schon weg. Sophie hob die Schultern und wollte gerade ins Zelt zurück, da leuchtete das Licht weiter hinten im Wald wieder auf und wieder wartete es. Unschlüssig ging Sophie ihm nach. Doch auch diesmal flog es davon, bevor sie es zu fassen bekam, flog noch ein Stückchen weiter in den Wald und hielt dann wieder an. Sophie verstand: Sie sollte ihm folgen!

Immer tiefer führte das Wesen Sophie in den Wald, und schließlich kamen sie zu einer Lichtung, in deren Mitte ein großer, knorpeliger, kahler Baum stand. Das Flügelwesen setzte sich in seine vertrocknete Krone und flog nun nicht mehr weg. »Hierher wolltest du mich also bringen«, murmelte Sophie und betrachtete den Baum. Seine kahlen Äste wiegten sich gespenstisch im Wind. Das Mondlicht ließ seine Rinde bläulich schimmern. Sophie fühlte sich unwohl.

Plötzlich fuhr ein erbärmliches Ächzen durch den Baum

und ein dürrer Ast streckte sich nach ihr aus. Sophie schrie auf und wich zurück.

»Fürchte dich nicht, mein Kind«, knarrte der Baum hölzern. »Ich tue dir nichts.«

Sophie starrte auf den Stamm, in dem sich beim Sprechen eine tiefe Kerbe öffnete und wieder schloss. »Erkennst du mich nicht wieder?« Über der Kerbe waren ein Knorpelnasenwulst und darüber zwei Augenhöhlenvertiefungen. Das war doch nicht etwa ...? Nein, so hatte Sophie sie nicht in Erinnerung! Aber die Größe, die Form, die Lichtung! Wie konnte ...? »Wunderliche allwissende Eiche?«, flüsterte sie ängstlich und hoffte, dass sie sich irrte.

Der Baum ächzte, und die hölzernen Mundwinkel im Stamm zogen sich müde nach oben: »Aaaah, du hast die alte Eiche also nicht vergessen. Wie hübsch!« Ein Ast strich schwach und zittrig über Sophies Haar. Sophie schüttelte ungläubig den Kopf. Was war geschehen?

»Ach, ach, ach«, knarrte die Eiche. »Es ist dunkel geworden im Narrenreich. Dunkel und kalt. Es ging so schnell.« Ein hölzernes Rasseln ging durch ihren Stamm. »Sie ist mittlerweile überall. Auch im Boden.«

»Wer?«, fragte Sophie.

»Die Dunkelheit, mein Kind, das dunkle Gift. Es hat unserem Nährboden alles Glück entzogen. Nun ersticken wir. Ach, ach, ach!« Die Eiche ächzte und verstummte.

Sophie wartete ein bisschen, der Baum rührte sich nicht. »Wunderliche allwissende Eiche«, flüsterte sie beunruhigt.

Stille.

Sophies Herz schlug schneller. »Wunderliche allwissende Eiche!«

Ein Ast knarrte. »Ah, Sophie! Wie hübsch, dass du mich besuchst.« Sie atmete hölzern. »Hör zu, mein Kind: Mein Ende naht. Unser aller Ende naht. Keiner hier im Wald wird überleben, wenn es kein Glück mehr im Boden gibt. – Oh, wie eisig kalt es doch ist!« Ein Zittern ging durch die Äste. »Bevor ich jedoch sterbe, muss ich dir noch etwas Wichtiges sagen.«

»Du wirst nicht sterben!«, rief Sophie hilflos.

»Ach, ach, ach«, ächzte die Eiche. »Mein gutes Kind! Jedes Lebewesen hat seine Zeit, und meine Zeit läuft ab. Ich sehe sie. Sie trägt ein gläsernes Gewand.« Eine kalte Astspitze berührte Sophies Wange. »Sei nicht traurig, so ist der Lauf der Dinge.« Die Eiche verstummte und schloss die Augen.

»Du wolltest mir noch etwas sagen, wunderliche allwissende Eiche!« Sophie bemühte sich, ihre Stimme nicht allzu ängstlich klingen zu lassen.

»Ja richtig«, krächzte der Baum und öffnete langsam und mühevoll die hölzernen Augen. »Traue niemandem, Sophie! Es wird Verräter geben. Führe sie hinters Licht.« Ächzend, knarrend und krachend holte sie einen kleinen Beutel aus einem Astloch und gab ihn Sophie.

Sophie schaute in den Beutel und erschrak: »Nein, die brauchst du noch! Das kann ich nicht annehmen.«

»Aaaach«, ächzte die Eiche. »Ich bin alt und krank. Mein letztes Stündchen hat geschlagen. – Tick, tack, tack, tick, tack. – Ich habe keine Verwendung mehr dafür. Aber du, Sophie, du bist noch jung, dir werden sie eines Tages hilfreich sein. Setze sie listig ein. Hörst du, Sophie? Listig.«

Sophie nickte stumm.

Die Eiche hob schwach ihre Baumkrone. »Es ist so kalt, Sophie, so kalt und frostig. Spürst du ihn auch, beim Atmen, diesen stechend kalten Schmerz? Ganz besonders in den Astgabeln?«

Sophie holte tief Luft. Ja, die Luft war kalt, aber sie spürte keinen stechenden Schmerz, und schon gar nicht in den Astgabeln, denn davon hatte Sophie keine. Dennoch nickte sie.

»Wenn ich doch nur klar denken könnte!«, seufzte der Baum. »Diese Kälte! Mein Geäst friert ein, meine Blätter erstarren, ich kann nicht mehr denken.« Knarren. Schweigen.

›Wenn da doch nur noch Blätter wären, die erstarren könnten‹, dachte Sophie bitter und schaute die Eiche sorgenvoll an. Sie sah unendlich müde aus.

Unter höchster Anstrengung sprach sie weiter: »Traue nicht nur den anderen nicht, Sophie, traue auch dir selbst nicht. Du trägst nämlich zwei Seelen in deiner Brust. – Traue dir nicht, aber vertraue auf dich.«

»Was bedeutet das?«, fragte Sophie beunruhigt.

Doch die Eiche hob müde einen Ast und bedeutete ihr zu schweigen. »Bleibe immer auf dem rechten Weg«, knarrte sie schwach. »Ja, Sophie? – Aaaaah.« Sie ächzte erbärmlich.

Sophie nickte und schwieg. Sie wusste, sie durfte nun keine Fragen mehr stellen. Die Eiche musste mit ihren Kräften haushalten. Die Stille war unerträglich. Sie machte Sophie Angst. Und die Eiche brach die Stille nicht, befreite Sophie nicht von ihrer Angst. Sie stand nur da und atmete flach. Irgendwann hielt es Sophie nicht mehr aus und berührte ihren Stamm. Er war trocken, schuppig und kalt. Aus manchen Ritzen quoll schon schwarzer Schleim. Sophie wusste, was das bedeutete.

»Das Sprechen ist so anstrengend, Sophie. Aber ich muss dir noch so viel saaagen: Wenn du dich verirrt hast, setze Zeichen und zeichne Pläne. Ja, Sophie? Zeichen setzen. Pläne zeichnen. – Sophie? Bist du noch da?«

»Ja, ich bin noch da«, flüsterte sie.

Die Eiche griff sich mühsam in die Krone und zog einen fast durchsichtigen, honiggelb schimmernden Stab hervor. Den reichte sie Sophie. Er war so lang wie ein Bleistift, aber rechteckig und dreimal so dick. »Setze die Zeichen hiermit«, knarrte der Baum schwach. »Es ist ein Stift aus meinem getrockneten Harz. Nur du kannst damit schreiben, Sophie, und nur du kannst das von dir Geschriebene wieder entfernen.« Die Äste der Eiche sackten nach unten. Sophie erschrak und griff nach einem Ast: »Eiche?«

Da holte die Eiche noch einmal rasselnd Luft: »Aaaah, Sophie, du bist da. Wie hübsch! Es ist so kalt. Würdest du mich bitte ein bisschen wärmen?«

Schweigend umarmte Sophie den frierenden Baum. Seine Rinde war kalt wie Eis.

»Aaaah, das tut gut. Das tut guuuuut! Danke, liebe Sophie«, wisperte die Eiche hölzern. Ihre Stimme wurde immer dünner. »Kalt … so unerträglich kalt … Sophie …« Sie war nur noch ein Hauch. »Zwei Seelen in einer Brust … Sophie« Und ein letztes Mal bäumte sie sich auf: »Licht! … Ich sehe Licht! … Sophie? Siehst du es auch?«

Sophie sah es nicht, aber sie schluckte und sagte heiser: »Ja, ich sehe es.«

»Guuut«, sagte die Eiche und das »t« verschwand im Nichts. Die Äste sackten in sich zusammen, das Gehölz wurde aschgrau. Ein letztes welkes Blatt segelte zu Boden und mit ihm der letzte Lebenshauch. In der Baumkrone kauerte das kleine Flügelmädchen. Seine Tränen tropften auf die Erde.

Ungläubig trat Sophie einen Schritt zurück. Ihre Brust war eng und bleischwer. Noch nie hatte sie jemanden sterben sehen. Sie hatte die wunderliche allwissende Eiche so gemocht! Wie in Trance berührte sie noch einmal ihr Gehölz. Es war kalt und leblos. So schnell erlosch ein Leben?

Wie lange sie so dastand, versunken in ihre Traurigkeit, wusste Sophie nicht, aber plötzlich stand das Flügelmädchen neben ihr und starrte sie mit verweinten, haselnussbraunen Augen an. Seine kurzen dunkelbraunen, fast schwarzen Haare waren zerzaust, die Flügel zitterten und seine Hände waren hilflos zu Fäusten geballt. Sophie strich ihm über den Kopf. »Wie heißt du?«, fragte sie mit schwacher Stimme.

Das Mädchen hob die Schultern.

»Was? Du hast keinen Namen?«

Das Mädchen schüttelte den Kopf.

»Und sprechen kannst du auch nicht?«

Wieder schüttelte das Mädchen den Kopf.

»Dann will ich dich Eiche nennen«, sagte Sophie. »In Erinnerung an unsere gemeinsame Freundin. Ist dir das recht?«

Das Mädchen schluckte und nickte.

»Komm mit«, sagte Sophie und holte schwer Luft. »Wir ziehen gemeinsam in den Norden und rächen die wunderliche allwissende Eiche.«

Ein tapferes Lächeln huschte über das Gesicht des Flügelmädchens.

Rolander schlief noch immer tief und fest, als Sophie mit Eiche im Schutzzelt ankam. »Mach's dir irgendwo gemütlich«, flüsterte sie. »Versuche, nicht mehr traurig zu sein. Du musst schlafen. Wir haben einen langen Tag vor uns.« Sophie richtete diese Worte nicht nur an das Flügelmädchen, sondern auch an sich selbst.

Dennoch fand sie lange keinen Schlaf. Unruhig wälzte sie sich zwischen Traurigkeit und Nachdenklichkeit auf ihrem Moosbett hin und her, die Bilder des toten Baumes vor Augen, seine letzten Worte im Ohr. Was hatte es mit diesen zwei Seelen auf sich? Warum durfte sie sich selbst nicht trauen? Wem, wenn nicht sich selbst, konnte Sophie denn dann noch trauen? Und plötzlich war ihr, als zöge jemand den Boden unter ihren Füßen weg.

Ein missgünstiges »Umpf« riss Sophie aus dem Schlaf. Rolander stand mit verschränkten Armen vor der noch schlafenden Eiche. Sophie richtete sich auf und flüsterte: »Guten Morgen.«

Rolander drehte sich zu ihr um und zeigte mit bösem Blick auf das Flügelmädchen: »Wer oder was ist das, und was hat es hier zu suchen?«

»Das ist Eiche«, antwortete Sophie verschlafen, »eine neue Bekannte von mir. Sie wird uns zur Falkenburg begleiten.«

»Sag mal, bist du verrückt?«, schrie Rolander. »Das ist eine Narrenelfe!«

»Aha«, sagte Sophie, »na und?«

»Narrenelfen darf man niemals trauen! Narrenelfen sind die hinterlistigsten Biester im ganzen Narrenreich. Mit ihren Ich-kann-dir-nicht-ein-einziges-Haar-krümmen-braunen-Rehaugen wickeln sie jeden um den Finger. Sie ist bestimmt eine Spionin!«

Sophie winkte ab: »Ach was!«

Doch Rolander ließ sich nicht beruhigen: »Wie ist sie überhaupt hier hereingekommen?«

Sophie wollte schon von der wunderlichen allwissenden Eiche erzählen, doch dann überlegte sie es sich anders: »Ich schlief heute Nacht schlecht. Also machte ich einen Spaziergang im Wald. Dort bin ich ihr begegnet.«

Rolander fing an, aufgeregt hin und her zu laufen, und schlug sich dabei hysterisch gegen die Stirn. »Verlässt das Schutzzelt! ... Einfach so! ... Weil sie nicht schlafen kann! ... Mitten in der Nacht! ... Und bringt eine Narrenelfe mit!« Er blieb stehen: »Worauf habe ich mich da nur eingelassen?«, und schüttelte wild den Kopf. »Sie ist verrückt, völlig verrückt!«

»Es ist ja nichts passiert«, versuchte Sophie ihn zu beruhigen. »Es war gut, dass ich draußen war, sonst wäre ich Eiche nicht begegnet. Es sollte so sein.«

Rolander erstarrte. Sein Kopf war hochrot. »Bestimmt sollte es so sein! Die dunklen Herrschaften halten sich gewiss gerade die Bäuche vor Lachen, weil sie dir so leicht eine Spionin unterjubeln konnten!«

Eiche war mittlerweile vom Lärm der beiden aufgewacht. Mit Angst in den Augen verfolgte sie den Streit. Sophie zeigte auf die Narrenelfe, die mit angewinkelten Beinchen dasaß und nicht wusste, wie ihr geschah: »Schau sie dir doch an: Glaubst du wirklich, sie kann irgendjemandem etwas zuleide tun?«

Rolander verschränkte die Arme und stampfte um Eiche herum. Dabei murmelte er unverständliches Zeug. Eiche starrte ihn verschüchtert an. Rolander beugte sich zu ihr hinunter, schnupperte an ihrem Hals, an ihrem Haar und rümpfte die Nase. Eiche zuckte zusammen. »Ha!«, schrie Rolander triumphierend. »Sie simuliert!«

»Quatsch!«, rief Sophie. »Sie hat heute Nacht einen lieben Freund an die dunkle Seite verloren und nun will sie ihn rächen. Sie kommt mit. Basta! Hör auf, ihr Angst zu machen!«

»*Sie hat einen lieben Freund an die dunkle Seite verloren*«, äffte Rolander Sophie nach. »*Das* hat sie dir also erzählt?«

»Sie hat es mir nicht *erzählt*«, sagte Sophie. »Sie kann nicht sprechen. Ich habe es *gesehen*.«

»Wie bitte?« Rolander schrie auf. »Die Schwarznarren waren hier? Hier bei unserem Zelt? Und du hast sie gesehen?« Er griff sich an die Stirn. »Ich fasse es nicht! Du schaust einfach seelenruhig zu, wie die Schwarznarren jemanden umbringen. Was, wenn sie dich gesehen haben? Wenn sie dich erkannt haben? Dann werden wir nicht einmal mehr das Moor der unendlichen Leichtigkeit erreichen. Dann hat unser letztes Stündchen bereits jetzt geschlagen! Du Wahnsinnige, du! Du ...« Er rang nach Luft.

Sophie schüttelte den Kopf: »Nein, kein Schwarznarr war heute Nacht hier.« Sie zögerte. War da nicht ein Rascheln in den Bäumen gewesen auf dem Weg zum Zelt zurück? Schritte? Ein Schatten? Sie schüttelte sich und fuhr rasch fort: »Eiches Freund war ein Baum. Er ist gestorben, weil sich die Dunkelheit im Waldboden ausbreitet und ihm alles Glück entzieht.« Sie zeigte auf die Bäume rundherum: »Sie *alle* werden sterben.«

»Hmmm ...«, machte Rolander und starrte missmutig auf die Narrenelfe. »Ich halte es für fahrlässig, sie mitzunehmen.« Weil Sophie aber nicht aufhörte, ihn anzustarren, hob er schließlich seine Schultern und sagte: »Aber bitte, wenn du meinst ... *Ich* übernehme jedenfalls keine Verantwortung!« Und mit einem Ruck drehte er sich zu Eiche um: »Gib gut acht, du Narrenelfe! Ich werde *jeden* deiner Schritte beobachten. Ich werde der Schatten sein, der dich bis in deine Träume verfolgt! Eine falsche Bewegung, nur eine einzige falsche Bewegung, und ich … ich … also ich …« Er verstummte und überlegte. »Nun ja, ich weiß nicht, aber auf jeden Fall wirst du es bereuen.« Er verschränkte die Arme und drehte sich mit einem verächtlichen »Hmpf!« von Eiche weg.

Sophie beschloss, das Thema zu wechseln: »Erzähl mir vom Moor der unendlichen Leichtigkeit, Rolander.« Denn dort wollten sie heute hin.

Das war ein gutes Thema. Rolanders Augen leuchteten begeistert auf. Und wie sie durch den Wald wanderten, schwärmte er im Flüsterton: »Das Moor der unendlichen Leichtigkeit gehört zur Narretei der inneren Freude. Es ist ein wunderbarer Ort! Dort reinigt der Narr seine Seele. Alle düsteren Gedanken fallen von ihm ab und er fällt in einen Zustand vollkommener Leichtigkeit und absoluten Glücks.«

»Das klingt fantastisch«, wisperte Sophie. »Erzähl, wie sieht es dort aus?«

Und Rolander erzählte und sein Gesicht strahlte dabei wie die Mittagssonne: »Das nackte, unberührte Moor sieht aus wie ein ganz normales Moor, aber man schwebt, man gleitet darüber. Anfangs, wenn man noch Schweres in sich trägt, kann es ein bisschen sumpfig sein, aber je leichter man sich fühlt, desto größer wird der Abstand zwischen den Füßen und dem Moor. Die Farbe des Moors passt sich deiner Stimmung an: Fühlst du dich schwer, so ist es um dich herum braun oder grau, bist du traurig, ist es schwarz. Fühlst du dich fröhlich, leicht und unbeschwert, so ist es gelb, grün oder blau. Bist du stark und voller Lebenskraft, ist es orange, und wenn du liebst, ist es rot.

Wenn viele Narren auf ihm gehen, verwandelt sich das Moor in einen bunten Farbteppich. Nähern sich zwei Narren, vermischen sich ihre Farben. Oh, es ist so schön, das Moor der unendlichen Leichtigkeit!« Rolander drehte sich verträumt um seine eigene Achse und sein Blick schweifte sehnsüchtig in die Ferne. »Närrische Schilfrohre in allen Farben ragen aus ihm heraus. Von ihren Kolben kann man sich massieren lassen. Dabei wird die Schwere aus dem Körper gekitzelt. An besonders feuchten Stellen wachsen betörend duftende Sumpfnarrenblumen. Wenn du an ihnen riechst, durchflutet dich ein tiefes Glücksgefühl. Ihre Blüten schmecken wie Knallbonbons, die gefüllt sind mit süßem Honig und Orangensaft.« Rolander griff nach einem unsichtbaren Sumpfnarrenblumenknallbonbon und kaute schmatzend darauf herum. Sophie lief das Wasser im Mund zusammen. »Uralte, knorrige Bäume ragen aus dem Sumpf. Auf ihnen wachsen die herrlichsten Früchte. Klettert man auf einen solchen Baum, kann man auf sich selbst hinunterschauen, und man versteht plötzlich Dinge, die man zuvor nicht verstanden hat.« Er seufzte. »Die bunt karierten Moorfrösche erzählen dir in der Dämmerung Geschichten aus längst vergangenen Zeiten. Du wiegst dich in einer Moorblattschaukel und hörst ihnen zu. Neben dir tanzen die Narrenlibellen ihren Schleiertanz. Ich sage dir, Sophie, das ist ein Ort ... also ein Ort ... ein ...« Rolander blieb stehen: »Oh!«

Kapitel 9

DAS MOOR DER UNENDLICHEN LEICHTIGKEIT

Sie waren am Waldrand angelangt. Vor ihnen lag ein düsteres Moor: Verkümmerte Baumreste ragten wie Schatten von Geistern aus dem graubraunen Schlamm, nichts Lebendiges war mehr an ihnen. Von den spröden Ästen tropfte schwarzer Schleim, tropfte auf verwelkte Schilfhalme mit geknickten Kolben, tropfte in den Sumpf. Alles war still. Keine Libellen, keine Frösche, kein Duft von Blumen, nur ab und zu eine Blase, die aus der Tiefe des Moores emporstieg und mit einem dumpfen Geräusch zerplatzte. Es stank nach Schwefel und Fäule.

»Ist es das?«, fragte Sophie.

Rolander nickte stumm.

»Bezaubernd«, sagte Sophie.

»Ach, sei still!«, fauchte Rolander.

»Das war doch nur ein Witz«, sagte Sophie.

Doch Rolander fand es nicht lustig und stieß verächtlich Luft aus.

Und dann schwiegen sie eine Weile und beobachteten das triste Moorblasenspiel. Sie schwiegen, bis Sophie das Schweigen brach: »Und? Was machen wir jetzt?«

Rolander verschränkte trotzig die Arme vor der Brust: »Sag

du's mir. Du bist schließlich die große Hoffnung des Narrenreichs. Oder frag deine tolle Elfe, was sie dazu zu sagen hat. – Ach, ich vergaß: Sie spricht ja nicht!«

»Na hör mal! Können Eiche oder ich irgendetwas dafür, dass sich das Moor so verändert hat?«

Rolander ließ sich auf einen Baumstumpf fallen: »Ist ja schon gut.«

Stumpf starrte Sophie auf das Moor. Zugegeben, auch sie war enttäuscht. Nur zu gern hätte sie das Moor in seiner vollen Pracht erlebt. »Müssen wir auf die andere Seite?«, fragte sie.

Rolander nickte.

»Eine Brücke gibt es nicht, nehme ich an?«

Rolander schüttelte den Kopf.

Zögerlich berührte Sophie mit dem Schuh das graubraune Nass. »Es wird uns nicht tragen«, stellte sie fest und zog den Fuß zurück.

Rolander sagte nichts und warf lustlos ein Steinchen nach einer Moorblase. Die Blase platzte, Schlamm spritzte in Eiches Gesicht. Rolander grinste.

Sophie schüttelte verärgert den Kopf: »Also sag schon, wie kommen wir auf die andere Seite?«

Rolander hob gleichgültig die Schultern und schleuderte einen Ast ins Moor: »Weiß nicht.«

Nachdenklich starrte Sophie auf die Stelle, an der der Ast im Schlamm verschwand. Ihr Blick sank mit ihm in die Tiefe. Und plötzlich war es, als würde irgendetwas sie ins Moor hineinziehen. Wie eine starke Macht, der sie nicht widerstehen konnte. Der Regubinstein pulsierte an ihrer Brust. Er war ganz warm. Doch Sophie konnte ihren Blick nicht vom Moor lösen. Die Kraft, die von ihm ausging, war zu stark. Der Regubinstein schlug schneller. Sophie spürte ihn kaum. Wie von selbst taten ihre Beine einen Schritt ins Moor. Etwas in Sophie befahl ihren Beinen, stehen zu bleiben, doch die Beine gehorchten nicht und machten einen zweiten Schritt. Knöcheltief stand Sophie schon im Schlamm.

»Sophie! Was in drei Schwarznarrens Namen machst du da?« Es war Rolander, der mit feuerrotem Kopf auf sie zustürmte und sie zurück zum Ufer zog.

»Aber ich muss doch …«, stammelte Sophie verdattert und zeigte auf das Moor.

»*Was* musst du?«, zischte Rolander.

»Ähm …«, machte Sophie und wusste selbst nicht, was sie eben im Moor gewollt hatte. Sie schüttelte den Kopf. »Irgendetwas da drin zog mich eben wie magisch an. Meine Beine gingen wie von selbst. Ich konnte nichts dagegen tun.«

Rolander verdrehte die Augen und fauchte: »Also *uns* hat nichts ins Moor gezogen.« Er zerbiss eine Sumpfnarrenblume, die nicht da war, und seine Gesichtsfarbe wurde langsam wieder normal. Der nicht vorhandene Honiggeschmack beruhigte ihn.

»Wie wollen wir denn nun das Moor überqueren?«, fragte Sophie.

Rolander hob die Schultern: »Zu Fuß auf jeden Fall nicht. Fliegen ist auch zu gefährlich. – Und was, wenn dich wieder irgendetwas ins Moor hineinzieht? Ich kann dich doch nicht ständig retten. – Und diese Narrenelfe da«, er zeigte verächtlich auf Eiche, die mit aufgeregten Flügelschlägen auf und ab flatterte, »ist mir auch keine Hilfe. Die ist ein Schwächling!«

Eiche zeigte Rolander verärgert die Zunge und wandte sich

mit einer stolzen »Du wirst dich noch wundern«-Kopfbewegung von ihm ab.

Sophie zupfte nachdenklich an ihrer Unterlippe und zog dann das Buch der Narren aus ihrer Hosentasche. Gegen ihre Erwartung öffnete es sich und ließ Sophies Blättern sogar geduldig über sich ergehen. Eine Lösung für das Moorüberquerungsproblem offenbarte es ihr aber nicht. Die meisten Seiten blieben weiß.

»Hast du nicht noch weitere Narreteien auf Lager?«, fragte Sophie.

Das Buch klappte sich zu.

»Wohl nicht«, sagte Rolander und kicherte hämisch.

»So ein Mist!«, ärgerte sich Sophie. »Was sollen wir nun tun?«

Das Buch schlug sich wieder auf. Und plötzlich kräuselten sich die Seiten wie Wasser unter einer Böe und ein Papierschiff entwuchs dem Seitenmeer.

»Ein Schiff?«, fragte Sophie. »Wir sollen ein Schiff bauen?«

Das Buch ließ das Schiff einen Salto schlagen und klappte sich wieder zu.

»Hmmm …«, machte Sophie ein bisschen unzufrieden, »Eiche, hast du eine bessere Idee?«

Eiche schüttelte den Kopf.

»Rolander, was sagst du?«

»Trillili, trallala«, trällerte er und tänzelte leichtfüßig um Sophie herum. »Ich sage: Widersprich niemals dem Buch der Narren!« Er drehte eine Pirouette. »Tideldum!«

Der Einband des Buches zitterte schon ganz gekränkt.

»Aber wie baut man ein Boot?«, fragte Sophie.

Da blieb Rolander abrupt stehen und sein Zeigefinger

schoss in die Höhe. »Zuuufälligerweise habe ich immer einen Schnellbootsbauplan bei mir«, sagte er und wühlte in seiner Hosentasche. Sophie wunderte sich, was da alles zum Vorschein kam: eine Sonnencreme, Buntstifte, grün-gelb karierte Handschuhe, eine rote Mütze, ein Kreisel, zwei hellblaue Luftballons und schließlich ein zusammengeknülltes Papier. »Ah, hier«, murmelte Rolander und strich das Papier glatt. »Erst mal brauchen wir Holz. Viel Holz. Wenn möglich noch halbwegs gesundes Holz. Nicht dieses brüchige, klebrige Zeug.«

Stunden später standen Eiche, Sophie und Rolander vor etwas, das man mit viel Fantasie ein »Boot« nennen konnte.

»Meint ihr, es wird uns auf die andere Seite bringen können?«, fragte Sophie und spielte nervös mit ihren Fingern.

»Keine Ahnung«, sagte Rolander und kratzte sich am Kopf. »Wir werden es auf einen Versuch ankommen lassen müssen.« Er schaute Sophie mit runzeliger Stirn an: »Was mich aber viel mehr interessiert: Was machen wir mit dir?«

»Wie wäre es, wenn ihr mich am Boot festbindet?«, schlug Sophie ein bisschen unbeholfen vor. Ob das eine gute Idee war, wusste sie allerdings selbst nicht. Sie dachte an die Worte der allwissenden Eiche. Angebunden an das Boot war sie Eiche und Rolander völlig ausgeliefert. Was, wenn einer der beiden es nicht gut mit ihr meinte? Konnte sie ihnen denn vertrauen?

Eiche schaute Sophie zweifelnd an und machte eine kippende Handbewegung. »Und wenn wir kentern?«, hieß das.

Sophie hob die Schultern. Das mulmige Gefühl in ihrem Bauch wurde stärker. Man konnte ein Boot auch absichtlich zum Kentern bringen. »Hast du eine andere Idee?«, fragte sie hoffnungsvoll. Doch Eiche schüttelte den Kopf.

»Dann haben wir wohl keine Wahl«, seufzte Sophie und schob das Boot ins Moor.

»Abblocken«, murmelte Rolander und stocherte dabei mit den Fingernägeln in seinen Zahnzwischenräumen.

Sophie hielt inne: »Was sagst du?«

»Das Buch der Narren soll dir erklären, wie man abblockt. Durch Abblocken erschwerst du fremden Mächten den Zugang zu dir. Wenn da draußen im Moor irgendetwas von dir Besitz ergreifen will, kannst du es so vielleicht verhindern.«

Das Buch schlug anstandslos die Seite mit der Überschrift *»Abblocken«* auf. Doch als Sophie beim Lesen stöhnte: »Das ist unmöglich!«, wackelte es schadenfroh.

Bei den bisherigen Narreteien hatte Sophie sich immer viel vorstellen müssen, hatte viel denken müssen. Beim Abblocken aber durfte sie sich nichts vorstellen, durfte nichts denken. Sie musste ihren Kopf komplett leeren.

»Versuch es mit Narritation«, riet ihr Rolander. Er lag im Boot, die Arme im Nacken verschränkt, und blinzelte in die Sonne, die nicht schien.

»Wie geht das?«, fragte Sophie.

Rolander drehte sich gelangweilt zur Seite: »Wie Meditation. Meditation ist die menschliche Form der Narritation. Die Narritation ist natürlich närrischer, aber das Grundprinzip ist dasselbe.«

»Ich habe noch nie meditiert«, sagte Sophie.

Rolander sprang auf: »Waaaas? Du hast noch nie meditiert?«

Verschüchtert schüttelte Sophie den Kopf.

Der Narr rümpfte die Nase und setzte sich wieder: »Du

bist ein seltsamer Mensch. Hast wohl noch nie eine persönliche Krise durchlebt, was? Nun ja, in dem Fall schlage ich vor: Vergiss die Meditation und lerne gleich zu narritieren. Zuuufälligerweise kenne ich mich gut aus mit Narritation.« Er stand auf und stolzierte mit großen Schritten und hocherhobenem Finger über die Bordkante. »Ich narritiere nämlich seit Jahren täglich. Ich bin sozusagen ein Profi. Fang am besten mit der *schmunzelnden Narritation* an, das ist eine hervorragende Einstiegsnarritation.«

Sophie schaute Rolander verwundert an. Was hatte denn Schmunzeln mit Meditieren zu tun?

Rolander verdrehte die Augen: »Ach, wenn du doch nur ein kleines bisschen närrischer wärest! Dir fehlen wirklich *alle* Grundlagen. Haben dir die werten Damen und Herren vom Narrenrat denn überhaupt nichts beigebracht?« Besserwisserisch baute er sich vor Sophie auf: »Also: Setz dich auf den Boden. Am besten in den Schneidersitz.« Er umfasste Sophies Schultern und drückte sie auf die Erde. Doch als Sophie saß, zog er sie sofort wieder hoch: »Nein! Setz dich lieber ins Boot, dann können wir gleich losfahren, sobald du in die Narritation versunken bist.«

Verwirrt kletterte Sophie an Bord und setzte sich dort in den Schneidersitz.

»Nun lege deine Hände auf die Knie, schließe die Augen und schmunzle.«

»Schmunzeln?«

»Ja, schmunzeln. Du wirst doch wohl wissen, wie man schmunzelt!«

»Selbstverständlich weiß ich, wie man schmunzelt. Das ist so etwas wie Lächeln.«

»Aber närrischer und verschmitzter«, sagte Rolander. »Also los! Schmunzle! Los, los!«

Sophie schloss die Augen und begann zu schmunzeln.

»Nein, nicht närrisch genug«, kritisierte sie Rolander.

Sophie versuchte, närrischer zu schmunzeln.

»Nein, das geht noch besser! Streng dich doch ein bisschen an.« Rolander klopfte ungeduldig mit dem Fuß. »Du musst schmunzeln wie ein Narr.«

»Schmunzeln wie ein Narr«, wiederholte Sophie und stellte sich vor, sie sei Rolander. Rolander in seiner närrischsten Höchstform. Darüber musste sie bald schmunzeln.

»So ist es gut«, hörte sie ihn sagen. (Zum Glück wusste er nicht, worüber sie schmunzelte.) »Und nun konzentrierst du dich so sehr auf das Schmunzeln, dass du an nichts anderes mehr denken kannst.«

Sophie öffnete ein Auge: »Was, wenn sich trotzdem ein anderer Gedanke einschleicht?«

Rolander seufzte: »Dann schmunzelst du eben über diesen Gedanken und über das Schmunzeln über den Gedanken. Und schon ist der Gedanke weg. Irgendwann wird dein Gehirn vor lauter Schmunzeln vergessen, dass es sich darauf konzentriert, und dann – zack – denkst du nichts mehr. So einfach ist das.«

»Puh!«, machte Sophie. Sie konnte sich nichts Langweiligeres vorstellen, als sich ausschließlich auf ein Schmunzeln zu konzentrieren.

»Aug zu!«, befahl Rolander.

Sophie gehorchte.

»Wunderbar!«, sagte Rolander zufrieden. »In der Zwischenzeit binden wir dich schon mal am Boot fest.«

Es war gar nicht leicht, sich auf das Schmunzeln zu konzentrieren, denn Eiche und Rolander zogen und zerrten beim Festbinden unsanft an ihr und bald konnte Sophie sich nicht mehr bewegen. »Das ist aber ziemlich unbequem«, sagte sie.

»Pssst«, zischte Rolander. »Du sollst narritieren.«

»Wenn das so leicht wäre«, sagte Sophie, »angebunden an ein Boot.«

Doch Rolander schnaubte nur verächtlich, und Sophie wusste, dass ihr nichts anderes übrig blieb, als es weiter zu probieren. Im Grunde war es ja auch zum Schmunzeln: Da saß sie, Sophie, in einem selbst gebauten Boot, das kaum aussah wie ein Boot, ließ sich von einem verrückten Narren und einer stummen Narrenelfe anbinden, damit sie ein Moor überqueren konnten, das nicht besonders vertrauenerweckend war, und schmunzelte dabei gequält. Und plötzlich musste Sophie so sehr über ihr gequältes Schmunzeln schmunzeln, und über das Schmunzeln über das Schmunzeln, dass sich das Boot und das Moor und alles andere immer weiter aus ihren Gedanken entfernten. Das Schmunzeln an sich wurde immer wichtiger. Es war bald nicht mehr etwas, das Sophie tat, sondern etwas seltsam Gegenstandsloses, das sie betrachtete, als käme es nicht von ihr. Und auch das rückte immer weiter von Sophie weg und mit einem Mal war ihr Geist ganz leer. Aber davon bekam Sophie nichts mehr mit. – Zumindest so lange nicht, bis plötzlich etwas an ihrem Bein zerrte. – Sophie riss die Augen auf.

Rolander! Was machst du da?« Rolander umklammerte mit der linken Hand Sophies Sprunggelenk, in der rechten hielt er ein Messer. »Willst du mich umbringen?

»Gscht!«, zischte der Narr mit einem Blick, der Sophie ganz und gar nicht geheuer war, und näherte sich mit dem Messer ihrer Brust. »Halt still!« Kreidebleich setzte er zum Stich an.

»Rolander!«, schrie Sophie. Der Regubinstein auf ihrer Brust pulsierte. Sie wand sich unter ihren Fesseln, doch die gaben nicht nach. Sophie verfluchte sich innerlich: Wie dumm war sie doch gewesen, sich ans Boot fesseln zu lassen! Warum hatte sie nicht auf ihre innere Stimme gehört? Sie strampelte mit den Beinen und brachte das Boot zum Wackeln. Rolanders Messer verfehlte sein Ziel. »Bleib ruhig, Sophie!«, fauchte der Narr.

Ein eiskalter Windstoß fuhr über das Boot. Rolander kreischte: »Sie sind da!« Schweiß stand auf seiner Stirn, als er das Messer wieder an Sophies Brust setzte. Doch auch diesmal konnte sie sich aus der Trefferlinie winden.

»Verdammt, halt still!«, schrie Rolander panisch. »Oder willst du, dass sie dich erwischen?«

Sophie erstarrte: »Wer?«

Dieser Moment der Reglosigkeit genügte, schon hatte Rolander die Seile durchschnitten, die Sophies Brustkorb mit dem Boot verbanden. Ihre Arme waren nun frei.

Plötzlich fing das Boot an zu vibrieren. Sophie blickte sich erschrocken um: Die Mooroberfläche bebte. Und das Beben wurde stärker und stärker, als stünde das Moor kurz vor einem Ausbruch. »Was passiert da?«, keuchte Sophie und klammerte sich an die Bordkante. Doch noch bevor Rolander ihr antworten konnte, erhob sich neben dem Boot eine dunkle Kreatur aus dem Schlamm. Sophie schrie auf. Ein Schwarznarr! Der Regubinstein beschleunigte seinen Takt.

Das Boot wankte, das Messer glitt Rolander aus der Hand

und fiel ins Moor. Eilig versuchte er, es herauszufischen, doch eine schleimige Schattenschwade wand sich wie eine Schlingpflanze um seinen Arm und Rolander verlor das Gleichgewicht. Fast wäre er ins Moor gefallen, wenn nicht Sophie blitzschnell nach seinen Hüften gegriffen und ihn zurückgezogen hätte. Rolander taumelte und riss sich von den Schleimfesseln los. »Eiche!«, schrie er. »Befreie Sophie!«

Eiche flog mit raschen Flügelschlägen zu Sophie und nagte wie ein Hamster an dem Seil, das ihre Beine noch immer mit dem Boot verband. Unterdessen tauchten weitere Schwarznarren auf.

»Schnell!«, rief Sophie, als das Seil durchtrennt war. »Wir müssen weg!« Und sie ruderten, als wäre der Teufel hinter ihnen her.

Der Teufel war aber nicht nur *hinter* ihnen her. Er war überall. Das Moor hatte sich in einen siedenden Kessel verwandelt. Blasen stiegen auf. Sie dampften beim Zerplatzen und stanken entsetzlich. Immer mehr Schwarznarren tauchten auf und fuhren ihre schleimigen Schattenschwaden nach dem Boot aus. Sophie wurde gleichzeitig heiß und kalt: »Was sollen wir tun?«

Rolander starrte bleich auf das Moor und beschleunigte seine Ruderschläge: »Wir müssen so schnell wie möglich auf die andere Seite!«

»Aber wir fahren direkt auf sie zu!«, kreischte Sophie.

»Dann müssen wir eben so schnell sein, dass wir sie überfahren«, keuchte Rolander.

»Das wird nicht gut gehen«, murmelte Sophie heiser. Ihr Herz schlug bis zum Hals und mit ihm der Stein an ihrer Brust.

Mehrere Schwarznarren erreichten das Boot. Sophie spürte einen stechenden Schmerz in ihrem Kopf. »Schneller!«, schrie sie. Die Kälte der Schwarznarren drang schon in sie ein und ihr Inneres verdunkelte sich. Sophie atmete tief durch und versuchte klar zu denken: »Rolander, was tut ihr im Narrenreich gegen eure düsteren Gedanken und Gefühle, wenn ihr nicht im Moor der unendlichen Leichtigkeit seid?«

»Es gibt Tränke und Tinkturen«, sagte Rolander und schrie auf. Eine Schattenschwade hatte ihn eben mit einem peitschenden Hieb im Gesicht getroffen. Schwarzer Schleim rann von seiner Stirn. Wie wild schlug er mit dem Paddel um sich, doch plötzlich hielt er inne und starrte Sophie mit großen Augen an: »Sophie, du bist ein Genie! Warum habe ich nicht schon früher daran gedacht? – Halte bitte für einen Augenblick diese Kreaturen von mir fern.«

»Wie denn?«, keuchte Sophie. Ihr war schon ganz schwindlig von der Kälte und dem dunklen Schmerz, der immer tiefer in sie eindrang.

»Augenblick!«, rief Rolander und entleerte hastig seine Hosentaschen.

Sophie stöhnte: »Rolander, wir haben jetzt keine Zeit für Ordnung!«

Doch Rolander hörte nicht auf sie und machte weiter.

Bald schon hielt er triumphierend ein Reagenzglas in die Luft: »Silberfarntinktur!«

Eiche horchte auf und klatschte in die Hände.

»Was ist das?«, fragte Sophie und schlug mit dem Paddel einen Schwarznarren in die Flucht.

»Eine Tinktur gegen Schwermut«, sagte Rolander. »Schnell, Sophie, reibe dich und Eiche damit ein!«

Sophie öffnete mit zitternden Händen das Reagenzglas und tat, was Rolander von ihr verlangte. Ein frischer Duft von Wald und Moos und Sommerregen schlug ihr entgegen, und sie fühlte sich mit einem Mal ganz leicht und unbeschwert. Unterdessen träufelte Rolander ein paar Tropfen auf die Bordkante und auf die Schattenschwaden, die sie umschlangen. Die Schwarznarren kreischten, ihre Schwaden zuckten, sie ließen vom Boot ab und tauchten unter.

»Schnell, Sophie, wir müssen weiter! Die Wirkung der Tinktur wird nicht lange anhalten. Das waren die letzten Tropfen.« Und sie paddelten, was das Zeug hielt. Nur noch wenige Meter trennten sie vom Ufer. Das Boot setzte auf. Rolander, Eiche und Sophie sprangen an Land. Und während sie rannten, spürte Sophie, wie die Wirkung der Tinktur nachließ und die Leichtigkeit aus ihrem Körper verschwand.

Dicht hinter ihnen kamen die Schwarznarren aus dem Moor. Gierig streckten sie ihre Schleimschwaden nach den Fliehenden aus. Eine Schwade erwischte Sophies Fuß. Sophie durchzuckte ein kalter Schmerz und sie stürzte. An den Beinen zog der Schwarznarr sie bäuchlings zurück ins Moor. Verzweifelt tastete Sophie nach einem Ast, nach einer Wurzel, nach irgendetwas, an dem sie sich festhalten konnte. Doch da war nur Schlamm. Sophie vergrub ihre Hände darin, aber sie fand keinen Halt. Die glitschige Masse rann ihr durch die Finger wie Sand. Sophie strampelte, versuchte sich loszureißen und aufzurichten, doch es gelang ihr nicht. »Hilfe!«, schrie sie. »So helft mir doch!«

Rolander stürzte auf Sophie zu, erwischte ihre Hand und zog daran. »Abblocken«, rief er. »Du musst abblocken!«

Abblocken? Wie sollte Sophie in dieser Situation *nichts* denken? An ihren Beinen zerrte ein Schwarznarr, an ihren Händen zog Rolander und langsam glitten ihre moordurchtränkten Hände durch Rolanders Finger.

»Block endlich ab!«, keuchte der Narr und festigte seinen Griff. Doch da stolperte er und fiel und konnte Sophie nicht länger halten.

Sophie spürte das schlammige Nass des Moores an ihren Hüften. In wenigen Augenblicken würde sie untertauchen. Sie strampelte mit den Beinen, doch die schleimige Schattenschwade des Schwarznarren schlang sich nur noch enger um sie. Eine kaum erträgliche Kälte durchströmte Sophie. »Abblocken«, keuchte sie, doch ihr Kopf ließ kein Nichtdenken zu. Das Moor stand ihr schon bis zur Brust. Bald würde sie untertauchen.

Plötzlich sah Sophie das pulsierende Leuchten am Ufer: Der Regubinstein! Er musste sich wohl von der Kette gelöst haben. Sophie streckte ihren Arm danach aus. Er war zu weit weg. »Rolander!«, rief sie. »Gib mir den Regubinstein, schnell!« Sie spürte den Schlamm an ihrem Hals.

Rolander schüttelte einen Schwarznarren von sich ab und warf sich auf den Stein.

Als Sophies Kopf ins Moor gezogen wurde, spürte sie Rolanders Hand an ihrer und zwischen ihren Händen lag der Stein.

Dann war um Sophie herum nur noch Schlamm. Sie versuchte, sich zu beruhigen. »Alles wird gut!«, sagte sie zu sich. Doch ihr wild pochendes Herz glaubte nicht daran. Fest umklammerten ihre Hände den Regubinstein. Er fühlte sich anders an als sonst, rund und irgendwie weich. Sophie blieb keine Zeit, darüber nachzudenken, ihre Luft wurde knapp.

Sie strampelte, sie zerrte, sie schlug auf die Schwade ein, die sie hielt, doch es half nichts. Der Schwarznarr zog sie tiefer und tiefer ins Moor.

Mit einem Mal bekam Sophie wieder Luft. Keuchend, hustend und ein bisschen benommen schaute sie sich um: Sie stand in einem düsteren Raum mit hohen Wänden aus Stein so schwarz wie die Nacht. An ihnen hingen steinerne Schreckenswesen. Rußgeschwärzte Spinnweben umspannten sie. Es gab nur wenige Fackeln und durch die spitz zulaufenden Fenster drang nicht mehr als ein schwaches, blau schimmerndes Licht. Es fiel auf einen mächtigen Thron mit Armlehnen aus zähnefletschenden Höllenhunden. Ihre Augen leuchteten elfenbeinweiß und hatten keine Pupillen. Neben dem Thron stand ein Tisch, auf dem Tisch lag ein Dolch.

»Ah! Da bist du ja. Ich habe lange auf dich gewartet.«

Sophie zuckte zusammen. Auf dem eben noch leeren Thron saß jetzt eine dunkel gekleidete Gestalt. Sophie konnte nicht viel von ihr erkennen, das Licht war zu schwach, aber sie hörte das leise züngelnde Zischen und das wie elektrisch aufgeladene Knistern, das von ihr ausging, und sie sah die kleinen Blitze, wie ein Flimmern, die immer dann aufflackerten, wenn die Gestalt sich bewegte.

»Komm näher, mein Kind. Lass dich anschauen.« Eine weiße, knochige Hand mit gelben Fingernägeln winkte Sophie zu sich. Ein kalter Schauder kroch ihr über den Rücken. Ängstlich schüttelte sie den Kopf.

»Du wagst es …!«, donnerte die Gestalt mit einer durchdringenden Männerstimme. Doch dann hielt sie inne und räusperte sich: »Du musst nicht zu mir kommen, wenn du nicht willst.« Die Stimme war nun zuckersüß, sie klebte wie Nacktschneckenschleim. »Lass dir Zeit. Gewöhne dich in Ruhe an dein neues Zuhause.«

Sophie verstand nicht: »Zuhause? Wo bin ich? Und wer bist du?«

»Erkennst du mich denn nicht?« Die dunkle Gestalt lachte schallend. »Ich bin Kiéron!«

»Kiéron?«, wiederholte Sophie. Der Name sagte ihr nichts.

»Haben sie dir etwa nicht von mir erzählt?« Entrüstet schlug Kiéron auf die Armlehne seines Throns. Die Höllenhunde keiften und knurrten, giftgrüner Speichel rann durch ihre fletschenden Zähne. Sophie wich zurück. »Was für Narren! Glauben sie denn, sie könnten mich dir vorenthalten?« Die Luft im Raum war wie elektrisch aufgeladen. »Aber von meinem heroischen Bruder Baltasar haben sie dir bestimmt erzählt, nicht wahr?«

Sophie nickte verschüchtert. »Baltasar ist dein Bruder?«

»Mein wunderbarer Bruder Baltasar, der Liebling aller Narren!« Kiéron lachte verächtlich. »Aber *ich* bin der Mächtigere von uns! *Ich* habe die dunkle Seite begründet. *Ich* führe die Narren in die Unabhängigkeit. Und bald werden wir beide, Sophie, du und ich, die mächtigsten Herrscher sein!«

Sophie schluckte. Was hatte das zu bedeuten?

»Warum willst du so einen beschwerlichen Weg auf dich nehmen?« Kiérons Stimme triefte vor Süße. »Warum einen aussichtslosen Kampf führen? Komm doch gleich zu uns. Komm an meine Seite und herrsche mit mir über die Narren und die Menschen. Gemeinsam sind wir unbesiegbar. Es wird dir an nichts fehlen. Sei vernünftig, Kind, du gehörst hierher.«

Die klebrige Süße kroch in Sophies Kopf und betäubte ihre

Sinne. Und plötzlich spürte sie eine gewaltige Kraft. Wie eine Flutwelle durchströmte sie ihren Körper, und sie wusste: An Kiérons Seite würde sie stark und mächtig sein!

»Wir beide«, säuselte der Nacktschneckenschleim, »du und ich. Die mächtigsten Herrscher.«

»Wir beide …«, flüsterte Sophie.

»Ja Sophie, wir beide. Wir gehören zusammen.«

»Wir gehören zusammen«, wiederholte Sophie wie in Trance.

»Du bist ein gutes Kind«, sagte das klebrige Süß, und Kiérons knochige Hand hielt Sophie eine matt-grau schimmernde Kugel vors Gesicht: »Iss ihn. Besiegle damit unsere Vereinigung!«

Der betörend süße Duft der Kugel stieg schwer in ihre Nase, und obwohl Sophie wusste, dass er nichts Gutes verhieß, pochte ihr Herz vor Begierde. Doch noch etwas pochte. In Sophies Hand. – Der Regubinstein! Er pochte warnend und warm. Und plötzlich verschwand der Nebel aus Sophies Kopf. Die Versuchung der Macht roch nun nicht mehr verführerisch und süß, sie war abstoßend und bitter. »Nein!«, rief Sophie und schlug Kiéron die Kugel aus der Hand. »Niemals!«

»Pah!«, fauchte Kiéron, seine Stimme bebte vor Kälte. Grob griff er nach Sophies Arm und zog sie zu einem Fenster. Die Höllenhundearmlehnen bellten laut. Sophie wehrte sich, doch Kiéron festigte seinen Griff, und ein Blitz durchfuhr sie wie ein Stromstoß, der ihr die Kraft nahm, sich zu widersetzen.

Am Fenster stand ein Teleskop. »Schau da durch!«, befahl Kiéron.

Widerwillig tat Sophie, was er von ihr verlangte, und sah etwas, womit sie nicht gerechnet hatte: ihren Garten, zu Hause in der Menschenwelt, mit dem Apfelbaum. Unter dem Baum lag eine Picknickdecke. Ihre Mutter, Georg, Oma Lotte und Paula saßen darauf. Sie aßen, sie scherzten, sie lachten. Sophie spürte einen wehmütigen Stich in ihrer Brust. Wie sehr liebte sie diese Picknicke unter dem Apfelbaum mit den Menschen, die ihr am meisten bedeuteten. Es tat weh, sie alle zu sehen, so leicht und unbeschwert. Sophie wollte dabei sein, sie vermisste sie so sehr.

»Ist es nicht das, was du willst?«, wisperte Kiérons Sirupstimme. »Glücklich und zufrieden mit deiner Familie und deinen Freunden leben? Komm zu mir und wir holen sie alle hierher. Ich will dir nichts Böses, Sophie, mir liegt sehr viel an deinem Wohl. Ich möchte dich lediglich an meiner Seite haben, denn gemeinsam sind wir unendlich stark.«

Der Regubinstein schlug wieder hitzig gegen Sophies Hand. Sie löste ihren Blick nicht vom Teleskop. Wie gebannt starrte sie auf das schmerzhaft idyllische Familienbild.

»Du willst doch nicht, dass ich deiner Mutter ihr inneres Kind entreiße, oder?«, fragte Kiéron wie beiläufig. Und mindestens ebenso beiläufig sagte er: »Du weißt ja, was das bedeuten würde.« Er ging ein paar Schritte und lachte schallend: »Familienidylle ade!«

Sophie war wie gelähmt. Kiéron hatte ihre größte Angst ausgesprochen. Er wollte ihrer Mutter ihr inneres Kind wegnehmen! Sophie wurde schwindelig. Das durfte nicht geschehen! »Neiiin!«, schrie sie, drehte sich blitzschnell um und schleuderte den Regubinstein nach dem dunklen Herrscher. Der schrie auf und plötzlich wurde es ganz hell im Raum. Alles vibrierte.

Im nächsten Augenblick fand sich Sophie im Moor der unendlichen Leichtigkeit wieder, umgeben von Schlamm. Vor ihr schoss der Regubinstein in die Höhe. Sophie strampelte, so schnell sie konnte, dem Stein hinterher. Sie sah gerade noch die letzten Reste eines dunkelvioletten Glücksfeuerwerks, als sie, nach Luft ringend, an der Mooroberfläche ankam. Glitzernde Feuerfunken schneiten vom Himmel. Rolander stand bis zu den Oberschenkeln im Moor. Sein Gesicht war leichenblass. »Sophie, da bist du ja!«, rief er. »Was für ein Glück! Ich dachte, du seist für immer verloren. Diese verfluchten Schwarznarren! Schnell, gib mir deine Hand, bevor sie wiederkommen!« Und dann rannten die beiden und rannten und rannten.

Mistvieh«, schimpfte Rolander, als er sich erschöpft auf einer entfernten Anhöhe neben Eiche ins Gras fallen ließ, »Machst dich einfach aus dem Staub, während wir ums Überleben kämpfen. Verräterin! Ich wusste es von Anfang an. Jawohl!« Er drehte sich zu Sophie um: »Habe ich es nicht gesagt? Na? Habe ich es nicht gesagt?«

Sophie aber sah, wie blass Eiche war, sah ihr Zittern und die schlammbeklebten Flügel, die sich nicht mehr bewegen ließen. »So hätte sie uns doch gar nicht helfen können«, sagte sie.

»Aaaah!«, schrie Rolander und griff sich an die Stirn. »Jetzt nimmt sie sie auch noch in Schutz!« Er rollte sich verärgert im Gras. »Ja bin ich denn von lauter Verrätern umgeben? – Der Einzige, auf den man zählen kann, ist der Regubinstein. Er hat uns immerhin das Leben gerettet.« Wie ein Stehaufmännchen setzte sich Rolander auf. »Ich nehme doch schwer an, dass *er* für das Glücksfeuerwerk zuständig war, das die Schwarznarren vertrieben hat.«

Der Regubinstein! Erst jetzt wurde Sophie klar, dass er nicht mehr da war, und ihr wurde gleichzeitig heiß und kalt. »Wo ist er?«, fragte sie ängstlich. Sie brauchte ihn. Er war ihr Beschützer.

»Hm«, machte Rolander und kaute an einem Minzblatt, das er nicht hatte. »Wo ist er denn? Wo ist er denn?« Er schielte suchend nach rechts und nach links, nach oben und unten, er sprang auf und lief mehrmals hin und her, bis er schließlich abrupt stehen blieb und mit Panik in der Stimme schrie: »Ja, wo ist er denn?« Dann ließ er sich auf den Boden fallen, pflückte in aller Seelenruhe ein weiteres Minzblatt, das nicht da war, und hob gleichgültig die Schultern: »Hat sich wohl für uns geopfert.«

»Was bedeutet das?«, fragte Sophie. Sie war starr vor Schreck.

»Nun ja«, sagte Rolander kühl. »Er hat sich wohl in einen Glücksmoment verwandelt und sich in sein Glück aufgelöst, um die Schwarznarren zu verjagen. Ein Glücksmoment, der sich in sein Glück auflöst, ist vorbei, lebt nur noch in unserer Erinnerung.«

Sophie starrte Rolander ungläubig an: Der Regubinstein war weg, war nur noch Teil ihrer Erinnerung? Wer würde sie denn nun beschützen?

»Sophie!«, rief Rolander so laut und plötzlich, dass Sophie zusammenzuckte. Die Augen des Narren blitzten warnend: »Du musst in Zukunft ständig abblocken. Du musst gleichzeitig wach sein und abblocken! Hörst du? Das ist unglaublich wichtig, jetzt, da du keinen Schutz mehr durch den Regubinstein hast.«

»Wie soll ich das denn machen?«, fragte Sophie. »Abblocken und gleichzeitig wach sein, denken und gleichzeitig nicht denken? Das geht doch nicht!«

»Doch, doch«, sagte Rolander. »Das geht. Es ist nur eine Frage der Übung.«

Kapitel 10

DIE WÜSTE DES VERBORGENEN LEBENS

Hinter einem kleinen Waldstück erhoben sich Berge. Hohe, sanft geschwungene Hügelketten, die im ockerfarbenen Licht der Nachmittagssonne beinah golden glänzten. »Die Wüste des verborgenen Lebens«, sagte Rolander und setzte sich einen Hut auf, den er nicht hatte. Dünen! Sophies Mund stand vor Staunen offen.

Bald schon spürte sie zart knisternden Sand unter ihren Füßen. Ein warmer Wind ließ die Körner wandern. Vereinzelte abgestorbene Äste lagen verloren im Weg. »Sag, Rolander, wie sieht diese Wüste denn normalerweise aus?«

Rolander schaute Sophie verblüfft an: »Na, genau so. Wie eine Wüste eben. Deswegen heißt sie *›Wüste‹*. Weil sie aussieht wie eine Wüste. Weil sie riecht wie eine Wüste. Weil sie eine Wüste *ist*.« Mit jedem »Weil« machte er einen schweren, stampfenden Schritt. Dann hielt er inne: »Hast du jemals eine andere Wüste gesehen?«

»Nein, aber die dunkle Macht …«, sagte Sophie. Ihr Blick glitt unsicher über den Sand.

»Die dunkle Macht, die dunkle Macht«, äffte Rolander sie nach und schüttelte den Kopf.

»Sie war also noch nicht hier?«

Rolander wiegte den Kopf hin und her, betrachtete die Dünen von rechts, betrachtete sie von links, ging in die Knie und inspizierte den Sand. »Na ja, so genau kann man das nicht sagen.« Er stellte sich auf die Zehenspitzen und spähte in die Ferne. »Eine Wüste ist ein guter Aufenthaltsort für dunkle Mächte. Es ist vermutlich eine Frage der Betrachtungsweise.« Er stellte sich auf den Kopf und kniff die Augen zusammen. »Wir müssen auf jeden Fall vorsichtig sein!« Er sprang auf und marschierte davon.

Sophie lief ihm nach: »Woher hat sie ihren Namen?«

»Wer?«, fragte Rolander und pflückte eine feuerrote Wüstenblume, die nicht da war.

»Die *Wüste des verborgenen Lebens*«, sagte Sophie.

»Die Wüste des verborgenen Lebens gehört zur Liebesnarretei«, erklärte Rolander. »In ihren Oasen wimmelt es nur so von Narren und närrischen Wesen.« Er schloss die Augen und sog genussvoll den süßen Duft der unsichtbaren Blume ein. »Sie sind einzigartige Orte der Begegnung! Dort treffen die verschiedensten Kulturen aufeinander, und wo Kulturen aufeinandertreffen, werden Feste gefeiert und Lieder gesungen. Es wird gegessen und getrunken, erzählt und gesprochen. Es werden Tränen gelacht und Freundschaften fürs Leben geschlossen.« Die Begeisterung in Rolander wuchs von Wort zu Wort. »Ach, was sind das nur für herrliche Orte, diese Oasen!«

»Werden wir so eine Oase besuchen?«, fragte Sophie mit einem Leuchten in den Augen.

»Selbstverständlich«, sagte Rolander, »Wir haben mehrere Tagesmärsche vor uns, bis wir das andere Ende der Wüste erreichen. Zweimal, vielleicht auch drei- oder viermal werden wir in einer Oase übernachten. Hängt ganz davon ab.«

»Wovon?«, fragte Sophie.

Rolander fächerte sich Luft zu mit einem Fächer, den er nicht hatte: »Nun ja, die Grenzen im Narrenreich sind fließend, die Orte pulsieren. Mal sind sie größer, mal kleiner. Ihr Ausmaß vorherzusagen ist schwieriger, als zu wissen, wie viele Socken eine Waschmaschine im Laufe ihres Lebens verschlingen wird. Und du weißt ja, wie unberechenbar Waschmaschinen sind. Besonders die heißhungrigen.« Sophie wusste es nicht, aber sie wollte lieber nicht nachfragen.

Es wurde ein anstrengender Marsch. Die Nachmittagssonne brannte auf die Köpfe der Reisenden, jeder Schritt kostete Kraft. Weit und breit war keine Oase in Sicht. Sophies Gedanken schweiften zu ihrer Familie. Die Situation war ernst: Wie konnte sie das innere Kind ihrer Mutter retten, ohne sich der dunklen Seite anzuschließen? Sophie überlegte und überlegte, doch sie fand keine Antwort. Ach, wenn sie doch nur zu Hause im Menschenreich wäre, dann würde sie Oma Lotte um Rat fragen. Oma Lotte wusste für jedes Problem eine Lösung. Aber Sophie war nicht zu Hause im Menschenreich, sie war hier im Narrenreich, weit weg von Oma Lotte. Ein Seufzer entwich ihr, der so schwer war wie ein Mühlstein.

Als die Sonne in ihr Abendkleid schlüpfte und ihren roten Schleier über die Wüste legte, als die ersten Sterne am immer dunkler werdenden Himmel die Nacht ankündigten, sprang Rolander plötzlich verärgert in die Höhe: »Verflucht!« Sand stob in alle Richtungen. »Wir müssten schon längst da sein. Es dauert normalerweise nie länger als drei Stunden vom Rand der Wüste bis zur ersten Oase. Wo bleibt sie nur?« Nachdenklich kratzte er sich am Kopf. Dann hielt er sich erst das rechte Auge zu, und spähte mit dem linken in die Ferne, und dann das linke Auge und spähte mit dem rechten in die Ferne, legte sich bäuchlings hin, stützte das Kinn auf die Hände und starrte stumpf geradeaus.

Eiche und Sophie warfen sich ratlose, müde Blicke zu. Die Flügelchen der Narrenelfe klebten schlaff an ihrem Körper, sie war zu erschöpft zum Fliegen. Auch an Sophies Gliedern hingen bleischwere Gewichte. Da sprang Rolander auf, stampfte wie ein wild gewordener Kobold im Sand herum und fluchte: »Verflixt, verflixt, verflixt, sie kommt nicht!«

»Na, vom reinen Warten und Starren kommt eine Oase bestimmt nicht näher«, murmelte Sophie, und Eiche gab ihr mit einem Nicken recht.

Rolander hielt inne, verschränkte die Arme und wandte sich von den beiden ab: »Pah! Was wisst ihr schon?« Und weil weder Sophie noch Eiche etwas darauf sagten, antwortete er sich selbst: »Nichts! Nichts wisst ihr. – Los, weiter!«

Langsam wie Schildkröten kamen sie voran. Schritt für Schritt. Sandkorn für Sandkorn. Atemzug für Atemzug. Doch keine Oase. Weit und breit nur Sand. Sand und Dünen und noch mehr Sand.

»Rolander?«, fragte Sophie, um sich von den Mühen abzulenken, »Was weißt du über Kiéron?«

Rolanders Zeigefinger schoss wissend in die Höhe: »Kiéron ist der Begründer der dunklen Seite. Herrscher über die Schwarznarren. Er ist derjenige, der herausfand, dass die Narren unabhängig von den Menschen werden, wenn sie ein inneres Kind verschlingen.«

»Aha«, sagte Sophie, »Und er ist Baltasars Bruder, nicht wahr?«

»Genau«, sagte Rolander und setzte sich eine kluge Lehrerbrille auf, die er nicht hatte. »Baltasar war der erste Mensch, der die Narretei in sich trug. Schon früh erkannte er seine besondere Gabe, Menschen glücklich zu machen. Im Laufe der Jahre eignete er sich immer mehr Narreteien an und wurde ein mächtiger Zaubernarr. In seinem jüngeren Bruder Kiéron erkannte Baltasar auch besondere närrische Fähigkeiten und er teilte sein Wissen mit ihm. Doch während der Narrenverfolgung im Mittelalter entdeckte Kiéron eine andere Art von Glück. Ein Glück, das ihm besser gefiel und schmeckte. Und er brachte sich selbst bei, den Menschen dieses Glück zu entlocken.«

»Was ist das für eine Art von Glück?«, fragte Sophie.

»Keine gute. So viel steht fest«, sagte Rolander und schüttelte vehement den Kopf.

»Ist Kiéron auch ein Zaubernarr?«, fragte Sophie mit einem mulmigen Gefühl im Bauch.

Rolander wiegte den Kopf hin und her: »Er ist ein Meister seines Fachs. Er beherrscht alle Formen der Schwarznarretei und noch ein bisschen mehr. So gesehen ist er also auch ein Zaubernarr.«

Sophie schluckte. In ihrem Kopf hörte sie Kiérons Worte: »Wir gehören zusammen!« Sie dachte an die seltsame Anziehungskraft, die die Dunkelheit immer wieder auf sie ausübte, und sie dachte an die Sache mit Oma Lottes innerem Kind. War es denn möglich, dass sie …? Ach was! Sophie schüttelte sich und marschierte schweigend weiter.

Irgendwann, als nur noch der Mond ihnen den Weg leuchtete, ließ sich Rolander auf den Boden fallen und rollte mit den Augen: »Ich gehe keinen Schritt mehr weiter. Wir finden heute bestimmt keine Oase mehr.« Er klopfte auf den Sand neben sich: »Wenn ich mich recht entsinne, hast du heute noch nichts gelernt, Sophie. Das trifft sich gut, denn wir brauchen ein unsichtbares Schutzzelt und ich habe keine Lust mehr auf Narretei.« Er pflückte einen Grashalm, der nicht da war, und kaute träge auf seiner Luft herum.

Sophie beschimpfte Rolander im Stillen, als sie das Buch der Narren aus ihrer Hosentasche zog. Eingetrockneter Schlamm klebte an seinem Einband. Müde rieb sie den Schmutz ab und schlug die erste Seite auf. Der Umschlag war ungewöhnlich schwer und fiel beim Loslassen sofort wieder zu. Sophie brauchte mehrere Anläufe, bis es ihr gelang, das Buch offen zu halten. Und dann waren da nichts als pechschwarze Seiten. »Rolander«, fragte Sophie. »Warum macht es das?«

»Schläft«, sagte der Narr. Er ließ sich auf den Rücken fallen und verschränkte die Arme im Nacken.

»Es schläft?«, wiederholte Sophie ungläubig.

»Selbstverständlich«, gähnte Rolander. »Was soll es denn sonst tun zu solch einer Unzeit?«

»Na zum Beispiel mir helfen, ein unsichtbares Schutzzelt aufzubauen«, sagte Sophie.

Rolander richtete sich ruckartig auf: »Na hör mal, gönnst du dem armen Buch keinen Schlaf?« Sein Kopf lief rot an. »Es ist doch nicht dein Leibeigener!« Er schlug mit der Faust gegen den Sand. »Nein, nein, nein, das ist es nicht. Das Buch der Narren ist frei wie ein Vogel im Wind. Es kann tun und lassen, was es will. Jawohl!«

»Natürlich kann es das«, begann Sophie. »Aber …« Doch Eiche schob ihr rasch ein Kaubonbon in den Mund. Sophie verstummte nur ungern- Da Eiche aber mit verschwörerischem Blick auf eine kleine, zerfledderte Feder im Sand zeigte und Sophie wissen wollte, was sie damit vorhatte, sagte sie nichts und kaute brav an ihrem Bonbon. Es schmeckte nach Limette und Basilikum.

»Respektloses Ding«, fauchte Rolander mit einem verächtlichen Blick auf Eiche und schlug einen Purzelbaum rückwärts.

Eiche aber grinste, nahm die Feder und strich damit über die Seiten des schlafenden Buches. Erst langsam, dann schneller. Bald schon zitterte eine Seite und eine andere wischte müde die störende Feder weg. Eiche ließ sich davon nicht beirren und setzte erneut an. Da schlug das Buch plötzlich seinen Einband zu, wälzte sich im Sand, und als es damit fertig war, lag es mit blütenweißen Blättern offen da. Hie und da erschien ein müder Buchstabe, schüttelte die Nachtbleiche von sich und suchte das zu ihm passende Wort. Als sich alle Buchstaben zu Wörtern und die Wörter zu Sätzen zusammengefunden hatten, als die Sätze in der richtigen Reihenfolge dastanden, und ihre Farbe annähernd schwarz war, tauchte ganz oben auf der Seite das Wort *»Farbnarretei«* auf.

»Entschuldigung, liebes Buch«, sagte Sophie höflich, »wir brauchen eine andere Narretei.«

Träge blätterte das Buch zwei Seiten weiter: *»Magischer Augenblick«*.

»Nein«, sagte Sophie. »Ich muss ein unsichtbares Schutzzelt aufstellen. Wir sind in der Wüste des verborgenen Lebens und finden keine Oase.«

Als wollte es sich vergewissern, dass Sophie die Wahrheit

sprach, richtete sich das Buch auf und spähte in alle Richtungen. Dann blätterte es ein paar Seiten weiter: »*Ein Licht leuchten lassen*«.

»Nein, ich brauche *wirklich* ein Schutzzelt«, sagte Sophie. »Ohne Schutzzelt können wir hier nicht übernachten.«

Das Buch wiegte sich hin und her und blätterte schließlich ganz langsam eine Seite weiter. Doch noch bevor Sophie die neue Überschrift lesen konnte, klappte sich das Buch zu, nahm einen Satz und schlug sich dem mittlerweile narritierenden Rolander auf den Kopf.

Der Narr fuhr erschrocken hoch: »Aua! Was war das?«, und rieb sich den Kopf.

Sophie triumphierte: »Ha! Das Buch hält dich für einen faulen Narren. Ist der Meinung, *du* solltest dich um das Schutzzelt kümmern.«

Rolander packte das Buch und zischte: »Nein, mein gutes Buch, *ich* werde heute bestimmt keine Narretei mehr betreiben. Unsere Vielleicht-Retterin muss nämlich dringend nützliche Narreteien lernen, damit sie das ›*Vielleicht*‹ loswird. Also sag ihr gefälligst, wie man ein unsichtbares Schutzzelt aufbaut!« Unsanft legte er das Buch auf den Sand und vertiefte sich wieder in seine Narritation. Sophie war erstaunt, dass sich das Buch nach dieser groben Ansprache ohne jeglichen Widerspruch öffnete und die gewünschte Narretei zum Besten gab.

Es dauerte eine ganze Weile, Sophie war müde und unkonzentriert, doch schließlich stand sie stolz vor ihrem ersten unsichtbaren Schutzzelt und freute sich auf eine ruhige Nacht.

Die Nacht wurde nicht ruhig. Der Schlaf brachte Sophie nämlich in das Kellerlabyrinth, durch das sie bereits in früheren Träumen geirrt war. »Hilf uns, Sophie!«, hallte das metallische Echo der verängstigten Kinderstimme durch den Raum. »Befreie uns!« Schon wollte Sophie loslaufen, um das Kind zu suchen, da kamen ihr die Worte der wunderlichen allwissenden Eiche in den Sinn: *»Wenn du dich verirrt hast, setze Zeichen und zeichne Pläne.«* Und ihr fiel der Harzstift ein, den ihr der Baum gegeben hatte.

Kurz darauf betrachtete Sophie zufrieden das Zeichen, das sie auf den Boden gesetzt hatte. Es war eine große »1«. – Aber wie sollte sie nun »Pläne zeichnen«? Sie hatte kein Papier dabei. Sophie setzte sich auf den Boden und vergrößerte das Buch der Narren. Vielleicht fand sie darin eine Narretei, die ihr weiterhelfen konnte. Das Buch schlief schon wieder. Sophie seufzte. Sie konnte es doch nicht zweimal in einer Nacht aufwecken! Trübe starrte sie auf die dunklen Seiten. Behäbig bewegten sie sich auf und nieder, ganz regelmäßig im Takt. Die immergleiche Bewegung zog Sophie in ein schwarzes Land der Leere. Ihre Lider wurden schwer, der Harzstift glitt ihr aus der Hand, im Fall streifte er das Buch und fiel auf den Boden. Das Geräusch beim Aufprall riss Sophie aus ihrer Versunkenheit, und da sah sie den Strich im Buch, weiß wie Kreide. Sophie jubelte innerlich. Mit leichten, schnellen Strichen zeichnete sie den Grundriss des Raumes, in dem sie war, auf das schlafende Papier und markierte alle Ausgänge. Das Buch der Narren schlief seelenruhig weiter und bemerkte es nicht. Sophie rieb sich zufrieden die Hände. Sie würde nun so lange von Raum zu Raum gehen und Zeichen setzen und Pläne zeichnen, bis sie das Kind fand.

Doch je mehr ihre Aufzeichnungen wuchsen, desto mehr entmutigten sie Sophie. Das Labyrinth war unendlich groß. So viele Räume! So viele Ausgänge! – Als sie in Raum 26 ankam, und noch immer kein Ende in Sicht war, ließ sie sich erschöpft auf den Boden fallen. »Nur fünf Minuten Pause«, dachte sie und schloss die Augen.

»Ja, Meister. So gut ich kann … Ja, das stimmt. Sie wäre …« Bruchstücke eines Gesprächs drangen an Sophies Ohren. »Ich bitte vielmals um Vergebung …. Und was, wenn ich …« Es war Rolanders Stimme. »… Informationen zukommen lassen.« Sophie hielt den Atem an und rührte sich nicht. »Dieses Risiko werde ich in Kauf nehmen, Meister.« – *Meister?* – »Ich werde alles daran setzen, Sophie zur Falkenburg zu bringen und dort …« Mit wem sprach er? »Aber bitte schön, gerne doch, stets zu deinen Diensten, Meister.« Unverständliches, abfälliges Murmeln. Hämisches Kichern. Rascheln. Gähnen. Schnarchen. Sophies Herz raste. Vorsichtig öffnete sie die Augen. Sie war wieder in der Wüste des verborgenen Lebens, Rolander lag am anderen Ende des Schutzzelts und schlief. Mit wem hatte er da eben gesprochen? In wessen Dienst stand er? Ein unangenehmer Verdacht beschlich Sophie: War Rolander etwa der Verräter, vor dem sie die wunderliche allwissende Eiche hatte warnen wollen? Sophie hatte sich im Moor der unendlichen Leichtigkeit Kiéron widersetzt. Setzte er nun Rolander auf sie an? Oder war das alles von Anfang an ein abgekartetes Spiel gewesen? Rolander, ein Spion, ein Verbündeter Kiérons? – »Nicht mit mir!«, beschloss Sophie. Sie würde den Spieß umdrehen: Sie würde so tun, als ahne sie nichts. Sie würde sich nichts anmerken lassen und weiterhin freundlich zu Rolander sein. Sie würde sich von ihm zur Falkenburg bringen lassen, denn dort lag ohnehin ihr Ziel. Sollte er sich ruhig anstrengen! »Nicht mit mir«, dachte Sophie noch einmal und schlief wieder ein.

Sophie wurde von den ersten Sonnenstrahlen geweckt. Rolander schnarchte am anderen Ende des Schutzzelts. Es kam Sophie ganz gelegen, dass er noch schlief. Es war nämlich höchste Zeit für eine Projektionssteuerung. Sie musste dringend mit Oma Lotte sprechen und Rolander durfte nichts davon mitbekommen.

Sich in ihre Projektion hineinzuversetzen fiel Sophie mittlerweile nicht mehr schwer. Rasch holte sie Brot und Obst aus der Speisekammer und lief hinüber zu Oma Lottes Haus.

Das Haus sah verlassen aus. Die Tür war abgeschlossen, die Fensterläden zu, im Rosenbeet wucherte Unkraut. Ein kalter Wind blies durch Sophies Haare. Mit einer unangenehmen Vorahnung drückte sie auf den Klingelknopf. Niemand öffnete die Tür.

Sophies Puls ging aufgeregt, als sie zu Hause ins Wohnzimmer stürmte und nach ihrer Mutter rief.

»Pssst«, machte die und hielt ihren Zeigefinger vor die Lippen. Sie saß auf dem Sofa und hörte Radio. Es liefen gerade die Nachrichten.

»*... sind immer mehr Fälle der Krankheit Cacoethes Desperationis zu beobachten*«, sagte der Sprecher. »*Infizierte leiden zu Beginn dieser Krankheit, die auch unter dem Namen ›Verzweiflungskrankheit‹ bekannt ist, unter unerklärlichen Angst- und Pa-*

nikzuständen, die sich rasch in eine kaum erträgliche Leere verwandeln. Im fortgeschrittenen Stadium fallen die Patienten in einen Zustand der völligen Kraft- und Teilnahmslosigkeit. Meist sind sie in diesem Stadium nicht mehr ansprechbar. Ihre Körper altern rasch, es kommt zu Appetitlosigkeit, die oft mit erheblichen Gewichtsverlusten und Muskelschwund einhergeht. Seh- und Hörschwächen tauchen auf bis hin zur Erblindung und Taubheit. Todesfälle sind bislang keine bekannt, Experten halten einen tödlichen Ausgang der Krankheit jedoch durchaus für möglich. Mediziner aus allen Teilen der Welt sind alarmiert. Aufgrund der rapiden Ausbreitung ist eine Epidemie nicht auszuschließen. Die Ärzte gehen von einer hochgradigen Ansteckungsgefahr aus. Die Ursachen der Infektion sind noch unklar.«

Sophie zappelte unruhig auf der Stelle. So weit war es also schon in der Menschenwelt gekommen! Umso dringender musste sie mit Oma Lotte sprechen. »Mama«, sagte sie also noch einmal.

»Gleich«, antwortete die.

»Grund zur Hoffnung bietet allerdings die Tatsache, dass bislang noch kein Kind von der Krankheit befallen wurde. Experten vermuten, dass Kinder körpereigene Abwehrstoffe gegen Cacoethes Desperationis in sich tragen. Sollte sich diese Annahme bestätigen, kann womöglich in absehbarer Zeit ein Heilmittel gefunden werden.«

Sophies Mutter drehte das Radio ab und schaute Sophie alarmiert an: »Ist das nicht schrecklich?«

Sophie nickte und verlagerte ihr Gewicht nervös von einem Bein auf das andere.

»Hoffentlich finden sie rasch ein Mittel gegen diese unheimliche Krankheit.« Da erst bemerkte Helena die Anspannung in Sophies Gesicht, und sie ergänzte rasch: »Aber wir sollten uns von solchen Meldungen nicht verrückt machen lassen. Bestimmt ist alles halb so schlimm.« Sie strich Sophie über den Arm: »Was wolltest du denn von mir, mein Schatz?«

»Wo ist Oma Lotte?«, fragte Sophie.

»Aber das weißt du doch!«, antwortete ihre Mutter verwundert. »Oma Lotte ist verreist.«

Oma Lotte verreist? Oma Lotte verreiste nie! »Wann kommt sie denn wieder?«

»Ach Sophie«, sagte ihre Mutter, »darüber haben wir doch schon gesprochen. Was ist zurzeit nur los mit dir? Nie hörst du zu! Sie besucht Verwandte. Morgen kommt sie zurück.«

Sophie raufte sich die Haare: »Morgen erst?«

»Was ist denn so dringend, dass es nicht bis morgen warten kann?«

›Nun ja, zum Beispiel ein Kiéron, der dir dein inneres Kind entreißen will. Die Bedrohung der gesamten Menschheit durch eine schreckliche, dunkle Macht‹, dachte Sophie und sagte: »Ach, nichts.«

»Na dann«, sagte Helena und schlug ein Buch auf.

Sophie stand stumm da und starrte ihre Mutter an. Warum war ihr noch nie aufgefallen, wie schön sie war? Mit den Augen zeichnete sie ihr Gesicht nach: die hohe, sanfte Stirn, die ausgeprägten Wangenknochen und die elegant gesenkten Lider, hinter denen sich hellwache Augen verbargen, aus denen immer so viel Lebensfreude und Wärme quollen. Ein schwerer Schmerz drückte plötzlich auf Sophies Brust, so sehr liebte sie ihre Mutter in diesem Moment. Kiéron durfte ihr auf keinen Fall etwas zuleide tun!

»Mama?«

»Ja?«

»Versprichst du mir etwas?«

»Alles, mein Schatz.«

»Pass gut auf dich auf, ja?«

Helena lachte: »Sophie, Kind, du redest, als wärest du deine eigene Mutter!«

»Ich weiß«, seufzte Sophie. »Versprich es mir trotzdem. Und auf Georg musst du auch aufpassen.«

Ihre Mutter schüttelte verständnislos den Kopf: »Aber natürlich passe ich auf Georg und auf mich auf. – Und auf dich gleich noch mit! Ich habe dich nämlich genauso lieb wie deinen Bruder.« Zärtlich wuschelte sie Sophies Haare und gab ihr einen Kuss.

Sophie kämpfte gegen eine aufkommende Träne.

Wie ein Tier im Käfig schlich sie kurz darauf in ihrem Zimmer auf und ab und wusste nicht, was tun. Die Zeit eilte, sie konnte nicht auf Oma Lottes Rückkehr warten. Schließlich entschied sie sich dazu, einen Brief zu schreiben:

Liebe Oma Lotte,
ich brauche Deine Hilfe! Ein dunkler Herrscher aus dem Narrenreich will Mama ihr inneres Kind entreißen. Er erpresst mich: Nur wenn ich mich ihm anschließe, wird er Mama verschonen. Dadurch würde ich aber die gesamte Menschheit und das Narrenreich in große Gefahr bringen. Das will ich natürlich nicht. Ich muss also gegen ihn in den Kampf ziehen. Ein Narr, dem ich nicht traue, bringt mich zu ihm. Bitte sieh zu, dass Mama nichts zustößt! Und wenn du irgendetwas tun kannst

Sophie konnte den Satz nicht mehr zu Ende schreiben, denn plötzlich war da ein lauter Knall wie eine Explosion, und der Boden bebte. Es wurde finster und kalt, und Sophie verlor sich für einen Augenblick im Nichts. Dann spürte sie Sand unter ihren Füßen, und es wurde wieder hell. Rolander stand vor ihr, die Augen kugelrund vor Schreck. »Hast du das auch gehört?«, fragte Sophie.

»Gehört und gespürt und gesehen«, sagte Rolander mit unruhiger Stimme. »Erst war da ein Knall, dann ein Erdbeben. Es wurde kalt und dunkel und gleich darauf wieder hell.«

Sophie schwieg betreten.

Auf Rolanders Stirn bildete sich eine misstrauische Falte. Er stemmte die Hände in die Hüften und fragte: »Was hast du vor dem Knall getan, Sophie?«

Wie von selbst rutschten ihr die Wörter *»Frühstück«* und *»Projektionssteuerung«* über die Lippen. Sophie hatte das eigentlich nicht sagen wollen, denn sie vertraute Rolander nicht mehr. Je weniger er über sie wusste, desto weniger hatte er gegen sie in der Hand. Dennoch standen die beiden Wörter nun ausgesprochen zwischen ihnen und schämten sich über sich selbst.

Rolanders Augen weiteten sich angsterfüllt. Er griff sich an den Kopf und murmelte: »Ojemineojemineojemine.« Dabei lief er wie ein aufgescheuchtes Huhn hin und her. Er fand zwei Äste im Sand, legte sie aneinander, zog sie auseinander und schaute mit schreckstarren Augen auf das Seifenblasenbild. Sophie konnte keinen Blick darauf erhaschen. Rolander schüttelte ungläubig den Kopf und riss die Stäbe auseinander. Membranfetzen flogen in die Luft. Er warf die Stäbe weg und sagte wieder: »Ojemineojemineojemine.«

»Was ist denn?«, fragte Sophie und kaute nervös an ihren Fingernägeln.

Rolander beruhigte sich nicht. Er sank in die Knie: »Ojemineojemineojemine.« Er sprang auf: »Ojemineojemineojemine.« Er stellte sich auf den Kopf: »Ojemineojemineojemine.«

»Rolander, steh auf!« Sophie packte ihn an den Füßen und schüttelte ihn. »Was ist passiert?«

Eiche beobachtete unruhig das Geschehen, die Beine angewinkelt, die Flügelchen flatterten wie kleine Propeller.

Rolander rollte sich vom Kopfstand ab und landete auf den Knien: »Wie lange hast du gefrühstückt, Sophie?«

Sophie wusste, dass sie Rolander einen Teil der Wahrheit verraten musste: »Heute ein bisschen länger.«

Diese Antwort genügte ihm nicht. »Was heißt *›länger‹*?«, drängte er.

»Eine Stunde oder so«, murmelte Sophie.

Rolander erstarrte. Sein Mund öffnete und schloss sich wieder, und dann schrie er aus voller Kehle: »Du Waaahnsinnskind! In Zeiten wie diesen! *Eine Stunde!* Habe ich dir nicht gesagt, du sollst vorsichtig sein?« Sophie hielt sich die Ohren zu und zog den Kopf ein. »In einer Stunde kann die dunkle Seite deinen Verbindungskanal zur Menschenwelt ganz leicht identifizieren und zerstören! Ojemineojemineojemine!« Rolander sprang auf und schlug sich wiederholt mit der Handfläche gegen den Nacken.

»Sag doch, Rolander, was ist passiert?«, fragte Sophie ängstlich.

Rolander blieb stehen. »Kontakt zur Menschenwelt vollständig abgebrochen«, keuchte er. »Nicht wieder herstellbar.«

»Aber die hinterschränkischen Zubringerwege sind doch schon seit unserem Aufbruch verschlossen«, sagte Sophie und verstand nicht, was Rolander mit »vollständigem Kontaktabbruch« meinte.

»Das stimmt«, sagte Rolander und starrte Sophie mit einem fast wahnsinnigen Ausdruck an. Glitzernde Schweißperlen standen auf seiner Stirn. »Dadurch konnte keiner mehr ins Narrenreich hinein und auch keiner mehr hinaus. Nun aber sind gar alle Verbindungskanäle durchtrennt. Auch die virtuellen. Wir können nicht mehr sehen, was in der Menschenwelt geschieht, weder mit Sichtstäben«, er zeigte zitternd auf die Äste im Sand, »noch durch Projektionssteuerungen. Auch nicht mit irgendwelchen anderen Methoden.«

Sophie schüttelte den Kopf: »Nein, ganz bestimmt nicht.« Sie wollte ihm nicht glauben. »Du gehst vom Schlimmsten aus, Rolander. Es kann auch ein Zufall gewesen sein. Ein *richtiges* Erdbeben.«

Rolander lachte hysterisch: »Erdbeben? Im Narrenreich gibt es keine Erdbeben! Aber bitte, wenn du mir nicht glaubst, probiere es doch noch einmal. Steuere noch einmal deine Projektion.«

Sophie probierte es. Einmal, zweimal, dreimal probierte sie es, aber sosehr sie sich auch bemühte, sie konnte keine Verbindung zur Menschenwelt herstellen. Das Bild vor ihren Augen blieb dunkel.

Rolander hatte recht: Die Verbindung zur Menschenwelt war nun endgültig unterbrochen und es war ihre Schuld! Sophie wurde erst heiß, dann kalt, und dann überkam sie ein Schwindelgefühl, das sie in die Knie zwang.

Eiche, Sophie und Rolander brachen betrübt in Richtung Norden auf. Wie sollte Sophie sich nun davon überzeugen, dass es ihrer Familie gut ging, wie mit Oma Lotte in Kontakt treten, wie Nahrung finden?

Nach mehreren Stunden Fußmarsch waren Sophies Füße schwer wie Blei. Die Sonne brannte auf ihren Kopf, Schweißperlen rannen von ihrer Stirn. Ein schrecklicher Durst ließ sie nach Wasser lechzen. In immer gleichbleibender Ferne begleitete sie die Fata Morgana eines kleinen Sees. Sein Wasser flimmerte im Licht der Sonne. Er war es, der Sophie antrieb, denn an die Oasen glaubte sie nicht mehr.

Als Rolander sich in den Sand fallen ließ, gab auch Sophie ihrer Erschöpfung nach. Müde saß sie da und beobachtete, wie der Narr seine Schachtel mit den Glücksmomenten auspackte. Beim Öffnen verfinsterte sich sein Gesicht. »Der letzte!« Er zögerte. Er verdrehte die Augen. Die Kugel verschwand in seinem Mund.

»Was willst du nun tun?«, fragte Sophie schwach.

»Suchen«, sagte Rolander. »In den Oasen findet man normalerweise genügend Glücksmomente.«

Da stieg eine schreckliche Wut in Sophie hoch. »Immerzu sprichst du von Oasen!«, schrie sie. »Wo sind denn deine ach-so-tollen Oasen?« Sie zeigte nach rechts: »Dort ist keine Oase!« Sie zeigte nach links: »Und dort nicht!« Sie drehte sich um und zeigte in die Richtung, aus der sie gekommen waren: »Auf dem Weg hierher war auch nirgendwo eine Oase! – Ich wette, dass auch keine mehr kommen wird. Vermutlich gibt es in dieser verflixten, verfluchten, verteufelten Wüste keine einzige Oase!«

Rolander grinste: »Du kannst aber schön fluchen«, und zuckte mit den Achseln. »Früher gab es hier viele Oasen. Ich weiß nicht, was mit ihnen passiert ist. Aber ich gebe die Hoffnung nicht auf. Wir werden eine finden, ganz bestimmt. Oasen, wir kommen!« Siegessicher hob er die Faust und marschierte los.

»Pah!«, fauchte Sophie. Der Durst brannte mittlerweile unerträglich in ihrer Kehle. Trotzig stampfte sie hinter Rolander her. Immer weiter und weiter, Sandkorn für Sandkorn, bis die Sonne unterging.

Sie kamen zu keiner Oase, weder an diesem noch am nächsten Tag. Hunger, Durst und Erschöpfung waren ihre Begleiter.

Wieder einmal stand die Sonne am Zenit, als Sophie erschöpft stehen blieb: »Rolander, ich kann nicht mehr! Ich brauche etwas zu trinken.« Ihre Zunge klebte trocken am Gaumen, ihre Kehle war wie ausgebrannt.

Rolander wandte seinen starren Blick nicht vom Horizont ab und ging weiter. »Ich habe nichts zu trinken«, sagte er unberührt.

Sophie war den Tränen nah. Mühsam stolperte sie hinter ihm her, bemühte sich redlich, den Durst zu vergessen. Doch wenn sie nicht an den Durst dachte, knurrte ihr Magen, und wenn sie nicht an den Hunger dachte, zerfraßen ihr die Sorgen um ihre Mutter und die Sehnsucht nach ihren Lieben das müde Herz. So kreisten Sophies Gedanken in einem fort vom Durst zum Hunger, vom Hunger zur Angst, von der Angst zur Sehnsucht und von der Sehnsucht wieder zurück zum Durst.

Am Nachmittag schwanden ihre letzten Kräfte. Jeder Schritt schmerzte. Es war wie ein Gang über glühende Kohlen. Sophie stolperte, und während sie fiel, glaubte sie, im Lichtflimmern des Horizonts den Mann zu sehen, der sie in den hinterschränkischen Zubringerwegen gerettet hatte. Aber natürlich wusste sie, es war nur eine blinde Hoffnung, eine Fantasie. Sophie versuchte, wieder aufzustehen, doch ihre Beine waren zu schwach und ihre Augen füllten sich mit Tränen.

Nun endlich hielt Rolander an. Müde tätschelte er Sophies Rücken: »Komm schon, Sophie, steh auf, es ist bestimmt nicht mehr weit. Wir werden bald eine Oase finden.« Er reichte ihr seine Hand.

Sophie starrte zögernd auf die Hand, die sich ihr entgegenstreckte. Es war die Hand eines Verräters. Dann aber atmete sie tief durch, wischte sich mit dem Ärmel über die feuchten Augen und ließ sich von Rolander aufhelfen.

Als die Sonne unterging, war Sophie so schwach, dass ihr sogar das Stehenbleiben zu viel Kraft abverlangte. Rolander wollte ein Nachtlager aufschlagen, sie hielt ihn zurück: »Nein, wir gehen weiter. Jetzt ist es nicht mehr so heiß, da kommen wir schneller voran. Je eher wir diese Hölle hinter uns bringen desto besser.«

»Aber es wird bald so finster sein, dass wir nicht einmal mehr unsere eigenen Hände vor Augen sehen werden«, sagte Rolander.

Sophie erinnerte sich dumpf an eine Überschrift im Buch der Narren. Es war irgendetwas mit »Licht« gewesen. Sie zwang sich, stehen zu bleiben, sank in den Sand und schlug das Buch auf.

Das Buch war müde, die Seiten beim Blättern lasch und schwer. Sophie fand nicht, wonach sie suchte. »Ich brauche eine Licht-Narretei«, sagte sie fast tonlos.

Das Buch blätterte wie in Zeitlupe ein paar Seiten zurück: *»Ein Licht leuchten lassen«*.

Das »Licht« war ein »Orientierungslicht«, ein Licht, das aus einer ganz bestimmten Richtung kam. Es zeigte dem Suchenden den rechten Weg. Diese Narretei wurde normalerweise eingesetzt, wenn ein Mensch vor einer schwierigen Entscheidung stand. Zwar stand Sophie vor keiner Entscheidung, aber sie war orientierungslos in einer Wüste und sie brauchte ein wegweisendes Licht.

Beim Versuch, das Licht zu erzeugen, trat plötzlich kalter Schweiß auf ihre Stirn. Schwarz flimmernde Flecken verschleierten ihr den Blick. Sophie stöhnte: Warum tat sie sich diese Strapazen eigentlich an? Warum ersparte sie sich nicht diesen mühsamen Weg und den aussichtslosen Kampf und schloss sich gleich der dunklen Seite an? Sie müsste dann nicht mehr hungern und leiden und sich um ihre Familie sorgen. An Kiérons Seite würde sie alles haben. Alles ... Nachtschwarze Dunkelheit umhüllte Sophie. Sie sank zu Boden.

Das Nächste, was Sophie sah, waren Rolanders und Eiches blassen Gesichter.

Rolander zog Sophies Augenlider hoch und inspizierte ihre Pupillen. Erst die rechte, dann die linke. »Sag, Sophie, geht es dir gut?«

Sophie überlegte: Ging es ihr gut? Sie wusste es nicht. Aber das wollte sie nicht zugeben, deshalb lachte sie und rief: »Aber natürlich geht es mir gut! Seht her: Ich könnte tanzen und springen und singen! Ich bin die Königin der Welt!« Sie sprang auf und wollte zeigen, wie gut sie tanzen und springen und singen konnte, doch nach nur wenigen Schritten stolperte sie und landete mit dem Gesicht im Sand. Verdattert richtete sie sich auf und schaute sich um. Da entdeckte sie am Boden eine matt-grau schimmernde Kugel. Ein betörend süßer Duft ging von ihr aus, und Sophie wusste: Diese Kugel war ihre Erlösung. Mit ihr würde das Leiden ein Ende nehmen! Gierig griff sie danach, doch Eiche witterte die Gefahr. Blitzschnell warf sie sich auf die Kugel und brachte sie zum Platzen. Sophie war fassungslos, und eine plötzliche Wut stieg wie Feuer in ihren Kopf: »Was fällt dir ein, du blöde Narrenelfe? Das war *meine* Kugel! Wie kannst du es wagen, sie kaputt zu machen?«

Eiche starrte Sophie erschrocken an. In diesem Ton hatte Sophie noch nie mit ihr gesprochen! Doch Sophie war blind vor Wut. Schnaubend stürzte sie sich auf die Elfe.

Rolander war es, der eingriff und Sophie von Eiche wegzerrte: »Sophie, komm zu dir! Du bist im Delirium! Wir bringen dich jetzt zu einer Oase. Schau, dort hinten ist sie, dort hinten leuchtet dein Licht.«

Sophies Blick folgte seinem Finger. Tatsächlich! Ganz weit hinten im Dunkel leuchtete ein Licht. »Ooooh, mein Licht! *Meiiiin* Licht!«, rief sie. Sie richtete sich auf und wollte nach dem Licht greifen, doch sie bekam es nicht zu fassen, es war viel zu weit weg. Stattdessen fiel sie kopfüber in den Sand und verlor sich erneut in der Dunkelheit.

Kapitel 11

DIE OASE

Ein Wassertropfen rann über Sophies Lippen. Ihre Zunge tastete nach ihm, er platzte und zerfloss. Es war herrlich. Dann kamen viele Tropfen, ein Meer aus Tropfen. Sophie schluckte und schluckte. Hastig. Gierig. Erst als der Durst gestillt war, schloss sie den Mund und öffnete die Augen. »Wo bin ich?« Sie wischte sich mit dem Handrücken über die feuchten Lippen und richtete sich auf. Doch das Flimmern vor ihren Augen zwang sie zurück in den Sand.

Rolander saß mit einem Trinkbeutel neben ihr und schüttelte den Kopf: »Mädchen, Mädchen, um ein Haar wärest du verdurstet. Bleib liegen, ich will nur rasch frisches Wasser und etwas zu essen holen. Eiche, sieh zu, dass sie nicht aufsteht!«

Eiche flatterte auf Sophies Bauch, richtete sich breitbeinig auf und schaute streng, fast böse drein, die Arme wachsam in die Hüften gestemmt.

Sophie lächelte müde: »Ist schon gut, ich stehe nicht auf.«

Doch Eiche lächelte nicht zurück, sie schaute weiter grimmig drein.

»Was ist mit dir, Eiche?«, fragte Sophie.

Eiche verschränkte ihre Arme vor der Brust und streckte Sophie die Zunge heraus.

»Was soll das?«, fragte Sophie schwach. »Was habe ich dir getan?«

Eiche zog eine wilde Grimasse.

»Ich wollte dir wehtun?«, fragte Sophie verwundert.

Eiche nickte stark.

Da kam Sophies Erinnerung zurück. Der Durst, die betörend duftende Kugel, die Eiche zum Platzen gebracht hatte, der Streit. Hilflos schüttelte Sophie den Kopf: »Ich weiß nicht, was in mich gefahren ist. Die Hitze, der Durst, die Anstrengung. Es tut mir so leid! Ich wollte dir doch nicht wehtun.«

Eiche lächelte nachsichtig und winkte mit der Hand ab, um zu sagen: »Ach, vergessen wir's!«

Bald brachte Rolander frisches Wasser und Früchte. Äpfel hatte er dabei, Bananen, Papaya und Ananas. Sophie verschlang alles gierig. Danach ging es ihr besser. »Sind wir in einer Oase?«, fragte sie und richtete sich auf.

Eiche nickte.

»Wie bin ich hierhergekommen?«

Eiche deutete auf ein grünes Stoffstück im Sand.

»Ihr habt mich auf meinem Tuch gezogen?« Sophie staunte. Der feine Stoff war völlig unversehrt.

Eiche lächelte und zeigte Sophie die kaum erkennbaren Muskeln an ihren Oberarmen.

Sophie pfiff anerkennend durch die Lippen und blickte sich um. Sie saßen im Schatten einer Palme neben einem kleinen Brunnen, dahinter Sträucher und weitere Palmen. Ein trockener Wind blies über den Sand. »Sag, Rolander, wo sind die vielen Wesen, von denen du gesprochen hast? Ich sehe kein einziges.«

»Hmmmm ...«, machte Rolander und kaute nachdenklich an einem Stück Kokosnuss-Schale, »Ist mir auch aufgefallen.«

»Erst gar keine Oase ...«, sagte Sophie.

»... und dann eine völlig ausgestorbene«, führte Rolander ihren Gedanken zu Ende.

Sophie spähte in die Ferne und plötzlich sprang sie auf. »Seht, dort!«, rief sie und zeigte auf eine Gruppe Palmen, »Sind das hinter den Palmen nicht Häuser? – Kommt! Wir wollen schauen, ob dort jemand ist.«

Sie kamen zu sandfarbenen Lehmhäusern mit kleinen Fenstern und flachen Dächern. Neugierig spähte Sophie durch eine halb offene Tür: »Hallo? Ist da jemand?«

Keine Antwort. Zaghaft trat Sophie ein.

Dinge lagen herum, als wären sie vor gar nicht allzu langer Zeit noch benutzt worden: ein aufgeschlagenes Buch, ein halb volles Wasserglas, eine Tonschüssel mit Datteln. Daneben ein Teller mit Kernen, an denen noch das Fruchtfleisch hing. Die Kissen auf dem Sofa waren zerknittert und eingedrückt, im Ofen glomm die Glut.

Sie gingen von Haus zu Haus, doch überall bot sich ein ähnliches Bild. Das Einzige, was sie fanden, waren Überreste. Anzeichen und Spuren von Leben, das bis vor Kurzem noch da gewesen sein musste.

Protest! Protest! Ich protestiere! Protest!«

Sophie horchte auf: »Hört ihr das?«

»Jup«, antwortete Rolander hocherfreut. »Da protestiert einer. Und zwar laut und deutlich.«

»Wogegen?«, fragte Sophie.

»Woher soll ich das wissen? Fragen wir ihn doch.«

Auf Zehenspitzen folgten die drei der Stimme.

Sie fanden ihn auf einer kleinen Lichtung, gefesselt an den Stamm einer Dattelpalme: ein einzelner Narr. Rasch versteckten sie sich hinter einigen Akazien und beobachteten ihn. Immerzu wiederholte er die Worte: »Protest! Protest! Ich protestiere!«

»Er scheint allein zu sein«, flüsterte Sophie. »Sollen wir zu ihm gehen? Vielleicht braucht er Hilfe.«

Rolander zog eine misstrauische Grimasse: »Das ist bestimmt eine Falle.«

Sophie überlegte kurz und sagte dann entschlossen: »Ich will es riskieren.«

Rolander schüttelte den Kopf: »Was bist du nur für ein seltsames Menschenkind!« Er verschränkte die Arme und hob die Schultern, »Aber bitte, von mir aus, auf deine Verantwortung! Iiiich habe dich gewarnt! Jaja, das habe ich.«

»Pro…«, brach der gefesselte Narr sein Protestgehabe ab, als er die Gruppe auf sich zukommen sah. »Ah, Mitstreiter! Welch willkommene Abwechslung!«

Sophie hob die Hand zum Gruß, doch sie erstarrte in der Bewegung. Dieser Narr sah aus wie… Sophie rieb sich ungläubig die Augen: Sein wild verfilzter Haarschopf war zwar von der Sonne ausgebleicht und sandverklebt, aber dennoch konnte Sophie seine ursprüngliche Farbe ganz genau erkennen: Petrol! Und dann waren da auch noch diese zerschlissene Latzhose, das Hemd mit den unterschiedlich langen Ärmeln und die Füße mit den abgewetzten Sandalen und den löchrigen Socken. Das konnte kein Zufall sein! Doch sein Gesicht sah so anders aus, so eingefallen und alt. Die hungrigen Augen verbargen sich in tiefen Höhlen und die mit Schmutz beschmierten Wangenknochen stachen kantig hervor. »Theobald?«, fragte Sophie vorsichtig.

»Sophie! Bist du es wirklich?«, rief der Narr. »Ja, du bist es! Ich erkenne dich erst jetzt. Hast auch schon sauberer ausgesehen.«

»Du auch!«, lachte Sophie. »Wie schön, dich wiederzusehen! Wie geht es dir?«

Theobald schaute traurig an sich herab: »Die dunkle Seite hat mir ganz schön zugesetzt. Ich kann keine Gedanken mehr sehen. Kannst du das glauben, Sophie? Ich, Theobald, der Gedankennarr, sehe keine Gedanken mehr. Ich kann meinem Handwerk nicht mehr nachgehen.«

»Oh«, sagte Sophie betroffen, weil sie nicht wusste, was sie sonst dazu sagen sollte.

»Also habe ich mich kurzerhand zum Widerstandsnarren ernannt und protestiere seitdem«, fuhr Theobald fort. »Man kann ja nicht nichts tun.«

»Das stimmt«, nickte Sophie. »Wogegen protestierst du denn?«

»Wogegen ich protestiere?«, wiederholte Theobald und richtete sich ungläubig unter seinen Fesseln auf: »Ist das nicht offensichtlich? Ich protestiere gegen den Untergang der Oasen.«

»Das ist ein guter Protestgrund.« Rolander nickte eifrig. »Wir wären auf unserem Weg hierher fast umgekommen, weil nirgendwo eine Oase war.«

»Seht ihr«, fühlte sich Theobald bestätigt.

»Wie kommt es, dass du an einen Baum gefesselt bist?«, fragte Sophie.

»Das habe ich selbst gemacht«, sagte Theobald und schaute stolz an sich herab. »Wie, ist mir zwar ein Rätsel, aber offenbar hat es funktioniert.«

Sophie schüttelte verwundert den Kopf: »Warum hast du das getan?«

»Nun ja«, sagte Theobald. »Vor einiger Zeit fielen Gesandte der anderen Seite in die Oasen ein und forderten ihre Bewohner zum Anschluss auf. Doch die Oasenbewohner weigerten sich und so plünderten die Schwarznarren all ihre Glücksmomentvorräte. Ein entsetzlicher Hunger brach aus, und dann hatten die Schwarznarren ein leichtes Spiel. Ich war zu dieser Zeit gerade hier, zu Besuch bei meinem Großonkel Eugenius. Ich hoffte, er könnte mir mit meiner Gedankensehstörung helfen. Er kennt sich gut aus mit Krankheiten. Ach, mein tapferer Großonkel Eugenius! Er versteckte mich, als die Schwarznarren wiederkamen. Es war ein gutes Versteck. Sie fanden mich nicht. Ihn aber erwischten sie und mit ihm all die anderen Oasenbewohner. Gewaltsam nahmen sie sie gefangen. Als sie weg waren, sah ich es als meine Pflicht, im eifrigen Widerstand für den Erhalt der Oasen zu kämpfen. Du musst wissen, Sophie: Die Oasen existieren nur aufgrund ihrer Besucher. Sobald der letzte Besucher eine Oase verlässt, verschwindet sie für immer.« Theobald verstummte.

Rolander, Eiche und Sophie wechselten lange Blicke, und die Blicke vereinigten sich zu einem Gedanken. Sophie sprach ihn aus: »Gibt es noch mehr Widerstandsnarren in der Wüste?«

»Oh ja«, sagte Theobald. »Ich habe Unterstützer gefunden. Die anderen Oasen müssen schließlich auch erhalten bleiben. Mit dieser sind es zwölf Oasen, die jeweils ein Widerstandsnarr am Leben hält. Wir stehen in ständigem Gedankenaustausch. Es war ein gemeinsamer Beschluss, uns an die Palmen zu fesseln, damit wir im Delirium nicht willensschwach werden. Mit der Protestparole sprechen wir uns Mut zu.« Theobald neigte den Kopf zur Seite und fragte hoffnungsvoll: »Macht ihr mit? Da drüben«, er deutete nach links, »gibt es noch mehr Palmen. Wir könnten uns Witze erzählen, während wir auf unser Ableben warten. Was meint ihr? Das wäre doch ein Spaß! Lasst uns alle gemeinsam protestieren. Allein ist es so langweilig.«

»Wir können nicht hierbleiben, Theobald«, sagte Sophie. »Rolander, Eiche und ich sind auf dem Weg in den Norden, zur Falkenburg. Wir wollen dort die dunkle Seite bekämpfen.«

Theobald lachte hysterisch auf: »Seid ihr denn von allen guten Narren verlassen? Wie kommt ihr denn auf die verrückte Idee, zu glauben …«

In dem Moment fing Rolander an, die Melodie des alten Narrenliedes zu pfeifen, und tänzelte dabei leichtfüßig durch den Sand.

»Ach so, ja richtig!«, sagte Theobald und schüttelte traurig den Kopf. »Mein Gehirn wird schon ganz löchrig, weil es keine frischen Gedanken mehr bekommt. Wie konnte ich das nur vergessen? Du bist ja das Mädchen, das im alten Narrenlied besungen wird, das Mädchen, das uns retten kann.«

Sophie hob die Schultern und errötete ein wenig. »Ja, vielleicht. Ich will es zumindest versuchen.«

Theobald pfiff anerkennend durch die Lippen: »Sophie, ich muss schon sagen: Du bist zwar verrückt, aber du gefielst mir schon immer.«

Das war der Moment, auf den Sophie gewartet hatte: »Wie

wäre es, wenn *ihr* euch *uns* anschließt, du und deine Widerstandsfreunde? Kommt zur Falkenburg! Zieht mit uns in den Kampf.«

»Und die Oase soll ich aufgeben?«, fragte Theobald entrüstet. »Die Oase, die mein Großonkel Eugenius so liebte?«

»Die wirst du noch früh genug aufgeben müssen, wenn du uns nicht hilfst«, sagte Rolander und wippte ungeduldig mit dem Fuß.

»Aber in den Proteststatuten steht geschrieben, dass wir uns nicht von der Palme wegbewegen dürfen«, entgegnete Theobald.

»Dann schreib die Statuten um!«, schrie Rolander.

Hastig riss Sophie das Wort an sich: »Was nützt uns die Oase, wenn es keine Narren und keine Menschen mehr gibt?«

Theobald wiegte den Kopf hin und her und überlegte. Nach einer Weile murmelte er: »Ja, das stimmt ... Hmmm ... Nachdem ich die Statuten selbst aufgesetzt habe, kann ich sie eigentlich auch ändern ...«

»Genau!« Rolander sprang euphorisch in die Luft.

»Aber bis zur Falkenburg ist es ein weiter Weg. Sag, Sophie, woher sollen wir die Kraft dafür nehmen? Schau mich doch an: Ich bin nur noch ein Schatten meiner selbst. Wie sollen meine Freunde und ich in diesem Zustand kämpfen? Habt ihr nicht ein paar Glücksmomente für uns?«

Rolander schüttelte vehement den Kopf: »Sehen wir etwa so aus?«

»Aber du bist doch ein Menschenkind«, sagte Theobald zu Sophie.

Sophie nickte.

»Dann gibt es eine Möglichkeit, Glücksmomente zu beschaffen: Sag dem Buch der Narren, es soll dir die Narretei auf Seite dreitausendneunhunderteinundsechzig zeigen. Das ist eine ganz spezielle Form der Gedankennarretei. Du weißt ja, die Gedankennarretei war vor einiger Zeit noch mein Spezialgebiet.« Theobald senkte betrübt den Kopf und Sophie zog das Buch der Narren aus ihrer Hosentasche.

Das Buch war viel zu erschöpft, um sich Sophie zu widersetzen. Langsam, aber doch ließ es sich vergrößern und schlug sich auf Seite dreitausendneunhunderteinundsechzig auf. Aufmerksam las Sophie die Seite durch. Als sie damit fertig war, strahlte sie über das ganze Gesicht: »Das ist ja großartig!« Und dann verschwand sie zwischen einigen Palmen.

Es dauerte nicht lange, bis sie mit einem prall gefüllten Palmblattbeutel zurückkam: »Bitte schön, vierundzwanzig Glücksmomente«, sagte sie und schwenkte den Beutel vor Theobalds Nase. »Zwei für jeden von euch. Die bekommt ihr, wenn ihr mit uns in die Schlacht zieht.«

Theobalds Augen blitzten auf: »Zwei für jeden von uns? Du bist aber großzügig! Das macht es mir natürlich leicht, die Statuten umzuschreiben.«

Zufrieden löste Sophie Theobalds Fesseln und gab ihm den Beutel. Hastig stopfte er sich einen Glücksmoment in den Mund, und sein Gesicht leuchtete vor Genuss. »Mmmm, das tut gut«, schmatzte er und schluckte. Erfüllt von neuer Energie sprang er auf und lief los. »Aloa, meine Lieben! Ich will nur geschwind die anderen Widerstandsnarren von ihren Palmen befreien. Geht schon vor. Wir treffen uns am Adlerfelsen!«

»Willst du auch Glücksmomente, Rolander?«, fragte Sophie, als Theobald verschwunden war. Nur widerwillig streckte sie dem Narren zwei entgegen. Ein Verräter hatte ihre wertvollen Glücksmomente eigentlich nicht verdient, aber Sophie durfte sich ja nicht anmerken lassen, dass sie ihm misstraute.

Überglücklich riss Rolander die Momente an sich, und ehe Sophie sich's versah, war der erste in seinem Mund verschwunden und der zweite in der Vorratsschachtel verstaut. »Was ist das für eine Narretei, mit der man aus dem Nichts Glücksmomente entstehen lassen kann, Sophie?«, fragte er schmatzend. »Ich habe noch nie davon gehört. Mit ihr könnten wir ja ganz leicht etwas gegen die Hungersnot im Narrenreich unternehmen.«

Sophie schüttelte bedauernd den Kopf: »Nein, leider nicht. Auch für diese Narretei braucht man Menschen. Im Körper eines jeden Menschen werden Glücksmomente gespeichert. Sozusagen als Reserve. Es gibt eine Narretei mit der man diese Glücksmomente freisetzen kann. Leider sind das nicht besonders viele.«

Rolander verschluckte sich, als er das hörte: »Wie bitte? Du hast uns deine Reserveglücksmomente geopfert?«

Sophie nickte.

»Na, das nenne ich wahre Selbstlosigkeit«, murmelte Rolander und zupfte sich beschämt seinen Pullover zurecht.

Sophie freute sich über sein schlechtes Gewissen, sie glaubte ja zu wissen, woher es kam, und wandte sich der Narrenelfe zu: »Eiche, bist du auch hungrig?«

Eiche schüttelte den Kopf und drehte eine Luftpirouette, um zu zeigen, wie kräftig sie war.

Sophie staunte: »Musst du denn gar nichts essen?«

Eiche verdrehte die Augen, als wollte sie sagen: »Aber natürlich muss ich essen! Was ist das für eine dumme Frage?«

»Narrenelfen brauchen nur zwei Glücksmomente pro Jahr«, erklärte Rolander und setzte sich in Bewegung. »Ihr letzter liegt wohl noch nicht so lange zurück.«

Sie verließen die Oase. Zurück blieb nichts als Sand.

Noch vier Tagesmärsche und drei Nächte dauerten die Strapazen an, bis die Gruppe das nördliche Ende der Wüste des verborgenen Lebens erreicht hatte. Tagsüber brannte die Sonne so heiß auf ihre Köpfe, dass sie nur mühsam vorankamen. Nachts froren sie und schliefen schlecht. Jede Nacht fand sich Sophie im Labyrinth wieder. Jede Nacht kämpfte sie gegen die Angst, die das Erkunden dieses Ortes in ihr auslöste. Aber Sophie wusste ja, das Aufwachen würde sie wieder dorthin bringen, wo sie eingeschlafen war, also kämpfte sie sich tapfer von einem Raum zum nächsten. Sie musste das Kind finden, das unermüdlich nach ihr rief.

Sophies Unruhe wuchs von Tag zu Tag: Ging es ihrer Mutter gut? War ihr inneres Kind noch ein Teil von ihr? Wenn Sophie doch nur nach ihr sehen könnte! Die Hilflosigkeit fraß sie fast auf. Ob Oma Lotte ihren Brief gefunden hatte? Oder Georg? Ach, wie sehr vermisste Sophie ihre Lieben! Sogar Georgs besserwisserisches Gerede und sein vernünftiger Blick gingen ihr ab. Ganz besonders aber fehlten ihr die vertrauten Gespräche mit Paula. Das Gedankenkarussell in Sophie drehte und drehte sich. Sie versuchte, sich mit neuen Narreteien abzulenken. Sie lernte brav, was Rolander für sie aussuchte, sobald er aber schlief, entschied sie selbst. Sophie wollte sich Narreteien aneignen, von denen Rolander nichts wusste. Gleich am ersten Abend hatte ihr das Buch der Narren zwei wunderbare, aber schwierige Narreteien offenbart: das »Gedankenerleben« und die »Zeitsteuerung«.

Das Gedankenerleben war mit der Projektionssteuerung verwandt. Man konnte damit die Gedanken eines anderen miterleben. Dazu musste man sich in ihn hineinversetzen. Nur wenn es einem gelang, ganz tief in den anderen einzutauchen, würde sich der Weg zu seinen Gedanken öffnen. Für die Erzeugung von Glücksmomenten war das eine sehr wichtige Narretei, denn je tiefer man in die Seele eines anderen einzutauchen vermochte, desto besser erkannte man seine Glücksquellen. Ob diese Narretei auch bei Narren funktionierte, fragte sich Sophie und war mit einem Mal ganz aufgeregt, denn dann könnte sie damit Gewissheit über Rolanders wahres »Ich« erlangen. Sie wollte es auf einen Versuch ankommen lassen. Zum Ausprobieren nahm sie sich aber nicht Rolander, sondern Eiche vor. Sie wollte nämlich herausfinden, ob die Narrenelfe ihr noch böse war. Seit diesem kleinen Zwischenfall wirkte sie ein bisschen distanziert.

Bald schon erkannte Sophie die Schwierigkeit der Narretei: Sich in seine eigene Projektion hineinzuversetzen war einfach, sich jedoch in jemand anderen hineinzuversetzen war schwer. Sich selbst kannte Sophie gut, Eiche kannte sie kaum. Erst vor Kurzem hatten sie sich zum ersten Mal getroffen. Wenn Sophie in Eiches Gedanken hineinschlüpfen wollte, musste sie mehr über sie wissen, sie besser kennen. Sophie musste sie ganz genau studieren, ihr Verhalten, ihre Bewegungen, ihre Mimik verinnerlichen, bis sie jede Regung voraussagen konnte. Erst dann würde ihr das Gedankenerleben gelingen.

Bis es so weit war, wollte Sophie sich der Zeitsteuerung widmen. Die verfolgte nämlich einen ganz anderen Ansatz: Mit ihr ließ sich die Zeit nach Belieben verlangsamen und beschleunigen. Um das zu tun, musste man die Zeit jedoch erst zum Freund gewinnen. – Ein schwieriges Unterfangen, das nur wenigen Narren gelang. Allein am Versuch, mit der Zeit in Kontakt zu treten, scheiterten viele. Dann auch noch in völliger Gelassenheit mit ihr und neben ihr zu gehen, auch wenn sie womöglich schon meilenweit voraus war (denn das musste man tun, wenn man die Zeit verlangsamen wollte), diese Fähigkeit gehörte zur höchsten Kunst der Narretei. So stand es im Buch der Narren. Sophie verstand nicht: Wie sollte man neben jemandem gehen, der schon längst weg war?

»Je krampfhafter man versucht, die Zeit einzufangen, desto schneller läuft sie davon. So beschleunigt man die Zeit. Will man sie hingegen verlangsamen, muss jeglicher Verfolgungsdruck von ihr genommen werden, und sie muss spüren, dass man nichts weiter will, als an ihrer Seite zu gehen, in ihrem Rhythmus, in ihrem Takt. Dann werden sich ihre Schritte verlangsamen. Das kontrollierte Beschleunigen und Verlangsamen der Zeit ist also nichts als eine Frage des Drucks und des Loslassens und des richtigen Takts.« So beantwortete das Buch Sophies Frage.

Sophie zog die Mundwinkel nach hinten. Das las sich ja alles ganz einfach, aber die Umsetzung war bestimmt sehr schwer. – Das Kapitel über die Zeitsteuerung war sehr lang. Es ging hin bis zu Zeitreisen und Momenten der Zeitlosigkeit. Sophie rauchte bald der Kopf. Manche Absätze verstand sie, andere nicht. Etwas unbeholfen versuchte sie, mit der Zeit in Kontakt zu treten, doch es gelang ihr nicht.

Keine der neuen Narreteien gelang. Sooft Sophie auch in einen inneren Monolog mit der Zeit trat und so genau sie ihre Weggefährten auch studierte.

Erst der vierte Tag bescherte Sophie einen Durchbruch. Es geschah während einer Pause: Sophie saß etwas von Eiche entfernt und beobachtete, wie sich die Narrenelfe reckte und streckte. Ihre Haselnussaugen zogen sich zu kleinen Schlitzen zusammen, um die Mundwinkel bildeten sich zufriedene Grübchen. Elegant wie eine Balletttänzerin breitete sie ihre Arme zur Seite aus, drehte die Handinnenflächen zum Himmel und streckte jeden einzelnen Finger weit von sich weg. Die Arme wanderten nach oben, die Wirbelsäule zog sich kerzengerade lang. Und während sich die Flügelchen wohlig rekelten, warf Eiche ihren Kopf genussvoll in den Nacken und ließ die Sonne ihr Gesicht streicheln. Sophie schmunzelte. Sie hatte dieses stumme, zerbrechliche Wesen mittlerweile lieb gewonnen. Wie gut, dass sie sich getroffen hatten! Auch wenn der Anlass ein schrecklicher gewesen war. Wie es der kleinen Eiche nun wohl ging ohne die wunderliche allwissende Eiche? Sophie konnte diesen schrecklichen Moment nicht vergessen, als der Baum leblos in sich zusammengesackt war. Wie entsetzlich musste er wohl für die Narrenelfe gewesen sein, war sie doch mit der wunderlichen allwissenden Eiche befreundet gewesen! Eiches Arme sanken langsam zu Boden, und der Genuss wich aus ihrem Gesicht. An seine Stelle trat ein melancholischer Schleier.

»Ach, wären wir doch bald am Ende dieser schrecklichen Wüste!«, hörte Sophie eine zarte Stimme sagen. »Warum muss sie gerade jetzt so groß sein? Die Zeit wird knapp. Die dunkle Macht wird von Tag zu Tag stärker. Sophie ahnt nicht, wie gefährlich sie ist!«

Eiches Gesicht verfinsterte sich.

»Niemals werde ich Kiéron verzeihen, dass er meine Freundin, die wunderliche allwissende Eiche, getötet hat. Niemals! Ich werde sie rächen!«

Das Verstehen war langsam. Sophie begriff nicht gleich, dass sie gerade Eiches Gedanken mitgehört hatte. Doch als das Verstehen bei ihr ankam, sprang sie juchzend vor Freude auf: Es ging beim Gedankenerleben also gar nicht darum, eine Person in- und auswendig zu kennen, es ging lediglich darum, sie zu spüren, in sie hineinzusinken, es wie selbstverständlich geschehen zu lassen!

Rolander erschrak über Sophies plötzliche Begeisterung und sprang ebenfalls auf: »Sophie, bist du wieder im Delirium? Hast du genug gegessen und getrunken?« Er kam ganz nah mit seiner Nasenspitze an ihre heran und beäugte prüfend ihr Gesicht.

Sophie wich zurück: »Ähm, ja, ich habe Vorräte aus der Oase mitgenommen. Alles ist gut, ich bin nicht im Delirium. Ich habe nur gerade … ähm … also … eine sehr … ähm … *erhebende* schmunzelnde Narritation erlebt.«

Rolander ließ misstrauisch von ihr ab und murmelte: »Hmpf. Dannisjagut.« Dann spannte er einen Sonnenschirm auf, den er nicht hatte, und drehte sich damit zweimal im Kreis.

Sophie setzte sich und versuchte sich gleich noch einmal an Eiches Gedanken. Diesmal fand sie viel schneller Zugang zu ihnen: »Also diese Sophie … Manchmal ist sie schon ein bisschen wunderlich. Aber genau deshalb mag ich sie. Außerdem bin ich mir bei ihr gar nicht so sicher, ob sich hinter diesem wunderlichen Gehabe nicht vielleicht etwas ganz Unwunderliches verbirgt.«

Wunderlich unwunderlich. Sophie kicherte. Das gefiel ihr, und sie beschloss, von nun an nicht mehr in die Privatsphäre der Narrenelfe einzudringen, zumal sie jetzt wusste, dass Eiche sie mochte und ihr nicht mehr böse war.

Ihr Herz raste vor Aufregung, als sie sich Rolanders Gedanken zuwandte. Nun wurde es ernst. Recht schnell hörte sie seine Stimme. »Also ich …« Schon brach sie wieder ab. – Hatte Rolander aufgehört zu denken? Sophie musterte ihn: Er stocherte mit den Fingernägeln in seinen Zahnzwischenräumen und starrte dabei in die Ferne. Nein, so sah niemand aus, der nichts dachte. Sophie sank noch einmal in seine Gedanken. »Wenn da …« Zwei Worte, mehr nicht. Wieder und wieder probierte sie es, wieder und wieder brach die Verbindung ab.

Kapitel 12

DIE SCHLUCHT DER MÖGLICHEN UNMÖGLICHKEIT

Sophie hätte allen Grund zur Freude gehabt, als sie statt Sand Steine unter ihren Füßen spürte, wäre da nicht diese endlose Schlucht gewesen, die ihnen mit ihrem rabenschwarzen Schlund den Weg versperrte. Ohne Halt fiel ihr Blick über das karge Gestein in eine gähnende Leere. Wie ein Magnet zog die Tiefe sie an. Ihre Fingerspitzen kribbelten, ihre Knie wurden weich und ein Schwindelgefühl ließ sie taumeln. Rolander packte sie schon fast im Fall und zog sie zurück: »Nicht nach unten schauen!«

Sophie, bleich wie Schnee, rang nach Luft: »Müssen wir *da* drüber?«

Rolander nickte irgendwie zufrieden und zeigte auf eine bedrohlich schwankende Hängebrücke. Dünne, ausgeleierte Seile verbanden die beiden Enden der Schlucht. Das Holz war verwittert und morsch, an manchen Stellen fehlte ein Brett.

»Das meinst du doch nicht ernst!«, keuchte Sophie. »Das ist doch keine Brücke! Das ist … Ich weiß nicht, was es ist, aber es wird einstürzen! Sieh nur, die Seile sind völlig abgewetzt!«

Rolander grinste: »Die Brücke hat die letzten fünfhundertzwölf Jahre gehalten, warum sollte sie also gerade *jetzt* einstürzen?«

Sophie verdrehte die Augen: *So* alt war die Brücke schon? »Lasst uns fliegen«, schlug sie kurzerhand vor.

Rolander fauchte: »Wie oft habe ich dir schon gesagt, dass Fliegen zu gefährlich ist?«

»Eiche fliegt doch auch die ganze Zeit«, sagte Sophie.

»Ja, weil sie eine Narrenelfe ist. Das ist etwas anderes. Narrenelfen fliegen ständig. *Wir* aber würden auffallen. Abgesehen davon gibt es hier bei der Schlucht eine Flugbarriere. *Niemand* kann hier fliegen.« Rolander drehte sich zu Eiche um, die blass auf dem Boden saß und sich an einem Stein festkrallte. Sie hatte wohl auch ein bisschen zu tief in den schwarzen Schlund geschaut: »He du, Narrenelfe, versuch doch mal zu fliegen!«

Etwas zögerlich stand Eiche auf und breitete die Flügel aus. Nichts geschah.

Rolander lachte spöttisch: »Armes kleines Narrenelfchen, kannst nicht fliegen! Kannst nicht fliegen! Kannst nicht fliiiegen!« Er sang es fast und sprang dabei im Hopserlauf um sie herum.

Verärgert wandte sich Eiche von ihm ab.

»Aber warum kann hier keiner fliegen?«, fragte Sophie.

»Na, weil alle über die Brücke gehen sollen«, sagte Rolander wie selbstverständlich.

Vor der Brücke stand eine rot gekleidete Gestalt. Kerzengerade Haltung, breitbeinig, die Arme vor der Brust verschränkt.

»Das ist der Brückenwächter«, sagte Rolander. »Man darf die Schlucht nur überqueren, wenn man eine bisher ungelöste, scheinbar unlösbare Aufgabe löst. – Daher der Name: *Die Schlucht der möglichen Unmöglichkeit.*«

»Und was sind das für Aufgaben?«, fragte Sophie, mit einem mulmigen Gefühl in der Magengegend.

Rolander zuckte mit den Achseln: »Das ist ganz unterschiedlich.«

»Sind sie schwierig?«

»Sonst wären sie wohl nicht ungelöst.«

»Und was geschieht, wenn wir unsere Aufgabe nicht lösen?«, fragte Sophie.

Rolander rückte sich die Brille zurecht, die er nicht trug: »Dann bleiben wir so lange in ihr gefangen, bis ein anderer sie löst.« Er spähte in die Ferne. »Wobei ich bezweifle, dass hier in Zukunft noch viele Narren vorbeikommen werden. Wir sollten die Aufgabe also lieber selbst lösen.«

Sophie wusste nicht, wie sie sich das vorstellen sollte, in einer Aufgabe gefangen zu sein. Es klang jedenfalls nicht besonders angenehm. »Aber was ist, wenn unsere Aufgabe nicht nur *scheinbar* unlösbar ist?«, fragte sie besorgt.

Rolander baute sich stramm vor ihr auf und hob belehrend den Zeigefinger: »Ein Narr weiß, dass es für *jede* Aufgabe und für *jedes* Problem mindestens *eine,* wenn nicht *mehrere* Lösungen gibt! Ausnahmslos! Punkt! Merk dir das, Sophie.«

Sophie kaute zweifelnd an ihren Lippen. Rolanders Blick aber war so streng, dass sie ihre Bedenken für sich behielt: »Also gut. Angenommen, wir schaffen es, was passiert dann?«

Rolander machte ein paar tänzelnde Schritte und sprang dann elegant in den Handstand. »Dann packt der Wächter unsere gelöste Aufgabe in einen Sack und händigt ihn uns aus«, erklärte er und strampelte dabei mit den Beinen, als führe er Rad. »Wir nehmen den Sack mit auf die Brücke und werfen ihn in die Schlucht.«

»Wozu?«, fragte Sophie.

Rolander ließ sich zurück auf die Füße fallen, legte den Kopf schief und starrte mit weit geöffneten Augen in die Schlucht: »Die Schlucht ist genau so breit, lang und tief, wie es ungelöste Rätsel, Aufgaben und Fragen gibt.« Er sprach wie in Trance. »Mit jeder gelösten Aufgabe füllt man die Schlucht ein Stück. Eines Tages wird sie vollständig ausgefüllt sein, und dann wissen wir, dass es keine ungelösten Fragen mehr gibt.« Rolander hielt inne, sein Blick kehrte zurück zu Sophie, und er kratzte sich am Kinn: »Aber ehrlich gesagt glaube ich nicht, dass die Schlucht jemals gefüllt sein wird, vielleicht wird sie sogar immer größer und tiefer. Es tauchen doch ständig neue Fragen auf. Mit jeder Antwort mindestens zwei.« Er lächelte müde.

»Dennoch wollt ihr die Schlucht füllen«, sagte Sophie.

»Richtig.«

»Wozu? Was habt ihr davon, wenn sie voll ist und ihr wisst, dass keine Fragen mehr offen sind?«

Rolander hob die Schultern und schaute Sophie ratlos an: »Woher soll ich das wissen? Dann können wir eben über all die gelösten Fragen und Geheimnisse der Weltgeschichte spazieren. Vielleicht ist das ja ein erhebendes Gefühl.« Mit seitlich ausgestreckten Armen balancierte er ein paar Schritte auf einem Drahtseil, das nicht da war.

Sophie schüttelte den Kopf: »Weißt du, ich verstehe euch Narren nicht: Ihr wundert euch darüber, dass wir Menschen die Logik nicht hinterfragen, aber *ihr* hinterfragt nicht einmal eine völlig sinnlose Schlucht der möglichen Unmöglichkeit.«

Rolander zog einen Schokoladenosterhasen aus seiner Tasche und biss ihm unberührt ein Ohr ab: »Tja, so ist es nun mal, das Leben, inkonsequent bis zu seinem Ende.« Er schaute auf: »Aber ganz so sinnlos ist die Schlucht nun auch wieder nicht: Für jede gelöste Aufgabe bekommt man ein Talent geschenkt.«

»Immerhin«, murmelte Sophie. Sie waren mittlerweile beim Brückenwächter angelangt.

»Ihr wollt die Schlucht der möglichen Unmöglichkeit überqueren?«, fragte der Wächter. Seine Stimme dröhnte tief.

Rolander nickte.

»Ihr wisst, dass das in Zeiten wie diesen mit einem gewissen Risiko verbunden ist?«

»Jaja«, sagte Rolander ungeduldig.

»Es ist meine Pflicht, euch darauf aufmerksam zu machen«, sagte der Mann.

Rolander verdrehte die Augen: »Schon gut, wir wissen es. Her mit der Aufgabe!«

Der Brückenwächter nickte: »Dann soll es so sein.« Neben ihm erschien eine Truhe. Das Geräusch von tausend Flügelschlägen drang an Sophies Ohr. Unruhig flatternde Insektenflügel. Sophie sah das Getier schon vor sich – Motten, Mücken, Nachtfalter – und wich einen Schritt zurück.

Die Truhe öffnete sich, und ein Schwarm bunter Tiere schoss heraus: unzählige kleine Vögel, Schmetterlinge, Bienen und Fliegen, Hummeln, Papageien, Eulen und Schwäne. Alle waren sie aus Papier. Die flatternde Farbenpracht verschlug Sophie beinahe den Atem: »Was ist das?«

»All die ungelösten Aufgaben im Kleid von Papiertieren«, antwortete Rolander.

»Müssen wir eine fangen?«

»Aber nein! Die Aufgabe, die für uns bestimmt ist, wird auf uns zukommen.«

Schon bald setzte sich ein blau schimmerndes Papiertier auf Sophies Schulter: ein Kranich.

Aufregung und Neugier durchzuckten Sophie: »Ist sie das?«

Rolander nickte: »Öffne sie.«

»Dazu müsste ich das Tier auffalten«, sagte Sophie. »Ich will es nicht kaputt machen. Es ist so schön.«

Rolander blieb hart: »Tu es trotzdem.«

Nur widerwillig umfasste Sophie die Flügel des Kranichs und zog daran. Das Tier zersprang in Millionen winziger Papierfetzen. Wild wirbelnd stiegen sie auf, zogen einen schimmernden Bogen, der in mehrere Kreise überging und sich dann wie ein Fächer öffnete. Jedes einzelne Papierstück flirrte und oszillierte, ihr Blau ging über in die Abendröte einer fernen Südseeinsel. Der fliegende Fächer wuchs und wuchs, und als er sich schließlich nach allen Richtungen hin auflöste und die Papierfetzen wie glänzender Flitter zu Boden segelten, standen Eiche, Rolander und Sophie im roten Licht einer untergehenden Sonne. Warme Luft streichelte ihre Haut, ein sanftes Wellenrauschen drang an ihre Ohren. In den Geruch von Salz und Meer mengte sich der süße Duft von blühendem Oleander.

Zwei weißhaarige Männer saßen an einem Strand. Ihre Bärte waren lang und verwittert. Einer bemerkte die Neuankömmlinge und sprang auf: »Seid ihr gekommen, um unser Problem zu lösen?«

»Offensichtlich«, sagte Rolander.

Nun verstand Sophie, was es mit den Worten *»in einer Aufgabe gefangen sein«* auf sich hatte, und eine unangenehme Gänsehaut kroch ihr über den Rücken.

Dem allmächtigen Narren sei Dank!«, rief der Mann. »So hört gut zu! Mein Bekannter«, er zeigte auf den anderen, »verfügt über viele außerordentliche Gaben und Talente. Doch sind die ihm wohl zu Kopf gestiegen: Eines Tages behauptete er nämlich plötzlich, er sei allmächtig. Ich sagte, es sei vermessen, so etwas zu behaupten. Doch er beharrte darauf und verschleppte uns auf diese Insel. Ich solle zugeben, dass er allmächtig sei oder ihm das Gegenteil beweisen, erst dann bringe er uns wieder zurück. Eine Aufgabe nach der anderen habe ich ihm gestellt, doch er löste sie alle. Dennoch *weiß* ich, dass er nicht allmächtig ist. Nun sitzen wir also schon seit …« Er zückte ein kleines Büchlein. »… seit *zweihunderteinundachzig* Jahren auf dieser Insel. Ich habe es mittlerweile ja so satt! Aber *allmächtig* nenne ich ihn nicht, solange ich nicht daran glaube, dass er es wirklich ist. Ich bitte euch inständig: Helft mir! Beweist meinem Freund, dass er *nicht* allmächtig ist, oder beweist mir das Gegenteil. Beides ist mir recht, solange ihr nur einen Beweis erbringt und dieses Spiel ein Ende nimmt.«

Sophie schüttelte ungläubig den Kopf: Da bewegten sich zwei erwachsene Männer aus lauter Stolz zweihunderteinundachzig Jahre lang nicht vom Fleck. Was für eine Zeitverschwendung! Und jetzt musste *sie* sich auch noch mit diesem dummen Zwist auseinandersetzen. Sie drehte sich zu Rolander um und flüsterte: »Es ist unmöglich, so etwas zu beweisen. Weder das eine noch das andere.«

Rolander raunte zurück: »Vergiss nicht, was ich dir über Narren und Probleme gesagt habe. – Außerdem haben wir gar keine Wahl: Wir sitzen hier so lange fest, bis wir einen Beweis erbracht haben.«

»Na gut«, sagte Sophie. »Hat jemand eine Idee?« Keiner

hatte eine Idee. Die Köpfe rauchten, Löcher wurden in die Luft gestarrt und die Ratlosigkeit zog mit Adlerschwingen Kreise über ihnen.

Schließlich beschlossen sie, sich zu trennen, damit sie ungestört nachdenken konnten.

Sophie setzte sich außer Sichtweite der weißhaarigen Männer an den Strand und zog das Buch der Narren aus ihrer Tasche. Es ließ sich nicht öffnen. Verwundert schaute Sophie es an. Schon lange hatte sich das Buch nicht mehr widerspenstig verhalten. »Was ist los mit dir?«, fragte sie.

Das Buch drehte sich von Sophie weg und zeigte ihr seinen ledernen Rücken.

Sophie verstand nicht: »Komm schon, ich brauche dich! Wir sitzen in einer scheinbar unlösbaren Aufgabe fest.« Sie griff nach dem Buch, wollte es streicheln, doch es wand sich aus ihren Händen und sprang weg.

»Was habe ich dir denn getan?«, rief Sophie. Sie konnte sich beim besten Willen nicht erklären, was plötzlich in das Buch gefahren war.

Mit kleinen Sprüngen kam das Buch zurück und öffnete sich. Schwarze Seiten kamen zum Vorschein. Schwarze Seiten mit weißen Skizzen.

»Ach herrje!«, stöhnte Sophie. Das Buch der Narren hatte ihre nächtlichen Aufzeichnungen, den Plan des Labyrinths, in sich entdeckt! Den Plan, den Sophie, ohne sein Wissen, jede Nacht ein Stückchen weiter zeichnete. »Ich … ich hatte kein Papier …«, stammelte sie unbeholfen. »… Und ich musste doch … Du hast geschlafen … Ich wollte dich nicht … Ich konnte doch nicht …«

Mit einem lauten Knall klappte sich das Buch zu.

»Hör zu, es tut mir leid!«

Das Buch sprang mehrere Buchlängen von ihr weg.

»Dort unten ist jemand in Gefahr! Ein Kind. Es ruft ständig nach mir. Ich muss ihm helfen! Es ist ein Labyrinth mit unzähligen Räumen. Ohne diese Aufzeichnungen werde ich das Kind nie finden.«

Doch das Buch der Narren wandte sich beleidigt von Sophie ab.

»Bitte, liebes Buch …«, begann Sophie, aber das Buch schüttelte sich nur und legte sich ohne eine weitere Regung auf den Boden. Sophie seufzte. Es hatte keinen Zweck. Sie musste allein eine Lösung für das Problem der Männer finden. Nachdenklich starrte sie auf das mittlerweile nachtdunkle Meer. Weit hinten segelte ein Schiff, dahinter blinkte das Licht eines Leuchtturms. Wie konnte man Allmächtigkeit beweisen? Oder wie konnte man zumindest einen Gegenbeweis erbringen? Nun ja, dachte Sophie, im Grunde war das gar nicht so schwierig: Sie musste den scheinbar Allmächtigen lediglich vor eine unlösbare Aufgabe stellen …. Ja, das war *die* Idee! Sollte er das Problem doch selbst lösen! Sophie sprang auf und lief zu ihm hin: »Beweise mir, dass du allmächtig bist!«

Der Weißhaarige lachte spöttisch: »Warum sollte ich das tun? Ich weiß doch, dass ich allmächtig bin. Wenn ihr mir nicht glaubt, seid ihr selber schuld.«

Sophie gab nicht auf und provozierte den Alten: »Aha, ich sehe schon, du *kannst* es nicht beweisen! Könntest du es, würdest du es tun. Du bist also *nicht* allmächtig.« Insgeheim hoffte sie, dass diese Feststellung als Gegenbeweis genügte.

Natürlich genügte sie nicht. Der Mann lachte herablassend:

»Was für ein kläglicher Versuch! Meine Antwort lautet: Gerade *weil* ich allmächtig bin, habe ich es nicht nötig, es dir zu beweisen. Auf eine weitere Diskussion lasse ich mich nicht ein.«

»Tja«, der andere Alte hatte das Gespräch mitverfolgt und hob bedauernd die Schultern. »Er lässt schon lange nicht mehr vernünftig mit sich reden. Nach so vielen Jahren Einsamkeit macht sich bei ihm langsam eine Art Alterssturheit bemerkbar.« Vorwurfsvoll schielte er zur Seite.

Der Kopf des vermeintlich Allmächtigen färbte sich rot: »Alterssturheit? Dass ich nicht lache! *Du* bist derjenige, der alt geworden ist, nicht ich!«

»Dass *ich* nicht lache!«, rief der andere.

Mit einem Satz sprangen die beiden aufeinander zu und versuchten, sich gegenseitig die altersweißen Haare auszureißen.

Sophie fühlte sich zu müde, um einzugreifen. Sie ging zurück zum Strand, wo Rolander und Eiche schon auf sie warteten. »Ich hatte kein Glück. Und ihr?«, fragte sie hoffnungsvoll.

Rolander schüttelte den Kopf: »Zwei Ideen. Beide ausprobiert. Kein Erfolg.«

Eiche schüttelte ebenfalls den Kopf und hielt einen Finger in die Luft. Ein missglückter Versuch.

»Was ist mit dem Buch der Narren?«, fragte Rolander, »Konntest du darin nichts Brauchbares finden?« Er hatte soeben das noch immer schmollende Buch im Sand entdeckt.

Sophie schüttelte den Kopf. Hastig griff sie nach dem Buch, verkleinerte es und ließ es in ihre Hosentasche gleiten. Rolander durfte nichts von ihren nächtlichen Aktivitäten im Labyrinth erfahren. Das Buch zappelte trotzig in ihrer Tasche.

»Seltsam«, murmelte Rolander. Nachdenklich zog er seinen ohrenlosen Schokoladenosterhasen hervor und biss ihm den Kopf ab. Der Nachthimmel war sternenklar.

Am nächsten Morgen erwachte Sophie früh. Eiche und Rolander schliefen noch, als sie loszog, um die Insel zu erkunden. Ein kleiner bunter Kolibri zeigte ihr den Weg. Er führte sie vom Strand weg, auf schmalen Pfaden durch Gebüsch und Lianen, über Wurzelwerk und Moos, vorbei an mächtigen Mammutbäumen mit Stämmen so rau und rissig wie Elefantenbeine, hinein ins Herz eines tropischen Waldes.

Plötzlich trübte dunstige Luft Sophies Blick, und sprühfeine Tropfen benetzten ihre Haut. Hinter mannshohen Farnsträuchern erstrahlte ein atemberaubender Wasserfall. Das rauschende Wasser perlte im Licht der Morgensonne. Sophies Atem ging schneller. Was konnte allmächtiger sein als die Natur? Kein Mann, kein Tier, kein Narr und schon gar nicht der sture Weißhaarige am Strand.

»Gegenbeweis«, murmelte Sophie. »Ich brauche einen Gegenbeweis.« Und sie fiel in eine tiefe Ratlosigkeit. Wie angestrengt sie auch nachdachte, die Ideen blieben aus. Ihre Gedanken standen vor einer massiven Mauer. Eine Mauer, so glatt, dass sie auch mit Steigeisen nicht zu erklimmen war. Eine Mauer, so hoch, dass sie auch mit Flügeln nicht zu überspringen war. Eine Mauer, so fest, dass sie auch mit dem besten Werkzeug nicht zu durchbrechen war. Und als sich Sophie von ihr wegdrehte, um einen neuen Gedankenweg einzuschlagen, tat sich gleich die nächste Mauer vor ihr auf. Noch höher, noch glatter, noch fester. Eine unendlich hohe Mauer. – Sophie erstarrte. Was hatte sie da eben gedacht? Eine unendlich hohe

Mauer? Eine unendlich hohe Mauer, über die niemand springen konnte? Eine unendlich hohe Mauer, über die man nicht einmal fliegen konnte? Mit einem Schlag war Sophie blind für alles um sich herum, das Wunder des Wasserfalls, der Dunst auf der Haut, der Kolibri in der Luft, sie sah nur noch des Rätsels Lösung! So schnell sie ihre Beine trugen, rannte sie zu den Alten zurück.

Der vermeintlich Allmächtige verdrehte die Augen, als er Sophie auf sich zustürmen sah: »Was willst du denn *nun* schon wieder?«

»Wenn du wirklich allmächtig bist«, keuchte Sophie, »kannst du doch bestimmt eine Mauer bauen. Eine Mauer, die so hoch ist, dass niemand, ausnahmslos niemand, über sie springen kann.«

Der Alte lächelte herablassend: »Selbstverständlich kann ich das. Was für eine lächerlich leichte Aufgabe!« Er richtete seinen Blick zum Himmel: »Da habt ihr mir aber eine unglaubliche Leuchte geschickt, ihr Narren da draußen!«

Sophie ließ sich davon nicht einschüchtern: »Dann baue sie! Baue die Mauer. Ich glaube dir erst, wenn ich sie mit eigenen Augen sehe.«

»Na, von mir aus«, seufzte der Alte. Die Aufgabe war ihm lästig. Trotzdem stand nach nur wenigen Wimpernschlägen eine Mauer da. Sie war so hoch, Sophie konnte ihr Ende nicht erkennen. Zufrieden nickte sie. Genau so eine Mauer benötigte sie für den nächsten Schritt ihrer List. »Und über diese Mauer kann wirklich niemand springen?«, fragte sie scheinheilig.

»Selbstverständlich nicht. Das war doch die Aufgabe«, murrte der Alte.

»Beweise es mir«, forderte Sophie ihn auf. »Beweise es mir, indem du mir zeigst, dass sie zu hoch für dich ist. Wenn sogar du, als Allmächtiger, nicht über diese Mauer springen kannst, glaube ich dir.«

Der Weißhaarige stöhnte. Sophie sah die Verachtung in seinem Blick. Dennoch ging er tief in die Hocke und nahm einen Satz. Sein Körper stieg hoch und höher, wurde immer kleiner, Sophie verlor ihn aus den Augen. Es dauerte eine ganze Weile, bis der Alte wieder am Boden neben ihr stand. »Nein, ich konnte nicht über die Mauer springen. Sie ist zu hoch. Niemand kann über sie springen. Ist dir das Beweis genug?«

»Ja, das ist mir Beweis genug!«, triumphierte Sophie. »Beweis genug dafür, dass du *nicht* allmächtig bist! Wärest du allmächtig, könntest du sogar über eine Mauer springen, über die niemand springen kann.«

»Aber dann könnte ja *einer* und nicht *niemand* über sie springen«, verteidigte sich der Alte.

»Eben genau!« Sophie strahlte. »Egal wie wir es drehen und wenden: Eine der beiden Aufgaben kannst du nicht erfüllen. Du bist also nicht allmächtig!«

Der Kopf des nun nicht mehr Allmächtigen lief feuerrot an: »Das sind keine fairen Methoden!«

»Oh doch!«, rief Sophie. »Ein Allmächtiger muss auch eine solche Aufgabe lösen können!«

Der andere Alte sprang auf und wirbelte Sophie überglücklich durch die Luft: »Wir sind frei!«

Um Sophie herum drehte sich alles, und als die Welt wieder zum Stillstand kam, betrat Rolander gerade mit einem großen, prall gefüllten Jutesack das schwankende Holzgerüst über der Schlucht der möglichen Unmöglichkeit.

Den Blick starr nach vorn gerichtet, die angstfeuchten Hände um die Seitenseile gekrallt, bemühte sich Sophie, jede ruckartige Bewegung zu vermeiden. Rolander hingegen stampfte, als trüge er schwere Stiefel, und die Brücke bebte unter seinen Schritten. »Geh doch ein bisschen vorsichtiger«, bat Sophie ihn. Doch Rolander schüttelte nur unwillig den Kopf und trat ganz bewusst noch etwas fester auf.

In der Mitte der Brücke blieb er stehen und schleuderte die gelöste Aufgabe in den tiefen Schlund der Schlucht. Die Brücke schwankte, die Dunkelheit schluckte den fallenden Sack.

Sophie lauschte – kein Aufprall –, stellte sich die nicht enden wollende Tiefe unter sich vor und wurde bleich. »Kommt, lasst uns weitergehen«, wisperte sie und tat einen Schritt. Das Brett unter ihrem Fuß knackte und gab nach. Eine Hitzewelle durchfuhr ihren Körper, Sophie sprang zurück, die Brücke sank ein Stückchen ab. Sophie verlor das Gleichgewicht, taumelte, rutschte aus. Das morsche Holz unter ihren Füßen brach entzwei und fiel in die gähnende Leere. Sophie zuckte zurück und japste nach Luft. Blass starrte sie auf das Loch vor sich und auf die alten, rissigen Seile, die nun als Einziges noch die Brücke zusammenhielten. Mit wild pochendem Herz sprang sie über die Bruchstelle. »Beeilt euch!«, schrie sie und rannte los.

Die Brücke wankte, das Holz bebte, und noch bevor die drei das andere Ende der Schlucht erreicht hatten, rissen die Seile entzwei und die beiden Brückenteile stürzten in die Tiefe. Sophie fiel und glitt dem Abgrund entgegen. »Festhalten!«, keuchte sie und griff nach einem Seil. Der raue Strang schürfte ihr die Hände wund, doch Sophie ließ das Seil nicht los. Schließlich kam sie zum Stillstand. Vergeblich versuchte sie, sich hochzuziehen, doch ihre Arme waren zu schwach. Ihr gegenüber, an einem anderen Strick, baumelte Rolander. »Rolander«, rief Sophie atemlos. »Geht es dir gut?«

»Sehe ich etwa so aus?«, keuchte der Narr.

»Kannst du dich hochziehen?«

»Nein! Und ich verstehe nicht warum. Zum höchstnärrischen allerobersten Obernarren, das kann doch nicht so schwer sein! Vermutlich ist es deine idiotische Narrenelfe, die mich nach unten zieht. Ich habe ihr nicht erlaubt, es sich auf meinem Schuh gemütlich zu machen!«

Sophies Blick wanderte an Rolanders Bein entlang und fiel auf eine Eiche, die nur noch ein Schatten ihrer selbst war. Mit Verzweiflung in den Augen umklammerte sie die Fessel von Rolanders rechtem Fuß. »Na, gemütlich würde ich das nicht nennen«, stellte Sophie fest.

Der Narr verdrehte die Augen und fauchte: »Sei's drum. Wir müssen uns aus dieser misslichen Lage befreien. Ich habe allerdings überhaupt und absolut und ganz und gar keine Idee, wie.«

Sophie hatte auch überhaupt und absolut und ganz und gar keine Idee, wie. Mit Sicherheit wusste sie nur, dass sie sich nicht mehr lange am Seil würde halten können. Ihre Hände brannten wie Feuer und ihre Kräfte schwanden von Sekunde zu Sekunde. Keine besonders gute Ausgangslage zum Nachdenken. Und das Einzige, was ihr in den Sinn kam, waren Vorwürfe: »Ach, wenn ich doch nur die Zeitsteuerung beherrschen würde! Ich hätte mehr üben sollen, dann hätte ich jetzt mehr Zeit!«

Jemand hüstelte.

»Rolander, ist dir etwas eingefallen?«

Rolander strampelte mit den Beinen »Mir? – Nein! – Wie auch?« Er kam nicht zum Nachdenken, er ärgerte sich noch immer über Eiche auf seinem Schuh.

Es hüstelte erneut.

Sophie hob den Kopf und sah ein blasses, sommerbesprosstes, grünbeäugtes, junges Gesicht über sich. Rot gelockte Haarsträhnen tänzelten über Stirn und Wangen. Sophie konnte nicht erkennen, ob es ein Mädchen war oder ein Junge. Vor Schreck und Staunen ließ sie beinahe das Seil los. Scheinbar mühelos lag das Wesen bäuchlings auf der senkrecht herabhängenden Brücke und zwinkerte ihr zu: »Hallo!« Eine Hand stützte den Kopf, die andere hielt ein kleines, rundes Drahtgestell, aus dem es seelenruhig Seifenblasen pustete. Eine besonders große Blase setzte sich auf Sophies Nase und zerplatzte erst, als das Wesen kichernd mit dem Finger dagegen stieß.

»Hilf uns!«, keuchte Sophie. »Schnell!« Sie hatte keine Zeit für Spielereien.

»Wie denn?«, rief Rolander zornig auf der anderen Seite, »Du siehst doch, dass ich genauso hilflos bin wie du!«

»Nicht du«, sagte Sophie und bemerkte mit Staunen, dass sich die Haare des Wesens glätteten und schwarz verfärbten.

»Wer denn sonst?«, fragte Rolander. »Etwa die nutzlose Elfe auf meinem Fuß?«

»Na, na, wozu die Eile?«, kicherte das Wesen über Sophie. »*Ich* habe alle Zeit der Welt.« Es musterte erst Sophie und dann Rolander und Eiche und stellte sachlich fest: »*Ihr* offensichtlich nicht.«

»Bitte hilf uns«, startete Sophie einen weiteren, verzweifelten Versuch.

»Sophie, mit wem, verflixt noch mal, sprichst du?«

»Ich muss nur ein einziges Mal pusten, damit eure Zeit abläuft«, provozierte das Wesen Sophie. Seine Haare wurden weiß und im Gesicht bildeten sich tiefe Furchen.

Sophie beobachtete mit Staunen den Wandel: »Wer bist du?«

»Sophie, wir haben keine Zeit für Gespräche mit imaginären Unbekannten. Wir stürzen jeden Augenblick ab!«

»Ach wirklich?«, dachte Sophie, sprach es aber nicht aus und konzentrierte sich weiter auf das Wesen über sich. Sie klammerte ihren Blick und ihre Hoffnung so fest daran, dass sie Sorge hatte, es zu ersticken.

»Ich bin die Vergangenheit, die Gegenwart und die Zukunft«, sagte das Wesen. »Ich bin deine Schnelligkeit und deine Langsamkeit. Ich bin dein Tag und deine Nacht.« Seine Augen schimmerten nun strahlend blau und die Haut war glatt und makellos wie Porzellan.

»*Wer* bist du?« Sophie war gerade nicht nach Rätseln zumute.

Ein enttäuschter Schatten verdunkelte das Gesicht des Wesens. Seine Züge wurden rau und kantig. Mit tiefer, durchdringender Stimme sagte es: »Ich bin die Zeit. Niemand anderes als die Zeit.«

Da vergaß Sophie für einen Augenblick ihre missliche Lage: »Ich versuche schon seit Tagen, mit dir in Kontakt zu treten!«

»Mit wem, zum Teufel?«, rief Rolander.

»Ich weiß!«, sagte die Zeit und wurde jünger. »Aber so einfach konnte ich es dir nicht machen. Ich spiele doch so gern.« Sie kicherte und ihre Augen funkelten verschmitzt und olivgrün. »Ich kann euch helfen«, sagte sie und neigte den Kopf zur Seite. »Sag, Sophie, willst du meine Freundin sein?« Sie war nun etwa gleich alt wie Sophie und hatte milchschokoladenbraunes, zerzaustes Haar.

»Ob ich deine Freundin sein will?«, wiederholte Sophie verblüfft. »Selbstverständlich will ich deine Freundin sein!«

»Sophie, es reicht! Hör sofort auf, dich mit niemandem anzufreunden, wir haben Wichtigeres zu tun!«

Die Zeit schaute Sophie ernst an: »Du weißt, dass ich mir meine Freunde sehr gut aussuche. Nicht jeder darf mein Freund sein.«

»Ich weiß«, antwortete Sophie.

»Aber du, Sophie, du gefällst mir«, sagte die Zeit und wurde wieder älter. »Ich sehe eine große Zukunft vor dir. Es wäre eine Schande, diese Zukunft in einer Schlucht zerschmettern zu lassen. – Komm, gib mir deine Hand.«

»Wenn ich loslasse, falle ich.« Sophie wusste, sie war am Ende ihrer Kraft.

Die Zeit rutschte ein Stück tiefer und streckte ihr die Hand entgegen: »Du willst doch meine Freundin sein, nicht wahr?«

»Ja das will ich«, sagte Sophie. Ihre Arme zitterten.

»Dann vertraue mir!«

Sophie zögerte. Sie sollte doch niemandem vertrauen, hatte ihr die wunderliche allwissende Eiche geraten. Aber was blieb ihr in dieser Situation anderes übrig? Also schloss sie die Augen, sie wollte es nicht sehen, wenn sie fiel, und löste ihre Finger vom Seil.

Sophie fiel nicht. Eine warme Hand umschloss die ihre und die Schwere wich aus ihrem Körper. Sie schwebte. Frei von allem.

»Sag nun deinen Weggefährten, dass auch sie loslassen können«, flüsterte die Zeit mit weicher Stimme.

Sophie tat, was ihre neue Freundin von ihr verlangte, doch Rolander schrie hysterisch auf: »Bist du nun völlig verrückt geworden? Ich lasse doch nicht los! Dort unten wartet die Verdammnis, das Verderben, der Hades, der Tod!«

»Es wird euch nichts geschehen«, versicherte Sophie.

»Niemals!«, rief Rolander.

Eiche aber vertraute Sophie und biss Rolander in die Wade.

Der Narr jaulte auf: »Auuu! Bist du denn von allen guten Geistern verlassen? Willst du mich umbringen?« Sie biss erneut. »Iiiiih! – Aber natürlich willst du mich umbringen, du elende Verräterin! – Uiiii! – Du warst mir von Anfang an nicht geheuer. – Oooouuuu! – Wenn du mich noch einmal beißt, du Mistvieh, ich warne dich!«

Doch das Mistvieh mit den Elfenflügeln biss noch einmal und Rolander ließ los.

Wie Herbstblätter im Wind segelten sie in die Schlucht, und Rolander war ganz außer sich vor Staunen und Bewunderung: »Sophie, wie machst du das? Das ist ja ... Ich meine, die Flugsperre ... Wie ist das möglich? ... Also du ... Nein wirklich!«

Als sie unten ankamen, umgeben von Aufgabensäcken, verbeugte sich die Zeit vor Sophie und sagte: »Es war mir ein Vergnügen, mit unserer Retterin Freundschaft zu schließen.«

»Du glaubst also, dass ich euch retten kann?«, fragte Sophie.

»Wer, wenn nicht du?«, fragte die Zeit. »In dir schlummert unendlich viel. Glaub der alten Zeit, sie hat schon viele Menschen und Narren kennengelernt und etliche Generationen

überdauert, so eine wie du ist ihr noch nie untergekommen.«
Ihre Augen leuchteten in der Farbe des Meeres an einem Sonnentag.

Sophie schwieg verlegen. Die Zeit verschwand.

Kapitel 13

DER UNTERGRUND

Woher das Licht kam, wussten sie nicht. Die Felswände schienen sich im Unendlichen zu verlieren. Eigentlich hätte kein Licht an den Grund der Schlucht dringen dürfen, dennoch war es taghell, als beleuchte die Sonne ein offenes Feld.

»Ha!« Rolander lachte hysterisch. »Jetzt sitzen wir in der nächsten scheinbar unlösbaren Aufgabe fest! Eine am Tag hätte mir genügt.« Nervös lief er hin und her. Weit und breit nichts als Aufgabensäcke. Rolander ließ sich auf einen fallen und stürzte sich krampfhaft in eine Narritation. Eiche gesellte sich zu ihm und starrte verloren in die Luft.

Sophie ging unterdessen zur Felswand auf der einen Seite und schaute, ob sie an ihr emporklettern konnte, doch die Wand war zu glatt und zu steil. Sie ging zur Felswand auf der anderen Seite und kam auch dort keinen Meter hoch.

Ratlos setzte auch sie sich auf einen Aufgabensack und zog das Buch der Narren hervor. Das Buch spielte noch immer beleidigt und öffnete sich nicht. »Nun hör mir mal gut zu«, begann Sophie, sie verlor langsam die Geduld mit dem überempfindlichen Buch, doch da lenkten ein Rascheln und ein Murmeln, ein Rütteln und ein »He, du sitzt auf meinem Sack!«

ihre Aufmerksamkeit in eine andere Richtung. Ein verlotterter Narr stand vor ihr. Sophie hatte ihn nicht kommen sehen. Sein Gesicht war rußgeschwärzt und dreckbeschmiert, die Haare staubig und zerzaust. Was einst Kleider gewesen sein mussten, waren nun notdürftig um einen ausgemergelten Körper gebundene Fetzen. Sophie verspürte einen Stich im Herz, als sie die traurige Gestalt erblickte, die an dem Sack zog, auf dem sie saß. Sie sprang auf und der Narr steckte gierig seinen Kopf in den Sack. »Drei Stück!«, rief er. »Was für ein glücklicher Tag!« Er öffnete den zerfledderten Beutel, der um seine Hüfte hing, und legte das Gefundene hinein. Sophie konnte nicht erkennen, was es war. Jetzt erst schaute der Narr zu den Reisenden auf: »Diese gelösten Aufgaben sind manchmal wahre Fundgruben, wisst ihr!«

»Was findet man denn darin?«, fragte Rolander misstrauisch.

»Glücksmomente«, sagte der verlotterte Narr. »Rares Gut heutzutage.« Er stockte. »Ähm, war das etwa eure Aufgabe? Die mit den Glücksmomenten?«

»War es denn die letzte, die herunterfiel?«, fragte Sophie.

Der Narr nickte.

»Ja, dann war das unsere Aufgabe«, sagte Sophie.

»Unsere, unsere, unsere!«, bestätigte Rolander eifrig.

Auf dem Gesicht des verlotterten Narren zeichnete sich Enttäuschung ab. Geknickt fischte er die Glücksmomente aus seinem Beutel und reichte sie Sophie: »Dann gehören die wohl euch. Tut mir leid, ich wollte nicht stehlen.«

Sophie umfasste seine Hand und schloss sie: »Gib uns einen und behalte zwei.«

»Aber, aber …«, protestierte Rolander, doch Sophie schob ihm schnell den einen Glücksmoment in den Mund.

»Wie kann ich euch danken?«, fragte der verlotterte Narr.

Sophie hob die Schultern. »Ist schon gut.«

»Komm!«, sagte der Narr und zog Sophie ein paar Schritte von ihren Weggefährten weg. »Diese Schlucht ist eine Goldgrube«, flüsterte er. »Als die Hungersnot ausbrach, stießen wir auf sie. Keiner wusste bis dahin, dass beim Lösen der scheinbar unlösbaren Aufgaben Glücksmomente freigesetzt werden.« Er schaute sich um, um sich zu versichern, dass auch bestimmt keiner lauschte, und fuhr dann fort: »Die dunkle Seite weiß bis heute nichts davon.« Er ließ Sophie stehen und machte sich auf die Suche nach weiteren ungeöffneten Aufgabensäcken.

»Woher kommst du eigentlich?«, rief sie ihm nach.

»Aus dem Untergrund«, antwortete der Narr, den Kopf schon wieder tief in einem Sack. »Und woher kommt ihr?«

»Heruntergefallen«, sagte Rolander. Selig kauend schielte er zum nicht erkennbaren Himmel.

Da zog der verlotterte Narr den Kopf aus der Aufgabe und starrte die drei ungläubig an: »Und überlebt?«

»Offensichtlich«, sagte Rolander und blickte prüfend an seinem Körper herab.

Der verlotterte Narr pfiff anerkennend: »Respekt!«

»Was bedeutet *Untergrund*?«, fragte Sophie. »Wo ist das?«

Der Narr zog sie zu einem Felsen. Dort baumelte an einer vorstehenden Holzkonstruktion eine Hängeleiter und die Leiter führte zu einer Art Eingang im Felsen.

Sophies Augen blitzten auf: »Gibt es von hier unten denn etwa einen Weg nach oben?«

»Selbstverständlich«, sagte der Narr.

Sophie, Rolander und Eiche konnten ihr Glück kaum fassen: »Dürfen wir ihn benützen?«

»Wie könnte ich euch diesen Wunsch abschlagen, habt ihr mir doch zwei eurer wertvollen Glücksmomente geschenkt! Ach, bereitet mir doch die Freude und bleibt zum Abendmahl und über Nacht. Seht her, die Dämmerung bricht schon herein. Heute kommt ihr nicht mehr weit. Stärkt euch, ruht euch aus, dann habt ihr morgen neue Kraft. Ihr seht aus wie Reisende, vor denen noch ein weiter Weg liegt.«

Sophie beäugte den Narren mit prüfendem Blick. Ob das eine Falle war? Vielleicht würde es ihr gelingen, sich in seine Gedanken hineinzuversetzen.

Er stand mit erwartungsvollen Augen vor ihr. Seine Gesichtszüge waren mitgenommen, aber wohlwollend und weich. Er sah nicht aus wie einer, der es schlecht mit anderen meinte. Wie lange er wohl schon im Untergrund lebte? Und was hatte einer nur mitmachen müssen, der so verlottert aussah? Da war eine tiefe Erschöpfung in seinem Blick, aber auch entschiedener Kampfgeist und irgendetwas ... fast ein bisschen ... *Bewunderndes*?

»Wer hätte gedacht, dass sie eine derart starke Narretei in sich trägt?«, hörte Sophie plötzlich seine Stimme in ihrem Kopf und sie lächelte zufrieden: Das waren seine Gedanken! »Sie ist mächtiger, als ich es je zu träumen gewagt hätte«, sprach die Stimme weiter. »Mit ihr können wir Kiéron besiegen. Ich muss sie in unsere Pläne einweihen. Aber ihr Begleiter ist mir nicht geheuer. Nur nichts anmerken lassen! Nur nichts anmerken lassen!«

Pläne? Sophies Herz machte einen hoffnungsvollen Sprung und sie nahm die Einladung dankend an.

»Dann kommt mit!«, sagte der Narr zufrieden und kletterte die Hängeleiter zum Eingang des Untergrunds hinab,

»Mein Name ist übrigens Ephraim, einst Beziehungsnarr, nun selbst ernannter Untergrundnarr.«

Ungläubig schüttelte Rolander den Kopf und kletterte ihm hinterher. »Erst Widerstandsnarren, dann Untergrundnarren, das wird ja immer schöner! Diese Protestbewegungen hier im Narrenreich wuchern ja wie Unkraut! Ts, ts, ts.«

Durch einen schmalen, dunklen Tunnelschacht – er war notdürftig mit Holzbalken gestützt – gelangten sie in ein eindrucksvolles Gewölbe. Sophie staunte über die unerwarteten Dimensionen. Prunkvolle Säulen stützten hohe, steinerne Deckenbögen. An ihnen hingen Fackeln. Sie hüllten den Raum in ein warmes Licht. Der Boden glänzte spiegelglatt. Bis auf die Säulen war die Halle völlig leer. Sophie fühlte sich verloren darin, ihre Schritte hallten von den Wänden wider.

Über weitere notdürftig errichtete Tunnelschächte führte Ephraim die drei in einen zweiten, sehr geräumigen Saal mit Spiegelboden. In seiner Mitte stand eine große Tafel. »Hier werden wir zu Abend essen«, sagte Ephraim und rückte Sophie den Stuhl zurecht.

Auf dem Weg zum Speisesaal waren ihnen einige Narren begegnet. Sie hatten mindestens ebenso heruntergekommen ausgesehen wie Ephraim. Ihre Haare zerzaust und staubig, die Gesichter dreckverschmiert, ihre Körper knochig und dünn. Die meisten waren geschäftig an ihnen vorbeigeeilt, nur vereinzelte waren stehen geblieben und hatten Ephraim fragende Blicke zugeworfen. Nun schaute sich Sophie neugierig im Speisesaal um, sah die prunkvollen Säulen und den edlen, langen Eichentisch, zählte die Stühle, wurde damit nicht fertig und fing an, das Ausmaß des Untergrunds zu ahnen.

»Der Untergrund ist der letzte sichere Zufluchtsort im Narrenreich«, erklärte Ephraim, dem Sophies staunender Blick nicht entging. »Hier bieten wir Narren, die auf der Flucht sind, Asyl. Die Lage des Untergrunds ist ein außerordentlicher Glücksfall: Es ist vermutlich der letzte, sichere Ort im Narrenreich, an dem man noch Glücksmomente finden kann. Und weil wir uns in einer außergewöhnlichen Tiefe befinden, kann die Narretei, die wir hier betreiben, nicht geortet werden. Zudem ist da auch noch die Flugbarriere.«

Sophie brannten so viele Fragen auf den Lippen, doch sie stellte keine davon, denn sie glaubte nicht, dass die Antworten für Rolanders Ohren bestimmt waren. Er wusste schon jetzt zu viel. Zum Glück betrat in ebendiesem Moment ein Narr den Raum, der Sophies Aufmerksamkeit auf sich zog und sie ihre Fragen fürs Erste vergessen ließ. »Urs!«, rief sie und stürmte auf ihn zu. »Was machst *du* denn hier?«

»Grüß dich, Sophie!«, sagte Urs mit freudeglänzendem Gesicht und gab ihr fünf Luftküsschen an die Wangen. »Regula und ich haben uns den Untergrundnarren angeschlossen. Im Morgentauwald gab es nichts mehr zu tun.«

»Und wir sind froh und dankbar, den Meister der Regenbogenzähmung an unserer Seite zu haben«, sagte Ephraim. Urs errötete.

»Sag Urs, …«, begann Sophie, doch sie wurde jäh von einer hohen Wichtelstimme unterbrochen: »Urs! Wo bleibst du?« Der Wichtelkrämer zuckte zusammen. Es war Regula.

Eilig trippelnde Wichtelschritte. »Ui, Sophie, du bist schon hier?« Wie ertappt blieb die Wichtelkrämerin vor Sophie stehen. »Ich dachte, du würdest später kommen. Das Abendessen ist noch nicht fertig.«

Sophie schaute Regula verwundert an. Sie sprach, als hätte sie mit ihrer Ankunft gerechnet. Aber wie hätte sie denn davon wissen können?

»Warum hat mir denn keiner …«, begann die Wichtelkrämerin, doch Urs fiel ihr ins Wort: »Regula, ich glaube, du solltest dich jetzt ums Essen kümmern.«

»Willst du mir etwa den Mund verbieten?«, fragte Regula scharf und stemmte ihre Hände in die Hüften.

»Niemals würde ich es wagen«, sagte Urs rasch. »Ähm … Ich habe nur Sorge, dass das Essen verkocht.«

»*Mein* Essen verkocht *nie*!«, rief Regula entrüstet. »Habe ich dir jemals verkochtes Essen serviert? – Na? Sag schon!« Sie pikste Urs auffordernd in den Bauch.

»Nun ja …«, begann Urs.

»Sag jetzt ja nichts Falsches«, unterbrach ihn Regula mit hochrotem Kopf. »Mein Essen ist immer perfekt! Haargenau auf dem Punkt.« Sie packte Urs grob am Ohr und zog ihn zu der Tür am anderen Ende des Raumes, aus der sie gekommen war.

»Aua!«, rief Urs. »Lass los! Was fällt dir ein?« Dann fiel die Tür ins Schloss. Sophie hörte ein dumpfes Wichtelstimmengewirr, ein schnelles Trippeln, ein heftiges Rumpeln und ein lautes Klirren, dann wurde es still.

Erst nach einer Weile schwang die Tür wieder auf, und die Wichtelkrämer kamen mit wild zerzausten Haaren, aber liebreizendem Lächeln und duftenden Speisen zurück. Köstliche Suppen gab es und Salate, gewürzten Braten, Gemüse und Kartoffeln. Sophie griff hungrig zu. Es schmeckte herrlich! Nichts war verkocht. Und die Nachspeisen verschlugen ihr fast den Atem: Regula hatte sich richtig ins Zeug gelegt.

Es gab Götterspeise und Fruchtsalat, Cremes und Torten, dazu närrische Schokolade. Am besten gefielen Sophie aber die närrischen Überraschungen, die sich auf den Tellern versteckten: Kekse, die kurze Geschichten erzählten, wenn man sie auseinanderbrach, Bonbons, die insgesamt fünfmal ihre Geschmacksrichtung wechselten, während man sie aß, Pralinen, die den, der auf sie biss, laut lachen ließen. Ganz besonders mochte Sophie das *Wunscheis*: Es war weiß, und man konnte sich bei jedem Löffel, den man zu sich nahm, eine Geschmacksrichtung wünschen. So schmeckte ein Bissen vielleicht nach Schokolade, ein anderer nach Zitrone, und der dritte nach Seegurke und Algen (zumindest dann, wenn der Wünschende – wie Rolander an diesem Abend – ein bisschen übermütig war).

Nach dem Essen zeigte Ephraim Sophie und ihren Begleitern das Zimmer, in dem sie schlafen würden. Das Zimmer war anders als die Hallen und Säle: klein und gemütlich, der Boden und die Decke aus Holz. Drei bäuerliche Betten standen auf bunten Flickenteppichen. Zwei große und ein kleines. Sophie lächelte wehmütig. Ein Bett! Wann hatte sie zuletzt in ihrem Bett geschlafen? Ihre Gedanken wanderten nach Hause zu ihren Lieben. Wie es ihrer Mutter wohl ging? Hatte Kiéron seine Drohung wahr gemacht? Zum Glück riss Rolander sie aus ihren Gedanken, indem er mitsamt seinen Schuhen auf eines der beiden großen Betten sprang. Auf und ab hüpfte er, als wäre die Matratze ein Trampolin. Einmal, zweimal, dreimal, beim sechsten Sprung aber fielen ihm in der Luft die Augenlider zu und er landete, Arme und Beine weit von sich gestreckt, rücklings auf dem Bett und regte sich nicht mehr. Bald hörte Sophie sein zufriedenes Schnarchen. Da gähnte auch Eiche und kroch in das kleine Bett.

Nur Sophie wollte nicht schlafen. Sie hatte noch etwas zu tun. Lautlos zog sie das Buch der Narren aus ihrer Tasche und streichelte es. »Es tut mir leid, liebes Buch«, sagten ihre Hände. »Ich hätte dich fragen müssen, ob ich deine schlafenden Seiten verwenden darf.«

Das Buch zuckte ein bisschen widerwillig, schlug dann aber doch die Seite *»Schöner, ungestörter Traum«* auf. Der *schöne ungestörte Traum* war ein mindestens sechsstündiger Traum, der beim Aufwachen einen Glücksmoment hervorrief. Ein sechsstündiger Tiefschlaf! Das war es, was Sophie brauchte, damit Eiche und Rolander nicht aufwachten, während sie weg war. Sophie strahlte und drückte das Buch der Narren dankbar an ihre Brust. »Wir raufen uns schon noch zusammen, wir zwei«, flüsterte sie.

Bald schon schlich sie sich aus dem Zimmer und irrte ein bisschen durch die Gänge, bis sie einen verlotterten Narren fand, der sie zu Ephraim führte.

Ephraim saß zwischen Stapeln von Büchern in einem kleinen, spartanisch eingerichteten Zimmer an einem Tisch und brütete über Plänen und Zeichnungen. »Ah, Sophie!«, sagte er, als sie eintrat. »Gut, dass du kommst. Ich wollte noch ein paar Dinge mit dir besprechen.« Er schaute Sophie über den Rand seiner Lesebrille hinweg an: »Unter vier Augen. Ich traue deinem Weggefährten nämlich nicht. Die Narrenelfe scheint in Ordnung, aber dieser Rolander … Ich weiß nicht, irgendetwas stimmt nicht mit ihm.«

»Ich traue ihm auch nicht«, sagte Sophie. »Ich glaube, er steht in Verbindung mit Kiéron. Ich habe ihn vor einigen Nächten belauscht. Wenn ich es richtig verstanden habe, soll Rolander mich zu ihm bringen. – Das will ich ja ohnehin. Also soll Rolander seinen Auftrag ruhig ausführen.« Sie überlegte und schüttelte dann den Kopf: »Ich werde nicht schlau aus ihm. Er verhält sich so … seltsam. Mal ist er nett, mal tobt er, ich kann nie voraussagen, was er als Nächstes tun wird.«

»Ich sehe, wir verstehen uns«, nickte Ephraim. »Dieses Gespräch bleibt also unter uns.« Er deutete auf den leeren Stuhl neben sich: »Setz dich doch.«

Sophie setzte sich und ergriff sogleich das Wort: »Ich brauche deine Hilfe, Ephraim: Kiéron ist sehr mächtig. Ich kann nicht allein gegen ihn in den Kampf ziehen. Ich brauche Mitstreiter. Aber da oben ist es wie ausgestorben, bisher ist mir nur eine Handvoll halb verhungerter Widerstandsnarren begegnet.«

»Theobald und seine Oasenkämpfer?«, fragte Ephraim.

Sophie schaute ihn verwundert an: »Du kennst sie?«

»Rebellen unter sich«, sagte Ephraim und zwinkerte verschwörerisch.

»Sie haben ihre Oasen aufgegeben und sind nun auf dem Weg zur Falkenburg«, sagte Sophie.

»Hervorragend!«, sagte Ephraim. »Wir werden dich selbstverständlich auch unterstützen. Schon seit Längerem bereiten wir uns hier im Untergrund auf den Kampf vor.«

»Ach tatsächlich?« Sophie richtete sich auf.

Ephraim nickte: »Sieh her.« Er breitete eine große Papierrolle auf dem Tisch aus. »Das ist ein Plan der Falkenburg.«

Sophies Augen weiteten sich: »Woher …?«

Ephraim lachte: »Unsere Spionageabteilung ist unschlagbar! Schau: Die Falkenburg besteht aus vier Ebenen. Drei oberirdischen, einer unterirdischen. Die Burg hat einen Nord- und einen Südtrakt. Die beiden Trakte verbindet ein Innenhof. Im Erdgeschoss befinden sich Gemächer, Trainings-, Aufenthalts- und Verpflegungsräume für die Schwarznarren. Die Obergeschosse erreicht man entweder über die Wendeltreppen in den Ecktürmen oder über die Stiegen vor dem Innenhof. Das erste Obergeschoss nennen sie *Labortrakt*. Hier befindet sich das Kontrollzentrum. Von dort aus werden das Narrenreich und die Menschenwelt überwacht.« Er tippte mit dem Finger auf die Karte. »Und hier ist das Entwicklungszentrum. Dort werden neue dunkle Narreteien entwickelt und getestet. Über den Nordostturm gelangt man in die dritte Ebene der Falkenburg, in den *Turmtrakt,* Kiérons Reich: Dort befinden sich sein Schlafgemach, sein persönlicher Kontroll- und Steuerraum und das Thronzimmer.«

Sophie horchte auf: »Ich glaube, in diesem Thronzimmer war ich schon!« Und sie erzählte Ephraim von ihrem Erlebnis im Moor der unendlichen Leichtigkeit. »Der Thron ist ziemlich unheimlich«, schloss sie ihren Bericht. »Er hat Armlehnen aus lebendigen Tieren. Sie sehen aus wie schreckliche Hunde. Höllenhunde.«

»Jaja«, nickte Ephraim. »Ich weiß davon. Kiéron hat einen ausgefallenen Geschmack. Vor ihrem Speichel muss man sich in Acht nehmen. Er dringt tief in den Körper ein und ätzt alles Glück aus ihm heraus. Am besten kann man sie ruhigstellen, indem man sie mit einem hellen Glücksmoment füttert. Du musst wissen, sie sind blind. Sie können die hellen Glücksmomente nicht von den dunklen unterscheiden.«

Sophie nickte. Sie war froh um diesen Rat.

»Wenn du schon im Thronzimmer warst, ist dir vielleicht dieser Raum aufgefallen«, sagte Ephraim, und sein Finger wanderte zu einem südlich gelegenen Raum, der direkt an das Thronzimmer angrenzte. »Hier befindet sich die Folterkammer. Sie ist nur durch ein Gitter vom Thronzimmer getrennt.«

Sophie schaute auf: »Eine richtige Folterkammer?« Ein Gitter war ihr nicht aufgefallen. Aber es war damals auch sehr dunkel im Thronzimmer gewesen.

Ephraim nickte: »Ja. Mit allem Drum und Dran. Dort hält Kiéron seine Spezialgefangenen fest.«

»Was für Spezialgefangene?«, fragte Sophie.

Ephraim zögerte und sagte dann leise: »Soweit wir informiert sind, hält er dort zurzeit drei Mitglieder des Narrenrats gefangen.«

Sophie starrte ihn ungläubig an: »Wen?«

»Das konnten wir noch nicht herausfinden.«

Sophie schluckte. Wenn Kiéron so mächtig war, dass er die Mitglieder des Narrentrats einfach so überwältigen konnte, wie sollte dann *sie,* die noch so wenig von der Narretei wusste, ihn besiegen? »Wo sind die restlichen Mitglieder des Narrenrats?«, fragte sie. Ihr Mund war ganz trocken.

»Das wissen wir nicht«, sagte Ephraim. »Nicht auf der Falkenburg, so viel steht fest. Unsere besten Spione sind auf der Suche nach ihnen. Bisher ohne Erfolg.«

»Kiéron wird sie doch nicht umgebracht haben?«, fragte Sophie ängstlich.

Ephraim zog die Augenbrauen hoch: »Na, das will ich nicht hoffen! – Ich gehe davon aus, dass sie untergetaucht sind. Hat denn keiner von ihnen Kontakt mit dir aufgenommen?«

Sophie schüttelte den Kopf. Nein, keiner hatte Kontakt mit ihr aufgenommen. Im Stich gelassen hatten sie sie.

Ephraim starrte nachdenklich auf die Zimmerwand. »Na ja, das wäre auch zu unsicher in Zeiten wie diesen.« Er richtete seinen Blick wieder auf Sophie: »Früher oder später werden sie sich bei dir melden. Zu dritt ziehen sie bestimmt nicht in den Kampf.«

»Hoffentlich«, sagte Sophie und lenkte das Gespräch wieder auf den Plan der Falkenburg. »Was ist mit dem Kellergeschoss?« Das Untergeschoss war nämlich mit einem großen Fragezeichen versehen.

»Keiner unserer Spione konnte bis jetzt in den Kellerbereich vordringen«, antwortete Ephraim. »Es gibt dort Sicherheitsbarrieren, die kaum zu durchbrechen sind. Wir wissen lediglich, dass es ein Labyrinth aus Räumen ist, in dem irgendwo die entrissenen inneren Kinder gefangen gehalten werden.«

Sophie horchte auf: Ein Labyrinth? Innere Kinder? Hastig zog sie das Buch der Narren hervor: »Liebes Buch, würdest du Ephraim bitte meine Pläne zeigen?«

Das Buch hörte an ihrer Stimme, dass es wichtig war, und öffnete sich ohne Widerstand. Die Seiten wurden dunkel, Sophies nächtliche Aufzeichnungen kamen zum Vorschein.

Fassungslos starrte Ephraim auf den Plan: »Woher hast du das, Sophie?«

Und Sophie erzählte ihm von ihrer allnächtlichen Suche nach dem rufenden Kind.

»Das muss es sein!«, rief Ephraim und er küsste erst das Buch der Narren (dessen Seiten ein wenig erröteten) und dann Sophie auf die Stirn. »Dieser Plan ist Gold wert, Sophie! Versuche, ihn unbedingt fertigzustellen.« Er hob den Finger: »Es ist aber nicht ungefährlich, in den Träumen dort unten zu wandeln. Sei also auf der Hut. Wenn du das Versteck der inneren Kinder gefunden hast, gib uns bitte sofort Bescheid.«

»Wie kann ich mit dir in Kontakt treten?«, fragte Sophie.

»Gedankenaustausch«, sagte Ephraim. »Wir erlauben unseren Gedanken, sich bei Bedarf miteinander zu verbinden.«

»Gedankenaustausch …«, wiederholte Sophie nachdenklich. Hatte sie nicht vor Kurzem im Buch der Narren davon gelesen? »Ist das die Narretei mit dem Codewort?«

»Genau!«, sagte Ephraim. »Wir vereinbaren ein Codewort, und wenn du mit mir in Kontakt treten willst, denkst du dieses Wort. Du darfst dann nur dieses eine Wort denken. Nichts anderes. Blocke ab, was auch immer dir sonst in den Sinn kommt.«

Sophie nickte und überlegte: »Wie wäre es mit ›*Untergrund*‹ als Geheimwort?«

»Brillant!«, sagte Ephraim. »So machen wir es.« Er sprang auf: »Komm, ich zeige ihn dir, den *Untergrund!*«

Ephraim führte Sophie durch mehrere Tunnelgänge zu einem großen, hell gestrichenen Raum mit vielen Arbeitstischen, an denen verlotterte Narren in Laborkitteln saßen und sehr angestrengt narritierten. Andere redeten einfach vor sich hin, obwohl ihnen niemand gegenübersaß. Vielleicht waren sie gerade mit irgendjemandem in Gedankenaustausch. An den Wänden hingen große Tafeln. Stifte, die von niemandem gehalten wurden, kritzelten wie von selbst darauf herum. Einige verlotterte Narren standen nachdenklich davor und studierten das Geschriebene aufmerksam. Manche von ihnen trugen seltsame Lupen auf den Köpfen, klappten sie von Zeit zu Zeit vor ihre Augen und schauten lange hindurch, andere hielten sich immer wieder große Trichter ans Ohr und lauschten mit angestrengten Mienen.

»Das ist unser Spionagelabor«, erklärte Ephraim. »Von hier aus überwachen wir das gesamte Narrenreich. Im Besonderen die Falkenburg.«

Als Sophie das hörte, machte ihr Herz einen hoffnungsvollen Sprung. »Ephraim!«, rief sie. »Habt ihr auch Zugang zur Menschenwelt? Mein Kontakt dorthin ist nämlich abgebrochen und ich sterbe fast vor Sorge um meine Familie. Kiéron hat gedroht, meiner Mutter ihr inneres Kind zu entreißen. Können mir deine Spione sagen, ob es ihr gut geht? Können sie nachschauen, ja?«

Doch Ephraim schüttelte den Kopf und Sophies Hoffnung schwand: »Auch unsere Verbindung zur Menschenwelt ist vor einiger Zeit abgebrochen. Ganz plötzlich war sie weg. Ich kann dir in dieser Angelegenheit also leider nicht weiterhelfen.«

»Daran bin ich schuld«, murmelte Sophie und senkte beschämt den Kopf.

»Woran?«, fragte Ephraim.

»Daran, dass keiner mehr Kontakt zur Menschenwelt hat«, sagte Sophie und erzählte von ihrer zu lang geratenen Projektionssteuerung.

Ephraim hörte ihr aufmerksam zu und meinte schließlich: »Das erklärt einiges. Der vollständige Kontaktabbruch ist ein sehr kluger Schachzug der dunklen Seite. Die Glücksmomentzufuhr ins Narrenreich ist somit endgültig unterbrochen und die Schwarznarren haben nun völlig freie Hand in der Menschenwelt.«

»Können denn die Schwarznarren noch zwischen den Welten hin- und herwandeln?«, fragte Sophie erschrocken.

»Aber ja«, sagte Ephraim. »Für sie sind die Wege weiterhin offen. Nur für uns Narren sind alle Kanäle durchtrennt. Deine etwas zu lang geratene Projektionssteuerung war eine perfekte Gelegenheit für sie, den vollständigen Abbruch zu vollziehen.«

»Wie meinst du das?«, fragte Sophie.

»Nun ja, eine Projektionssteuerung öffnet für gewöhnlich einen Verbindungskanal zwischen der Menschenwelt und dem Narrenreich, der frei ist von sämtlichen Schutznarreteien und Verschlüsselungen. Eine Projektionssteuerung muss ja theoretisch überallhin führen können. Deshalb verbindet sich dieser Kanal mit allen anderen Kanälen und so werden sämtliche Kanäle für die Dauer der Projektionssteuerung durchlässig. Hat dir Rolander denn nicht gesagt, wie gefährlich Projektionssteuerungen sein können? Ganz besonders in Zeiten wie diesen!«

Sophie wiegte den Kopf hin und her und sagte: »Nicht wirklich.« Rolander hatte nur angedeutet, dass es unter Umständen für sie selbst gefährlich sein konnte, er hatte nicht gesagt, dass sie damit womöglich das gesamte Narrenreich und die Menschheit gefährdete. Ob er ihr das absichtlich verschwiegen hatte?

»Jedenfalls«, fuhr Ephraim fort, »können in einer solchen Situation alle Kanäle gleichzeitig angezapft und, wie wir nun wissen, mithilfe der entsprechenden dunklen Narretei gekappt werden.«

Sophie kaute nervös an ihren Fingernägeln. Dann lag die Schuld also wirklich bei ihr! Insgeheim hatte sie gehofft, es sei nur ein Zufall gewesen.

»Mach dir keine Gedanken«, sagte Ephraim und klopfte ihr beruhigend auf die Schulter. »Früher oder später wäre das so oder so passiert. Hättest *du* der dunklen Seite keine Gelegenheit dazu geboten, hätte es ein anderer getan.«

»Meinst du?«, fragte Sophie.

»Ganz bestimmt«, sagte Ephraim.

Sophie fand es sehr nett von Ephraim, dass er versuchte, ihr das schlechte Gewissen zu nehmen, doch es half nichts. Das schlechte Gewissen blieb da, und Sophie wusste warum: *Ihretwegen* kamen keine neuen Glücksmomente mehr ins Narrenreich, *ihretwegen* konnten die Schwarznarren den Menschen nun ganz leicht ihre inneren Kinder entreißen, *ihretwegen* konnte keiner etwas dagegen tun. Nicht eines anderen wegen, nein, *ihretwegen*.

Ephraim schaute Sophie von der Seite an. Sie stand da wie ein begossener Pudel und zupfte unbeholfen an einer Haarsträhne. Sie tat ihm leid. Ihr schlechtes Gewissen und die Sorge um ihre Familie fraßen sie fast auf. Er musste ihr helfen. Auch wenn das bedeutete, das Sophie und ihre Gefährten über einen Umweg zur Falkenburg gelangen würden. Der Umweg war besser als eine Retterin, die mit dem Kopf nicht bei der Sache war. »Ich weiß, wie du herausfinden kannst, ob es deiner Familie gut geht«, sagte er also. »Auf eurem Weg zur Falkenburg werdet ihr als Nächstes die Hochebene der Fragen durchqueren. Dort lebt ein Wesen, das der dunklen Seite bislang entgangen ist: der närrische Denkstein. Er weiß alles.«

Sophie richtete sich auf: *»Alles?«* Ihre Augen leuchteten.

»Ja. Alles.«

»Dann braucht ihr ihn für eure Spionagetätigkeiten!«, rief Sophie.

»Ähm, nein«, sagte Ephraim.

Sophie verstand nicht: »Warum nicht?«

»Weil der närrische Denkstein nur eingeschränkt allwissend ist«, antwortete Ephraim. »Er weiß zwar alles, aber jedes Wesen darf ihm nur eine einzige Frage stellen. Weitere Fragen beantwortet er nicht.«

»Warum?«, fragte Sophie.

Ephraim hob die Schultern: »Weil er eben so ist. Seine allwissende Gabe reicht nicht über die erste Frage eines jeden Individuums hinaus.«

»Hm«, machte Sophie. »Und hier im Untergrund gibt es keinen einzigen Narren, der dem närrischen Denkstein seine Frage noch nicht gestellt hat?«

»Nein«, sagte Ephraim. »Aber du, Sophie, du hast ihm deine Frage noch nicht gestellt.« Er schaute ihr tief in die Augen und hob den Zeigefinger: »Eines aber rate ich dir: Sei weise in der Wahl deiner Frage. Du hast nur diese eine. Vergeude sie nicht. Stelle dem närrischen Denkstein deine eine und einzige, deine wichtigste Lebensfrage.«

Sophie nickte. Die Frage nach dem Wohlergehen ihrer Mutter war momentan ihre eine und einzige, ihre wichtigste Lebensfrage.

»Der närrische Denkstein beantwortet Fragen übrigens nur, wenn man ihm eine Geschichte erzählt, die er noch nicht kennt«, sagte Ephraim wie beiläufig und führte Sophie zuerst in die Trainingshalle, wo die Untergrundnarren ihre närrischen Fähigkeiten trainierten und sich auf den Kampf vorbereiteten, und dann in die strategische Abteilung, wo der Angriff auf die Falkenburg geplant wurde. Es sah dort aus wie in einem Großraumbüro, das mit Landkarten tapeziert war.

Auf den Tischen lagen Pläne, über denen Narren mit spitzen Bleistiften, Zirkeln und Linealen brüteten. Gleich daneben befand sich das Statistik-Institut: Überall im Raum schwebten dreidimensionale Grafiken und Diagramme, die sich immer wieder veränderten: Flächen-, Balken- und Blasendiagramme, Linien-, Kreis- und Netzdiagramme. »Die Anzahl der Schwarznarren ist in den letzten Monaten stark gestiegen«, erklärte Ephraim und zeigte auf ein besonders großes Diagramm. »Die Zahl der noch frei herumlaufenden Narren liegt mittlerweile praktisch bei null.«

»Wo genau finde ich den närrischen Denkstein?«, fragte Sophie auf dem Weg zum nächsten Raum. Sie konnte gerade an nichts anderes denken.

»Tja«, Ephraim wiegte seinen Kopf hin und her, »das ist nicht so einfach. Er hält sich für einen Nomaden, ist selten länger als eine Woche an einem Ort. Er kann also überall in der Hochebene der Fragen sein. Ohne fremde Hilfe wirst du ihn nicht finden. Seine Tarnung unter all den anderen Steinen ist geradezu perfekt. Frag am besten die farbenprächtige Fünfpunktekröte, wo er ist. Die beiden sind miteinander befreundet.«

»Wer ist die farbenprächtige Fünfpunktekröte?«, fragte Sophie und zog die Augenbrauen hoch.

»Sie lebt in einer Grotte in der Hochebene der Fragen«, erklärte Ephraim. »Auf ihrem Rücken trägt sie fünf Punkte. Jeder hat eine andere Farbe. So gerne, wie der närrische Denkstein seinen Aufenthaltsort wechselt, tauscht sie ihre Farben aus. Auf diese Weise kann sie ihre Identität ständig wechseln. Sie mag es nämlich nicht, immer ein und dieselbe zu sein. Sie glaubt, sie sei mehrere. Vermutlich ist sie deshalb so gut mit dem närrischen Denkstein befreundet. Zwei, die den Stillstand nicht ertragen, passen gut zusammen. Bring der farbenprächtigen Fünfpunktekröte eine Farbe, die sie gerade nicht trägt, und sie wird dir den Aufenthaltsort des närrischen Denksteins verraten.«

Sophie stöhnte: »Aber woher soll ich wissen, welche Farbe die Kröte gerade nicht trägt? Und wo finde ich diese Farbe?«

Ephraim lachte und blieb vor einer großen Tresortür stehen: »Bei der umschlungenen Weggabelung auf dem Weg zur farbenprächtigen Fünfpunktekröte bekommst du verschiedenste Farben. Welche davon allerdings die richtige ist, musst du selbst herausfinden.«

Sophie schüttelte den Kopf: eingeschränkt allwissende närrische Denksteine, die sich für Nomaden hielten, verschiedenfarbige Fünfpunktekröten, die glaubten, sie seien mehrere, Weggabelungen, die umschlungen waren. – Wie sollte man denn da den Überblick bewahren?

Acht Schlösser musste Ephraim öffnen, bis die Tresortür aufsprang und sie einen Raum betreten konnten, der von oben bis unten mit kleinen, schwarzen Schachteln vollgestopft war. Das war das Glücksmomentelager.

Ephraim zeigte Sophie in dieser Nacht noch viele weitere Räume. Die Vorbereitungen für den Kampf waren in vollem Gange. Die Untergrundnarren arbeiteten wie fleißige Bienen, keiner schlief. Nichts sollte dem Zufall überlassen bleiben.

Ganz zum Schluss gelangten sie zu einem tiefen Schacht, in dem gebohrt und gehämmert wurde. Schienen führten in den dunklen Schlund. Leere Waggons fuhren hinein, mit Erde und Stein befüllte kamen heraus. »Oben sind wir nicht mehr sicher«, erklärte Ephraim. »Deshalb bauen wir diesen Tunnel. Er wird uns unterirdisch zum Adlerfelsen führen. Bald sind wir so weit.«

»Können wir …«, begann Sophie.

»Nein«, unterbrach sie Ephraim, der wusste, worauf sie hinauswollte. »Rolander, Eiche und du, ihr solltet eure Reise oberirdisch fortsetzen. Ich weiß, das klingt beunruhigend. Aber die dunkle Seite hat euch bestimmt im Visier. Ihr dürft nicht zu lange hier unten bleiben, sonst schöpfen sie Verdacht und der Untergrund fliegt auf. Wir werden uns beim Adlerfelsen wiedersehen.«

In dieser Nacht kroch Sophie erschöpft, aber irgendwie erleichtert unter ihre Bettdecke. Zum ersten Mal seit ihrem Aufbruch verspürte sie so etwas wie Hoffnung und ein kleines bisschen Zuversicht.

Kapitel 14

DIE HOCHEBENE DER FRAGEN

An einer wackeligen Strickleiter waren sie einen Schacht hinaufgeklettert. Dunkel war es gewesen wie in einer mondfinsteren Nacht und der Weg hatte nicht enden wollen. Sophie hatte sich unwohl gefühlt. Nun aber stand sie auf einer kleinen Anhöhe und freute sich über das Tageslicht wie schon lange nicht mehr. Vor ihr lag eine saftig grüne Hügellandschaft. Schmale Wege schlängelten sich durch das Gras, führten an graublau schimmernden Seen vorbei, an Ruinen, Schlössern und Flüssen. »Ist das die Hochebene der Fragen?«

Rolander schaute sich um, nickte und kratzte sich nachdenklich am Kopf: »Seltsam, sieht noch völlig unberührt aus.« Seine Augen verengten sich zu schmalen, misstrauischen Schlitzen: »Seeehr verdächtig. Wir sollten achtsam sein.«

Auch Sophie sah weit und breit keine Anzeichen von Dunkelheit. Und noch etwas sah sie nicht. »Wo ist eigentlich Eiche?« Ihr Blick wanderte unruhig zum Schacht.

Rolander winkte ab: »Ach *die*!«

Seine Gleichgültigkeit alarmierte Sophie: »Was hast du mit ihr gemacht?«

»Nichts«, sagte Rolander, setzte sich ins Gras und schaute mit Unschuldsengelblick zu den Wolken.

»Rolander, wo ist Eiche?«

Der Narr hob die Schultern und tat so, als gehe ihn das alles nichts an. »Ich nehme an, sie ist noch irgendwo da drin.« Er deutete in den Schacht.

»Aber sie saß doch auf deiner Schulter, als wir losgingen«, sagte Sophie.

»Ich habe sie abgesetzt«, sagte Rolander. »Sie war mir lästig.«

»Das kann doch nicht wahr sein!«, stöhnte Sophie und spähte in den Schacht. »Eiche, bist du noch da?«

Rolander kicherte: »Meinst du etwa, sie wird dir antworten?«

»Ach, sei still!«, fauchte Sophie und streckte ihre Hand, so tief es ging, in das dunkle Loch. »Hierher Eiche! Halt dich fest. Ich ziehe dich hoch.« Es dauerte eine ganze Weile, bis endlich eine kleine verschwitzte Hand nach ihrem Zeigefinger griff.

Eiche war ganz zerzaust. Mit wütendem Blick flatterte sie zu Rolander und biss ihm ins Ohr. Rolander schrie auf und schnappte nach ihr.

»Hört auf!«, rief Sophie und trennte die beiden.

Rolander verschränkte die Arme und Eiche wandte sich von ihm ab. Die Luft zwischen ihnen knisterte.

»Vertragt euch wieder!«, sagte Sophie.

Eiche und Rolander schüttelten einhellig die Köpfe.

»Na immerhin *darüber* seid ihr euch einig«, sagte Sophie. »Hört zu, ich möchte hier in der Hochebene etwas erledigen, bevor wir weiterziehen.«

Rolander und Eiche schauten verwundert zu Sophie auf.

»Seit ich nicht mehr projektionssteuern kann, mache ich mir große Sorgen um meine Familie. Deshalb möchte ich zum närrischen Denkstein. Ich will ihn fragen, ob es meiner Familie gut geht.«

Rolander starrte Sophie ungläubig an: »Das ist doch keine Frage für den närrischen Denkstein! Das ist Vergeudung! Dem närrischen Denkstein muss man *wichtige* Fragen stellen.«

»Also hör mal!«, sagte Sophie. »Das Wohl meiner Familie ist unglaublich wichtig! Zumindest für mich.«

Eiche freute sich diebisch darüber, dass sich Sophies Empörung gegen Rolander richtete. Mit herausgestreckter Zunge flatterte sie vor seinem Gesicht auf und ab. Rolander schlug nach ihr wie nach einer Fliege, doch Eiche war flink und er traf sie nicht.

»Hör auf, Eiche«, sagte Sophie und wandte ihren Blick dabei nicht von Rolander ab.

»Ich meinte damit doch nur, na ja«, wand sich der Narr, »dass du mit der Antwort auf diese Frage nicht viel anfangen kannst. Wenn der Stein sagt, es geht deiner Familie gut, bist du beruhigt und gehst weiter deines Weges. Wenn der Stein sagt, es geht deiner Familie nicht gut, bist du beunruhigt, kannst aber nichts dagegen tun und gehst trotzdem weiter deines Weges. Die Frage nützt dir also nichts.«

»Ja, das mag sein«, sagte Sophie. »Aber ich muss es trotzdem wissen. Ich denke ständig an meine Familie, ich kann mich auf nichts anderes mehr konzentrieren. Wenn mir der närrische Denkstein sagt, dass es allen gut geht, bin ich beruhigt und kann eine bessere Retterin sein.«

Mit im Rücken verschränkten Armen ging Rolander um Sophie herum. Sein Blick klebte an ihr wie Marmelade. »Und was, wenn er dir sagt, dass es ihnen *nicht* gut geht?«, fragte er schließlich.

Sophie kaute nervös an ihrer Unterlippe und schwieg. Eiche rollte mit den Augen und bedeutete Rolander, es gut sein zu lassen.

Da lief Rolanders Gesicht rot an, und er sprang mehrmals verärgert in die Luft: »Ja seid ihr denn nun beide verrückt geworden?« Er schrie so laut, dass Eiche und Sophie zusammenzuckten. Doch dann zügelte er sich und sagte bemüht freundlich lächelnd durch seine Zähne: »Na gut, dann gehen wir eben zum närrischen Denkstein.« Sein Gesicht kam ganz nah an Sophies heran, als er fast ein bisschen triumphierend fragte: »Weißt du denn, wo er gerade ist? – Na? Na?« Dabei pikste er Sophie mehrmals mit ausgestrecktem Zeigefinger in den Bauch.

Sophie schüttelte entmutigt den Kopf: »Nein. Wir müssen die farbenprächtige Fünfpunktekröte fragen.« Unsicher blickte sie auf und erwartete das Schlimmste, als sie fragte: »Kannst du mich zu ihr bringen?«

Rolander stieß laut den Atem aus: »Wir verschwenden unsere Zeit, Sophie!« Doch als er das Flehen in ihren Augen sah, wurde er weich und marschierte mit einem schweren Seufzer und hängenden Schultern los.

Der Weg führte Sophie und ihre Gefährten über sanfte Hügel, weite Felder und schmale Brücken. Sie durchquerten Waldstücke und kamen an Seen vorbei. Die Sonne stand tief. Ihr Licht ließ die Farben der Gräser satt und kontrastreich leuchten. Zum ersten Mal seit Langem konnte Sophie wieder frei und ruhig atmen. »Erzähl mir von der Hochebene der Fragen«, bat sie Rolander.

Der Narr richtete sich erklärungsfreudig auf: »Die Hochebene der Fragen gehört der Weisheitsnarretei an. Den zentralen Punkt der Ebene bildet der närrische Denkstein. Bis vor Kurzem pilgerten täglich noch Hunderte Narren zu ihm, um ihm die wichtigste Frage ihres Lebens zu stellen. Die Hochebene der Fragen ist ein höchst narrosophischer Ort. Närrische Fragen wachsen auf den Bäumen, die Themen schwimmen in den Flüssen. Man muss nur zugreifen und schon hat man närrischen Gesprächsstoff für mehrere Tage. Warte, ich hole rasch eine Frage.« Rolander kletterte auf den nächstgelegenen Baum.

»Hm. Seltsam«, hörte Sophie ihn murmeln. »Das gibt's doch nicht!« Es raschelte in den Blättern. »Wo sind sie nur?«

Und als Rolander wieder bei Sophie stand, steckten mehrere Äste in seinem Haar und er schaute ratlos drein. »Nichts. Keine einzige Frage auf dem Baum.« Er riss einem Ast ein Blatt ab und biss hinein. »Intellnärrische Narrosophen«, schmatzte er, »kamen früher in Scharen hierher. Sie wanderten gemeinsam durch die Gegend, pflückten hier eine Frage vom Baum, fischten dort ein Thema aus dem Fluss und sammelten so Stoff für abendfüllende Gespräche auf den Ruinen. Es fanden auch immer wieder narrosophische Konferenzen statt und Fragetagungen. – Ach, Fragetagungen! Die machen so viel Spaß!« Rolander seufzte wehmütig. »Da werfen die Teilnehmer drei Tage lang Fragen in den Raum und sich gegenseitig zu.«

»Und beantworten sie«, ergänzte Sophie.

»Nein, die Fragen bleiben entweder offen im Raum stehen oder werden kommentarlos zurückgeworfen.«

Das klang nicht sinnvoll für Sophie: »Warum macht ihr das?«

»Aus purer Freude am Fragen«, sagte Rolander. »Auch Fragen haben das Recht, gewürdigt zu werden. Heute will ja jeder nur noch Antworten, immerzu Antworten. Keiner freut sich mehr über Fragen.« Sein Blick verfinsterte sich. »Die Fragen haben es heutzutage wirklich nicht mehr leicht.« Er warf das mittlerweile völlig zerkaute Blatt auf den Boden, zog sich einen Ast aus den Haaren und nagte an seiner Rinde weiter.

Sie kamen in einen größeren Wald. Bei einer Abzweigung blieb Rolander so abrupt stehen, dass Sophie fast in ihn hineinlief. Drei Wege führten von dort weg. Einer war der, den sie gekommen waren, ein anderer führte tiefer in den Wald. Der dritte Weg ging nach links, dorthin, wo sich die Bäume lichteten. Rolander kniete nieder, roch am Boden, horchte, klopfte, drehte sich um und blinzelte in die Luft. »Das ist sie«, sagte er.

»Wer?«, fragte Sophie.

Rolander zeigte auf die drei Bäume, die zwischen den Wegen wuchsen. Wilde Rosen umrankten ihre Stämme. Sophie verstand nicht und schüttelte den Kopf.

»Komm her«, sagte Rolander und klopfte neben sich auf den Boden. »Folge meinem Blick.«

Etwas widerwillig setzte sich Sophie und schaute in die Luft. Da sah sie, was Rolander meinte. Über ihnen wuchsen die Ranken der Rosen zusammen und bildeten ein Tor. Es sah so aus, als würden die Rosen die Weggabelung in der Luft umschlingen. Sie hatten sie gefunden: die umschlungene Weggabelung!

Der Boden bebte. Sophie und Rolander sprangen auf. »Wohin des Weges?«, fragte eine erdige Stimme. Sophie schaute sich verwundert um. Sie konnte nicht ausmachen, woher die Stimme kam.

Rolander aber zog seinen Hut, den er nicht hatte, und verbeugte sich tief. Sophie verstand nicht, warum er das tat. Als sie jedoch einen unsanften Stoß in ihren Rippen spürte, nahm auch sie ihr Kleid, das sie nicht trug, und machte einen kleinen Knicks.

»Guten Tag, werte umschlungene Weggabelung«, sagte Rolander. »Wir wollen zur farbenprächtigen Fünfpunktekröte und möchten ihr eine Farbe mitbringen.«

Die Weggabelung freute sich: »Wie schön! Es ist so lange her, seit zuletzt einer da war, der eine Farbe haben wollte. Immer nur dieses dunkle Gesindel!«

»Kommen hier denn viele Schwarznarren vorbei?«, fragte Sophie.

»Unzählige«, sagte die Weggabelung. »Sie haben die Hochebene verdorben. Auf den ersten Blick sieht man es nicht, aber es gibt hier kein Leben mehr. Alle Themen sind vertrocknet, alle Fragen verkümmert. Was ist nur aus den guten alten Zeiten geworden?« Die Weggabelung seufzte. »Aber jetzt seid ja ihr da, und ihr wollt eine Farbe, das ist schön.« Der Boden bebte schon ein bisschen leichter.

Dann aber Stille. Keiner rührte sich. Die Weggabelung räusperte sich. Rolander stieß Sophie in die Rippen und flüsterte: »Sie will einen Glücksmoment.«

»Einen Glücksmoment?«

»Ja, für die Farbe. Du hast doch noch welche, nicht wahr?« Rolander zeigte auf die Mitte der Weggabelung: »Leg einen hierhin.«

Sophie tat, was der Narr ihr sagte, und plötzlich spürte sie eine Erschütterung unter sich. Gerade noch rechtzeitig wich sie zurück, denn eine Spalte, einem gierigen Mund gleich, riss im Boden auf und der Glücksmoment fiel hinein. Die Spalte kaute und schluckte, der Boden bebte, dann wuchs ein Busch aus ihr heraus. Ein kleiner, strubbeliger Busch mit knittrigen Ästen und einem Bauchladen vor dem Blätterbauch. »Ihr wollt also eine Farbe für die farbenprächtige Fünfpunktekröte?«, fragte der Busch und zeigte auf fünf gleich aussehende Jutebeutelchen, die ordentlich auf dem Bauchladen aufgereiht waren. »Bitte, bedient euch!«

»Hmpf«, machte Rolander mit einem unzufriedenen Blick auf die Beutelchen.

»Ich weiß, ich weiß«, raschelte der Busch beschämt. »Die Auswahl ist nicht besonders groß. Die Waren sind knapp in Zeiten wie diesen.«

»Sind das alles die gleichen Farben?«, fragte Sophie.

»Nein, nein«, sagte der Busch. »In jedem Beutel steckt eine andere.«

»Und die Farbe, die die farbenprächtige Fünfpunktekröte gerade nicht trägt, ist dabei?«

»Aber natürlich!«, sagte der Busch. Seine Stimme klang fast ein bisschen gekränkt.

»Welche ist es denn?«, fragte Sophie.

»Das weißt nur du allein«, sagte der Busch.

Hilfe suchend schaute Sophie zu Rolander. Woher sollte sie das wissen? Doch der Narr hob nur kühl die Schultern: »Du bist diejenige, die zum närrischen Denkstein will, also musst du auch die Farbe auswählen.«

Sophie überlegte und beschloss: »Dann nehme ich gleich alle fünf Farben.«

Der Busch aber schüttelte sein Gestrüpp: »Alle elffünfdrittel Tage nur eine Farbe, so ist die Regel.«

»So viel Zeit haben wir aber nicht«, mischte sich Rolander ein. »Wenn es bei diesem Versuch nicht klappt, müssen wir ohne den närrischen Denkstein weiterziehen. Wir vergeuden bereits jetzt viel zu viel Zeit für eine Frage, die …« Eiche zwickte Rolander in den Hals. »Mistvieh!«, fauchte Rolander und verstummte.

Sophie stand da und wusste nicht, was tun. Sie konnte unmöglich in den Kampf ziehen, wenn sie nicht wusste, wie es ihrer Mutter ging.

Der Busch wurde unruhig: »He, was ist jetzt? Ich habe nicht den ganzen Tag Zeit.«

»Na, na!«, sagte Rolander, »Sie wird doch wohl in Ruhe überlegen dürfen.« Er schaute sich um. »Der Ansturm an Käufern hält sich schließlich in Grenzen.« Und zu Sophie sagte er: »Probier es mit Intnarritution.«

»Intnarriwas?«, fragte Sophie.

»*Intnarritution*«, wiederholte Rolander und setzte sich seine unsichtbare Lehrerbrille auf. »Du weisst es vielleicht nicht, aber die menschliche Intuition ist etwas höchst …«

»Närrisches«, sagte Sophie und verdrehte die Augen. Wie hätte es auch anders sein können?

»Genau«, sagte Rolander. »Ihr Menschen glaubt, die Intuition stecke in euch, aber eigentlich ist sie Narrenwerk. Sie entsteht durch Intnarritution. Und die Intnarritution ist eine Entscheidungsnarretei. Also mein Spezialgebiet. Wie gut, dass es den alten Rolander gibt!« Er lächelte selbstgefällig, während er Sophie erklärte, wie man eine Intnarritution vollzog.

Es war ähnlich wie ›*Ein Licht leuchten lassen*‹, doch das

Licht zeigte nicht von *außen* einen Weg, sondern man spürte und sah es *in sich*. Sophie musste nur die Augen schließen, langsam mit der Hand über die Farbbeutelchen fahren und sich auf die Farbe konzentrieren, die sie finden wollte. Beim richtigen Beutelchen würde sie Wärme spüren und ein Licht vor ihrem inneren Auge sehen.

So schloss Sophie also die Augen und stellte sich den Beutel mit der richtigen Farbe vor. Einfach war das allerdings nicht, denn sie wusste ja weder, in welchem Beutelchen welche Farbe war, noch, welche Farbe sie überhaupt suchte. Eben die richtige. Also konzentrierte sie sich kurzerhand auf das unbekannte Richtige. Langsam fuhr sie mit der Hand über die Beutelchen. Doch über jedem war es gleich warm, und es wurde auch nirgendwo hell. Entmutigt ließ Sophie ihre Hand sinken.

»Atme tief durch«, sagte Rolander und schluckte eine Brombeere, die er nicht hatte. »Leere deine Gedanken. Konzentriere dich ausschließlich auf die richtige Farbe. Es ist viel zu viel unnützes Zeug in deinem Gehirn.«

Sophie nickte und dachte an die schmunzelnde Narritation: Wenn man sich so stark auf ein Schmunzeln konzentrieren konnte, dass man alles um sich herum vergaß, musste das mit einer unbekannten Farbe doch auch möglich sein.

Und tatsächlich war das Beutelchen mit der unbekannten richtigen Farbe bald so wichtig, dass nichts anderes mehr in Sophies Kopf Platz fand. Langsam, konzentriert fühlend, verweilte sie noch einmal über jedem Beutelchen: Erstes Beutelchen, nichts. Zweites Beutelchen, nichts. Drittes Beutelchen, nichts. Viertes Beutelchen, nichts.

Nein, nicht nichts! Da war etwas. Da wurde es warm und

hell. Sophie war sich ganz sicher. Aufgeregt zeigte sie auf das vierte Beutelchen: »Das hier ist es!«

»Na endlich«, sagte der Busch und raschelte mit dem Gestrüpp. »Also so lange hat noch keiner für seine Farbentscheidung gebraucht. Aber so ist das wohl in schwierigen Zeiten: Niemand ist mehr bereit, ein Risiko einzugehen. Jeder setzt auf Sicherheit. Also bitte: Viertes Beutelchen von links. Nehmt es. Viel Glück bei der farbenprächtigen Fünfpunktekröte.« Mit diesen Worten verschwand der Busch im Mund der Weggabelung und der Mund verschwand im Weg. Zurück blieb das vierte Beutelchen von links. Sophie nahm es und betrachtete es von allen Seiten: »Ist das die richtige Farbe?«

Rolander hob die Schultern: »Keine Ahnung. Welche ist es denn?«, und er tappte ungeduldig von einem Bein auf das andere. »Los, mach schon auf!«

Behutsam öffnete Sophie den Beutel. Ein orangefarbener Lichtstrahl kam ihr entgegen.

»Nonange!«, rief Rolander verzückt. »Meine Lieblingsfarbe!«

»Aber Rolander, das heißt nicht *Nonange*«, sagte Sophie. »Das heißt *Orange*!«

»Mir gefällt *Nonange* aber viel besser«, sagte Rolander und untermauerte es mit einem heftigen Nicken.

Der Boden wurde feuchter. Sophies Schuhe waren schon ganz nass. Rolander blieb aber erst stehen, als sie an einem dunkel schimmernden See ankamen. Aus dem Wasser ragte ein mächtiger Felsen und durch eine schmale Öffnung gähnte nachtschwarze Dunkelheit. »Da drin ist die Grotte, in der die farbenprächtige Fünfpunktekröte wohnt«, sagte Rolander.

»Nicht besonders einladend«, sagte Sophie und hoffte inständig, dass sie die richtige Farbe bei sich trug.

Am Ufer lag ein altes, abgewetztes Boot. Rolander ging zielsicher darauf zu. Sophie verstand, dass es für die Überfahrt da war. »Auch nicht besonders einladend«, murmelte sie.

»Es hat schon achthundertneunundsechzig Jahre überdauert, also wird heute bestimmt nicht der Tag sein, an dem es untergeht«, sagte Rolander.

»So etwas Ähnliches hast du über die Brücke auch gesagt«, sagte Sophie. »Und was ist passiert?«

Rolander stellte sich dumm: »Welche Brücke?«, und rückte sich das Jackett zurecht, das er nicht trug. Sophie verdrehte die Augen.

Ihr war unwohl zumute, als sie in den schwarzen Schlund des Felsens ruderten, doch es dauerte nicht lange, da verwandelte sich das Unwohlsein in Staunen: Vor ihnen öffnete sich eine helle und freundliche Höhle. Ihre Wände schimmerten geheimnisvoll. Funkelnde Stalagmiten wuchsen vom Boden empor, Stalaktiten hingen von der Decke. Wundersam leuchtende Wesen schwirrten durch die Luft. Tropfen rannen an den Stalaktiten herab, perlten auf das Wasser und auf den Stein. Beim Aufprall entstanden Töne wie bei einem Glockenspiel. Sophie schloss die Augen und lauschte der gläsernen Melodie. Sie lächelte. Die Luft war angenehm kühl. Sie roch frisch und klar wie an einem Gebirgsbach und ein bisschen nach nassem Stein. Für einen Augenblick vergaß Sophie die Sorge um ihre Mutter. Doch wirklich nur für einen Augenblick, denn da legten sie schon bei einem Steinplateau an, und Rolander sang: »Wir sind daaa-ha! Jahaaa-ha! Alle auuus-steigen!«

Im Halbdunkel erkannte Sophie die Umrisse eines sitzenden Tieres. Die Beine angewinkelt, der Körper fleischig, der Rücken rund. Das musste die farbenprächtige Fünfpunktekröte sein.

»Oh wie schön, Besuch!«, krächzte sie schon von Weitem.»Herzlich willkommen! Schon so lange war keiner mehr da! Kommt, setzt euch. Was führt euch zu uns?«

Sophie schaute sich um: Da war weder eine Sitzgelegenheit noch eine zweites Tier. Ganz leise flüsterte sie Rolander zu: »Wer sind *wir*?«

»Sie denkt, sie ist mehrere«, raunte der Narr.

Sophie fiel ein, dass Ephraim etwas Ähnliches über die Kröte gesagt hatte. Nun verstand sie, was er damit gemeint hatte. Sie setzte sich auf den Boden und versuchte zu erkennen, welche Farben die Kröte auf ihrem Rücken trug. Doch es gelang ihr nicht, die Kröte saß im Schatten.

»Wir sind gekommen, weil wir von euch wissen wollen, wo sich der närrische Denkstein zurzeit aufhält«, sagte Rolander.

»Aaaah!«, krächzte die Kröte. »Das haben wir uns schon gedacht. Ihr seht aus wie Suchende und Fragende.« Sie machte eine Pause und schmatzte. »Habt ihr uns denn eine Farbe mitgebracht?«

»Ja«, sagte Sophie und gab ihr den Beutel. Ihre Hände waren feucht vor Aufregung. »Wir hoffen, dass es die richtige ist.«

»Das hoffen wir auch«, sagte die Kröte. Sie öffnete den Beutel mit dem Maul. Das Orange warf ein warmes Lichtspiel auf ihr Gesicht. Reglos starrte die Kröte in den Beutel. Reglos starrten Sophie, Rolander und Eiche auf das Tier. Dann endlich schaute die Kröte hoch. Sophie war wie gelähmt, als sie ihr durchdringender Blick traf: Es war die falsche Farbe!

»Nonange!«, krächzte die Kröte. »Wunderbar nonangenes Nonange! Genau *das* hat mir gefehlt!« Sophie atmete auf. »Aber was hätten wir auch anderes von einem solch hohen Besuch erwarten können? Was meint ihr, welche Farbe sollen wir austauschen?« Sie drehte sich um. Nun endlich sahen Sophie und ihre Gefährten die Farben auf ihrem Rücken.

»Blau«, sagte Sophie. »Grün«, sagte Rolander, und Eiche zeigte auf den violetten Punkt.

»Na, wenn das so ist«, sagte die farbenprächtige Fünfpunktekröte, »tauschen wir die gelbe Farbe aus.« Und schon saß an der Stelle des gelben Punktes ein *nonangener*. Stolz stellte die Kröte ihren neuen Rücken zur Schau: »Na, sehen wir nicht schick aus?«

»Äußerst schick und farbenprächtig«, sagte Sophie.

»Und so anders«, sagte Rolander.

»Ja, das finden wir auch«, sagte die Kröte und betrachtete zufrieden ihr Spiegelbild im Wasser. Erst als ihr das zu dumm wurde, holte sie eine Pergamentrolle aus einem Felsvorsprung. »Das ist ein Plan der Hochebene der Fragen«, sagte sie und reichte ihn Sophie. »Der Aufenthaltsort des närrischen Denksteins ist darauf eingezeichnet. Und nun erzählt: Was macht unsere mögliche Retterin in der Hochebene der Fragen? Wohin geht sie?«

Eigentlich hatte Sophie es eilig, zum Denkstein zu kommen, doch sie wollte nicht unhöflich sein. In kurzen Sätzen schilderte sie ihr Vorhaben, und als sie damit fertig war, fiel ihr ein: »Möchtest du, äh, möchtet *ihr* uns vielleicht helfen? Wir könnten eure Unterstützung brauchen. Kommt auch zum Adlerfelsen und kämpft mit uns gegen die dunkle Macht.«

Die Kröte schloss die Augen und wiegte sich noch mehrmals

nachdenklich hin und her. Schließlich aber öffnete sie wieder die Augen und krächzte: »Hier in der Grotte sind wir geschützt. Die umschlungene Weggabelung passt auf uns auf. Doch die Zeit des Aufbruchs ist gekommen. Wir werden euch helfen. Wir hüpfen schon einmal los, während ihr zum närrischen Denkstein geht. Wir sind ja nicht die schnellsten. Beim Adlerfelsen sehen wir uns wieder. Adieu!« Und so sprang sie davon.

Als das Boot wieder am Ufer anlegte, sah Sophie einen dunklen Schatten im Dickicht der Bäume. – Ein Schwarznarr? Sophie erkannte es nicht genau. Für einen Augenblick starrten sie einander an, der Schatten und das Mädchen, doch dann verschwand der Schatten im Wald. Lautlos. Und es war Sophie, als hätte sie ihn sich nur eingebildet. »Habt ihr das auch gesehen?«, fragte sie.

»Was?«, fragte Rolander. Seine Augen weiteten sich alarmiert.

»Dieser Schatten, der eben im Wald verschwunden ist.« Sophie zeigte auf die Stelle zwischen den Bäumen.

»Schatten?« Rolander schüttelte den Kopf. »Ich habe nichts gesehen.« Er rümpfte die Nase. »Vielleicht war es nur eine Lichtspiegelung. So etwas kann vorkommen, wenn man aus der Dunkelheit kommt.« Doch an seinem nervös suchenden Blick erkannte Sophie, dass er an seiner Erklärung zweifelte, und das beunruhigte sie nur noch mehr. Bald war sie sich ganz sicher: Irgendwo dort im Dunkeln lauerte der Schatten, irgendwo zwischen den Bäumen, im Gebüsch, lauerte Gefahr.

»Gibst du mir die Karte?«, drang Rolanders Stimme an ihr Ohr.

»Hm?«, machte Sophie gedankenverloren. »Ach so, die Karte. Natürlich. Hier, bitte.«

Rolander nahm die Karte, rollte sie auf und stöhnte: »Das ist ja am anderen Ende der Hochebene! Was für ein Umweg für eine Frage, deren Antwort uns nicht weiterhilft!« Er schüttelte den Kopf und ging los.

Sophies Sinne waren während des ganzen Marschs auf Verfolger ausgerichtet. Ständig hörte sie Schritte, krachende Hölzer, raschelnde Blätter. Sie hörte Stimmen, die flüsterten, und spürte immer wieder einen kalten Lufthauch am Nacken, der sie schaudern ließ. Doch wann immer sie sich umdrehte, war da nichts.

Als es dämmerte, schlugen sie etwas abseits auf einer kleinen Lichtung ihr Nachtlager auf. Sophie war froh, als sie im Schutzzelt saß, denn nun musste sie für eine Weile nicht mehr an den unsichtbaren Verfolger denken. Ach, wie gerne wollte sie jetzt bei ihrer Familie sein! Es war schon so lange her. Was gäbe sie für ein Abendessen zu Hause, ein gutes Gespräch, ihr Bett. Sophie war müde. Aber schlafen konnte sie trotzdem nicht. Zu viele Dinge gingen ihr durch den Kopf: Mit ihren Aufzeichnungen im Labyrinth kam sie viel zu langsam voran. Zwar begab sie sich jede Nacht dorthin, doch sie kam immer nur wenige Räume weiter. Von den inneren Kindern war noch immer keine Spur. Es war seltsam: Je mehr Sophie sich beeilte, desto langsamer ging alles. Woran das nur lag? Als ob in ihren Träumen irgendetwas mit der Zeit durcheinandergeraten wäre. Aber war die Traumzeit denn überhaupt dieselbe Zeit wie die Wachzeit? Sophie schüttelte sich. Das war schon eine ziemlich komplizierte Sache mit der Zeit. »Zeit«, flüsterte sie. »Bist du da?« Vielleicht konnte sie ihr ja weiterhelfen.

Nichts geschah.

»Zeit?«, flüsterte Sophie noch einmal. »Bitte, wenn du da bist, zeige dich. Ich muss dich etwas fragen.«

Doch die Zeit zeigte sich nicht.

»Schade«, murmelte Sophie. Aber sie hatte ja gelernt, dass man die Zeit nicht unter Druck setzen durfte. Also schlug sie so gleichgültig wie möglich das Buch der Narren auf, um neue Narreteien zu lernen. Doch konzentrieren konnte Sophie sich nicht, ihre Gedanken waren beim Labyrinth.

»Verflixt!«, murmelte sie, als es ihr zum wiederholten Male nicht gelang, ein wandelbares Granat-Kokonst herbeizurufen, »Das gibt's doch nicht!«

Jemand lachte.

Sophie schaute auf und erschrak. Neben ihr saß eine groß gewachsene Gestalt mit Dreitagebart und weiten Kleidern. Sie lachte noch einmal ihr tiefes Lachen und zwinkerte Sophie zu. Dann wurde sie kleiner und schmäler, und ihr Gesicht glättete sich. »Zeit, bist du das?«, fragte Sophie.

Das Wesen nickte.

Wie lange sitzt du schon hier?«, fragte Sophie leise. Sie wollte Rolander und Eiche nicht aufwecken.

»Na, seit du mich gerufen hast«, sagte die Zeit. Ihre Augen blitzten bachblau. »Aber du weißt ja, ich spiele …«

»… so unendlich gern«, beendete Sophie den Satz. »Ich weiß, ich weiß.« Sie verdrehte die Augen.

»Genau«, lachte die Zeit. Sie warf ihre nun dunkelblonde Lockenmähne zurück und richtete sich auf. »Ich will dir etwas über die Narretei verraten. Hör gut zu: Eine Narretei kann man niemals erzwingen. Die Narretei baut nämlich auf einer ganz wesentlichen Sache auf.«

»Worauf?«, fragte Sophie.

»Loslassen«, sagte die Zeit und die Haare fielen von ihr ab.

Sophie schaute sie mit großen Augen an. Was meinte sie damit?

»Je mehr du dich verkrampfst, desto weniger wird dir eine Narretei gelingen«, erklärte die Zeit. »Wenn du innerlich aber loslässt, wenn du jeglichen Druck von dir nimmst, wirst du keine Schwierigkeiten haben. Du darfst die Narretei niemals wegen ihres Ziels betreiben, sondern nur wegen der Freude an ihr selbst. Du musst sie spüren, tief in dir, in deinem Herz. Wenn du aufhörst, dich anzustrengen, wenn du alles loslässt, wird dir keine Narretei mehr schwerfallen.«

»Loslassen«, murmelte Sophie. Wenn *Loslassen* nur so einfach wäre!

»Das hat etwas mit den inneren Kindern zu tun, verstehst du?«, sagte die Zeit und verwandelte sich in ein Kind mit dichten schwarzen Haaren und dunklen Mandelaugen, in denen sich die Weisheit der Welt spiegelte.

Sophie verstand nicht.

»Sie sind wie ich«, sagte die Zeit. Ihre Haut schimmerte nun gelb-bräunlich wie Akazienhonig im Sommerlicht. »Sie mögen keinen Druck. Sie mögen die Natürlichkeit, den Zufall, das, was eben geschieht, nicht das, was geschehen *soll*.«

»Warum hat mir das bis jetzt keiner gesagt?«, fragte Sophie.

»Was gesagt?«, fragte die Zeit.

»Na, dass *Loslassen* der Schlüssel zur Narretei ist.«

Die Zeit überlegte. Und im Nachdenken zogen sich ihre Haare zu dichten Korkenzieherlocken zusammen. »Für Narren ist das Loslassen etwas Selbstverständliches«, sagte sie. »Im Laufe der Jahre vergessen sie, wie es ganz am Anfang war, als sie das Loslassen noch nicht beherrschten.« Sie alterte und ihr Körper wurde fülliger.

»Aber wie können sie es denn vergessen, wenn das Loslassen so wichtig für die Narretei ist?«, fragte Sophie. »Sie mussten es doch auch lernen.«

»Schon«, sagte die Zeit mit rauer Stimme. »Aber eine normale Narrenausbildung dauert mehrere Jahre, da entwickelt man irgendwann wie von selbst ein Gespür fürs Loslassen. Bei dir aber eilt es, meine liebe Sophie. Deshalb muss ich dir ein bisschen auf die Sprünge helfen.« Der Zeit wuchs ein Bart, bald reichte er ihr bis zur Brust. Gedankenverloren zupfte sie daran, während alle Körperhaare grau und ihre Augen alt und müde wurden. »Alles ist leichter, wenn man loslässt«, murmelte sie versonnen. »Die Menschen lassen viel zu selten los. Wie leicht hätten sie es doch oft, wenn sie gelassener wären. Vermutlich liegt es an ihrer Endlichkeit. Wer nicht ewig lebt, nimmt die Dinge wohl ernster, denn Fehlentscheidungen fallen mehr ins Gewicht.« Ihr Gesicht bestand nun fast nur noch aus Falten.

Sophie dachte nach. So hatte sie es noch nie betrachtet. »Aber trotzdem gibt es doch auch Dinge, die man ernst nehmen *muss*«, sagte sie. »Dinge, die man nicht einfach loslassen darf. Zum Beispiel die Sache mit Kiéron. Da muss man doch etwas dagegen tun.«

»Das stimmt«, sagte die Zeit. »Dagegen muss man unbedingt etwas tun. Aber auch die Lösung *dieses* Problems liegt im Loslassen.« Der Bart fiel von ihr ab und die Falten verschwanden aus ihrem Gesicht.

»Das verstehe ich nicht«, sagte Sophie. »Wie kann ich Kiéron mit *Loslassen* besiegen?«

»Diese Frage kann ich dir nicht beantworten«, sagte die Zeit. »Ich bin nicht allwissend. Aber ich kenne Kiérons größte Schwäche.«

Sophie horchte auf.

Verstohlen schaute sich die Zeit um. Blass und dünn war sie plötzlich, mit wild flatternden, roten Federhaaren auf dem Kopf. Verschwörerisch flüsterte sie: »Er kann nicht loslassen. Weder sich selbst noch andere, weder die Vergangenheit noch die Zukunft. Er will alles kontrollieren.«

»Aber wie betreibt er denn seine Narretei, wenn er nicht loslassen kann?«, fragte Sophie.

»Er betreibt eine andere Form von Narretei«, erklärte die Zeit. »Um dunkle Narretei zu betreiben, muss man nicht loslassen.« Die Augen der Zeit schimmerten fast durchsichtig, als sie nah an Sophies Ohr heranrückte und flüsterte: »Kiéron richtet dieses ganze Übel nur deshalb an, weil er die Vergangenheit nicht Vergangenheit sein lassen kann. Weil er nicht loslassen und verzeihen kann. Schwächen sind wunde Punkte, Sophie. Genau dort musst du Kiéron angreifen, wenn du ihn besiegen willst.«

»Aber wie mache ich das?«, fragte Sophie.

»Das kann ich dir nicht sagen«, antwortete die Zeit. »Ich weiß es nämlich nicht. Aber wenn der richtige Zeitpunkt gekommen ist, wirst du es wissen.«

Sophie nickte nachdenklich und nahm sich vor, so bald wie möglich mit Ephraim darüber zu sprechen.

»Noch etwas musst du über Kiéron wissen«, sagte die Zeit und hüllte sich in ein Beduinenkostüm. »Die dunklen Gefühle, die das Loslassen erschweren, sind seine Waffen: Ängste, Traurigkeit, Verzweiflung.«

»Wie meinst du das?«, fragte Sophie.

»Die Schwarznarren füllen zum Beispiel die Körper ihrer Opfer mit solchen Gefühlen, damit sie ihnen die inneren Kinder entreißen können«, erklärte die Zeit. »Du musst wissen: Innere Kinder ertragen nicht viel Dunkelheit. Hält ein dunkler Zustand zu lange an, verkümmern sie und haben keine Kraft mehr, sich gegen den Eingriff der Schwarznarren zu wehren. Die geraubten inneren Kinder werden dann zur Falkenburg gebracht, ruhiggestellt und mit Dunkelheit gefüttert. Irgendwann sind sie perfekt auf die Vereinigung mit den Schwarznarren vorbereitet und dann werden sie von den Schwarznarren verschlungen.«

»Das ist ja schrecklich!«, sagte Sophie.

»Ja, so ist Kiéron«, sagte die Zeit und streifte sich das Tuch vom Kopf. »Er arbeitet mit allem, was Leichtigkeit vernichtet, und setzt es gegen seine Feinde ein. Das Fehlen von Leichtigkeit führt zu Schwermut, und Schwermut setzt nicht nur innere Kinder außer Gefecht, sie zerfrisst auch das Glück. Na ja, und ohne Glück ...« Sie zögerte und wurde zum Greis. »... ohne Glück geht irgendwann alles zugrunde.«

Sophie schüttelte den Kopf: »Was für ein Monster! Das dürfen wir nicht zulassen! Wir müssen ihn aufhalten!«

»Ganz deiner Meinung.« Die Zeit stützte sich auf einen Stock, um aufzustehen und wandte sich zum Gehen. Doch dann hielt sie inne und drehte sich noch einmal nach Sophie um. Ihr Körper war noch immer gebeugt und alt, ihr Gesicht aber war kindlich jung: »Ach, ich vergaß! Du wolltest ja noch etwas mit mir besprechen. Worum ging's denn?«

Da fiel es auch Sophie wieder ein. Doch es war nun nicht mehr wichtig. »Ich glaube, du hast meine Frage schon beantwortet«, sagte sie.

»Ach so?«, fragte die Zeit, die nun alle Lebensalter in sich vereinte. »Wie lautet denn die Antwort?«

»Loslassen«, sagte Sophie.

Die Zeit lachte: »Ja genau. Sehr weise, meine Liebe, sehr weise!«

Kapitel 15

DER NÄRRISCHE DENKSTEIN

Als Sophie in dieser Nacht ins Labyrinth kam, nahm sie sich fest vor, loszulassen. Sie wollte vergessen, dass sie in Eile war, wollte nicht auf die Hilferufe des inneren Kindes achten. So ruhig und gelassen wie möglich ging sie von Raum zu Raum, setzte Zeichen und zeichnete Pläne. – Seit Ephraim das Buch der Narren geküsst hatte, war es wie ausgewechselt. Es öffnete sich, wann immer Sophie es wollte, und sie durfte nun ganz offiziell auf seine schlafenden Seiten zeichnen.

Plötzlich wurde die Stimme des Kindes lauter. Ungläubig starrte Sophie auf ihren Plan. Er war in dieser Nacht weit fortgeschritten. Das Loslassen hatte funktioniert! Ein Gefühl angespannter Erleichterung kam in Sophie auf: Bald würde sie die inneren Kinder finden. Nach so vielen Nächten endlich am Ziel! – Wie aber würde es aussehen, das Ziel? Vor ihrem inneren Auge sah Sophie entsetzliche Bilder. Wie schwer fiel ihr der Gang in den nächsten Raum, wie erleichtert war sie, als sie ihn leer vorfand.

Sophies Anspannung wuchs von Raum zu Raum. Das rufende Kind war ganz nah, Sophie spürte es. Und plötzlich machte seine Stimme ihr Angst. Sie wollte nur noch weg von diesem Ort. Sie wollte aufwachen. Zu Hause in der Menschenwelt, in ihrem Bett, im Schutz ihrer Freunde und Familie. Sie wollte aufwachen und wissen, diese ganze Reise war nur ein böser Traum gewesen. Doch Sophie wachte nicht auf, und es geschah, was unvermeidbar war: Sie betrat einen Raum, der nicht leer war.

Er war größer als die anderen. Sophies Schritte klangen dumpf, der Atem und das Blut rauschten in ihren Ohren, als wäre der Raum schalldicht. Die Wand, auf die Sophie schaute, war aus Glas. Dahinter ein milchiger Nebel und diffuses Licht. Und in diesem Licht tauchten plötzlich Schatten auf. Viele Schatten. Sie kamen wie aus dem Nichts und verschwanden auch wieder darin. Sophie schauderte. Unsicher näherte sie sich der Wand. Die Stille drückte auf ihre Ohren, auf ihre Brust, sie bekam kaum Luft.

Plötzlich schlug etwas gegen die Wand. Sophie schrie auf und sprang zurück. Mit wild pochendem Herz starrte sie auf das Glas. Erst waren es nur verschwommene Schemen, doch dann formten sie sich zu einem Gesicht. Es war das Gesicht eines Kindes, eines Mädchens. Daneben drückten zwei kleine Hände ihre gespreizten Fingerchen gegen die Scheibe. Den Körper des Kindes konnte Sophie nur erahnen. Es sah aus, als trüge es ein weißes, lockeres Gewand und keine Schuhe. Zitternd legte Sophie ihre Hand auf die des Kindes, Finger auf Finger, zwischen ihnen nur das Glas. »Bist du ein inneres Kind?«, flüsterte sie.

Das Kind hinter der Scheibe starrte durch Sophie hindurch.

»Bist du ein inneres Kind?«, fragte Sophie noch einmal.

Doch das Kind rührte sich nicht. Entmutigt ließ Sophie von

der Scheibe ab. Da klärte sich plötzlich der Nebel hinter dem Kind und es tauchten weitere Kinder auf. Jungen und Mädchen. Sie kamen näher, schwebten an der Scheibe entlang und verschwanden wieder. Es geschah wie in Zeitlupe. Alle trugen dünne, weiße Kleidchen, alle starrten wie in Trance in die Ferne. Sie trieben steif wie Puppen und zogen Spuren kleiner Bläschen hinter sich her.

»Hilf uns, Sophie.« Die schwache Kinderstimme legte sich wie ein fein gewobenes Spinnennetz über sie. Es war die Stimme, die Nacht für Nacht nach ihr rief. Sophie versuchte, den Blick des Kindes an der Scheibe einzufangen, doch es gelang ihr nicht. Eine plötzliche Schwere drückte auf ihren Kopf. Eilig tastete sie die Glaswand nach einem versteckten Griff, einer losen Stelle, einem brüchigen Stück ab, doch die Wand war aalglatt. Der Druck auf Sophies Kopf wurde stärker. »Wie komme ich zu euch?«, keuchte sie.

Das Kind stand still und schwieg.

»Sag schon«, drängte Sophie.

»Hilf uns«, hauchte das Kind, ohne den Mund zu öffnen.

»Ich *will* doch!«, rief Sophie verzweifelt. »Ich will euch doch helfen! Sag mir wie!«

Da wurde der Blick des Kindes plötzlich klar. Endlich schaute es Sophie in die Augen. »Sophie, hilf uns!«, schrie es und schlug mit der flachen Hand gegen die Scheibe. Sophie war starr vor Schreck. Und noch bevor sie sich aus ihrer Starre lösen konnte, wurde das Kind wie von einer unsichtbaren Hand von der Scheibe weggezogen und verschwand im nun wieder milchigen Nebel. Mit ihm verschwanden auch die Hilferufe. Zurück blieben die Stille und der Druck auf Sophies Kopf.

Sophie schreckte aus dem Schlaf hoch. Noch immer sah sie das innere Kind hinter der Glaswand vor sich. Sie schüttelte sich. Das Bild blieb.

Etwas knackte neben dem Schutzzelt. Sophie horchte auf. Ein Tier? Hinter den Büschen schimmerte etwas weiß. Es sah aus wie ein kleines Bündel.

»Sophie, hilf mir.« Die Worte krochen klein und leise in ihren Kopf, doch dort breiteten sie sich aus und wurden größer. Bald schrien sie und hallten nach. Sophie starrte unentschlossen auf das Bündel hinter den Büschen. »Bitte, Sophie!«, flehte es mit schwacher Stimme. Eine Ahnung kam in Sophie auf, wem diese Stimme gehörte, und sie wusste, sie musste helfen. Sie sprang aus dem Zelt, hin zum Gebüsch, und zuckte zusammen, als sie es wirklich daliegen sah: das innere Kind, das sie eben noch im Traum hinter der Scheibe gesehen hatte! Klein und hilflos mit nackten Füßchen und einem dünnen, weißen Gewand. Seitlich zusammengekrümmt lag es auf dem Boden, die Augen fest geschlossen, und bewegte sich nicht. Sophie berührte es: »Hallo?« Der Körper des Kindes war kalt. Sophie schüttelte es sanft: »Hallo, wach auf!« – Nichts.

Ratlos starrte Sophie auf das reglose Kind, und plötzlich bekam sie Angst: »Um Himmels willen, so wach doch auf!« Doch das Kind öffnete die Augen nicht, und Sophie beschloss, es mit ins Schutzzelt zu nehmen. Dort würde es fürs Erste sicher sein. Sie beugte sich über das Kind und umfasste seinen Arm. – Da plötzlich, ein gellender Schrei! Sophie zuckte zurück und sah den Schwarznarren, der vom Zelt her auf sie zuschwebte. Blind tastete sie nach dem Kind, doch sie griff ins Leere. Verwirrt blickte Sophie sich um. Eben war das Kind doch noch da gewesen! »Wo bist du?«, rief sie, doch nicht das

Kind antwortete ihr, sondern der Schwarznarr, der immer näher kam, mit einem schallenden Gelächter, das den Boden erbeben ließ. Da verstand Sophie und erstarrte vor Schreck: Sie war in eine Falle getappt! – Was tun? Zum Schutzzelt konnte sie nicht zurück, dann würde sie dem Angreifer direkt in die Arme laufen. Es blieb also nur der Weg in den Wald. Und so rannte sie und rannte, sie wusste nicht wohin, Hauptsache weg von ihrem Verfolger.

Bald schon spürte Sophie einen Stich in ihrer Lunge, und sie verlangsamte ihren Schritt. Der Schwarznarr holte auf. Nervös schaute Sophie sich um. Ihr Blick fiel auf einen großen Felsen. Sie schlug einen Haken und versteckte sich dahinter. Atemlos drückte sie ihren Körper gegen den kalten Stein.

Stille. Kein Rascheln, kein Knacken, kein Lufthauch, ihr eigener Atem erschien Sophie zu laut. Angespannt lauschte sie nach dem Verfolger. Sie hörte ihn nicht. Wo war er? Sie hatte ihn nicht vorbeifliegen sehen.

Zuerst bemerkte Sophie nichts. Weder die Kälte noch den Schleim, der an ihren Beinen entlang nach oben glitt. Sie bemerkte auch nicht, dass ihre Gedanken immer düsterer wurden. Erst als ihr die Angst und die Traurigkeit die Kehle zuschnürten und ihre Zehen kalt waren wie Eis, schaute Sophie an sich herab. Überall schwarzer Schleim! Und dann spürte sie ein Prickeln wie von Nadelstichen in ihrem Nacken. Ihre Körperhärchen stellten sich eines nach dem anderen auf. Wie in Trance drehte Sophie ihren Kopf, und da war es, das bleiche Gesicht hinter den Nebeltüchern, das sie mit seinem Schattenblick durchbohrte. Sophie wollte weglaufen, doch sie war vor Angst wie gelähmt. Sie versuchte abzublocken, doch die Kälte war schon zu tief in sie eingedrungen. Sie sagte sich: »Bleib ruhig!«, doch der Schmerz drückte von innen gegen ihren Körper, als wollte er sie zum Platzen bringen. Sophie wusste, nun war alles vorbei. Sie wollte schreien und um Erbarmen flehen, sie war bereit, jede Bedingung zu akzeptieren. Doch sie konnte nicht mehr sprechen, alles in ihr war wie zu einem Eisblock erstarrt. Ein plötzlicher Schwindel befiel sie, Lichtflecken flimmerten vor ihren Augen, bald war es ein nachtschwarzes Flackern. Sophie schloss die Augen und gab sich ihrem Schmerz hin. Sie spürte, wie der Schwarznarr sie am Arm packte und über den Waldboden schleifte. Sie hielt die Augen geschlossen und ließ es geschehen.

Nach einer Weile lockerte der Schwarznarr seinen Griff und Sophie sank auf den Boden. Feuchte Erde, Äste, der Geruch von Moos. Warum hielt der Schwarznarr an? »Sophie«, raunte er. »Mach die Augen auf.«

Doch Sophie wollte ihn nicht sehen. Ihr Herz schlug bis zum Hals. Sie wartete, sie zitterte, sie hielt die Augen fest geschlossen. Eine Angstträne drückte sich durch ihr Lid. Die Sekunden verstrichen unendlich langsam. Eine, zwei, drei, nichts geschah.

»Sophie«, flüsterte der Schwarznarr. »Du bist in Sicherheit.«

Sicherheit? Hatte er gerade *Sicherheit* gesagt? – Sophie öffnete die Augen. Vorsichtig. Nur ein kleines bisschen: Da war ein graugrünes Augenpaar. Verwundert richtete Sophie sich auf. Sie kannte diese Augen. Sie gehörten dem Mann, der ihr in den hinterschränkischen Zubringerwegen das Leben gerettet hatte.

»Warum hast du das Schutzzelt verlassen?«, fragte er. »Das war leichtsinnig von dir.«

Sophie senkte beschämt ihren Blick. »Da war ein inneres Kind ... Es lag da und rief nach mir ...«

»Du hast nicht darüber nachgedacht, ob es eine Falle sein könnte«, unterbrach sie der Mann.

Sophies Kopf lief rot an. »Ich ... ich ...«, stammelte sie hilflos.

Da fiel plötzlich alle Härte von dem Mann ab, und ein weicher Schleier legte sich wie Samt über sein Gesicht. Er lächelte und legte seine Hand auf Sophies Schulter. »Ist schon gut, Kleines«, sagte er. »Manchmal handelt man eben schneller, als man denken kann. Besonders, wenn jemand um Hilfe ruft.«

Sophie schwieg.

»Aber in Zukunft musst du besser aufpassen. Überall lauern Gefahren.«

Sophie nickte. Noch immer ruhte die Hand des Mannes warm und sicher auf ihrer Schulter. Sophie wurde mit einem Mal ganz ruhig. »Wer bist du?«, fragte sie schüchtern. »Du hast mir nun schon zum zweiten Mal das Leben gerettet.«

Der Fremde lächelte und winkte ab: »Ich bin einer, der es gut mit dir meint. Frag nicht weiter, es ist noch nicht an der Zeit.«

Sophie seufzte, sie wollte so gern mehr über den geheimnisvollen Retter wissen, doch sie schluckte ihre Fragen hinunter und wechselte das Thema: »Wollte mich der Schwarznarr zu Kiéron bringen?«

Der Mann schüttelte den Kopf: »Ich glaube nicht. Er ließ los, als ich nach dir griff und verfolgte uns nicht. Nein, er führte etwas anderes im Schilde. – Komm!« Er reichte Sophie die Hand. »Ich bringe dich zum Schutzzelt zurück.« Sophie spürte eine bleierne Schwere, als sie sich erhob.

Den ganzen Weg wich Sophie nicht von der Seite des Fremden. Im Gehen studierte sie sein Gesicht: Die Narben, die Falten, die Augen, das Profil. Sophie wusste nichts von ihm und doch war er ihr seltsam vertraut.

Irgendwann blieb er stehen und sagte: »Wir sind da.« Er zeigte auf einen Baum. »Dort hinten ist das Schutzzelt. Weiter kann ich dich nicht begleiten. Auf Wiedersehen, Sophie.«

Sophie drehte sich um. Sie zögerte. Sie wollte nicht weg von diesem Mann, sie fühlte sich sicher bei ihm. Doch sie wusste, sie konnte nicht bleiben. »Auf Wiedersehen«, flüsterte sie und ging. Erst beim Schutzzelt wandte sie sich noch einmal nach ihm um. Er war nicht mehr da.

Am nächsten Morgen schlief Sophie länger als ihre Begleiter. Rolander war es, der sie weckte: »Sophie, aufstehen!«

Schlaftrunken öffnete Sophie ein Auge: »Jetzt schon?« Sie spürte noch immer die Schwere der vergangenen Nacht. Müde drehte sie sich um: »Nur noch fünf Minuten, ja?«

»Nichts da«, sagte Rolander und rüttelte an ihrem Arm. »Wenn du zum närrischen Denkstein willst, dürfen wir keine Zeit verlieren.«

Sophie hörte *»närrischer Denkstein«* und war schlagartig wach. Nach allem, was sie in dieser Nacht erlebt hatte, musste sie noch viel dringender zu ihm. Sie musste hören, dass das innere Kind ihrer Mutter nicht auch hinter dieser Glasscheibe gefangen war. Allein der Gedanke daran schnürte ihr die Kehle zu.

Es war ein langer Weg zum anderen Ende der Hochebene. Sophie war unruhig. Sie spürte die Gegenwart eines Verfolgers.

War es der Schwarznarr der vergangenen Nacht? Irgendjemand war jedenfalls da und seine Nähe machte Sophie nervös.

Als die Abenddämmerung hereinbrach, kamen sie zu einem kleinen Fluss. Rolander blieb stehen und zeigte auf eine steinerne Brücke: »Wenn die Aufzeichnungen der farbenprächtigen Fünfpunktekröte stimmen, muss der närrische Denkstein auf dieser Brücke sein.«

»Warum sitzt er auf einer Brücke?«, fragte Sophie.

»Na ja«, sagte Rolander und zuckte mit den Achseln. »Vielleicht ist er wasserscheu und fühlt sich auf der Brücke sicher.«

»Aber wenn er wasserscheu wäre, könnte er doch überall anders sein. Ich meine, dort, wo kein Wasser ist«, sagte Sophie. »Er braucht nicht auf einer Brücke zu sitzen.«

Rolander verdrehte die Augen: »Nur weil jemand wasserscheu ist, heißt das doch noch lange nicht, dass er sich nicht gerne *in der Nähe* von Wasser aufhält. – WAS WEISS ICH, WARUM ER AUF DER BRÜCKE SITZT?« Sophie zuckte zusammen und Rolander schüttelte den Kopf. »Also manchmal stellst du wirklich schrecklich anstrengende Fragen. Du könntest jeden Narrosophen zur Weißglut treiben.«

»Danke«, sagte Sophie und ging auf die Brücke. Sie wusste nicht, ob sie sich geschmeichelt oder gekränkt fühlen sollte.

»Sophie?«, rief Rolander sie zurück.

Sophie blieb stehen.

»Bist du dir ganz sicher, dass du dem Stein *diese* Frage stellen willst? – Ich meine, der Stein kann dir jede erdenkliche Frage beantworten.« Rolander holte tief Luft und wiederholte noch einmal: »Jede erdenkliche Frage.« Es klang fast flehend.

Sophie biss sich wie ertappt auf die Lippen. Natürlich wusste sie, dass Rolander recht hatte. Es gab in der momentanen Situation bestimmt brauchbarere Fragen. Aber hatte Ephraim nicht gesagt, sie solle dem närrischen Denkstein ihre *wichtigste* Frage stellen? Was gab es Wichtigeres als das Wohl ihrer Mutter, ihrer Familie, der Menschen, die sie liebte? Sophie schloss die Augen. Sie sah die inneren Kinder hinter der Glasscheibe. Nein! Es gab nur diese *eine* Frage. »Es tut mir leid«, sagte sie und drehte sich dabei nicht nach Rolander um. Hinter ihrem Rücken schnaubte der Narr und stampfte wütend mit dem Fuß: »Das ist dumm, dumm und nochmals dumm!« Doch dann hielt er abrupt inne, verschränkte die Arme und sagte: »Na gut, von mir aus. Tu, was du nicht lassen kannst.« Er wedelte mit der Hand, als wollte er ein lästiges Tier verscheuchen: »Los! Geh zu! Frag den Stein nach deiner Familie. Aber behaupte später nicht, ich hätte dich nicht gewarnt.«

Auf dem höchsten Punkt der Brücke lag ein einzelner, mittelgroßer Stein. Sophie kniete neben ihm nieder: »Bist du der närrische Denkstein?«

Zwei kleine Kerben in der oberen Hälfte des Steines blinzelten und formten sich zu runden Augenhöhlen. Ein Schlitz weiter unten öffnete sich zum Sprechen: »Wer stört meine steinerne Ruhe?«

Sophie räusperte sich: »Sophie. Ich bin Sophie.«

»Aha, Sophie also«, sagte der närrische Denkstein und sprang auf ihr Knie. »Du kommst mir bekannt vor, Sophie. Hmmm, lass mich nachdenken. – Ah, ich weiß! Du bist unsere vermeintlichvermutlicheventuelle Retterin, stimmt's?«

Sophie hob etwas verlegen die Schultern: »So hat man mir das zumindest gesagt.«

»Und du willst mir deine Frage stellen, nehme ich an«, sagte der Stein.

Sophie nickte.

»Hm«, machte der Stein und sprang zurück an seinen Platz, »Für alle gelten die selben Regeln. Auch für eine eventuellvermeintlichvermutliche Retterin. Erzähl mir eine Geschichte, die ich nicht kenne, dann beantworte ich dir deine Frage.«

Die Geschichte! Sophie hatte sie völlig vergessen. Nun ja, der Denkstein kannte bestimmt nur närrische Geschichten und nicht die, die sich die Menschen erzählten. »Kennst du die Geschichte vom Schneewittchen und den sieben Zwergen?«, fragte sie. Besonders einfallsreich kam ihr das nicht vor, aber es war die erste Geschichte, die ihr in den Sinn kam.

Der Stein lachte schallend: »Sag mal, machst du dich über mich lustig?«

Sophie seufzte. Das wäre auch zu einfach gewesen! Rasch zählte sie weitere Geschichten auf. Eine nach der anderen. Der närrische Denkstein kannte sie alle: »Du musst dir schon ein bisschen mehr Mühe geben, vermutlicheventuellvermeintliche Retterin. Es geht schließlich um deine wichtigste Frage!«

Sophie schaute den Stein hilflos an, doch der ließ sich nicht erweichen: »Tut mir leid: Ohne Geschichte keine Antwort. Ich mache keine Ausnahmen. Wo kämen wir da denn hin?«

Nachdenklich drehte sich Sophie zum Brückenrand und starrte ins Wasser. Auf seiner Oberfläche spiegelte sich ihr Bild. Sophie erkannte sich kaum wieder. Ihr Gesicht war schmutzig, die Haare zerzaust. Wann hatte sie sich das letzte Mal gewaschen? Ihre Augen waren matt vor Erschöpfung. Es war Zeit, nach Hause zu gehen, nach Hause zu ihrer Familie. Aber das ging nicht. Sie saß in dieser närrischen Geschichte fest. Da kam ihr plötzlich eine Idee! – Mit einem listigen Lächeln setzte sie sich neben den närrischen Denkstein und sagte: »Ich weiß eine Geschichte, die du bestimmt nicht kennst.«

Der Stein schaute sie herausfordernd an: »Glaubst du? Ich kenne viele Geschichten.«

»Diese aber nicht«, sagte Sophie. »Es begann vor gar nicht allzu langer Zeit, als ein Menschenmädchen namens Sophie an ihrem zwölften Geburtstag ein Kichern in ihrem Kleiderschrank hörte …« Sophie erzählte und erzählte, die Sonne ging unter und die ersten Sterne leuchteten schon am Himmel, doch Sophie wurde nicht müde zu erzählen. Und der Stein wurde nicht müde zuzuhören. Als die Nacht schon weit vorangeschritten war, kam Sophie mit ihrer Erzählung schließlich in der Hochebene der Fragen an, auf der Brücke beim närrischen Denkstein. Sie verstummte. Der närrische Denkstein sprang aufgeregt auf und ab: »Grandios! In dieser Geschichte komme ja sogar *ich* vor. Und meine Freundin, die farbenprächtige Fünfpunktekröte! Ich bin begeistert! Schnell, vermeintlichvermutlicheventuelle Retterin, erzähl, wie geht es weiter?«

Sophie zuckte mit den Achseln: »Nun ja, der närrische Denkstein freut sich so sehr über Sophies Geschichte, dass er ihr ihre Frage beantwortet, und zwar genau so, wie Sophie es sich wünscht. Sie kann also völlig entspannt in den Kampf ziehen. Sie besiegt Kiéron und es kehrt wieder Frieden ein.«

»Was?« Der närrische Denkstein war enttäuscht. »Erst baust du die Geschichte so spannend auf und dann ein so kurzes, unbefriedigendes Ende?«

Sophie schaute den Stein traurig an: »Ehrlich gesagt, weiß ich nicht, wie die Geschichte ausgeht.« Sie zögerte. »Aber wenn du mir jetzt meine Frage beantwortest, kann ich losziehen und sie zu Ende erleben. Ich verspreche dir, wenn alles gut geht, komme ich zurück und erzähle dir den Rest.«

Der närrische Denkstein wiegte seinen grauen Körper hin und her und sagte dann: »Du hast mir eine lange und spannende unfertige Geschichte erzählt. Und noch nie kam *ich* in einer Geschichte vor, die mir erzählt wurde. Wenn du also dein Versprechen hältst, will ich dir deine Frage beantworten. Wie lautet sie?«

Sophies Puls ging schnell, als sie fragte: »Trägt meine Mutter noch ihr inneres Kind in sich oder wurde es ihr von der dunklen Seite entrissen?«

»Ich verstehe«, sagte der närrische Denkstein und fing an zu denken. Und während er dachte, murmelte er unverständliches Zeug. Sophie schaute ihn an und kaute nervös an ihrer Unterlippe. Irgendwann verstummte der Stein, und eine Stille breitete sich aus, die Sophie kaum aushielt.

»Es tut mir leid«, brach der Stein schließlich die Stille und die restlichen Worte drangen nur noch dumpf an Sophies Ohr, »Das innere Kind deiner Mutter ist nicht mehr Teil von ihr. Kiéron selbst hat es ihr entrissen.«

Sophie schüttelte den Kopf: »Nein, das kann nicht sein!« Das Blut rauschte in ihren Ohren. »Du musst dich irren.« Sie rang nach Luft.

»Ich irre mich nie«, sagte der närrische Denkstein von ganz weit weg.

Da fuhr ein stechender Schmerz durch Sophies Brust und Tränen quollen aus ihren Augen. »Ich habe dir stundenlang eine Geschichte erzählt, und diese Antwort ist dein Dank? Was bist du nur für ein gemeines Wesen!«

»Ich bin nicht gemein, Sophie. Ich bin nur ein alter, närrischer Denkstein, der nicht lügen kann«, sagte der Stein. Er wusste, Sophies Gehässigkeit kam von ihrer Verzweiflung. Er hatte das schon oft erlebt, doch jedes Mal brach es ihm aufs Neue sein steinernes Herz.

»Das kann nicht sein!«, schrie Sophie. »Das *darf* nicht sein!« Sie sank in die Knie. »Bitte, sag, dass es nicht wahr ist! Bitte sag, dass es nicht stimmt!«

Doch der närrische Denkstein schwieg und schaute sie nur bedauernd an.

Wie in Trance stand Sophie auf und ging zurück zu Eiche und Rolander. Die beiden lagen am Wegrand und schliefen fest. Kraftlos, antriebslos legte Sophie sich neben sie. Eine noch nie gekannte Schwere drückte sie nieder. Sie wollte nur noch schlafen. Schlafen und nie wieder aufwachen. Es gab nichts mehr, wofür es sich aufzuwachen lohnte.

Im Traum fand Sophie sich im Labyrinth wieder. Vor ihr die Glaswand. Dahinter schwebten die inneren Kinder. Sophie wollte nicht hier sein. Sie ertrug den Anblick der Kinder nicht. Dennoch zog irgendetwas immer wieder ihren Blick zur Wand. Was hatte sie hier noch zu suchen? Es gab nichts mehr zu tun. Wirklich nichts?

Sophie setzte sich auf den Boden und wartete. Ein Kind nach dem anderen zog an der Scheibe vorbei. Keines von ihnen glich ihrer Mutter. Die Minuten vergingen, doch das Kind, auf das Sophie wartete, tauchte nicht auf. Und je länger Sophie wartete, desto größer wurde ihre Hoffnung: Wenn das innere Kind ihrer Mutter nicht dort hinter der Scheibe bei den anderen war, hatte sich der närrische Denkstein vielleicht geirrt. – Nein! Sie wollte nicht hoffen. Hoffnung führte zu Schmerz. Der närrische Denkstein irrte sich nie. Sie stand auf und ging zur Wand. Vorsichtig berührte sie das Glas: »Ist das innere Kind meiner Mutter bei euch?« Es war ein fast tonloses Wispern, für mehr hatte Sophie nicht die Kraft.

Die Kinder zogen weiter, als hätten sie ihre Frage nicht gehört. »Mama?«, rief Sophie laut.

Da wurde eines der Kinder langsamer und kam zum Stillstand. Sophie erkannte es wieder: Es war das Kind, das letzte Nacht zu ihr gesprochen hatte. Auch diesmal drangen aus seinen geschlossenen Lippen Worte: »Nicht an diesem Ort.«

Sophie erschrak. Das war nicht die Stimme des Kindes. Sie gehörte einem Mann.

»Ha ha ha«, lachte der Mann. »Es ist nah, ganz nah. Törichtes, naives Kind!«

Sophie zuckte zusammen. Kiéron! Das war seine Stimme. Sie taumelte vom Glas zurück.

Das Kind hinter der Scheibe zog weiter und verschwand.

»Kiéron?«, flüsterte Sophie. Doch mit dem Kind war auch Kiérons Stimme verschwunden. »Nicht an diesem Ort«, murmelte sie. War das ein Trick? Wollte Kiéron sie von hier weglocken? – Wohin? Zu sich? Aber sie schlief doch! Und in ihrem Schlaf gab es keinen anderen Ort als das Labyrinth, dessen Eingang das Einschlafen und Ausgang das Aufwachen war. Kiéron konnte sie in keine Falle locken. Spätestens beim Aufwachen wäre Sophie wieder in der Hochebene der Fragen. Er musste also etwas anderes mit ihr vorhaben. – Aber was? Und wo war *»nah, ganz nah«*? Ratlos schaute Sophie sich um: Es gab im Labyrinth keinen Raum mehr, den sie noch nicht kannte, sie war schon überall gewesen. Sie musste etwas übersehen haben. Irgendwo *nah, ganz nah*. Konzentriert tastete sie die Wände ab, berührte Stein um Stein, doch nirgendwo ein Hebel, ein Griff, ein lockerer Stein. Sophie suchte den Boden ab, suchte nach Unebenheiten, geheimen Zeichen, losen Stellen, doch da war nichts. »So ein Mist!«, schimpfte sie und stampfte gegen den Boden. Das Geräusch hallte nach. Sophie horchte auf. Noch einmal schlug sie gegen den Boden. Noch einmal ein dumpfes Echo. Sophies Herz schlug schneller. Unter ihr musste ein Hohlraum sein! Mit dem dritten Stampfen gab der Boden plötzlich nach, und Sophie sprang gerade noch zur Seite, bevor sich mehrere Steinplatten absenkten.

Unschlüssig starrte Sophie in den schwarzen Schlund, der sich vor ihr aufgetan hatte. War dort unten das, was sie suchte? Sophie schauderte. Die Schwärze des Lochs sah aus, als würde sie alles verschlingen, doch Sophie blieb keine Wahl. Mit zitternden Händen ertastete sie im Dunkel die Sprossen einer Leiter, die nach unten führte. Sie atmete tief durch und kletterte Sprosse für Sprosse hinunter ins dunkle Nichts.

Dort, wo die Leiter endete, war es finster und kalt. Ein säuerlicher, modriger Geruch nahm Sophie fast den Atem. Etwas scharrte neben ihr. Sophies Augen mussten sich erst an die Dunkelheit gewöhnen, bevor sie erkennen konnte, woher das Geräusch kam. Dann aber sah sie es und ihr Herz blieb fast stehen vor Schreck: ekelhaftes Ungeziefer, ratten- bis mardergroß. Einige von ihnen hatten dicke, behaarte Fliegenbeine, Wanzenkörper und Krötenköpfe mit riesengroßen schwarzen Kulleraugen, andere besaßen Schlangenkörper, Rattenschwänze und Wespenköpfe mit rot lodernden Gitteraugen, wieder andere hatten Kakerlakenkörper, dünne, lange Spinnenbeine und Aalköpfe. Ein Schauder lief über Sophies Rücken. Noch nie hatte sie solche Untiere gesehen! Es mussten närrische Tiere sein, von oben bis unten voll mit dunkler Narretei. Eine Taube mit Mottenflügeln und einem aufgestellten Skorpionschwanz fauchte Sophie böse an. Sophie schrie auf und wich zurück, da fiel ihr Blick auf die Glaswand: Sie glich der Wand im Raum über ihr, mit milchigem Nebel und matt schimmerndem Licht, nur war sie kleiner und schmutziger. Im Licht schwebte ein einzelner, verschwommener Schatten. Eine entsetzliche Ahnung überkam Sophie.

Das Licht hinter dem Glas wurde heller, der Schatten nahm mehr und mehr Gestalt an. Sophie hatte Angst, sie würde den Anblick nicht ertragen, doch sie konnte die Augen vor der Wahrheit nicht verschließen, deshalb zwang sie sich, hinzuschauen. Und so sah sie, wovor sie sich so lange gefürchtet hatte: das innere Kind ihrer Mutter! Das geliebte Gesicht. Sophie spürte einen schlimmen Schmerz in ihrer Brust. Das Kind sah so alt aus, so verbraucht. Sophie wollte das Kind in den Arm nehmen, wollte zu ihm sagen: »Alles ist gut. Nun bin ich da.« Doch zwischen ihnen war die Wand und nichts war gut. Der närrische Denkstein hatte recht gehabt: Kiéron hatte ihrer Mutter ihr inneres Kind entrissen und hielt es hier unten, im dunkelsten, kältesten Winkel der Falkenburg gefangen, umgeben von grausigen Tieren. Sophies Kehle schnürte sich zusammen. Sie war in einem Albtraum gefangen und es gab kein Erwachen. Sophie wollte schreien, die Wahrheit wegschreien, die so schlimm war, dass sie sie fast zerriss. Doch aus ihrer Kehle kam kein Ton. Und dann hörte sie wieder das Lachen: »Ha ha ha! Törichtes naives Kind! Ha ha ha!« Immer wieder: »Törichtes, naives Kind!«

Das Lachen war noch immer da, als Sophie das Rütteln an ihrem Körper spürte. Sie schreckte hoch. »Sophie, ist alles in Ordnung?« Rolander saß neben ihr. »Du bist so blass! Hast du schlecht geträumt? Was hat der närrische Denkstein gesagt?« Rolanders Worte prallten an ihr ab. Sie winkelte die Beine eng an und umschlang ihre Knie. Ihre Gedanken drehten sich im Kreis. Sie dachte an den närrischen Denkstein, an ihre Mutter und deren inneres Kind, sie dachte an das Verließ mit den ekelhaften Tieren, und dann dachte sie wieder an den närrischen Denkstein. So ging es weiter, immer fort.

Rolander sah die Verzweiflung in ihren Augen und sprang auf: »Ich hab's gewusst! Ich hab's gewusst! Ich wusste, dass es eine dumme Idee ist, den närrischen Denkstein nach deiner Familie zu fragen.« Er griff sich an den Kopf und lief mit weit aufgerissenen Augen wie ein aufgescheuchtes Huhn hin und her. »Aber auf mich wolltest du ja nicht hören! Niemand hört auf mich. Wenn wenigstens *einmal* jemand auf mich hören würde! Nur ein einziges Mal. Aber nein, auf den Rolander hört man nicht, denn der Rolander ist ein halb verhungerter, verrückter Narr! – Und jetzt? Jetzt haben wir das Theater! Sophiiie! Sag doch was!« Er packte Sophie und schüttelte sie. Ihr Blick war glasig und abwesend. »Sophiiiiiie!!!«, schrie er wieder. »Komm zu dir! Sag was! Sprich mit mir! Schau mich an!«

Doch Sophies Blick glitt durch ihn hindurch. Sie spürte weder seine noch Eiches Berührung, sie war wie in Watte gepackt. Rolanders Worte kamen von ganz weit weg. Alles war ganz weit weg: »Sophie, steh auf, wir müssen weiter! Zur Falkenburg! Wir wollen dort doch kämpfen!« Sophie aber hatte keine Kraft mehr. Jeder Kampf war zwecklos. Kiéron hatte schon längst gesiegt. Willenlos stand sie auf und setzte einen Fuß vor den anderen. Sie würde sich ergeben, sich Kiéron anschließen, denn nur so konnte sie ihre Familie noch retten.

In der darauffolgenden Nacht ging Sophie zurück ins Verlies. Lange saß sie im Stroh und starrte auf das innere Kind ihrer Mutter. Die Tierkreaturen, die mit bösen Blicken um sie herumkrochen, bemerkte sie nicht. »Mama«, flüsterte sie schwach. »Ich sorge dafür, dass du dein inneres Kind zurückbekommst. Bald hast du es wieder. Gib nicht auf.« Dann breitete sie ihre Arme aus und schrie aus tiefster Seele: »Kiéron, ich ergebe mich! Mach mit mir, was du willst, aber gib meiner Mutter ihr inneres Kind zurück. Kiéron, hörst du mich? Hier bin ich! Ich gehöre dir!«

Und plötzlich lag eine matt-grau schimmernde Kugel vor ihr auf dem Boden. Sie leuchtete verlockend. Und als Sophie nach ihr griff, strömte ihr der Duft der Befreiung entgegen …

Es war, als würde in Sophies Gaumen Glas in tausend Scherben zerspringen, als sie auf die Kugel biß. Der Schmerz fuhr wie ein Blitz in ihre Schläfen. Sophie schwindelte, ihr Blick wurde trüb. Sie sog tief Luft ein, schloss die Augen und schluckte. Dann spürte sie nur noch den Schmerz, und der Schmerz war ihr willkommen. Als sich langsam die lähmende Kälte in ihrem Körper ausbreitete, war nichts mehr von Bedeutung. Nichts tat mehr weh.

Kapitel 16

DER FLUSS DER VERLORENEN ÄNGSTE

Rolander und Eiche erkannten Sophie am nächsten Morgen nicht wieder: Sie war bleich, ihre Wangen eingefallen, die Augen schwarz umrandet. Aus ihrem Gesicht sprachen Härte und Verbitterung.

»Sophie, geht es dir gut?«, fragte Rolander besorgt.

»Sei still, und beweg deinen Hintern zur Falkenburg!«, zischte Sophie und marschierte davon.

Rolander starrte ihr verdutzt hinterher. Er öffnete den Mund, doch Eiche bedeutete ihm, still zu sein. Und so sagte er zwar nichts, aber aus jedem seiner Schritte sprach tiefste Empörung.

Keiner sagte ein Wort. Der unsichtbare Verfolger war noch immer da, das spürten alle drei.

Einmal blieb Sophie stehen und schrie: »Kiéron, hier bin ich! Du willst mich doch, also zeige dich endlich und nimm mich mit!« Ein anderes Mal breitete sie ihre Arme aus: »Hörst du nicht, Kiéron? Ich will zu dir, verdammt!« Doch nichts geschah.

Rolander wollte Sophie am liebsten knebeln, damit sie endlich Ruhe gab, doch er hielt sich zurück und verlangsamte stattdessen seinen Schritt. »Sie hat ihren Verstand verloren«, flüsterte er Eiche zu.

Eiche zog die Augenbrauen hilflos nach oben und gestikulierte wild.

Rolander wiegte den Kopf hin und her: »Ja, du hast recht, sie hat die Nachricht des närrischen Densteins wohl nicht verkraftet. Aber ich weiß nicht, ob das alles ist. Ich glaube, da steckt noch mehr dahinter.« Er deutete auf Sophies ungewohnt kantigen und schweren Gang: »Hast du gesehen, wie sie aussieht? Irgendetwas ist heute Nacht mit ihr passiert. Und ich verwette alle meine Schokoladenosterhasen darauf, dass es mit der dunklen Seite zu tun hat.«

Eiche nickte und zog die Mundwinkel nach hinten. Das hieß: »Ich fürchte, du hast recht.«

»Was sollen wir tun?«, fragte Rolander und kaute unruhig an einem Radieschen, das er nicht hatte.

»Haltet eure blöden Mäuler, und geht weiter!«, ging Sophie dazwischen.

Da wurde es Rolander zu viel: »Sophie, es reicht!«

Sophie blieb abrupt stehen und drehte sich zu Rolander um. Ihr Gesicht war hasserfüllt: »Du wagst es, mir zu widersprechen?« Sie stieß ihm in die Rippen: »Untersteh dich! Du weißt wohl nicht, mit wem du es zu tun hast.«

Rolander japste nach Luft: »Oh doch, ich weiß sehr wohl, mit wem ich es zu tun habe! Ich habe es mit einem respektlosen Ding zu tun, das ich irgendwann einmal für unsere Retterin hielt.« Er schüttelte aufgebracht den Kopf. »Wie konnte ich mich nur so in dir täuschen?«

Eiche stieß Rolander in die Hüfte.

»Täuschen?« Sophie lachte höhnisch. »Ich bin die Retterin!

Die Retterin der *Schwarznarren*. Und du … du bist ein klägliches Nichts!« Sie spuckte Rolander ins Gesicht.

Ungläubig starrte der Narr sie an. Von einer entsetzlichen Wut gepackt, wischte er sich den kalten Speichel von der Wange und schrie: »*Du,* Sophie, bist nichts als eine zwölfjährige Menschengöre, der das alles hier ordentlich zu Kopf gestiegen ist!« Eiche zog Rolander an den Haaren. Sie spürte, dass es jetzt besser war, sich nicht mit Sophie anzulegen. Doch es war schon zu spät.

»Wie bitte?«, donnerte Sophie. »Was fällt dir eigentlich ein, so mit mir zu sprechen?« Ihr Blick durchbohrte Rolander. Eine entsetzliche Kälte durchflutete ihn und alles in ihm wurde schwer. Es war, als wollte die Schwere ihn erdrücken. Rolander japste nach Luft: »Sophie! Was machst du da? Hör auf!« Doch Sophies Blick verhärtete sich nur noch mehr. Rolanders Körper füllte sich mit Angst. Am schlimmsten war aber die Traurigkeit. Rolander erstickte fast an ihr. »Sophie, hör auf!«, keuchte er. »Du bringst mich noch um.« Sophie aber fesselte weiter ihren Blick an ihn. Da überkam Rolander ein starker Schwindel und vor seinen Augen flackerte es schwarz. Mit einer fahrigen Bewegung lockerte er die Krawatte, die er nicht trug, und rang nach Luft. »Bitte, Sophie«, flehte er mit dünner Stimme. »Hör auf!«

Sophie hörte auf. Plötzlich stand sie wie zu Stein erstarrt da und kippte dann steif wie ein Brett ins Gras.

»Sophie?«, rief Rolander erschrocken. »Sophie, steh auf!«

Doch Sophie stand nicht auf. Über ihr flatterte Eiche und hielt triumphierend ein kleines Fläschchen in die Luft.

»Was ist das?«, keuchte Rolander.

Eiche lächelte mit allen Zähnen und zeigte ihm das Fläschchen.

»Taumel-Kälberkropf-Tropfen?« Rolander starrte fassungslos auf das Etikett.

Eiche nickte eifrig.

»Woher hast du dieses giftige Zeug?«

Eiche zog eine geheimnisvolle Grimasse und hob gespielt unschuldig die Schultern.

»Wie viel hast du ihr davon aufgeträufelt?« Rolander konnte es noch immer nicht glauben.

Eiche hielt drei Finger in die Luft.

»Drei Tropfen?« Rolander verschluckte sich fast. »Damit hast du sie vielleicht für mehrere Tage außer Gefecht gesetzt! Du weißt, dass Taumel-Kälberkropf-Tropfen lebenslange Lähmungen hervorrufen können?«

Eiche nickte, fuchtelte mit den Armen und zeigte auf Rolander. »Hätte ich zulassen sollen, dass sie dich umbringt?«, fragten ihre unschuldigen Haselnussaugen.

Rolander senkte den Blick: »Nein, natürlich nicht.« Und kaum hörbar murmelte er: »Danke.« Es gefiel ihm nicht, dass er nun in Eiches Schuld stand. »Was machen wir nun?«, fragte er schnell.

Eiche zeigte in Richtung Norden.

»Wir bringen sie zum Fluss der verlorenen Ängste?«

Eiche nickte.

»Glaubst du, er kann sie zur Vernunft bringen?«

Eiche zuckte mit den Achseln.

»Hoffen wir's«, sagte Rolander und schulterte das bewusstlose Mädchen.

Sophie stöhnte, als das kalte Wasser ihr ins Gesicht spritzte. Ein pochender Schmerz fuhr durch ihre Schläfen. Sie stand auf, der Boden schwankte, sie fiel zurück. Noch mehr Wasser ergoss sich über sie. Wieder wollte sie sich aufrichten, doch es gelang ihr nicht. Stattdessen wurde ihr schlecht. Sophie versuchte, ruhig zu atmen, doch der Boden wankte weiter, und die Übelkeit nahm zu. Wo war sie nur? Sophie tastete um sich herum. Es fühlte sich an, als säße sie in einer Schale. Vorsichtig tastete sie sich der Wölbung entlang nach oben und kam zu einer Kante. An ihr zog sie sich hinauf. Da wackelte die Schale so stark, dass ihr Mageninneres hochkam. Wie rasiermesserscharfe Scherben drang es durch Sophies Körper.

Es dauerte eine ganze Weile, bis der Schmerz sich legte. Kraftlos hingen Sophies Hände im Wasser. – Wasser? Sophie schärfte ihren erschöpften Blick. Tatsächlich: Wasser! Was machte es da? Sie wischte sich über den Mund. Da waren noch Reste vom Erbrochenen. Nun klebten sie schwarz an ihrer Hand. Sophie erstarrte. Schwarzer Schleim! Sie beugte sich etwas vor, wollte sich waschen, da sah sie auch im Wasser Reste schwarzen Schleims. Und zwischen den Resten blickte ihr ein altes, fremdes Gesicht entgegen. Sophie wusste, es war ihr eigenes, und doch erkannte sie sich kaum wieder. Wieder kamen ihr die Magensäfte hoch.

Der Schmerz hielt diesmal länger an. Alles in Sophie brannte. Gierig trank sie Wasser, ganz viel Wasser. Das half. Danach fiel sie erschöpft auf den Rücken und wischte sich die Tränen und den Schleim aus dem Gesicht. Wieder ergoss sich ein Wasserschwall über sie, wieder wankte alles unter ihr, sie ließ es geschehen.

Als sich die Wogen glätteten, kam der ruhige Atem zurück.

Mühevoll setzte Sophie sich auf und schaute sich um. Sie saß in einem überdimensional großen, gewölbten Blatt.

»Na, geht es dir besser?«, fragte eine wässrige Stimme.

»Wo bin ich?«, fragte Sophie benommen.

»Du bist in einem Bootsbaumblatt auf dem Fluss der verlorenen Ängste. Der Fluss bin ich. Angenehm. Oder auch nicht, in Anbetracht der Tatsache, dass du mich mit Schleim vollspuckst.«

»Was mache ich hier?«, fragte Sophie verwirrt.

»Außer Schleim spucken? Das weißt nur du«, sagte der Fluss.

Sophie wusste es nicht, aber sie spürte, dass sie unruhig wurde. »Ich muss dich überqueren, wenn ich ins Gebirge der Zeitlosigkeit will, nicht wahr?«

»Möglich«, plätscherte das Wasser.

Sophie schaute sich nach dem Gebirge um. Sie sah es nicht. »Rolander hat gesagt, dass es hinter dir kommt. Wo ist es? Und wo sind Rolander und Eiche?«

»Das ist jetzt nicht wichtig«, sagte der Fluss. »Nur du bist hier auf mir wichtig, Sophie.«

»Wenn nur ich wichtig bin, dann bring mich ganz schnell auf die andere Seite«, sagte Sophie.

»Warum?«, fragte der Fluss.

Sophie schwieg. Sie wollte sich nicht erklären, sie wollte herunter von diesem Blatt, das so unangenehm schaukelte. Doch durch ihr Schweigen wurde der Fluss ungeduldig. Er schlug eine Welle, das Bootsbaumblatt schwankte stark. »Hör auf!«, keuchte Sophie. »Mir wird schon wieder schlecht!«

Doch der Fluss ließ das Boot nur noch stärker schaukeln. »Wozu soll ich dich auf die andere Seite bringen?«

Sophie krallte sich an den Kanten des Bootsbaumblattes fest und schluckte die Übelkeit hinunter: »Ich … ich … Ich will zur Falkenburg«, keuchte sie.

»Warum?«

»Damit ich mich Kiéron anschließen kann.«

Eine Welle bäumte sich vor ihr auf: »*Deshalb* soll ich dich auf die andere Seite bringen?«

Sophie nickte: »Ich muss meine Familie retten.«

»Anscheinend vernebelt dir das dunkle Gift noch immer die Sinne!«, toste die Welle und rüttelte am Boot. Sophie fiel erst nach rechts und dann nach links, schließlich konnte sie nichts mehr gegen den Schleim tun, der zum dritten Mal in ihren Rachen drang. Sophie weinte vor Schmerz, als sie ihn über die Bordkante spie. »Hör auf, ich kann nicht mehr! So hör doch auf!«, flehte sie mit Tränen in den Augen.

Doch der Fluss kannte kein Mitleid: »Glaubst du noch immer, dass du zu Kiéron gehörst?«

»Ich habe keine Wahl«, wimmerte Sophie.

Die Welle verkleinerte sich und zog einen lauernden Kreis um das Bootsbaumblatt: »Weißt du, warum ich *Fluss der verlorenen Ängste* heiße?«

Sophie schüttelte unter Tränen den Kopf.

»Entscheidungen sind oft mit Ängsten verbunden«, sagte der Fluss. »Ich kann dir helfen, die richtige Entscheidung zu fällen. Und mit der richtigen Entscheidung verlierst du deine Angst.«

»Aber ich stehe vor keiner Entscheidung«, sagte Sophie und wischte sich die Tränen aus dem Gesicht.

»Oh doch«, sagte das Wasser und kräuselte sich. »Du musst entscheiden, ob du dich Kiéron anschließt oder nicht.«

»Aber ich sagte dir doch bereits, ich habe keine Wahl, wenn ich meine Familie retten will«, sagte Sophie schwach.

»Man hat *immer* eine Wahl, Sophie«, plätscherte der Fluss, »Manchmal kann man eine Situation nicht mehr ändern, aber man kann immer entscheiden, wie man mit ihr umgeht. Du kannst dich Kiéron anschließen, du kannst aber auch gegen ihn kämpfen!«

Sophie schüttelte den Kopf: »Nein, ich kann nicht kämpfen. Das Risiko ist zu groß. Wenn ich den Kampf verliere, bekommt meine Mutter ihr inneres Kind nie mehr zurück.« Beim bloßen Gedanken daran wurde ihr schon wieder schlecht. »Es ist zu gefährlich.«

Die Welle bäumte sich auf und schäumte: »Gefährlich! Gefährlich! Ist nicht alles gefährlich? Jeder Schritt? Jedes Wort? Das hier jetzt? Ich bräuchte nur dein Bootsbaumblatt zum Kentern bringen und könnte dich auf der Stelle ertränken. Was soll dieses Gerede, Sophie? Weißt du, was ich glaube?«

Sophie schwieg angespannt.

»Ich glaube, du suchst nur nach einem Grund, damit du dich Kiéron anschließen kannst.«

Sophies Augen weiteten sich. Von einer plötzlichen Unruhe gepackt schrie sie: »Das ist nicht wahr!« Im nächsten Augenblick bereute sie das Schreien, denn ihre Kehle zog sich vor Schmerz zusammen. »Ich *will* mich ihm nicht anschließen«, keuchte sie. »Er zwingt mich dazu. Ich *hasse* dieses Monster.«

»Du hast die verlockende Süße der Dunkelheit gerochen. Du hast davon gekostet. Sie hat dir geschmeckt, nicht wahr?« Der Fluss kannte kein Erbarmen.

Sophie sagte nichts und kaute unruhig an ihren Fingernägeln. Schweiß stand ihr auf der Stirn.

Die Schaumkrone der Welle kräuselte sich und die Welle wuchs. Das Bootsbaumblatt kam wieder ins Schwanken. Sophie krallte sich an der Blattkante fest, es stieß ihr bitter auf.

»Sag Sophie«, zischte der Fluss. »Kann es sein, dass du über die eigentliche, die wesentliche Frage, noch gar nicht nachgedacht hast?«

»Welche Frage?« Sophies Herz schlug schnell.

»Die Frage, die du dem närrischen Denkstein eigentlich hättest stellen sollen.« Die Wasseroberfläche zitterte angespannt. *»Welcher Seite gehöre ich an?«* Die Welle zog sich ein wenig zusammen. »Aber du hast ihm diese Frage nicht gestellt. Warum? Macht sie dir Angst?«

Sophie sagte nichts.

»Wusstest du, dass es im ganzen Narrenreich nur *zwei* Narren gibt, die in der Lage sind, die Zaubernarretei an ein Menschenkind weiterzugeben? Denn nur zwei Narren tragen die Zaubernarretei in sich. Jeder auf seine Art.«

»Wer?«, flüsterte Sophie heiser.

»Baltasar und Kiéron.«

Sophie schloss schmerzverzerrt die Augen. Seit ihrer Begegnung mit Kiéron hatte sie diese Ahnung in sich getragen, doch sie hatte sie zur Seite geschoben, es war ja nur eine Ahnung. Nun aber konnte sie nicht mehr so tun, als wäre sie nicht da. »Was, wenn Kiéron mein Vater ist?«, fragte sie mit belegter Stimme.

Und als der Fluss das Bootsbaumblatt schweigend davontrug, konnte Sophie die Tränen nicht mehr länger zurückhalten, die ihr in die Augen stiegen.

Bei einer kleinen Insel kam das Bootsbaumblatt zum Stillstand, und Sophie verstand: Hier musste sie aussteigen.

Es gab nur einen Weg. Einen geschwungenen Weg, der auf einen Hügel führte. Sophie folgte ihm. Ganz oben stand ein alter Olivenbaum. An den Stamm des Baumes gelehnt saß ein Narr mit Hut. Er trug eine beige Hose und ein graues Oberteil, den Strohhut hatte er tief ins Gesicht gezogen. Ruhig kaute er an einem Grashalm.

»Ah, Sophie, schön, dass du da bist«, sagte er, als sie näher kam. Er sagte es, ohne zu ihr aufzuschauen, und klopfte auf das Gras neben sich. »Komm, setz dich zu mir. Unter meinem Olivenbaum gibt es genug Schatten für zwei. Sag, ist das hier nicht ein herrliches Fleckchen?« Er schloss die Augen und sog tief die Luft ein.

»Mhm«, machte Sophie abwesend. Das Fleckchen interessierte sie nicht besonders, sie hatte andere Sorgen.

»Das ist mein innerer Ort«, sagte der Narr.

Sophie hatte keine große Lust auf ein Gespräch, aber in der Beiläufigkeit, mit der der Narr das sagte, lag eine große Bedeutung, also rang sie sich doch zu einer Frage durch: »Was ist ein *innerer Ort*?«

Der Narr lächelte zufrieden: »Jedes Wesen besitzt einen inneren Ort. Das ist der Ort, den man in seinem Herzen trägt, der Ort, an den man immer wieder zurückkehrt, manchmal wirklich, manchmal in Gedanken. Im Laufe eines Lebens kann sich dieser Ort verändern. Man geht dorthin, wenn man ganz bei sich sein oder zu sich kommen möchte. Das Wunderbare an einem inneren Ort ist, dass er immer da ist, du kannst jederzeit hin. Niemand kann ihn dir wegnehmen. Außerdem sitzt er am rechten Fleck deines Herzens.« Der Narr nahm den Grashalm aus dem Mund und schaute Sophie ernst an: »Wenn du also über irgendetwas nachdenken musst, Sophie, egal was es ist, suche die Antwort an deinem inneren Ort. Dort wirst du sie finden.«

Sophie nickte und pflückte eine Blume.

»Jetzt«, sagte der Narr.

Sophie ließ die Blume sinken: »Was *jetzt*?«

»Suche die Antwort *jetzt*. Gehe *jetzt* zu deinem inneren Ort.«

Aber Sophie kannte ihren inneren Ort nicht. Sie war noch nie dort gewesen. »Ich weiß nicht, wo mein innerer Ort ist«, sagte sie.

»Dann suche ihn«, sagte der Narr und pflückte eine Olive vom Baum.

Sophie seufzte. Ihr Magen rumorte, ihre Kehle brannte, das Nachdenken fiel ihr schwer, dennoch versuchte sie es: Gab es einen Ort, den sie so sehr liebte, dass sie immer wieder dorthin zurückkehrte? Es musste ein Ort der Zuflucht sein, ein Ort, an dem sie ungestört sein konnte. Sophie horchte tief in sich hinein: Wo wollte sie jetzt am liebsten sein? Sie wunderte sich, wie schnell die Antwort kam: »Das Baumhaus! Das Baumhaus in Oma Lottes Garten!« Daran gab es keinen Zweifel. Ins Baumhaus zog sie sich oft zurück. Dort traf sie Paula, wenn es Geheimnisse auszutauschen gab, dorthin ging sie, wenn sie nachdenken musste oder ungestört sein wollte. Vom Baumhaus aus konnte man vieles überblicken: Oma Lottes Haus, den Garten, ja Sophie sah von dort sogar hinüber zu ihrem Haus. Oft schon hatte sie ihre Mutter bei der Gartenarbeit beobachtet oder Georg, wenn er auf der Terrasse irgendwelche Experimente machte. Und wenn sie durstig war, brachte Oma Lotte ihr Kakao. Alles war da im Baumhaus. Sophie war glücklich dort!

»Fein«, sagte der Narr und zog sich den Hut aus dem Gesicht. »Zeig es mir.«

Da spürte Sophie einen Stich in ihrem Herz. »Das kann ich nicht«, sagte sie leise. »Es ist zu weit weg.«

»In deinen Gedanken ist es nah«, sagte der Narr.

Sophie verstand. Sie schloss die Augen und stellte sich Oma Lottes Garten vor: Da war der kleine Weg aus flachen, teils mit Moos überwachsenen Steinen, der vom Haus zur Linde führte. Vor dem Baum stand die kleine Holzbank, und in der Linde wartete das Baumhaus auf Sophie. Sophie stellte sich vor, wie sie die Strickleiter hinaufkletterte und sich im Baumhaus auf ein gemütliches Kissen setzte. Der vertraute Duft von Holz und Lindenblüten strömte in ihre Nase. Sie atmete tief ein und öffnete die Augen. Da war es, das Baumhaus! Sophie saß auf einem roten Kissen, der Strohhutnarr neben ihr, vor ihnen das Fenster mit dem Blick in den Garten und auf Oma Lottes Haus. Ein tiefes Gefühl der Geborgenheit durchflutete Sophie.

»Einen schönen inneren Ort hast du«, sagte der Narr »Nicht ganz so schön wie meiner, aber fast.«

Sophie sagte nichts. Selbstverständlich fand sie ihr Baumhaus schöner als den Olivenbaum.

Der Narr schaute sie von der Seite an: »Und?«

»Und *was*?«, fragte Sophie.

Der Narr rekelte sich: »Wie geht es dir?«

Sophie zog eine Augenbraue hoch. Worauf wollte er hinaus? Ein bisschen gleichgültig hob sie die Schultern und machte: »Hm.«

»Na?«, fragte der Narr.

»Nicht so gut«, sagte Sophie nach einigem Zögern.

»Warum?«, fragte der Narr.

»Weil Kiéron meiner Mutter ihr inneres Kind entrissen hat«, sagte Sophie.

»Was willst du dagegen tun?«

»Wenn ich mich Kiéron stelle, gibt er ihr das Kind zurück.«

»Und du meinst, das ist eine gute Idee?«

Sophie zuckte mit den Achseln.

Der Narr schaute Sophie ernst an: »Du wirst dann eine von ihnen sein, Sophie, das weißt du doch?«

Sophie senkte den Blick und schwieg.

Der Narr wandte sich von ihr ab und starrte durch das Baumhausfenster in die Ferne: »Na, wenn du denkst, dass du zu Kiéron gehörst, dann musst du diesen Weg wohl gehen.«

Sophie schüttelte den Kopf: »Ich weiß nicht, wo ich hingehöre.«

Der Narr verdrehte die Augen: »Oje, existenzielle Probleme! Selbstfindung! Sag mal, bist du mit deinen zwölf Lebensjahren nicht ein bisschen zu jung für so etwas?«

Sophie verstand nicht, was der Narr damit meinte: »Ich weiß nicht. Ich ...« Sie zögerte.

»Ja?«, ermutigte sie der Narr.

»Nun ja, es ist schon ein paarmal vorgekommen, dass ich ...« Wieder brach sie ab.

»Dass du *was*?«, fragte der Narr.

Sophie schluckte: »Dass ich geglaubt habe, ich gehöre dorthin.«

»Wohin?«, fragte der Narr.

»Zur dunklen Seite«, sagte Sophie und strich sich beschämt eine Haarsträhne aus dem Gesicht. »Ich weiß, dass es nicht richtig ist, aber irgendetwas an der Dunkelheit fühlt sich gut an«, sie überlegte, »als könnte mir keiner etwas anhaben.«

»Jaja«, sagte der Narr und trommelte nachdenklich mit den Fingern gegen den Baumhausboden »So etwas passiert.«

Sophie staunte, weil sie keine Verachtung in seiner Stimme hörte. Wer war dieser Strohhutnarr, der so viel zu verstehen schien? Sophie wusste nichts über ihn, nur dass er ihr zuhörte, wie kein anderer. So ruhig und aufmerksam. Und er sprach so bedacht. Es war, als gäbe es für ihn nichts Wichtigeres als den, der in ebendiesem Augenblick bei ihm saß. Jetzt gerade war das Sophie. Und sie saßen gemeinsam im Baumhaus, an Sophies innerem Ort, und was im Baumhaus gesprochen wurde, drang niemals nach außen, das war ein ungeschriebenes Gesetz. Der Strohhutnarr kannte dieses Gesetz. Sophie sah es in seinen Augen.

Manchmal war es leichter, einem Fremden ein Geheimnis anzuvertrauen, überlegte sie, jemandem, den man höchstwahrscheinlich nie mehr wiedersah. Das war, als würde man sich von der schweren Last des Geheimnisses befreien, es in eine Kiste sperren und den Schlüssel für die Kiste verlieren. Sophie wollte die Geheimnislast nicht länger in sich tragen, also sagte sie leise: »Vielleicht bin ich seine Tochter … Kiérons Tochter.«

»Wie kommst du auf diese Idee?«, fragte der Narr. Und wieder war da weder Verwunderung noch Verurteilung in seiner Stimme.

»Die wunderliche allwissende Eiche sagte, ich trüge zwei Seelen in meiner Brust«, erklärte Sophie, »und der Fluss der verlorenen Ängste meinte, es kämen für mich nur Kiéron oder Baltasar als Vater infrage, weil das die einzigen Zaubernarren im Narrenreich seien. Manchmal habe ich das Gefühl, die wunderliche allwissende Eiche hatte recht: Es steckt etwas Dunkles in mir.«

»Ach so?«, fragte der Narr und spielte wie beiläufig mit seiner Olive.

»Es gab immer wieder Situationen«, sagte Sophie, und sie dachte an den Streit mit ihrer Mutter am Nachmittag vor ihrem Geburtstag, als Helena ihr aufgetragen hatte, das Zimmer aufzuräumen. Im Zorn hatte Sophie sich gewünscht, das Lieblingsbild ihrer Mutter würde von der Wand fallen. Und was war geschehen? Sophie schluckte. Das war nicht die einzige Situation, die ihr einfiel. Beschämt blickte sie zum Strohhutnarren auf: »Es steckt in mir«, sagte sie leise. »Ich weiß, dass es böse ist, ich will es nicht in mir haben, aber ich kann nichts dagegen tun.«

Der Narr schüttelte den Kopf: »Es gibt nicht nur Gut und Böse oder richtig und falsch. Das Leben ist nicht nur schwarz oder weiß. Es liegen sehr viele Graustufen dazwischen.« Er schaute Sophie eindringlich an. »Und genau *die* machen einem das Leben manchmal verdammt schwer.« Er schwieg ein bisschen und Sophie schwieg auch, doch plötzlich zog sich ein Lachen über das Gesicht des Narren: »Aber wenn du Glück hast, verwandeln sich die Graustufen in Farben und dann ist dein Leben plötzlich bunt.«

Sophie lachte nicht. Sie verschränkte die Arme und schüttelte den Kopf: »Das hier ist aber ganz und gar nicht bunt.«

»Ich weiß«, sagte der Narr und wurde wieder ernst. »Weißt du, manchmal fühlt sich eine Situation schlimmer an, als sie ist. Für mich klingt das alles gar nicht so verzwickt.«

»Ach so?« Sophie schaute den Narren ungläubig an. »Dann sag mir: Welcher ist der richtige Weg?«

»Du hast mich nicht verstanden, Sophie«, sagte der Narr. »*Den* richtigen Weg gibt es nicht. Es gibt nur *deinen* Weg.« Er balancierte die Olive auf seiner Fingerspitze und sagte ganz nebenbei: »Und den musst du selbst finden.«

Sophie seufzte: »Wie denn?«

Der Narr zog zwei zerschlissene Beutel aus seiner Hosentasche und legte sie auf den Boden. In ihnen waren Murmeln. Rote, orangefarbene und gelbe im einen Beutel, dunkelblaue, graue und schwarze im anderen. Die Murmeln mit den hellen, warmen Farbtönen schob er nach links, die mit den dunklen, kalten Tönen nach rechts.

»Stell dir vor, das ist dein Leben«, sagte der Narr und zeigte auf die Murmeln. »Es kann aus den verschiedensten Farbtönen bestehen. Aus hellen und aus dunklen. Du bist diejenige, die darüber bestimmt. Du färbst dein Leben. Und zwar nicht morgen oder in einem Jahr, sondern jetzt in diesem Moment, mit *jeder* Entscheidung, die du fällst. Die Farbe deines Lebens verändert sich von Entscheidung zu Entscheidung, sie ist die Summe aus vielen verschiedenen Entscheidungen, aus vielen verschiedenen Farben. Ob dieses Farbdurcheinander nun insgesamt heller oder dunkler ist, liegt einzig und allein bei dir.«

»Aber was, wenn ich diesmal keine Wahl habe? Was, wenn in Zukunft nur noch dunkle Murmeln zur Auswahl stehen werden?«, fragte Sophie verzweifelt.

»Man hat *immer* eine Wahl«, sagte der Narr. »Weder ein Kiéron bestimmt über deine Lebensfarbe noch die Tatsache, dass du zwei Seelen in deiner Brust trägst. Dieses Seelen-Gerede widerstrebt mir ohnehin. Es spricht dich nämlich von deiner Verantwortung frei.«

Sophie verstand nicht: »Was meinst du damit?«

»Es wurde schon so viel Unheil angerichtet, weil einer daherkam, der sagte: ›Ach, ach, ach, ich kann ja nichts dafür, ich habe nun mal eine tiefschwarze Seele.‹ Nein, Sophie, so leicht wirst du es dir nicht machen! Ich verrate dir jetzt ein Geheimnis: Jedes, ausnahmslos *jedes,* Lebewesen besitzt zwei Seelen. Mal ist die eine Seele schwerer, mal die andere, oft halten sie sich die Waage. Zwei Seelen in einer Brust, das ist nichts Außergewöhnliches. Vergiss also das Gerede der wunderlichen allwissenden Eiche. *Du* allein entscheidest, welcher Seele du mehr Gewicht geben willst. Es ist *dein* Leben, Sophie. Du prägst es mit jedem Schritt.«

Sophie schaute den Strohhutnarren fragend an.

»Vielen Menschen macht diese Entscheidungsgewalt Angst«, fuhr er fort, »denn sie bedeutet, dass man für die Konsequenzen seines Handelns Verantwortung übernehmen muss. Sie machen dann die Augen zu und reden von *Schicksal* oder von *Vorherbestimmung.* Eine höhere Macht, die das Leben lenkt, das ist bequem: Man lehnt sich ganz gemütlich zurück und tut so, als hätte man nichts mit dem, was geschieht, zu tun. Aber es gibt sie nicht, diese höhere Macht, Sophie. Es gibt nur dieses Hier und Jetzt. Und für die Zukunft, die daraus entsteht, tragen *wir* die Verantwortung: du und ich und jeder Einzelne.«

Sophie schluckte. Ihr wurde schon wieder schlecht, aber in ihrem Magen gab es kein Gift mehr, das sie hätte erbrechen können.

»Was viele aber nicht sehen«, sagte der Strohhutnarr, »ist die Chance. Die Chance, unser Leben selbst zu gestalten und unsere Lebensfarbe selbst zu bestimmen.« Er lachte und mischte die Murmeln auf dem Boden wild durcheinander. »Ist das nicht großartig, Sophie? Wir müssen nichts hinnehmen. Wir können immer etwas ändern. Alles ist möglich!«

Sophie zog zweifelnd eine Augenbraue hoch. Sie wusste nicht, ob das so einfach war.

»Lass dein Herz entscheiden, Sophie, und hab keine Angst. Du *hast* eine Wahl.«

Nachdenklich starrte Sophie auf den bunten Murmelteppich, und mit einem Mal sah sie alles ganz klar. Sie schaute auf. Der Narr war nicht mehr da. Erschrocken über sein plötzliches Verschwinden rief sie: »Wie heißt du eigentlich?«

»Tom«, rief es aus dem Nichts heraus, »Tom unter dem Olivenbaum.«

»Tom unter dem Olivenbaum«, wiederholte Sophie für sich, und ins Nichts hinein rief sie: »Danke, Tom.« Sie nahm eine orangefarbene Murmel, und mit dem Aufheben der Murmel stand sie wieder auf dem Hügel. Sie brauchte das Baumhaus nun nicht mehr. So schnell sie ihre Beine trugen, rannte sie zurück zum Fluss. »Bring mich ans andere Ufer«, keuchte sie und schob das Bootsbaumblatt ins Wasser. »Ich kenne jetzt meinen richtigen Weg.«

Kapitel 17

DAS GEBIRGE DER ZEITLOSIGKEIT

Eiche und Rolander saßen im Schatten eines mit Bootsbaumblättern behangenen Baumes und spielten Karten. Es war ein seltsames Spiel: Die Karten flogen durch die Luft, sie hingen am Baum und steckten in der Erde, eine hatte sich in Rolanders Haaren verfangen. Eiche zerriss gerade mit einer schauerlichen Grimasse eine ihrer Karten, als Sophie zu ihnen stieß, und Rolander turnte auf einem Ast und sang: »Ich krieg dich doch, ich krieg dich doch!«. Wild wehende Karten wirbelten um ihn herum. Dann aber bemerkte er Sophie und hielt unverzüglich inne. »Ah Sophie«, sagte er. »Da bist du ja!« Er schwang sich vom Ast. »Und?«, und sprang zu ihr hin. »Lass dich anschauen!«

Und noch ehe Sophie sich dagegen wehren konnte, zog Rolander ihr die Augenlider hoch und inspizierte ihre Pupillen. »Hmmm …«, machte er mit kritischem Blick. Dann zog er ein dünnes Holzstäbchen aus seiner Hosentasche und sagte: »Mund auf und schön ›*Aaaah!*‹ sagen.« Schon schob er der verblüfften Sophie das Stäbchen in den Mund, schaute mit runzeliger Stirn in ihren Rachen und sagte: »Soso!« Er warf das Stäbchen beiseite, nahm ihre Hände: »Arme hoch!«, und schnüffelte misstrauisch unter ihren Achseln.

Da wurde es Sophie zu viel: »Rolander, was machst du da? Hör auf damit!«

»Ich suche nach Spuren von Dunkelheit«, antwortete der Narr und horchte Sophies Herz mit einem Stethoskop ab, das er nicht hatte. »Husten!«, befahl er und legte das Stethoskop an ihren Rücken.

»Rolander, es geht mir gut!«, wehrte sich Sophie.

»Ich habe gesagt: *Husten!*«, wiederholte der Narr streng.

Nur widerwillig hustete Sophie.

Da nickte Rolander zufrieden und setzte sich in den Schneidersitz: »Einverstanden. Es geht dir gut.« Er schaute zu Eiche und nickte eifrig: »Es geht ihr gut.« Dann wandte er sich wieder an Sophie: »Und?«

»Wir ziehen in den Kampf«, sagte sie entschlossen.

Eiche strahlte und zerriss vor Freude die restlichen Karten auf ihrer Hand.

»Spielst du noch eine Runde Narroseptet mit uns, bevor wir aufbrechen?«, fragte Rolander.

Sophie schüttelte den Kopf: »Nein, ich möchte so schnell wie möglich zum Adlerfelsen.«

»Hmpf«, machte Rolander unzufrieden. »Immer so vernünftig. Ts, ts, ts. Was ist nur aus dem kindlichen Leichtsinn geworden? Aber gut. Dann gehen wir.« Er sammelte gewissenhaft alle Spielkarten ein, auch die zerrissenen und die in seinem Haar, und zeigte auf eine kleine Anhöhe in der Ferne: »Schau. dort hinten ist der Eingang zum Gebirge der Zeitlosigkeit.«

Sophie konnte keine Berge sehen. Nur so etwas wie einen großen, hölzernen Kasten.

Als sie näher kamen, stellte sich heraus, dass der Kasten eine Standuhr war. Genau genommen war er sogar eine sehr schöne Standuhr: Dunkelbraunes Holz, über und über mit Intarsien verziert, höher als ein groß gewachsener Mann. An ihrem goldenen Zifferblatt hingen schwarze Zahlen aus Eisen, die Zeiger waren elegant geschwungen. Hinter der Glastür schlug ein Pendel gemächlich hin und her. Die Uhr stand einfach so da. Hinter ihr war nichts. Sophie rieb sich die Augen. »Was ist hinter der Uhr?«

»Na nichts«, sagte Rolander.

»Aber sagtest du nicht, hier sei der Eingang zum Gebirge der Zeitlosigkeit?«

»Oh doch!«, sagte Rolander.

»Aber ich sehe es nicht.«

»Natürlich siehst du es nicht«, sagte Rolander. »Wie willst du es auch sehen, wenn da nichts ist?«

»Aber … das Gebirge …«, stammelte Sophie.

»Dazu musst du erst durch die Uhr gehen«, sagte Rolander, »Meinst du etwa, sie steht zum Spaß da? Mitten im Nichts?« Er schüttelte den Kopf und klopfte gegen die Tür der Uhr.

Das Holz knarrte: »Ihr wollt ins Gebirge der Zeitlosigkeit?«

»Ja«, sagte Rolander.

Das Pendel verlangsamte seinen Takt und kam zum Stillstand. »Also, ich möchte mich ja wirklich nicht einmischen, aber ich halte das für keine gute Idee.«

Rolander starrte die Uhr verblüfft an. Mit dieser Antwort hatte er nicht gerechnet. Er öffnete den Mund, sagte aber nichts und schloss ihn wieder wie ein Fisch am Meeresgrund. »Warum?«, fragte Sophie an seiner Stelle.

Das Pendel der Uhr schlug zweimal bedächtig hin und her.

»Nun ja, das Gebirge der Zeitlosigkeit ist nicht mehr das, was es einmal war.« Das Pendel schwenkte auf die andere Seite: »Gestern fielen Schwarznarren ins Gebirge ein. Unzählige waren es. Ich konnte sie nicht aufhalten. Sie überrumpelten mich und setzten mich außer Gefecht.«

Nun erst bemerkte Sophie den schwarzen Schleim, der an der Uhr klebte. Er quoll aus mehreren Fugen und Rissen. »Was wollen die Schwarznarren denn im Gebirge?«, fragte sie.

»Was wird man im Gebirge der Zeitlosigkeit wohl wollen?«, pendelte die Uhr. »Wahrscheinlich die Zeit.«

Sophie schluckte. Die Zeit in Kiérons Gewalt?

»Seit gestern hat sie keiner mehr gesehen«, sagte die Uhr.»Immerhin läuft sie noch. Sie muss also irgendwo sein. Und sie läuft gleichmäßig. Vielleicht ist sie also entkommen und untergetaucht. Bevor mich die Schwarznarren außer Gefecht setzten, schlug ich jedenfalls noch Alarm.«

Rolander, Eiche und Sophie wechselten beunruhigte Blicke. »Wir sollten uns beeilen«, sagte Sophie. »Wenn die Zeit in Gefahr ist, dürfen wir keine Sekunde verlieren. Wir müssen sofort zur Falkenburg.«

»Na, ihr habt vielleicht Mut!«, knarrte die Uhr und pfiff durch ihr Holz. »Das grenzt ja fast schon an Wahnsinn. Ich warne euch: Es wimmelt nur so von Schwarznarren im Gebirge. Wenn ihr es aber dennoch riskieren wollt, bitte ich um euren Anspruch auf Zeitlichkeit.« Eine kleine Schublade ging auf.

Rolander und Eiche griffen sich gleichzeitig hinter das rechte Ohr, zogen jeweils ein pelziges Knäuel hervor und legten es in die Schublade. Die Knäuel schnitten angewidert Grimassen und huschten auf kleinen Beinchen in den hintersten Winkel der Lade. Ungeduldig warteten sie darauf, dass sich die Lade schloss. Sie mochten wohl weder Licht noch frische Luft.

»Du auch, Sophie«, flüsterte Rolander barsch. »Lege deinen Anspruch auch in die Schublade.«

»*Was* soll ich in die Schublade legen?«, fragte Sophie verwundert.

»Na, deinen Anspruch auf Zeitlichkeit«, sagte Rolander genervt. »Los, mach schon! Diese kleinen Kerlchen sind nicht die geduldigsten.«

Sophie verstand kein Wort: »Wie mache ich das denn?«

Rolander rollte mit den Augen: »Du musst ihn einfach hervorziehen. Er ist hinter deinem rechten Ohr.«

Sophie zögerte. Wenn da irgendetwas hinter ihrem rechten Ohr wäre, hätte sie es beim Waschen doch bestimmt bemerkt.

»Nun mach schon«, drängte Rolander und wippte ungeduldig mit dem Fuß. »Ich verrate schon keinem, wie er aussieht.«

Sophie schüttelte zweifelnd den Kopf und griff sich hinters Ohr. Tatsächlich war da etwas Wuscheliges, Weiches. Verblüfft starrte sie auf das aquamarinblaue pelzige Knäuel, das sie hervorzog. War das schon immer da gewesen? Bevor sie sich jedoch weiter wundern konnte, streckte ihr das Knäuel die Zunge entgegen und spuckte ihr ins Gesicht. »Igitt«, rief Sophie und ließ das garstige Knäuel in die Schublade fallen.

»Siehst du«, sagte Rolander. »Diese Ansprüche haben keine Geduld!«

Die Schublade der Uhr schloss sich, die Tür ging auf, das Pendel schwang zur Seite.

Das Gebirge der Zeitlosigkeit lag in einem seltsamen Dämmerzustand. Über den kahlen, zerklüfteten Felswänden hingen schwere Wolken. Schwarze Schluchten und schmale Pfade schlängelten sich durch das kalte Halbdunkel.

»Huch!«, rief Rolander und trippelte erschrocken ein paar Schritte zurück. »So sieht es hier normalerweise aber nicht aus.« Er rieb sich die Oberarme und schlüpfte in einen Mantel, den er nicht hatte. »Und es fühlt sich auch anders an. Das gefällt mir nicht. Ganz und gar nicht. Nein, üüüberhaupt nicht! Wir müssen vorsichtig sein.« Beinah lautlos huschte er zu einem schmalen Weg, der sich eng an eine steile Felswand schmiegte, und winkte Eiche und Sophie herbei.

Auch Sophie fühlte sich seltsam, obwohl sie nicht genau sagen konnte, wie. Es war, als würde irgendetwas in ihr stillstehen und etwas anderes davonlaufen, und nach nur wenigen Atemzügen hatte sie kein Gefühl mehr für die Zeit, wusste nicht einmal mehr, ob Tag war oder Nacht, ob schon Stunden oder nur wenige Minuten vergangen waren, seit sie das Gebirge betreten hatten. Sie stellte sich neben Rolander an die Felswand und beobachtete, wie kleine weiße Blüten in rasender Geschwindigkeit aus dem trockenen Grün eines Blumenpolsters am Felsen sprossen und ebenso schnell wieder verwelkten. Wieder und wieder schossen Blüten nach, wieder und wieder verwelkten sie. Daneben ein seltsames Insekt mit dreizehn Beinen, einem pelzigen Körper und gestutzten Flügeln, das sich so langsam vorwärtsbewegte, dass Sophies Blick beim Zuschauen fast einfror. Doch plötzlich zuckte das Tier und schoss wie eine Rakete davon. Und während Sophie noch ein bisschen orientierungslos seine blitzschnellen Kreise verfolgte, wucherte das zarte Blütenpolster zu einem weichen Felsbezug, der in kürzester Zeit eine haushohe Fläche bedeckte, verwelkte und abfiel. Zurück blieb nur eine winzig kleine Landefläche für das Insekt, das dort wieder in seine langsame Starre verfiel. Alles schlief ein.

Auf Zehenspitzen schlichen Sophie, Eiche und Rolander an den Felsen entlang, setzten jeden Schritt behutsam vor den anderen, damit kein Stein ins Rollen kam. Die Schwarznarren waren nah, das spürte Sophie an der Kälte, die ihre Nackenhaare aufstehen ließ. Es war eine ganz besonders frostige Kälte, wie sie nur von den Schwarznarren ausgehen konnte. Doch wie oft Sophie sich auch umsah, sie bekam keinen zu Gesicht. Es war eine unsichtbare, lautlose Gefahr.

Rolander ging es ähnlich. Immer wieder zuckte er zusammen, zischte: »Achtung!«, und zog Sophie und Eiche hinter einen Felsvorsprung. Angespannt und regungslos warteten sie dann auf den Schwarznarren, der nicht kam.

Die Ungewissheit machte Sophie beinahe verrückt. War da wirklich jemand hinter ihnen her, oder bildete sie sich das nur ein, weil die Uhr sie so eindringlich gewarnt hatte? Sophie wollte ihren Verfolger sehen, sie wollte wissen, mit wem sie es zu tun hatte. Es war so anstrengend, es nicht zu wissen. Doch das Wissen kommt nicht immer, wenn es kommen soll, und nach einer langen ruhelosen Zeit, von der Sophie nicht sagen konnte, ob sie wirklich lange oder eigentlich ganz kurz gewesen war, fühlte sie sich erschöpft. Wie spät es wohl war? Die Dämmerung blieb immer gleich, die Zeiger an ihrer Uhr spielten verrückt. Sophie wollte nicht stehen bleiben, sie wollte in diesem Gebirge nicht übernachten, doch ihr Körper bettelte um Schlaf. Ihre Beine waren schwer wie Blei, sie konnte kaum noch gehen, ihre Augen fielen immer wieder zu. Auch Rolander ging schon ganz gebückt und seine Schultern hingen tiefer als sonst. Doch auch er blieb nicht stehen.

Als Sophie dann aber stolperte, ganz nah bei einer Felsspalte, die nach oben offen und gerade groß genug für ein unsichtbares Schutzzelt war, gab sie dem Drängen ihres Körpers nach: »Wollen wir da drin übernachten?«, fragte sie schwach.

Rolander zuckte mit den Achseln und betrachtete Eiche. Sie schlief auf Sophies Schulter, war nicht einmal durch das Stolpern aufgewacht. »Memme!«, brummte Rolander, schaute sich argwöhnisch um und schlüpfte durch den Spalt.

»Was hat es eigentlich mit diesem *Anspruch auf Zeitlichkeit* auf sich, Rolander?«, fragte Sophie gähnend, als sie später in ihrem unsichtbaren Schutzzelt saßen.

Rolander rieb sich die müden Augen: »Nun ja, das Gebirge der Zeitlosigkeit ist normalerweise der Rückzugsort der Zeit. Der Ort, an dem sie tun und lassen kann, was sie will, ganz ohne schlimme Auswirkungen. Damit das auch so bleibt, muss jeder, der das Gebirge betritt, zuvor seinen Anspruch auf Zeitlichkeit ablegen.«

Sophie schüttelte verständnislos den Kopf.

»Die Zeit trägt seeehr viel Verantwortung«, erklärte Rolander, gähnte und ließ sich auf den Rücken fallen. »Stell dir vor, sie würde sich selbst eine Weile zu schnell laufen lassen. Dann würde innerhalb kürzester Zeit die ganze Menschheit aussterben. Und mit ihr das Narrenreich.«

»Warum?«, fragte Sophie.

»Na, weil den Menschen dann nicht genug Zeit für die Fortpflanzung bliebe«, sagte Rolander wie selbstverständlich.

»Ach so, ich verstehe«, sagte Sophie. »Aber das wäre ja ganz schrecklich!«

»Eben!« Rolander schob sich einen Hut ins Gesicht, den er nicht hatte. »Damit die Zeit ihre Arbeit also gut machen kann, braucht sie eine Möglichkeit, sich zu entspannen. Sie braucht einen Ort, an dem sie sein kann, wie sie will, ohne dabei Schaden anzurichten. Das Gebirge der Zeitlosigkeit ist normalerweise so ein Ort. Hier gelten die gängigen Regeln der Zeit nämlich nicht.«

»Regeln der Zeit«, wiederholte Sophie nachdenklich. »Meinst du damit Stunden und Minuten und Jahre und Tage?«

»Genau«, sagte Rolander mit einem müden Nicken. »Die Zeit hat diese Regeln aufgestellt, damit sich die Leute nicht ständig in ihre Angelegenheiten einmischen.« Er hob den Finger. »Besonders den Menschen fällt es oft schwer, die Zeit so zu nehmen, wie sie ist. Nehmen wir zum Beispiel die Stunden des Tages: Es gibt Menschen, die haben an einem Tag so viel vor, dass sie ganz viele Stunden haben wollen, sagen wir fünfunddreißig oder dreiundvierzig. Andere wiederum haben weniger zu tun. Ihnen würde es reichen, wenn der Tag nur elf oder neun Stunden hätte. Da die Zeit aber nicht jeden Zeitwunsch erfüllen kann, hat sie Regeln aufgestellt, die für alle gleich sind. Die Tagesstundenregel lautet also: *Ein Tag hat vierundzwanzig Stunden.*«

»Ein Tag hat ja auch vierundzwanzig Stunden«, gähnte Sophie und legte sich ebenfalls hin.

»Eben nicht!«, sagte Rolander und richtete sich auf. »Diesen Vierundzwanzigstundenquatsch hat die Zeit nur erfunden. Im Grunde hat ein Tag x-beliebig viele Stunden. Es könnten genauso gut siebenunddreißig oder zehn oder einundzwanzig sein, verstehst du?«

»Nein«, sagte Sophie und setzte sich wieder auf. »Ich verstehe nicht.«

Rolander schnaubte verärgert: »Hast du denn überhaupt kein Zeitverständnis, Sophie? Die vierundzwanzig Stunden sind nichts als ein Kompromiss: für die einen zu lang, für die anderen zu kurz und für viele genau richtig.«

Sophie schüttelte ungläubig den Kopf.

Rolander tat so, als bemerke er Sophies Kopfschütteln nicht. Er genoss gerade seine Fahrt auf dem Redefluss und paddelte weiter: »Aus ähnlichen Gründen entstanden Tag und Nacht, Jahreszeiten, Monate und Wochentage. All diese Regeln erleichtern der Zeit ihre Arbeit immens. Aber gleichzeitig sind sie auch sehr anstrengend für sie, denn manchmal möchte die Zeit sich nicht zurückhalten, manchmal möchte sie sich austoben. Das tut sie für gewöhnlich hier im Gebirge. Hier darf sie Tag sein oder Nacht, schnell oder langsam, sie darf hin und her springen, wie es ihr gefällt.« Rolanders Augen leuchteten auf. »Der Montag wird zum Mittwoch und morgen war gestern, auf September folgt Mai, und nach dem Mittagessen gibt es Frühstück. Im Winter blühen die Blumen, im Sommer fällt der Schnee. Normalerweise.« Rolander verstummte, betrachtete die tristen, grauen Felsen, die sie umgaben, und das Leuchten verschwand aus seinem Gesicht. »Ach, wie unberechenbar und wundervoll war das Gebirge der Zeitlosigkeit früher!« Er hob traurig die Schultern und legte sich wieder hin.

Sie beschlossen, Wache zu halten. Während zwei schliefen, sollte einer aufpassen. Sophie übernahm trotz Müdigkeit die erste Schicht. Sie wollte es hinter sich bringen, damit sie danach ungestört schlafen konnte. Bald schon hörte sie Rolanders gleichmäßiges Schnarchen. Es war nicht leicht, als Einzige wach zu bleiben. Immer wieder fielen Sophie die Augen zu. »Reiß dich zusammen«, sagte sie zu sich, doch es half nichts. Sie musste sich irgendwie ablenken, irgendetwas tun, damit sie wach blieb. Also schlug sie das Buch der Narren auf. Doch recht schnell merkte sie, dass sie auch zum Lesen und Lernen zu müde war. Nicht nur sie war müde, auch die Seiten im Buch wurden zusehends dunkler und schwerer, und Sophies nächtliche Aufzeichnungen vom Labyrinth kamen zum Vorschein. Nicht ohne Stolz betrachtete Sophie den Plan. Sie hatte ihn tatsächlich fertiggestellt! Und da fiel ihr plötzlich ein, dass sie ja Ephraim noch gar nicht darüber informiert hatte! – Wie war das noch einmal mit dem Gedankenaustausch gewesen? – Ach ja: Codewort denken und hoffen, dass der andere es empfängt. ›Untergrund‹, dachte Sophie. ›Untergrund.‹ Nichts geschah. Was, wenn Ephraim schlief?

›Ephraim, bist du wach?‹, dachte Sophie. ›Ich habe den Plan des Labyrinths fertiggestellt. Hörst du mich? Sophie an Untergrund, Sophie an Ephraim, hörst du mich? Untergrund! Untergrund!‹ Und plötzlich hörte sie Ephraims Stimme in ihrem Kopf, und sie erschrak, weil sie im Grunde nicht damit gerechnet hatte, dass ihr in diesem erschöpften Zustand irgendetwas Närrisches gelingen würde.

»Ah, Sophie! Wie geht es dir?«

›Und nun?‹, fragte sich Sophie. ›Muss ich denken oder sprechen?‹

»Denken genügt«, hörte sie Ephraim sagen. Er hatte ihre Frage wohl gehört.

›Puh‹, dachte Sophie. ›Wenn der andere beim Gedankenkontakt alles hören kann, was man denkt, dann ist das ja eine ziemlich heikle Sache!‹

Ephraim lachte in ihrem Kopf: »Ja, das stimmt. Pass nur auf, dass du nichts Böses über mich denkst!«

›Jetzt hat er mich schon wieder gehört. Wie macht man das nur, ein vernünftiges Gespräch ohne Zwischengedanken denken?‹, fragte sich Sophie.

»Reine Übungssache«, hörte sie Ephraim sagen. »Wo seid ihr gerade?«

›Wir sind im Gebirge der Zeitlosigkeit‹, dachte Sophie.

»Oje, dort wimmelt es nur so von Schwarznarren«, sagte Ephraim in ihrem Kopf.

›Seltsam, wir haben den ganzen Tag keinen einzigen gesehen.‹

»Hm, laut unseren Spionen sind so viele Schwarznarren im Gebirge der Zeitlosigkeit, da ist es fast unmöglich, dass ihr keinem begegnet. Es sei denn, sie verfolgen eine List. Seid auf der Hut!«

›Das sind wir‹, dachte Sophie. ›Hör zu Ephraim: Der Plan vom Labyrinth ist fertig.‹

»Tatsächlich?«, seine Stimme klang hocherfreut.

›Ja‹, dachte Sophie. ›Es ist schrecklich da unten! Die inneren Kinder werden hinter einer Glaswand gefangen gehalten. Sie treiben dort wie Puppen in einer milchigen Flüssigkeit. Eines von ihnen schwebte ganz nah zur Wand, schaute mich an und rief um Hilfe. Und plötzlich war da Kiérons Stimme. Und dann fand ich in einer Ebene weiter unten das innere Kind meiner Mutter.‹ Sophies Gedanken überschlugen sich fast, so viel gab es zu berichten.

»Nicht so schnell«, bremste sie Ephraim. »Eines nach dem anderen: Die inneren Kinder werden also hinter einer Glaswand gefangen gehalten?«

›Ja‹, dachte Sophie. ›Und das innere Kind meiner Mutter ist ...‹ Sophie erstarrte: Da waren sie! Sophie hatte nicht bemerkt, wie sie lautlos durch die Felsspalte eingedrungen waren. Nun schwebten sie vor dem Schutzzelt und starrten Sophie mit ausdruckslosen Augen an. ›Ephraim! Die Schwarznarren sind da!‹ Das war das Letzte, was Sophie denken konnte, dann brach der Gedankenkontakt ab.

»Rolander? Eiche?«, flüsterte Sophie. Warum flüsterte sie eigentlich? Die Schwarznarren hatten sie doch schon entdeckt. »Rolander! Eiche!«

Der Narr und die Elfe fuhren aus dem Schlaf.

»Verdammt!«, entfuhr es Rolander, und er sprang auf, als er die Schwarznarren sah. Er griff sich an den Kopf, murmelte: »Ojemineojemineojemine«, und ging nervös hin und her. Etwas Besseres fiel ihm nicht ein. Sie waren gefangen, umzingelt von Nebelkreaturen und meterhohen Felswänden. Der einzige Ausgang, die Spalte im Felsen, war von Schwarznarren verstellt. Zwar waren sie sicher, solange sie im Schutzzelt saßen, aber fliehen konnten sie nicht.

Sophie versuchte abzublocken, doch es war zu spät. Die kalte Stimme war schon in ihrem Kopf. »Wir kommen, um dich abzuholen«, sagte sie. »Kiéron hat uns geschickt. Du hast nach ihm gerufen, also bringen wir dich zu ihm.«

»Nein!«, antwortete Sophie entschlossen. »Ich komme nicht mit. Ich habe es mir anders überlegt. Richtet eurem Meister aus, er soll sich auf etwas gefasst machen.«

Da lachte die Eisstimme in Sophies Kopf und ein stechender Schmerz durchfuhr ihre Schläfe. »So leicht kannst du es dir nicht machen, Sophie! Wer Kiéron ruft, muss mit den Konsequenzen leben. Wenn du nicht freiwillig mitkommst, werden wir dich zwingen.« Die Schwarznarren vor dem Zelt schwirrten unruhig auf und ab. Sophie beobachtete sie voller Sorge: Ob das Schutzzelt ihrem Angriff standhalten würde? Es waren so viele! Die Luft knisterte wie elektrisch aufgeladen. »Wir müssen etwas unternehmen!«, flüsterte sie Rolander und Eiche zu. Ratlos schaute sie sich um. Eiche aber zupfte Sophie am Ärmel und deutete unauffällig auf ihre Flügelchen. »Wir sollen fliegen?«, flüsterte Sophie fast tonlos. Eiche nickte und schielte möglichst unauffällig zum Himmel, der sich am Ende der Felsen über ihnen auftat.

»Hier gibt es also keine Flugsperre?«, fragte Sophie.

Eiche flatterte eine Armlänge in die Höhe und zeigte Sophie, dass es ging.

»Aber Fliegen ist viel zu gefährlich«, mischte sich Rolander ein.

Eiche verdrehte die Augen und deutete mit einer kaum merklichen Kopfbewegung auf die Schwarznarren vor dem Zelt.

»Du hast recht«, gab Rolander ein bisschen unfreiwillig zu »Wir haben nichts mehr zu verlieren.«

Das Schutzzelt knarrte bedenklich.

»Kannst du denn überhaupt fliegen, Rolander?«, fragte Sophie.

»Aber natürlich kann ich fliegen«, flüsterte Rolander und stemmte empört die Hände in die Hüften. »Jeder Narr kann fliegen! Zwar ist es nicht meine liebste Fortbewegungsmethode, die Höhe, du verstehst? Aber wenn's sein muss …«

Es musste sein, denn in diesem Moment zog sich der erste Riss mit einem Ratsch über das Schutzzelt. – Wie war das noch einmal mit dem Fliegen gewesen? Ach ja, eine Feder! Sophie musste eine Feder sein. Aber wie um alles im Narrenreich sollte das gehen? Dafür brauchte man doch Ruhe und Konzentration und keinen Haufen angriffslustiger Schwarznarren.

»Los Sophie, beeile dich!«, rief Rolander heiser und packte sie an der Hand. Eiche nahm ihre andere Hand, und so zogen sie Sophie in die Luft. Wie von selbst verlor Sophie ihre Körperschwere und sie ließen einander los.

Das geschah keine Sekunde zu früh. Unter ihnen durchbrachen nämlich gerade die Schwarznarren das Schutzzelt und stürzten sich wie hungrige Raubvögel auf die Fliehenden. Sie fuhren ihre schleimigen Schwaden nach ihnen aus und peitschten mit ihren Nebeltüchern um sich. Eiche, Sophie und Rolander waren so damit beschäftigt, den Hieben auszuweichen, sie bekamen gar nicht mit, dass die Schwarznarren sie in unterschiedliche Richtungen trieben. Erst als Sophie ein bisschen Abstand zu ihren Verfolgern gewonnen hatte, blickte sie sich um und erschrak: Eiche und Rolander waren nicht mehr da!

Sophie flog, so schnell sie konnte, über Berggipfel, durch enge Schluchten, mal geradeaus, mal Schlangenlinien. Sie wusste nicht, wohin sie flog, sie sah nicht viel im Dämmerlicht. Am besten zum Ausgang des Gebirges, dort würden bestimmt auch Rolander und Eiche hinfliegen, denn dort wollten sie ja ursprünglich hin. – Wo aber war der Ausgang?

Die Schwarznarren kamen näher. Sophie spürte es an der

Kälte in ihrem Nacken. Im Augenwinkel sah sie die langen, schleimigen Schwaden eines Schwarznarren, die sich nach ihr streckten. Sophies Puls beschleunigte sich. Sie schlug einen Haken, der Verfolger brauste an ihr vorbei. Doch zum Aufatmen blieb keine Zeit: Die Schwarznarren weiter hinten holten schnell auf. Hastig schlug Sophie eine neue Richtung ein. Der Schweiß rann ihr von der Stirn. Viel zu spät bemerkte sie, dass sie geradewegs auf den zuflog, den sie zuvor ausgetrickst hatte. Sophie blieb nur ein Ausweg: Sie kniff die Augen zusammen und schoss senkrecht nach unten. Die Schwarznarren vor und hinter ihr prallten zusammen, ihre Nebeltücher verfingen sich ineinander. Nur die letzten Verfolger konnten ausweichen und setzten ebenfalls zum Sinkflug an. Sophies Kräfte ließen langsam nach, dennoch flog sie tapfer weiter, auf und ab, nach rechts, nach links, doch was sie auch tat, irgendein Schwarznarr war immer hinter ihr. Wo war nur dieser Ausgang?

Plötzlich wurde es bitterkalt. Sophies Atem gefror in der Luft zu kleinen spitzigen Eisnadeln. Eine feuchte Kälte kroch über ihren Körper. Sophie zuckte zusammen und schaute nach unten: Eine dicke Schleimschwade umschlang ihre Hüfte.

»Kommst du freiwillig mit, oder muss ich dich erst durch eine Hölle aus Eis gehen lassen?«, fragte eine kalte Stimme in ihrem Kopf.

Sophies Körper war mit einem Mal ganz klamm, sie spürte weder ihre Finger noch ihre Zehen und sie verlor zusehends an Geschwindigkeit. Dennoch blieb sie standhaft. »Niemals komme ich mit!«, sagte sie, nahm all ihre Kraft zusammen und wand sich aus den schleimigen Fängen. Doch der Schwarznarr fasste nach und zog sie zurück. Ein Eisblitz durchzuckte Sophie. »Siehst du nicht, dass es sinnlos ist?«

›Abblocken‹, dachte Sophie, ›Du musst abblocken.‹

»Du bist zu schwach!«, lachte der Schwarznarr und ein unsäglicher Schmerz durchfuhr Sophie. Alles in ihr zog sich zusammen. Sophie keuchte. Es war ein Schmerz, der alles in sich trug: Trauer, Angst, Verzweiflung und Kälte. Und als dann der Schrei kam, dieser gellende Sirenenschrei, der ihr fast das Trommelfell zerriss, hielt Sophie es nicht mehr aus. »Aufhören!«, schrie sie. »Hör auf!«

Es hörte auf. Die Kälte wich, der Schmerz ließ nach. Sophies Körper wurde wieder leicht. Der Schwarznarr hatte von ihr abgelassen, war weit hinten bei den anderen, die sich alle in der Luft krümmten und wanden. Was war passiert?

Wieder ein Schrei, und fünf bunte Vögel tauchten am Himmel auf. Zielstrebig flogen sie auf Sophie zu. Es waren Papageien. Sophie beschleunigte ihren Flug. Immer wieder drehte sie sich nach den Papageien um. Bald war nur noch einer hinter ihr. Seine Flügel waren türkis mit braunen Streifen, der Bauch rot-orange gefleckt. Die anderen Vögel umkreisten die Schwarznarren und hackten auf sie ein. Die Angst, auch zerhackt zu werden, gab Sophie neue Kraft, und sie flog schneller. Doch es half nichts, der Papagei hinter ihr kam immer näher. »Folge mir!«, krächzte er. Sophie zögerte.

»Los, mach schon!«, drängte der Vogel, und Sophie rieb sich die Augen, denn plötzlich verwandelte er sich in einen violett-grün schimmernden Kolibri.

»Beeile dich«, krächzte der Kolibri und wurde zu einem Buntspecht.

War das denn möglich?

»Zeit?«, flüsterte Sophie. »Bist du das?«

Das Buntspechtfederfell schimmerte für einen Augenblick heller, dann umkreiste der Vogel Sophie. Schließlich flog er – wieder als Papagei – an ihr vorbei.

Mit einem Mal fühlte Sophie sich seltsam leicht. Der Wind fuhr anders über ihren Körper, fast so, als ginge er durch sie hindurch. Ihre Arme waren weich und weit. Sie blickte an sich herab und erschrak: Da waren nichts als Federn. Blaue, grüne, rote. Sie war plötzlich auch ein Vogel, genauso schnell und flink und wendig. Rasch wurde aus dem Schreck Hoffnung, und Sophie folgte dem Papagei, in dem sie die Zeit zu erkennen geglaubt hatte, mit blindem Vertrauen.

Sie flogen über Berggipfel und durch Schluchten, immer weiter von den Schwarznarren weg. Schließlich kamen sie zu einem Plateau, auf dem eine gewaltige Magnolie blühte. Der Vogel Zeit verschwand zwischen ihren Ästen, Sophie tat es ihm gleich. Am Fuß des Baumes lag ein verwitterter Holzstamm. Dort setzten sie zur Landung an.

Kurz darauf kamen auch die anderen Papageien und setzten sich auf den Stamm. Sie waren mitgenommen und zerzaust. An ihren Krallen und Schnäbeln hing schwarzer Schleim. Knarrend bogen sich die Äste der Magnolie zu einer Höhle und umschlossen Sophie und ihre fedrigen Retter. Dann öffnete sich der Boden und sie sanken sanft in die Tiefe. Es wurde finster.

Kapitel 18

DIE MAGNOLIENHÖHLE

»Die Luft ist rein«, sagte eine Stimme neben Sophie. »Gut, dann mache ich das Licht an«, sagte eine andere. Sophie kannte die Stimmen. Eine Flamme flackerte auf. Sie waren in einer Höhle. Bis auf ein paar Fackeln, zwei Schreibtische, einige Stühle und jede Menge Papier war sie leer.

»Wir können uns zurückverwandeln«, sagte ein dottergelb-blau-pinker Papagei und plötzlich saßen da Luitpolda die Begabungsnärrin, Oskar der Zeitnarr, Habakuk der Weisheitsnarr und die Zeit in kindlicher Gestalt. Der letzte Papagei wurde zu einem schwarz gekleideten Mann mit dunklen, etwas längeren Haaren und rauen, tiefen Gesichtszügen. Es war der Mann, der Sophie schon mehrmals das Leben gerettet hatte. Sie alle hier zu sehen war wie das Einatmen frischer Bergluft für Sophie, sie fühlte sich plötzlich ganz leicht. Auch sie trug wieder ihre ursprüngliche Gestalt. »*Ihr* seid das!«, rief sie überglücklich und fiel dem erstbesten der Narren um den Hals. Es war Oskar. Der errötete. »Wo wart ihr denn die ganze Zeit?« Sie ließ von Oskar ab. »In der Falkenburg? Haben euch die Schwarznarren erwischt? Geht es euch gut? Wo sind die anderen?«

»Drei von uns haben sie erwischt«, sagte Habakuk. Sein

Blick war klar wie Glas. »Wir anderen entkamen, waren nach ihrem Angriff aber geschwächt und mussten untertauchen.«

Oskar zeigte auf die schwarzkrustigen Wunden an seinen Armen und Beinen. Sophie verzog das Gesicht. »Sie waren wirklich lästig«, sagte er. »Es war nicht leicht, sie loszuwerden.«

»Unzählige waren es!«, warf Habakuk ein.

»Dann fanden wir aber zum Glück dieses Versteck«, fuhr Oskar fort und deutete auf die Höhle.

»Sag, Sophie«, mischte sich Luitpolda in das Gespräch ein. »Was hast du dir nur dabei gedacht, nach Kiéron zu rufen?« Ihre Stimme klang vorwurfsvoll und sanft zugleich.

Die Wiedersehensfreude wich aus Sophies Gesicht. »Ich, ähm … also …«, stammelte sie.

»Weißt du …«, begann Luitpolda, doch der Mann in Schwarz fiel ihr ins Wort: »Lass es gut sein, Luitpolda. Sie hat ihre Lektion gelernt«, und er schaute Sophie mit einem sanften Lächeln an: »Nicht wahr, Sophie?«

Sophie nickte schüchtern.

»Ich bin übrigens Baltasar«, sagte er und streckte ihr die Hand entgegen.

Sophie starrte den Mann an, als wäre er ein Geist. Baltasar? *Der* Baltasar? »Ähm, ja«, stammelte sie und griff nach seiner Hand. »Das ist ja … also … sehr gefreut, äh verfreut, nein *erfreut* … ähm, ich … also, ich bin Sophie.«

Baltasar lächelte: »Ja, ich weiß, dass du Sophie bist.« Er ließ ihre Hand los und drehte sich zu den anderen Narren um: »Wir sollten rasch besprechen, was zu besprechen ist, und Sophie dann zum Ausgang des Gebirges bringen. Uns läuft die Zeit davon.«

Die Zeit räusperte sich, wurde älter, mit harten Gesichtszügen und buschigen Augenbrauen, und stemmte die Hände in die Hüften.

»Entschuldige bitte«, sagte Baltasar schnell. »Damit meine ich natürlich nicht deine Arbeit. Ich meine die Situation an sich: Kaum ein Mensch trägt mehr sein inneres Kind in sich, Narren sind praktisch keine mehr auf freiem Fuß und unsere Glücksmomentvorräte werden immer knapper.«

Die Zeit nickte nachsichtig und wurde wieder ein bisschen jünger. Sie setzte sich eine schmale, nachtschwarze Brille auf und sagte: »Dann erlaube ich mir, zum ersten Punkt der Tagesordnung überzuleiten.« Etwas umständlich holte sie eine kleine Schriftrolle aus dem hochgeschlossenen Kostüm, das sie nun trug, richtete sich die Brille zurecht und las vor: »Punkt eins: Närrische Schokolade trinken und Sophie verpflegen.« Sophie schaute die Zeit ungläubig an: Die Menschheit und die Narrenwelt waren im Begriff auszusterben, und der Narrenrat dachte an Essen?

»Du musst dich stärken«, erklärte Luitpolda. »Das ist vielleicht deine letzte Mahlzeit vor dem Kampf.«

»Und außerdem«, fügte Oskar mit einem spitzbübischen Lächeln hinzu, »müssen wir unser Wiedersehen feiern!«

Und plötzlich trugen alle Narren bunte Hüte mit Esels-, Katzen-, Mause- und Kaninchenohren, sogar der geheimnisvolle Baltasar trug ein Hirschgeweih. Und sie bliesen in quietschende, spiralförmige Tröten und warfen Konfetti in die Luft, das davonflatterte wie ein Schwarm farbenfroher Miniaturlibellen. So tanzten sie um die verdatterte Sophie herum und bejubelten sie lauthals. Schließlich aber verwandelte sich die Zeit in eine schlaksige, groß gewachsene Gestalt mit Frack,

Monokel und Zylinderhut und klopfte fest mit einem Stock gegen den Boden: »Genug gejubelt, jetzt wird geschlemmt!« Sie warf ihren Hut in die Luft und die anderen Narren taten es ihr gleich. Die Hüte explodierten und fielen wie silbern glänzender Schnee auf den Tisch. Aus dem Schnee wuchsen belegte Brote, Obst, Gemüse, Törtchen und Tassen voll närrischer Schokolade. Die Narren stürzten sich auf die Speisen, Sophie tat es ihnen gleich. Erst beim Kauen merkte sie, wie groß ihr Hunger war.

Sophie hatte noch nicht ganz fertig gegessen, da zog die Zeit ihren Gehrock aus, und darunter kamen ein legerer Pullover und Jeans zum Vorschein. »Punkt zwei«, las sie von ihrer Schriftrolle ab: »Übergabe der Uhr.«

Oskar griff in seine Hosentasche, zog eine goldene Taschenuhr heraus und reichte sie Sophie. Sie war groß und reichlich verziert. Erst dachte Sophie, es sei seine Taschenuhr, doch dann sah sie den Namen, der in ihren Deckel eingraviert war: *»Sophie«*. Verwundert schaute sie den Zeitnarren an.

»Das ist *deine* Zeituhr«, sagte Oskar. »Eine Zeituhr vereinfacht die Zeitsteuerung ungemein. Man kann allerdings auch schlimme Dinge damit anrichten. Deshalb sind nur sehr wenige, ausgesuchte Narren im Besitz einer solchen Uhr.«

Sophie schielte unsicher zur Zeit und zeigte auf sich. Die Zeit lächelte, nickte und zog dabei ermunternd die Augenbrauen hoch.

Sophie nahm die Uhr behutsam entgegen und öffnete sie. Das Zifferblatt war von einer zeitlosen Eleganz, die Zeiger schlicht und filigran. Sophie war ein bisschen verwirrt. Sie erkannte keinen Unterschied zu einer herkömmlichen Uhr. Auch die Rückseite ließ sich öffnen, doch auch dort war nur ein schönes, aber ganz gewöhnliches Zifferblatt mit schönen, aber ganz gewöhnlichen Zeigern, identisch mit denen auf der Vorderseite. Aus der Oberkante der Uhr ragten drei kleine Rädchen.

»Damit du die Uhr lesen kannst, musst du verstehen, wie sie funktioniert«, sagte Oskar. Er setzte sich neben Sophie und erklärte ihr die verschiedenen Funktionen der Uhr. Sophie staunte, was sie alles konnte: Öffnete man die Vorderseite in aufrechter Position, zeigte die Uhr an, wie schnell die Zeit des Trägers der Uhr gerade lief. Drehte man in dieser Position am rechten Rädchen, ließ sich die allgemeine Zeit, also die Zeit, die für alle gleich war, regulieren. Ließ man aber das mittlere Rädchen einrasten, standen auf dem Zifferblatt plötzlich die Namen jener Personen, die sich in unmittelbarer Nähe befanden, und man konnte ihre individuelle Zeit steuern. Bei dieser individuellen Zeitsteuerung wurde nur das Zeitempfinden beeinflusst. Verlangsamte man also für eine bestimmte Person die Zeit, kamen ihr fünf Minuten viel länger vor, als sie eigentlich waren.

Wenn man die Vorderseite in verkehrter Position öffnete (dazu musste man die Uhr einfach auf den Kopf stellen), tauchte plötzlich eine Landkarte auf dem Zifferblatt auf. Darauf wurde angezeigt, wo sich die Zeit gerade befand. Wenn es sich um einen Notfall handelte, konnte man auf das mittlere Rädchen der Uhr drücken und die Zeit herbeirufen.

Das Zifferblatt auf der Rückseite der Uhr zeigte in aufrechter Position an, wozu Sophies Zeit zuletzt reif gewesen war. Worte wie *Schlafen, Essen, Gehen, Aufpassen, Ausruhen, Flüchten* und *Lernen* standen da. Der Zeiger war auf *Lernen* gerichtet. Dafür war Sophies Zeit jetzt gerade reif. Sophie verstand den Zweck dieser Funktion nicht. Sie wusste doch selbst, wann sie müde war und wann sie flüchten musste, das musste ihr die Uhr doch nicht sagen. Aber Oskar versicherte ihr: »Glaub mir, Sophie, es gibt im Leben viele Situationen, in denen man nicht oder erst zu spät erkennt, wofür die Zeit reif ist.« Ließ man nun das rechte Rädchen einrasten, konnte man lesen, wozu die Zeit im Allgemeinen reif war. *Umschwung, Jahreszeitwechsel, Umdenken* und *Maßnahmen ergreifen* war da zu lesen. Der Zeiger deutete auf *Maßnahmen ergreifen*.

Die Rückseite in verkehrter Position war die Zeitspeicherung. Wenn man in dieser Position auf das mittlere Rädchen drückte, wurde die von da an erlebte Zeit so lange gespeichert, bis man ein zweites Mal drückte. Nach vierundzwanzig Stunden hörte die Uhr von selbst damit auf. Man konnte die gespeicherte Zeit abrufen und wiedererleben, wann immer man wollte. »Das ist ja fantastisch!«, rief Sophie, als sie das hörte.»-Dann kann ich den Kampf gegen Kiéron ja so lange wiederholen, bis ich ihn gewonnen habe!« Doch Oskar erklärte ihr, dass auch eine Zeituhr das Geschehene nicht ändern konnte. Sie konnte nur speichern und wiederholen.

Sophie fand die Uhr trotzdem großartig und versprach, sie so wenig wie möglich zu verwenden. Schließlich wollte sie sich als würdige Zeituhr-Trägerin erweisen.

»Nein, Sophie«, sagte die Zeit. Jung sah sie gerade aus, mit blonden Zöpfen und blauen Schleifen. »Für Sparsamkeit in der Zeitsteuerung haben wir momentan beim besten Willen keine Zeit.« Erschrocken griff sie sich an den Mund.

Die Narren kicherten: »Jetzt hast du es selbst gesagt! Jetzt hast du es selbst gesagt!«

»Verzeih den Ausdruck«, murmelte die Zeit hastig, alterte und antwortete sich selbst streng und vorwurfsvoll: »Na gut, aber wehe, es passiert noch einmal!«

»Warum darf man nicht sagen, dass man keine Zeit hat?«, fragte Sophie.

»Weil man mich damit beleidigt«, sagte die Zeit. »Man unterstellt mir dadurch, dass ich meine Arbeit schlecht mache. Meine Aufgabe besteht darin, jedem Wesen etwas von mir abzugeben. Nämlich genau das, was ihm zusteht. Hat jemand zu wenig Zeit, habe ich ihm weniger von mir gegeben, als ihm zusteht, also habe ich einen Fehler gemacht. Fehler dürfen in der Zeitbranche nicht passieren. Sie können schlimme Auswirkungen haben.« Und sie schrumpfte, bis sie kleiner war als Sophie.

»Aber das meint man doch gar nicht so«, sagte Sophie. »Das ist nur eine Redensart.«

»Das ist keine *Redens*art, das ist eine *Un*art!«, empörte sich die Zeit. »Eine Unart, die abgeschafft gehört.« Im Ärger wuchs sie und wurde älter. Mit fahrigen Bewegungen nahm sie die Tagesordnung zur Hand: »Punkt drei: Strategiebesprechung.«

Als hätte sie nur auf dieses Stichwort gewartet, sprang Sophie auf: »Darf ich dazu etwas sagen?«

Habakuk schaute verwirrt zu ihr auf: »Wozu?«

»Na, zur Strategie«, sagte Sophie.

»Ach so, die Strategie«, murmelte Habakuk. »Nur zu.«

So berichtete Sophie also von Ephraim und vom Untergrund und von den Dingen, die sie dort gesehen und gehört hatte. Und die Narren erzählten ihr, dass sie bereits mit Ephraim in

Kontakt standen und über alles informiert waren. »Von ihm wussten wir, dass du in Gefahr bist«, sagte Baltasar. »Gleich nach Abbruch eures Gedankenkontakts hat er uns über den Angriff der Schwarznarren informiert.«

»Er meinte außerdem, du habest einen Plan vom Labyrinth der Falkenburg angefertigt und die inneren Kinder gefunden?«, fragte Luitpolda.

»Richtig«, sagte Sophie und zeigte den Narren nicht ohne Stolz ihre Aufzeichnungen.

»Ah!«, sagten die und »Oh!« und »Ui!« und steckten ihre Köpfe über dem Plan zusammen. »Ausgezeichnet!«, murmelte Oskar. »Beachtlich!«, sagte Luitpolda, und sogar Habakuk war ganz bei der Sache.

Eine ganze Weile studierten die Narren Sophies Aufzeichnungen.

»Habakuk, was sagst du dazu?«, fragte Oskar schließlich.

»Wie? Was? Wo?«, fragte Habakuk verwirrt.

Sein Blick hatte sich in den Gemäuern des Planes verloren.

»Was sagst du zu dem Plan?«, fragte Oskar und tippte auf Sophies Aufzeichnungen im Buch der Narren. »Dem Plan, in dem dein Blick steckt.«

»Ach so, *der* Plan, ja natürlich«, sagte Habakuk und zog seinen Blick aus dem Plan heraus. »Nun ja«, er kratzte sich nachdenklich am Kopf. »Ich denke, dieser Plan eröffnet uns ganz neue Möglichkeiten. Wir müssen unsere Kampfstrategie überdenken.« Er wandte sich Sophie zu: »Am besten besprechen wir uns mit Ephraim und unterrichten dich dann am Adlerfelsen über das weitere Vorgehen.«

Sophie nickte.

»Eine Sache solltest du aber unbedingt schon jetzt wissen«,

ergriff nun Baltasar das Wort. »Das Heer, das hinter dir steht, mag noch so stark sein, Kiéron kann einzig und allein durch *deine* Hand fallen.«

Sophie richtete sich auf. »Ich muss also *ganz allein* gegen ihn kämpfen?« Ein mulmiges Gefühl breitete sich in ihrem Magen aus.

»Wir werden dir natürlich helfen«, sagte Baltasar. »Wir können Kiéron und seine Schwarznarren ablenken, wir können sie schwächen. Aber nur du kannst ihn besiegen.«

»Wie?«, fragte Sophie.

»Das weißt nur du.«

Sophie schüttelte den Kopf: »Nein, ich weiß es nicht.«

Baltasar lächelte: »Du wirst es wissen, wenn es so weit ist.«

»Glaubst du denn wirklich, dass ich das kann? Ihn besiegen? Ich meine, das würde bedeuten, dass ich … dass ich tatsächlich …« Sophie brach ab. Die Worte, die sie brauchte, wollten ihr einfach nicht über die Lippen gehen.

Baltasar sah sie geduldig an. »Dass du *was*?«, fragten seine Augen. Und Sophie wusste, sie fragten es nicht, weil sie die Antwort nicht kannten. Sie fragten es, weil sie es aus *ihrem* Mund hören wollten. Also versuchte sie es noch einmal: »Glaubst du denn wirklich, dass ich … ja also, dass ich … eure *Retterin* bin?«

Und noch während die Zeit in moosgrünem Wams mit dicken olivfarbenen Strümpfen aufsprang und von der Papierrolle ablas: »Punkt vier: Sophie Mut zusprechen«, nickte Baltasar ruhig und wissend und sagte: »Wer, wenn nicht du, Sophie?«

»Dann bin ich also *wirklich* die Tochter eines Zaubernarren?«, fragte sie mit zitternder Stimme und wusste nicht, was in diesem Moment größer war; die Angst oder die Hoffnung. Sie bemerkte nicht, wie Baltasar erst zu Habakuk schielte und auf sein kaum merkliches Nicken wartete, bevor er antwortete: »Ja, Sophie, du bist die Tochter eines Zaubernarren. Du bist *meine* Tochter.«

Das Blut schoss brodelnd heiß in Sophies Kopf. Für einen Augenblick stand alles still und sie konnte nicht mehr klar denken. »Aber wenn ... Wie? ... Warum? ...« Sie schüttelte sich. »Warum bist du weggegangen? Warum bist du nicht bei uns geblieben?«

»Ach Kind«, sagte Baltasar und strich ihr liebevoll eine Haarsträhne aus dem Gesicht. »Ich wollte doch bei euch bleiben, um alles in der Welt wollte ich das, aber deine Mutter wollte es nicht.«

»Warum?«, fragte Sophie mit dünner Stimme. »Was hast du getan?«

»Ich weiß es nicht. Sie hat es mir nie gesagt. Vielleicht war ich zu oft im Narrenreich. Vielleicht habe ich mich zu wenig um sie gekümmert. Es ist schon so lange her. Da war dieses Problem mit den Glücksmomenten. Sie landeten plötzlich nicht mehr im Narrenreich. Ich musste mich darum kümmern, die Reserven wurden knapp.« Ein dunkler Schatten fiel auf Baltasars Gesicht. »Ich war zu lange weg. Mehrere Monate. Als ich zu deiner Mutter zurückkam, war sie mit dir schwanger. Ich hatte bis zu diesem Zeitpunkt nichts davon gewusst. Sie schrie mich an, fragte, was mir einfalle, noch einmal bei ihr aufzutauchen, ich solle verschwinden, sie wolle nichts mehr mit mir und dem Narrenreich zu tun haben. Ich verstand nicht, was in sie gefahren war.«

»Sie sagte, sie habe sich von dir blenden lassen. Was meinte sie damit?« Sophie versuchte verzweifelt, zu verstehen.

Baltasar seufzte schwer: »Ach Sophie, du musst mir glauben: Ich weiß nicht, was sie damit meint. Sie war nach meiner Rückkehr wie verwandelt. Noch mehrmals versuchte ich, mit ihr in Kontakt zu treten, aber sie weigerte sich, mit mir zu sprechen.«

Sophie schüttelte ungläubig den Kopf. So kannte sie ihre Mutter nicht. Man konnte *immer* mit ihr reden. Über alles. – Nun ja, über *fast* alles.

»Es tat so weh«, fuhr Baltasar fort. »All die Jahre, die ich nicht bei euch sein durfte. Nichts wünschte ich mir mehr, als bei meiner Familie zu sein.« Er starrte wehmütig auf den Boden. Sophie stand etwas unbeholfen da und wusste nicht, was sie von seiner Geschichte halten sollte. Dann plötzlich schaute Baltasar auf und ein heller Funke blitzte durch seine Augen: »Aber aus der Ferne habe ich dich immer begleitet: Ich war bei dir, als du deinen ersten Zahn bekamst, damals an diesem verregneten Dienstagnachmittag, ich hörte dein erstes Wort: *Mama,* und ich beobachtete dich, als du deine ersten Schritte machtest. Das war im Winter bei Oma Lotte. Meine besten Narren schickte ich zu dir, sie sollten dir Glücksmomente schenken. Ich weiß viel über dich: Deine Lieblingsspeise ist Hühnchen mit Reis und Gemüse, deine Lieblingsfarbe ist Rot – nicht das helle Feuerwehrautorot, sondern das satte, dunkle Rot – du malst und zeichnest leidenschaftlich gern, spielst sehr gut Klavier, deine beste Freundin ist Paula. Mit Georg streitest du oft, aber wenn es wirklich darauf ankommt, haltet ihr zusammen wie Pech und Schwefel. Letzten Sommer wart ihr in Griechenland, auf einem Segelboot. Beim Tauchen hast du einen orangefarbenen Seestern mit grünen Punkten gefunden. – Den habe ich dir dorthin gelegt. – Und unter einem losen Brett im Baumhaus hast du heimlich einen kleinen Schokoladenvorrat angelegt. Für Notfälle. Falls es dir oder Paula einmal schlecht geht.«

Verblüfft starrte Sophie Baltasar an. Alles, was er sagte, stimmte. Ihre Augen füllten sich mit Tränen. Sie wusste nicht, ob es Freudentränen, Zornestränen, Erleichterungstränen oder Trauertränen waren. Vielleicht alles zugleich. Nach zwölf Jahren, nach so langer Zeit, stand plötzlich ihr Vater vor ihr. Sie hatte nie daran geglaubt, dass dieser Tag kommen würde. Doch nun war er da, und ihr Vater war kein geringerer als der große Zaubernarr Baltasar! Das Glück, das Sophie bei diesem Gedanken überkam, war so groß, dass sie Baltasar stürmisch um den Hals fiel, ihn, so fest sie konnte, an sich drückte und nicht mehr losließ. In dieser Umarmung wollte sie alle versäumten Umarmungen auf einmal nachholen. Und in der Wärme, die zwischen ihnen strömte, spürte Sophie, dass Baltasar nicht log. Er *war* ihr Vater und sie war das einzige und wahre Narrenkind!

Unterdessen studierte die Zeit völlig verwirrt die Punkte auf der Tagesordnung. Sie war gerade ein Kind, so alt wie Sophie, mit Hemd und Hose und gestriegelten Haaren und einer Streberbrille auf der Nase. »Was soll denn das?«, murmelte sie kopfschüttelnd und wurde ein Stück älter. »Familienzusammenführung steht nicht auf meiner Liste.« Sie alterte noch ein paar Jahre, kratzte sich nachdenklich am Kopf, räusperte sich schließlich und sagte: »Können wir bitte schön mit der Tagesordnung fortfahren? Punkt fünf: *Ratschläge erteilen.*«

Sophie ließ nur ungern von Baltasar ab, und Luitpolda trat vor: »Du hast ja mitbekommen, wie leicht es für Kiéron und seine Gefolgsleute ist, Ängste, Schmerz und dergleichen in dir aufkommen zu lassen. Wenn du das zulässt, wirst du verwundbar, Sophie. Narritiere also so oft wie möglich und blocke ständig ab, sogar im Schlaf.« Sie trat zurück und stieß Habakuk in die Rippen.

»Hm?«, brummte der.

»Dein Ratschlag«, raunte Luitpolda auffordernd und zurückhaltend zugleich. »Für Sophie.«

»Ach so! Ach ja«, sagte Habakuk und rieb sich ein bisschen schlaftrunken die Augen. »Vergiss die Regenbogen nicht, Sophie. Kontaktiere sie. Bitte sie um Hilfe. Weihe sie in deine Pläne ein. Sie sind sehr mächtig.«

»Wie kann ich sie denn kontaktieren?«, fragte Sophie.

»Na, mit dem Regubinstein«, sagte Habakuk wie selbstverständlich.

Der Regubinstein! Sophie erschrak. Sie hatte ihn ganz vergessen. »Das geht nicht«, sagte sie leise. »Ich habe ihn nicht mehr.«

Habakuk horchte auf: »Wie? Du hast deinen Regubinstein nicht mehr?« Er schüttelte den Kopf. »Das kann nicht sein! Einen Regubinstein verliert man nicht.«

»Ich habe ihn nicht verloren«, erklärte Sophie. »Der Stein hat sich für mich geopfert.« Und sie erzählte, wie es dazu gekommen war.

Die Narren schwiegen nachdenklich. Doch schließlich schüttelte Oskar den Kopf: »Nein, Sophie, Regubinsteine sind wie Katzen, sie handeln nicht selbstlos.«

»Was bedeutet das?«, fragte Sophie.

»Ein Regubinstein wird sich *niemals* für jemanden opfern. Es ist ganz ausgeschlossen, dass er sich für dich in einen Glücksmoment verwandelt und aufgelöst hat.«

»Aber da war ein Glücksfeuerwerk«, sagte Sophie verwirrt. »Und danach war der Stein weg. Wenn er sich nicht aufgelöst hat, dann ist er eben im Moor verschwunden.«

»Nein«, sagte Oskar. »Ein Regubinstein kehrt *immer* zu seinem momentanen Besitzer zurück.« Die anderen gaben ihm recht.

»Sei's drum!«, sagte die Zeit und wurde alt und dick. In aller Ruhe und Behäbigkeit rieb sie sich die altersmüden Augen und sagte: »Der Regubinstein ist weg und wir werden ihn so schnell nicht wiederfinden. Also schlage ich vor, *wir* rufen die Regenbogen herbei. Punkt sechs: Sophie sicher zum Ausgang des Gebirges bringen und verabschieden.«

»Verabschieden?«, fragte Sophie enttäuscht. »Ihr könnt mich doch nicht schon wieder allein lassen!« Sie schaute flehend in die Runde: »Können wir denn nicht gemeinsam zur Falkenburg gehen?«

»Wir müssen unseren eigenen Weg gehen«, sagte Baltasar und strich Sophie tröstend über die Wange. »Wir gelten für die dunkle Seite als vermisst. Das soll so bleiben.«

»Am Adlerfelsen sehen wir uns wieder«, sagte die Zeit.

Kapitel 19

DAS MEER DER TAUSEND GLÜCKSMOMENTE

Sophie war glücklich, Rolander und Eiche in der Ausgangsuhr anzutreffen. »Wie gut, dass ihr hier seid!«, sagte sie erleichtert.

»Na, wo sollen wir denn sonst sein?«, fragte Rolander, als wäre es für ihn die selbstverständlichste Sache der Welt, dass sie sich nach ihrer Trennung ohne Absprache hier wieder trafen. Eiche aber war mindestens ebenso glücklich wie Sophie und begrüßte sie stürmisch.

»Hast ganz schön lange gebraucht«, sagte Rolander vorwurfsvoll.

Sophie überlegte, was sie darauf antworten sollte. Sie wollte Rolander nichts vom Narrenrat erzählen. »Nun ja«, sagte sie also achselzuckend, »es waren auch eine ganze Menge Schwarznarren hinter mir her.« Rolanders Augen verengten sich misstrauisch zu Schlitzen, und Sophie ergänzte rasch: »Erst musste ich sie abhängen, und dann habe ich mich versteckt, bis ich sicher war, dass sie auch wirklich weg sind.«

»Hmpf«, machte Rolander und schälte eine unreife Banane, die er nicht hatte.

»Und ihr?«, fragte Sophie, um von sich abzulenken. »Seid ihr schon länger hier?«

Eiche nickte.

»Sie haben uns nicht lange verfolgt«, sagte Rolander. »Hatten es wohl auf dich abgesehen.« Ungeduldig trommelte er mit den Fingern gegen das Holz der Uhr: »Können wir jetzt endlich aufbrechen? Die schwierigste Etappe steht uns noch bevor: das Meer der tausend Glücksmomente. Auf ihm fährt ein Wächter der dunklen Seite. Wir nennen ihn den *Wächter mit den Argusaugen*. Er ist seeehr gefährlich.« Rolander verzog das Gesicht zu einer grässlichen Grimasse und flüsterte mit Gruselstimme in Sophies Ohr: »Mit einem einzigen Blick kann er dir sämtliche Glücksmomente entziehen. Es ist gut möglich, dass Kiéron ihn auf dich angesetzt hat.« Rolander sprang ruckartig auf und griff nach Sophies Hand: »Komm mit, ich zeige ihn dir.«

Ein stürmischer Wind wehte ihnen entgegen, als sie zu einer grauen, verwitterten Klippe kamen. Aus den Felsritzen quoll schwarzer Schleim. Hinter der Klippe erstreckte sich das Meer der tausend Glücksmomente. Sophie erkannte es kaum wieder. Es war trübe und dreckig und roch nach verdorbenem Fisch. Die Wellen schäumten, der Regen peitschte, die Wolken waren schwer wie Blei. Es blitzte und donnerte. Sophie trat vorsichtig an den Rand der Klippen. Kalk bröckelte von den Wänden ins Meer. Sophies Blick fiel auf ein altes, verwittertes Boot am Fuße der Klippen. War das etwa das Boot, in dem sie mit Habakuk damals aufs Meer hinausgerudert war? Sophie schaute genauer hin und entzifferte mühsam seinen Namen: *Freudeschönergötterfunken*. – Ja, das war es! Sophie konnte es kaum glauben. Sie standen an derselben Stelle, an der sie bereits mit Habakuk gestanden war! Nur war damals alles noch wunderschön gewesen. Mit klarem, frischem Wasser und weißen, schönen Felsen und Glücksmomenten im Meer und in der Luft. Sophie blickte wehmütig in die Ferne. Weit hinten am Horizont erhob sich ein Felsen, der aussah, als hätte er Flügel. Mächtige Schwingen, die sich schwarz und bedrohlich aufrichteten. Sophie hatte ihn schon damals bemerkt. Das musste der Adlerfelsen sein. Noch weiter hinten, dort, wo der Sturm am heftigsten tobte, erhoben sich vier gewaltige Türme: die Falkenburg. Sophie schauderte: So nah waren sie also schon!

»Schau, dort ist er«, sagte Rolander und zeigte auf ein Boot in der Ferne.

Sophie kniff die Augen zusammen. Sie sah nicht viel. Immer wieder wurde das Boot von hohen Wellen verdeckt. Dann aber konnte sie doch einen Blick erhaschen und erkannte darin die Silhouette eines Mannes. Er hielt irgendetwas in der Hand. Einen langen Stab? Er sah gar nicht bedrohlich aus. Eben wie ein Mann mit einem Stab. »Und *der* hat das *ganze* Meer unter Kontrolle?«, fragte Sophie ungläubig.

»Oh ja!« Rolander riss seine Augen ganz weit auf und ließ die Pupillen einen Halbkreis rollen. Dann verengte er sie zu scharf spähenden Schlitzen: »Siehst du die Schaumkronen auf den Wellen? Das sind seine Argusaugen. Davon besitzt er Abertausende. Sie sind über das gesamte Meer verstreut. Ihren Blicken entgeht nichts.« Rolander zog ein kleines Fernrohr aus seiner Tasche und reichte es Sophie.

Sophie staunte, wie weit sie mit diesem Fernrohr sehen konnte. Sie sah sogar ein beleuchtetes Turmfenster in der Falkenburg und dahinter eine dunkle Gestalt. Da waren viele Fenster in der Burg, schmale, spitz zulaufende Fenster, die meisten von ihnen unbeleuchtet und schwarz. An den Türmen und Giebeln hingen steinerne Untiere mit weit aufgerissenen Mäulern. Sie hatten Pranken mit Krallen und schauten teuflisch drein. Unzählige Schwarznarren umkreisten die Burg. Sophie richtete das Fernrohr auf die Wellen: Die Schaumkronen waren tatsächlich Augen! Kugelrunde Augäpfel mit grauen Iriden und schwarzen Pupillen. Wachsam spähten sie hin und her. Sophie stöhnte und gab Rolander das Fernrohr zurück: »Dann ist eine Überquerung des Meeres ja unmöglich!«

Rolander richtete sich auf und streckte seinen Zeigefinger in die Luft: »Nichts ist unmöglich!« Er seufzte und seine Hand sank nach unten. »Aber das hier ist *fast* unmöglich.«

Sie gingen zurück zur Ausgangsuhr, weil sie dort, geschützt vor Sturm und Argusblicken, besser nachdenken konnten.

Eiche putzte sich die Flügel, Rolander suchte nach dem Schokoladenosterhasen, den er schon längst aufgegessen hatte, und Sophie zog das Buch der Narren hervor. Es ließ sich nicht öffnen. »Was ist denn *nun* schon wieder?«, fragte Sophie ungeduldig. »Ich dachte, wir hätten das hinter uns!« Doch das Buch rührte sich nicht. »Rolander, weißt du, was es hat?«

Rolander zuckte mit den Achseln und kaute gedankenverloren an der Schokolade des Hasen, der nicht mehr da war.

Hilflos schaute Sophie Eiche an. Eiche flog näher und streichelte das Buch. Doch es wollte nichts von ihrer Zärtlichkeit wissen. Es nahm einen Satz und schlug Eiche wie einen Tennisball in Rolanders Arme.

»Igitt! Geh weg, du Mistvieh!«, schrie Rolander und ließ die Narrenelfe fallen, »Ich mag es nicht, wenn mir Deinesgleichen zu nah kommen! Es ist schon Zumutung genug, dass ich die letzten Wochen mit dir verbringen musste, nun wirst du auch noch anhänglich.«

Eiche rappelte sich auf, rieb sich den Kopf und tappte ein bisschen benommen zu Sophie.

»Was ist nur los mit euch?«, fragte Sophie genervt, »Das Buch lässt sich nicht öffnen und schleudert Eiche quer durch die Uhr, und du, Rolander, führst dich auf wie ein Ekel.«

»Weiß nicht«, murmelte Rolander und steckte sich ein Pfefferminzbonbon in den Mund, das er nicht hatte, »Ich habe das Gefühl, die Zeit zerrinnt gerade wie Sand zwischen unseren Fingern und nichts geschieht. Eiche und ich tun gerade nichts als warten: Warten auf dich, warten auf eine Idee, warten auf die Überfahrt, warten auf bessere Zeiten. Das nervt!« Angewidert spuckte er das angelutschte Pfefferminznichts auf den Boden. »Pfui Teufel, schmeckt das scheußlich!«

»Zeit …«, murmelte Sophie, »Sag Rolander, wann bekommen wir eigentlich unseren Anspruch auf Zeitlichkeit zurück?«

Rolanders Augen weiteten sich: »Das ist es! Zu lange Zeitanspruchslosigkeit drückt aufs Gemüt!« Er sprang auf: »Gib uns unseren Anspruch auf Zeitlichkeit zurück, du Uhr, du! Aber dalli!« Und ehe er sich's versah, klatschte ein pelziges Kerlchen auf seinen Kopf. »Aua!«, rief er. Und schon trafen ihn das zweite und das dritte Knäuel. »Aua! Aua! Na hör mal!«, empörte er sich.

»Irgendjemand muss dir ja Manieren beibringen«, knarrte die Uhr hölzern. »Schon mal etwas von *bitte* und *danke* gehört?«

Sophie kicherte.

»Grumpf«, machte Rolander und ließ seinen Anspruch in sein Ohr gleiten. Eiche tat dasselbe. Nur Sophie zögerte. Sie nahm ihren Anspruch und betrachtete ihn von allen Seiten: »Der passt doch niemals in mein Ohr!«

»Oh doch«, sagte Rolander, »Ansprüche auf Zeitlichkeit passen immer in Ohren hinein.«

Also versuchte Sophie es, und der Anspruch zog sein Fell zusammen und krabbelte in ihren Gehörgang hinein. Das war nicht besonders angenehm. Es kitzelte, und danach hatte Sophie ein pelziges Gefühl auf der Zunge, doch irgendetwas in ihr war nun wieder leicht. Sie wandte sich dem Buch der Narren zu und sagte: »Bitte …«, doch das Buch lag schon offen da. »Oh! Wie ist denn das passiert?«

Da griff Rolander sich an die Stirn: »Ach, wie dumm von mir! Das hatte ich vergessen: Das Buch der Narren hat keinen Respekt vor Wesen ohne Anspruch auf Zeitlichkeit.«

»Warum denn das?«, fragte Sophie.

»Na, weil man ohne Zeitlichkeit keine Muße hat, und ohne Muße kann man dem Buch nicht die Aufmerksamkeit widmen, die ihm zusteht. Schließlich ist es ein wertvolles Buch. Es will mit jeder Silbe, die es preisgibt, gewürdigt werden.«

Sophie schüttelte den Kopf und vertiefte sich, so würdigend sie konnte, in das nun wieder respektvolle Buch. Es wurde still in der Uhr.

Schließlich schloss Sophie das Buch und sagte: »Ich hab's!« Es war wie ein Aufwachen. Erst jetzt bemerkte sie, dass sie mitten in einem Spielkartengewirr saß.

Eiche und Rolander ließen ihre Karten fallen. »Schieß los!«, sagte Rolander und stellte sich auf den Kopf.

»Wetternarretei«, sagte Sophie. Ihre Augen blitzten abenteuerlustig. »Beherrschung der Naturgewalten.«

Eiche schluckte und Rolander kippte zur Seite. »Zaubernarretei?«, fragte er ungläubig, während er sich aufrappelte, »Das meinst du doch nicht ernst!«

»Doch«, sagte Sophie, »Die anderen Narreteien sind alle unbrauchbar. Ich bin sie der Reihe nach durchgegangen.«

»Was genau willst du tun?«, fragte Rolander.

»Den Wächter wehen wir mit einem Tornado davon«, sagte Sophie.

»Tornado!« Rolander sprang auf und starrte Sophie ungläubig an.

»Seine Argusaugen lenken wir mit närrischem Regen ab.«

»Närrischer Regen!« Rolander griff sich an die Stirn.

»Und dann überqueren wir das Meer mit dem Ruderboot, das unten am Ufer steht.«

»Mit *diesem* alten Kahn willst du das Meer überqueren? Bei *dem* Wetter?« Rolander ließ sich auf den Boden fallen und rollte sich auf den Rücken. Er lachte hysterisch und strampelte mit den Beinen. Doch dann sprang er auf und packte Sophie an den Schultern: »Sophie, ich will dir ja wirklich nicht zu nahe treten, aber du *bist* noch keine Närrin. – Tornado. Närrischer Regen. – Zaubernarretei! – Du hast noch viel zu wenig Übung für so etwas. Das kann dich deinen Verstand kosten. Das ist leichtsinnig, leichtsinnig, leichtsinnig.« Er ließ von Sophie ab und stampfte wie ein Wilder auf den Spielkarten herum, die am Boden lagen. Auch Eiche fuchtelte warnend mit den Händen in der Luft. Sophie aber war von ihrem Plan überzeugt. Das Gespräch in der Magnolienhöhle hatte ihr Mut gemacht. Sie verschränkte die Arme und schaute ihre Begleiter herausfordernd an: »Hat denn einer von euch eine bessere Idee?«

Da hörte Rolander auf zu stampfen, und Eiches Arme sackten nach unten. »Ähm … Nein …«, sagte Rolander und räusperte sich verlegen. Doch dann schaute er hoch und stampfte noch einmal mit dem Fuß auf: »Aber es ist trotzdem leichtsinnig!«

Sophie hob die Schultern und marschierte zum Ausgang der Uhr.

»Na gut …«, murmelte Rolander und sammelte kopfschüttelnd die wild verstreuten, zerfledderten, zertrampelten und zerrissenen Spielkarten ein, »Auf mich hört ja keiner. – Wirst schon sehen, was du davon hast.«

Unterdessen stand Oma Lotte zu Hause in der Menschenwelt auf dem Dachboden ihres Hauses mit ölverschmierten Händen und rußigem Gesicht zwischen Schraubenziehern, Hämmern, Nägeln und Zangen vor einem wundersamen Gerät. Es war nicht Teleskop, nicht Lupe, nicht Fernrohr, nicht Mikroskop, aber von allem ein bisschen. Oma Lotte drehte konzentriert an einer Schraube und füllte Öl in ein kleines Loch. Zwei Zahnräder aus Eisen verhakten sich knackend ineinander, und ein rostiger Teleskoparm verlängerte sich. Sie schaute durch das Okular, und nach nur kurzer Zeit rief sie aufgeregt: »Paula, Georg, es funktioniert! Wer hätte das gedacht? Das Narrovisier funktioniert! Ich kann sie sehen!«

Paula und Georg, die eben noch mit dem Inhalt einer staubigen Truhe beschäftigt gewesen waren, horchten auf. »Wo ist sie?«, fragte Paula und lief rasch zu Oma Lotte. Georg aber blieb sitzen und schaute grimmig drein. Er war schlecht gelaunt, seit seine

Mutter nur noch im Lehnstuhl saß und nichts mehr mit ihr anzufangen war. Auch Sophie war verändert. Sie kitzelte ihn nicht einmal mehr an den Füßen, wenn sie an seinem Zimmer vorbeiging. Genau genommen verließ sie ihr Zimmer kaum noch, saß meistens auf dem Bett und starrte aus dem Fenster oder las. Kürzlich hatte Georg versucht, mit ihr über Mutters Zustand zu sprechen, Sophie hatte doch immer so gute Ideen. Doch sie hatte nur dagesessen und teilnahmslos mit den Achseln gezuckt. Es war Georg vorgekommen, als berühre sie das alles nicht. Und nun behauptete Oma Lotte auch noch steif und fest, diese Sophie zu Hause wäre gar nicht die echte Sophie, sondern nur eine »Projektion«, und die wirkliche Sophie sei in irgendeinem »Narrenreich«, das keiner sehen konnte, und kämpfe dort ums Überleben der Narren und der Menschheit. – Wer glaubte denn bitte an so etwas?

»Sie ist am Meer der tausend Glücksmomente«, sagte Oma Lotte und drehte an einem Rädchen. Der Telekoparm quietschte und fuhr ein bisschen aus. »Sie steht auf einer Klippe. Mit einem Narren und einer Narrenelfe. Sie sieht sehr mitgenommen aus.«

»Aber es geht ihr doch gut?«, fragte Paula halb hoffnungsvoll und halb besorgt.

»Ich glaube schon«, sagte Oma Lotte und zog an einem Hebel. Eine grünlich schimmernde Kuppel drehte sich quietschend um sich selbst.

»Darf ich sie sehen?«, fragte Paula.

Oma Lotte nickte und trat zurück.

Paula streckte sich nach dem Okular und schaute durch, zögerte, drehte ein bisschen unbeholfen an einem Rädchen, dann an einem anderen. Sie schaute, sie klopfte gegen das Gerät, ihre Schultern sanken nach unten, sie ließ davon ab. »Ich sehe nichts«, sagte sie, »alles ist schwarz.«

»Zeig mal«, sagte Oma Lotte und schob Paula zur Seite. Sie schaute, sie hob die Schultern, sie sagte: »Also ich sehe alles gestochen scharf.«

Paula probierte es noch einmal, doch soviel sie auch am Narrovisier herumdrehte und mit den Augen zwinkerte, das Bild blieb schwarz.

»Ach, ich vergaß!«, rief Oma Lotte und griff sich an den Kopf, »Menschen können Närrisches ja nicht sehen!«

»Jetzt fängst du schon wieder damit an«, maulte Georg am anderen Ende des Raumes. »Es gibt keine Narren! Und es gibt auch kein Narrenreich. Sophie sitzt zu Hause in ihrem Zimmer und liest. Vor zwei Stunden habe ich sie dort noch gesehen.«

»Aber Oma Lotte hat uns doch erklärt, dass das nicht die echte Sophie ist«, sagte Paula. »Nicht wahr, Oma Lotte?«

Oma Lotte nickte: »Richtig. Die echte Sophie kämpft sich gerade durchs Narrenreich.«

»Wenn es wirklich so wäre«, sagte Georg und verschränkte herausfordernd die Arme vor der Brust, »könntest du – als Mensch – das Narrenreich doch auch nicht sehen.«

»Mich verbindet eine lange Geschichte mit den Narren«, sagte Oma Lotte geheimnisvoll.

»Von der du uns aber nichts erzählen willst«, sagte Georg und verdrehte die Augen.

»Genau«, sagte Oma Lotte und richtete ein lupenartiges Rund neu aus.

»Wie kommt es eigentlich, dass du es plötzlich sehen kannst, dieses Narrenreich? Vor ein paar Tagen hast du noch behauptet, alle Verbindungskanäle seien unterbrochen.«

»Da wusste ich auch noch nicht, dass das Narrovisier vom vollständigen Kontaktabbruch ausgenommen ist. Und schon gar

nicht, dass ich es zum Laufen bringen würde. Jahrelang hat es keiner mehr benützt.« Sie steckte sich ein paar abstehende Haarsträhnen zurecht. »Ich bin ja so froh, dass es funktioniert. Ihr wisst gar nicht, wie beunruhigt ich war, als ihr mir Sophies Brief brachtet und ich nicht nach ihr sehen konnte.«

Georg schüttelte schnaubend den Kopf.

Oma Lotte beachtete ihn nicht und schaute wieder durch das Okular. »Ach«, sagte sie, »es sieht schlimm aus im Narrenreich! Fast noch schlimmer als in der Menschenwelt.« Sie seufzte und wandte sich nach Paula um: »Paula-Liebes, wir müssen Sophie helfen. Ich weiß nicht, ob sie es ohne unsere Hilfe schaffen wird. Sie sieht so erschöpft aus. Weiß der Kuckuck, was sie durchmachen musste! Zum Teufel mit diesem Kiéron!«

Paula schaute Oma Lotte ratlos an: »Aber was können wir denn von hier aus tun?«

Oma Lotte überlegte und verschmierte beim Nachdenken den Ruß in ihrem Gesicht. Schließlich sagte sie: »Die Einzigen, die ihr helfen können, sind die Kinder.«

Paula zog fragend ihre Augenbrauen nach oben.

»Eure Freunde«, sagte Oma Lotte, »und die Freunde eurer Freunde, wo finden wir sie?«

»Auf dem Marktplatz«, sagte Paula, »in letzter Zeit waren sie immer auf dem Marktplatz.«

»Dann müssen wir dorthin«, sagte Oma Lotte und ging mit eiligen Schritten zur Dachbodentür.

»Pah!«, murmelte Georg, doch als Paula aufstand und zu ihm sagte: »Komm, Georg!«, da folgte er ihr, denn ganz so sicher war er sich eben doch nicht, dass diese langweilige Sophie zu Hause seine echte Schwester war.

Für die Wetternarreteien musste Sophie mit den Naturgewalten in Kontakt treten; mit dem Regen und dem Wind. Das war sehr schwierig, denn Naturgewalten sind mächtig und viel beschäftigt und meistens ganz weit weg. Ein Narr ist für eine Naturgewalt in etwa das, was eine Ameise für einen Menschen ist. Will eine Ameise einem Menschen auffallen, muss sie sich ordentlich ins Zeug legen. Vor einer ähnlichen Herausforderung stand Sophie nun auch: Sie musste die Aufmerksamkeit der Naturgewalten auf sich ziehen. Das Buch der Narren riet ihr zu einem Windtanz für den Wind und zu einem Regentanz für den Regen. Wie diese Tänze aber gingen, verriet ihr das Buch nicht. Stattdessen ließ es seine Buchstabenpaare Walzer tanzen. Sophie beschloss kurzerhand, es auszuprobieren, und begann mit dem Windtanz für den Tornado.

Zum Glück stürmte es und der Wind war nah. Sophie schloss die Augen und konzentrierte sich auf ihn. Sie lauschte seinem Tosen und spürte sein Wehen. Sie fühlte die Leichtigkeit, mit der er durch ihre Haare blies, die Gewalt, mit der er sie schüttelte, sie hörte das hohe Pfeifen, mit dem er über die Felskanten zischte. Sie ahmte seine Bewegungen, seine Geräusche, seine Geschwindigkeiten, so gut sie konnte, nach und bald war sie der Wind. Sie wehte und blies, sie rauschte und zischte, sie sauste und stürmte, hoch oben in der Luft und tief unten am Boden.

»Das ist ja wunderbar!«, brauste plötzlich der Wind. »Ich selbst könnte es nicht besser. Was kann ich für dich tun?«

»Ich brauche einen Tornado«, sagte Sophie. »Es muss kein Großer sein, aber er muss den Arguswächter wegwehen, damit wir das Meer der tausend Glücksmomente überqueren können.«

»Wozu wollt ihr denn das Meer überqueren?«, fragte der Wind.

»Wir wollen gegen Kiéron kämpfen. Wir wollen dem Narrenreich und der Menschenwelt das Glück zurückbringen.«

»Aha, ich verstehe«, heulte der Wind. »Es ist also für einen guten Zweck. Dann sollst du einen Tornado haben. Dafür brauche ich aber deine Hilfe.«

»Was muss ich machen?«, fragte Sophie.

»Drehe dich, so schnell du kannst, damit sich meine Windfäden in eine Kreiselspirale verwickeln.«

Sophie nickte und wollte schon anfangen, sich zu drehen, da sagte der Wind: »Eine Bedingung aber habe ich: Bring mir Kiérons Körper, wenn du zurückkommst. Ich will ihn weit, weit fortwehen. Dorthin, wo er keinen Schaden mehr anrichten kann.«

Sophie versprach es. Dann schloss sie die Augen und begann sich zu drehen. Erst langsam, dann schneller, immer schneller. Sie spürte die Windfäden, die sie umschlangen. Sie waren wie feine Seidentücher, die kein Ende nahmen, und Sophie war die Spule, die sie aufwickelte. Der Wind wirbelte um sie herum, wurde dicker und fester, und als Sophie sich wie eine verpuppte Raupe fühlte, löste sich der Wind von ihrem Körper und steuerte zielsicher auf den Wächter zu. Sophie taumelte, als der Luftwirbel so plötzlich von ihr abfiel. Alles um sie herum drehte sich. Fast wäre sie von der Klippe gestürzt, hätte Rolander sie nicht zurückgerissen. »Habe ich dir nicht gesagt, dass die Zaubernarretei zu anstrengend für dich ist?«, hörte Sophie ihn sagen. Seine Stimme kam von ganz weit weg.

Sie sank in die Knie, und es dauerte eine ganze Weile, bis sich der Schwindel legte. Sophie sah gerade noch, wie der Tornado den Wächter umschloss und davontrug. Ungläubig schaute sie ihm nach. – Hatte wirklich *sie* das bewirkt? Nur langsam verstand sie es. Doch dann durchflutete Sophie plötzlich ein Schwall von Freude, und die Erschöpfung fiel von ihr ab: Sie hatte eben ihre erste Zaubernarretei vollbracht! »Danke lieber Wind!«, rief sie überglücklich. »Hab tausend Dank!«

»So viel ist gar nicht nötig«, brauste der Wind. »Es ist gern geschehen. Ich mochte diesen Wächter noch nie.«

Als Nächstes nahm sich Sophie den Regen vor. Sie schloss die Augen und lauschte aufmerksam. Sie breitete die Arme aus und spürte das Wasser auf ihren Händen. Sie hob den Kopf, der Regen prasselte ihr ins Gesicht. Die schweren Tropfen rannen über ihre Stirn, ihre Wangen, ihre Nase, ihren Mund, sie durchnässten ihre Haare, ihre Kleider, ihre Haut. Bald fühlte sich Sophie selbst wie ein Tropfen, ein Tropfen, der aus einer Wolke fiel. Ein Tropfen, zwei Tropfen, drei, Sophie tropfte und klopfte, sie plätscherte und rann, sie prasselte und rauschte, sie *war* der Regen. Sie war sein Klang, seine Nässe, seine Stärke, sein Gewicht.

»Welch herrliche Darbietung erfreut mein feuchtes Gemüt!«, plätscherte plötzlich der Regen. »Welch Regenfreude, welch Nässeschmaus! Wie kann ich dir helfen, mein Kind?«

»Ich brauche närrischen Regen«, sagte Sophie. »Bitte regne närrisch für mich.«

»Wozu brauchst du mich denn närrisch?«, fragte der Regen.

»Ich brauche dich närrisch, um die Argusaugen auf dem Meer von uns abzulenken. Wir wollen nämlich auf die andere

Seite, zur Falkenburg. Wir wollen gegen Kiéron kämpfen und die Narren und die Menschen retten.«

»Aha, ich verstehe«, gurgelte der Regen. »Die Argusaugen mag ich nicht und Kiéron noch viel weniger. Es ist also für einen guten Zweck. So sollst du mich närrisch haben. Dafür brauche ich aber deine Hilfe.«

»Was muss ich machen?«, fragte Sophie.

»Stelle dir so viele Narreteien vor, wie du kannst, und schicke sie zu mir hoch. Ich werde sie vervielfältigen und setze sie in meine Tropfen ein. Je mehr Narreteien du mir schickst, desto länger kann ich närrisch regnen.«

Sophie nickte und wollte schon anfangen, sich Narreteien vorzustellen, da sagte der Regen: »Eine Bedingung aber habe ich: Bring mir Kiérons Körper, wenn du zurückkommst. Ich will die Dunkelheit aus ihm herauswaschen.«

Sophie versprach es. Dann schloss sie die Augen und stellte sich Narreteien vor. Eine nach der anderen zog sie aus ihrer Erinnerungskiste, eine nach der anderen schickte sie zum Regen hinauf. Das war ganz schön anstrengend, bald rauchte Sophie der Kopf. Aber sie brauchte den närrischen Regen, und zwar möglichst lange. Also machte sie weiter, bis es vor ihren Augen flimmerte. Als sich dann aber der Klang des Regens veränderte, als er dumpf wurde und knisterte, wusste Sophie, sie hatte genug Narreteien geschickt, der Regen war nun bereit. Schon fielen die ersten närrischen Tropfen aufs Meer und versprühten ihre Narretei. »Vielen Dank, lieber Regen!«, rief Sophie. »Das werde ich dir nie vergessen.«

»Es war mir eine Ehre«, prasselte der Regen.

Sophie nahm Rolander, der völlig verblüfft und reglos dastand, das Fernrohr aus der Hand, und richtete es auf die Argusaugen aus. Sie waren glasig und unruhig. Rot geplatzte Adern durchzogen ihr Augapfelweiß. Sie wanden und wehrten sich, doch sie entkamen den Narreteien im Regen nicht. Einige Augen zerflossen milchig im Meer, andere tauchten unter, denn an der Wasseroberfläche war die Narretei am schlimmsten. Sophie nickte zufrieden. Nicht ohne Stolz gab sie Rolander das Fernrohr zurück. »So, nun können wir das Meer überqueren«, sagte sie und rieb sich die Hände. »Kommt mit!« Leichtfüßig lief sie den schmalen Felsenweg zum Ufer hinab.

Unten angekommen verlangsamte Sophie mit ihrer neuen Uhr die Zeit. Heimlich (denn Rolander durfte von der Zeituhr nichts wissen) und nur ein bisschen (schließlich wollte sie es ja beim ersten Mal nicht gleich übertreiben). Sie verlangsamte die Zeit nur so viel, dass der Weg über das Meer nicht allzu lange dauern würde. Dann ging sie zu dem alten verwitterten Ruderboot und begrüßte es: »Hallo Freudeschönergötterfunken! Kennst du mich noch?«

Das Boot bäumte sich auf: Wie könnte es Sophie denn vergessen haben?

»Hör zu, liebes Boot«, sagte Sophie. »Wir müssen auf die andere Seite des Meeres, zur Falkenburg. Wir wollen dort gegen Kiéron kämpfen. Glaubst du, du kannst uns hinüberbringen?«

Übereifrig bäumte sich das Boot mehrmals auf, als wollte es sagen: »Jajajaaa! Wer, wenn nicht ich?«

Sophie streichelte dankbar sein Holz und schob es ins Wasser. »Kommt!«, sagte sie zu Eiche und Rolander. »Wir überqueren das Meer.«

Eiche folgte sogleich ihrer Aufforderung und setzte sich ins Boot, doch Rolander blieb stehen und verschränkte die Arme vor der Brust. »Ohne mich!«, sagte er mit einem entschiedenen Kopfschütteln. »Siehst du nicht das Gewitter und den hohen Wellengang? Wie soll uns dieses alte klapprige Boot denn bei so einem Unwetter auf die andere Seite bringen?«

Freudeschönergötterfunken schüttelte sich gekränkt.

»Sprich nicht so über Freudeschönergötterfunken«, ermahnte Sophie Rolander streng. »Freudeschönergötterfunken ist ein großartiges Boot.«

»Pfff«, machte Rolander, »fahrt ihr mal schön ohne mich.«

Doch davon wollte Sophie nichts hören. »Nichts da«, sagte sie, »ich brauche deine Hilfe beim Rudern. Alleine schaffe ich das nicht.«

Rolander schüttelte stur den Kopf und wandte sich von ihr ab: »Nöppeldinö! Du hast den Regen und den Wind bezwungen, da wird das bisschen Rudern nun doch wohl ein Kinderspiel für dich sein.«

»Und was ist mit dem Kampf?«, fragte Sophie hoffnungsvoll. »Erinnerst du dich: du und ich, die tapferen Krieger?«

Rolander sagte nichts.

»Wenn du mitkommst, bekommst du auf der anderen Seite einen Glücksmoment.«

Rolander richtete sich auf. *Glücksmoment* war ein Wort, mit dem man ihn locken konnte. »Für *drei* komme ich mit«, versuchte er zu handeln.

»Zwei«, sagte Sophie. »Mein letztes Wort.«

»Einen davon jetzt«, sagte Rolander. »*Mein* letztes Wort.«

»Na gut«, willigte Sophie ein und gab ihm einen Glücksmoment.

Rolander riss ihn gierig an sich und sprang ins Boot. Das Boot zuckte ein paarmal widerwillig, doch als Sophie es sanft tätschelte, beruhigte es sich und ließ sich von Rolander aufs Meer hinausmanövrieren.

Unterdessen lungerten die Kinder in der Menschenwelt lustlos auf dem Marktplatz herum. Manche saßen auf den Stufen vor der Kirche und warfen mit Steinchen nach Tauben, andere fischten alte Münzen aus dem Stadtbrunnen heraus oder drehten gelangweilt Runden auf ihren Skateboards. Die meisten aber standen einfach nur dumm da und sagten nichts. Keiner wusste etwas mit sich anzufangen.

Als plötzlich schwere Regentropfen vom Himmel fielen und der Wind den Müll über den Asphalt jagte, rief ein kleiner, untersetzter Junge: »Schnell, in die Kirche!«, und stolperte hastig die Stufen zum Eingang der Kirche hinauf. Die anderen Kinder folgten ihm. Sie wussten nicht wohin sonst.

Bald saßen sie in den vorderen Bänken und auf den Stufen zum Altar und schauten einander ratlos an. Draußen pfiff der Sturm.

»Na, bei euch zu Hause auch nichts los?«, fragte ein Mädchen, das betont lässig Kaugummi kaute. Es trug eine viel zu weite Jeans und ein viel zu enges Shirt.

»Jup«, sagte ein Junge, der ganz nah beim Altar saß, »nichts mehr anzufangen mit den Alten. Völlig trostlos.«

»Meine Mama hat's richtig stark erwischt«, sagte ein rothaariges Mädchen. Ihr Blick war traurig und tief wie der Ozean bei Nacht. »Sie hat vor einiger Zeit aufgehört zu sprechen und sitzt nun nur noch in ihrem Sessel und starrt aus dem Fenster. Wir müssen sie füttern, damit sie nicht verhungert. Ich glaube, sie sieht nichts mehr. Wenn ich mit der Hand vor ihren Augen winke,

zwinkert sie nicht einmal. Sie sieht aus wie ein Geist. Blass und dünn, eingefallen und irgendwie alt. Plötzlich hatte sie ganz viele Falten im Gesicht. Manchmal bekomme ich Angst, wenn ich sie ansehe.«

»Wart ihr mit ihr beim Arzt?«, fragte ein Junge aus der dritten Reihe.

Das Mädchen nickte: »Sie war gleich zu Beginn beim Arzt. Als die Angst und die Traurigkeit begannen. Er sagte, sie habe eine Depression, und gab ihr Pillen. Doch die halfen nichts. Es ging ihr immer schlechter. Irgendwann bekam sie nur noch ganz schwer Luft und sie musste aufhören zu arbeiten. Von da an ging es steil bergab.«

»Und dein Vater?«, fragte ein jüngeres Mädchen, das die Haare notdürftig zu zwei Zöpfen zusammengeflochten hatte.

»Bei dem hat es auch schon angefangen.« Das Mädchen starrte auf den Steinboden vor dem Altar. »Ich habe Angst, dass sie sterben werden.«

»Übel«, sagte ein Junge, der bei einem Mosaikfenster saß. Seine Jeans war schmutzig und zerrissen. »Bei mir zu Hause ist es ähnlich, nur dass es beide Eltern gleichzeitig erwischt hat. Kurz bevor Mama aufgehört hat zu sprechen, sagte sie, sie wäre lieber tot, als diese Schmerzen weiter zu ertragen. Das hat mir Angst gemacht.«

Da schluchzte plötzlich jemand in den hinteren Reihen laut auf. Die Kinder wandten sich um. Es war ein kleines, blondes Mädchen, das ein ausgewaschenes, viel zu dünnes Sommerkleid trug. Einer der älteren Jungen, ein groß gewachsener, hagerer, mit leicht gelocktem Haar, setzte sich zu ihr und musterte sie: »Was ist mit dir?«

Das Mädchen schaute ihn mit verquollenen Augen an und wischte sich rasch die Tränen aus dem Gesicht: »Mein Papa!

Er … er … Er hat versucht, sich umzubringen.« sie schnäuzte laut in ein zerfleddertes Papiertaschentuch. »Mein Bruder und ich … Wir haben ihn gefunden. Es war schrecklich! Er lag bewusstlos auf dem Boden. Wir haben gleich den Notarzt gerufen.«

»Und?«, fragte der große Junge. »Hat er überlebt?«

Das Mädchen schniefte und nickte: »Ja, aber es geht ihm nicht gut. Ich habe so große Angst, dass er es wieder versuchen wird.« Dicke Tränen rannen über ihre Wangen. Der Junge nahm sie etwas unbeholfen in den Arm: »Das tut mir leid.«

»Warum passiert das?«, fragte ein dünner Junge mit Nickelbrille.

Das Mädchen mit dem Kaugummi ließ eine Blase platzen und sagte: »Im Radio sprechen sie von einer ganz üblen, ansteckenden Krankheit.«

»Sie ist ansteckend?«, fragte eine blasse Brünette und ihr Gesicht wurde noch ein bisschen blasser.

»Ich glaube, da steckt etwas ganz Mysteriöses dahinter«, sagte ein schwarzhaariger Junge mit Mandelaugen. »Außerirdische, Geister, dunkle Magie. Woher sonst kommt dieser seltsame schwarze Schleim? Mein Onkel schnäuzt ihn schon eine ganze Weile.«

»Ja, meine Oma hustet auch immer wieder schwarzen Schleim«, sagte einer der Skateboardfahrer.

»Seht ihr?«, fühlte sich der Junge mit den Mandelaugen bestätigt.

Ein dunkelhäutiges Mädchen lachte unsicher: »Außerirdische, Geister, dunkle Magie! Daran glaubst du doch nicht wirklich?«

»Warum nicht?«, fragte der Junge. »Oder hast du eine bessere Erklärung?«

Der Blick der Dunkelhäutigen wanderte zu den Heiligen-

bildern an der Wand. »Nein«, murmelte sie, »aber an so etwas glaube ich trotzdem nicht.«

Die Kinder schwiegen.

»Wir müssen etwas unternehmen!«, sagte das rothaarige Mädchen plötzlich.

»Ja, wir müssen etwas tun!«, schluchzte das Mädchen mit dem Sommerkleid. »Sonst stirbt Papa vielleicht wirklich.«

»Er wird schon nicht sterben«, sagte der Junge, der sie hielt.

In diesem Moment öffnete sich die Kirchentür, und drei Gestalten traten ein: eine groß gewachsene, ältere Dame mit weit ausladendem Kleid und verrußtem Gesicht, neben ihr ein Mädchen mit blond-braunen, zerzausten Haaren und hinter ihnen ging ein Junge mit verschränkten Armen und grimmigem Blick.

»Paula!«, rief ein Mädchen aus der ersten Reihe.

Paula ging ein paar Schritte auf die Kinder zu, schaute in die Runde und sagte ernst: »Wir brauchen eure Hilfe.«

Es wurde eine wilde Überfahrt. Meterhohe Wellen mit dicken Schaumkronen, peitschender Regen, eiskalter Wind. Immer wieder donnerte und blitzte es. Eiche saß da, grün im Gesicht, und krallte sich an Sophies Bein fest. Rolander ruderte und fluchte: »Wie konnte ich mich nur auf so einen Irrsinn einlassen? Und das für lächerliche *zwei* Glücksmomente. Was für ein Mist!« Auch Sophie bekam der hohe Wellengang nicht gut, aber sie half Rolander tapfer beim Rudern. Nur Freudeschönergötterfunken war ganz in seinem Element. Übereifrig legte sich das Boot in die Kurven, sprang fast über die Wellen und freute sich darüber, dass es Sophie einen Dienst erweisen durfte.

»Rolander«, fragte Sophie, nachdem sie schon eine ganze Weile gerudert hatten und die Wellen immer höher wurden, »wie weit, glaubst du, sind wir schon?« Sie konnte die andere Seite des Meeres nirgendwo mehr sehen.

»Tja«, sagte Rolander und kratzte sich nachdenklich am Kopf. »Vielleicht die Hälfte der Strecke?« Er sagte das sehr hoffnungsvoll, und die Hoffnung in seiner Stimme verriet Sophie, dass er von weit weniger ausging. Um jedoch den Mut nicht zu verlieren, beschloss Sophie, ihm zu glauben. ›Die Hälfte‹, dachte sie also, ›immerhin‹, und ruderte weiter.

Der Wellengang wurde stärker. Sophie, Rolander und Freudeschönergötterfunken kämpften tapfer. Doch eine Welle nach der anderen ergoss sich über sie und das Boot füllte sich immer mehr mit Wasser.

»Rudere du allein weiter!«, sagte Sophie zu Rolander. »Ich schöpfe das Boot aus.« Unter einem Balken am Bug des Bootes hatte sie eine alte Schöpfkelle entdeckt.

Wie wild schöpfte Sophie Wasser und Eiche half ihr dabei. Doch immer neue Wellen ergossen sich über das Boot und die beiden kamen mit dem Wasserschöpfen nicht nach. »Schneller, Rolander, rudere schneller!«, rief Sophie in ihrer Verzweiflung. Doch Rolander gab schon alles, was er konnte.

»Wie weit ist es denn noch?«, keuchte Sophie.

»Vielleicht noch ein Drittel des Weges«, sagte Rolander. Diesmal hörte Sophie keine Hoffnung mehr in seiner Stimme, und sie wusste, der Weg war noch sehr, sehr lang. Ratlos schaute sie aufs Meer hinaus. Das tiefe, beinah schwarze Wasser verschlang fast ihren Blick. Wie tief war eigentlich ein Meer? Der Gedanke an die Tiefe unter dem Boot machte Sophie Angst, und sie fing an, Wasser zu schöpfen, als hinge ihr Leben davon ab. Sie durften nicht kentern, auf gar keinen Fall! Dort unten im schwarzen Nass des tosenden Meeres wären sie für immer verloren!

Da schrie Rolander plötzlich: »Fluuutwelle!«, und Sophie schaute erschrocken auf.

Eine gewaltige, weiß schäumende Wasserwand kam auf sie zu. Noch nie hatte Sophie so eine Welle gesehen. Eiche, nun schneeweiß im Gesicht, krallte ihre Fingerchen in Sophies Wade, doch Sophie spürte es nicht. Sie war starr vor Schreck.

»Sophie, so tu doch etwas!«, schrie Rolander. Die Flutwelle kam immer näher.

Sophie atmete tief durch und plötzlich wusste etwas in ihr, was zu tun war: Wie von selbst schloss sie die Augen und sammelte all ihre närrische Kraft. Wie von selbst hob sie die Arme und streckte sie der Flutwelle entgegen. Wie von selbst strömte die Kraft aus ihren Händen zur Flutwelle hin.

»Oooh« und »Aaah« hörte sie Rolander ausrufen. Da öffnete sie ihre Augen und sah die kolossale Wasserwand vor sich. Schwarz, grau, nachtblau, mit wild schäumenden Kronen. Die Gischt stob in alle Richtungen, doch die Welle stand still. Sophie rang nach Luft, ihr Herz schlug schnell vor Staunen und Angst. Waren das wirklich *ihre* Hände, war es wirklich *ihre* närrische Kraft, die diese Naturgewalt davon abhielt, sie in den nassen Tod hinabzureißen? Doch als sich Rolanders Staunen in eine unbändige Euphorie verwandelte (»Sophie! Du bist unglaublich! Fantastisch! Ein wahres Genie! Aber ich habe ja von Anfang an dich geglaubt. Es bestand nie ein Zweifel, dass du die Retterin der Narren bist. Hoch lebe Sophie, die Retterin! Sie lebe hoch, hoch, hoch!«), verstand Sophie: Ja, *sie* hatte die Flutwelle mit ihrer eigenen närrischen Kraft zum Stillstand gebracht. Ganz allein und ohne Hilfe! »Los, Rolander«, rief sie und ließ noch mehr Kraft durch ihre Hände fließen. »Rudere weiter!« Sie fühlte sich stark wie noch nie.

Rolander nickte eifrig und griff nach den Rudern. Von Ruderschlag zu Ruderschlag bewegte sich die Flutwelle ein Stück zurück. Wieder und wieder murmelte er: »Sophie, Sophie, Sophie!« Mehr brachte er in seinem Staunen nicht über die Lippen.

Das unkontrollierte Zittern in ihren Armen kam so plötzlich, dass Sophie darüber erschrak. Auch Rolander bemerkte die Veränderung an ihrem Körper: »Sophie, ist alles in Ordnung?«

Sophie schüttelte den Kopf. Nein, nichts war in Ordnung. Das Wasser drückte mit einem Mal so fest gegen sie, dass sie es kaum noch halten konnte.

»Was kann ich tun?«, fragte Rolander mit Panik in der Stimme.

»Nichts«, keuchte Sophie, »rudere weiter.«

»Es ist … nicht mehr weit«, stammelte Rolander unbeholfen.

›Nicht mehr weit!‹, stöhnte Sophie innerlich. Sie konnte ihre Arme kaum mehr oben halten. Eben hatte Rolander noch von einem Drittel des Weges gesprochen, das noch vor ihnen lag, und nun sagte er, es sei *nicht mehr weit*! Eiche streichelte ihr ermutigend über das Schienbein. Doch dadurch kam der Adlerfelsen auch nicht näher. Wenn Sophie doch nur die Zeit für einen Augenblick anhalten könnte, um ein bisschen Kraft zu schöpfen! Doch sie konnte nicht nach ihrer Uhr greifen, durfte ihre Hände nicht von der Flutwelle abwenden, musste ihre närrische Kraft weiter gegen sie richten, sonst waren sie verloren.

Der Druck der Welle wurde stärker und stärker, er erdrückte Sophie fast und plötzlich bekam sie vor Angst kaum noch Luft. Die gewaltige Wasserwand wollte über ihnen niederstürzen, sie hinunterziehen in ihr nasskaltes Grab. »Ganz ruhig bleiben«, sagte Sophie zu sich und bündelte all ihre närrische Kraft. Aber wie kann man ruhig bleiben, wenn der Tod in Form einer gewaltigen Flutwelle vor einem steht? Sophies Atem ging schnell, sie spürte den Druck der Welle nun überall. Die Angst wuchs. Und je größer Sophies Angst wurde, desto mehr schwand ihre Kraft.

Als dann die Wasserschwere Sophies Arme nach unten riss, konnte sie nur noch rufen: »Achtung! Luft anhalten!«

Mit einer unvorstellbaren Wucht stürzte das Wasser auf Sophie, Rolander und Eiche herab. Es riss sie nach unten und wirbelte sie wild herum. Als sich das Wasser schließlich beruhigte, trieb Sophie zwischen unzähligen Argusaugen und wusste nicht, wo oben und unten war. Das Starren der Augen machte ihr Angst. Sie schwamm in eine Richtung, dann in eine andere, überall Augen, nirgendwo Licht. Was war mit dem närrischen Regen? Sophies Lunge wurde eng: Wie lange überlebte man ohne Luft? Drei Minuten, vielleicht vier? Sophie musste nach oben. Ganz schnell. Wo war oben? Sophie strampelte und paddelte. So viele Augen! Sophie spürte ihre zerstörerische Kraft. Sie schwamm, so schnell sie konnte, die grässlich starrenden Augen folgten ihr. Es wurden immer mehr. In der Ferne erkannte Sophie ein verschwommenes Licht. Das musste die Sonne sein! Sophie schwamm und schwamm. Ihre Lunge schmerzte, bald würde ihr die Luft ausgehen. Sophie versuchte, ruhig zu bleiben. Sie durfte nicht ersticken, nicht so kurz vor dem Ziel. Sie musste doch zur Falkenburg! Wo war oben? Wo war das Licht? Ach ja: dort!

Das Licht wurde größer. Viel zu schnell wurde es größer, so schnell schwamm Sophie nicht. Und sie verstand, es war nicht die Sonne, der sie entgegenschwamm, es war ein Tier. Sophie erstarrte: Sie war in die falsche Richtung geschwommen! Die letzten Sekunden ihres Lebens hatte sie damit vergeudet, einem falschen Licht nachzuschwimmen. Welch erbärmliches Ende!

Mit mächtigen, fast durchsichtigen Flossen wie Schwingen, sie gingen seitlich vom Rücken ab, schwamm das Tier auf Sophie zu. Es war groß und schuppig und schimmerte hellsilbern-wasserblau. Ein Kopf mit Schnauze und spitz zulaufenden Ohren, ein schmaler Hals, ein schlanker, wendiger Körper mit einem am Ende gespaltenen Schwanz, vier Beine mit bärenähnlichen Tatzen und Schwimmhäuten zwischen den Zehen. – Was war das für ein Wesen? Ein Drache? Ein Ungeheuer? Es sah hungrig aus. Sophies Herz schlug bis zum Hals. Sie machte kehrt, doch hinter ihr eine Wand aus Argusaugen. Sie dreht sich wieder zurück. Das Drachenungeheuer war schon ganz nah. Sie wich aus, nach oben (oder unten?), doch auch dort waren die Augen und versperrten ihr den Weg. Sophie saß in der Falle!

Eine Handbreit vor ihr machte das Ungeheuer halt. Mit großen, dunklen Augen starrte es Sophie an. Das Ungeheuer streckte Sophie seine Tatze entgegen. Sophie zuckte zurück.

Das Tier blieb ruhig und hielt ihr die Tatze weiter hin. Irgendetwas lag darin. Sophie musste sich anstrengen, ihren Blick schärfen, er war wie benebelt. Das Ding in der Tatze war klein und rund, Sophie rieb sich die Augen. War das ein Glücksmoment? Sie schaute zu dem Ungeheuer auf. Es nickte und lächelte, die grün funkelnden Augen über der silbernen Schnauze waren sanftmütig und warm. Sie wanderten zu dem Glücksmoment, und die Augenbrauen zogen sich nach oben. »Nur zu!«, sagten sie.

Ein bisschen unschlüssig nahm Sophie den Glücksmoment. Das Drachentier berührte mit der Tatze ihren Mund. Sophie verstand. Sie steckte sich die Kugel in den Mund und spürte nichts als Angst. Das letzte Mal, als sie auf so eine Kugel gebissen hatte, war sie in rasierklingenscharfe Scherben zersprungen und danach hatte Sophie schwarzen Schleim gespuckt. Das Drachenwesen aber nickte noch einmal und Sophie biss tapfer zu. Der Glücksmoment zerplatzte. Sophie presste ihre Augen fest zusammen und wartete auf den Glasscherbenschmerz. Doch er kam nicht. Stattdessen spürte sie feine, kühle Tröpfchen, die ihren Gaumen benetzten. Sophie kaute und schluckte, die Tröpfchen glitten wie Sirup ihre Kehle hinab. Sie schmeckten nach Honig und Milch und Karamell. Die Atemnot verschwand. Erleichtert schaute Sophie zu ihrem Retter auf. Das Drachenwesen deutete auf seinen Rücken. Sophie zog sich an ein paar schimmernden Schuppen hinauf. Oben entdeckte sie Eiche: Schwach, aber unversehrt kauerte sie auf dem Rücken ihres Retters. Wo aber war Rolander? Sophie konnte ihn nirgendwo sehen. Aber sie sah die Argusaugen, die sie umringten und ihre feuerroten Blicke schärften, und sie war froh, als das Wesen losschwamm. Flink und leise schwamm es, dicht am Meeresboden, über Seetangfelder, Muschelbänke und kleine Schluchten. Sie schwammen an Schwärmen von Argusaugen vorbei, und immer wieder verschwanden welche im Maul des Drachen. Sophie schauderte vor Ekel, als sie das glitschige Kauen hörte, mit dem er die Augen zermalmte.

Dann tauchten sie auf. Da war ein steiniges Ufer und ein großer nachtschwarzer Felsen, der aussah wie ein Adler. Sophie schüttelte fassungslos den Kopf: Dieses wunderbare Drachengeschöpf hatte sie nicht nur gerettet, es hatte sie auch noch zum Adlerfelsen gebracht! Ganz benommen vor Glück kletterte sie von seinem Rücken und umarmte den schuppigen Hals.

»Hab Dank, mein großer Unterwasserdrachenretterfreund!«, sagte sie und ließ von ihm ab.

Das Wesen schloss die Augen und nickte.

»Aber sag, wo ist Rolander? Er war doch mit uns im Meer. Hast du ihn denn nirgendwo gefunden?«

Langsam öffnete das Wesen die Augen, und als sein Blick sie traf, durchzuckte Sophie ein schreckliches Wissen über Rolander. Sie schüttelte den Kopf und wollte es nicht glauben. Doch der Drache nickte noch einmal, und Sophie spürte, dass es die Wahrheit war: Rolander würde sie verraten!

Einen Augenblick später schwemmte das Meer Rolander an. Keuchend und prustend kroch er an Land.

Kapitel 20

ABSCHIED AM ADLERFELSEN

Rolander sah ihn nicht, den Drachen, der im Meer verschwand. Er stand tropfnass da, war bleich und unruhig und starrte Sophie unverwandt an.

»Hier ist dein zweiter Glücksmoment«, sagte Sophie und streckte ihm einen hin. »Für die Überfahrt.«

»Danke«, sagte Rolander kurz und nahm den Moment mit einer fahrigen Bewegung an sich.

»Ist alles in Ordnung?«, fragte Sophie.

»Ähm ja«, sagte Rolander, aber sein Blick wich ihr aus.

»Sicher?«, fragte Sophie.

»Ja natürlich«, sagte Rolander und wandte sich zum Gehen.

»Rolander?«

Rolander blieb stehen, drehte sich aber nicht um.

»Willst du mir irgendetwas sagen?«

Rolanders Haltung versteifte sich. »Nicht, dass ich wüsste«, sagte er und ging davon.

Sophie schaute ihm traurig nach, da entdeckte sie nicht unweit auf einem Stein in der Nähe des Adlerfelsens eine einzelne Gestalt, die mit beiden Armen winkte.

»Komm Eiche«, sagte Sophie »Lass uns nachsehen, wer das ist.«

Es war Theobald. Sophie freute sich so sehr, ihn zu sehen, dass sie ihm um den Hals fiel: »Du hast dein Versprechen gehalten!«

»Aber natürlich«, sagte Theobald. »Die anderen Widerstandsnarren sind bei Ephraim und seinen Untergrundnarren im Tunnel.«

»Ephraim ist auch schon da, wie schön!«, sagte Sophie und musterte Theobald. Er war noch dünner geworden und das einst so kräftige Petrol seiner Haare war nur noch eine weit zurückliegende Erinnerung. »Du siehst hungrig aus«, sagte sie. »Haben dir die Untergrundnarren nichts zu essen gegeben?«

»Nein«, sagte Theobald, »die Reserven sind beinah aufgebraucht.«

Sophie schüttelte den Kopf: »So könnt ihr nicht in die Schlacht ziehen.« Sie überlegte und sagte schließlich: »Ich habe noch ein paar Glücksmomente übrig. Kommt nach Sonnenuntergang dorthin.« Sie zeigte auf ein Plateau vor dem Adlerfelsen »Dann bekommt ihr sie. Du und deine Männer, Ephraim, Rolander und die Untergrundnarren, für die die Reserven nicht mehr reichen.«

Erleichterung flog über Theobalds Gesicht. Er nahm Sophie bei der Hand: »Komm! Baltasar wartet auf dich«, und führte sie zum Adlerfelsen. Sophies Herz machte einen freudigen Sprung.

Theobald schob einen großen Stein zur Seite und deutete in die Höhle, die sich dahinter verbarg.

»Da drin?«, fragte Sophie und spähte unsicher in die felsenfinstere Dunkelheit »Kommst du mit?«

Theobald schüttelte den Kopf: »Sie wollen allein mit dir sprechen.«

Sophie fühlte sich unwohl, als sich die Felsentür hinter ihr schloss. Nur langsam gewöhnten sich ihre Augen an die Dunkelheit. In der Ferne hörte sie leises Murmeln. Dort, wo die Stimmen herkamen, flackerte ein Licht.

Es waren Habakuk, Oskar, Luitpolda, Baltasar, Ephraim und die Zeit, die sich in gedämpftem Tonfall unterhielten. Sie verstummten, als Sophie den Raum betrat.

»Ah, Sophie, Liebes, da bist du ja!«, sagte Baltasar. »Geht es dir gut?«

»Ich weiß nicht so genau«, sagte Sophie. »Ich muss dringend mit euch sprechen.« Das Wissen über Rolander, das ihr der Drache hatte zukommen lassen, beunruhigte sie.

»Stärke dich erst«, sagte Baltasar, »du siehst hungrig und erschöpft aus.« Er deutete auf einen reich gedeckten Tisch: Tomaten- und Gurkensalat, Hühnchen, Gemüse und Reis. In dem Moment kam auch die Wichtelkrämerin Regula mit einem Tablett voller Nachspeisen herein: Obstsalat, Pudding, Schokoladencreme und ein paar närrische Kleinigkeiten. »Sophie! Schön, dass du hier bist«, sagte sie, stellte das Tablett ab und lächelte Sophie mütterlich an. »Urs sollte eigentlich auch da sein, um dich zu begrüßen. Ich habe es ihm mindestens fünfmal gesagt, aber er heckt gerade irgendetwas mit den Widerstandsnarren aus.« Sie schüttelte den Kopf. »Was habe ich mir mit diesem Mann nur eingebrockt! Er hat nur Flausen im Kopf!« Regula nahm seufzend einen Teller, schöpfte Sophie reichlich von allem und bedeutete ihr zu essen. Die Narren setzten sich zu Sophie an den Tisch und schauten ihr schweigend beim Essen zu. Sophies Blick fiel auf einen Plan an der Wand. »Die Falkenburg«, stellte sie mit vollem Mund fest.

»Wir haben mittlerweile herausgefunden, wo die Schlüssel

für die Verliese sind, in denen die inneren Kinder gefangen gehalten werden«, sagte Oskar.

»Schlüssel?« Sophie hörte auf zu essen. »An diesen Glaswänden gibt es kein Schloss.«

»Man braucht dennoch einen Schlüssel, wenn man sie öffnen will«, sagte Habakuk, »ja, das braucht man …«, und verlor sich in einer Zerstreuung.

»Wo sind sie denn, diese Schlüssel?«, fragte Sophie und nahm einen weiteren Bissen.

»Sie hängen an einer Kette um Kiérons Hals«, sagte Ephraim.

Sophie verschluckte sich fast: »An Kiérons Hals? Wie sollen wir denn da rankommen? Das ist doch unmöglich!« Ihr wurde ganz mulmig zumute. Zum ersten Mal kam ihr in den Sinn, dass sie Kiéron vielleicht töten musste, wenn sie ihn besiegen wollte. Aber wie sollte das gehen? Sie konnte doch nicht einmal einer Spinne etwas zuleide tun.

»Fürs Erste sollten wir darüber sprechen, wie wir überhaupt in seine Gemächer kommen«, sagte Luitpolda. »In der Falkenburg wimmelt es nur so von Schwarznarren. Auch wenn wir sie durch unseren Angriff aus der Burg locken können, lässt Kiéron die Innenräume bestimmt nicht unbewacht. Immerhin hat er dich im Meer der tausend Glücksmomente aus den Augen verloren. Und er ahnt nicht, dass wir so viele sind. Das ist ein entscheidender Vorteil für uns. Hier am Adlerfelsen sieht er uns nicht. Wir haben eine Luft- und Sichtbarriere aufgebaut. Unser Angriff wird ihn also überraschen. Du musst dich aber trotzdem auf einiges gefasst machen, Sophie, es wird ein harter Kampf.«

»Wie ist euer Plan?«, fragte Sophie.

»Im Grunde ist er ganz einfach«, sagte Ephraim. »Unsere Freunde lenken die Schwarznarren ab, während wir in Kiérons Gemächer vordringen, ihn überwältigen und ihm die Schlüssel zu den Verliesen abnehmen. Unterdessen durchbrechen einige unserer Spezialisten die Sicherheitsbarrieren im Labyrinth. Das müsste klappen, unsere besten Tüftelnarren haben das System entschlüsselt. Und dann befreien wir die inneren Kinder und bringen sie zu den Menschen zurück.« Ephraim zeichnete auf dem Plan der Falkenburg die Wege nach, die sie gehen mussten, und sie besprachen die Details.

»Wann geht es los?«, fragte Sophie schließlich.

»Morgen vor Sonnenaufgang«, sagte die Zeit. Sie war gerade ein blasses, zierliches Wesen in dunklem, weitem Gewand mit langen, schwarzen Haaren. »Schwarznarren sind nachtaktiv. In der Früh sind sie träge.«

»Einverstanden«, sagte Sophie. »Nun muss ich euch aber unbedingt noch etwas erzählen.« Sie konnte nicht mehr länger warten und berichtete aufgeregt von dem wundersamen Drachenwesen und von dem Wissen, das es ihr hatte zukommen lassen.

Schließlich sagte Ephraim: »Tja, das macht die ganze Sache nun natürlich ein bisschen komplizierter. Wir müssen überlegen, wie wir damit umgehen. Wir brauchen einen guten Plan.« Und dann redeten sie alle wild aufeinander ein und überlegten, bis ihnen die Köpfe rauchten.

Es dauerte mehrere Stunden, bis Baltasar zufrieden nickte: »Ja, so müsste es funktionieren.« Und sie setzten sich auf den Boden und begannen zu narritieren. Sie wollten entspannt und konzentriert sein, wenn es losging.

Das Narritieren fiel Sophie schwer. Sie war nicht bei der Sache. Ständig dachte sie an den kommenden Tag und hatte dabei ein unangenehmes Gefühl. War sie alldem denn gewachsen? Schritt für Schritt ging sie den Plan noch einmal in Gedanken durch. Es war plötzlich so nah. Gestern war noch alles ganz weit weg gewesen, aber nun … Sie atmete tief durch: Ganz ruhig bleiben! Sie war nicht allein, sie hatte viele Narren an ihrer Seite. Sogar ihr Vater, der mächtige Zaubernarr Baltasar, war dabei. Sie hatten einen Plan, es war ein guter Plan, alles würde gut gehen. Was aber, wenn nicht? Was, wenn etwas Unerwartetes geschehen würde? Sophie schüttelte sich: Nein, daran wollte sie nicht denken! Es *durfte* nichts Unerwartetes geschehen. Sie seufzte und stand auf. Sie brauchte frische Luft.

Vor dem Eingang zum Felsenversteck stand Baltasar. Die Arme verschränkt, den Blick starr aufs Meer gerichtet. Sophie stellte sich neben ihn. »Kannst du nicht narritieren?«, fragte er, ohne seinen Blick vom Meer abzuwenden.

»Nein«, sagte Sophie.

»Mach dir keine Gedanken«, sagte Baltasar. »Alles wird gut gehen.«

»Hoffentlich«, sagte Sophie. Der Sturm hatte nachgelassen. Die Abendsonne tauchte das Meer in ein weiches, orangefarbenes Licht. Die Wärme der Sonne tat Sophie gut. Sie atmete die Meeresluft ein und dachte an ihre Mutter. Wie es ihr wohl ging ohne ihr inneres Kind? Hoffentlich hielt sie noch ein bisschen durch. Morgen. Morgen war der große Tag. Es dauerte nicht mehr lange. ›Du musst jetzt stark sein, Mama‹, dachte Sophie. Sie schloss die Augen, sah Helenas liebevolles Lächeln und spürte einen Stich in ihrer Brust. Wann hatte Sophie sie zuletzt gesehen? Wann war der Kontakt zur Menschenwelt abgebrochen? Vor Tagen? Wochen? Monaten? Sophie kam es vor wie eine Ewigkeit. Baltasar legte seine Hand auf ihre Schulter. Er wusste, woran sie dachte. Und da platzten plötzlich alle Bedenken aus Sophie heraus: »Aber was, wenn nicht? Was, wenn ich versage? Ich habe noch viel zu wenig gelernt. Wie soll ich das nur schaffen?«

Baltasar kniete vor ihr nieder und umfasste ihre Schultern: »Man wird nicht Narr, weil man alle Narreteien beherrscht, Sophie, auch nicht durch ein in- und auswendig gelerntes Buch. Man wird Narr, weil man närrisch ist. Mir wurde von deiner Reise berichtet. Und manches habe ich auch selbst gesehen: Du *bist* schon längst eine Närrin.«

Sophie schaute Baltasar mit großen Augen an: »Du hast mich gesehen?«

Baltasar nickte: »Ich sah zum Beispiel, wie du auf der Kleewiese gegen den Schwarznarren gekämpft hast, damals, als du noch nichts von der Narretei wusstest. – Glaub mir, Sophie, kein normales Menschenkind wäre in der Lage gewesen, ihn in die Flucht zu schlagen.«

Sophie senkte ihren Blick: »Aber ich war nicht einmal in der Lage, Rolander, Eiche und mich sicher über das Meer der tausend Glücksmomente zu bringen.«

»Die Beherrschung der Naturgewalten gehört zur höchsten Kunst der Narretei«, sagte Baltasar. »Du hast einen Tornado erzeugt und närrischen Regen, du hast eine Flutwelle zum Stillstand gebracht. Das ist eine unglaubliche Leistung. Du bist *jetzt* schon viel mächtiger und närrischer als die meisten Narren hier im Narrenreich. Dir steht eine große Zukunft bevor.«

Sophie hob hilflos die Schultern. Da umarmte Baltasar sieund das tat ihr gut.

»Bist du bereit?«, fragte er nach einer Weile und ließ von ihr ab.

»Noch nicht«, sagte Sophie.

»Lass dir Zeit«, sagte Baltasar. Er verschränkte die Arme und richtete seinen Blick wieder aufs Meer.

»Danke«, sagte Sophie. »Weißt du ... Ich muss erst noch ...« Sie streckte ihre Hand nach Baltasars Kopf aus. »Du hast da ...« Sie kicherte.

»Was habe ich?«, fragte Baltasar und griff sich an den Kopf.

»Halt still«, sagte Sophie. »Du hast da ...« Wieder kicherte sie. »Da wächst doch glatt ...« Sie kam näher. »Tatsächlich! Ein Vergissmeinnicht.« Sie pflückte es und gab es ihm.

»Du bist mir vielleicht eine Närrin!«, lachte Baltasar und wuschelte ihr Haar. »Nein, ich vergesse dich nicht, meine Kleine. Niemals.«

Sophie lächelte erleichtert: »Gut. Dann bin ich bereit.«

Unterdessen schob in der Menschenwelt eine Horde von Kindern, gefolgt von Oma Lotte, ein wundersames Gerät auf Rädern durch einen Wald.

»Vorsichtig, Kinder, seid vorsichtig!«, rief Oma Lotte. »Das Narrovisier ist hochempfindlich!« Sie raffte ihr Kleid, damit sich sein Stoff nicht in den Wurzeln der Bäume verfing.

»Wohin bringen wir das Narrovisier, Oma Lotte?«, fragte Paula.

»Zu einer Höhle im Wald. Dort befindet sich jener Zugang zum Narrenreich, der der Falkenburg am nächsten ist. Er führt direkt zum Adlerfelsen.«

»Aber die Zugänge zum Narrenreich sind doch versperrt«, gab Paula zu bedenken. »Was wollen wir also dort?«

»Wir wollen ihn mit vereinten Kräften sprengen«, sagte Oma Lotte.

»Aber was bringt uns das?«, mischte sich Georg in das Gespräch ein. »Wenn wir das Narrenreich doch nicht betreten können?« Er fragte es fast triumphierend.

»Wir helfen Sophie von hier aus«, sagte Oma Lotte kurz.

Georg verschränkte die Arme: »Und wie soll das bitte schön gehen?«

»Das wirst du dann sehen«, sagte Oma Lotte und lächelte geheimnisvoll.

Die hungrigen Narren warteten schon auf dem Plateau, als Sophie und Baltasar dort ankamen. Die Mitglieder des Narrenrats, Eiche, Rolander, Theobald, Ephraim und die Zeit waren auch da.

Die Narren staunten, als Sophie einen großen Beutel voller Glücksmomente aus ihrer Tasche zog. Zuerst bekamen die Widerstandsnarren ihre Ration, die sahen am hungrigsten aus, dann die Untergrundnarren, zwei gute Dutzend, und schließlich kam Rolander an die Reihe. »Hier, Rolander«, sagte Sophie. Ihre Stimme war seltsam schwach. »Der ist für dich.« Ihre Hand zitterte, als sie ihm den Glücksmoment gab.

Rolander hob den Kopf. Es fiel ihm merklich schwer, Sophie anzuschauen. »Was ist mit dir, Sophie?«, fragte er. »Geht es dir nicht gut?« Die Worte kamen gezwungen aus seinem Mund.

»Es ist alles gut«, sagte Sophie schwach. »Mir ist nur ein bisschen schwindlig.« Auf ihrer Stirn stand Schweiß. »Nur ein ganz kleines bisschen.« Sie atmete schwer. »Es geht bestimmt gleich wieder.« Sie taumelte. »Vielleicht muss ich mich einen Augenblick setzen.« Sie ging in die Knie.

Rolander griff nach ihrer Hand, sie war kalt und feucht. »Sophie!«

Mehrere Köpfe beugten sich über die beiden. Die Narren weiter hinten tuschelten aufgeregt.

»Ich muss nur … ein bisschen durchatmen …«, keuchte Sophie. »Gleich geht's wieder … Gleich …« Ihre Pupillen flackerten. »Morgen früh ziehen wir … ziehen … mo …« Sie sank zusammen und rührte sich nicht mehr.

Rolanders Augen weiteten sich schreckerfüllt und er stürzte sich auf sie. »Sophiiie«, schrie er und schüttelte sie. »Sag doch etwas!«

Doch Sophie sagte nichts. Ihr Körper war starr und kalt. Rolander horchte nach ihrem Herz. Er hörte es nicht schlagen. Er griff nach ihrem Puls. Er spürte ihn nicht. »Sie hat keinen Puls!«, rief er. »Sie atmet nicht! Helft mir! Wir müssen etwas tun!«

Baltasar schob Rolander zur Seite und untersuchte Sophie. Er hielt inne, sein Gesicht wurde bleich. »Nein!«, entfuhr es ihm und er zuckte zurück.

»Was ist?«, fragte Rolander. Er war ganz aufgelöst. »Sag schon, was ist?«

Baltasar schüttelte langsam den Kopf und winkte Oskar herbei. Leise sagte er etwas zu ihm, das keiner sonst verstand, und Oskar nahm darauf seine Zeituhr zur Hand. Er öffnete den Deckel, er schaute, er erschrak.

»So sagt doch endlich, was ist los?« Rolander kreischte fast.

Oskar starrte ihn an und wisperte: »Ihre Zeit ist abgelaufen.«

»Neiiiiin!«, schrie Rolander und schüttelte Sophie. »Wie ist das möglich? Das kann nicht sein! Sophie!« Er sprang auf und packte Oskar: »Du musst etwas tun!«

Doch Oskar sagte nur leise: »Wenn ihre Zeit abgelaufen ist, können wir nichts mehr für sie tun.«

»Aber du bist doch ein Zeitnarr!«, rief Rolander. »Gib ihr mehr Zeit!«

»Das kann ich nicht«, sagte Oskar.

»Dann du!«, schrie Rolander und sprang zur Zeit.

Die Zeit, blass und dünn, schüttelte hilflos den rotlockigen Kopf.

»Baltasar!«, rief Rolander. »Du kannst doch alles! Erwecke sie wieder zum Leben!« Doch Baltasar stand da wie eine Statue. Bleich starrte er Sophie an. »Sophie«, flüsterte er, »mein Kind! Mein liebstes und einziges Kind.« Dann sank er auf die Knie und vergrub sein Gesicht schluchzend in den Händen. Da verstand auch Rolander, dass es zu spät war. Noch nie hatte jemand Baltasar weinen sehen.

»Wie kann das sein? Was ist passiert?« Rolander griff sich an den Kopf.

»Es war wohl alles zu viel für sie«, flüsterte die Zeit. Sie löste ihren Blick nicht von Sophie. »Die Reise, die Narreteien, Kiéron. Sie war eben doch noch ein Kind.«

»Nein, sie war kein Kind mehr!«, schrie Rolander und rang nach Luft. »Sie hat die Naturgewalten beherrscht, den Regen und den Wind. Sie hat eine Flutwelle zum Stillstand gebracht. Ich habe es gesehen, ich war dabei! Sie war die mächtigste Närrin, die ich kannte!«

Luitpolda bahnte sich einen Weg zu ihm: »Rolander, hast du deinen Glücksmoment schon gegessen?«

Rolander schüttelte den Kopf und umklammerte seinen Moment.

»Darf ich ihn bitte anschauen?«, fragte Luitpolda sanft und bestimmt zugleich.

»Nein!«, rief Rolander. »Er ist das Letzte, was ich von Sophie habe. Er gehört mir.«

»Du bekommst ihn ja wieder«, sagte Luitpolda.

Mit einem schweren Seufzer gab Rolander ihr den Glücksmoment.

Luitpolda untersuchte ihn lange und sorgfältig und nickte dann: »Das hatte ich befürchtet.«

»Was?«, fragte Rolander und zerbiss nervös einen Handschuh, den er nicht hatte. »Was hast du befürchtet?«

»Es war einer von *ihren* Glücksmomenten«, sagte Luitpolda.

»Das hätte ich dir auch sagen können«, schniefte Rolander.

Luitpolda schaute zu ihm auf: »Du wusstest, dass sie ihre eigenen Glücksmomente verteilt?«

Rolander nickte: »Ja, sie hat es schon einmal getan.«

»Wie viele waren es?«, fragte Luitpolda.

»Ist das jetzt ein Verhör?«, schrie Rolander aufgebracht. »Ich habe Sophie nicht umgebracht!«

»Das weiß ich doch, beruhige dich. Sag mir einfach, wie viele es waren, ich muss es wissen.«

»Vierundzwanzig für die Widerstandsnarren und vier für mich, macht achtundzwanzig«, rechnete Rolander und fuhr sich dabei unruhig durchs Haar. »Und dann noch einer für die umschlungene Weggabelung.«

»Wie viele waren es jetzt eben?«, fragte Luitpolda. In ihrer Stimme lag ein geduldiges Drängen.

»Zwölf für die Widerstandsnarren, einer für mich und …«, Rolander schaute in die Runde, zählte, »… fünfundzwanzig für die Untergrundnarren.«

»Macht insgesamt siebenundsechzig«, sagte Luitpolda und schaute Rolander ernst an »Das waren mindestens zwei zu viel.«

»Was meinst du damit?«, fragte Rolander.

Luitpolda holte das Buch der Narren aus Sophies Tasche. Es war nicht leicht, darin zu blättern, die Seiten zitterten wie Espenlaub. Doch Luitpolda fand den Abschnitt, den sie suchte. Mit nicht lauter und nicht leiser Stimme las sie vor: »*Jeder Mensch trägt Glücksmomentreserven in sich.*« Das Buch wackelte so sehr, es glitt ihr fast aus den Händen. »Nun halt doch still!« Das Buch schüttelte sich und zitterte ein bisschen weniger. »*Reverseglücksmomente befniden sihc zwischen Hezr und Lugnenflügel rechts, um für eine Wiele fersorgt zu sein, fl-alls der Mensch aus irgend ienem Grund eine zeitlang kiene Glü-ksmomente mehr produzeiren kann.*« Luitpolda hielt inne. Das Zittern des Buches wurde wieder stärker. Ruckartig, zuckend. Ein paar wackelige Buchstaben lösten sich von ihren Zeilen und tropften auf den Boden.

Luitpolda seufzte und hob sie auf. »Ich weiß, es ist schwer«, sagte sie zum Buch. Sie sagte es ungeduldig und verständnisvoll zugleich. »Aber versuche es bitte trotzdem.« Sanft strich sie dem Buch über den Rücken. Das Buch beruhigte sich und ordnete seine Sätze und Buchstaben. »*In Ausnahmesituationen (Notsituationen, Katastrophen etc.) kann ein Narr auf dieses Reservoir zugreifen.*« Luitpolda brach ab und überflog ein paar Absätze. »Ach hier!«, sagte sie, als sie fand, was sie suchte: »*Bei dieser Narretei ist äußerste Vorsicht geboten! Ein Mensch trägt maximal fünfundsechzig Reserveglücksmomente in sich. Ist der letzte Glücksmoment aufgebraucht, kommt es zum Absterben seines inneren Kindes.«* Luitpolda klappte das Buch zu und schaute aufgewühlt gefasst in die Runde: »Auch Narren tragen solche Glücksmomentreserven in sich. Da ein Narr aber im Grunde ein zur Person gewordenes inneres Kind ist, bedeutet das Absterben des inneren Kindes seinen Tod.« Luitpolda zögerte und schluckte: »Du hast recht, Rolander: Sophie war kein Kind mehr. Sie war bereits eine Närrin. Sie hat ihre letzten Reserveglücksmomente für euch aufgebraucht ... und weil sie kein Mensch mehr war, hat sie den Tod ihres inneren Kindes ... nicht überlebt.«

Ein entsetztes Tuscheln ging durch die Reihen. Rolander schüttelte ungläubig den Kopf, lief hin und her und schlug sich mit der flachen Hand gegen den Nacken. »Das kann nicht wahr sein! Das *darf* nicht wahr sein!« Dann blieb er plötzlich stehen, starrte Sophies Körper unverwandt an, wandte sich um und rannte wie von einem giftigen Insekt gestochen zur Falkenburg.

»Haltet ihn auf!«, schrie einer der Narren und es kam Bewegung in die Menge. Doch die Zeit hob ihre Hand und rief mit tiefer, durchdringender Stimme: »Lasst ihn laufen! Es ist besser so.« Da beruhigten sich die Narren und es wurde still auf dem Plateau. Totenstill. Sogar der Wind stand still.

Ephraim war der Erste, der sich aus der Erstarrung löste. »Sophie war unsere große Hoffnung«, sagte er mit belegter Stimme und strich ihr über den Arm.

Theobald kam an seine Seite: »Sie hatte großartige närrische Ideen.«

»Und so ein wunderschönes Herz!«, rief einer aus der Menge. Es war Kasimir, dessen Federkleid jämmerlich flatterte.

Habakuk nickte. Sein Blick war traurig und ganz weit weg. »Sie war die begabteste Frischlingsnärrin, die ich kannte.«

»Sie hatte eine große Zukunft vor sich«, sagte Oskar.

»Sie war eine ganz besondere Freundin für mich«, sagte die Zeit, nun alt und gebrechlich mit vielen Falten und Pigmentflecken im Gesicht.

Mit einem verzweifelten Kopfschütteln richtete sich Baltasar auf und schloss Sophie schweigend die Augen. Eiche flog zu ihm und schluchzte stumm.

Unterdessen hatten die Kinder in der Menschenwelt das Narrovisier vor der Höhle im Wald abgestellt und waren nach Hause gegangen. Am nächsten Morgen bei Sonnenaufgang wollten sie wiederkommen und Sophie im Kampf beistehen. Oma Lotte war allein zurückgeblieben. Von einer seltsamen Unruhe getrieben, betrat sie die Höhle, ging ein bisschen herum, starrte auf den zugemauerten Eingang ins Narrenreich und setzte sich auf einen Stein. Eine unerklärliche Schwere drückte auf ihre Brust.

Plötzlich kam ein kleines Mädchen herein, es war die fünfjährige Sophie. Sie hatte die Höhle eben erst entdeckt und schaute sich neugierig um.

Jemand klopfte an die unsichtbare Höhlentür: »Klopf, klopf.«

»Ja?«, sagte die kleine Sophie, als wäre die Höhle ein Haus und sie die Herrin.

Der, der geklopft hatte, trat ein: ein hagerer Kerl mit Latzhose. Seine großen Füße steckten in abgewetzten Sandalen, auf seinem Kopf saß eine petrolblaue, zerzauste Haargewalt. Die kleine So-

phie musste kichern über seinen schelmischen Blick. Auch Oma Lotte musste schmunzeln. Sie kannte den Kerl, und sie wusste, was er in der Höhle wollte.

Der Kerl schaute sich um und legte verschwörerisch seinen Zeigefinger an den Mund. Die kleine Sophie verstummte, ihr Lächeln aber blieb. Keiner der beiden sah Oma Lotte, und die wunderte sich nicht darüber, denn sie wusste, es waren Geister aus der Vergangenheit. (Wenn wichtige Dinge geschehen, bleiben die Geister nämlich manchmal an den Orten und die Zeit friert ein.)

Der Kerl deutete fragend auf den Boden. Die kleine Sophie nickte. Sie setzten sich. Er zog ein zerfleddertes Kartenspiel hervor und machte ein paar Tricks damit. Dann schnitt er Grimassen, jonglierte mit Bällen und tanzte clownesk. Schließlich erzählte er pantomimisch Geschichten. Die kleine Sophie strahlte vor Glück.

»Sophie, wo bist du?«, rief plötzlich eine Frauenstimme im Wald.

Der Kerl sprang eilig auf und verbeugte sich tief.

»Sehen wir uns wieder?«, fragte die kleine Sophie.

Der Kerl hob vielsagend die Schultern, zwinkerte und verschwand.

Noch eine ganze Weile saß die kleine Sophie selig da und wusste nicht, wie ihr geschehen war.

»Sophie!«, rief die Frauenstimme wieder. »Wo bist du?«

Da seufzte die kleine Sophie und stand auf. »Hier bin ich!«, rief sie und trat ans Tageslicht.

Eine schöne, groß gewachsene Frau kam durchs Gebüsch und schloss sie in die Arme. Es war Helena. »Zum Glück!«, sagte sie erleichtert. »Ich habe mir solche Sorgen gemacht. Was tust du denn so ganz allein im Wald?«

Die kleine Sophie überlegte und sagte schließlich keck: »Ich amüsiere mich.«

»Du amüsierst dich?«, wiederholte Helena und schüttelte den Kopf über die erwachsenen Worte ihrer Tochter. Sie legte den Arm um ihre Schultern und führte sie weg.

Oma Lotte ging zum Höhleneingang und schaute den beiden nach. Sie wusste, Sophie würde von nun an immer wieder zur Höhle gehen, doch sie würde dort vergeblich auf den Latzhosenkerl warten.

Helena und die kleine Sophie waren nur wenige Schritte gegangen, da verdunkelte sich plötzlich das Bild. Schwarze Wolken zogen am dämmrigen Abendhimmel auf, und aus ihnen kamen Schattenarme, mit langen, rauchigen Klauen. Oma Lotte zuckte zusammen, als sie sich mit kreischendem Geheul auf Sophie und ihre Mutter stürzten und sie in ihre Dunkelheit hüllten.

Als sich der Nebel lichtete, lag die kleine Sophie reglos und blass am Boden und Helena war nicht mehr da. Oma Lotte schrie auf und lief zu ihr. Sie sah gerade noch, wie sich die kleine Sophie erst in die große Sophie verwandelte und dann im Nichts verschwand. Oma Lotte sank auf die Knie. Sie brauchte nicht durch das Narrovisier zu schauen, um zu wissen, was mit Sophie geschehen war.

Baltasar stand auf und wischte sich die Tränen aus dem Gesicht. Mittlerweile waren alle da. Auch die, die nicht zur Verteilung der Glücksmomente gekommen waren. Die Kunde von Sophies Tod hatte sich wie ein Lauffeuer verbreitet. Trauer und Entsetzen spiegelten sich in ihren Gesichtern.

Baltasar räusperte sich und richtete das Wort an sie: »Sophie war unsere größte Hoffnung. Die Zeit lässt sich zwar speichern und zurückdrehen, aber nicht ändern. Wir müssen nun stark sein. Auch wenn es nicht leicht ist.« Er holte tief Luft. »Lasst uns trotzdem kämpfen. Oder gerade erst recht. Für das Glück in der Welt. Für die Menschen und die Narren. Für Sophie. Sie hätte es so gewollt. Lasst uns morgen früh in ihrem Namen in den Kampf ziehen. Lasst uns den Schmerz in Kraft umwandeln. Lasst uns Sophies Werk vollenden!«

Die Narren lösten sich aus ihrer Erstarrung. Sie schauten einander an und nickten entschlossen: Ja, sie würden Sophies Werk vollenden. »Wir ziehen in den Kampf!«, rief einer, ein anderer ergänzte: »Im Namen des Narrenkindes! Im Namen Sophics!«, und ein dritter schrie: »Mach dich auf etwas gefasst, Kiéron-Schätzchen! Mach dich auf etwas gefasst!« Das war Kasimir. Und sie umarmten einander und sprachen sich Mut zu. Dann marschierten sie davon.

Als keiner mehr da war, seufzte Habakuk und klopfte Baltasar schwer auf die Schulter: »Gut gemacht, mein Lieber!«

Baltasar nickte: »Komm, hilf mir. Wir bringen Sophie ins Felsenversteck.«

Der Morgen dämmerte schon in der Menschenwelt. Oma Lotte saß auf einem Stein vor der Höhle, das Gesicht so tief in die Hände vergraben, dass sie Paula nicht bemerkte, die zu ihr kam.

»Oma Lotte?«, fragte Paula unsicher. Es kam ihr seltsam vor, wie Oma Lotte dasaß.

Oma Lotte regte sich nicht, also berührte Paula sie vorsichtig am Arm. Da schreckte Oma Lotte hoch: »Paula! Du bist schon hier?« Ihre Augen waren verquollen und rot.

»Beim Morgengrauen wollten wir uns doch treffen«, sagte

Paula und zeigte etwas unbeholfen in den nicht mehr ganz nachtschwarzen Himmel. »Was ist passiert?«

»Ach, mein Kind, es ist schrecklich!«, sagte Oma Lotte. »Ich weiß gar nicht, ob ich es dir sagen soll.«

Paula schwieg angespannt.

Oma Lotte sog tief Luft ein: »Aber früher oder später würdet ihr es ja doch erfahren.«

»Was?«, fragte Paula schwach.

»Sophie hat uns gestern Abend für immer verlassen.«

Kapitel 21

DER ANGRIFF

Laut lärmend stürmten die Narren auf die Falkenburg zu. Baltasar, Eiche, Habakuk, Oskar, Luitpolda, Ephraim, Theobald und die Zeit in vorderster Reihe. Die anderen folgten ihnen in Gruppen: Die Begabungsnarren, sie trugen bunte Kleider, tanzten, sprangen und sangen. Sie turnten und gingen auf Stelzen, sie jonglierten und wirbelten wild durch die Luft. Die Narren der inneren Freude waren in Sonnenstrahlen gehüllt. Sie trugen Masken fremder Welten, lachten und kicherten, schmunzelten und schwatzten. Ein Hauch von frühlingswarmer Luft strich um sie herum. Die Liebesnärrinen, wie waren sie schön! Sie trugen die Haare offen und lang, rochen süß nach Wärme und Geborgenheit, ihre Kleider ein weit wallender Hauch von Zärtlichkeit. Die Entscheidungsnarren gingen als Bäume und Sträucher, als Felsen und Steine getarnt. Immer wieder wechselten sie ihre Gestalt. Um sie herum schwirrten helle Lichter, die Luft war milchig und trüb. In der Mitte, gut geschützt, gingen die Weisheitsnarren. Sie trugen Fernrohre, Messgeräte, Blöcke und Stifte. Sie tuschelten und schrieben, sie beobachteten scharf. Die Zeitnarren begleiteten die Gruppen, damit sie, wann immer es notwendig sein würde, an der Zeit drehen konnten.

Am Himmel standen dunkle Wolken. Sie schossen elektrisch knisternde Blitze auf die Erde hinab. Die wenigen kahlen Bäume knarrten und ächzten müde im Wind. Doch die Narren sahen die Bäume nicht, und sie spürten auch nicht den Wind, viel zu vertieft waren sie in ihre Narretei. Auch die Eisnadeltropfen, die sich mit dünnen Spitzen in ihre Arme bohrten, bemerkten sie nicht.

Die Schwarznarren aber bemerkten die Narren. Rasch versammelten sie sich hinter den Toren der Falkenburg und stürmten mit schrillen Schreien aufs Schlachtfeld hinaus.

Als sie aufeinandertrafen, erstarrte alles für einen Augenblick. Sie standen einander gegenüber, ihre Blitzblicke sprühten Funken. Dann aber stürzte sich ein Narr der inneren Freude, der eine dunkelbraun bemalte Maske trug, auf einen Schwarznarren und beschoss ihn mit Sonnenpfeilen. So eröffnete er den Kampf. Der erste Pfeil verfehlte sein Ziel, der zweite traf. Der Schwarznarr schrie und japste nach Luft, als ihn das Sonnenlicht durchbohrte. Fontanius, der Narr der inneren Freude, der aussah wie ein Gestrüpp, versprühte aufgeregt ein paar Wassertröpfchen und fing den Schwarznarren mit einem Lasso aus warmer Luft. Ein dritter Narr kicherte und bewarf ihn mit Blumen aus Glück. Der Schwarznarr kreischte und wand sich vor Schmerz. Die drei Narren jubelten und tanzten um ihn herum, doch die anderen Schwarznarren schliefen nicht. Einer von ihnen, ein besonders Großer, fuhr seine grässlichen Schwaden nach den tanzenden Narren aus und umschlang sie damit. Die Narren zuckten zusammen, als ihnen eine Kälte in die Knochen fuhr, die alles Glück gefrieren ließ. Wäre nicht eine hellwache Liebesnärrin mit besonders herzlicher Ausstrahlung zur Stelle gewesen, um einen schützenden Liebesschleier über sie zu werfen, wären die drei Narren wohl vor Kälte und Schmerz vergangen. Sie winkte zwei Freundinnen herbei und ließ sie vor dem großen Schwarznarren tanzen. Bald wurde ihm schwindlig von ihrer Wärme. Und als dann die schönste aller Liebesnärrinnen zu ihm kam und ihn voller Zärtlichkeit berührte, gehorchten ihm seine Schwaden nicht mehr und er ließ von den Narren ab.

Am nördlichen Ende des Schlachtfeldes, nah der Falkenburg, sprang ein rotnasiger Begabungsnarr in orange-grünem Clownkostüm von seinen Stelzen und sagte zu dem Schwarznarren, der vor ihm stand: »Kennst du den schon? – Da sitzen zwei Narrenbäume auf ihren Wurzeln und stricken Haferbrei. Sagt der eine zum anderen: ›He du, gestern war Weihnachten.‹ Sagt der andere: ›Macht nichts, die Wolken sind heute trotzdem minzgrün.‹« Er griff sich an den Bauch und lachte und kugelte sich vor dem Schwarznarren.

Der Schwarznarr lachte nicht.

»Oder den«, sagte der Narr mit Tränen im Gesicht: »Ein rosarotes Granat-Kokonst fliegt übers Narrenreich und verliert ein Rad. Wie viele Raschelblütengefieder sind in der Badewanne?«

Der Schwarznarr starrte ihn hohl an.

»Sechsunddreißig natürlich, denn das Kicherentengetier hat ja keine Wimpern.« Und er lachte und lachte. Und weil der Schwarznarr noch immer nicht mitlachte, spritzte der Narr ihm närrischen Nachttau ins Gesicht. Nun musste der Schwarznarr lachen, ob er wollte oder nicht, und das Lachen tat ihm schrecklich weh. Alles in ihm krampfte sich zusammen. Doch es gelang ihm, sich den Tau aus den Augen zu wischen, und er beschoss den Clownnarren mit bitterer Eiseskälte. Der Narr hörte schlagartig auf zu lachen, und seine Nase verfärbte sich blau. Keuchend winkte er einen Artistennarren herbei, der den Schwarznarren mit seinen Kunststücken abzulenken wusste. Er fuhr auf seinem Einrad rund um ihn herum, jonglierte dabei mit fünf Papageien und rezitierte Tierzweizeiler: »Dinieren Löwen auf den Bäumen, vergessen sie vom Lamm zu träumen. Gehen Frösche auf die Jagd, haben sie im Teich versagt. Ist der Hahn schwarz-weiß kariert, lachen Hennen meist pikiert.« Er stellte sich auf den Sattel seines Rades, ließ die Papageien fliegen, machte einen Handstand auf einem Arm und fuhr davon.

Der Schwarznarr schaute ihm verdattert nach und vergaß für einen Augenblick den Clown. Er vergaß ihn genau so lange, dass der Clownnarr durchatmen, die Kälte abschütteln und sich auf ihn stürzen konnte. Von oben bis unten kitzelte er ihn durch, während zwei andere Begabungsnarren ihre Farbtöpfe und Pinsel zückten und ihn mit närrischen Mustern bemalten. Es war keine gewöhnliche Farbe in den Töpfen, es war Flausenfarbe. Jeder, der mit ihr bemalt wurde, fühlte sich plötzlich leicht und froh und zu allerlei Flausen aufgelegt. Und so fing der Schwarznarr plötzlich an zu singen und Grimassen zu schneiden, und er tanzte mit den Farbnarren Ringelrei. Dabei vergaß er ganz, wer er war und wo er hingehörte, und bald spürte er seine dunkle Seele nicht mehr.

Im selben Augenblick riss Eiche einer Liebesnärrin ein langes, braunes Haar aus, spannte es zwischen ihren Fingern zu einer Schleuder und beschoss den Schwarznarren, der sie gerade angreifen wollte, mit Klamauk-Kügelchen. Der Schwarznarr hustete und keuchte. Der Klamauk bekam ihm nicht gut. Um noch eins draufzusetzen, flog Eiche über ihn, rieb ihre Flügel aneinander und ließ narrenelfischen Flügelstaub auf ihn regnen. Der Schwarznarr jaulte auf und zog ein Nebelschutzschild aus seinem dunklen Gewand. Nicht nur er, auch andere taten das, um sich vor den Narreteien, mit denen sie beschossen wurden, zu schützen, und sie kochten vor Wut.

Einer mit einem besonders vernichtenden Blick schaute hinter seinem Schild hervor und drang tief in die Seele seines Gegenübers ein. Es war ein Entscheidungsnarr, der aussah wie ein dicker Moosklumpen mit Schmucklilien auf dem Kopf. Der Schwarznarr spürte seine verborgensten Abgründe auf und weckte seine schlimmsten Ängste. Wie ein Vampir saugte er alle Leichtigkeit aus ihm heraus. Die Lilien auf dem Kopf des Narren verwelkten, das Moos trocknete ein, zurück blieben Dunkelheit und Schmerz. Der Narr blockte ab und verwandelte sich in einen Felsen. Er warf mit närrischem Kiesel nach dem Schwarznarren, doch die Dunkelheit breitete sich viel zu schnell in ihm aus, die Kälte ließ seine steinigen Glieder gefrieren. Er taumelte, er wand sich, er hielt verzweifelt seine bröckelnden Steine beisammen. Gerade noch rechtzeitig kam ihm ein knolliger Kollege zu Hilfe und setzte sieben wandelbare Granat-Kokonste auf den Angreifer an. Für einen Augenblick vergaß der Schwarznarr seine dunkle Narretei, denn plötzlich sah er all das düstere Zeug durch die Luft schwirren, an das er eben noch gedacht hatte: dunkle Glücksmomente, Riesenspinnen, Monsterfratzen.

Auch die Seifenblasenglöckchen beteiligten sich eifrig am Kampf: Sie tanzten lieblich mit hellem Glockenklang um die Schwarznarren herum. Die Schwarznarren ertrugen ihre Leichtigkeit kaum, und wann immer sie nach den Glöckchen greifen wollten, lösten die sich – plopp – in Luft auf und tanzten anderswo weiter.

Dann kamen die Irrlichter. Die Weisheitsnarren hatten sie aus ihren Käfigen gelassen. Unruhig schwirrten sie auf dem Schlachtfeld umher und machten die Schwarznarren ganz nervös. Unbeholfen griffen sie nach ihnen, doch die Lichter wichen flink aus, erloschen und tauchten an anderen Stellen wieder auf. Die Schwarznarren stolperten ihnen hinterher und verhedderten sich in ihren eigenen Schwaden. Die Narren selbst waren auf die Irrlichter vorbereitet, sie hatten am Morgen alle einen großen Schluck Antiirrlichtverwirrungstee getrunken. Für sie waren die Lichter nichts als harmlose Käferlein, die ziellos durch die Gegend schwirrten.

Unterdessen drehten die Zeitnarren wild an der Zeit, damit die anderen Narren in Ruhe kämpfen konnten. Den Schwarznarren hingegen lief die Zeit davon, und die Entscheidungsnarren verwirrten sie zudem noch mit ihren schönsten Illusionen und Halluzinationen. So sah ein Schwarznarr plötzlich statt eines vogelfedrigen Narren einen bunt geschmückten Weihnachtsbaum vor sich. Und während er sich noch darüber wunderte, warum der Weihnachtsbaum Arme und Beine hatte, hatte ihn der Narr schon in Lachluftschlangen gewickelt und mit Ballons voller Leichtigkeit behängt.

Plötzlich schrie ein Schwarznarr im vorderen Drittel des Schlachtfeldes so jämmerlich auf, dass die Kämpfenden für einen Augenblick erstarrten. In seinem Körper hatte sich etwas geregt: das innere Kind! Die vielen Narreteien hatten die Dunkelheit aus ihm vertrieben und es aufgeweckt.

Erst gähnte es, dann rekelte es sich, dann öffnete es die

Äuglein und schaute sich schlaftrunken um. Wo war es? Es war so finster. »Pfui! Im Inneren eines Schwarznarren«, stellte es fest und wunderte sich, wie es hierhergekommen war. »Schnell weg von hier!«, sagte es sich und kletterte durch den Magen (Wie schrecklich schleimig er war!) über die Lunge (schwarz wie die Nacht, die Bläschen verklebt) und das Herz (kalt und leblos wie ein Stein) in den Mund (Darin stank es entsetzlich!). Es kitzelte den Gaumen, der Schwarznarr hustete und würgte und spuckte das Kind schließlich aus. Dann keuchte er und wimmerte und sackte zu Boden. Dort zuckte er noch ein bisschen hilflos, doch bald rührte er sich nicht mehr.

Etwas unbeholfen stand das innere Kind vor ihm. Was sollte es nun mit ihm tun? Ein Narr der inneren Freude kam ihm zu Hilfe. Er trug eine venezianische Maske, und sein prunkvolles Sonnenkleid leuchtete besonders hell. Aus einem purpurfarbenen Samtbeutel, den er um die Hüfte trug, nahm er eine Handvoll Lachsand und streute ihn über den Schwarznarren. Der zuckte und würgte und erbrach schwarzen Schleim. Entsetzlich stinkende Schleimschwaden stiegen auf. Die Narren gingen in Deckung und hielten sich die Nasen zu, und als sich der Schleimnebel lichtete, staunten sie, denn anstelle des Schwarznarren lag da nun ein ganz gewöhnlicher Narr. Zusammengekrümmt, abgemagert und blass, die Lippen rissig und violett. Er zitterte erbärmlich. Zwei Narren halfen ihm auf und führten ihn zu einer Liebesnärrin, die ihn mit all ihrer Zärtlichkeit wärmte. So schenkte sie ihm neue Kraft.

Unterdessen waren in der Menschenwelt die Kinder bei der Höhle eingetroffen und von Oma Lotte über Sophies Tod unterrichtet worden. Es war unerträglich still im Wald. Kein Wind wehte, kein Blatt raschelte, kein Käuzchen sang. Die Kinder starrten Oma Lotte ungläubig an. Keiner wollte glauben, dass Sophie nie mehr aus dem Narrenreich zurückkehren würde. Nur Paula, die Oma Lotte noch nie mit roten, verquollenen Augen gesehen hatte, wusste, dass es wahr war. Sie saß auf einem Stein, denn stehen konnte sie nicht mehr, und weinte bitter. Georg stand mit verschränkten Armen daneben und beobachtete sie. Er hatte Sophie eben noch in ihrem Zimmer gesehen. Sie schlief dort tief und fest in ihrem Bett. Er glaubte nicht an das, was Oma Lotte sagte und schon gar nicht an ihren Plan. Und doch war er gekommen, um zu sehen, was geschehen würde. Er sah die Angst und die Traurigkeit in den Augen seiner Freunde, und vor allem sah er Paulas zerbrechliche, verweinte Gestalt, Paula, die sonst stark wie ein Nilpferd war. Und mit einem Mal wurde er entsetzlich wütend: »Oma Lotte, es reicht! Jetzt bist du eindeutig zu weit gegangen! Wie kannst du uns nur solche schrecklichen Lügengeschichten auftischen? Siehst du nicht, was du damit anrichtest? – Sophie liegt zu Hause in ihrem Bett und schläft. Das ist die Wahrheit. Punkt!«

Paula schaute müde auf, wischte sich die Tränen aus dem Gesicht und sagte bitter: »Die Sophie zu Hause ist nur eine Projektion, Georg. Warum willst du das nicht glauben? Oma Lotte hat Sophie durch ihr Narrovisier im Narrenreich am Adlerfelsen gesehen. Sie lag dort und atmete nicht mehr. Die Narren haben um sie getrauert. Sophie ist tot.«

Ein kleines Mädchen wimmerte.

Georg schüttelte den Kopf: »Wenn Sophie wirklich tot wäre, dann wäre doch auch diese… Projektion… *nicht mehr da. Nein, nein, Sophie lebt!«*

Paula richtete sich auf und schaute Oma Lotte hoffnungsvoll an. Doch die seufzte nur: »Eine Projektion handelt unabhängig von ihrem Original. Sie verschwindet nicht, wenn das Original stirbt. Sie verschwindet, wenn das Original …«, sie schluckte, »… oder zumindest sein Körper in seine Welt zurückkommt.«

Georg schwieg. Er wusste nicht mehr, was er glauben sollte. Er wusste nur, dass er nicht glauben konnte, was er nicht mit eigenen Augen sah. Solange er Sophies leblosen Körper nicht sah, würde er sich weigern zu glauben, dass sie tot war. Und solange er die Narren nicht mit eigenen Augen sah, würde er Oma Lotte der Lügen bezichtigen. Es konnte nicht anders sein. Sophie lag in ihrem Bett. Sie lebte. Oma Lotte konnte noch so seltsam dreinschauen und Paula noch so viel weinen, Sophie war nicht tot! Er wollte sich schon zum Gehen wenden, da rief ein Junge: »Lasst uns trotzdem kämpfen! Die Narren kämpfen ja auch.« Und die Kinder hoben ihre Fäuste und riefen: »Ja, lasst uns kämpfen!« Auch Paula nickte entschlossen. Georg seufzte und blieb.

Mit dem Erwachen eines inneren Kindes hatte keiner gerechnet. Die Narren staunten und jubelten, die Schwarznarren waren plötzlich wieder hellwach. Sie schüttelten sich und ließen sich nicht weiter verwirren, sie wehrten die neuerlichen Angriffe der Narren energisch ab. Blindwütig stürzten sich mehrere Schwarznarren auf das eben erst freigekommene innere Kind. Das Kind schrie, die Narren wollten ihm zu Hilfe eilen, doch es war zu spät. Die Schwarznarren hatten es schon wieder in einen dunklen Tiefschlaf versetzt. Sie schnappten sich einen kleinen, mageren Zeitnarren, hüllten ihn in ihre Nebeltücher und fesselten ihn mit ihrem Schleim. Der Narr schrie und wand sich, die Schwarznarren aber drückten ihn zu Boden und hielten ihn fest. Die Kälte, Angst und Dunkelheit, die dabei in ihn übergingen, ertrug er kaum. Sie brachten das bewusstlose innere Kind, öffneten dem Narren den Mund und schoben ihm das Kind in den Rachen. Der Narr würgte und keuchte und wehrte sich, doch fast wie von selbst rutschte das Kind seine Kehle hinab. Da wurde dem Narren erst heiß und dann kalt, und plötzlich spürte er eine noch nie gekannte Kraft in sich. Es war wie ein Moment der Erlösung! Er holte tief Luft und schloss die Augen und gab sich der Verwandlung hin. Dunkle Nebel umhüllten ihn. Kurz darauf stand er als neugeborener Schwarznarr da und strotzte vor Kraft. Er stürzte sich auf den nächstbesten Narren und entriss ihm sein Glück.

Oma Lotte hatte unterdessen ihre Fassung wieder gefunden und beobachtete mit Schrecken durch das Narrovisier, was eben auf dem Schlachtfeld geschehen war. »Es wird höchste Zeit«, murmelte sie. »Wir müssen eingreifen.« Und laut rief sie: »Kinder, seid ihr bereit?«

Die Kinder nickten und stellten sich in einer Reihe auf.

Oma Lotte kippte die Teleskopstange am Narrovisier nach oben, drehte die Lupe weg und richtete eine trompetenförmige Öffnung zur Höhle hin aus. Sie deutete auf einen kopfgroßen Trichter am gegenüberliegenden Ende des Geräts und sagte zu den Kindern: »Da müsst ihr hineinsprechen. Eure fröhlichsten Gedanken, eure schönsten Momente, eure kühnsten Träume, eure glücklichsten Erinnerungen. Wer lachen will, soll lachen.«

Den Kindern war nicht nach Glück zumute, aber Sophie zuliebe wollten sie es versuchen. Das Narrovisier würde ihr erzähltes Glück in seinem Inneren sammeln und pressen und schließlich damit den verschlossenen Zugang zum Narrenreich bombardie-

ren. So hatte es ihnen Oma Lotte erklärt. Sie hatte den Finger gehoben und wissend gelächelt: »Wirkt tausendmal besser als Dynamit!« Die Kinder hatten beeindruckende Laute von sich gegeben, nur Georg hatte seine Hände vor der Brust verschränkt und mit einem »Pah!« den Kopf geschüttelt. Dennoch stand er nun mit den anderen in der Reihe, er wollte ja mit eigenen Augen sehen, wie kein Glück aus dem Narrovisier schoss.

Als Oma Lotte »Los!« rief, beeilten sich die Kinder, das Narrovisier mit Glück zu speisen. Das erste Mädchen erzählte ihm von dem Kaninchen, das sie an ihrem letzten Geburtstag geschenkt bekommen hatte, das zweite von der Sternschnuppe, die es vergangenen Sommer am Himmel gesehen hatte. Ein Junge lachte einfach nur in den Trichter hinein, ein anderer erzählte von einer spektakulären Kanufahrt. Von Kind zu Kind wurde der Bauch des Narrovisiers dicker. Er blies sich auf wie ein Ballon. Die Maschine vibrierte und dampfte und ratterte und zischte. Als Georg an die Reihe kam, war der Bauch des Narrovisiers bestimmt schon doppelt so dick wie zuvor. Er überlegte einen Augenblick, dann zog sich ein verräterisches Lächeln über seine Lippen, und er sagte laut und deutlich in den Trichter: »Quatsch, Quatsch, Quatsch!«

Da war es, als müsste das Narrovisier niesen. Es zuckte und bebte, der Dampf verfärbte sich rußschwarz, und plötzlich schoss vorne aus dem Trichter ein sperriger, stinkender Klotz. Die Maschine kam zum Stillstand.

»Georg!«, rief Paula wütend. »Du hast das Narrovisier kaputt gemacht! Georg schaute ein bisschen betroffen drein. Das hatte er nicht gewollt. Dann aber schaute er zu den anderen und sagte: »Ach was! Es kann gar nicht mit Glück schießen!«

Oma Lotte schüttelte traurig den Kopf: »Wenn wir nicht alle ganz fest daran glauben, wird es nicht funktionieren. Bitte Georg, bemühe dich. Die Narren brauchen unsere Hilfe!«

»Es gibt keine Narren!«, sagte Georg trotzig und stellte sich ein bisschen abseits hin. »Dann macht eben ohne mich weiter.« Die anderen Kinder warfen ihm böse Blicke zu.

Georg wusste nicht, was in letzter Zeit los war mit ihm. Seit Sophie so verändert war, mochte er sich selbst nicht mehr. Vielleicht war es ja die Angst. Die Angst, dass Oma Lotte die Wahrheit sprach und seine geliebte Schwester für immer verloren war.

Baltasar, der die Szene auf dem Schlachtfeld mitbekommen hatte, verstand als Erster, was sie zu bedeuten hatte: »Das ist also ihr Plan! Sie wollen uns alle in Schwarznarren verwandeln.«

»Dann müssen wir ihnen zuvorkommen«, keuchte Ephraim, der gerade gegen zwei Schwarznarren gleichzeitig kämpfte. »Wir müssen so schnell wie möglich die inneren Kinder in den Schwarznarren wecken.« Und er schlug die Angreifer in die Flucht.

Baltasar nickte und drehte sich zu den närrischen Kämpfern um. »Jetzt!«, rief er. Da sprang ein Tier aus der Menge. Es war die farbenprächtige Fünfpunktekröte. Sie kniff die Augen zusammen und rollte den Rücken rund. Sie zitterte und presste, ihre Farben leuchteten grell auf und plötzlich schossen zarte Fäden aus ihnen heraus. In der Luft verwoben sie sich zu einem bunten Netz aus Glück. Dünn und klebrig legte es sich über die Schwarznarren. Die Schwarznarren wimmerten unter dem gesponnenen Glück, das immer tiefer in sie eindrang und ihre inneren Kinder wärmte und weckte.

»Jetzt!«, rief Baltasar noch einmal. Der Regen wurde stärker, durch die Wolken drangen Sonnenstrahlen und ganz hinten entsprangen Dutzende von Regenbogen. Sie ließen grelle Glockenklänge ertönen und bäumten sich auf. Auf dem Vordersten, dem Größten, saß Urs, der Wichtelkrämer, und trieb ihn jauchzend zum Angriff an. Auf dem hinter ihm saß Kasimir: »Los, mein Lieber! Denen zeigen wir's!« Mit wilden und doch unendlich weichen Schwüngen folgten ihnen die anderen Bogen. Wann immer sie am Boden aufkamen, stieben Wolken aus Farbenstaub in die Luft. Die Narren jubelten und rieben sich damit ein. Der Staub gab ihnen Kraft und Schutz. Die Schwarznarren aber jaulten bei der geringsten Berührung auf. Sie konnten die fröhlichen, hellen Farben nicht ertragen. Dem letzten Regenbogen keuchte eine kleine, pummelige Frauengestalt hinterher. Sie schwenkte ein Stoffstück in der Luft. »Urs!«, rief sie, es war Regula. »Du hast dein Jäckchen vergessen! Du wirst dich noch erkälten!« Doch Urs hörte sie nicht.

Die Regenbogen waren wild wie schon lange nicht mehr. Einer riss einem Schwarznarren seine Schwaden aus, ein anderer zerfetzte seine Nebelkleider. Geblendet vom Tageslicht warf der nackte Schwarznarr seine bleichen Arme vors Gesicht und kreischte jämmerlich. Er war hilflos ohne seinen Schutzmantel aus Verderben und Dunkelheit. Die Regenbogen aber kannten kein Erbarmen. Einer schüttelte sich und übergoss ihn mit hell schimmernden Tropfen aus Glück. Ein anderer bäumte sich vor ihm auf und blendete ihn mit so grellen Farben, dass er bald ganz laut schrie.

Schnell, zur Falkenburg!«, rief Baltasar, »Solange sie abgelenkt sind.« Und sie rannten, so schnell sie konnten.

Wie sehr jubelten sie, als sie vor dem Tor der Falkenburg standen. Wie groß war die Enttäuschung, als es sich nicht öffnen ließ.

»Es muss mit einer dunklen Narretei belegt sein«, mutmaßte Ephraim.

Baltasar nickte nachdenklich.

Den Schwarznarren kam das unfreiwillige Zögern der Narren gelegen. Sie nahmen all ihre Kräfte zusammen und griffen erneut an. Einen Narren, zwei, drei, zehn überwältigten sie. Die Narren wehrten sich, doch irgendetwas war hier anders, so nah bei der Falkenburg, als wäre da ein unsichtbarer dunkler Nebel, der sie schwächte.

»Was sollen wir nun tun?«, fragte Luitpolda drängend und entmutigt zugleich.

»Wir müssen das Tor bombardieren«, sagte Ephraim. »Mit all unserer närrischen Kraft.«

»Wenn wir all unsere närrische Kraft auf das Tor richten, sind wir viel zu verwundbar«, warf Oskar ein.

»Ich sehe keine andere Lösung«, sagte Ephraim.

»Habakuk, was meinst du?«, fragte Luitpolda.

»Wie? Was? Wo?«

»Ach, vergiss es«, sagte Luitpolda. Für ein Gespräch mit Habakuk war nun wahrlich zu wenig Zeit, und sie beschloss: »Wir haben keine Wahl!«

»Na gut«, sagte Baltasar. »Seid ihr bereit?«

Die anderen nickten und auf Baltasars Kommando bombardierten sie mit vereinten Kräften das Burgtor. Es flogen Lachgranaten und Lichtbomben, Farbspeere und Glücksraketen. Narreteien wirbelten wild durch die Luft und prallten gegen das Tor. Ein Nebel aus Klamauk und Albernheit und

Schabernack umhüllte die Falkenburg, Lichtstrahlen bohrten sich in die Gemäuer, doch das Tor blieb verschlossen und unversehrt, und es geschah, was Oskar befürchtet hatte: Die Schwarznarren griffen an. Und weil die Narren all ihre närrische Kraft auf das Burgtor richteten, hatten sie ein leichtes Spiel. Einen Narren nach dem anderen setzten sie außer Gefecht. Es ging rasend schnell.

»Was sollen wir nur tun?«, jammerte Oskar und griff nach seiner Uhr. »Wir sind verloren!«

Baltasar und Ephraim schwiegen betreten. Sie hatten alles auf eine Karte gesetzt und es war die falsche gewesen.

Unterdessen hatte Oma Lotte in der Menschenwelt das Narrovisier wieder zum Laufen gebracht, und die Kinder füllten es zum zweiten Mal mit Glück. Georg stand etwas griesgrämig daneben und konnte nicht aus seiner Haut.

Da kam Paula zum Trichter. Sie zögerte einen Augenblick und warf Georg einen funkelnden Blick zu. Ohne es zu wollen, richtete sich Georg auf. Es war kein böser, kein vernichtender Blick, nein, er war voller Wärme und er ging ihm durch Mark und Bein. Es geschah wie in Zeitlupe, dass Paula sich zum Trichter hinunterbeugte und zu singen begann. In ihrer Stimme lag alles: Verzweiflung, Hoffnung, Angst und Mut, Traurigkeit und Glück. Georg erstarrte, denn was er in Paulas Stimme hörte, war echt. Und plötzlich verstand er, dass man nicht alles sehen konnte, dass manche Dinge einfach da waren, auch wenn man sie nicht sah. Man spürte sie. Und manchmal wurden sie berührbar, so wie die Freundschaft und die Wärme, die nun in ihn hineinströmten, als zwei Hände nach ihm griffen, eine rechts und eine links.

Die Kinder hatten einen Halbkreis um Paula gebildet, hielten sich fest an den Händen und lauschten ihrem Gesang. Sie dachten an ihre Eltern zu Hause, um die sie sich sorgten, sie dachten an früher, an eine unbeschwerte, glückliche Zeit. Manchen rannen Tränen über die Wangen. Sie dachten an ihre Freundschaft, die ihnen Halt gab und Mut, in dieser schwierigen Zeit, und sie dachten an Sophie, die dort irgendwo hinter dieser Höhle in einem fremden Land für sie und ihre Familien gekämpft hatte. Die tapfere Sophie, die verrückte Sophie, die immer ein bisschen anders gewesen war. Manchmal hatten sie sich über sie lustig gemacht. Doch wie viel Freude hatte sie ihnen doch immer wieder mit ihrer Verrücktheit geschenkt!

Ein Mädchen stimmte in Paulas Gesang mit ein, erst zögerlich, dann immer lauter. Ein Junge tat es ihm gleich. Und so erhoben die Kinder eines nach dem anderen ihre Stimmen und sangen mit Paula gemeinsam ihren Schmerz, ihre Traurigkeit, ihre Erinnerung, ihre Hoffnung, ihre Liebe. Und mit ihrem Gesang floss plötzlich die Wahrheit in Georg hinein wie ein reißender Strom: Oma Lotte log nicht, es gab die Narren! Auf einmal spürte er sie tief in sich. Und da überkam ihn ein unsagbarer Schmerz, denn er wusste nun, dass Sophie wirklich im Narrenreich gestorben war. Jedes einzelne Mal, das er sich über Sophie lustig gemacht hatte, tat ihm nun entsetzlich weh. Sophie war doch die großartigste Schwester gewesen, die sich ein Bruder wünschen konnte! Nie hatte sie ihn verraten, wenn er etwas angestellt hatte, sie hatte alle Geheimnisse für sich bewahrt. Und wenn es darum ging, etwas auszuhecken, hatte sie immer die tollsten und verrücktesten Ideen gehabt. Sie war ein halber Junge gewesen, hatte lieber alte zerrissene Hosen und Pullover getragen als mädchenhafte Rüschenkleider, war lieber auf Bäume geklettert, als mit Puppen zu spielen. Im Grunde war Georg immer sehr stolz auf sie gewesen, auch wenn er das nie zugegeben hatte. Ja, Sophie hatte in ihrer eigenen, verträumten Welt gelebt. Georg hatte diese Welt nicht immer verstanden, aber war es nicht eine wunderschöne, bunte Welt gewesen? Georg seufzte schwer und begann nun auch zu singen. Der Schmerz in ihm wollte es so.

Und plötzlich gab es kein Ich mehr, nur noch ein Wir, und das Wir kannte keine Trauer, kein Grauen, keinen Schmerz. Und aus dem Wir wurde ein großes Ganzes, und das große Ganze vereinigte sich zu einem Lied für Sophie. Immer tiefer fielen die Kinder in ihren Gesang. Er wuchs zu einer Schönheit, die nie da gewesen war, eine Schönheit, die ihrem Innersten entsprang. Ihre Herzensklänge strömten in das Narrovisier, und das Narrovisier blähte seinen Bauch auf, schneller als zuvor, es vibrierte und ratterte und dampfte, und als beim besten Willen kein Platz mehr in ihm war, schoss alles mit einer gewaltigen Kraft aus ihm heraus. Die Steinwand in der Höhle, die der verschlossene Eingang zur Narrenwelt war, zerbarst in tausend Stücke, und der Gesang drang ins Narrenreich ein, wehte als warmer Sturm über das Schlachtfeld, blies mehrere Schwarznarren um und zerschmetterten das Tor zur Falkenburg, als wäre es aus Glas.

Für einen Augenblick starrten die Narren verdutzt auf das zerbrochene Tor. Keiner konnte sich erklären, woher dieser warme Sturm plötzlich kam und was es mit diesem schönen Kindergesang auf sich hatte, den er mit sich trug. Doch es blieb keine Zeit zum Wundern, sie mussten sich beeilen, also schrie Baltasar: »Angriff!«, und sie stürmten die Falkenburg.

Kapitel 22

DIE FALKENBURG

In der Falkenburg war es düster und kalt. Hohe Säulen liefen an der Decke zu spitzen Bögen zusammen. An ihnen hingen Kreaturen mit wütenden Fratzen aus Stein. Die schmalen Fenster waren dunkel getönt, es kam kaum Licht herein. Aus den Tiefen der Burg drangen dumpfe Schreie.

»Sind das die inneren Kinder?«, fragte Oskar.

»Gut möglich«, sagte Ephraim, und schon spürten sie die Kälte der herannahenden Schwarznarren.

»Hier hinein!«, raunte Baltasar und schob Ephraim, Oskar, Luitpolda, Habakuk, Eiche und die Zeit durch eine Tür.

Es war dunkel und kalt in dem Raum, in dem sie nun standen, der Boden war spiegelglatt. Von der Decke hingen unzählige anthrazitfarbene Schläuche, etwa so breit wie eine Hand, an ihren Enden Trichter wie gefräßige Monstermäuler. Vor der Tür kämpften die Narren.

Habakuk schaute sich verwirrt um: »Wo sind wir?« Ein seltsames Pfeifen und Schlingern ging durch die Schläuche, als hätten Habakuks Worte sie in Bewegung versetzt.

»Im Verpflegungsraum der Schwarznarren. Südtrakt«, flüsterte Ephraim.

»Verpflegungsraum? Südtrakt? Südtrakt wovon?«, fragte Habakuk verwundert. Das Pfeifen der Schläuche wurde lauter.

»Pssst! Nicht so laut!«, warnte die Zeit.

»Wir sind in der Falkenburg«, flüsterte Luitpolda geduldig und ungeduldig zugleich.

»Falkenburg?«, fragte Habakuk. »Wie sind wir denn da hineingekommen? Eben standen wir doch noch vor verschlossenen Toren.« Ein Trichtermaul schnappte nach ihm. Ephraim stieß ihn gerade noch rechtzeitig zur Seite.

»Irgendetwas hat sie geöffnet«, flüsterte Oskar, »wie ein Wirbelsturm aus Glück.«

»Aus Kinderstimmen«, warf Luitpolda ein, »singende Kinder. Sie singen noch immer. Hört ihr es auch?«

Die anderen lauschten. Ja, sie hörten den Kindergesang. In Schüben kam er, zog über das Schlachtfeld und durchströmte die Burg. Doch es blieb ihnen keine Zeit, sich darüber zu wundern, sie mussten zu Kiéron, solange die Schwarznarren abgelenkt waren.

Rasch liefen sie durch den Verpflegungsraum und nahmen die Tür am nördlichen Ende. Der Gang, in den sie kamen, war dunkel und leer.

»Wir müssen in den Nordtrakt«, flüsterte Ephraim. »Von dort führt eine Treppe über den Labortrakt in den Turm zu Kiérons Gemächern. Wir finden ihn höchstwahrscheinlich im Thronzimmer.«

Lautlos wie Katzen huschten sie von Säule zu Säule, immer auf der Hut vor den Schwarznarren. Viele begegneten ihnen nicht. Die anderen Narren und der Kindergesang lenkten sie ab. Noch ahnte wohl keiner von den Eindringlingen, die immer tiefer in die Burg gelangten.

Alles ging gut, bis sie ein Foyer betraten, in dem eine ganze Horde von Schwarznarren versammelt war.

»Lauft!«, schrie Ephraim und schleuderte eine Handvoll Lachsand in die Menge.

So schnell sie konnten, bogen sie in den nächsten Gang, die Schwarznarren kamen kreischend hinter ihnen her. In einem Innenhof schlugen sie einen Haken und versteckten sich hinter ein paar Fässern. Die Schwarznarren kamen in den Hof und hielten inne. Sie spürten die Anwesenheit der Eindringlinge. Suchend glitten ihre Augen umher. Die Narren hinter den Fässern hielten die Luft an und bangten und hofften. Die Schwarznarren aber verschwanden nicht. Kaum merklich deutete Ephraim auf die Tür am anderen Ende des Hofes, die Tür, die zum Nordtrakt führte, und schielte dann hinüber zum Südtrakt. Baltasar verstand. Er schloss die Augen und erzeugte einen Windstoß, der quer durch den Innenhof fegte und die Tür zum Südtrakt aufriss. Die Tür knarrte und ächzte, die Schwarznarren wandten sich alarmiert um und flogen dorthin. Die Narren nützten den Moment der Ablenkung und huschten unbemerkt in den Nordtrakt, die Treppen hinauf, über den Labortrakt in den Turm.

Schließlich standen sie vor der Tür zu Kiérons Gemach.

»Ihr wisst, was zu tun ist?«, flüsterte Baltasar.

»Kiéron schwächen«, wisperte Oskar und warf einen Blick auf seine Uhr.

»Wenn möglich besiegen«, hauchte Luitpolda.

»Und ihm die Schlüssel entwenden«, ergänzte die Zeit. Sie

war gerade jung, mit zerzaustem braunem Haar und einem angriffslustigen Kämpferblick.

»Schlüssel? Welche Schlüssel?«, raunte Habakuk.

»Die Schlüssel für die Verliese, in denen Kiéron die inneren Kinder gefangen hält«, murmelte die Zeit und verdrehte die Augen. Das hatten sie schon alles besprochen.

»Na, worauf warten wir dann noch?«, flüsterte Habakuk. »Auf geht's, meine Damen und Herren!« Er öffnete lautlos die Tür und schlüpfte hindurch.

Rußgeschwärzte Spinnweben umspannten steinerne Schreckenswesen, die an den Wänden zwischen flackernden Fackeln hingen. Durch die schmalen Fenster drang blau schimmerndes Licht. Hinter einem Gitter aus dicken, verrosteten Eisenstäben kauerten zwischen verschiedenen Foltergeräten abgemagert und blass vier Gestalten: Isodora (sie war kaum noch sichtbar), Nepomuk (seine Haut war so grau wie seine Kleider), Fridolin (aus seinem Haar hing verdorrtes, knittriges Strohgestrüpp) und Rolander (er sah noch verrückter aus als sonst).

Als die Narren den Raum betraten, richtete sich das, was von Isodora noch übrig war, auf und schaute sich verwundert um. Sie erkannte ihre Freunde und lächelte erschöpft. Fridolin, in dessen Haarschopf gerade eine kleine, farblose Flockenblume verblühte, wisperte: »Der Schlüssel zur Folterkammer hängt neben der Tür.«

Die Narren kamen aber nicht mehr dazu, darauf zu reagieren, denn schon ertönte ein wildes Hundegebell und eine eiskalte Stimme am anderen Ende des Raumes donnerte: »Willkommen!«

Eine dunkle Gestalt erhob sich von einem mächtigen Thron, von dem auch das Gebell ausging, und trat ins blassblaue Licht. Schwarze Nebeltücher umhüllten sie bis über den Kopf und flatterten wie lebendig in kleinen, unruhigen Wellenbewegungen, leise züngelnd, zischend um sie herum. Obwohl man die Konturen eines bleichen, knochigen Körpers darunter erkennen konnte, als wäre der Stoff transparent, schimmerte er doch so tief schwarz, dass sich seine Schatten fast in ein nachtdunkles Blau verwandelten. Den Narren gefror beim Anblick dieser Farbe beinahe das Blut. Mit jeder Bewegung knisterte und blitzte das Gewand wie elektrisch aufgeladen. Der Körper warf nicht einen, sondern sieben Schatten, jeder in einer anderen Form und in ständiger Bewegung. Es war Kiéron. »Ihr habt es also tatsächlich bis hierher geschafft. Hätte ich euch gar nicht zugetraut.« Er lachte verächtlich. »Aber umso besser! Dann könnt ihr euren Freunden in der Folterkammer Gesellschaft leisten.« Ein scharfer Blick traf Isodora. Sie taumelte und sank zu Boden. »Wache!« – Nichts geschah. – »Waaache!« Durch die Tür glitten zwei Schwarznarren. »Wo zum Teufel bleibt ihr?« Er zeigte auf die Narren im Raum. »Sperrt sie ein!«

Die Wächter fuhren ihre schleimigen Schwaden nach den Narren aus, doch Baltasar schoss blitzschnell einen Lichtkegel nach ihnen, und Oskar übergoss sie mit Zeitentzugsessenz. Und während Ephraim Kiéron mit einem Glückstaumel bewarf, und die Zeit ihn mit einer starken Verlangsamung in Schach hielt, kitzelten Luitpolda und Habakuk die Wächter in die Flucht. Kiéron gelang es, sich aus dem Bann der Zeit zu befreien, und er schoss mit Eisblitzen nach Ephraim. »Wer bist du?«, fauchte er zwischen zwei Blitzen.

»Ephraim«, sagte der und blockte die Kälte ab, die Kiéron durch seinen Körper jagte. »Anführer der Untergrundnarren.« Er warf dem dunklen Herrscher einen feurigen Blick zu.

Kiéron zischte, als ihn die Hitze traf, und er ließ Dunkelheit durch Ephraim strömen. »Untergrundnarren? Die Schwächlinge da unten sind *deine* Männer?« Er lachte laut, ließ von dem keuchenden Ephraim ab und wandte sich der Zeit zu. »Soso, und wen haben wir denn da? Die Zeit! Jung bist du geworden«, sagte er spöttisch und strich ihr über die Wange, »Und dumm.«

Die Zeit verwandelte sich in einen stolzen, dunkelhäutigen Krieger mit Schild und Speer und schaute Kiéron herausfordernd an.

Kiérons Blick verfinsterte sich: »Du willst Krieg? Den sollst du haben!« Er griff nach ihrer Kehle. Aus seinen Fingern drang Zittergift. Die Zeit zuckte zusammen und rammte Kiéron ihren Speer in den Bauch. Es war ein besonderer Speer, der dem Getroffenen die Zeit entzog. Kiéron keuchte und taumelte. Schon wollte er zurückschlagen, da ergriff Baltasar seinen Arm. »So sehen wir uns also wieder«, sagte er und ließ einen Schwall überschwängliche Freude durch Kiérons Nebeltuchgewand dringen. »Bruder.« Kiéron blockte die Freude ab und schoss mit Tränenfeuer zurück. Doch auch Baltasar blockte ab und das Feuer kam nicht zu ihm durch.

Kiéron riss seinen Arm aus Baltasars Griff. »Ja, so sehen wir uns wieder«, sagte er gehässig. »Lang ist's her. Hast dich ziemlich verändert seitdem. Siehst alt und gebrochen aus. Wie kommt's? Was ist aus dem strahlenden Helden geworden, der du einst warst?« Er lachte schallend: »Wie freut es mich doch, dass wir gerade heute wieder zusammentreffen! So darfst *du* mir einmal zusehen, wie ich glänze. Denn heute vollende ich mein Werk. Heute führe ich die Narren in die Unabhängigkeit. Wenn erst jeder Narr ein inneres Kind in sich trägt und ein Schwarznarr geworden ist, ist die Zeit der Glücksdienste an den Menschen vorbei und wir sind endlich frei! Dann ist der Racheakt vollzogen. Denn ohne ihre inneren Kinder, ohne Glück, werden die Menschen jämmerlich verkümmern. Und ich bin dann Herrscher über das größte Reich. Ich nenne es das *Schattenreich*!« Er lachte schallend und breitete seine Arme selbstgefällig über dem Kopf aus.

»So weit wird es niemals kommen«, sagte Baltasar gefasst, »weder morgen noch in tausend Jahren, denn heute erobern wir das Glück zurück.«

»Glaubt ihr wirklich, ihr könnt *mich* besiegen?« Kiéron lachte und schoss mit Angstblitzen um sich. Die Narren gingen in Deckung. »Ihr seid doch nichts als klägliche Versager!«

»So? Sind wir das?«, fragte Baltasar herausfordernd. Wie auf Kommando zogen Luitpolda, Oskar und Ephraim Lachkugeln und Farbbeutel aus ihren Gewändern und beschossen Kiéron damit. Eine Lachkugel traf ihn an der Schulter, ein Farbbeutel zerplatzte an seiner Brust. Kiéron schrie vor Wut und schleuderte mit Hassspiralen um sich. Luitpolda bekam eine davon ab und jaulte auf vor Schmerz. Die Höllenhundearmlehnen an Kiérons Thron bellten gehässig und spuckten giftgrünen Speichel. Ein Tropfen traf Ephraim. Er sank wimmernd in die Knie.

»Nein, nein, nein«, murmelte Habakuk plötzlich mit einem gedankenverlorenen Blick auf Luitpolda und Ephraim, »So wird das nichts!«

Oskar, der gerade neben ihm stand, zog seine Zeituhr heraus, warf einen langen Blick darauf und sagte schließlich: »Du hast völlig recht, Habakuk. Es ist an der Zeit.«

Habakuk schaute verwundert zu ihm auf: »Hä? Wie? Welche Zeit?«

Die Zeit aber wusste es. Sie verwandelte sich in eine wilde Amazone und schlug so lange ihre Lachtrommeln, bis Kiéron es nicht mehr ertrug. »Ruhe!«, schrie er, doch die Zeit schlug noch viel fröhlichere und lautere Rhythmen an, und Luitpolda entleerte einen Eimer Seelenfrieden über Kiérons Kopf.

Kiéron wusste nicht, wie ihm geschah. Er wimmerte und wand sich, und bemerkte nicht, wie hinten bei der Folterkammer ein Schlüssel von seinem Haken in das dazu passende Schloss schwebte, sich lautlos drehte, und die Gittertür sich mit einem leisen »Pssst!« öffnete. Fridolin, Nepomuk und Isodora huschten hindurch und stürzten sich in den Kampf. Nur Rolander kam nicht frei. Das Eisen fiel vor seiner Nase lautlos ins Schloss zurück. Rolander wollte protestieren, doch eine unsichtbare Hand stopfte ihm Stroh in den Mund.

Als das geschehen war, gab Baltasar den anderen ein Zeichen, und sie stellten ihre Attacken ein. »Das soll dir eine Lehre sein«, sagte er ruhig und wandte sich von Kiéron ab.

Kiéron bebte vor Zorn. Mit seinem kältesten Blick versetzte er seinem Bruder einen Schlag in den Rücken. Damit hatte Baltasar gerechnet. Er bewahrte Haltung und wandte sich wie in Zeitlupe nach Kiéron um. Sein Blick war gütig und voller Wärme, und er fügte dem dunklen Herrscher damit einen Schmerz zu, der alles in ihm erweichte. Erst nach mehreren Wärmestößen ließ er von ihm ab.

Kiéron röchelte und richtete sich mühevoll auf: »Bist ganz

schön stark geworden, das muss ich dir lassen.« Er machte eine Pause und lächelte überheblich: »Aber nicht stark genug.« Er schaute Baltasar herausfordernd an. »Du warst nicht stark genug, den Tod eurer *Retterin* zu verhindern. Euer Freund da hat mir alles erzählt.« Kiéron zeigte auf Rolander in der Folterkammer, der gerade die letzten Strohhalme aus seinem Mund zupfte. »Ein guter Beschützer warst du ihr, oh mächtiger Baltasar! Hast nicht einmal gemerkt, dass sie ihre eigenen Glücksmomente verteilt! Ins offene Messer hast du sie laufen lassen.«

»Das sehe ich anders!« Die Stimme kam von der Folterkammer. Und Kiéron erstarrte, als er das Mädchen mit den braunen Locken und den grünen Augen erkannte, dem die Stimme gehörte. Wie aus dem Nichts war es aufgetaucht.

Auch in der Menschenwelt erstarrte jemand: Oma Lotte. Die Kinder hatten gerade eine Gesangspause eingelegt, weil Oma Lotte im Narrenreich nach dem Rechten sehen wollte. Sie hatte durch das Narrovisier geschaut und zufrieden festgestellt, dass sich die närrischen Kämpfer tapfer schlugen, und dann hatte sie den Narrenrat in Kiérons Gemach entdeckt und die Geschehnisse dort mit Bangen verfolgt. Plötzlich war Sophie aufgetaucht, wie aus dem Nichts, in der Nähe der Folterkammer. Oma Lotte hatte sich die Augen gerieben; Sophie war doch tot! Dann aber hatte sie noch einmal ganz genau durch das Narrovisier geschaut, und da war sie noch immer gestanden, ihre kleine, große Sophie!

Eine Flut von Leichtigkeit durchströmte Oma Lotte, als sie jubelnd verkündete: »Sophie lebt!«

Sophie! Ich dachte, du seist tot!«, rief Rolander und lief zu den Gitterstäben.

Sophie drehte sich nach ihm um und funkelte ihn böse an: »Genau das solltest du auch denken, du Verräter! Damit du Kiéron die Nachricht von meinem Tod übermittelst.«

»Wie bitte?«, donnerte Kiéron und Rolander wurde ganz blass. »Ihr habt mich benutzt?«, flüsterte er und sank in die Knie, »Woher ... Woher wusstest du ...?«

»Du warst mir von Anfang an nicht geheuer«, sagte Sophie. »Als ich herausfinden wollte, auf wessen Seite du stehst, waren deine Gedanken blockiert. Das machte mich misstrauisch.«

»Du ... du hast versucht, in meine Gedanken einzudringen?«

Sophie war sich keiner Schuld bewusst: »Natürlich habe ich das! Glaube nicht, ich hätte es nicht gehört, als du deinem *Meister* in der Wüste des verborgenen Lebens versprachst, mich zu ihm zu bringen.«

»Aber ...«

»Nichts da, ich habe es genau gehört!«

»Nein, du ...«

»Verkaufe mich nicht für dumm, Rolander«, sagte Sophie scharf. »Ich weiß über alles Bescheid: Ich kenne euren teuflischen Pakt, ich kenne Kiérons Plan, ich weiß, was ihr in der Nacht vor dem Angriff mit mir vorhattet.«

»Wie zum Teufel ...?«, schrie Kiéron.

»Mein Retter im Meer der tausend Glücksmomente hat es mir verraten. Eine Art Unterwasserdrache.«

»WER?« Kiéron konnte sich kaum noch beherrschen.

Isodora richtete sich auf und rief verzückt: »Der Merisoph! Du hast den Merisoph gesehen! Das seltenste und sagenumwobenste Wesen im Narrenreich.« Für einen Augenblick vergaß sie die Bedrohlichkeit der Situation. »Es gibt ihn also wirklich? Ach, warum konnte ich nicht dabei sein? Wie gerne hätte ich ihn gesehen! Sag, Sophie, stimmt es, was man über ihn erzählt? Lässt er den, der ihm in die Augen schaut, wirklich alle Wahrheit spüren?«

»Schweig!«, zischte Kiéron und schoss einen Hasspfeil nach Isodora. Isodora war zu schwach, ihn abzuwehren. Sie wimmerte und verstummte.

Sophie ließ sich von Kiérons Wut nicht beirren. »Ob *alle* Wahrheit, das weiß ich nicht«, sagte sie mit fester Stimme. »Mich hat er jedenfalls die Wahrheit über Rolander spüren lassen. Über seinen Auftrag, mich in der Nacht vor dem Kampf zu dir zu bringen.« Sie schaute den dunklen Herrscher giftig an: »Deshalb inszenierten wir meinen Tod. Baltasar, Habakuk, Oskar, Luitpolda, Ephraim, die Zeit und ich. Nur so konnten wir deinen Plan vereiteln. Die Glücksmomente, die ich verteilt habe, kamen gar nicht von mir. Sie waren ein Geschenk von der wunderlichen allwissenden Eiche.«

»Miststück!«, zischte Kiéron und wollte schon auf Sophie losgehen, da warfen Oskar und Luitpolda ein Freudennetz über ihn und hielten ihn zurück. Kiéron wehrte und wand sich, doch Fridolin ließ eine ausgelassene Freudenquellpflanze aus seinen Haaren wachsen und umschlang ihn damit.

Sophie drehte sich zu Rolander um: »Du hast deine Rolle gut gespielt, Rolander, manchmal war ich nah dran, dich zu mögen.«

Rolander schüttelte müde den Kopf: »Ich stand nicht die ganze Zeit auf Kiérons Seite. Ich habe mich nicht darum gerissen, dich zur Falkenburg zu bringen, oh nein! Unsereins bevorzugt ein ruhiges Leben ohne Aufregung. Aber ich wusste, dass du vielleicht unsere einzige Chance auf Frieden bist, also willigte ich ein. Ich hatte keine Ahnung, was Kiéron im Schilde führte, ich spielte dir nichts vor.«

»Ich glaube dir kein Wort«, fauchte Sophie. »Ich habe gehört, wie du in der Wüste des verborgenen Lebens mit ihm sprachst. Du nanntest ihn *Meister*. Du versprachst ihm, mich zu ihm zu bringen.«

Während sie das sagte, zerriss Kiéron blindwütig die Pflanzenarme und das Freudennetz, versetzte Oskar einen Schlag in den Bauch, beschoss Luitpolda mit einem Foltergetraum und pflanzte Dunkelblüten in Fridolins Haar.

»Richtig«, sagte Rolander. »Das tat ich. Aber es war anders, als du denkst: Ich versuchte verzweifelt, dich heil über das Moor der unendlichen Leichtigkeit zu bringen, als Kiéron die Schwarznarren nach dir sandte. Das passte ihm natürlich gar nicht, also nahm er in der Wüste des verborgenen Lebens Kontakt mit mir auf. Er verbot mir, dich weiter zu beschützen. Er drohte mir mit den schlimmsten, dunkelsten Dingen. Da wurde ich wütend und sagte, ich würde alles daransetzen, dich zur Falkenburg zu bringen, damit du ihn besiegen kannst. *Meister* nannte ich ihn im Spott.« Kiéron schnaubte verächtlich.

Sophie glaubte Rolander noch immer nicht: »Wenn es so war, warum waren dann deine Gedanken blockiert?«

»Ich wusste, dass Kiéron wieder versuchen würde, in meine Gedanken einzudringen«, sagte Rolander. »Das wollte ich verhindern. Also blockte ich Tag und Nacht ab. Das war ziemlich anstrengend, das kannst du mir glauben.«

»Verräter!«, zischte Kiéron und warf ein dunkelgrün dampfendes Albgekreisch nach Rolander, doch Rolander wich ihm aus. »Mit all den Dingen, die geschehen sind, hatte ich nichts zu tun«, sagte er mit finsterer Miene, »die Angriffe der Schwarznarren, die nicht mehr vorhandenen Oasen, die unsichtbaren Verfolger, die Hiobsbotschaft des Närrischen Denksteins, die Flutwelle, der Sturz in die Schlucht der möglichen Unmöglichkeit …«

»Für den Sturz bin ich verantwortlich«, fiel ihm Ephraim ins Wort und hielt die Hand wie ein Schüler in die Luft.

Sophie wandte sich verwundert nach ihm um.

»Ich musste mit dir sprechen, dich in das Geheimnis des Untergrunds einweihen. Kiéron durfte aber nichts davon mitbekommen. Er wusste damals nichts vom Untergrund und das sollte bis zum Angriff auf die Falkenburg auch so bleiben.«

»Du hinterhältiger, vermaledeiter, verteufelter Hund!«, schrie Kiéron und beschoss Ephraim mit einem Schwall Grauen. Er traf ihn direkt ins Herz. Ephraim keuchte und sackte zusammen. Und während sich die Zeit in einem Krankenschwesternkostüm um ihn kümmerte, stürzten sich die restlichen Narren auf Kiéron.

Nur Sophie machte nicht mit. Sie war noch nicht fertig mit Rolander. »Der Merisoph hat mich im Meer der tausend Glücksmomente spüren lassen, dass du mich an Kiéron verraten würdest. Willst du das etwa auch bestreiten?«

Da bildeten sich dicke Tränen in Rolanders Augen und er schüttelte den Kopf: »Was hätte ich denn tun sollen? Ich stand kurz vor dem Ertrinken, um mich herum tausend grauenhafte Argusaugen. Kiéron sagte, er würde mich retten, wenn ich dich in der Nacht vor dem Angriff zu ihm bringen würde. Ich hatte keine Wahl.«

»Man hat immer eine Wahl«, wiederholte Sophie traurig den Satz, den sie so lange nicht hatte glauben wollen.

»Ich hasse mich dafür, dass ich dich verraten wollte«, sagte Rolander und zeigte auf die Folterkammer: »Ich habe meine gerechte Strafe bekommen. Als ich Kiéron von deinem Tod berichtete, überkam ihn eine unbändige Wut. Er ließ mich auspeitschen und sperrte mich hier ein.« Er senkte den Blick. »Geschah mir ganz recht. Als unfreiwilliger Spion habe ich versagt und als Freund erst recht. Ach Sophie, wenn du mir doch nur verzeihen könntest.«

Noch bevor Sophie etwas darauf erwidern konnte, griff eine kalte Hand nach ihrer Schulter, und ein Schmerz durchfuhr sie wie ein elektrischer Schlag. Sie zuckte zusammen und fuhr herum. Kiéron stand hinter ihr.

»Lass deine dreckigen Finger von mir!«, schrie Sophie.

Kiéron aber festigte seinen Griff und lachte überheblich: »Na, na, na, wie sprichst du denn mit deinem Vater?«

Baltasar, der Sophie eben zur Hilfe eilen wollte, erstarrte. »*Vater*?«, riefen er und Sophie im Chor.

Sophie ballte die Fäuste: »Niemals bist du mein Vater! Baltasar ist mein Vater.« Sie warf Baltasar einen Hilfe suchenden Blick zu. Der aber stand nur da und starrte Kiéron mit einem seltsamen Gesichtsausdruck an.

»So? Hat er dir das erzählt?«, fragte Kiéron.

Sophie nickte zögerlich.

Kiéron lachte laut auf: »Und du glaubst ihm etwa?«

»Ja«, sagte Sophie. »Ich glaube ihm.« Alle im Raum hörten, dass ihre Stimme zitterte. Die Luft flirrte wie an einem viel zu heißen Wüstentag und ein flaues Gefühl rumorte in Sophies

Bauch. Es war die Angst. Und die Angst wurde größer, als Kiéron sagte: »Hör zu, mein Kind.« Seine Stimme war süß und klebrig wie ein halb zerflossenes Honigbonbon. »*Das*«, er zeigte auf Baltasar, »ist *nicht* dein Vater.« Sophie spürte, wie ihm die Worte auf der Zunge zergingen. »*Ich* bin dein Vater.« Jede Silbe schien ihm ein Genuss.

»Glaub ihm kein Wort«, sagte Baltasar zu Sophie und wandte dabei seinen Blick nicht von Kiéron ab. »Er lügt. *Ich* bin dein Vater.« Er sagte das sehr ruhig. Sophie wusste nicht, was sie davon halten sollte. Sie spürte, dass Baltasar innen drin gar nicht so ruhig war, wie er sich nach außen gab, und das verunsicherte sie.

»Sei dir da nicht so gewiss, lieber Bruder«, hörte sie Kiéron sagen. »Es gibt nämlich ein kleines Geheimnis zwischen Helena und mir.«

Baltasars Augen verengten sich. Sophie war wie gelähmt.

»Nun ja, wie soll ich es dir sagen?«, säuselte Kiéron und schaute Baltasar gespielt besorgt an. Doch dann lachte er plötzlich gehässig, und sein Ton schwang um: »Helena liebte mich. Und dieser Liebe entsprang ein Kind.« Er schüttelte Sophie. »Dieses Kind ist Sophie!«

Sophies Hals schnürte sich zusammen, sie bekam kaum Luft.

»Lass sie los!«, befahl Baltasar und stieß Kiéron gegen die Wand. »Niemals hätte mich Helena hintergangen! Und schon gar nicht mit dir!«

»Warum wohl hat dich Helena aus dem Haus geworfen? Warum wohl wollte sie dich nicht mehr wiedersehen?«, fragte Kiéron und schielte scheinheilig in die Luft.

Baltasars Blick verfinsterte sich. Er spürte einen Stich in seinem Herz, der wehtat, als wäre es gestern gewesen. »Weil ich zu lange fort gewesen war«, sagte er, mehr, um es Sophie zu erklären als Kiéron. »Sie war schwanger und allein.«

»Da täuschst du dich«, lachte Kiéron gehässig. »Sie war nicht allein« Er zeigte auf sich. »*Ich* war bei ihr.«

»Niemals hätte Helena Gefallen an deiner schwarzen Seele gefunden«, sagte Baltasar beherrscht. »Sie hat ein reines Herz!«

Doch Kiéron sprach unbeirrt weiter: »Die Schwierigkeiten im Narrenreich waren nur ein Trick, um dich von Helena fortzulocken. Helena und ich wollten Zeit für uns.«

Baltasar schüttelte den Kopf: »Nein, das ist nicht wahr!« Seine Stimme bebte kaum merklich. Noch bevor Kiéron etwas erwidern konnte, gab Baltasar das Zeichen zum Angriff.

Sie bekämpften Kiéron mit aller Narretei, die sie aufbringen konnten. Sie schossen Leichtigkeit in sein Herz, sie würgten ihn mit Schabernack, sie bombardierten ihn mit Farben und Glück.

Nur Sophie beteiligte sich nicht am Kampf. Nicht einmal, als sich die Türen zu Kiérons Gemach öffneten und mindestens ein Dutzend Schwarznarren eindrangen. Schweiß stand ihr auf der Stirn. Kiéron sollte ihr Vater sein? Kraftlos lehnte sie sich gegen die Gitterstäbe der Folterkammer. Wie glücklich war sie gewesen, als Baltasar ihr gesagt hatte, er sei ihr Vater. Und nun *das*! Sie fühlte sich, als wäre sie wieder im Bootsbaumblatt auf dem Fluss der verlorenen Ängste. Der Boden unter ihr schwankte, ihr wurde übel und heiß. Doch diesmal war es noch schlimmer, denn die Dunkelheit, die diese Übelkeit verursachte, ließ sich nicht einfach herausbrechen, sie war fest mit ihr verankert als ihr Schicksal, das sich nicht ändern ließ. Wenn Kiéron ihr Vater war, lag ihr die dunkle Macht im Blut. Dann war die dunkle Seite ihre Bestimmung! Bleich starrte Sophie ins Nichts, und plötzlich war es, als würde ihr jemand den Boden unter den Füßen wegziehen. Sie wankte und sank in die Knie. Dabei fiel ein kleiner, runder Gegenstand aus ihrer Tasche und rollte in die Folterkammer.

Man hat immer eine Wahl, Sophie, erinnerst du dich?«, flüsterte jemand in ihr Ohr. Es war Rolander.

Langsam, müde wandte Sophie sich nach ihm um. Rolander, hinter den Gitterstäben, streckte ihr mit schuldbewusstem Blick eine orangefarbene Murmel entgegen. Schwach nahm Sophie die Murmel und betrachtete sie. Ein blasses, schmutziges, eingefallenes Gesicht spiegelte sich im Glas. Es war ihr fremd. Sophie schüttelte den Kopf. War das wirklich *sie*? Wer war sie? Seufzend schloss sie die Hand und plötzlich drang eine orangefarbene Wärme wie Balsam durch ihre Haut. »Man hat immer eine Wahl«, wiederholte sie leise und nickte. Dann atmete sie tief durch und stürzte sich in den Kampf. Nicht die Schwarznarren interessierten sie, um die sollten sich die anderen kümmern. Sie war die Retterin. Sie musste Kiéron vernichten, und wenn es sie ihr Leben kosten würde!

Sophie kämpfte mit all ihrer Kraft. Sie saugte sich jede nur erdenkliche Narretei aus den Fingern, steckte jeden Gegenangriff tapfer weg, wie schmerzhaft er auch war. Baltasar kämpfte unermüdlich an ihrer Seite, und Kiéron wurde tatsächlich schwächer. Er hatte schon zwei Glückskugeln und eine Lachattacke nicht mehr abgewehrt, da drang plötzlich ein heller Hilfeschrei durch den Raum. Der Schrei ging Sophie durch Mark und Bein, sie kannte diese Stimme nur zu gut. Blitzartig wandte sie sich um. Ein Schwarznarr stand in der Tür, und drückte Helena fest an seinen schleimigen Nebelkörper. Helena schrie und wand sich, ihr Gesicht war schmerzverzerrt.

»Mama!«, rief Sophie und wollte schon zu ihr, da kam ein weiterer Schrei von der anderen Seite des Raumes. Auch dort stand ein Schwarznarr mit Sophies Mutter in den Fängen.

Und plötzlich kam ein Schrei nach dem anderen und immer mehr Helenas tauchten in den Fängen von Schwarznarren auf.

Kiéron lachte laut auf: »Ha ha ha! Welche mag wohl die echte sein?«

»Lass sie frei!«, schrie Sophie. Doch Kiéron dachte nicht daran: »Befreit sie doch, wenn ihr könnt!«

Die Narren schauten sich ratlos um. Sie wussten nicht, welche der vielen Helenas die echte war. Aber sie wussten, sie mussten die richtige Helena aus den Klauen der Schwarznarren befreien, bevor sie ihr etwas antaten. Und so stürzte sich jeder auf eine Helena, Sophie entschied sich für die in der Nähe von Kiérons Thron.

Mit einem Mal kam ein gewaltiger Wind auf. Eine Böe ergriff Sophie und zog sie ins Innerste des Raumes, eine andere Böe erfasste Baltasar und stieß ihn aus der Tür. Auch die restlichen Narren und die Zeit wurden von Windböen aus dem Raum gestoßen. »Neiiiin!«, schrie Sophie, doch da fiel schon die Tür mit einem lauten Krachen ins Schloss, und sie war plötzlich allein mit Kiéron. Nur Rolander saß noch in der Folterkammer, und hinter ihm versteckte sich die kleine Eiche. Die Schwarznarren mit den Helenas hatten sich in Luft aufgelöst. Sophie erschrak als sie verstand, dass keine dieser Frauen ihre Mutter gewesen war. Es war nur eine List gewesen, um sie von den anderen zu trennen! Sie rannte zur Tür. Von außen hämmerten die Narren dagegen, die Tür ging nicht auf. Sophie schleuderte einen Glücksblitz, einen Freudenstoß, ein Kicherbeben dagegen, auch die Narren draußen bewarfen die Tür mit Narretei. Der Boden und die Wände bebten, doch die Tür blieb fest verschlossen. Da lachte Kiéron und lachte und hörte nicht mehr auf.

Kapitel 23

KIÉRON

So sind wir nun also allein«, sagte Kiéron, als sein Lachen verebbt war. »Vater und Tochter.« Er lächelte heuchlerisch und breitete die Arme aus: »Komm her, mein Kind!«

Sophie schüttelte den Kopf und bewegte sich nicht vom Fleck. Draußen vor der Tür hörte sie Kampfgeräusche, die sich langsam entfernten. Offenbar wurden ihre Freunde von den Schwarznarren zurückgedrängt. Sophie richtete ihre Aufmerksamkeit wieder auf Kiéron und sprach sich selbst Mut zu: ›Vergiss nicht, Sophie, du *hast* eine Wahl!‹ Dann sagte sie laut und entschlossen: »Du bist nicht mein Vater. Mama würde so einen wie dich nicht lieben.«

Kiéron schwieg einen Augenblick, dann sog er tief Luft ein und sagte bemüht beherrscht: »Du magst doch Friedhöfe, nicht wahr?«

Sophie nickte verwundert. Ja, sie mochte Friedhöfe. Es war dort so ruhig und friedlich und still.

»Kaum ein Kind mag Friedhöfe«, sagte Kiéron.

Das wusste Sophie. »Na und?«

»Vor der Dunkelheit und der Nacht hast du dich auch noch nie gefürchtet«, fuhr Kiéron fort.

Sophie nickte. Ja, sie liebte die Nacht. Wenn es draußen dunkel war, kamen ihr die besten Ideen. Worauf wollte Kiéron hinaus?

»Viele Kinder fürchten sich vor der Dunkelheit.«

Sophie schwieg und erinnerte sich daran, dass alle ihre Freundinnen – bis auf Paula – nie mit ihr heimliche Ausflüge in den nächtlichen Garten machen wollten, wenn sie bei ihr schiefen. Sophie hatte nie verstanden warum. Ein Nachtgarten war etwas Herrliches, da nahmen die Bäume die wunderbarsten Formen an und wurden lebendig.

»Erinnerst du dich an deinen neunten Geburtstag, als du deinen Freundinnen Geistergeschichten erzählt hast?«, fragte Kiéron

Ja, daran erinnerte sich Sophie. Sie hatte sich damals selbst übertroffen! Und plötzlich wurde ihr anders zumute, denn sie verstand nun, was Kiéron ihr sagen wollte. Dennoch schüttelte sie entschieden den Kopf: »Das hat nichts zu sagen. Paula erzählt auch gern Geistergeschichten.«

»Mag sein«, sagte Kiéron. »Aber was ist mit all den Dingen, die passieren, wenn du wütend bist? Daran, was am Tag vor deinem letzten Geburtstag geschah, brauche ich dich wohl nicht zu erinnern. Aber denken wir doch ein bisschen weiter zurück: zum Beispiel die Sache mit Georgs Chemiebaukasten. Erinnerst du dich, als du dir im Streit wünschtest, sein nächstes Experiment würde schiefgehen? Ging nicht kurz darauf tatsächlich Georgs Schreibtisch in Flammen auf?«

Sophie biss sich nervös auf die Lippen. Wie konnte Kiéron davon wissen? »Das war ein Zufall«, sagte sie rasch. »Damit hatte ich nichts zu tun! Georg … Georg ist manchmal ungeschickt.«

»Meinst du?«, fragte Kiéron. Seine Augen blitzten spöttisch

durch den Schatten der Nebeltuchschwaden. »Oder die Sache mit dem Tuscheglas, das im Zeichenunterricht umkippte und Martinas neuen weißen Wollpullover ruinierte, nachdem sie dich eine *dumme Kuh* genannt hatte?« Kiéron war erbarmungslos.

»Sie hat das Glas selbst umgeworfen«, verteidigte sich Sophie. »Ich habe es gar nicht berührt.« Doch sie erinnerte sich daran, dass sie sich damals gewünscht hatte, Martina würde den Tiegel umstoßen.

»Sind das nicht seltsame Zufälle?«, fragte Kiéron mit einem gemeinen Lächeln.

Sophie gab es nicht zu, aber ihr fielen noch mehr Beispiele ein. Zu viele Beispiele. Sie kaute nervös auf ihren Lippen und schwieg.

»Du kannst die Augen nicht davor verschließen, dass du die Dunkelheit in dir trägst«, sagte Kiéron mit honigsüßem Ton und ging langsam ein paar Schritte auf Sophie zu. »Du fühlst dich von der Dunkelheit angezogen. Das hast du auch auf deiner Reise immer wieder gespürt.«

Sophie wurde ganz mulmig zumute. Kiéron hatte recht.

Der dunkle Herrscher lächelte zufrieden und wandte sich von Sophie ab. Mit im Rücken verschränkten Armen schritt er wie ein Sieger ans Fenster und schaute hinaus. Eiche nützte die Gelegenheit und flatterte hinter seinen Thron. Die Höllenhundenarmlehnen konnten die Narrenelfe zwar nicht sehen, aber sie witterten ihre Nähe und fletschten die Zähne. Rasch ließ Sophie zwei Glücksmomente aus ihrer Hand gleiten, und Eiche schob sie zwischen die Vorderpfoten der Monster. Geschickt wich sie dabei ihrem giftigen Speichel aus, der, angeregt durch den Duft der Momente, nun noch stärker aus ihren

Mäulern tropfte. Gierig schnappten die Hunde danach, kauten, schluckten und wurden mit einem Mal ganz ruhig und zahm. Eiche atmete auf und gab Sophie ein Zeichen. Erst zeigte sie auf Kiérons Hals und dann deutete sie auf ihr eigenes Brustbein. Sophie verstand. Sie meinte die Kette mit den Schlüsseln um Kiérons Hals. Sie warf der Narrenelfe einen dankbaren Blick zu. Fast hätte sie ihr Ziel aus den Augen verloren! Sie sammelte sich und ging auf Kiéron zu. Ihr ekelte vor dem, was nun kommen würde, und sie hatte Angst, aber es musste sein. »Dann bist du also wirklich ...«, sagte sie, schluckte und blockte so fest ab, wie sie konnte, »mein ... mein ...« – Herrgott, warum war das so schwer? – »... mein Vater?«

Kiéron drehte sich lächelnd zu ihr um, kniete nieder und legte seine Hände auf ihre Schultern: »Ja, Sophie, du bist mein eigen Fleisch und Blut.«

»Ich möchte dein Gesicht sehen«, sagte Sophie zögerlich. Ihr Herz raste. ›Abblocken‹, dachte sie. ›Blocke ab, Sophie!‹ Kiéron durfte sie nicht durchschauen.

Kiéron nickte und schob sich langsam die Nebeltuchschwaden vom Kopf. Ein ausgemergeltes Gesicht kam zum Vorschein. Blass und eingefallen mit lederner Haut und tiefen Furchen. Von den Augen, die in tiefen Höhlen lagen, ging eine durchdringende Kälte aus. Die rissigen, spröden Lippen waren violett, wie von schwerem Wein getränkt. Es gab keine Zeit in diesem Gesicht. Stumpf starrte es Sophie an und Sophie schauderte. Es war diese eiskalte Ausdruckslosigkeit, dieses Fehlen von Leben, das fast völlig Vertrocknete, das Angst und Ekel in ihre Knochen kriechen ließ. Es fiel ihr schwer, hinzuschauen. Aber sie musste hinschauen, und sie musste so tun, als mache ihr der Anblick nichts aus. Sie schluckte, sie dachte an etwas Schönes (an einen Sonntagnachmittag mit Paula im Baumhaus), sie lächelte, sie blockte noch fester ab, dann rief sie: »Vater!«, und fiel Kiéron um den Hals.

»Sophie, was machst du da?«, schrie Rolander und rüttelte an den Gitterstäben.

Doch Sophie kümmerte sich nicht um Rolander. Sie kämpfte gegen die Kälte, die plötzlich in sie eindrang. Sie blockte ab, so gut sie konnte, und ließ nicht von Kiéron ab.

»Sophie!«, rief Rolander noch einmal, doch Eiche hinter dem Thron warf ihm einen scharfen Blick zu und bedeutete ihm, still zu sein. Da verstand Rolander, dass Sophie einen Plan verfolgte, und verstummte.

Es kostete Sophie sehr viel Überwindung, Kiéron zu berühren, dennoch legte sie ihre Hände in seinen Nacken. Seine Haut war rau und trocken wie Schmirgelpapier.

»Endlich kommst du zur Vernunft!«, rief Kiéron und zog Sophie triumphierend an sich.

Sophie ekelte vor seiner Nähe, doch sie bewahrte einen kühlen Kopf und nützte diesen Moment, um mit einer geschickten Bewegung den Verschluss der Kette, an der mehrere Schlüssel hingen, zu öffnen. Lautlos und unbemerkt glitten die Schlüssel von ihrem Band.

»Vater«, sagte Sophie noch einmal und wechselte ihren Kopf von Kiérons rechter auf seine linke Schulter, sodass er nicht sehen konnte, wie Eiche die Schlüssel auffing, damit durch die Gitterstäbe in die Folterkammer flatterte und sich hinter der Streckbank versteckte.

Rolander beobachtete die Szene mit offenem Mund und sagte kein Wort.

Sophie atmete auf. Das Schlimmste war überstanden. Sie

wollte sich aus der Umarmung lösen, doch da durchzuckte sie ein Blitz, und sie kam nicht mehr von Kiéron weg. Plötzlich flackerte es schwarz vor ihren Augen, und irgendwo in der Ferne – oder war es ganz nah? – triumphierte jemand: »Endlich! Endlich sind wir vereint! Spürst du die Kraft, die von uns ausgeht?«

Ja, Sophie spürte diese besondere Kraft. Wie eine heftige Flutwelle überkam sie sie. Und sie verstand ihre Bedeutung: An Kiérons Seite konnte sie alles erreichen! Sie war nun nicht mehr die kleine, unbedeutende Sophie, sie war nun Teil von etwas Großem, Wichtigem.

Und doch war da noch etwas anderes in Sophie, etwas, das mit Angst sah, was gerade geschah. Es sah das dunkle Band zwischen sich und Kiéron und spürte seine zerstörerische Kraft, spürte das Unheil, das es anrichten konnte, und wollte nichts als weg von ihm. So begann in Sophie ein Ziehen und Zerren, ein Hin und Her. Ein Teil von ihr wollte an Kiérons Seite mächtig sein, der andere wollte sich von ihm befreien. Immer enger schlang sich das Band um sie. Lange würde es nicht mehr dauern, bis Sophies Verbindung mit Kiéron unwiderruflich geschehen wäre. Ein Teil von Sophie wartete sehnsüchtig darauf, doch dem anderen Teil schnürte das Band die Luft zum Atmen ab. Die Enge war kaum zu ertragen. Angst bohrte sich in Sophie hinein, schwarz flackerte es vor ihren Augen, sie japste nach Luft. Mit all ihrer noch verbliebenen Kraft, riss sie sich von Kiéron los und fiel erschöpft zu Boden.

Da war es, als würde ein Schleier von Sophie abfallen und Fragen stürzten sich auf sie wie hungrige Wölfe: Woher kam dieses Gefühl von Stärke und Kraft, wenn sie Kiéron nah war? Warum fand sie Gefallen daran? Woher kam dieses unsichtbare Band? Und wenn sie es spürte, warum vergaß sie sich dann selbst? Gab es einen Ausweg oder war sie für immer an Kiéron gebunden? Was, wenn sich Tom unter dem Olivenbaum geirrt hatte? Was, wenn es so etwas wie ein Schicksal gab, und man eben doch nicht immer eine Wahl hatte? Irgendetwas gefiel Sophie an diesem Gedanken. Die Verlockung der Macht war stark, etwas in ihr wollte sich ihr hingeben, doch der anderen Teil in ihr rief: »Sophie! Du kennst deinen richtigen Weg, du *hast* eine Wahl!«

Kiéron bekam nichts mit von Sophies innerem Kampf. Er tanzte wie ein Besessener durch den Raum und lachte laut. Die Adern an seinen Schläfen waren zu dicken Wülsten angeschwollen. Sein Geschrei riss Sophie aus ihrer Gedankenspirale. Sie blickte auf und starrte ihn fassungslos an: *Das* sollte ihr Vater sein? Dieses irrsinnige, erbärmliche Wesen? Sie schüttelte sich. Nein, das durfte nicht sein! »Wer bist du?«, fragte sie leise.

Und plötzlich war es, als würde sie von einem starken Sog ergriffen und in eine andere Zeit, an einen anderen Ort gebracht, in ein anderes Leben. Und sie wurde zur Zuschauerin in diesem Leben. Es war Kiérons Leben.

Auf einer bunten Frühlingswiese maßen zwei Brüder ihre Kräfte im Spiel. Der ältere war strahlend schön mit einem Lachen wie die Sonne. Im Blick des Jüngeren, der neben ihm klein und unbedeutend wirkte, der Neid. Der Ältere aber meinte es gut mit ihm, immer wieder ließ er ihn im Spiel gewinnen. Sophie erkannte sofort: Der ältere Bruder war Baltasar, der jüngere war Kiéron.

Die Zeit schritt voran, die Brüder wurden älter. Baltasar besaß die Gabe, andere auf ganz besondere Art glücklich zu machen, und er wurde zu einem mächtigen Zaubernarren. Die Menschen liebten und schätzten ihn. Von Kiéron aber nahm kaum einer Notiz. Sophie sah in seinen Augen die Verbitterung, die er darüber empfand.

Wieder verstrich die Zeit. Nun sah Sophie Kiéron, wie er durch einen Wald stolperte. Er konnte sich kaum auf den Beinen halten. Hinter ihm Männer in mittelalterlichen Waffenröcken auf Pferden.

Das Bild eines Kerkers. Unzählige Käfige. In ihnen kauerten halb verhungerte Narren, in einem davon Kiéron. Sein Körper war ausgemergelt und wund. Ein Mann im Wams kam in den Raum. In der Hand hielt er eine Peitsche. Er öffnete Kiérons Käfig und zog ihn an einer Eisenkette heraus. »Komm mit!«, befahl er. »Die Herrschaften wünschen, dass du sie glücklich machst.« Kiéron hinkte ein paar Schritte hinter ihm her, stolperte und fiel. Der Mann schleifte ihn weiter über den rauen Steinboden. Kiéron wollte aufstehen, doch es gelang ihm nicht. Da blieb der Mann stehen, hob seine Peitsche und schlug zu. Sophie biss sich auf die Lippen. In ihren Augen standen Tränen. So war es den Narren also während der Verfolgung im Mittelalter ergangen.

Die Zeit verging. Kiéron saß noch immer im Käfig. Es war, als bestünde alles an ihm nur noch aus Wahnsinn und Hass. Sophie sah, dass er lange genug von den Menschen gedemütigt worden war, ihn dürstete nach Rache. Ein Wärter ging zielsicher auf Kiérons Nachbarn zu und befahl ihm, Glück zu erzeugen. Der aber war zu schwach dafür. Da beschimpfte ihn der Wärter und schlug auf ihn ein. Plötzlich weiteten sich Kiérons Augen. Sie waren auf eine matt-grau schimmernde

Kugel gerichtet, die eben von dem Wärter abgefallen und auf den Boden gerollt war. Vorsichtig tastete er mit seinen knochigen Fingern danach. Doch er war schwach und ungeschickt und zerdrückte sie. Eine schwarze Flüssigkeit quoll hervor. Sophie wusste sofort, was das für eine Kugel war. Und plötzlich sah sie sie überall, die dunklen Kugeln. Sie lagen überall dort, wo einer einen Narren quälte, und es fiel Sophie wie Schuppen von den Augen, denn nun verstand sie, was Rolander gemeint hatte, als er von einer *anderen Art* des Glücks gesprochen hatte. Er hatte das Glück gemeint, das man empfand, wenn man jemanden quälte. Kiéron hob die aufgeplatzte Kugel auf und schob sie sich in den Mund. Sophie zuckte zusammen, als sie an das Gefühl von explodierenden Scherben in ihrem Gaumen dachte. Doch Kiérons Gesicht zeigte keinen Schmerz beim Schlucken, nein, es war Erleichterung und Genuss.

Dann sah Sophie Baltasar. Er wurde von den Narren gefeiert, denn er hatte der Narrenverfolgung ein Ende gesetzt und die Narren zum Schutz vor den Menschen unsichtbar gemacht. Kiéron beobachtete seinen Bruder mit argwöhnischen Blicken und verschwand dann in der Dunkelheit.

Eine Folge von Bildern: Kiéron an einem dunklen Ort. Er brütete über Büchern und dampfenden Reagenzgläsern. Kiéron, wie er dunkle Narretei betrieb und Menschen dazu brachte, schlimme Dinge zu tun. Kiéron, der die dunklen Glücksmomente einsammelte, die sie freisetzten, und gierig verschlang.

Und dann kam plötzlich ein ganz anderes Bild: Es war ein schönes, ein helles Bild, aber es tat Sophie unendlich weh: Sie sah ihre Mutter. Laut lachend tanzte sie mit Baltasar über eine

Wiese. Ihre Augen strahlten vor Liebe. Sophie schluckte. Ihre Mutter hatte Baltasar also *doch* geliebt! Was aber suchte dieses Bild in Kiérons Leben? Sophie hielt das Bild an und schaute sich suchend um. – Da war er! Versteckt hinter einem Busch mit einem missgünstigen Blick auf das tanzende Paar.

Sophie, was machst du da?«, donnerte plötzlich eine Stimme und Sophie wurde aus den Bildern gerissen. »Was fällt dir ein, in meinen Erinnerungen zu wühlen, du Miststück!«, schrie Kiéron und schüttelte sie heftig. Sophie war wieder in seinem Gemach und wusste nicht, wie ihr geschah. Sie hatte das nicht absichtlich getan. Es war einfach passiert. Ein kalter Blitz traf sie und warf sie zu Boden. Ein zweiter Blitz drang tief in sie ein.

Kiéron schaute Sophie mit zornig funkelnden Augen an: »Du willst also wissen, was mit mir und deiner Mutter war?«

Sophie konnte nicht antworten. Vor ihren Augen flimmerte es. Benommen griff sie sich an den Kopf.

»Es war keine Liebe. Das habe ich Baltasar nur erzählt, weil ich ihm wehtun wollte. Helena war schön, das stimmt. Aber ich schenkte ihr nicht deshalb Beachtung, sondern einzig und allein, weil Baltasar sie liebte. Ich hasste ihn und ich wollte sein Leben zerstören.«

»Warum?«, fragte Sophie leise.

Kiéron lachte hasserfüllt auf: »Mein heldenhafter Bruder Baltasar, den alle lieben! Auch dich hat er eingewickelt in sein strahlendes Licht. Pfui!« Er spuckte schwarz auf den Boden. »Doch er ist nichts als ein Feigling. Warum sonst würde er die Glücksdienste an den Menschen nach all dem, was sie uns angetan haben, noch weiter unterstützen? Kein Mensch hat mehr

Glück verdient. Dennoch hält Baltasar stur an dieser sklavischen Narretei fest. Ich aber habe mir während meiner Gefangenschaft geschworen, die Narren aus ihrer Glücksknechtschaft zu befreien. Baltasar stand mir dabei von Anfang an im Weg. Er wollte nicht einsehen, dass das, was die Menschen den Narren angetan hatten, unverzeihlich war, sprach ständig von ›*Vergeben*‹ und ›*Vergessen*‹. Pah! Der hatte leicht reden! Er war ja nicht in einem dieser Käfige gesessen und gefoltert worden! Ihn hatten sie natürlich nicht erwischt. Er ließ sich als großer Retter feiern und zog die Narren mit seinen friedliebenden Reden auf seine Seite. Ich musste ihn schwächen. Als er Helena kennenlernte, und ich die Liebe in seinen Augen sah, witterte ich meine Chance. Ich wusste, wenn ich diese Liebe zerstören würde, könnte ich Baltasar brechen.« Sophie hielt mit angsterfülltem Blick den Atem an.

»Mit einer List lockte ich Baltasar für einige Zeit von Helena weg ins Narrenreich. Zwei Tage nach seiner Abreise verwandelte ich mich in seine Gestalt und stattete Helena einen Besuch ab.« Kiéron lächelte ein Lächeln, das Sophie einen Schauder über den Rücken laufen ließ. »Helena freute sich sehr über ›Baltasars‹ frühzeitige Rückkehr und wir verbrachten eine Liebesnacht miteinander. Das war mir ganz recht, denn so würde das, was ich mit ihr vorhatte, viel schmerzhafter für sie sein.« Sophie schluckte angespannt.

Kiérons Stimme war kalt wie Polareis, als er weitersprach: »Am nächsten Morgen erzählte ich Helena, ich hätte sie nie wirklich geliebt und es sei aus zwischen uns. Sie starrte mich ungläubig an. Ich erzählte ihr von mehreren Liebesnärrinnen, mit denen ich mich regelmäßig im Narrenreich treffen würde, sagte, ich hätte verstanden, dass sie als Mensch mir niemals das geben könne, was mir diese Närrinnen gaben. Ich erzählte ihr Dinge, die sie nicht hören wollte, Details, und ich hörte erst damit auf, als sie mich tränenüberströmt aus dem Haus jagte.«

»Nein!«, schrie Sophie und hielt sich die Ohren zu. Sie hatte genug gehört. Doch Kiéron packte ihre Hände und fuhr fort: »Danach fühlte ich mich stark wie noch nie. Den ganzen Tag lang ging ich durch die Gegend und wusste nicht, wohin mit meiner Kraft. Schließlich entriss ich dem erstbesten Menschen, der mir begegnete, sein inneres Kind.«

Sophie zitterte am ganzen Körper: »Warum?«

Kiéron hob die Schultern: »Einfach so. Ich hatte Lust dazu. Und weil ich nicht wusste, wohin mit dem inneren Kind, verschlang ich es kurzerhand. Da geschah etwas völlig Unerwartetes: Mein Durst nach Glücksmomenten, der mich von klein auf gequält hatte, verschwand und eine mir bislang unbekannte Kraft durchflutete mich. Ich spürte, meine Suche nach dem Glück war nun ein für alle Mal zu Ende. Ich fühlte mich unbesiegbar. Es war wie ein Rausch. Und in diesem Rausch verschlang ich noch sechs weitere innere Kinder. Danach sank ich in einen tiefen, dunklen Schlaf. Am nächsten Morgen hatte ich mich in den verwandelt, den du heute vor dir siehst, und ich wusste: Die Zeit der Unabhängigkeit hatte begonnen.« In Kiérons Stimme lag etwas wie Genugtuung, als er wie beiläufig sagte: »Neun Monate später kamst übrigens du zur Welt.«

Sophie starrte Kiéron fassungslos an. Das konnte nicht wahr sein! Ein Teil von ihr wollte nicht glauben, doch ein anderer, ein größerer Teil, wusste, dass Kiéron die Wahrheit gesprochen hatte. Denn all das erklärte den Schmerz ihrer Mutter und ihre verbitterte Reaktion auf das Narrenreich und Baltasar. Sophie wurde gleichzeitig heiß und kalt. Die Hitze des Jähzorns schoss in ihren Kopf und plötzlich sah sie nur noch rot. Sie stürzte sich auf Kiéron und schlug wie wild auf ihn ein. Sie wollte ihm mindestens ebenso wehtun, wie er ihrer Mutter und Baltasar wehgetan hatte.

Doch Kiéron schrie nicht vor Schmerz, er lachte nur schallend und stieß Sophie von sich weg. »Da steckt ja richtig viel Zorn in der Kleinen!« Sophie taumelte gegen eine Wand. Der Aufprall tat weh, doch sie ließ es sich nicht anmerken. Sie richtete sich auf und starrte Kiéron an wie ein wildes Tier. »Versuche nicht, mir wehzutun!«, drohte er gehässig. »Dabei verletzt du dich nur selbst.« Doch Sophie gab nicht auf. Kopf voran rannte sie gegen Kiérons Bauch. Kiéron stöhnte und Sophie triumphierte innerlich. Diesmal hatte sie ihm wehgetan! Doch der Schmerz entfachte nur seine Wut. Er packte Sophie grob an den Haaren, zog ihren Kopf nach hinten und umfasste ihre Kehle. Sophie rang nach Luft. So fest sie konnte, stieß sie mit dem Knie gegen seinen Unterleib. Kiéron keuchte und wankte und ließ von Sophie ab.

»Na gut«, schnaubte Sophie. »Du willst es nicht anders.« Sie zog den Beutel aus ihrer Hosentasche, den ihr die wunderliche allwissende Eiche kurz vor ihrem Tod gegeben hatte, und holte einen Glücksmoment heraus.

Kiéron lachte herablassend: »Du willst mir mit einem Glücksmoment Angst machen? Buh! Ich schlottere.«

»Reiß dein Maul lieber nicht zu weit auf«, zischte Sophie und schoss den Moment zielsicher in seinen lachenden Mund.

Die Wucht des Glücksmoments traf Kiéron unvorbereitet. Er taumelte zurück, er würgte und schluckte. Das Glück in ihm vibrierte und binnen weniger Sekunden war sein ganzer Körper erfüllt davon. Kiéron zuckte und zitterte und hustete, schon schoss Sophie mit einem zweiten Glücksmoment nach ihm. Wieder verschluckte er ihn. Das Glück breitete sich diesmal noch schneller und noch stärker aus. Kiéron verzog schmerzverzerrt das Gesicht.

»Mit den besten Grüßen von der wunderlichen allwissenden Eiche, die du mit deiner Dunkelheit umgebracht hast«, triumphierte Sophie und warf ein drittes Mal. Diesmal aber zielte sie schlecht und traf Kiérons Brust. Da leuchtete etwas rot unter seinen Kleidern auf und der Moment prallte ab. Sophie stutzte und warf noch einen Glücksmoment. Auch der prallte ab.

»So einfach besiegst du mich nicht«, keuchte Kiéron und riss sein Nebeltuchgewand auf. Sophies Augen weiteten sich: Ein Stein mit einem Gesicht und spitz zulaufenden Augen leuchtete bläulichrot an seiner Brust. Er sah Sophies Regubinstein zum Verwechseln ähnlich, wären da nicht etwas Teuflisches in seinem Blick und der kalte Farbton gewesen. Sophie schüttelte sich. Seine Fratze machte ihr Angst. Nein, das konnte nicht ihr Regubinstein sein! Er hatte sich im Moor der unendlichen Leichtigkeit für sie geopfert.

Kiéron taumelte zurück und übergab sich. Der Gestank von Säure breitete sich aus, Sophie wurde fast übel davon. Und während sich Kiéron die Reste des Erbrochenen aus dem Gesicht wischte, lachte er: »Jetzt gehört er mir, dein heiß geliebter Regubinstein!«

Da verstand Sophie plötzlich: »Du hast ihn mir im Moor gestohlen!«

Kiéron schüttelte den Kopf: »Nein, ich habe ihn dir nicht gestohlen. Ob du's glaubst oder nicht, es war dein lieber Freund Rolander, der dich bestohlen hat.«

Ungläubig drehte Sophie sich zu Rolander um.

»Ich … ich … Ich habe dir statt des Regubinsteins einen Glücksmoment gegeben«, stammelte er. »Ich musste ihn einfach haben. Der Regubinstein beschützt doch seinen Besitzer. Die Sache mit den Schwarznarren im Moor machte mir Angst. Ich wollte ihn haben, damit er mich beschützt.«

»Nein!«, schrie Sophie. »Er sollte nicht *dich* beschützen, sondern deinen *Herrn und Meister*! Du standest also *doch* schon von Anfang an in seinem Dienst. Du elender Lügner!«

»Nein, es ist die Wahrheit!«, rief Rolander. »Ich wollte den Stein für mich. Kiéron hat ihn mir weggenommen!«

In dem Moment traf Sophie ein brutaler Schlag im Rücken. Ein kalter Schmerz durchfuhr sie bis hoch in die Schläfen. Keuchend wandte sie sich nach dem dunklen Herrscher um, zog wie automatisch einen weiteren Glücksmoment aus ihrem Beutel und wollte ihn werfen, da leuchtete der Regubinstein auf Kiérons Brust wieder auf, und Sophie wusste, der Moment würde nur wieder abprallen. Entmutigt ließ sie ihn sinken.

»Ist das alles, was du zu bieten hast?«, lachte Kiéron. »Ein paar Glücksmomente? Komm zur Vernunft, Sophie, wir gehören zusammen. Nur mit mir gemeinsam bist du stark. Sträube dich nicht mehr dagegen. Uns beiden gehört die Welt!« Kiéron breitete die Arme aus, lachte wie ein Irrsinniger und drehte sich im Kreis.

Sophies Kopf dröhnte und ihr Rücken tat weh. Dennoch biss sie die Zähne zusammen und wischte sich den Schweiß von der Stirn. Kopfschüttelnd schaute sie Kiéron zu, wie er triumphierte, schrie und lachte. Wie ernst er sich doch dabei nahm! Es war ein armseliges Schauspiel. Und plötzlich sah sie ihn mit ganz klaren Augen. Sie sah seine kleine, einsame, vertrocknete Seele, und ihr Herz wurde ganz schwer. Ihre Mutter hatte nicht gelogen, als sie sagte, ihr Vater sei ein Versager. Ihr Vater *war* ein Versager. Er war ein verlorenes Etwas, dessen Durst nach Liebe, Anerkennung und Glück nie gestillt worden war. Er trug unendlich viel Schmerz in sich. Schlimme Verletzungen waren ihm zugefügt worden und er konnte nicht verzeihen. Als wäre er in sich selbst gefangen. Hatte einer wie er denn eine Wahl? Die Wahl, ein anderer zu sein? Tom unter dem Olivenbaum würde sagen: »Ja natürlich. Man hat immer eine Wahl.« Aber je länger Sophie darüber nachdachte, desto weniger wusste sie, was möglich war und was nicht.

Wie gelähmt stand sie da und beobachtete Kiéron. Auf einmal spürte sie seinen Schmerz, als wäre er ihr eigener, und in ihrer Brust wurde alles eng. Sie atmete schnell und schneller, sie brauchte Luft! Aber die Luft kam nicht und Tränen quollen aus ihren Augen. Kiérons Schmerz tat so weh! Sie musste ihn lindern, damit sie wieder atmen konnte. Und so fiel Sophie ihm um den Hals und klammerte sich, so fest sie nur konnte, an ihn. Seine hervorstechenden Knochen bohrten sich in ihre Haut, Sophie spürte es nicht. Sie musste Kiéron halten, ihn trösten. Sich und ihn. Sie verabscheute ihn, sie hasste ihn, aber sie musste es tun.

Als die erste Träne Kiérons Hals berührte und mit einem Zischen auf seiner Haut verdampfte, schrie er auf: »Was tust du da, Sophie?« Es war eine Träne der Wärme, des Mitleids, der Menschlichkeit und die ertrug er nicht. Doch ihr folgten weitere, ein ganzer Bach aus Tränen.

»Lass mich los!«, keuchte Kiéron.

Aber Sophie ließ nicht los. Sie konnte es nicht. Und sie hörte auch nicht auf zu weinen, denn die Tränen mussten alle aus ihr heraus. Nur so würde der Schmerz, den sie nun spürte, als wäre er ihr eigener, verschwinden. Sophie kümmerte sich nicht um die Kälte, die von Kiérons Körper in ihren strömte, sie kümmerte sich nicht um die Hitze des Regubinsteins, die sich in ihre Brust brannte, sie blockte nicht mehr ab. Sie hielt Kiéron einfach nur fest und weinte. Und mit den Tränen floss ihr Mitgefühl in ihn hinein. »Aufhören, habe ich gesagt!«, schrie er und wollte Sophie abschütteln. Doch je stärker er schüttelte, desto mehr klammerte sich Sophie an ihn. Sie spürte nicht, dass er sie schlug, sie hörte nicht, dass er sie anschrie.

Sophies Wärme breitete sich in Kiéron aus, er konnte nichts dagegen tun. Bald war sie bei den sieben inneren Kindern. Sie umhüllte die Kinder, zog die Dunkelheit aus ihren Körpern und weckte sie sanft. Eines der Kinder zuckte im Halbschlaf mit dem Fuß. Kiéron schrie auf. In ihm erwachte Leben. Der Regubinstein pulsierte, er war siedend heiß und brannte Blasen in Sophies Brust. Doch Sophie wusste, sie musste es aushalten. Nur so konnte sie dem Leid ein Ende setzen.

Dann nieste plötzlich ein inneres Kind in Kiéron und ein zweites rieb sich verschlafen die Augen. Kiérons Blick trübte sich. Wankend schleppte er sich und Sophie zu einem Tisch. Auf dem Tisch lag ein Dolch. Kiéron musste die Wärme aufhalten. Sie kroch in jede Pore, sie weckte die inneren Kinder, das durfte nicht geschehen! Doch schon regte sich das dritte innere Kind. Kiéron japste nach Luft. Zu viel Leben, viel zu viel Leben! Als er den Tisch erreichte, erwachte das vierte innere Kind.

Sophie weinte noch immer. Der Schmerz schüttelte ihren Körper, doch sie klammerte sich unbeirrt weiter an Kiéron. Sie konnte nicht aufhöhren zu weinen, bis die letzte Träne für ihn vergossen war.

Das fünfte und das sechste innere Kind wachten auf. Kiéron ächzte unter der immer schwerer werdenden Last. Er erstickte fast an der Lebendigkeit in sich. Röchelnd tastete er nach dem Messer. Kaum noch hatte er Kraft, es zu finden. Doch dann berührten seine schweißnassen Fingerspitzen die kalte Klinge. Zitternd umschloss er den Griff. Er sammelte sich, er hob das Messer an, mit letzter Kraft holte er zum Todesstoß aus.

In dem Moment erwachte das siebte innere Kind und Kiéron fiel in eine tiefschwarze Nacht. Er sank zu Boden, das Messer glitt ihm aus der Hand.

Sophie ließ von Kiéron ab und taumelte zurück. Fassungslos starrte sie ihn an. Hatte sie eben wirklich Mitleid für dieses Monster empfunden? Hatte sie diese Kreatur wirklich umarmt, Tränen für sie vergossen? Sophie schauderte und schämte sich, und doch wusste sie, es war der einzig richtige Weg gewesen.

Kiérons Körper zuckte. Sophie schrie auf und sprang zurück. Der Körper bäumte sich auf. Mit einem ekelerregenden Husten würgte er ein inneres Kind nach dem anderen aus sich heraus, und mit dem Austreten eines jeden Kindes huschte auch einer von Kiérons Schatten davon. Schließlich war keiner mehr da, und sieben blasse, barfüßige innere Kinder in dünnen weißen Kleidchen standen im Raum. Müde und hilflos blickten sie sich um. Sie wussten nicht, wo sie waren, aber sie sahen Sophie, und sie spürten, dass Sophie es gut mit ihnen meinte. Also tappten sie auf nackten Füßen zu ihr hin und schmiegten sich an sie. Wie automatisch streichelte Sophie über ihre kleinen Köpfchen, ihr Blick blieb aber starr auf Kiéron gerichtet. Eingefallen und reglos lag er da. Eine angespannte Stille erfüllte den Raum. Sophie spürte ein Brennen auf ihrer Brust. Vorsichtig tastete sie danach. Da war etwas Feuchtes, Warmes. Blut! Mit einem Zischen zog sie ihre Hand zurück.

Das siebte innere Kind, es war das kleinste von allen, hatte es gesehen und rappelte sich auf. Es nahm den Regubinstein von Kiérons Brust und streckte ihn Sophie entgegen. Sophie wich zurück und schüttelte den Kopf. Sie vertraute dem Stein nicht mehr und wollte ihn nicht! Doch das Kind hielt die Hand beharrlich ausgestreckt und kam langsam näher. Da sah Sophie, dass die Farbe des Steins wieder die war, die sie kannte. Seine Gesichtszüge waren sanft. Dennoch zuckte sie und kniff die Augen zusammen, als der Stein ihre Brust berührte. Der erwartete Schmerz kam nicht. Der Stein war kühl und heilend auf ihrer Brust. Bald tat die Verbrennung nicht mehr weh.

»Sophie?«, fragte jemand leise.

Sophie erschrak. Rolander! Er war ja noch immer in der Folterkammer eingesperrt! Bleich saß er am Boden, die Beine ängstlich angewinkelt: »Ist es vorbei?«

Sophie schaute zu Kiéron, der bewusstlos am Boden lag, und schüttelte den Kopf: »Ich glaube nicht.«

»Wird er wieder aufwachen?«

Sophie hob die Schultern: »Vielleicht.«

»Dann sollten wir ihn …«, sagte Rolander und zeigte auf die Folterkammer.

Sophie nickte: »Ja, du hast recht.«

»Lässt du mich frei? Dann helfe ich dir.« Rolander schaute sie bittend mit reumütigen Augen an.

Etwas unschlüssig stand Sophie vor ihm. Konnte sie ihm denn nun vertrauen?

Rolander las ihren Blick: »Bitte, Sophie, gib mir noch eine Chance. Es stimmt, ich wollte dich verraten. Aber ich bin eben auch nur ein dummer alter Narr, der an seinem Leben hängt. Bitte lass mich frei, dann zeige ich dir, dass du dich auf mich verlassen kannst.«

Sophie schaute nachdenklich zu Kiéron. Er war zu diesem Monster geworden, weil er nicht verzeihen konnte. Wenn er wirklich ihr Vater war, wenn wirklich sein Blut in ihr floss, dann durfte sie auf keinen Fall dieselben Fehler machen wie er. Sie schaute wieder zu Rolander, nickte entschlossen und sperrte die Tür zur Folterkammer auf. Über Rolanders Gesicht zog sich ein breites, dankbares Lächeln. Er sprang auf und fiel Sophie um den Hals: »Dankedankedaaanke! Du bist die Beste! Du wirst es nicht bereuen!« Dann huschte er voller Eifer zu Kiéron, nahm ihn an den Armen und schleifte ihn schwer atmend und schnaubend in die Folterkammer. »So, das hätten wir«, sagte er und versperrte von außen die Tür. »Nun kann er uns nichts mehr anhaben.« Zufrieden rieb er sich den Staub von den Händen. »Jetzt ist alles gut.«

Sophie sagte nichts und ging zum Fenster. Es war ruhig draußen auf dem Schlachtfeld. Wild verstreut standen und saßen und kauerten innere Kinder. Manche schliefen, manche schauten verwirrt drein, andere kratzten sich am Kopf oder lutschten am Daumen. Dazwischen irrten orientierunglos blasse, abgemagerte Narren. Sie waren vermutlich vor Kurzem noch Schwarznarren gewesen und wussten nicht, was das alles zu bedeuten hatte. Es war ein fast friedliches, wenn auch ein bisschen verlorenes Bild und dennoch standen noch immer dunkle Wolken am Himmel. Irgendetwas stimmte nicht.

Sophie schaute zu Rolander und sagte: »Es ist noch nicht vorbei.« Ihr Blick fiel auf ein Teleskop. Sophie erinnerte sich, dass Kiéron sie gezwungen hatte, durchzusehen, damals, als er sie im Moor der unendlichen Leichtigkeit zu sich geholt hatte. Mit diesem Teleskop konnte man alles überblicken. Sie schaute eine Weile hindurch und winkte dann Rolander herbei: »Schau!«

Sie hatte das Teleskop auf das Moor der unendlichen Leichtigkeit ausgerichtet. Das Moor war noch immer gespenstisch und dunkel, die Moorblasen blubberten träge, die Pflanzen waren noch immer verwelkt.

Sophie schob Rolander vom Okular weg und suchte die Wüste des verborgenen Lebens. Auch die war noch immer trostlos und leer. Keine Oasen, kein Leben. So sah es im gesamten Narrenreich aus. Nichts hatte sich verändert.

»Na?«, fragte Sophie und schaute Rolander vielsagend an, »Glaubst du noch immer, alles sei gut?«

»Hmmm ...«, machte Rolander und spielte nervös mit den Fingern.

Nachdenklich ging Sophie zur Folterkammer und starrte auf Kiérons reglosen Körper. Da fiel ihr plötzlich auf, dass Eiche nicht mehr da war. Zuletzt hatte Sophie sie in der Folterkammer gesehen, nachdem sie Kiérons Schlüssel aufgefangen hatte. »Sag mal, Rolander, wo ist eigentlich Eiche?«

Rolander zeigte auf die Tür zu Kiérons Gemach, die einen Spalt offen stand: »Als du dich so wütend auf Kiéron gestürzt hast, flog sie mit den Schlüsseln zur Tür und probierte sie aus. Einer davon passte. Dann ist sie verschwunden. Vermutlich wollte sie Hilfe holen.«

»Sie konnte die Tür ganz alleine öffnen?«

Rolander hob die Schultern: »Offensichtlich.«

Sophie pfiff anerkennend durch die Lippen. Diese Eiche war immer wieder für Überraschungen gut. In dem Moment kamen Baltasar und Ephraim herein. Beide atemlos, verschwitzt und zerzaust. »Sophie, geht es dir gut?«, keuchte Baltasar und schloss sie in die Arme.

Sophie nickte.

Da entdeckte Ephraim Kiéron in der Folterkammer. »Ist er tot?«, fragte er.

»Nein«, sagte Sophie. »Er lebt.« Und sie erzählte, was geschehen war. Sie erzählte auch von den Lebensbildern, die sie in Kiéron gesehen hatte, und von den schlimmen Dingen, die er ihrer Mutter und Baltasar angetan hatte.

Baltasar hörte ihr fassungslos zu. Immer wieder schüttelte er ungläubig den Kopf.

»Irgendetwas stimmt nicht«, beendete Sophie ihren Bericht. »Das Narrenreich ist noch immer von Kiérons Dunkelheit überschattet.« Sie richtete ihre Augen auf Baltasar: »Glaubst du, es liegt daran, dass ich vielleicht *wirklich* seine Tochter bin?«

Baltasar schloss schmerzerfüllt die Augen: »Nun verstehe ich endlich diesen abgrundtiefen Zorn, mit dem mir Helena damals begegnete, als ich aus dem Narrenreich zurückkam.« Er zögerte. »Wenn es *wirklich* so war …« Sophie nickte mit einem Stechen in der Brust. Sie glaubte nicht, dass Kiéron gelogen hatte. »… könnte er tatsächlich dein leiblicher Vater sein.« Baltasar verstummte, doch dann flog ein Hoffnungsschimmer über sein Gesicht. »Aber genauso gut kann es sein, dass Helena in jener Nacht, als Kiéron zu ihr kam, schon schwanger war.«

»Aber warum hat mich etwas an ihn gefesselt, als ich ihn umarmte? Warum spürte ich dieses starke Band zwischen uns?« Es ließ Sophie keine Ruhe.

Baltasar hob ratlos die Schultern: »Vielleicht war es nur ein Trick. Dunkle Narretei, damit du *denkst,* du seist seine Tochter.«

»Es ist jetzt nicht der richtige Zeitpunkt für Vaterschaftsfragen«, mischte sich Ephraim in das Gespräch der beiden ein. »Ich glaube nicht, dass die Dunkelheit über dem Narrenreich etwas damit zu tun hat, wessen Tochter du bist, Sophie. Ich glaube vielmehr, es ist noch nicht alles getan, was zu tun ist.« Er hob den Finger und sang einen Teil des alten Narrenliedes: »*Die Maid, der unsre Acht gebührt, sie setzt dem Streit ein End, wenn sie wieder zusammenführt, was durch Gewalt getrennt.*«

Baltasar schaute von Ephraim zu Sophie und von Sophie zu den inneren Kindern und nickte: »Erst wenn du *wieder zusammenführst, was durch Gewalt getrennt,* wird die Dunkelheit ein Ende finden, Sophie. Erst, wenn die inneren Kinder wieder bei ihren rechtmäßigen Besitzern sind.«

»Na, worauf warten wir dann noch?«, fragte Sophie.

Der Boden im Labyrinth war klebrig und feucht. Die Schuhsohlen zogen beim Gehen milchig-weiße Fäden, sie fühlten sich an wie Kaugummi.

Als sie ins Verlies kamen, war die Glaswand schon verschwunden und unzählige innere Kinder lagen reglos herum. Eiche hatte den Mitgliedern des Narrenrats die Schlüssel gebracht und die hatten die Wand geöffnet. Sie waren gerade dabei, gemeinsam mit vielen Helfern die inneren Kinder aus dem Raum zu schaffen. Wie staunten die Helfer, als Sophie den Raum betrat, hatten sie doch geglaubt, sie sei tot! Der Reihe nach fielen sie ihr um den Hals und wollten wissen, was geschehen war. Sophie erzählte von ihrer List und davon, was in Kiérons Gemächern geschehen war. Schließlich aber berührte Baltasar sie sanft an der Schulter und hielt ihr einen Schlüssel hin: »Es wird Zeit.«

Sophie verstand. Das Verlies, in dem das innere Kind ihrer Mutter gefangen war, musste sie selbst öffnen. Sie seufzte schwer: »Hilfst du mir?«

Baltasar nickte und Sophie trat dreimal fest gegen den Boden. Die Steine senkten sich ab.

Der modrige Geruch und das Scharren der unheimlichen Tiere weckten unangenehme Erinnerungen in Sophie. Das innere Kind ihrer Mutter schwebte hinter der milchigen Wand. Sophie tastete das Glas ab, fand aber kein Schlüsselloch. »Wie kann ich es öffnen?«, fragte sie.

»Stelle dir vor, da wäre ein Schlüsselloch«, sagte Baltasar, »und schiebe den Schlüssel hinein.«

So stellte sich Sophie also ein Schlüsselloch an der Wand vor. Bald sah sie es ganz genau vor sich. Behutsam steckte sie den Schlüssel hinein und drehte ihn um. Mit dem schauerlichen Geräusch einer singenden Säge öffnete sich das Glas und aus der immer größer werdenden Ritze quoll eine milchige Masse. Bald stand Sophie knietief im klebrigen Nass. Das innere Kind ihrer Mutter lag nicht weit von ihr. Sophie kämpfte sich zu ihm hin und hob es auf.

Es fühlte sich seltsam an, ihre Mutter als Kind auf dem Arm zu halten, irgendwie *verkehrt,* doch dann betrachtete Sophie es eine Weile und war plötzlich tief berührt von seiner Schönheit und Hilflosigkeit und wusste, es musste so sein. Sie streichelte sanft über seine Wange und wisperte: »Jetzt wird alles gut.«

Rolander und Ephraim kamen als Letzte zum Adlerfelsen. Im Schlepptau zogen sie Kiéron. Die Narren, die mit den inneren Kindern auf den Armen auf sie warteten, wichen beim Anblick des dunklen Herrschers erschrocken zurück.

Sie legten Kiéron an den Rand des Felsens und Baltasar nickte Sophie auffordernd zu. Sophie gab Ephraim das innere Kind ihrer Mutter, drehte sich zum Meer und breitete die Arme weit aus. Dabei atmete sie die frische Meeresluft und das Leben durchflutete ihren Körper, wie schon lange nicht mehr. »Regen, Wind«, rief sie. »Hier bin ich und bringe euch Kiérons Körper. Nehmt ihn, wascht die Dunkelheit aus ihm heraus und weht ihn weit, weit fort!«

Da zogen schwere Wolken auf und ein dicker Regentropfen fiel auf Kiérons Brust. Es zischte und das Wasser verdampfte. Der Rauch stank stechend nach Schwefel und Jauche. Weitere Tropfen kamen, immer mehr und mehr, bis ein großer Regen auf Kiéron niederging. Es regnete so lange, bis auch das letzte leise Schlangenzüngelzischen verstummt war und kein Dampf mehr aufstieg.

Dann kam der Wind. Er trieb weiße Gischt übers Meer. Er hob Kiérons Körper hoch in die Luft und wirbelte ihn wild herum. Ein graugrüner Nebel umhüllte den Körperkreisel, immer dichter und dichter wurde er. Schließlich grollte ein Donner und der Wind trug Kiéron davon. Sophie schaute ihm nach, bis er aus ihrem Blickfeld verschwunden war.

Kapitel 24

DIE RÜCKKEHR

Es war ein seltsames Gefühl, als Sophie plötzlich wieder vertrauten Boden unter ihren Füßen spürte. Als liege zwischen dem Gehen und dem Kommen ein ganzes Leben.

Über die hinterschränkischen Zubringerwege waren sie in eine kleine Höhle gelangt. Sophie erkannte sie sofort wieder: Es war die Höhle im Wald nicht weit von ihrem Haus, in der sie früher an diesem Ort gespielt hatte. Einen Sommer lang vor vielen Jahren hatte sie hier fast täglich vergeblich auf die Rückkehr eines lustigen Kerls mit petrolblauen Haaren gewartet, den sie da einmal getroffen hatte … »Petrolblaue Haare«, murmelte Sophie. Und plötzlich fiel es ihr wie Schuppen von den Augen: »Theobald!«

Baltasar nickte. Er wusste, woran Sophie gerade dachte. »Ja, ich habe ihn damals zu dir geschickt.«

»Aber ich konnte doch noch gar nicht *sehen*«, sagte Sophie, »Ich war viel zu jung.«

»Manchmal konntest du es doch«, sagte Baltasar. »Theobald war der erste Narr, den ich zu dir schickte. Ich wollte damals herausfinden, ob du die Narretei in dir trägst, wollte wissen, ob du Schutz brauchst.«

»Schutz wovor?«, fragte Sophie.

»Vor Kiéron«, sagte Baltasar. »Ich wusste, wenn du die Narretei in dir trägst, würde er dich auf seine Seite ziehen wollen.«

»Und? Brauchte ich Schutz?«

Baltasar nickte: »Die Narretei in dir war schon damals groß.«

»Und?«, fragte Sophie noch einmal, »Was hast du zu meinem Schutz getan?«

»Nun ja, ich habe auf dich aufgepasst«, sagte Baltasar. »Und wenn ich nicht da war, bat ich Oma Lotte darum, ein besonderes Auge auf dich zu werfen.«

Sophie schaute Baltasar verwundert an: »Oma Lotte kennt dich?«

»Aber ja«, sagte Baltasar.

»Ist sie etwa ... eine ...«, stammelte Sophie.

»... eine Närrin«, beendete Baltasar den Satz und lächelte vielsagend.

Sophie starrte ihn mit ungläubigen Augen an. Oma Lotte, eine Närrin? Das erklärte einiges! »Aber warum können die Menschen sie sehen? Narren sind für Menschen doch unsichtbar.«

Da lächelte Baltasar noch breiter und sagte nur ein Wort: »Zaubernarretei.«

Vor der Höhle stand eine seltsame bauchige Maschine mit einem Trompetenrüssel, einem Lupenauge, einem Kuppelkopf und einem Teleskophorn. Sophie blieb keine Zeit, sich darüber zu wundern, denn ein vielstimmiges Willkommensgeschrei drang ihr entgegen: »Sophie! Sophie, du lebst!« Ganz viele Kinder, darunter Sophies Freunde, standen vor der

Höhle. Sie klatschten und jubelten und strahlten vor Glück. Und noch bevor Sophie verstehen konnte, was geschah, fielen ihr der Reihe nach Paula, Oma Lotte und Georg um den Hals, und die anderen Kinder drängten sich eng um sie herum. Zu Sophies Erstaunen hielt Georg sie am längsten fest. Beim Lösen aus der Umarmung traf sie ein ungewohnt warmer Bruderblick. »Jag mir nie wieder so einen Schrecken ein, Sophie!«, sagte er. »Wir dachten, du seist tot!« Dann umarmte er sie gleich noch einmal. Sophie lächelte glücklich. Es tat gut, seine Nähe nach so langer Zeit wieder zu spüren.

»Habt *ihr* so schön gesungen«, fragte Sophie, nachdem sich der Begrüßungstrubel gelegt hatte, »und die Zugänge zum Narrenreich und das Eingangstor der Falkenburg geöffnet?«

Paula und Georg nickten stolz. »Wir alle«, sagte Georg und tat so, als hätte es nie Zweifel gegeben. »Es war Oma Lottes Idee. Sie hatte so ein Narrodingsda auf dem Dachboden stehen.« Er zeigte auf die Maschine. »Das hat sie repariert. Damit kann man ins Narrenreich schauen und Glück in eine Art Sprengstoff verwandeln.«

»Sag, Sophie«, unterbrach ihn Paula. »Ist nun alles wieder gut?«

Sophie hob die Schultern: »Noch nicht ganz. Wir müssen erst noch die inneren Kinder zu ihren rechtmäßigen Besitzern zurückbringen.«

»Wer *wir*?«, fragten Paula und Georg gleichzeitig und auch die anderen Kinder schauten Sophie mit fragenden Augen an. Da fiel Sophie ein, dass die Menschenkinder die vielen herumstehenden Narren mit den inneren Kindern auf den Armen ja gar nicht sehen konnten. Nur Oma Lotte unterhielt sich angeregt mit ihnen. Sophie überlegte und zupfte dann Baltasar am Ärmel: »Sag mal, könntest du die Menschenkinder nicht vielleicht *sehen* lassen? Nur für einen Moment. Ohne sie wären die Zugänge zum Narrenreich noch immer versperrt. Ohne ihre Hilfe wären wir nie in die Falkenburg hineingekommen.«

Baltsar warf Oma Lotte einen fragenden Blick zu. Die lächelte und nickte.

»Na gut«, sagte Baltasar. Er schloss die Augen, und plötzlich ging ein Raunen und ein Staunen durch die Reihen der Kinder und Georg rieb sich verwundert die Augen. Zu glauben war das eine, zu sehen war dann doch noch etwas anderes.

»Nun müssen wir aber los«, sagte Baltasar zu Sophie und zeigte auf Helenas inneres Kind, das Ephraim noch immer auf dem Arm trug. Sophie nickte und nahm das Kind an sich. Dann gab Ephraim den Narren eine Anweisung und sie stoben in alle Richtungen davon.

Die Straßen hinter dem Wald waren wie ausgestorben. Die parkenden Autos waren verrostet und zerkratzt, in den Gärten der Häuser lag Müll.

Ein bisschen unsicher stand Sophie schließlich vor ihrem Haus. Als sie es verlassen hatte, war alles noch anders gewesen. Baltasar griff nach der Türklinke, zögerte und zog die Hand zurück.

»Lange her«, sagte die Zeit. »Nicht wahr?« Sie sah gerade aus wie ein Vagabund.

»Ja, sehr lange«, sagte Baltasar mit einem wehmütigen Ausdruck im Gesicht. »Zu lange.«

Da gab sich Sophie einen Ruck, schob Baltsar sanft zur Seite und öffnete an seiner Stelle die Tür. Ihr Herz schlug schneller, als sie eintrat. Sie fürchtete sich vor dem, was weiter drinnen war. Die Luft war so stickig und schwer, als würde etwas das Haus am Atmen hindern. Zum Glück kam Baltasar ihr nach und mit ihm Georg, Paula, Eiche, Rolander, die Mitglieder des Narrenrats, Oma Lotte und die Zeit, und die Luft um Sophie herum wurde ein bisschen leichter.

Als sie im Halbdunkel der Abenddämmerung zu dem Sessel kamen, in dem Helena saß, erschrak Sophie: Ihre Mutter war so alt und mager geworden, ihr Blick war stumpf und ohne Lebenskraft. »Mama!«, rief sie und lief zu ihr hin. »Ich bin wieder da!« Doch Helena rührte sich nicht. Sie saß steif da wie eine Puppe. »Mama«, sagte Sophie noch einmal. »Mama?«

»Sie hört dich nicht«, sagte Oma Lotte und strich Sophie sanft über die Wange. »Sie hat doch ihr inneres Kind nicht mehr. Sie trägt das dunkle Gift in sich.«

Da legte Sophie ihr rasch ihr inneres Kind in den Schoß. Helena griff danach und hielt es fest, aber wie im Reflex und gerade so, dass es nicht von ihren Knien fiel. Sie bemerkte nicht, wie wertvoll der Schatz in ihren Händen war.

Alle im Raum hielten den Atem an. Sie warteten auf etwas. Irgendetwas. Nichts geschah.

»Hm …«, brummte Baltasar. »Sie nimmt ihr inneres Kind nicht an.« Und die anderen seufzten entmutigt.

Sophie kniete sich neben ihre Mutter und nahm ihre Hand: »Mama, *bitte*«, flehte sie, doch es half nichts.

In dem Moment kam Ephraim herein. Er war blass und verschwitzt. »Sie nehmen ihre inneren Kinder nicht an«, keuchte er. »Kein einziges.«

Oma Lotte deutete nur stumm auf Helena und auf das Kind in ihrem Schoß.

Wie wäre es mit einem Tässchen närrische Schokolade?«, trällerte Isodora mit Glasperlenstimme, weil ihr die ratlose Stille im Raum zu sehr aufs Gemüt drückte. »Mit närrischer Schokolade denkt es sich leichter.« Und schon lag auf dem Couchtisch ein weißes Spitzendeckchen und auf dem Spitzendeckchen erschienen Tassen mit heiß dampfender närrischer Schokolade.

Schweigend schlürften sie ihre Schokoladen.

»Was ist eigentlich das Geheimnis eurer närrischen Schokolade?«, fragte Paula Isodora und brach damit das Schweigen. »Sie schmeckt so … *anders* … so … *besser*.«

Isodora lächelte geheimnisvoll: »Ein ganz spezielles närrisches Gewürz.«

»Verrätst du mir, welches?«, fragte Paula.

Isodora zwinkerte verschwörerisch: »Nur, weil du so schön gesungen hast.« Sie schaute sich im Raum um, als wollte sie sichergehen, dass das Geheimnis nicht in falsche Ohren drang, und flüsterte: »Glücksmomente. Pro Tasse ein Glücksmoment. Und jede Menge Kakaopulver aus närrischen Kakaobohnen. Das ist eine ganz besondere Kakaosorte, die nur im Moor der unendlichen Leichtigkeit wächst. Nun ja, *früher* wuchs sie einmal dort.« Ihr Blick glitt traurig in die Ferne und sie wurde ein bisschen durchsichtiger.

»Sie wird wieder dort wachsen«, sagte Baltasar zuversichtlich. »Wir müssen nur die Frage klären, warum die Menschen ihre inneren Kinder nicht annehmen. Hat jemand eine Idee?«

Die Narren schüttelten ratlos ihre Köpfe.

»Es steht vermutlich schlechter um die Menschen, als wir dachten«, sagte Fridolin. In seinem Haar verwelkten ein paar Margeriten. »Sie sind mittlerweile wahrscheinlich so schwach, dass sie ihre inneren Kinder einfach nicht mehr zurücknehmen *können*.«

»Das ist keine schöne Vorstellung«, sagte Sophie. »Was bedeutet das?«

»Dass wir zu spät sind«, sagte Oskar und schaute auf seine Uhr. »Dass wir die Menschen nicht mehr retten können.«

Sophie schüttelte ungläubig den Kopf: »Aber ich habe Kiéron seine sieben inneren Kinder entwendet. Ich habe seinen Körper den Naturgewalten übergeben. Das *muss* doch irgendetwas bewirkt haben!«

Die Narren hoben hilflos die Schultern.

»Und was ist mit dem alten Narrenlied?«, fragte Sophie. »Es besingt, dass das Mädchen ...«

»Lieder sind die eine Sache«, unterbrach sie Baltasar. »Was man aus ihnen macht, eine andere.«

Sophie schaute ihn mit großen Augen an: »Heißt das etwa, ihr glaubt gar nicht an das Lied?« Und sie fühlte sich fast ein bisschen verraten.

Doch Baltasar legte ihr beschwichtigend die Hand auf die Schulter und sagte: »Wir glauben an *dich*!«

»Was geschieht, wenn wir die Menschen nicht mehr retten können?«, fragte Sophie ängstlich.

Baltasars Blick schweifte traurig aus dem Fenster: »Dann werden die Menschen an den Folgen des dunklen Giftes vermutlich sterben. Und die Narren werden entweder verhungern oder sie werden die inneren Kinder wieder verschlingen.«

»Aber dann war alles umsonst!«, rief Sophie. »Es muss doch eine andere Lösung geben!« Sie nahm ihre Zeituhr und öffnete ihre Rückseite in aufrechter Position. Das war die Position, die anzeigte, wozu Sophies Zeit gerade reif war. *»Geduld haben«*, stand da. Sophie verdrehte die Augen. Geduld haben! Sie drückte auf das rechte Rädchen der Uhr, um zu sehen, wozu die Zeit im Allgemeinen reif war. *»Beginn eines neuen Zeitalters«*, las sie vor und atmete schon ein bisschen leichter. »Immerhin. Wenn ein neues Zeitalter beginnt, wird irgendetwas anders werden. Das ist gut.«

Die Zeit wiegte ihren Kopf hin und her, sie war gerade eine schöne, junge Gestalt mit hellwachem Blick: »Vielleicht *sind* wir aber auch schon in diesem neuen Zeitalter, vielleicht ist es genau *das* hier.« Sie deutete auf Sophies Mutter und wurde alt. Ihre Augen ermatteten.

»Nein!«, schrie Sophie. Ihr standen Tränen in den Augen. »Das will ich nicht! Dafür habe ich nicht all das durchgemacht. Nicht *dafür*!« Wütend klappte sie ihre Zeituhr zu und rannte in den nachtdunklen Garten.

»Sophie, warte!«, rief ihr Paula nach und sprang auf, doch Oma Lotte hielt sie zurück: »Lass ihr Zeit.«

Sophie kletterte auf den Apfelbaum und setzte sich in seine oberste Astgabel. Von dort aus konnte sie genau sehen, was im Haus geschah: Im Wohnzimmer redeten die Narren mit wilden Gesten aufeinander ein. Sophie wollte nicht zu ihnen zurück. Noch einmal klappte sie ihre Zeituhr auf. Noch immer stand da *»Geduld haben«*. Sophie schnaubte nur und schaute missmutig zum Mond hinauf.

Irgendwann ging im Raum neben dem Wohnzimmer ein Licht an. Matratzen wurden ausgebreitet, die Narren legten sich schlafen. In ihren müden Gesichtern erkannte Sophie eine mutlose Leere. »Geduld haben«, murmelte Sophie bitter.

Baltasar ging als Einziger ins Wohnzimmer zurück und lief dort nachdenklich im Kreis. Die Arme hielt er im Rücken verschränkt. Wann immer er an Helena vorbeikam, blieb er stehen und starrte sie dumpf an.

Unterdessen ging in Georgs Zimmer ein Licht an, und Georg und Paula betraten den Raum. Sie wechselten ein paar Worte, dann legte sich Paula auf Georgs Bett und Georg machte es sich auf einer Matratze am Boden bequem. Sophie schmunzelte: In ihrem Bruder steckte ja ein richtiger Gentleman! Das Licht erlosch.

Etwa zeitgleich erlosch auch das Licht im Wohnzimmer und kurz darauf ging das in Helenas Schlafzimmer an. Baltasar trat ein. Er ging nur wenige Schritte, blieb dann stehen und starrte auf das leere Bett. Wie lange hatte Sophies Mutter wohl nicht mehr darin geschlafen? Baltasar ging mehrere Male im Zimmer auf und ab, setzte sich schließlich auf die Bettkante und schlug die Hände vor sein Gesicht. Sophie ahnte, welcher Gedanke ihn verzweifeln ließ. Die Vorstellung von Kiéron und ihrer Mutter wühlte auch sie schrecklich auf. Baltasars Brust hob und senkte sich mehrmals, dann aber wischte er sich mit dem Handrücken über die Augen, nahm eine aufrechte Haltung ein und verließ den Raum.

Sophie wartete darauf, dass irgendwo im Haus wieder ein Licht anging, doch die Fenster blieben finster. Nachdenklich kletterte sie vom Baum und schlich zurück ins Haus. Im Wohnzimmer sprach jemand mit gedämpfter Stimme. Es war Baltasar. Er kniete vor Helena und hielt ihre Hand. Sophie versteckte sich hinter der Tür und lauschte.

»Helena«, sagte Baltasar. »All die Jahre habe ich *mir* die Schuld für unsere Trennung gegeben. Nun aber weiß ich, was wirklich war: Helena, ich war nicht derjenige, der dich damals verletzt hat. Ich war zu dieser Zeit im Narrenreich und ahnte nichts. Es war mein teuflischer Bruder Kiéron. Ich habe dir nie von ihm erzählt. Damals dachte ich, es sei besser so. Heute bereue ich es.« Und Baltasar erzählte Helena von Kiéron, auch das, was er von Sophie erfahren hatte. »Ach Helena«, sagte er schließlich und legte seinen Kopf auf ihre Knie. »Kiéron hat alles zerstört. All die Jahre! All die vielen sinnlos vergeudeten Jahre!« Er blickte auf: »Helena, hörst du mich?« Doch Helena starrte nur stumm aus dem Fenster. »Ich habe nie aufgehört, dich zu lieben«, sagte Baltasar. »Ich liebe dich noch immer wie am ersten Tag.« Er stand auf und ging mit bleischweren Schritten zur Tür.

»Ich habe dich auch immer geliebt«, sagte plötzlich eine dünne Frauenstimme. »Ich wollte dich hassen, aber ich konnte es nicht.«

Sophies Puls beschleunigte sich und Baltasar erstarrte.

»Etwas in mir konnte nicht glauben, hat immer gehofft.«

Baltasar wandte sich nicht um. Er hielt sich die Hand vor den Mund und flüsterte: »Helena?« Und plötzlich war es so still im Raum, dass Sophie sogar ihr aufgeregter Herzschlag zu laut vorkam.

»Baltasar«, durchbrach Helenas Stimme die Stille.

Da stürzte Baltasar zu ihr und kniete vor ihr nieder. Mit zitternden Fingern berührte er ihre Wange: »Verzeihst du mir?«

»Es gibt nichts zu verzeihen«, sagte Helena. »Du hast nichts falsch gemacht. *Ich* war die, die keine Aussprache zuließ. Ich war zu stolz. Es tut mir so leid! Wenn doch …«

»Schhhhhht«, machte Baltasar und schloss sie zärtlich in die Arme. Ein Glücksmoment stieg in die Luft, und als sie sich voneinander lösten, war das innere Kind in Helenas Schoß verschwunden.

Plötzlich fing Helena an, entsetzlich zu husten und zu würgen. Es klang fast so, als würde sie ersticken. Sophie zuckte zusammen und wollte schon zu ihr, da stand Baltasar auf, nahm Helena an der Hand und führte sie zur Toilette. Dort übergab sie sich. Einmal. Zweimal. Dreimal. »Gut so«, hörte Sophie Baltasar sagen. »Alles muss raus.«

Als sie ins Wohnzimmer zurückkamen, war Helena bleich und verschwitzt. Sie wischte sich schwarze Schleimreste aus dem Gesicht und Sophie sah die Veränderung: Ihre Mutter war wieder die, die sie kannte! Die Dunkelheit war aus ihrem Körper verschwunden. Nun hielt es Sophie nicht mehr aus. Mit klopfendem Herz kam sie aus ihrem Versteck. »Mama!«, rief sie und fiel ihr um den Hals. Doch wie erschrak sie über Helenas Zerbrechlichkeit. Ihr Körper bestand nur noch aus Haut und Knochen. Schnell lockerte Sophie ihre Umarmung, sie wollte ihre Mutter nicht erdrücken. »Sophie, mein Liebes«, sagte Helena mit schwacher Stimme. »Wie schön, dich zu sehen!«

»Ach, Mama«, sagte Sophie. »Ich bin so froh, dass es dir wieder gut geht!«

Helena lächelte sanft, aber verwirrt.

»Sie ist noch sehr schwach und kann sich an nichts erinnern«, erklärte Baltasar. »Gib ihr Zeit bis morgen. Sie muss sich erst ausruhen.« Er küsste Sophie auf die Stirn. »Und du auch, meine Große.«

Sophie durchströmte eine tiefe Wärme, als sie sich von Baltasar und ihrer Mutter verabschiedete, und ihr kam das alte

Narrenlied in den Sinn: »… *wenn sie wieder zusammenführt, was durch Gewalt getrennt.*« Ob damit vielleicht Baltasar und Helena und nicht die Menschen und die inneren Kinder gemeint waren? Was hatte es denn nun *wirklich* mit diesem Lied auf sich? Und mit einem Mal fühlte Sophie sich ganz leicht: Sie würde es nie erfahren und es war auch völlig egal. Man musste nicht an irgendwelche Lieder glauben. Es genügte, wenn man an sich selbst und an die Menschen glaubte, die man liebte.

Später im Bett zog Sophie noch einmal ihre Zeituhr hervor. Sie öffnete ihre Rückseite in aufrechter Position und drückte auf den rechten Knopf. *»Neubeginn«* stand da. Sophie strahlte vor Glück. Heute Abend war etwas ganz Wunderbares geschehen. Und damit meinte sie nicht ihre Rückkehr und auch nicht Baltasars und Helenas wiedergefundene Liebe. Nein, etwas viel Größeres war geschehen! Sie drehte sich zum Fenster und sah die Sternschnuppen. Der ganze Himmel war voll davon. Natürlich wusste Sophie, dass es keine Sternschnuppen waren, sondern Glücksmomente. Die Glücksmomente der Menschen, die nun wieder ihre inneren Kinder in sich trugen.

Kapitel 25

EINE NEUE NÄRRIN

Lautes Lachen und das Klappern von Geschirr weckten Sophie aus einem tiefen, traumlosen Schlaf. Es dauerte eine ganze Weile, bis sie verstand, dass sie wieder zu Hause war. Sie gähnte und rieb sich die Augen, da kam die Erinnerung zurück: gestern Nacht, Baltasar, ihre Mutter, die Glücksmomente … Sophie reckte sich selig und stieg aus dem Bett. Sie öffnete den Kleiderschrank, da streckte ihr eine knochige Hand eine Jeans und ein T-Shirt entgegen. »Danke«, sagte Sophie und nahm die Kleider wie selbstverständlich an sich. Die Hand zog sich mit einer Geste, die »Nichts zu danken« bedeutete, zurück. Erst als Sophie bemerkte, dass die Hose und das T-Shirt überhaupt nicht zusammenpassten, fiel ihr ein, dass ihr Kleiderschrank für gewöhnlich keine Kleider für sie aussuchte. Sie starrte auf die Jeans und auf das T-Shirt, dann auf den Schrank und plötzlich zog sich ein breites Grinsen über ihr Gesicht. »Theobald!«, rief sie und riss die Schranktür auf. Da hing er, kopfüber, an der Kleiderstange, und seine petrolblauen Haare strahlten greller und kräftiger denn je. Er schaukelte vergnügt hin und her und kaute an einem Halm.

»Hallo«, sagte er und winkte lässig.

Sophie strahlte: »Theobald! Wie geht es dir?«

Theobald sprang mit einem Salto aus dem Schrank: »Hervorragend geht es mir, danke. Ich sehe die Gedanken wieder! Die dunkle Zeit ist vorbei.«

»Was macht das Narrenreich?«, fragte Sophie.

»Närrisch wie eh und je«, sagte Theobald und entdeckte knapp unter der Zimmerdecke ein Gedankenfragment.

»Wirklich?«, fragte Sophie.

»Wenn ich's doch sage«, sagte Theobald und streckte sich nach dem Gedanken.

»Wie sieht es im Moor der unendlichen Leichtigkeit aus?«, fragte Sophie.

»Leicht und erholsam«, sagte Theobald, sprang in die Luft und verfehlte das flatternde Fragment.

»Die Schlucht der möglichen Unmöglichkeit?«

»Ist ein bisschen größer und tiefer als zuvor, aber sonst ist alles beim Alten. Auch die Brücke ist wieder da.« Theobald sprang noch einmal, zweimal, dreimal. »Jetzt aber. Jaaa!« Mit einem zufriedenen Lächeln verstaute er das Beutestück und putzte sich die Hände an der Hose ab. »Ziemlich staubig«, sagte er und schaute Sophie streng an. »Du solltest deine Gedanken mal wieder waschen. Wann hast du das letzte Mal geduscht?«

»Ummm«, sagte Sophie verlegen. »Das mache ich später. Jetzt habe ich Hunger. Kommst du mit zum Frühstück?«

»Selbstverständlich«, sagte Theobald und verbeugte sich tief. »Darf ich bitten, Madame?« Er hob den Kopf, spitzte würdevoll den Mund, zog die Augenbrauen hoch und reichte Sophie seinen Arm.

Alle waren im Esszimmer versammelt, als Sophie mit Theobald den Raum betrat: die Mitglieder des höchstnärrischen allerobersten Narrenrats, Eiche, Rolander, Theobald, Ephraim und die Zeit, Oma Lotte, Georg und Paula. Ja, sogar Kasimir war da! Sie saßen um den großen Tisch herum, aßen Pfannkuchen mit Marillenmarmelade und redeten laut und durcheinander und lachten. Sophies Mutter kam gerade mit einem Berg frischer Pfannkuchen aus der Küche. Sie sah frisch und erholt aus. Der Schlaf hatte ihr gutgetan. Fast ließ sie den Teller mit den Pfannkuchen fallen, als sie Sophie sah. »Sophie!«, rief sie und stellte rasch den Teller ab. »Mama!«, rief Sophie und fiel ihr überglücklich in die Arme. Die Narren am Tisch hörten auf zu essen und schauten den beiden ergriffen zu.

Erst nach einer langen Weile löste sich Helena aus der Umarmung. Sie umfasste Sophies Schultern und schaute sie zärtlich an. »Du siehst so anders aus«, sagte sie. »So schön … und erwachsen.«

»Ich bin jetzt eine Närrin, weißt du?«, sagte Sophie und wuchs ein bisschen vor Stolz.

Da rann eine Träne über Helenas Wange: »Ja, ich sehe es. Du bist jetzt eine Närrin.« Sie setzte sich und klopfte auf den leeren Stuhl neben sich: »Komm her, setz dich zu mir und erzähle mir alles!«

Nach dem Frühstück wuschen Sophie und Baltasar gemeinsam das Geschirr ab. Baltasar wusch und Sophie trocknete ab. Sie hätten natürlich auch den Geschirrspüler nehmen können, aber das gemeinsame Abwaschen gab ihnen das Gefühl der Alltäglichkeit, das sie zwölf Jahre lang nicht gehabt hatten. Sie erzählten und scherzten und lachten und schmiedeten Pläne, doch plötzlich wurde Sophie ernst.

»Was ist?«, fragte Baltasar und stellte den Teller ab, den er gerade wusch.

Sophie seufzte: »Wenn du doch nur mein Vater wärest!«

»Vielleicht bin ich es ja«, sagte Baltasar hoffnungsvoll.

»Vielleicht auch nicht«, sagte Sophie betrübt.

Dann schwiegen sie ein bisschen.

»Ich will nicht, dass Kiéron ...«, begann Sophie.

»Schhhhhht«, unterbrach sie Baltasar und legte ihr den Zeigefinger an den Mund. »Denk nicht mehr darüber nach.«

Da seufzte Sophie noch einmal.

»Wenn du möchtest, richten wir am Samstag deine Narrenzeremonie aus«, wechselte Baltasar das Thema.

»Meine *was*?«, fragte Sophie.

»Das ist eine närrische Zeremonie, bei der du ganz offiziell zur Närrin ernannt wirst«, sagte Baltasar.

»Ui«, sagte Sophie. »Wie läuft das ab?«

»Erst legst du deine Narrenprüfung ab ...«, begann Baltasar, und Sophie stöhnte: »Oh nein, keine Prüfung!« Doch Baltasar lachte: »Die Prüfung wird ein Kinderspiel für dich. Du hast auf deiner Reise so viel gelernt, du hast sogar Wetternarretei betrieben. Welcher Narr beherrscht schon die Wetternarretei? Es wird ganz wunderbar werden!«

»Meinst du?«, fragte Sophie und trocknete einen bereits trockenen Teller ab.

»Ja, das meine ich«, sagte Baltasar und reichte ihr eine nasse Tasse.

In dieser Nacht lag Sophie unruhig in ihrem Bett. – Wie sollte das gehen, *nicht* darüber nachdenken, wer ihr Vater war? Das war doch eine unglaublich wichtige Frage. Nicht einmal mit Narritation konnte Sophie ihre Gedanken beruhigen. Und je weiter die Nacht voranschritt, desto mehr wuchs die Angst in Sophie, denn etwas tief in ihr glaubte, die bittere Wahrheit zu kennen. Doch Sophie wollte sie nicht annehmen, nicht solange noch ein Funken Hoffnung bestand. Schließlich, weil ihre Gedanken immer dunkler wurden und Sophie einfach keinen Schlaf finden konnte, stand sie auf und schlich auf leisen Zehen durch den Kleiderschrank ins Narrenreich.

Bald war Sophie im Morgentauwald. Dort war es wunderschön: Die Blätter an den Bäumen leuchteten im silber glänzenden Mondlicht, die nachtaktiven Narrenblumen trugen ihre schönsten Blütenkleider, Grillen zirpten, Nachtnarrenvögel zwitscherten, Glühnärrchen und wandelbare Granat-Kokonste schwirrten munter umher. Sophie streifte ohne Ziel durch den Wald. Mit jedem Schritt, den sie ging, wurde ihr ein bisschen leichter ums Herz. Sie lauschte dem Knacken der Äste unter ihren Füßen und dem Rascheln der Blätter im Wind, sie freute sich über die üppig blühenden Pilze, die Kräuter und Beeren, über die saftigen Moospolster und die prächtigen Silberfarnsträucher und sog glücklich den verheißungsvollen Duft von Abenteuer ein, der in der Luft lag.

»Aaaah!«, knarrte plötzlich eine jahrtausendealte Stimme, »Sophie, das Narrenkind, wie hübsch!«

Sophie erschrak und schaute auf. Sie kannte diese Stimme nur zu gut. – Nein, nur nicht hoffen, das war nicht möglich, sie war tot! Und doch stand sie vor ihr, groß und mächtig in ihrem prächtigsten Blätterkleid. »Wunderliche allwissende Eiche!«, rief Sophie und fiel ihr um den Stamm. »Du lebst!«

»Jaaa«, knarrte das allwissende Geäst. »Dank dir. Du hast das Glück in unseren Boden zurückgebracht. Meine Freundin, die Narrenelfe, und Rolander waren heute hier und haben mir von deinen heldenhaften Taten berichtet. Respekt!«

Sophie strahlte vor Glück. Sie wusste: Der Respekt der wunderlichen allwissenden Eiche war etwas ganz Besonderes.

»Und wie geht es dir jetzt, nachdem alles vorbei ist?«, fragte die Eiche. »Was machst du hier so ganz allein im Wald? Solltest du nicht schlafen? Sammelst du etwa stechende Laubfroschgespinster, damit sie dir das Unkraut im Garten vernichten?«

Sophie schüttelte den Kopf: »Aber nein!«

»Dann suchst du vielleicht honigsüße Schnuckstumpfnasensekrete, um die Tiere zu füttern?«

»Auch nicht«, sagte Sophie amüsiert.

»Dann können es nur die feinherben Früchte des grünviolett karierten Zebrakuchengestrüpps sein, die dich hierherlocken!«

Da lachte Sophie: »Nein, wegen denen bin ich auch nicht hier. Ich konnte nicht schlafen. Zu Hause war heute so viel Trubel, und es gibt so viele Dinge, über die ich nachdenken muss.«

»Ja, das verstehe ich«, knarrte die Eiche. »Trubel trubelt immer so trubelig, und das juckt dann so unangenehm im Geäst, nicht wahr?«

Sophie lachte: »Ach, es ist so schön, dass du wieder die alte wunderliche allwissende Eiche bist!« Sie hielt inne. Beim Wort *allwissend* kam ihr eine Idee: »Sag, liebe Eiche, bist du *wirklich* allwissend?«

Die wunderliche allwissende Eiche raschelte mit ihrem Blätterkleid und knarrte: »Nun ja … In Anbetracht meiner

Allwissenheit wäre es vermessen, zu behaupten, es gäbe so etwas wie Allwissenheit.«

»Was heißt das?«, fragte Sophie.

»Das heißt, dass ich weiß, dass es keine Allwissenheit gibt. Es gibt nur eine größtmögliche Annäherung. Sozusagen das beinahe Allwissende. Das um ein Haar Allwissende. Das um das Nichtwissende Allwissende. Eben nah dran, aber nicht ganz dort. Sozusagen. Ähm, ja.«

»Und wie nah ist dein Wissen der Allwissenheit?«, fragte Sophie.

»Nah, mein Kind, sehr nah«, sagte die Eiche und verfiel in ein nachdenkliches Knarren. »Ich würde sagen drei hundertsiebenjährige Baumstammbreiten, fünf mittelalterliche Durchschnittsastlängen und zwei Seekopfspitzamöben davon entfernt.«

»Hm«, machte Sophie und blickte die Eiche voller Hoffnung an. »Kannst *du* mir dann vielleicht sagen, wer mein leiblicher Vater ist?«

Die Eiche wiegte ihre Äste behäbig von einer Seite auf die andere. Dabei durchzuckte ein zitterndes Rascheln ihre Blätter und ein nervöses Beben ging durch ihren Stamm. »Ist es denn so wichtig, wer dein leiblicher Vater ist?«, fragte sie schließlich langsam und mit Bedacht.

Sophie überlegte. Ja, es war sehr wichtig für sie. Sie wünschte sich so sehr, dass Baltasar ihr Vater war und dass das Band zwischen ihr und Kiéron nur ein übler Trick gewesen war. Sophie wollte nicht die Tochter eines Verrückten sein, dessen Seele so dunkel war wie ein Gemisch aus tiefster Nacht und Pech und Schwefel. Sie wollte keine Dunkelheit in sich tragen. Aber sie sprach es nicht aus. Sie biss sich auf die Lippen und schwieg.

Die wunderliche allwissende Eiche legte einen knorrigen Ast auf Sophies Brust und klopfte sachte dagegen: »Da drin, Sophie … Da drin weißt du doch schon längst, wer dein Vater ist. Dieser Vater, und nur dieser, ist derjenige, der zählt. Ganz egal, ob du sein Blut in dir trägst oder nicht …. Was ist schon Blut? Blut ist rot. Und flüssig. Es fließt. Und manchmal stockt es. Oder es erstarrt.« Die Eiche senkte ihren Ast und ließ etwas in Sophies Hand gleiten. Es war eine orangefarbene Murmel. »Du bist, wer du sein willst, Sophie«, flüsterte sie hölzern, »denn du hast *immer* eine Wahl.«

Sophie seufzte und schloss ihre Hand. Eine orangefarbene Wärme floss in sie hinein, und da spürte sie ganz tief in sich: Die wunderliche allwissende Eiche hatte recht. Sie war, wer sie sein wollte, sie musste sich nur dafür entscheiden. Sophie blickte auf und ein breites Lachen zog sich über ihr Gesicht.

Genau in diesem Augenblick wurde ein blasser, eingefallener Narr von einem Tornado auf einer weit entfernten Insel abgesetzt. Prustend und keuchend rappelte er sich auf und stolperte auf schwachen Beinen und kaum bei Sinnen ins Inselinnere. Die schwarzen Nebeltuchkleider klebten triefend nass an seiner Haut. Er zog keinen Schatten hinter sich her.

Am Samstag kamen Theoblad und Kasimir und holten Sophie ab. Sie führten sie in den Morgentauwald. Dort war es schön wie schon lange nicht mehr. Überall blühten Pflanzen, die in kräftigen Farben leuchteten. Die Blätter an den Bäumen waren saftig grün. An ihren Zweigen hingen bunte Lampions. Dazwischen saßen wundersame Vogelwesen und trällerten ihre schönsten Melodien. Zwischen den Büschen und Farnsträuchern raschelte es geheimnisvoll. Immer wieder lugte ein neugieriger Narrenkopf hinter den Zweigen und Blättern hervor. Vor einer unscheinbaren Holzhütte blieben sie stehen. Kasimir klopfte an.

»Komme schon, bin schon unterwegs!«, trällerte eine hohe, fröhliche Frauenstimme. Und dann stand da plötzlich eine kleine, zierliche Närrin mit rot geschminkten Lippen in der Tür. Sie trug ein extravagantes, enges Kleid, ihre dünnen, blonden Haare waren zu einer frechen Frisur hochtoupiert. Kokett posierte sie im Türrahmen und zeigte ihr strahlend weißes Lächeln. Zwar verriet ihr Gesicht, dass sie nicht mehr die Jüngste war, aber sie lachte wie ein Kind. Mit leichten, lebhaften Schritten kam sie zu Sophie und gab ihr zwei Küsschen: »Wie schön, dich persönlich kennenzulernen, meine Liebe! Ich bin Uli, Verwandlungsnärrin. Ich verwandle dich heute in dein schönstes Ich.« Leichtfüßig sprang sie zu Kasimir und strich ihm keck über die Wange: »Ah, Kasimir, Schätzchen, was für eine Freude! Gut siehst du aus, sehr gut.« Und schon wandte sie sich Theobald zu: »Mein lieber Theobald, lass dich küssen!« Sie stellte sich auf die Zehenspitzen und küsste seine Nase. Dann trat sie einen Schritt zurück und musterte ihn streng: »Du solltest mich mal wieder besuchen! Deine Latzhose ist nicht mehr zeitgemäß.«

»Ach du weißt doch, wie unwichtig mir mein Äußeres ist«, winkte Theobald ab.

Uli wandte sich Sophie zu und verdrehte die Augen: »Er ist ein hoffnungsloser Fall.« Sie blickte über die Schulter zurück und zwinkerte Theobald zu. »So, meine Lieben«, sagte sie zu den beiden Narren »Nun lasst uns Mädchen aber allein. Wir müssen an einer Verwandlung arbeiten.«

Das Licht in der Hütte war warm und gemütlich. Sophie staunte über die Größe des Raumes. Von außen sah die Hütte klein und unscheinbar aus, innen aber war sie groß und geräumig. Es ragten Regale bis zur Decke, sie waren vollgestopft mit Kleidern und närrischen Accessoires. Überall standen Möbel: antike Tische, Truhen, Sessel und Sofas. Auch auf ihnen lagen Kleider und närrisches Zeug. Am Ende des Raumes führten drei Stufen auf eine kleine Bühne. Dahinter erhob sich eine Spiegelwand.

»So, mein Herz«, sagte Uli und schloss die Tür. »Wie möchtest du denn gerne aussehen?«

»Nun ja«, sagte Sophie. »Ich trage am liebsten gemütliche Sachen.« Sie zeigte auf ihre Jeans und ihr T-Shirt. »Aber heute Abend wäre vielleicht ein Kleid besser, nicht wahr?«

Da lachte Uli hell auf: »Nein, nein, meine Liebe, du verstehst nicht: Es geht hier nicht um die Kleider, die du heute Abend tragen wirst, es geht darum, wie du in Zukunft als Närrin aussehen wirst.«

»Wie ich als Närrin aussehen werde?«, wiederholte Sophie verwundert.

»Ja«, sagte Uli. »Glaubtest du etwa, die Narren da draußen sahen schon immer so aus?« Sie schüttelte den Kopf. »Oh nein! Sie waren alle einmal Menschen.«

»Oh«, sagte Sophie. Sie hatte noch nie darüber nachgedacht, warum die Narren eigentlich aussahen, wie sie aussahen. »Und das machst alles *du*?«

»Nun ja …«, sagte Uli und war im ersten Moment ein bisschen verlegen, doch dann besann sie sich und nahm wieder ihre elegant-freche Haltung ein: »Ja. Das mache alles ich.« Und noch bevor Sophie etwas erwidern konnte, sagte Uli:

»Komm, lass uns ein bisschen plaudern. Es wird einfacher, wenn ich mehr über dich weiß. Magst du närrische Schokolade und Kuchen?« Und schon stand ein silbernes Tablett mit närrischer Schokolade und Kuchenhäppchen auf der obersten Stufe zur Bühne. Uli legte zwei Kissen daneben und klopfte auf das froschgrüne: »Setz dich!«

Sophie setzte sich ein bisschen verwundert und ließ sich Schokolade und Kuchen reichen.

»Ich finde, auf Treppen schmecken Kuchenhäppchen am besten«, sagte Uli zwischen zwei kleinen Bissen und fing an Sophie auszufragen.

Es war ein seltsames Gespräch. Sophie hatte ständig das Gefühl, Uli höre ihr nicht richtig zu, denn immer wieder sprang sie auf und wühlte in irgendwelchen Schränken. Das brachte Sophie ganz durcheinander. Doch wann immer sie den Faden verlor, griff Uli ihn wieder auf, und Sophie verstand: Uli hörte sehr genau zu, wenn auch auf eine etwas gewöhnungsbedürftige Art.

Irgendwann nahm Uli Sophies Kopf zwischen die Hände und starrte sie mit einem seltsamen Ausdruck an. »Hmmm«, machte sie, und dann veränderte sich plötzlich ihr Gesicht: »Das gibt's doch nicht!«, rief sie und sprang auf. »Ich glaube, ich sehe dich.«

»Natürlich siehst du mich«, sagte Sophie. »Ich sitze ja neben dir.«

»Neiiiin!«, rief Uli und umfasste aufgeregt Sophies Oberarm: »Weißt du, es ist nicht so, dass du dir dein närrisches Aussehen völlig frei aussuchen kannst. Das Aussehen findet vielmehr dich! Es stellt deine Seelen dar. Sind deine Seelen fröhlich und quirlig, ist dein Narrengewand hell und bunt.

Sind sie ruhig und schön, ist es harmonisch und gefällig. Wenn deine Seelen fliegen, bekommst du Flügel, wenn sie schwimmen, bekommst du Flossen, wenn sie mit der Erde verbunden sind, bekommst du Beine. Verstehst du?«

Sophie nickte, und ihr Herz schlug aufgeregt und ein bisschen besorgt. Was, wenn ihre Seelen hell *und* dunkel waren, die eine so, die andere so, würde sie dann schön *und* hässlich sein? Was, wenn *beide* Seelen dunkel waren? »Wie sehen meine Seelen denn aus?«, fragte sie ängstlich.

»Nun ja, ich sehe da etwas sehr, sehr Seltenes«, sagte Uli. »Aber ich darf es dir nicht verraten. Dein Gewand muss von selbst zu dir kommen. Ich darf dir nur zeigen, was möglich ist.« Sie sprang auf und rieb sich die Hände. »Stelle dich bitte vor die Spiegelwand, aber drehe dich von ihr weg.« Ihre Augen wanderten schnell und scharf über die Regale im Raum. »Zuerst zeige ich dir die Grundtypen. Allerdings kommen sie recht selten in reiner Form vor. Die meisten Narrenseelen entscheiden sich für Mischformen.« Uli huschte zu einem Kleiderständer und wühlte so wild darin herum, dass sie bald in einer Wolke aus Kleidern verschwand. Mit einem beachtlichen Kleiderhaufen kam sie zurück und machte sich ans Werk. Wie eine emsige Biene wirbelte sie um Sophie herum, zupfte hier, nähte dort, und schließlich steckte sie ihr mit einem gekonnten Griff eine fliederfarbene Blume ins Haar, trat einen Schritt zurück und nickte zufrieden: »Bitte umdrehen.«

Eine wunderschöne Elfengestalt blickte Sophie aus dem Spiegel entgegen. Ihre Haare waren hellbraun und lockig, die Haut edel und blass. Nase und Ohren waren spitz und zierlich, die Augen leuchteten strahlend blau. »Bin *ich* das?«, fragte Sophie verblüfft, und Uli nickte: »Das ist der elfenartige Typ: sanftmütig, einfühlsam und verspielt. Wie fühlst du dich in dieser Gestalt?«

Sophie war ganz überwältigt: »Ich … Ich fühle mich wunderschön.«

»Nein, nein, das meine ich nicht«, sagte Uli. »Schließ die Augen und sag mir, wie du dich *in dir drin* fühlst.« Sie pikste Sophie in den Bauch. »Spürst du dich in dieser Gestalt?«

Sophie schloss die Augen und fühlte in sich hinein. »Ich fühle mich schön und elegant und wunderbar«, sagte sie. »Aber irgendetwas in mir sagt, das bin nicht ich.«

»Dachte ich mir«, sagte Uli und verwandelte sie in die nächste Gestalt.

Sophie sah sich als imposanten Drachen im Spiegel, mit sanften, braunen Augen und einem weichen, weißen Fell. »Der drachenartige Typ«, erklärte Uli. »Weise, großherzig, stark, rein und gelassen.«

Sophie bestaunte ihr Spiegelbild eine Weile und horchte dann wieder in sich hinein. Auch diese Gestalt gefiel ihr unglaublich gut, genau genommen sogar noch besser als die erste, denn sie war aufregender und abenteuerlicher. Trotzdem fühlte sie sich an wie ein Kostüm.

Und so verwandelte Uli sie in ein bunt schillerndes Vogelwesen. »Flink, hellwach, flatterhaft, kreativ und überblickend«, beschrieb sie diese Gestalt.

Bald sah Sophie aus wie ein Geist, bald wie ein Fisch, bald wie eine Kriegerin, bald wie ein Wichtel, und schließlich musste sie kichern, als sie sich als freches Gestrüpp im Spiegel kaum wiedererkannte und betörend duftende Blüten aus ihren Ästen sprossen. Doch so schön sie auch waren, in keiner Gestalt fühlte Sophie sich wirklich zu Hause. Da ließ sich Uli auf ein ausladendes Kanapee fallen und stieß erschöpft Luft aus: »Puh! Jetzt haben wir alle Grundtypen durchprobiert.«

Sophie schaute sie mit großen Augen an: »Jetzt schon?«

»*Jetzt schon?*«, Uli schaute auf die Uhr. »Unsere Zeit ist fast um, gleich wirst du abgeholt!«

Sophie, sie war noch immer ein Gestrüpp, raschelte enttäuscht: »Gibt es denn nicht noch weitere Möglichkeiten? Du sagtest, ich würde die richtige Gestalt spüren.«

»Nichts zu spüren ist auch ein Spüren«, murmelte Uli und stand auf. »Am besten lasse ich dich einen Augenblick allein, dann kannst du noch einmal in aller Ruhe in dich hineinhören.« Sie schnippte mit den Fingern und verschwand hinter einem Vorhang.

Sophie blieb ein bisschen verloren zurück. Warum hatte sie sich in keiner Gestalt gespürt? Bald war Abend, sie musste sich für ein Aussehen entscheiden. Aber sie konnte doch nicht etwas nehmen, das ihr nicht entsprach. Was entsprach ihr denn? Wer war sie? Sie schaute in den Spiegel und sah sich selbst darin. Uli musste sie wohl mit ihrem Fingerschnippen wieder in ihre ursprüngliche Menschengestalt zurückverwandelt haben. Vorsichtig streckte Sophie ihre Hand nach dem Mädchen im Spiegel aus und berührte seine Fingerkuppen. »Ich bin …«, sagte sie und schaute dem Mädchen tief in die Augen. »Ich bin …« Sophie schloss die Augen und betastete ihr Gesicht, ihre Schultern, ihren Arm und plötzlich wurde etwas in ihr ganz leicht. »Uli!«, rief sie aufgeregt. »Uli! Ich weiß, wer ich sein will!«

Ulis Kopf lugte hinter dem Vorhang hervor.

»Ich will *ich* sein«, sagte Sophie, »einfach nur ich.«

Da zog sich ein breites Lachen über Ulis Gesicht: »Ich wusste es!« Und während sie glücklich durch den Raum tänzelte, klopfte jemand an die Tür. Es waren Kasimir und Theobald.

»Und?«, fragte Theobald und trat ein. Er sah Sophie und stutzte: »Wie? ... Seid ihr nicht fertig geworden?«

»Doch«, sagte Uli stolz.

»Aber ...«, begann Theobald, doch Kasimir verstand und warf ihm einen vielsagenden Blick zu.

»Doch nicht etwa ...«, staunte Theobald.

»Doch!«, sagte Uli. »Sie steht in völligem Einklang mit sich selbst und ihren Seelen.«

»Unfassbar!«, rief Theobald und schüttelte ungläubig den Kopf, und Kasimir warf begeistert die Arme in die Luft: »Ach, Schätzchen, das ist ja wunderbar!«

»Nun aber los!«, sagte Uli und klatschte in die Hände. »Sonst verpassen wir noch das Fest.«

Die Narrenzeremonie fand auf der Kleewiese statt. Narren aus dem ganzen Reich waren gekommen, um ihre Retterin zu ehren. Als Sophie die Wiese betrat, wurde es schlagartig still und alle Blicke richteten sich auf sie. Mit stolz wippenden Hinterfedern führte Kasimir sie durch die Menge zu einer Bühne beim Teich, und Sophie konnte die Narren tuscheln hören: »Seht, sie trägt ihre ursprüngliche Gestalt!« Sophie fühlte sich wie in einem Traum: So viele Narren hatten sich wegen ihr hier versammelt, und alles war so schön: An den Bäumen und Sträuchern hingen duftende Blütengirlanden. Sie rochen nach Rosen, frischem Regen und Moos. Blumen, so groß wie Scheinwerfer, beleuchteten die Bühne beim Teich. Am Rand der Bühne saßen einige Narren mit närrischen Instrumenten, auf der anderen Seite saß der Narrenrat. Alle waren da, auch Sophies Mutter, Oma Lotte, Georg und Paula. Sophie schaute ihre Mutter verwundert an: sie, Georg und Paula im Narrenreich? Wie war das möglich? Helena las ihr die Frage von den Augen ab und formte mit den Lippen das Wort: »Bal-ta-sar.«

Die Zeremonie begann. Zuerst richtete Baltasar ein paar einleitende Worte an die Festgäste, dann wurde ein feierliches Musikstück gespielt. Im Anschluss wurde Sophie die Narrenprüfung abgenommen: Jedes Narrenratsmitglied stellte ihr eine Aufgabe aus seinem Spezialgebiet. Insgesamt sieben Glücksmomente sollte Sophie erzeugen. Ihre Mutter diente ihr als Narreteiobjekt. Sophie schluckte, als sie hörte, dass sie nur einen einzigen Fehler machen durfte. Doch als die Narren ihre Aufgaben stellten, lächelte sie erleichtert. Sie waren nicht besonders schwierig: Fridolin bat sie, eine Lufthauchnarretei an ihrer Mutter durchzuführen, und Habakuk wollte, dass sie Helena einen verrückten Gedanken einpflanzte. Danach sollte Sophie ihre Mutter dazu bringen, den Gedanken in die Tat umzusetzen. Diese Aufgabe kam von Nepomuk. Wie kicherten die Narren im Publikum, als Helena barfuss und freudig jauchzend wie ein übermütiges Kind in eine Regenpfütze auf der Bühne sprang! Sophie fand immer mehr Gefallen an ihrer Prüfung. Für Luitpolda suchte sie Helenas größtes Talent, für Oskar ließ sie ihre Mutter in schönen Erinnerungen schwelgen, und Isodora trug ihr auf, Helena ihre wiedergefundene Liebe zu Baltasar ganz stark spüren zu lassen. Das machte Sophie besonders viel Spaß. Es war ein wunderschöner, tiefrot schimmernder Glücksmoment, der aus Helenas Liebe entsprang.

Schließlich fehlte nur noch Baltasars Aufgabe. Er kam zu Sophie und flüsterte: »Willst du ein bisschen angeben, oder soll ich dir eine leichte Aufgabe stellen?«

Sophie zögerte nicht mit ihrer Antwort, sie war glücklich und ein bisschen übermütig: »Selbstverständlich angeben!«

»Gut«, sagte Baltasar so laut, dass es alle hören konnten, »Dann zeige uns, ob du einer Zaubernärrin würdig bist: Locke so viele Glücksmomente wie möglich hierher und lasse daraus das schönste Glücksmomentfeuerwerk entspringen, das wir je gesehen haben.«

Ein Raunen ging durch die Zuschauerreihen. So eine schwierige Aufgabe hatte es noch nie bei einer Narrenprüfung gegeben. Sophie stöhnte. Da hatte sie sich etwas eingebrockt!

»Nimm dir so viel Zeit, wie du brauchst«, sagte Baltasar mit einem Augenzwinkern und ging zurück zu seinem Platz.

Sophie dachte nach, ihr Blick glitt über die Bühne. Sie war noch immer nass von Helenas Regenpfützenspringerei.... Hmmm ... Regen ... Im Tanz konnte man den Regen auf sich aufmerksam machen. Vielleicht funktionierte das bei Glücksmomenten ja auch. Sophie atmete also tief ein und schloss die Augen. Sie musste sich in einen Glücksmoment verwandeln. Nein, *ein* Glücksmoment war nicht genug, sie musste sich in *das* Glück verwandeln. Sie horchte tief in sich hinein und fand dort Glück. Sie fand sogar jede Menge Glück, denn heute war ein überglücklicher Tag. Sie betrachtete das viele Glück und freute sich darüber, dass es da war. Und je mehr sie sich freute, desto stärker wurde es. Es ließ Sophies Herz immer leichter schlagen, und plötzlich war es, als würden ihm Flügel wachsen. Mit jedem Atemzug wuchs das Glück, und mit ihm die Flügel. Irgendwann glaubte Sophie, ihr Herz würde zerspringen, wenn das Glück nicht bald aus ihrem Körper ausbrechen und losfliegen durfte. Denn richtiges Glück muss fliegen, muss frei sein von Körper und Geist. Sophie drückte ihre Hände gegen ihren Brustkorb, doch in diesem Moment überwältigte sie das Glück. Es riss ihr die Hände von der Brust und wuchs aus ihr heraus, breitete seine Schwingen aus und hob sich mit Sophie in die Luft. Sie flogen über die Wipfel der Bäume hinauf zu den Sternen und ganz oben platzte alles Glück aus Sophie heraus. Es zerbarst in tausend funkelnde Farben und schallendes Lachen, und so entsprang aus Sophie das schönste und längste Glücksmomentfeuerwerk, das die Narren je gesehen hatten.

NÄRRISCHER DANK …

… an Marie-Sophie und Matthias, die die Narren von ihrer Geburtsstunde an mit großer Euphorie begleitet haben.

… an Wolfgang, meine Liebe, für seine unermüdliche Unterstützung, der mir mit seinen wunderbaren Büchern und seinen großartigen Anmerkungen gezeigt hat, wie hell und schön Sprache leuchten kann.

… an Felix, der den Abschluss des Romans so geduldig und freudig zappelnd in meinem Bauch erwartet hat.

… an Mama, Jörg und Yumiko, die immer fest an die Narren und mich geglaubt haben.

… an meine Freunde, die jahrelang mit den Narren und mir mitgefiebert haben.

… an Gertrud, meine ehemalige Lehrerin, die mit ihrer großen Begeisterung für Literatur meine Freude am Schreiben schon zu Schulzeiten genährt hat.

… an die Literarische Agentur Michael Gaeb, die die Narren gesehen und sich für sie eingesetzt hat.

… an den Verlag Beltz & Gelberg, bei dem die Narren in den besten Händen gelandet sind.

… an Tom, der mir seinen Olivenbaum geliehen hat, an Uli für ihren Gastauftritt, an Rolander, der mir im Zug begegnet ist, und an all die anderen Narren, die mich zum Schreiben dieses Buches inspiriert haben.

Verena Petrasch wurde 1981 in der Schweiz geboren und wuchs in Österreich auf. Sie verbrachte ihre Freizeit als Leistungssportlerin in Fechthallen, mit Jazzmusikern am Klavier, spielte Bratsche in einem Orchester und ging nirgendwohin ohne Bücher, Notizblöcke und Stift. An der Universität für Angewandte Kunst in Wien und in Göteborg studierte sie Grafikdesign, in Innsbruck Management. Nach längeren Auslandsaufenthalten arbeitet sie nun als freie Schriftstellerin und Grafikdesignerin in Österreich. Für ihre grafischen Arbeiten wurde sie mehrfach ausgezeichnet. 2014 nahm sie ein Sabbatical, um sich in New York, Peru, Island, Italien und Südfrankreich ganz ihrem ersten Roman »Sophie im Narrenreich« zu widmen. 2015 erhielt sie das Mira-Lobe-Stipendium für Kinder- und Jugendliteratur.

MIX
Papier aus verantwortungsvollen Quellen
FSC® C089473
FSC
www.fsc.org

Dieses Buch ist erhältlich als:
ISBN 978-3-407-82214-7 Print
ISBN 978-3-407-74836-2 E-Book (EPUB)

in der Verlagsgruppe Beltz · Weinheim Basel
Werderstraße 10, 69469 Weinheim

Dieses Werk wurde vermittelt durch die
literarische Agentur Michael Gaeb
Lektorat: Katrin Hartmann
Einbandgestaltung: Max Meinzold
Herstellung, Satz und Layout: Sarah Veith
Druck und Bindung: Beltz Bad Langensalza GmbH,
Bad Langensalza
Printed in Germany
1 2 3 4 5 21 20 19 18 17

Weitere Informationen zu unseren Autoren und Titeln
finden Sie unter: www.beltz.de